ullstein

Nadine Dorries

Die Schwestern *von* St. Angelus

Auf neuen Wegen

Roman

Aus dem Englischen
von Sabine Schilasky

Ullstein

Besuchen Sie uns im Internet:
www.ullstein.de

MIX
Papier
FSC FSC® C083411

Deutsche Erstausgabe im Ullstein Taschenbuch
1. Auflage Januar 2021

Titel der englischen Originalausgabe: The Children of Lovely Lane
(Head of Zeus 2017)
Umschlaggestaltung: zero-media.net, München
Titelabbildung: © Head of Zeus (Frauen), © FinePic®, München
(Hintergrund, Blätter)
Gesetzt aus der Quadraat Pro powered by pepyrus.com
Druck und Bindearbeiten: CPI books GmbH, Leck

ISBN 978-3-548-06345-4

Für meine eigenen Kinder, meine drei unglaublich klugen,
selbstständigen, starken, freundlichen, schönen
Töchter Philippa, Jennifer und Cassandra.

Kapitel eins

Emily Haycocks Hand zitterte ein wenig, als sie den Brief las. Sie wusste nicht, dass Dr. Gaskell ihn ihr erst eine halbe Stunde zuvor auf den Schreibtisch gelegt hatte. Doch der frische blaue Umschlag lockte sie schon, ehe sie ihr Cape abgenommen hatte. Er war das Erste, was sie sah, als sie ihre Bürotür öffnete. Als Leiterin der Pflegeschule von St. Angelus wohnte Schwester Haycock in den Zimmern im ersten Stock über dem Haupteingang des Krankenhauses. Sie trug zwar keine Tracht mehr, sträubte sich jedoch dagegen, auch das dazugehörige dicke, gefütterte Cape aufzugeben, das sie sich binnen Sekunden über die Schultern werfen konnte. Denn Emily war immerzu in Eile.

Ich werde mich eines Tages zurückziehen müssen, Emily, und mein Gefühl sagt mir, dass es eher früher als später sein wird. Dann möchte ich St. Angelus in guten Händen wissen. In den richtigen Händen. Der neue NHS stellt uns vor viele Herausforderungen, und ich hege keinerlei Zweifel daran, dass es noch viele weitere geben wird. Das Krankenhaus muss sich dieser neuen Welt, die sich rapide verändert, anpassen, und nichts würde mich mehr erfreuen, als Sie in der Rolle der stellvertretenden Oberschwester zu sehen. Dann stünden Sie bereit, das Ruder zu übernehmen, wenn die Oberschwester zum selben Schluss gelangt wie ich, was die prestigeträchtige Stellung angeht, die sie bereits so lange innehat. Es ist an der Zeit, dass eine neue Generation für unsere Patienten und die Mitarbeiter im St. Angelus sorgt.

Emily sank auf ihren Stuhl und atmete langsam aus. Ihr war gar nicht bewusst gewesen, dass sie beim Lesen den Atem angehalten hatte. Sie war Anfang dreißig, in Liverpool geboren und aufgewachsen und hatte sich im St. Angelus als Krankenschwester nach oben gearbeitet. Über die Jahre hatte sie sich Respekt erwerben können, indem sie sich gegen die Oberschwester behauptete, und sie war bei allen beliebt – sogar ein wenig zähneknirschend selbst bei der Oberschwester. Emily und sie waren auf dem falschen Fuß gestartet, doch seit die Oberschwester sicher war, dass Emily es nicht auf ihren Posten abgesehen hatte – jedenfalls noch nicht –, war sie der nicht mehr ganz jungen Frau gegenüber aufgetaut.

Der Chefarzt Dr. Gaskell war der Mediziner mit den meisten Dienstjahren am Krankenhaus, und Emily hatte keine Ahnung, dass er über sie wachte und sie einzig seinetwegen überhaupt vor Jahren im St. Angelus eine Anstellung bekommen hatte. Während des Krieges hatte er Emilys an TB erkrankte Mutter behandelt und nie das ernste junge Mädchen mit der besorgten Miene vergessen, das ihn fragte: »Geht es Mam bald wieder besser?« Als Mrs Haycock später nicht zu ihrem Röntgentermin und der Verlegung ins Sanatorium auf der anderen Seite der Bucht erschien, hatte er nachgefragt und erfahren, dass seine Patientin eines der vielen Opfer des Bombenhagels auf die George Street gewesen war. Es war die schlimmste Nacht gewesen, die Liverpool im Krieg durchgemacht hatte. Die einzigen Überlebenden der Haycock-Familie waren die junge Emily und ihr Stiefvater.

Das nächste Mal sah Dr. Gaskell Emily am Tag ihres Bewerbungsgesprächs im Krankenhaus. Er erkannte den Namen und später auch das Gesicht wieder. Als sie vor dem Auswahlkomitee saß, das er leitete, berührte ihn etwas an ihr. Er spürte ihre Verletzlichkeit, und für ihn war es kaum vorstellbar, was sie durchlebt hatte. Deshalb war er entschlossen gewesen, diese offensichtlich sehr fähige junge Frau als Schwesternschülerin im St. Angelus anzunehmen. Seine Stimme hatte letztlich den Ausschlag gegeben. Das hatte ihn für einen kostbaren Moment mit Zufriedenheit erfüllt, weil er das Gefühl hatte, damit indirekt seine Pflicht gegenüber seiner Patientin zu erfüllen, indem er ihre Tochter förderte. Am Ende hatte er ihr so doch noch hilfreich sein können. Es war keine bewusste Entscheidung, doch an jenem Tag war er zu Emilys Schutzengel geworden.

Mittlerweile war Emily von der Stationsschwester zur Verantwortlichen für die Schwesternausbildung aufgestiegen. Sie liebte ihre Arbeit. Zwar hätte sie die Möglichkeit gehabt, sich an anderen Häusern als stellvertretende Oberschwester zu bewerben, doch sie zog es vor, an dem Krankenhaus zwischen der Dock Road und der Lovely Lane zu bleiben, das sie schon als Kind gekannt hatte.

Emily behielt Dr. Gaskells Brief in ihrer Handtasche, und oft nahm sie ihn heraus und las ihn erneut, wenn sie sich unbeobachtet fühlte. Tief im Innern wusste sie, dass sie den nächsten und letzten Schritt tun sollte. Denn nichts wünschte sie sich mehr als das: ihren Traum wahr zu machen und Oberschwester von St. Angelus zu werden. Aber sie wollte auch die gegenwärtigen Schwesternschülerinnen bis zu ihrem Abschlussexamen begleiten, und bis dieser Tag gekommen war, würde sie bei ihnen bleiben. Das war ihre Pflicht. Und es war noch zu früh, um stellvertretende Oberschwester zu werden. Obendrein war da die nie angesprochene Hürde, der sie sich bisher nicht stellen wollte, nämlich, dass alle Oberschwestern ledig waren. Hätte sie jene Stelle erst einmal inne, könnte sie nie mehr eine Ehefrau sein. Und sie hegte die leise, wenn auch schwindende Hoffnung, dass sie eines Tages jemanden kennen- und lieben lernen würde. Noch war es nicht zu spät. Sie könnte noch ein Kind bekommen, was allerdings bald passieren müsste. Und es zeichnete sich nicht ab, dass es dazu kommen würde. Der Tag, an dem sie sich stark genug fühlte, diesen Traum aufzugeben, wäre der, an dem sie sich sagte: Das war es, du bist jetzt offiziell eine alte Jungfer. Erst dann würde sie die nächste Stufe in der Schwesternhierarchie erklimmen.

Wochen später erzählte sie endlich Biddy von dem Brief. Biddy Kennedy war die Hauswirtschafterin der Schwesternschule und hatte die Rolle der Mutter, Mentorin und Freundin für Emily übernommen, sobald sie begriffen hatte, dass alle drei Posten frei waren.

»Na, wo der Vorstand jetzt die Stelle ausgeschrieben hat, wieso bewerben Sie sich nicht?«, fragte Biddy sie, während sie das Telefon auf Emilys Schreibtisch polierte.

Emily hatte gerade die Bewerbungsformulare der neuen Schwesternschülerinnen gelesen und wollte mit ihren Notizen für die nächste Vorlesung beginnen. Die Überschrift *Das Lymphgefäßsystem* stand schon seit zwei Tagen provozierend oben auf dem Blatt. Doch es war sinnlos, sich konzentrieren zu wollen, solange Biddy im Zimmer war.

»Wissen Sie was, Biddy?«, sagte sie. »Ich denke, der Jahrgang, der im Januar 1952 aufgenommen wurde, ist der beste, den dieses Krankenhaus gesehen hat, seit ich die Schule leite.«

Sie blickte von ihren Unterlagen auf und lehnte sich auf ihrem Stuhl zurück. »Zu Schwester Tanner bekomme ich nur gute Berichte. Sie wird so sehr geschätzt, dass die Oberschwester sie als Nächstes in die Notaufnahme schickt. Wer hätte das nach ihrem holprigen Start gedacht?«

»Lenken Sie nicht ab«, schalt Biddy sie lächelnd. »Wir alle wissen, dass Sie Schwester Tanner und die anderen Schwestern unten in der Lovely Lane sehr gernhaben. Jeder würde meinen, dass sie Ihre eigenen Kinder sind. Sie haben ihr erstes Jahr geschafft, kennen sich jetzt aus. Und glauben Sie mir, keine von denen wird es Ihnen danken, wenn Sie Ihre eigene Karriere auf Eis legen, während sie die Ihrer Schülerinnen vorantreiben.«

Emily legte ihren Füller hin. Es geht wieder los, dachte sie. Mir wird der Marsch geblasen. Und da es bei Biddy kein Entrinnen gab, konnte sie ihr ebenso gut ihre volle Aufmerksamkeit schenken.

»Das weiß ich alles, Biddy, aber ich hänge an dieser Gruppe. Für die Mädchen habe ich meinen Kopf hingehalten. Ist Ihnen klar, dass Dana Brogan das erste Mädchen aus Westirland ist, das bei uns zur Vollschwester ausgebildet wird und nicht bloß zur Schwesternhelferin? Und dass Schwester Tanner die erste Schwesternschülerin in diesem Krankenhaus ist, die aus dem Hafenviertel stammt und den typischen Dialekt von dort spricht? Das ist mein Werk. Ich bin für diese Schülerinnen verantwortlich und kann sie nicht im Stich lassen.«

Biddy zog die Augenbrauen hoch, unterbrach sie aber nicht.

»Ich habe diese Stelle gerade mal seit ein paar Jahren und kann sie erst aufgeben, wenn ich bewiesen habe, dass ich etwas bewegen kann. Was frühestens in zwei Jahren der Fall sein wird. An dem Tag, an dem die Schwestern Tanner, Brogan, Baker und Harper in einer Reihe vor mir stehen, um sich von mir ihr St.-Angelus-Abzeichen an die Tracht stecken zu lassen, kann ich anfangen, darüber nachzudenken. Sie werden der Beweis sein, dass ich etwas Sinnvolles getan habe.«

»Mag schon sein. Ich hoffe, dass es gut für Sie ausgeht und Sie die Entscheidung später nicht bereuen. Stellen Sie sich vor, die neue stellvertretende Oberschwester wird ein noch schlimmerer Drachen als die Oberin. Wir wissen ja, wie lange es gedauert hat, bis sie sich Ihnen gegenüber zivil verhalten hat.«

Emily saß im Ausschuss, der sämtliche Bewerbungen für das St. Angelus prüfte, von den Schwesternschülerinnen bis hin zu den Fachärzten. Dr. Gaskell leitete ihn, und sobald er begriffen hatte, dass Emily sich nicht selbst um den Posten der stellvertretenden Oberschwester bewerben würde, hatte er sie gebeten, die Bewerbungen dafür vorweg durchzugehen und eine Auswahlliste zu erstellen.

»Nun, wir haben versucht, geeignete Bewerberinnen auszuwählen«, sagte sie. »Keine, die noch in den Vorkriegszeiten der 1930er feststecken. Das Krankenhaus braucht eine moderne stellvertretende Oberschwester, die freundlich und klug ist. Der an den Patienten genauso viel liegt wie an den Schwestern. Die Veränderungen begrüßt und sich dafür einsetzt, dass auch verheiratete Schwestern hier arbeiten dürfen. Wie wir wissen, ist deren Ausschluss schlicht Diskriminierung und muss aufhören. Das ist die Frau, die wir suchen, Biddy.«

Biddy hob den Stiftebecher hoch und polierte schwungvoll den bereits blitzblanken Schreibtisch. Nachdem sie den Becher wieder hingestellt hatte, grinste sie Emily an. »Sie wissen, dass Sie gerade sich selbst beschrieben haben, oder?«

Emily ignorierte sowohl die Frage als auch Biddys Blick. »Ich habe eine neue Technik, um sicherzugehen, dass wir genau die richtige Bewerberin aussuchen«, sagte sie. »Ich war für eine erste Vorauswahl zuständig. Wie es dazu kam, dass die Oberschwester der zugestimmt hat, weiß ich zwar nicht, aber sie hatte keine Einwände. Die Kandidatinnen hatten alle ziemlich ähnliche Voraussetzungen: gleiche Herkunft, gleiche Erfahrung, beinahe alle beim Militär ausgebildet und ehemalige Mitglieder des Queen-

Alexandra-Schwesterncorps. Der Krieg hat nach wie vor großen Einfluss. Also habe ich einfach jene Bewerberinnen ausgewählt, deren Namen sich nett anhören.« Sie klang recht zufrieden mit sich.

Biddy richtete sich auf und blickte Emily ungläubig an. Langsam legte sie den Telefonhörer wieder auf, den sie gründlich abgewischt hatte. Der Apparat klingelte leise, als Biddy ein letztes Mal mit dem Lappen über den Hörer strich.

»Damit ich das richtig verstehe: Sie haben bisher nur dafür gesorgt, dass die neue stellvertretende Oberschwester einen schönen Namen hat?«, fragte Biddy entgeistert.

Sie ging zur Fensterbank, um sie abzuwischen, und steckte ihren Lappen in die Schürzentasche. Dann wandte sie sich halb um und sah Emily an. Aus dem Augenwinkel konnte sie die Schwesternschülerinnen aus der Lovely Lane durch das hintere Tor kommen sehen, auf dem Weg zu ihrer Arbeit auf den ihnen neu zugewiesenen Stationen. Die rosa Trachten waren ein hübscher Anblick vor dem rußgeschwärzten Stein des Krankenhausgebäudes. Pammy Tanner ging wie immer voran, plapperte und lachte. Ihre gestärkte Haube wippte und sah vom Morgennebel schon bedenklich schlaff aus.

»Da kommen Ihre Mädchen«, sagte sie mit einem kaum merklichen Nicken zu Emily. »Diese Schwester Tanner ist ein Liverpooler Gewächs, wie es im Buche steht. Sagt immer zehn Wörter, wo eines genügen würde, kann nie still sein und gestikuliert beim Reden. Ist Ihnen das auch aufgefallen?«

Einen Moment lang war Biddy vom adretten Äußeren und der morgendlichen Frische der jungen Schwestern abgelenkt. In neun Stunden würden sie erschöpft die Treppe hinuntertrotten und für ihren Rückweg zur Lovely Lane doppelt so lange brauchen wie für den Hinweg heute Morgen. Sie beobachtete, wie die jungen Mädchen durchs Tor verschwanden, als sie die Treppe zum Hauptgebäude hinaufgingen, und blickte wieder zu Emily. »Hätten Sie die Schwesternschülerinnen nach dem Namen ausgesucht, wären Schwester Tanner und Schwester Brogan jetzt nicht hier, oder?«

»Hm, wonach soll ich denn sonst gehen?«, fragte Emily ratlos. »Es gibt sonst keine Unterschiede. Weil nur ledige Schwestern in Krankenhäusern arbeiten dürfen, lesen sich ihre Lebensläufe, bis sie vierzig sind, alle gleich. Genauso gut könnten sie alle voneinander abgeschrieben haben.«

Biddy schüttelte verwundert den Kopf. »Hoffen wir mal, das rächt sich nicht und beißt Ihnen noch in Ihren mageren kleinen Hintern, Miss«, sagte sie kichernd.

»Das wird es nicht. Sie sind alle im Corps gewesen, haben beim Militär gedient, in Lazaretten gearbeitet. Alle sind unverheiratet, und alle waren zwischen acht und zehn Jahre lang als Krankenschwestern tätig.«

Emily war nicht sonderlich gekränkt. Ihre Beziehung zu Biddy war besonders, und jetzt, da die Hauswirtschafterin ihr wenig professionelles Auswahlverfahren nüchtern in Worte fasste, klang es sogar für Emily vollkommen lächerlich. Und sie begann, ihre Methode selbst zu hinterfragen. Deshalb beschloss sie, das Thema zu wechseln. »Tja, ein Tee und ein Bacon-Sandwich wären jetzt schön. Und später hätte ich gern noch eine Scheibe von dem Schokoladen-Victoria-Kuchen; ich habe gestern gerochen, dass Sie in der Küche welchen gebacken haben. Das wäre mir sehr recht, ebenso wie etwas weniger von Ihren Zurechtweisungen.« Essen war immer ein sicheres Terrain bei Biddy.

»Ich kann den Bacon schon riechen«, meinte Biddy. »Schon verrückt, dass wir Kakao in der Küche haben. Es ist das erste Mal seit 1940, hat die Köchin mir erzählt. Nach dreizehn Jahren, können Sie sich das vorstellen? Damals gingen die Vorräte aus.«

»Ich habe gewusst, dass wir Kakao haben. Den erschnüffelt meine Nase aus einer Meile Entfernung. Und ich möchte schwören, als die Köchin gestern den Deckel von der Dose genommen hat, habe ich den Duft bis oben ins Klassenzimmer gerochen.«

»Sie hätten Tom mal sehen sollen, den Pförtnerjungen, der sie gebracht hat«, sagte Biddy. »Der hat richtig gesabbert, und alle mussten grinsen. Gut, eine Tasse Tee und ein Bacon-Sandwich kommen sofort, Schwester.« Es hatte soeben eine dezente Korrektur ihrer besonderen Beziehung stattgefunden, wie die Tatsache bewies, dass Biddy sie »Schwester« genannt hatte. Doch noch vor dem Feierabend würde sie wieder salopp über Emilys »mageren Hintern« spötteln.

Auf dem Weg nach draußen griff Biddy nach der Schaufel und kippte noch einige Kohlen aufs Feuer. Dann schloss sie die Bürotür hinter sich. Auf dem Weg die Treppe hinunter zur Küche schmunzelte sie vor sich hin.

»Was grinst du denn so?«, fragte Madge Jones aus der Telefonzentrale, die mit einer Tasse in der Hand an der Spüle lehnte und der kleinen chinesischen Köchin zuschaute, wie sie den besten Biskuit buk, den sie je gesehen hatte.

»Komisch, wie beliebt unsere Küche ist, seit es dort wieder Kakao gibt«, sagte Biddy, die Madge lächelnd begrüßte. In der Hierarchie des nicht-medizinischen Personals stand Madge irgendwo an der Spitze, zusammen mit dem Chefpförtner Dessie Horton. So wie Dessie hatte sie eine Aufgabe, die niemand sonst bewältigen könnte, ohne einen Nervenzusammenbruch zu erleiden.

»Ich bin nur hier, um ihn zu riechen, Biddy«, entgegnete Madge. »Aber bilde dir bloß nichts ein. Die Dosen stehen heute in allen Küchen – also kann ich überall hingehen, um Kakao zu riechen.«

Beide Frauen lachten.

»Was gibt es Neues?«, fragte Biddy, während sie ein Teetablett vorbereitete und zwei dicke Scheiben Weißbrot mit Butter bestrich.

Madge kam näher, damit niemand vom Küchenpersonal sie hörte. »Da war ein sehr interessanter Anruf, bei dem ich in der Leitung geblieben bin. Du weißt ja, dass ich das nicht sehr oft tue, versteht sich – Vertraulichkeit und so.«

Madge holte tief Luft und zog an ihrer Zigarette, und Biddy nickte energisch. Sie verzog keine Miene, obwohl sie dachte: Doch, tust du dauernd, du Lügnerin. Den ganzen Tag belauschst du Telefongespräche. Was Biddy natürlich nicht sagen konnte. Madge war überaus nützlich für die Gruppe, aber mit Vorsicht zu genießen. Sie kam sich ungeheuer wichtig vor, und niemand wagte es, sich mit ihr anzulegen.

Madge drückte ihre Zigarette in dem Ascher aus, den sie in ihrer Hand balancierte, und fuhr fort: »Jedenfalls war es Dr. Gaskell. Er hat mit einem der anderen Ärzte im regionalen TB-Ausschuss geredet, mit dem aus Manchester. Und ich habe gehört, wie er gesagt hat, er ärgert sich darüber, dass deine Miss Haycock sich nicht für den Posten der stellvertretenden Oberschwester beworben hat. Er hat gesagt, dass er ihr einen Brief geschrieben hat, in dem er ihr praktisch gesagt hat, sie muss sich nur bewerben, und die Stelle gehört ihr. Er will sie bitten, es sich noch mal zu überlegen.« Nervös blickte sie zur Köchin und tippte sich seitlich an die Nase.

Madge und Biddy hatten einen Pakt. Kein Wort von Madge wurde nach außen getragen. Wissen und Verschwiegenheit waren, wie sie alle sehr gut wussten, gleichbedeutend mit Macht.

»Na, da wird er enttäuscht werden, denn sie bewirbt sich nicht«, erklärte Biddy sachlich. »Sie will Schwester Tanner weiter im Blick behalten und denkt, keine von den Schülerinnen schafft es ohne sie. Für Schwester Tanner ist sie so was wie der Schutzengel, und sie wird nicht lockerlassen, bis sie ihren Abschluss hat. Da können weder ich noch Dr. Gaskell oder sonst wer irgendwas tun. Sie ist ein richtiger Sturkopf, und daran ist nichts zu ändern.«

»Es ist sowieso nicht diese Stelle, was sie braucht, Biddy. Sie braucht Liebe.«

»Denkst du, das weiß ich nicht? Aber sie lernt ja keinen kennen, nie. Tag und Nacht hat sie nichts als ihre Arbeit im Sinn. Die einzige Pause, die sie mal bekommt, ist, wenn sie ihren Stiefvater in dem Veteranenheim in der Dock Road besucht. Was ist das für ein Leben? In einem Heim voller verwundeter und alter Soldaten wird sie ja wohl ihre große Liebe nicht finden. Sie müsste einen Mann in ihrem Alter kennenlernen, bis dahin hat Amors Pfeil keine Chance, ihren mageren kleinen Hintern zu treffen. Gar keine.«

»Wetten, das sagst du ihr nicht ins Gesicht?« Madge spülte ihre Tasse unter dem Wasserhahn aus und grinste Biddy an.

»Und ob ich das tue! Wir verstehen uns. Manchmal denke ich, ich bin alles, was sie hat. Jemand anderen habe ich noch nicht gesehen.«

»Ach, hör auf! Was ist mit dem neuen Facharzt auf der Gyn, dem Sohn von Dr. Gaskell?«

Dr. Oliver Gaskell war seit über sechs Monaten auf der Gynäkologie, doch es müssten noch weitere fünf Jahre vergehen, ehe Madge, die seit vor dem Krieg im Krankenhaus arbeitete, nicht mehr von ihm als »dem neuen Facharzt« sprechen würde.

»Oh, in den hatte ich große Hoffnungen gesetzt«, meinte Biddy. »Er schien auch sehr interessiert. Aber nein, sie erlaubt mir nicht mal, irgendwas zu erwähnen, was mit Romanzen zu tun hat. Da macht sie gleich dicht. Und wenn ich nur seinen Namen nenne, wechselt sie ganz schnell das Thema.«

Biddy hatte keine Ahnung, dass Emily ihn sehr wohl in Erwägung gezogen hatte. Sie war sogar einmal mit Oliver Gaskell ausgegangen. Doch nachdem sie ihn auf dem Ärzteball mit Schwester Tanner hatte tanzen sehen, wo er die Schwester ein wenig zu eng an sich hielt und deren Haar küsste, waren jedwede Gedanken an eine erblühende Romanze verpufft. Bei Emily bekam keiner eine zweite Chance. Noch dazu war nun ihr Schützling Pammy Tanner in ihn verliebt. Und im Grunde ihres Herzens wusste Emily, dass Oliver Gaskell für sie nie infrage gekommen war.

Madge verschränkte die Arme über ihrem roten Strick-Twinset und musterte ihre frisch rot lackierten Nägel. Ihr blond gefärbtes Haar ging ihr bis knapp unters Kinn, und nicht zum ersten Mal dachte Biddy, wie gut sie für eine Fünfzigjährige aussah. Anders als sie selbst war Madge keine Sklavin ihrer Lockenwickler und Hühneraugen und sah stets aus wie aus dem Ei gepellt. Sie mochte leuchtende Farben, Nylonstrümpfe, hohe Absätze und jeden neuen Lippenstift, den Woolworths anbot. Doch der Ausdruck »gewöhnlich« würde niemals zu einer Frau passen, die so klug war wie Madge und sich so lange in einer Stellung hielt, die niemand außer ihr so gut ausfüllen könnte.

»Tja, ich denke, ich kenne jemanden, der sie ziemlich gern mag«, sagte Madge, die ihre Aufmerksamkeit von ihren Fingernägeln zurück auf Biddy lenkte.

»Und wer soll das sein?«, fragte Biddy, die prompt höchst interessiert war. »Jemand, den ich kenne?«

»Oh ja, das würde ich schon sagen. Dessie. Er hört nie auf, von ihr zu reden, und das bei jeder sich bietenden Gelegenheit. Probier's mal. Frag ihn einfach, wie das Wetter heute Nachmittag wird, und er findet einen Weg, sogar dann irgendwie ihren Namen ins Spiel zu bringen.«

Biddy lächelte. Madge sprach mit einer hübschen Telefonstimme, die jeder bewunderte. Ihre scharfen Vokale und die präzise Wortwahl sprachen für Bildung und Überlegenheit, mit einem Hauch von walisischem Akzent. Die Iren in Liverpool verstanden sich besser mit Chinesen als mit Walisern, so viel stand fest. Andererseits sagte Biddy oft zu ihrer Freundin Elsie, dass sie nicht alle gar so übel waren, die Waliser, nur diejenigen, die Vorurteile gegen Iren hegten.

Nun verschränkte Biddy die Arme vor ihrer großen Brust und sah Madge nachdenklich an. »Dessie? Also auf den wäre ich nie gekommen.« Er war ein guter Freund von ihr.

»Nein, kein Wunder. Du bist nämlich ein bisschen zu eng mit Dessie befreundet, deshalb. Du erkennst nicht, was direkt vor deiner Nase ist. Wenn du mich fragst, wird sie ihn auch nie in Betracht ziehen – dazu kennt sie ihn viel zu lange. Und da, denke ich, kommst du ins Spiel. Sprich einen Zauber, misch einen Liebestrank, steck sie in denselben Raum. Irgendwas, damit sie Dessie in einem neuen Licht sieht, nicht nur als den Chefpförtner, mit dem sie im Krankenhaus arbeitet, sondern als ... du weißt schon.«

»Als was?«, fragte Biddy stirnrunzelnd.

»Ach, Biddy, natürlich als einen Mann, mit dem sie ... Oh, Gott, Biddy, ins Bett gehen will, du weißt schon, der ihr mal ein wenig Spaß bereitet.«

Biddy hustete. Vom Blech der Köchin war ein Bröckchen Schokoladenkuchen auf den Tisch gefallen, und sie hatte es sich sofort in den Mund gesteckt. An dem erstickte sie jetzt beinahe. Tränen schossen ihr in die Augen, als sie Madge ansah. »Jetzt hör aber auf! Mir wird gerade klar, dass sie für mich wie eine Tochter ist.

Der Gedanke, dass Dessie und meine Chefin – nein, nicht auszudenken! Musst du nicht in der Telefonzentrale sitzen, oder so?«

Madge grinste und stöckelte auf ihren hohen Absätzen aus der Küche. An der Tür drehte sie sich noch einmal zu Biddy um. »Denk drüber nach. Zwei einsame Menschen. Entzückende Menschen, Biddy. Du weißt, dass es nur richtig wäre.«

Emily hatte stirnrunzelnd auf die geschlossene Tür geblickt, während sie Biddys Schritten hinunter zur Küche nachlauschte. Sie war ja selbst befremdet darüber, wie sie die Aufgabe gehandhabt hatte, Bewerberinnen auszusuchen. Sie wollte Dr. Gaskell nicht enttäuschen, und zugleich wusste sie, dass sie es schon getan hatte, indem sie sich selbst nicht bewarb.

Eine Möwe segelte kreischend vom Mersey nach oben, landete auf dem Sims vor ihrem Fenster und rammte den Schnabel gegen das Glas, sodass Emily vor Schreck zusammenzuckte. Das Feuer im Kamin flackerte auf und knisterte, als sich die neuen Kohlen in die Glut fügten.

»Du dummer Vogel«, sagte sie zu der Möwe, als die ins Zimmer spähte, zu den Papieren auf ihrem Schreibtisch, dann hinauf zu Emilys Gesicht und zurück zu den Papieren. Es brachte Emily zum Grinsen. Sie nahm ihren Füller und eines der Berichtblätter, das auf eine Benotung wartete. »Hoffen wir mal, das beißt Ihnen nicht in Ihren mageren kleinen Hintern«, hörte sie Biddys Worte in ihrem Geiste. Damit hatte die Hauswirtschafterin einen Nerv getroffen. Zum ersten Mal machte Emily sich Sorgen. Auch wenn sie es nie zugeben würde, hatte Biddy eine unheimliche Art, sehr oft den Nagel auf den Kopf zu treffen.

Emily wusste nichts davon, wie unglücklich die Oberschwester mit Dr. Gaskells Entscheidung gewesen war, die Auswahlliste der Bewerberinnen ihr als Schulleiterin zu überlassen. Dass er überhaupt ihre Zustimmung bekam, eine Stellvertreterin einzustellen, war schon ein Kampf gewesen. Vor wenigen Wochen hatte er seinen ganzen verblassenden Charme einsetzen und in den Privaträumen der Oberschwester aufkreuzen müssen, um über die neue Stelle zu reden. Seit Schwester Aprils Fortgang gab es keine Stellvertreterin mehr, und das war 1941 gewesen, also vor zwölf Jahren. Schwester April war gegangen, um im Schwesterncorps zu dienen, wurde in Feldlazarette geschickt, und seither hatte niemand mehr von ihr gehört. Manch einer dachte, dass die Oberschwester auf ihre Rückkehr wartete. Hoffte. Sicher würde Schwester April eines Tages wieder die Stufen hinaufsteigen und ins St. Angelus kommen, um sie alle zu überraschen. Doch man hörte nichts. Briefe an ihre Familie kamen ungeöffnet zurück. Anrufe liefen ins Leere.

1947 gab es noch immer keine Nachricht von Schwester April, und es war für jeden offensichtlich, dass die Oberschwester sich sorgte. »Ich erkundige mich«, hatte Dr. Gaskell gesagt. Er war schon länger der Vorstandsvorsitzende der Klinik, als jeder, sogar die Oberschwester, sich erinnern konnte. »Ich habe immer noch sehr viele Kontakte in der Armee, Schwester Oberin. Und bei einem Namen wie Schwester Aprils muss jemand wissen, wo sie ist.«

Doch seine Erkundigungen brachten gar nichts, und jetzt war es an der Zeit, eine neue stellvertretende Oberschwester zu ernennen. Behutsam hatte er das Thema bei der Oberschwester angesprochen. »St. Angelus wächst beinahe zu schnell für uns. Wer hätte gedacht, dass einmal so viele leichtsinnige junge Männer in Automobilen und auf Motorrädern herumfahren würden. Allein letzte Nacht sind uns zwei junge Patienten in der Notaufnahme gestorben.«

Die Oberschwester hatte geseufzt. »Ich bin ja nicht grundsätzlich gegen die Idee«, sagte sie. »Es ist nur so, dass ich damit gerechnet habe, dass Schwester April zurückkommt. Sie hat St. Angelus geliebt.« Ihre Stimme versagte, und sie wandte sich verlegen ab, weil ihr die Tränen kamen.

»Ich weiß, Schwester Oberin, doch es ist schon sehr lange her.«

Das konnte sie nicht leugnen. Es war wirklich eine sehr lange Zeit gewesen, für sie alle. Die Nachwirkungen des Krieges wurden mit jedem Tag weniger spürbar. Und die Menschen freuten sich auf das, was der Frieden ihnen bot, nicht zuletzt die Hoffnung auf wachsenden Wohlstand. Für viele war es zu schmerzlich, sich zu erinnern. Jeder in Liverpool hatte jemanden verloren oder kannte jemanden, der in den finstersten Jahren gelitten hatte.

»Und es sind nicht nur die Motorräder und Automobile. Die neue Welle von Kriegsheimkehrern bedeutet, dass unsere Entbindungsstation bis auf den Flur überfüllt ist. Und die Einführung des NHS bringt jeden an seine Grenzen. Sie sind erschöpft, weil Sie zwölf Stunden täglich an sieben Tagen die Woche arbeiten. Sie sind nicht Florence Nightingale, auch wenn Sie ihr dicht auf den Fersen sind.«

Dr. Gaskell lächelte, und die Oberschwester gab nach.

»Sie haben recht. Ich habe meine Mutter schon beinahe ein halbes Jahr nicht mehr gesehen. Ich muss den Zug nach Lytham St Annes nehmen und sie in ihrem Heim besuchen. Sie ist jetzt fast neunzig, also sollte ich es bald tun.«

»Nun, ich denke, Sie haben eben selbst die Entscheidung getroffen. Wir brauchen eine stellvertretende Oberschwester. Ich habe Schwester Haycock gebeten, die Bewerbungen zu sichten und eine Vorauswahl von acht Kandidatinnen zu treffen. So, jetzt ist es heraus, und Sie werden mir hundert Gründe nennen, warum

Sie glauben, dass ich einen Fehler mache. So leiten wir dieses Krankenhaus schon seit Jahren, nicht wahr?«

Sein Lächeln und seine bescheidene Haltung wirkten nicht.

»Aber, Dr. Gaskell, ich bin es, die am engsten mit der Stellvertreterin zusammenarbeiten wird. Es muss jemand sein, den wir angenehm finden. Eine Frau, von der ich weiß, dass ich mit ihr arbeiten kann.«

»Jemanden wie mich, meinen Sie?« Fragend zog Dr. Gaskell die Augenbrauen hoch.

Wieder schnappte die Oberschwester nicht nach dem Köder.

»Ihr werden einige sehr wichtige Aufgaben übertragen werden, für die ich dann keine Zeit mehr habe, und wir müssen auf ihre Kompetenz vertrauen können. Ich kann nicht die Hälfte meiner Arbeit an jemanden übertragen, wenn ich nicht absolut sicher bin, dass sie richtig erledigt wird. Ich bin es, nicht der Vorstand, die täglich mit ihr zusammenarbeiten muss. Und sie wird so viele neue Maßnahmen umsetzen müssen ...«

»Was genau der Grund ist, Schwester Oberin, weshalb wir die Kenntnisse von Schwester Haycock nutzen sollten.« Er erwähnte nicht, dass er insgeheim zutiefst enttäuscht war, weil Emily die Chance ausgeschlagen hatte, selbst die Stelle anzunehmen. »Kommen Sie, wir beide sind noch Leute der alten Schule. Diese neue Generation von Ärzten und Schwestern hat im Krieg gedient, ist also schon auf dem Prüfstand gewesen. Sie sind zurückgekehrt und haben beruflich da weitergemacht, wo sie aufgehört hatten. Jetzt sind sie ein vollkommen neuer Menschenschlag. Sie haben andere Ideen, die eher zu dieser neuen Welt passen, von der alle immerfort reden.«

Sie waren ins Wohnzimmer der Oberschwester gegangen und setzten sich vor den Kamin, den die Haushälterin Elsie O'Brien eigens für den Besuch von Dr. Gaskell angefeuert hatte. Da er sein

Leben der TB-Behandlung gewidmet hatte, konnte Dr. Gaskell kalte Räume nicht ausstehen. Deshalb saßen sie seit mehr Jahren, als jeder von ihnen nachzählen wollte, vor einem heimeligen Feuer. Es war still im Zimmer bis auf das Ticken der Standuhr, die einst der Mutter der Oberschwester gehört hatte.

Die Oberschwester saß auf ihrer Sesselkante, die Beine leicht seitlich angewinkelt, die Hände im Schoß verschränkt, und starrte in die züngelnden Flammen. Dr. Gaskell kannte sie, seit sie eine ziemlich junge Frau gewesen war. Als er nun ihr Profil betrachtete, stellte er zum ersten Mal fest, dass sie stark gealtert war, und fragte sich, wann das geschehen sein mochte. War es, als Schwester April zum Corps ging, während des Krieges? Oder als sie sich in Schwester Antrobus verliebt hatte, die Schwester April kaum unähnlicher sein konnte? Jene Liebe war entsetzlich missbraucht worden. Schwester Antrobus hatte sich als kaltherzige Frau entpuppt, die vor nichts haltmachte, um ihre Interessen durchzusetzen. Eine Frau mit einer starken Persönlichkeit und reichlich Ehrgeiz, die die Oberschwester bitter im Stich gelassen und sie vor dem gesamten Haus bloßgestellt hatte. Als Schwester Antrobus endlich von Schwester Tanner entlarvt wurde, versetzte man sie von der Gynäkologie in die Notaufnahme, wo sie nicht allzu lange Zeit mit einzelnen Patienten verbringen würde.

Der Oberschwester war wohl bewusst, dass sie seit Wochen den Krankenhausklatsch dominierte, aber sie ertrug es mit Fassung und hocherhobenem Haupt unter ihrer Haube. Möglicherweise war sie da so gealtert, dachte Dr. Gaskell. Grausam gekränkt, ihre Würde erdrückt unter der Last des Tratsches. Plötzlich wurde Dr. Gaskell das Herz schwer. Wahrscheinlich war er der Einzige im St. Angelus gewesen, der gewusst hatte, dass die Oberschwester in Schwester April verliebt gewesen war. Eventuell hatte er es sogar noch vor ihr selbst erkannt. Er war bis heute in seine

Frau verliebt und betete sie an. Sie hatte ihm einen Sohn geboren, ihn in seiner TB-Arbeit unterstützt, sich nie beklagt, dass er zu viel arbeitete, und sie war ständig in seinen Gedanken. Die gleiche Zuneigung, die er für seine Frau hegte, hatte er in den Augen der Oberschwester gesehen, als sie mit ihrer Stellvertreterin April arbeitete. Und er hatte auch die Verzweiflung an jenem Tag gesehen, als Schwester April durch das Tor fortging. Er hatte miterlebt, wie der Oberschwester das Herz brach, und tiefes Mitleid empfunden, weil deren Gefühle ein gesellschaftliches Tabu waren. Über sie durfte niemals gesprochen werden, man hatte sie stumm zu ertragen. Welche Kraft muss sie all die Jahre aufgewandt haben, dachte er. Um sich dann in Schwester Antrobus zu verlieben und das Gesicht zu verlieren.

Dr. Gaskell schlug einen sanfteren Ton an, wie er ihn sonst eher bei Patienten benutzte. »Sehen Sie es ein, wir entstammen einem anderen Zeitalter. Der NHS wird alles verändern. Das zu verstehen, fällt uns schwer, doch Sie wissen, dass die wenige Macht, die wir hier noch besitzen, eines Tages verschwinden wird. Ich habe Schwester Haycock diesen Prozess zum Wohle des St. Angelus anvertraut, und zu Ihrem, Margaret. Wenn ich ganz ehrlich sein soll, auch zu meinem. Wir müssen mit der Zeit gehen.«

Die Oberschwester sah ihn streng an. Das letzte Mal, dass Dr. Gaskell sie beim Vornamen genannt hatte, war bei seiner Mitteilung gewesen, dass es keine Nachricht von Schwester April gab.

»Wir sind immer noch im Bewerbungskomitee und haben jeder eine Stimme«, fuhr Dr. Gaskell fort, »selbst wenn die Vertreter des Liverpool District Hospitals Board in der Überzahl sind. Am besten lassen wir Schwester Haycock die Bewerbungen übernehmen. Sie hat eine objektivere Sicht, wer und was erforderlich ist. Also ..., haben Sie noch eine Flasche Sherry in der Anrichte dort?«

Die Oberschwester lächelte. Dr. Gaskell gelang es immer wieder, seinen Willen bei ihr durchzusetzen. Er war der einzige Arzt im Krankenhaus, zu dem sie wirklich aufschaute. Als sie ihm sein Sherryglas reichte, blinzelte sie kurz beim Anblick seines faltigen Gesichts und des weißen Haars. Obwohl er nie über sein Alter sprach, war man sich allgemein einig, dass er längst über siebzig sein musste. »Wie viel Zeit bleibt uns beiden noch hier?«, fragte sie, als sie sich wieder hinsetzte.

»Ich habe keine Ahnung, aber gewiss werden wir es merken, wenn es so weit ist. Und mit ein wenig Glück wird es am selben Tag sein, sodass wir gemeinsam gehen können. Dieses Krankenhaus wird fortbestehen, und es ist eine Tatsache, dass unser Beitrag, je älter wir werden, beständig kleiner wird gegenüber den Jüngeren, die mehr Energie besitzen.«

»Seit wann sind Sie so abgeklärt?«, fragte die Oberschwester. Sie klang ein klein wenig verärgert, was sich jedoch schnell gab, weil sie einsah, dass er recht hatte. »Ich stelle fest, dass ich Schlachten kämpfe, die ich eigentlich nicht kämpfen muss«, sagte sie. »So war es früher nie. Es ist, als würde ich sie wollen, um meine Autorität zu festigen. Was für eine Kraftverschwendung.«

Dr. Gaskell versuchte, das Thema zu wechseln. »Wie geht es Ihrer Mutter?«

Die Mutter der Oberschwester lebte in einem der besten Pflegeheime in Lytham St Annes. Es war eher ein Luxushotel, und die Oberschwester hatte das Haus der Familie verkauft, um die Unterbringung zu bezahlen. Ihr die beste Pflege zu sichern, war ihre Art, ihr Gewissen zu beruhigen, weil sie ihr Leben der Sorge für andere gewidmet hatte, nicht für ihre eigene Mutter. Sie besaß immer noch Ersparnisse und einiges Geld aus dem Hausverkauf, doch wenn der Tag kam, dass sie in den Ruhestand trat, hätte sie kein Zuhause und niemanden, zu dem sie gehen konnte. Dr. Gaskell hatte eine Frau und eine Familie. Für ihn wäre die Zukunft ganz anders, dachte sie.

Während sie vor dem Feuer ihren Sherry tranken, hoffte die Oberschwester, dass der Tag, an dem sie sich dem Ruhestand, der Armut und Einsamkeit stellen musste, nie kommen würde.

Unten auf dem Hof verstreute Dessie Horton Kohlen auf dem Pflaster. Dabei rief er dem Pförtnerjungen etwas zu, der mit einem Blecheimer zur Schwesternschule eilte. »Wo willst du damit hin, Tom?«, fragte er.

»Die sind für Biddy. Sie braucht mehr Kohlen für Schwester Haycocks Büro über der Schule, und ich bringe sie ihr.«

»Schon gut, Tom, ich mache das.«

Tom stellte den Eimer hin, schob seine Mütze nach hinten und kratzte sich am Kopf. »Aber das ist meine Arbeit, Dessie.«

»Weiß ich, Junge, doch ich möchte, dass du zurück zur Pförtnerloge läufst. Jake hat eine Liste von Stationen, die Sauerstoffflaschen brauchen. Die sind wichtiger als die Kohle.«

Froh, dass er Dessie nicht verärgert hatte, rannte Tom in Richtung Pförtnerhaus. Wie alle Jungen, die für Dessie arbeiteten, war auch er ausnahmslos loyal ihm gegenüber. Dessie, ein kinderloser Witwer Anfang vierzig, behandelte jeden seiner Helfer so, als wäre er sein Sohn. Und sie vergalten es ihm mit Respekt und Zuneigung.

Emily blickte auf, als sie hörte, wie die Bürotür leise geöffnet wurde. »Ah, hallo, Dessie. Das ist ja eine Überraschung. Wo ist Tom? Er ist doch nicht krank, oder?«

»Nein, ganz und gar nicht. Jake braucht ihn, weil wir einen Ansturm auf Sauerstoffflaschen haben. Anscheinend ist heute auf allen Stationen und in der Aufnahme der Teufel los. Es ist der Smog, sagt die Oberschwester. Der schlägt den Leuten auf die Brust.«

Emily drehte sich um und blickte durchs Fenster zum grauen Himmel und dem gelblichen Dunst in der Luft. »Der ist wirklich furchtbar. Was meinen Sie, Dessie, es heißt, wir bekommen dieses Jahr einen üblen Winter mit viel Schnee?«

Für einen kurzen Moment konnte Dessie nicht antworten. Er wusste, es stand immer schlimmer um ihn. Früher hatte er sie nur aus der Ferne beobachtet, wenn sie durchs Tor der Schwesternschule ging. Sie hatte keine Ahnung, welche Wirkung sie auf jeden Mann hatte, mit dem sie sprach. Sogar Dessies Assistent Jake, der glücklich mit Martha verheiratet war, schmolz bei Schwester Haycocks tiefblauen Augen dahin. Ihre Schwesternschülerinnen verehrten sie und hielten sie für eine Heldin. Immerzu setzte sie sich für sie ein, focht ihre Schlachten, vertrat ihre Interessen und nur wenige ihrer eigenen. Sie war engagiert und leidenschaftlich, aber auch einsam und verwundbar. Wenn er sie abends gehen sah und er wusste, dass sie ihren gebrochenen Stiefvater Alf besuchen würde, wurde Dessie die Brust eng. Er kannte ihre Geschichte. Das taten sie alle. Ihre gesamte Familie – die Mutter und die kleinen Brüder – waren beim Bombeneinschlag in der George Street umgekommen. Nur Alf hatte überlebt, weil er aus dem Haus gelaufen war, um Emily zu suchen.

Nachdem sie Dessie höflich etwas Aufmerksamkeit geschenkt hatte, wandte sie sich bereits wieder den Papieren auf ihrem Schreibtisch zu. Dessie wollte noch etwas sagen, überlegte es sich aber anders und kippte die Kohlen in die Schütte neben dem Kamin. Dann richtete er sich auf und erlaubte sich einen letzten Blick. Sein Herz pochte schneller, was es jetzt in ihrer Gegenwart immer tat. Er hatte es absichtlich so arrangiert, dass er zu ihr gehen konnte. Ihm war ganz gleich, ob sie da war oder nicht. Schon die süße Luft, die sie geatmet hatte, wäre ihm genug gewesen.

Sie schmunzelte über etwas, das sie las, schnalzte leise mit der Zunge und nahm ihren Füllfederhalter auf. Dann begann sie zu schreiben, ohne Dessie wahrzunehmen, der sich einen Augenblick gönnte, um die Frau anzusehen, die ständig seine Gedanken beherrschte.

Es war ihr Haar, stets ordentlich hochgesteckt, aber mit kleinen Locken, die sich den Klammern entzogen und sich noch vor dem Mittagessen befreiten. Es waren ihre kleinen Schritte, ihre Verletzlichkeit, ihr Lächeln, die Art, wie sie sich in das Schwesterncape wickelte, das sie nicht aufgeben wollte. Es gab keinen lebenden Mann, der sich nicht wünschen würde, dieses Cape zu sein. Ihre zierliche Gestalt zu schützen und sie mit seinen Armen zu umfangen. Dessie schaute zu, wie sie schrieb, während er zur Tür ging und sie sehr leise hinter sich schloss, um Schwester Haycock nicht zu stören. Durch das Glas in der Tür sah er noch einmal zu ihr. Sie hatte nicht bemerkt, dass er gegangen war, doch es kümmerte Dessie nicht. Ihm genügte, dass sie seinen Namen kannte, ihm für die Kohlen dankte und ihm in die Augen sah. Damit konnte er eine Woche oder länger überleben.

Dich hat es übel erwischt, Dessie, sagte er sich, als er die Holzstufen, jeweils zwei auf einmal, hinuntereilte.

Biddy, die mit einem Tablett in den Händen im Zwischenstock stand, sah er gar nicht. Ein Lächeln huschte über ihr Gesicht, als er mit gesenktem Kopf und dem leeren Eimer in der Hand an ihr vorbeisprang.

»Waren das die Kohlen für Schwester Haycocks Büro?«, fragte sie.

Dessie hielt mitten im Laufen inne. »Ja, Biddy. Ich habe einige nachgelegt, und die Schütte ist randvoll. Jetzt hat sie es schön warm.«

»Gut, und im Klassenzimmer brauchen wir auch welche. Da

bibbern sich zweiundzwanzig Schwesternschülerinnen halb zu Tode.«

»In Ordnung, ich schicke Tom gleich hin.«

Biddy grinste. »Oh, dann übernimmst du das nicht selbst?« Doch ihre Frage kam zu spät, denn unten fiel bereits die Tür ins Schloss.

»Sieh an«, murmelte sie. »Anscheinend hat Madge recht.«

Emily war ans Fenster gegangen und zog die untere Scheibe ein wenig hoch. Die Möwe trippelte auf dem breiten roten Sandsteinsims zur Seite und beäugte sie misstrauisch, als Emily ihr einen halben trockenen Pfeilwurzkeks hinlegte.

»Hier, du dummer Vogel«, sagte sie. »Der ist für dich.« Die Möwe schaute zu dem Keks und zurück zu Emily. »Iss ihn, wann immer du willst, aber warte nicht zu lange, denn es gibt bald Regen.«

Als sie den Kopf wieder zurückzog, sah sie Dessie über den Hof laufen. Einer der Jungen kam ihm entgegen und nahm ihm den leeren Kohleneimer ab. Emily fiel auf, wie liebevoll Dessie die Mütze des Jungen nach hinten schob und wieder richtig hinrückte. Und der Junge rief lachend: »Mann, Dessie!«

Fröstelnd schloss Emily das Fenster wieder und beobachtete Dessie, wie er zurück zur Pförtnerloge ging.

Biddy kam herein und stellte das Tablett auf den Schreibtisch. »Hm, das ist ja ein schönes Feuer. Ich habe meine Tasse mitgebracht und stehle mir einen Tee aus Ihrer Kanne«, sagte sie zu Emily, die ihr den Rücken zugekehrt hatte und aus dem Fenster schaute.

Sie brachte Emily ihre Tasse und bemerkte Dessie, der soeben um die Ecke bog. Als sie zu Emily sah, erkannte sie, dass sie ebenfalls zu ihm blickte.

»Was ist mit Dessies Frau passiert?«, fragte Emily.

Biddy beschloss, zu lügen und ihr die Geschichte zu erzählen, die man Dessie erzählt hatte. Doch das würde schwierig werden. Je weniger sie sagte, desto besser. »Es war die Bombe am Hafen. Dieselbe Nacht.«

Emily warf ihr einen Seitenblick zu, als sie die Tasse und die Untertasse annahm. Mehr Worte waren nicht nötig. Sie wusste genau, was Biddy meinte. Dessie hatte seine Frau in derselben Nacht verloren wie Emily ihre Familie. Sie beide hatten gelitten, und wie jeder in Liverpool, dem der Krieg nahe Menschen geraubt hatte, litten sie schweigend.

»Mich wundert, dass er niemanden hat, Sie wissen schon, verlobt ist oder so. Er ist solch ein reizender Mann. Ich hätte gedacht, dass ihn sich mittlerweile mal eine kluge Frau geschnappt hat.«

»Dessie? Nein. Er hat lange getrauert, ist jetzt aber drüber hinweg. Ihn interessieren nur seine Jungs und deren Familien. Unten in der Dock Road ist unser Dessie so was wie ein Held.«

Emily nickte – es war ihr bekannt – und drehte sich zu ihrem Schreibtisch um. Zu spät wurde ihr klar, dass Biddy näher ans Fenster getreten war.

»Heilige Maria Mutter Gottes!«, schrie Biddy. »Ist das zu glauben? Dieser Vogel hat uns einen Keks bis hier oben auf den Sims gebracht!«

Kapitel zwei

Amy Currans Elternhaus war mit allem vollgestopft, was man für Geld kaufen konnte. Zu viele Sessel. Zu viele Beistelltische mit Fransendeckchen und dekorativen Lampen. Bilder und Kruzifixe schmückten sämtliche Wände, und es gab kaum einen Zentimeter Fensterbank, auf dem kein Nippes stand. Verglichen mit ihren Nachbarn, waren Amys Eltern wohlhabend. Ihr Vater arbeitete bei McConaghy's, der Jute- und Altmetall-Verarbeitungsfabrik, die seiner Schwägerin und deren Mann gehörte. Dort war er von Anfang an dabei gewesen, hatte die meiste Arbeit geleistet, um das Geschäft in Schwung zu bringen, und bekam dafür fünf Prozent vom Gewinn.

»Fünf lächerliche Prozent. Ohne mich hätten die gar kein Geschäft«, beklagte er sich bei seiner Frau allmorgendlich ungefähr fünf Minuten lang, bevor er seine Mütze aufsetzte, die Donkeyjacke anzog, seine Sandwiches nahm, die stets in fettabweisendes Papier und feuchte Baumwolle eingewickelt waren, und die zwei Meilen zur Arbeit radelte. »McConaghy's ist das, was es ist, weil ich hart dafür gearbeitet habe. Ich halte uns die Händler warm, spendiere ihnen freitagabends ein Pint Guinness. Deine Schwester und ihr Mann haben ihren Kopf bloß, damit's ihnen nicht in den Hals regnet. Zwei Leute halten den Laden am Laufen: ich unten und die kleine Lily Lancashire oben im Büro.«

Dies war ein täglicher Klagegesang, und Amy konnte ihn Wort für Wort nachahmen. Sie verstand nicht, worüber er sich beschwerte.

»Ich kann nichts essen. Mein Magen ist heute Morgen ganz schlimm«, antwortete ihre Mutter jeweils, während sie ihm sein Frühstück hinstellte.

Er ignorierte es immer, trank seinen Tee und fuhr fort: »Lily kennt jeden Penny, der reinkommt oder rausgeht, und sie ist grundehrlich. Das arme Kind kommt in Lumpen zur Arbeit, aber bieten sie ihr eine Lohnerhöhung an? Einen Teufel tun sie!«

»Ich glaube, ich gehe heute mal zum Arzt und sage ihm, wie schlimm es ist. Ich brauche auch neuen Hustensaft, denn dieser wirkt nicht«, klagte seine Frau. Zwei Menschen, die beim Frühstück zwei verschiedene Unterhaltungen führten, jeder in seiner Welt.

Oft hörte Amy ihren Vater über seine fünf Prozent jammern, dachte allerdings, dass es trotzdem recht viel sein musste. Es reichte jedenfalls, dass ihre Mutter jeden Samstagmorgen mit ihr in die Stadt gehen und ihr neue Sachen kaufen konnte. Amy war das am besten gekleidete Mädchen in der Gegend, und das wusste sie. Sie hatte alles. Eine Frisierkommode, die sich unter der Sammlung von Nagellackfläschchen und Lippenstiften fast durchbog; Schuhe in Kartons, die sich beinahe bis zur Decke stapelten, und eine brandneue Fuchspelzstola, die auf einem Bügel außen an ihrem Kleiderschrank hing. Amy liebte ihre Besitztümer und lebte für die Mittwochnachmittage bei der Friseurin und der Maniküre. Überall wurde neidisch aufgeseufzt, wenn sie die Straße hinunter nach Hause ging. Oft waren ihre Arme beladen mit braunen Papiertüten und Schachteln von den besten Geschäften in der Stadt. An ihrem einundzwanzigsten Geburtstag würde sie diesen Weg in dem schwingenden Nerzmantel ihrer Mutter gehen.

Amy hatte eine Freundin, Dodo, die als Sekretärin in der Notaufnahme des St. Angelus Hospital arbeitete. Sie hieß eigentlich Doreen, doch der Name gefiel Amy nicht, weshalb sie ihn in Dodo umwandelte. Als Einzelkind war Amy es gewohnt, alles zu bekommen, was sie wollte. Sie war achtzehn Jahre alt geworden, ohne je ein Nein zu hören, und als sie Doreens Namen änderte, war es dasselbe gewesen: als wäre Doreen eine der vielen Porzellanpuppen, die Amy als Kind bekommen hatte. Und sollte es doch mal einen Anflug von Widerstand geben, wusste Amy, wie man Leuten das Leben schwer machte.

»Also, wenn du mit mir befreundet sein willst, dann kannst du das sein, aber diesen Namen halte ich nicht aus. Doreen? Ein fürchterlicher Name. Wie willst du denn mit diesem Namen einen Jungen finden? So heißen die Freundinnen meiner Mam im Mütterverein.«

Doreen hatte unglücklich dreingeblickt. Sie mochte ihren Namen recht gern. »Ich kann meinen Namen doch nicht ändern, Amy, du Dummkopf. Ich bin Doreen O'Prey, und die werde ich immer sein.«

»Hier, den kannst du haben, Dodo.« Amy hielt der dankbaren Doreen ein halb volles Fläschchen mit rosa Nagellack hin.

Doreen strahlte. Bei ihr zu Hause hatte noch nie jemand einen Nagellack besessen.

»Und, Dodo, ich finde, es wird Zeit, dass wir anfangen, in der Stadt auszugehen. Verfluchte Scheiße, wir sind beide achtzehn und noch Jungfrauen. Das ist doch nicht normal.«

Um ein Haar hätte Doreen den Nagellack fallen lassen. »Amy, so kannst du nicht reden! Jetzt musst du zur Beichte gehen.«

»Nein, muss ich nicht«, erwiderte Amy, die zum ersten Mal

diesen Kraftausdruck ausprobierte und anfing, hysterisch zu lachen. »Verfluchte Scheiße! Da hörst du's noch mal, klingt das nicht toll?«

Doreen sah aus, als würde sie gleich in Ohnmacht fallen.

»Ach, ist ja gut, Dodo, mach dir nicht gleich in die Hose. Ich höre schon auf. Also, du musst dir natürlich irgendwas Hübsches von mir anziehen – nicht geschenkt, verstanden? – und mit mir in die Stadt gehen. So findest du einen netten Jungen und keinen Hafenarbeiter wie all die anderen Mädchen hier. Du musst ja nicht mit ihm ins Bett gehen, aber ich kann es gar nicht erwarten. Ich will wissen, weshalb alle so ein Theater darum machen. Das Grapes Inn ist nichts für mich und dich, Dodo. Wir haben Klasse und gehen in der Stadt aus.«

Obwohl es einigen sanften Widerstand gab, konnte Amy ihren Vater überreden, mit Dodos Vater zu reden, damit sie gemeinsam in die Stadt durften. »Daddy, ich sterbe hier mit Mam. Sie hört nie auf zu jammern, wie krank sie ist. Sie redet nur mit mir, wenn es um ihr Rheuma geht. Bitte, Dad!«

Er war Wachs in ihren Händen. Wann immer er die Chance hatte, seiner hypochondrischen Frau für einen Abend zu entfliehen, ergriff er sie. Also setzte er seine Mütze auf, ging zu Dodos Vater und klärte ihn darüber auf, was für eine gute Idee es war, dass die Mädchen mal einen Samstagabend zusammen ausgingen. Er würde dafür sorgen, dass sie sicher waren, und alle Kosten übernehmen.

So kam es, dass Doreen zu Dodo wurde, wenn sie mit Amy zusammen war, weil sie als Dodo hin und wieder einen alten Mantel geschenkt bekam, ein Teil, bei dem das Futter eingerissen war, oder ein Paar Schuhe mit abgebrochenem Absatz, das sie behalten durfte, wenn sie es reparieren ließ. Und sie gingen zusammen in die Stadt. Doreen begann zu glauben, dass Amy wirklich wusste, wovon sie redete, denn an ihrem ersten Abend lernte sie einen wunderbaren Mann aus Middlesbrough kennen, einen Handelsvertreter. Sie verliebte sich in dem Augenblick in ihn, als er mit einer kleinen Flasche Rotwein in der einen und einer Zigarette in der anderen Hand auf sie zukam.

Doreen hatte in ihrem ganzen Leben noch nie Alkohol getrunken, und es war auch das erste Mal, dass sie rauchte. »Ich weiß nicht, was ich tun soll«, hatte sie schüchtern gesagt, als er ihr die Zigarette anzündete und sie ihr gab.

»Lern es, und zwar verflucht schnell, Dodo«, zischte Amy, was Doreen sehr peinlich war.

Sie fragte sich, warum Amy sich ihre Bemerkungen nicht für den Mann namens Ben aufsparte, der sie mit Aufmerksamkeit überschüttete. Sie zog an der Zigarette, hustete und wäre am liebsten gestorben, als Amy laut lachte und zu den beiden Männern sagte: »Guckt sie euch an! Sie weiß gar nichts. Klecker mir ja keinen Rotwein auf mein Kleid, Dodo. Du kannst dir die Reinigung nicht leisten.«

Doreen wäre fast vergangen vor Scham und wünschte, der Boden möge sich auftun und sie verschlucken. Mit Amy war es immer dasselbe. Hätte sie doch nur den Mut, ihr zu sagen, sie könne sich ihr Kleid sonst wo hinstecken, und nach Hause zu gehen. Doch weil ihr Vater wegen seiner Kriegsverletzungen nicht arbeiten konnte, gab Doreen ihren gesamten Lohn ihrer Mutter, und dies war ihre einzige Chance, einen Abend auszugehen.

Amy wusste, dass Doreen kein Geld hatte. Deshalb hatte sie den Bus in die Stadt und die ersten Getränke an der Bar des Grand bezahlt, wofür Dodo ihr dankbar war. Das durfte sie nicht vergessen.

»Was verkaufen Sie?«, fragte Doreen ihren Verehrer, um von Amys gemeinem Lachen abzulenken.

»Staubsauger«, antwortete er, während er ihr Glas füllte. »Bleiben Sie bei mir, Dodo, und es wird nie ein zeitsparendes Gerät geben, von dem Sie noch nicht gehört haben. Ich bekomme sie alle direkt aus Amerika.«

Dodo hatte noch nie einen Staubsauger gesehen und war entsprechend beeindruckt. Vielleicht hatte Amy recht, und es könnte ein anderes Leben auf sie warten.

Am vierten Samstagabend hatte sich der Reiz, verqualmte Bars und Musik zu entdecken, für Amy abgenutzt, nicht hingegen der des Mannes, der ihr Getränke spendierte. Bisher wusste sie von ihm lediglich, dass er Ben hieß. Er hatte ihr weder seinen Nachnamen verraten, noch, wo er wohnte. Doch die Antworten auf diese Fragen fand sie selbst heraus, als er einmal in der Bar des Adelphi zur Toilette ging und sie allein mit den anderen zurückblieb. Da tauchte sie eine Hand in seine Jackentasche und zog seine Brieftasche heraus. Dort stand alles in seinen Dokumenten, und sie merkte sich seinen Namen und seine Adresse. Nachdem sie den dicken Packen Zehnpfundscheine bewundert hatte, steckte sie die Brieftasche wieder zurück.

Doreen beugte sich zu Amy vor. »Ich glaube, nächste Woche komme ich nicht mit, Amy. Dieser Bob ist nicht so nett, und ehrlich gesagt finde ich es langweilig, dass er nur über Staubsauger und Dampfbügeleisen redet. Nächsten Samstag musst du dir jemand anderen suchen. Da gehe ich lieber mit meiner Mam und ihren Freundinnen zum Bingo.« Den ganzen Tag über hatte Doreen schon ihren Mut sammeln müssen, um Amy das zu sagen. Jetzt war ihr Mund ausgetrocknet, und ihre Hände zitterten.

Amy drehte sich zu Doreen, und ihr Tonfall wurde so giftig, dass Doreen Tränen in den Augen brannten. »Mach das ruhig, aber komm später nicht heulend zu mir gelaufen, wenn du kein anständiges Kleid anzuziehen hast. Geh in Lumpen zum Bingo, und lass dich ja nicht mehr bei mir blicken, du nichtsnutziges Ding!«

Doreens Kehle war wie zugeschnürt, und sie konnte nicht antworten. Stattdessen floh sie zum Eingang des Lokals und wartete auf den Mann, den sie glücklicherweise bald los wäre. Bob. Doreen hatte ihm versprochen, dass er sie im Bus nach Hause begleiten durfte, und wie könnte sie das ablehnen? Da Amy so eingeschnappt war, hatte sie ohnehin niemand anderen, der ihr den Bus bezahlen konnte. Hätte sie das Geld gehabt, wäre sie allein nach Hause gefahren. Sie wäre zur nächsten Haltestelle gerannt – nur weg von ihnen allen.

Doreen schloss die Augen. Ihr war gleich, ob sie in Lumpen herumlief. Dieses Ausgehen mit Amy, die Treffen mit Männern in Bars und das Fluchen waren nichts für sie. Und es reichte ihr. Sie mochte arm sein, aber sie war nicht so dumm, dass sie nicht erkannte, wie sehr dies hier ihrem Ruf schadete. Doreen war ein anständiges Mädchen. Ihre Familie respektierte sie. Ihr Vater war stolz auf sie, weil sie die Stelle im Krankenhaus bekommen hatte. Sein Freund Dessie hatte sie ihnen vermittelt. Die beiden hatten zusammen im Krieg gedient, und sobald ihr Vater hatte einsehen müssen, dass seine geschwächte Brust ihn zum Invaliden machte, war Dessie zu ihnen gekommen, um zu sehen, was er tun könnte. Zu Anfang hatte Doreen ihren Alltag hart gefunden. Sie hatte ganz unten anfangen müssen, doch mittlerweile arbeitete sie in der Notaufnahme, wo sie die Patientendaten notierte, und sie liebte es. Die Leute kamen sogar zu ihr nach Hause und erzählten ihr von ihren Leiden. Ihr wurde klar, dass sie ein besserer Mensch war, als Amy gerade wurde, und sie wollte nicht deren Weg einschlagen.

Amy blickte ihr nach, als sie zum Eingang des Adelphi eilte. Sie stand auf und wartete darauf, dass Dodo es sich anders überlegte und zurückkam. Aber die drehte sich nicht einmal mehr um, blieb einfach nur dort stehen und kehrte Amy den Rücken zu. Tja, dann hau doch ab, Dodo, dachte Amy und trank ihren Piccolo aus. Sie würde schon wiederkommen, dessen war Amy sich sicher. Und jetzt hatte sie andere Pläne. Ihre Eltern waren heute Morgen in ihren jährlichen Urlaub abgereist, sodass sie allein zu Hause war und ihre Freiheit genießen konnte. In ihrem roten Mantel und den passenden Schuhen sah sie aus wie ein bunt gefiederter Vogel und platzte fast vor Lebenslust und Wagemut.

Ben kam von der Toilette zurück und zog im Gehen seinen Reißverschluss hoch. Er war immer viel schicker angezogen als Bob. Und er hatte eindeutig Geld; so viel stand für Amy nun fest.

»Wo ist Dodo?«, fragte er, während er sich eine Zigarette anzündete.

»Die wollte früher gehen. Bob bringt sie mit dem Bus nach Hause, hat sie gesagt.«

»Sie ist noch ein bisschen kindlich. Nicht wie du, was, Amy? Du bist schon eine erwachsene Frau.« Ben neigte sich vor, und ehe er sie aufs Ohr küsste, blies er ihr den Rauch ins Gesicht.

»Meine Eltern sind weg. Möchtest du mit zu mir kommen?«, flüsterte sie.

Als er den Kopf von ihrem Hals hob, blitzten seine Augen auf. »Ob ich möchte? Natürlich möchte ich. Ich finde, das klingt nach einer sehr guten Idee.«

Die vorherigen Samstage hatte Ben sie zur Bushaltestelle begleitet. Am ersten Abend hatte er sie geküsst. Am zweiten hatte er eine Hand in ihren BH geschoben, und Amy war schwindlig geworden vor Aufregung. Er hatte ihren Hals geküsst und geraunt: »Heb deinen Rock hoch, Amy.« Dazu blieb jedoch keine Zeit, denn die Lichter des nahenden Busses hatten die Haltestelle schon hell erleuchtet.

Amy war erpicht darauf, dass Ben so schnell wie möglich mehr wollte. Sie wusste, dass es falsch war und ihr Vater, sollte er vorbeikommen und sie sehen, vor Entsetzen sterben würde. Doch das kümmerte sie nicht. Sie langweilte sich und musste etwas haben, das man nicht kaufen konnte. Kleider, Schuhe und Taschen wurden allmählich öde, und dasselbe galt jetzt auch für Dodo, das Mädchen, dessen Namen sie geändert hatte.

»Wenn ich Ben alles erlaube, wird er mich heiraten wollen«, hatte sie am Nachmittag davor zu Dodo gesagt.

»Niemand macht das vor der Hochzeit«, hatte Dodo entsetzt erwidert.

Als ihre Eltern heute Morgen endlich zu ihrer alljährlichen Reise nach Abersoch aufbrachen, konnte Amy sie gar nicht schnell genug aus dem Haus haben. Sie fuhren in dem neuen Wagen, den sie von den fünf Prozent gekauft hatten.

»Meine Gallenblase spielt verrückt«, hatte ihre Mutter geklagt. »Mir ist nicht wohl dabei, so weit weg vom St. Angelus zu sein, wenn es mir so schlecht geht. Was ist, wenn sie platzt oder so und ich ins Krankenhaus muss?«

Amys Mutter jammerte über ihre Gallenblase, seit ihr Hausarzt, in dem verzweifelten Versuch, irgendeine Diagnose für die vielen Wehwehchen ihrer Mutter zu finden, dieses Organ erwähnte, das berüchtigt dafür war, blonden, dicken Frauen über fünfzig Probleme zu machen.

»Kann die platzen?«, hatte ihr Mann besorgt gefragt.

»Nein, kann sie natürlich nicht, Dad«, sagte Amy, als sie die Kofferraumklappe über dem neuen Lederkoffer ihrer Mutter schloss. »Ich habe Dodo gefragt, und sie sagt, das ist unmöglich.« Amy hatte nichts dergleichen getan, war jedoch auf jeden Einwand vorbereitet gewesen, den ihre Mutter vorbringen könnte, um ihrem Vater den Urlaub auszureden, für den er das ganze

Jahr gearbeitet hatte. »Und gibt es nicht auch ein Krankenhaus in Abersoch?«

»Ich weiß nicht, ob da eines ist.« Ihre Mutter klang sehr ängstlich. »Haben wir das nachgesehen?«

Ihr Mann nahm seine Mütze ab, strich sich das Haar zurück und wartete eine Sekunde, bevor er etwas sagte. Seine Frau zählte zur schlimmsten Sorte von Hypochondern und hatte schon jede Krankheit gehabt, die der Menschheit bekannt war – sowie einige bisher unbekannte. Wie durch ein Wunder war sie allerdings nie mittwochs krank, wenn sie zum Friseur wollte, oder samstags, an ihrem Einkaufstag. An jedem anderen Wochentag bestand die Gefahr, dass ihre Schwester anrief und sie in die Fabrik bestellte, damit sie ihrem Mann dabei half, seine fünf Prozent zu verdienen. Das war schon häufiger zur Sprache gekommen, seit Amy vierzehn war. Da hatte ihre Mutter die erste mysteriöse Krankheit bekommen, und seither wurden die Beschwerden beständig dramatischer und häufiger.

»Ich bin überzeugt, dass es ein Krankenhaus und einen Arzt gibt. Und wenn wir erst mal in Abersoch sind, wird die Seeluft dir guttun.«

Amys Mutter sah ihren Mann verächtlich an. »Dir ist vollkommen egal, wie ich mich fühle«, nörgelte sie, während Amy sie auf den Beifahrersitz bugsierte und die Wagentür zuknallte.

»Meinst du wirklich, dass du allein zurechtkommst, Prinzessin?«, fragte ihr Vater, ehe er die Fahrertür öffnete. Amy war sein Ein und Alles. Er betete sie an und verwöhnte sie nach Strich und Faden. In seinen Augen konnte sie gar nichts falsch machen.

»Sieh doch, Dad.« Amy zeigte auf Dodo, die gerade auf sie zukam. »Dodo ist bei mir. Wir machen uns abends zusammen die Haare und sehen fern. Der Fernseher ist ja nicht nur dazu da, in der Ecke zu stehen, oder?«

Amy und ihre Eltern kannten sonst niemanden, der einen Fernseher besaß. Aber noch am selben Tag, an dem Amy um einen gebeten hatte, war er geliefert worden.

Ihr Vater küsste sie aufs Haar, stieg grinsend in den Wagen und ließ den Motor an. Amy wusste, dass er es nicht erwarten konnte, nach Abersoch zu kommen und vierzehn Tage ohne Fabrik und ohne Mrs McConaghy zu sein, seine Schwägerin, die er nie beim Vornamen nennen durfte. Amy stellte ihn sich an dem langen Strand vor, wo er sich eine Bank weit weg von ihrer jammernden Mutter suchen, dem Meeresrauschen lauschen und seine innere Ruhe wiederfinden würde.

Amy und Dodo winkten dem Wagen nach. Kaum war er um die Ecke gebogen, rief Amy aus: »Wir haben nur sechs Stunden, um uns fertig zu machen. Los jetzt.«

Den Nachmittag über stellten sie sehr viel mit ihrem Haar und Make-up an und probierten so gut wie jedes Teil in Amys Kleiderschrank.

»Sollen wir nicht noch aufräumen, Amy?«, fragte Dodo.

»Du weißt doch, dass wir eine Frau haben, die das macht. Sie kommt am Montag. Lassen wir ihr das, sonst hat sie nichts zu tun. Unser Haus ist sowieso immer zu ordentlich.«

Dodo schaute sich besorgt im Zimmer um. Ein solches Chaos war ihr fremd. Und ihr kam der Gedanke, dass Amy jetzt, da ihre Eltern weg waren, ein bisschen überschnappte. Ihre Augen glänzten, und sie konnte ihre Aufregung kaum bändigen.

»Ich nehme Ben heute Nacht mit hierher, Dodo.« Amy saß an der Frisierkommode und bürstete sich das Haar mit hundert Strichen.

»In dieses Chaos?« Dodo blickte sich um. »Amy, hast du dir überlegt, was du da tust? Ich meine, was weißt du denn über diesen Mann? Du hast ihn erst dreimal getroffen.«

»Ja, aber er ist ein Gentleman. Komm schon, Dodo, hättest du ein bisschen mehr Klasse, würdest du ihn auch mögen. War ja klar, dass du dir einen Staubsaugervertreter angelst. Das ist ziemlich billig, und wahrscheinlich ist er obendrein noch verheiratet. Andererseits ist es auch wieder aufregend, oder? Was glaubst du, wie es ist, von einem verheirateten Mann geküsst zu werden, Dodo? Lass dich heute Abend von ihm küssen, und erzähl es mir dann. Ich schenke dir auch meinen Eyeliner-Pinsel, wenn du das machst.«

Dodo hätte Amy am liebsten mit der Haarbürste, die sie gerade in der Hand hielt, auf den Kopf geschlagen. »Nein, das werde ich nicht. So eine bin ich nicht, Amy, und du solltest auch nicht so sein.«

Amy lachte. »Du bist wirklich altmodisch, Dodo! Aber das ist mir egal, ich will Spaß haben. Ich trinke heute Abend nur Piccolos, und dann bringe ich Ben mit hierher und werde die beste Nacht meines Lebens haben.«

Und nun streifte sie, als sie aus dem Adelphi ging, aufgeregt ihren roten Mantel über – bereit, ihren Plan für eine Nacht voller Leidenschaft wahr zu machen. Ben lief die wenigen Stufen von der Bar auf die Straße voraus und bat den Portier, ihnen ein Taxi heranzuwinken. »Heute Abend fährst du nicht mit dem Bus, Amy. Ich will meine ganz besondere Dame verwöhnen.«

Amy grinste. Ja, sie fühlte sich als etwas Besonderes. Sie trug ihre Fuchsstola und einen neuen Hut, und sie wusste, dass sie kultiviert und deutlich älter als achtzehn aussah. Sie fragte sich, ob sie Ben sagen sollte, dass sie noch Jungfrau war, entschied sich aber dagegen. Er könnte sie für ein Kind halten und sich von ihrer mangelnden weiblichen Erfahrung abschrecken lassen. Nein, das würde sie sich bis zur letzten Sekunde aufsparen, und vielleicht musste sie es ihm auch gar nicht auf die Nase binden.

»Schade, dass deine Freundin Dodo so früh wegmusste.«

Amy war für einen Moment verwirrt. »Ach, Dodo ist noch ein richtiges Baby. Wenn sie nicht um zehn zu Hause ist, drehen ihre Eltern durch. Bei mir ist das nicht so, Ben. Ich tue, was ich will.« Um ihrer Behauptung Nachdruck zu verleihen, blies sie Ben ihren Zigarettenrauch ins Gesicht. Heute Nacht war sie Rita Hayworth, nur hübscher.

Als sie zu Hause ankamen, hatte Amy nicht einmal Zeit, das Licht in der Diele einzuschalten. Ihre Schlüssel fielen auf die Kokosfußmatte mit Monogramm, während Ben mit dem Fuß die Tür zuknallte und sofort begann, ihren Mantel aufzuknöpfen. Er riss ihr die Fuchspelzstola von den Schultern und warf sie auf die Treppe, wo sie mit einem dumpfen Aufprall auf dem neuen Axminster-Teppich landete.

»Vorsichtig«, sagte Amy und rang nach Luft. Ben war überall. Er hatte es eilig. So wollte sie es nicht. Sie fühlte seine Hände auf ihrer Bluse, hörte, wie ein Knopf abriss, und dann waren seine Finger am Rand ihres französischen Seidenschlüpfers. Amy hatte keine Ahnung, was sie tun oder wo sie ihre Hände lassen sollte. »Ben!«, sagte sie. »Ben, wir können in die Küche gehen, zum Sofa. Möchtest du etwas trinken? Mein Dad hat Whiskey im Schrank.«

Für einen kurzen Moment ließ Ben sie los. Er blickte über die Schulter und dachte nach. »Wo ist das?«, fragte er. Seine Stimme hatte sich verändert, klang fremd, kehlig und ungeduldig.

Amy wollte die Schüchterne spielen, was ihr aber nicht gelang. Stattdessen stolperte sie leicht, als sie zur Küchentür ging und sie öffnete. Binnen Sekunden lag sie auf dem Sofa und Ben auf ihr. So schnell konnte sie gar nicht denken.

Sein Gewicht lastete auf ihr, sodass sie Mühe hatte zu atmen. Ihr war bewusst, dass sie inzwischen von der Hüfte abwärts nackt war, weil Ben ihr mit seinen geübten Händen die meisten Sachen ausgezogen hatte.

»Ich bin noch Jungfrau«, platzte sie heraus. Sie hatte nicht vorgehabt, es ihm zu sagen, doch ihr fiel nichts anderes ein, was ihr Zeit verschaffen könnte. Sie wollte, dass er sich zurückhielt, bis sie zu Atem kam, und ihrem Verstand die Chance gab, richtig zu begreifen, was gerade passierte.

Draußen hörte sie einen Schrei. Das war doch ein Schrei gewesen? Sie wollte sich auf einen Ellbogen aufstützen, doch Ben drückte sie wieder nach unten. »Wo willst du hin, Fräulein?« Sein Lächeln war eher ein anzügliches Grinsen, und sein Atem roch streng nach Whiskey und Zigaretten. Wieder war der Schrei zu hören. Er klang nach Dodo. War es Dodo?

»Ben, hast du das gehört?« Noch nie im Leben hatte sie solch einen Schrei gehört. Er kam aus der Gasse, die hinter dem Haus verlief. Amy wollte aufstehen, die Tür öffnen und nachsehen, doch es war zu spät, denn Ben hatte seine Lippen wieder grob auf ihren Mund gepresst. Sie spürte, wie sich ihr Körper versteifte. Das hier lief nicht wie geplant.

Sie fragte sich, was fehlte. Sollte es so sein? Ihr erstes Mal hatte sie sich anders vorgestellt.

Er bewegte sich, und sie rang nach Luft. Endlich brachte sie einen Ton heraus: »Ben, warte.«

Er hob den Kopf und sah sie an. »Was?«, fragte er schroff. »Was ist los?«

»Ich will ja«, flüsterte sie. »Wirklich. Ich habe das nur noch nie gemacht.«

»Alles wird gut. Es tut nicht weh. Ich liebe dich, Amy, ehrlich. Du bist eine fantastische Frau. Richtig wunderschön. In ganz Liverpool gibt es keine Frau, die so schön ist wie du, weißt du das?«

Amy wurde weich. Er hatte sie eine Frau genannt. Er liebte sie.

Sie war wunderschön. Ja, so war es schon besser. Und dann, ohne eine Sekunde zu warten, rammte er sein Glied heftig in sie hinein, und sie schrie auf vor Schmerz.

Es tat sehr weh. Er war ungeduldig, und seine Fingernägel waren scharf. Ihr Bein schmerzte, als er es zur Seite drückte. Er hörte ihre Bitte nicht, eine Sekunde zu warten, bis sie sich an den Schmerz gewöhnt hatte. Und ehe sie sich's versah, stieß er immer wieder in sie, seine Hüftknochen drückten ihr in die Seite, und das Gewicht seiner Schenkel tat ihr weh. Doch es war zu spät zum Reden. Er war wie weggetreten, ganz in seinem eigenen Verlangen gefangen, bis er ein Geräusch von sich gab wie ein wildes Tier und innehielt. Sekunden später war alles vorbei, und ihr erster Gedanke lautete: War das alles? Sie sah sein Profil mit dem starrenden Blick, halb grinsend, schwer atmend, und sie war angeekelt. Dann blieb ihr das Herz stehen vor Schreck, weil die Haustür zuknallte.

»Ich hab dir ja gesagt, dass mir schlecht ist, aber du wolltest mir nicht glauben. Denkst du, ich habe die Suppe absichtlich erbrochen? Das Hotel war das schlechteste, in dem ich jemals gewohnt habe, und das will einiges heißen, wenn man sich an unsere Flitterwochen erinnert. Ich würde nicht mal meinen neuen Koffer in dem Zimmer lassen, von uns selbst ganz zu schweigen. Was für ein Theater! Aber ... was ...? Ist das nicht Amys Stola?«

Ben war fort. Blitzschnell hatte er seine Hose hochgezogen, die andere Küchentür gesehen, den Riegel zur Seite geschoben und war nach hinten rausgerannt. Allerdings war zuvor schon das Licht in der Küche angegangen, sodass Amys Vater für einen Sekundenbruchteil seinen nackten Hintern gesehen hatte. Er brauchte einen Augenblick, um zu begreifen, was er da sah, dann jagte er Ben hinterher.

Amy überlegte rasch. »Er ist eingebrochen, Mam«, sagte sie,

während sie ihre Kleider zusammenraffte und sich bedeckte. »Er ist eingebrochen!«

»Wirklich? Durch die verriegelte Küchentür? Tatsächlich? Und vorher hatte er beschlossen, deine Sachen in der Diele herumzuwerfen, ja?« Ihre Mutter klang eiskalt, und Amy ahnte, dass ihr Leben sich ändern würde.

Ben kletterte über den Zaun, und sogar mit dem Hosenbund an seinen Knien war er zu jung und zu schnell für Amys Vater, der so laut brüllte, dass die ganze Nachbarschaft wach wurde. Zwar konnte er Ben nicht einholen, aber er fand Doreen, die mit blutendem Kopf in der Gasse lag.

Und so kam es, dass Amy in ein und derselben Nacht ihre Unschuld, ihren guten Ruf, ihre beste und einzige Freundin, das Vertrauen ihrer Eltern und Ben verlor. Sie wusste noch nicht, dass sie sich noch etwas weit Problematischeres eingehandelt hatte als die Wut ihrer Eltern; und etwas, wie sich herausstellen sollte, Gefährliches obendrein.

Doreen dachte, sie müsste eigentlich bei der Arbeit sein. Sie lag auf dem Rücken, ihre Augen waren geschlossen, und sie war verwirrt. Was um alles in der Welt tat sie da bloß – sich bei der Arbeit hinzulegen? Sie versuchte, sich aufzurichten, und beinahe wäre es ihr gelungen. Dann hörte sie Schritte kommen und ein Flüstern, das nach der Oberschwester klang.

»Wissen ihre Eltern Bescheid?«

»Ja, die haben sie hergebracht. Die beiden sind mit der Polizei im Wartebereich. Das Mädchen wurde nur wenige Meter von ihrem Elternhaus gefunden.«

Das war die Nachtschwester, dachte Doreen.

»Hallo …« Sie versuchte zu sprechen.

Doreen arbeitete nachts nicht, also was tat sie jetzt im St.

Angelus? Sonst sprach sie nur mit der Nachtschwester, wenn sie morgens die Übergabe machte. Und warum war die Oberschwester in der Notaufnahme? Sie rief Doreen immer an, bevor sie kam, denn sie verstanden sich gut, Doreen und die Oberschwester. Sie wusste, dass die Oberschwester streng zu den Schwesternschülerinnen war, aber das musste sie mit Doreen nie sein. Dessie hatte sie ihr vorgestellt, und die Oberschwester hatte Doreen geholfen, sich bis zu ihrem jetzigen Posten in der Notaufnahme hochzuarbeiten. Seitdem strengte Doreen sich täglich an, damit die Oberschwester und Dessie nie enttäuscht von ihr wären. Sie sollten sehen, dass sie die richtige Wahl getroffen hatten.

»Wir haben Sie gerufen, Oberschwester, und es macht Ihnen hoffentlich nichts aus. Ich dachte, weil sie doch hier arbeitet, wollten Sie es wissen.«

»Hören Sie mich, Doreen?«

Doreen wollte antworten, aber ihr Hals war angeschwollen, und von dem metallischen Geruch und Geschmack in ihrem Mund wurde ihr übel. Das war Blut. Jemand musste sehr stark geblutet haben. Bei der Arbeit in der Notaufnahme hatte sie sich an diesen Geruch gewöhnt, nur war er jetzt zu stark.

Sie stützte sich halb auf und würgte.

»Schon gut, meine Liebe, ich halte Sie.«

Arme legten sich von hinten um ihre Schultern und stützten sie. Wessen Arme? Sie wollte hinsehen, zu wem sie gehörten. Ihre Augen öffneten sich einen Spaltweit, gerade weit genug, um die weiße Nierenschale zu sehen, in die sie sich übergab. Und sie hörte ein Klirren.

»Zählen Sie die Zähne, Schwester.« Das war die Oberschwester. Wessen Zähne?

»Wir müssen sie zum OP bringen«, sagte nun die Nachtschwester.

Doreen versuchte, die Augen zu öffnen, aber ihre Lider klebten zusammen, und sosehr sie sich auch bemühte, sie wollten sich nicht trennen lassen. Der dumpfe und überwältigende Schmerz auf ihrem Gesicht brachte sie beinahe zum Heulen.

»Ich bin so schnell gekommen, wie ich konnte. Wie sind ihre Werte? Zählen Sie die Zähne, Schwester, nur zur Sicherheit. Wie viele fehlen, werden wir später sehen können.« Das war eindeutig Dr. Mackintosh. Er war da und wollte, dass jemandes Zähne gezählt wurden.

»Mir gefällt das Erbrechen nicht. Wann hat es angefangen? Bringen wir sie ins Röntgen.«

»Sie ist vergewaltigt worden, Doktor. Sie hat einen großen Dammriss, viel Blut verloren, und ihr Arm ist gebrochen. Aber die Kopfverletzung scheint das große Problem zu sein. Wie es aussieht, wurde ihr Kopf gegen eine Mauer geknallt.« Wieder die Nachtschwester. Sollte sie nicht schon nach Hause gegangen sein?

»Sehen Sie sich die Augen an. Ich kann sie kaum öffnen, um eine Pupillenreaktion zu bekommen. Er muss richtig übel zugeschlagen haben. Das arme, arme Mädchen. Was hat sie getan, um das zu verdienen?« Die Oberschwester war nett. Sie sorgte sich offensichtlich sehr um irgendein armes, armes Mädchen.

Kurz bevor sie erneut in Schwärze abtauchte, hörte Doreen jemanden weinen, und es klang wie die Oberschwester. Aber das konnte ja wohl nicht sein.

»Schwester, beeilen Sie sich bitte. Ich brauche diese junge Dame auf der Station und muss der Polizei sagen, dass sie morgen wiederkommen sollen. Dann kann ich ihnen einen vollen Bericht geben. Jetzt gerade geht es mir mehr um ihre Kopfverletzungen und darum, sie am Leben zu erhalten. Das wird eine sehr lange Nacht.« Und dann hörte sie wieder die Stimme der Oberschwester: »Sie ist eine von uns, Doktor. Sie gehört zur St.-Angelus-Familie. Geben Sie Ihr Bestes.«

Wer? Von wem redete die Oberschwester?

Doreen wollte ihren Kopf heben. Das Telefon klingelte, und sie musste rangehen, doch ihr fielen die Augen wieder zu, und sie glitt in völlige Dunkelheit.

Kapitel drei

Wenn es etwas gab, was Lily Lancashire mehr hasste als alles andere auf der Welt, dann war es der Lärm spielender Kinder.

Lilys Zuhause waren die Clare Cottages am Ufer des Mersey in der Old Dock Road. Ihrer Meinung nach musste derjenige, der diesem hässlichen viergeschossigen und rußgeschwärzten Backstein-Sozialbau diesen Namen verliehen hatte, entweder besoffen oder grausam gewesen sein. »Wir sind nur hergezogen, weil es sich so nett anhörte«, sagten die Nachbarn oft. »Was für ein Witz! Die auf dem Amt haben sich bestimmt krankgelacht!«

Das Amt war die Liverpool Corporation, die Besitzerin der Clare Cottages. Dasselbe Amt, das sich entschlossen hatte, die ausgebombten Bewohner der Scotland Road, wo bis zu vier große Familien in jedem Haus gelebt hatten, in die bereits überfüllten Clare Cottages umzuquartieren.

Diejenigen, die sich über die Zustände in den Clare Cottages beschwerten, waren die, die mit Stolz auf ihr Zuhause blicken wollten, die ihre Netzgardinen wuschen, die Eingangsstufen schrubbten und die sich gegenseitig Wäschebleiche liehen, wenn sie jemandem ausgegangen war. Lilys Mutter war, zum großen Bedauern von Lily, keine dieser Frauen. Sie sprang nie an einem strahlenden Morgen aus dem Bett, um die Gardinen draußen auf die Leine zu bekommen, half nie anderen Frauen auf demselben

Stockwerk, einen Kinderwagen voll nasser Wäsche nach unten auf den Hof zu schaffen, ging nie bei den Nachbarn ein und aus.

Lily wünschte, ihre Mutter könne mehr wie Mrs McGuffy sein, die sich als selbst ernannte Wächterin über die Wäscheleinen im Hof postierte. »Ich passe auf, dass die Gardinen nicht runterwehen«, rief Mrs McGuffy allen bei gutem Wetter zu. »Schickt mir nur unseren Billy mit einem Stuhl und meinen Zigaretten runter. Mit meinen verdammten Beingeschwüren kann ich die Treppen nicht mehr als einmal am Tag laufen.« Und dann saß sie da, den ganzen Tag, umgeben von einer Duftwolke aus Wäschebleiche, das Gesicht der Sonne hingestreckt und ihre Drahtlockenwickler im Haar, die auf ihrer Kopfhaut brannten, während der Teer in der Dachpappe auf den Mülltonnenhäuschen schmolz. Sobald die Gardinen trocken waren, rief sie die Kinder zusammen und wies sie an, sie sonnengebleicht und zusammengelegt zu den jeweiligen Besitzern zurückzubringen, bevor die nächste Ladung für die Leinen zusammen mit einer frischen Tasse Tee für sie gebracht wurde. Immerzu stand eine angeschlagene, fleckige Teetasse neben ihr auf der Metalltonne, und wenn sie den Inhalt fast ausgetrunken hatte, nutzte sie den Rest, um ihre Zigaretten darin auszudrücken. Für Mrs McGuffy war Sauberkeit oberstes Gebot. Sie duldete nicht, dass jemand Zigarettenstummel auf den Zementboden unter den Wäschestangen warf, ganz gleich, ob das hier die mieseste Wohngegend in ganz Liverpool war. »Schmeiß den Stummel doch bitte weg, sei so lieb, bevor du die Tasse auffüllst«, sagte sie zu jedem Kind, das geschickt wurde, um ihr Nachschub zu bringen. Und keines von ihnen vergaß es, was allerdings fast schon egal war, denn der Tee war so stark und gesüßt, dass sie ihn so oder so getrunken hätte.

Es gab zwei Arten von Familien in den Clare Cottages. Die mit Müttern wie Mrs McGuffy, die ihre Kinder genauso hingebungsvoll und regelmäßig schrubbten wie ihre Eingangsstufen, die saubere Fenster hatten, Kekse buken, jede Woche am selben Tag zur Waschküche gingen und ihre Kinder jeden Samstagabend zum öffentlichen Bad brachten, um sie für den Kirchenbesuch am Sonntag bereit zu machen. In solchen Familien kamen Läuse und Rachitis nicht vor. Ihre Kinder liefen nicht auf spargeldürren Beinen herum oder wischten sich immerfort die triefenden Augen. Ihr Haar war nicht stumpf von Mangelernährung und die Haut nicht permanent dunkel vom Dreck, der sich in sie eingegraben hatte. Und ihnen war selten kalt.

In Familien wie Lilys hingegen gingen die Eltern nicht zur Messe in St. Chad's, weil sie lieber dem Bartresen im Red Admiral huldigten. Bei ihnen gab es keine Regelmäßigkeit, was Ordnung und Sauberkeit anging. Ihre Ausflüge zum öffentlichen Badehaus waren rar und standen eigentlich nur an, wenn sich die Fürsorge zur Inspektion ankündigte oder die Läuse überhandnahmen. Essen gab es, zwar nicht immer, aber meistens einmal am Tag. Keiner im Haus fragte diese Mütter, ob sie ihnen Wäschebleiche leihen könnten. Die Gardinen und die Bettwäsche in diesen Wohnungen hatten die Farbe eines trüben Wintertags.

Die sogenannten Cottages waren eng, feucht und schäbig. Ursprünglich sollten sie die zweite Welle irischer Arbeiter in Liverpool beherbergen, die kamen, um neue Straßen zu bauen. Da die Rede von neuen Sozialwohnungen war, die bald gebaut werden sollten, kam halb Dublin her, um nach Arbeit zu suchen. Die Häuser waren viergeschossig mit vielen Treppen und langen, dunklen Laubengängen, die vor den Küchenfenstern verliefen. In jeder Wohnung stand ein Ofen im Wohnzimmer, es gab fließend Wasser in der Küche und eine kleine Kohlenkammer neben der Wohnungstür. Auf jedem Halbgeschoss befand sich eine Toilette, die sich zehn Familien teilten. Der betonierte Innenhof bot Platz für Mülltonnen, Wäscheleinen und Kinder, die Stunden dort verbrachten, um ihren Müttern aus dem Weg und außer Reichweite der Gürtel ihrer Väter zu sein.

»Kommt ihr raus zum Spielen?«, hallte es durch die Laubengänge, wenn die Kinder sie entlangliefen und an die Türen klopften. Die Kinder quollen in den Hof und auf die enge Straße vorn, um Fußball zu spielen, falls eines von ihnen einen Ball besaß, oder auf dem schmutzigen Boden zu hocken und Murmeln zu rollen.

Kleine Mädchen, nicht älter als vier, schoben stundenlang Kinderwagen auf den Laubengängen hin und her. Sie blieben höchstens mal stehen, wenn sie sich um eines der unten herum nackten Kleinkinder kümmern mussten, die hinter ihnen herwackelten. Diese Mädchen wurden schon vor ihrem ersten Schultag in die Mutterrolle gedrängt. Die Clare Cottages brachten jede Menge Rauch, Kinder und verlorene Lebenschancen hervor.

Das ewige Rufen, das Gebrüll, das Wummern der Bälle und der Laufschritte, das Babygeschrei und der Lärm von Kinderwagen, die treppauf und treppab befördert wurden, drangen bis in Lilys Zimmer, und sie hasste es. »Oh Gott, bitte, gib mir Ruhe«, lautete ihr Gebet inmitten dieser lärmenden Welt.

Manchmal, wenn sie spätabends zu schlafen versuchte, lag Lily auf der Rosshaarmatratze, die sie sich mit ihrem kleinen Bruder Joe und ihrer Schwester Katie teilte, und versuchte zu zählen, wie viele Kinder in den Clare Cottages wohnten und zum Krach beitrugen. Sie kam auf knapp hundert, und es fühlte sich an, als könne sie jedes einzelne hören. Die Zahl wuchs täglich, was Lily daran erkannte, wie oft das Fahrrad der Hebamme unten an der Treppe stand. Bevor sie bei McConaghy's angefangen hatte, wurde Lily oft zum Helfen gerufen. Ein halb nacktes Kleinkind erschien vor der Tür mit einem Zettel, auf dem stand: Kann ich eure Lily für eine halbe Stunde leihen? Die Hebamme ist hier. Die Nachricht kam nie aus einer der Wohnungen, in denen die Mütter saubere Gardinen aufhängten. Und es war nie nur für eine halbe Stunde.

Ab und zu dachte sie, weil die Nonnen an der Schule ihr das Etikett »schlau für fünf« umgehängt hatten, war sie über Nacht für sämtliche Kinder in Liverpool verantwortlich geworden, kaum dass sie selbst lesen gelernt hatte. Schwester Therese war ständig zu ihnen gekommen. »Mrs Lancashire, das Kind hat eine Gabe. Erlauben Sie uns, sie ins Klosterinternat der Holy Martyrs draußen in Hunt's Cross zu schicken. Ich glaube, Lily könnte sogar selbst eines Tages Lehrerin werden. Sie hat eine echte Begabung für Zahlen. Sie sind doch Katholikin, nicht wahr?«

Doch davon wollte Lilys Mutter nichts hören. »Bin ich, Schwester, aber ich habe einen Engländer geheiratet, wie Sie wissen, und der will das nicht. Und wer soll mir mit den Kindern helfen, wenn sie weg ist?«

Schwester Therese verlor die Geduld. »Ich helfe Ihnen. Lassen Sie uns ihr gottgegebenes Talent fördern. Der Herr hat vielleicht eine Berufung für sie. Eines Tages würde sie eigenes Geld verdienen, gutes Geld, und sicher wird sie dann ihre Mutter nicht vergessen.«

Lily wusste, dass Schwester Therese stumme Gebete sprach, Gott möge sie unterstützen, während sie auf die Antwort ihrer Mutter wartete. Die jedoch klar und deutlich ausfiel: »Ihre Berufung ist hier, mir mit den Kleinen helfen. Und sowieso würde es Jahre dauern, bis sie da mal richtiges Geld verdient.«

Ihre Mutter hatte nicht bloß ihre eigenen Kinder gemeint, sondern alle Kinder, deren Mütter lieber in den Pub gingen als ins Waschhaus. Und von jenem Tag an, bis Lily in der Fabrik anfing, hatten die Frauen auf ihrer Etage begonnen, ihre Sprösslinge bei dem Mädchen abzuladen, von dem sogar die Mutter sagte, es sei im Kopf schon erwachsen. »Pass kurz auf die Kinder auf, solange ich beim Bingo bin, ja, Lily«, war eine gängige Bitte. Oder sie wollten zum Arzt, zum Einkaufen, in die Kirche, in den Pub, zur Wohlfahrt. Es kam sogar: »Lily, ich muss mal, der Alte hat Nachtschicht, und der Eimer ist voll!« Dann wurde Lily ein schreiendes Baby in die Arme gedrückt, während die Mutter zur Toilette auf der halben Etage rannte. Der Grund war letztlich egal: Die kluge und ernste Lily verbrachte ihre Kindheit als Babysitter, und sie hasste es.

Jetzt, an diesem kalten Wintermorgen 1953, musste sie sich für die Arbeit fertig machen. Sie schlüpfte unter dem Haufen alter Army-Decken hervor, die sie und ihren kleinen Bruder Joe bedeckten, und krabbelte über ihre schlafenden Geschwister hinweg, um sich am Kopfende des Bettes unters Fenster zu knien.

Ihre kleine Schwester Katie regte sich.

»Psst, Katie, noch fünf Minuten«, flüsterte Lily.

Katie steckte ihren Daumen in den Mund und schloss die Augen wieder. Sie lächelte schläfrig, als Lily die Decke um sie fester zuzog.

Mit ihren siebzehn Jahren hatte Lily das Gefühl, ihr Leben lang schon allein für ihre kleinen Geschwister verantwortlich zu sein. Sie schlief auf der Außenseite der Matratze, sodass sie, wenn eines von ihnen nachts auf den Topf musste oder krank war und sich übergeben hatte, günstig lag, um zu helfen. Joe war immer in der Mitte, zwischen Lily und Katie, die ganz an der Wand lag. Darüber beklagte Katie sich oft.

»Tausch mit mir, Lily«, sagte sie abends. »Die Wand ist eiskalt und weckt mich.«

»Die Wand kann dich nicht wecken«, erwiderte Lily jeweils.

»Doch, wenn ich mich umdrehe und mit dem Bein dagegen

komme, ist sie ganz kalt. Bitte ...«, jammerte sie. Manchmal trieb Katie sie an den Rand, und Lily musste ihre Wut unterdrücken, weil ihre kleine Schwester so gut wie gar nicht im Haus half.

Lily hatte langes, dichtes kastanienbraunes Haar, während Katies kurz, dünn und mausgrau war. Lilys Augen leuchteten in derselben Farbe wie ihr Haar, Katies hingegen waren blassblau. Lilys Gesicht war wach und klug, doch weil sie selten lächelte, wirkte es oft traurig. Katie war freundlich, vertrauensselig und unfähig, jemandem böse zu sein. Auch durchdachte sie Dinge nie lange genug, um zu einem Schluss zu gelangen. Da sie obendrein schwach und kränklich war, tat sie meist, was man ihr sagte. Jedenfalls so lange, wie sie wach blieb. Es war offensichtlich, dass die beiden Mädchen von unterschiedlichen Vätern waren. Lily konnte sich an ihren kaum erinnern. Er hatte ihre Mutter verlassen, als sie mit dem Trinken anfing. Lily wusste, dass ihre Mutter noch sehr lange am Schlafzimmerfenster gesessen und gewartet hatte, dass er zurückkam, was aber nie geschah. Der freundliche, aber ungeduldige Mann hatte Lily seinem Nachfolger überlassen, dem schlecht gelaunten Stiefvater, der keine Hemmungen hatte, mit den Fäusten auf seine Stieftochter loszugehen.

Als sie über die Matratze kroch, horchte Lily einen Moment lang auf Joe. Sein Atmen war in letzter Zeit viel schlechter geworden, und der Dreijährige kämpfte mit immer häufigeren Hustenanfällen. Vorsichtig, damit sie ihn nicht weckte – er brauchte jede Sekunde Schlaf, die er bekommen konnte –, blickte Lily aus dem vereisten vorhanglosen Fenster. Sie erschrak. Über Nacht hatte es lautlos geschneit, und an der Scheibe hatten sich innen wunderschöne Eisblumen gebildet. Sie waren so dick, dass sie das Licht im Zimmer gespenstisch grau färbten. In Lilys Leben gab es nichts, was man als schön beschreiben könnte, und dennoch hatte sie an diesem Morgen die Augen geöffnet und pure Schönheit vor sich gesehen. Stille im Zimmer, Schönheit an ihrem Fenster. Sie lächelte.

»Willst du jetzt verdammt noch mal zur Arbeit, oder was?«

Lilys Mutter platzte herein und warf die Tür mit solcher Wucht gegen die Wand, dass Lily das Gefühl hatte, als würden ihre Knochen erbeben vor Schreck. Weil sie so darin vertieft gewesen war, die feinen Muster auf der Glasscheibe nachzumalen, hatte sie nicht gehört, wie ihre Mutter in ihren Hausschuhen über die bloßen Dielen herbeigeschlurft kam.

»Steht sofort auf!« Die Stimme ihrer Mutter war auch ein Lärm, den Lily hasste.

»Jetzt mach schon. In dieser Woche brauchen wir dein Geld mehr denn je. Dein Dad hat nichts mehr. Nichts! Der Mistkerl hat alles versoffen. An uns denkt er natürlich nicht oder dass seine Kinder was zu essen brauchen. Hat gestern Abend das Geld aus der Brotdose genommen, ehe ich ihn erwischen konnte. Sag deinem Chef und seiner verfluchten geizigen Frau, du brauchst deinen Lohn diese Woche rechtzeitig, sonst kommt deine Mam in dein feines Büro und nimmt ihn sich vor. Verstanden, Prinzessin?«

Was für eine Heuchelei, dachte Lily, als sie ihrer Mutter zuhörte, die noch lallte, weil sie selbst gestern Abend mit den anderen Frauen getrunken hatte. Sie waren im Hafenarbeiterklub gewesen, wo jemand, der schneller an der Brotdose gewesen war als Lilys Mutter, Getränke spendiert hatte.

Wobei sie heute noch einen guten Tag hatte und nett zu sein versuchte. Wenigstens hat sie Kopfweh, dachte Lily. Und das zu sehr, um Lily zu prügeln. Sie wollte und brauchte Lilys Geld, und dass sie bis abends warten musste, ehe die braune Lohntüte auf ihrem Küchentisch landete, störte sie gewaltig. Sie hatte so gut wie keine Zigaretten und kein Essen mehr, um bis dahin durchzuhalten.

»Ja, Mam«, flüsterte Lily. Ihr Atem bildete eine weiße Wolke in der Luft, und ihre Zähne begannen, vor Kälte zu klappern. Sie löste die Knoten in den Stoffstreifen unten an ihren langen Zöpfen. Für die Arbeit bemühte sie sich immer, so vorzeigbar wie möglich auszusehen.

Die Zimmertür knallte wieder zu, und ihre Mutter schlurfte in die Küche, um in den Emaileimer unter der Spüle zu pinkeln.

Lily beugte sich vor, stützte sich mit den Händen zu beiden Seiten des Fensters ab und atmete tief aus, um fasziniert zu beobachten, wie ein klein wenig Eis in der Mitte der Glasscheibe schmolz. Sie hauchte wieder und wieder, damit das Glas klar wurde, dabei hörte sie, wie der Urin ihrer Mutter auf die Eimerwand traf und ihr Gebrummel leiser wurde. Mit dem Daumennagel kratzte Lily einen kleinen Kreis frei, linste hindurch und rang nach Luft. Das Bild, das die Clare Cottages und alles drum herum boten, sah traumhaft aus. Der rußgeschwärzte Schmutz hatte sich über Nacht in makelloses Weiß verwandelt. Das Waschhausdach am Ende der Straße wirkte wie verzaubert.

Der Schulhof von St Chad's neben den Cottages war am weißesten. Eine bisher unberührte Schneedecke. Glitzernde Schneekissen lagen auf Schornsteinen und Mülltonnen, doch das Erstaunlichste war, wie friedlich alles aussah. Es herrschte tiefe Stille. Der Schmutz und Unrat, sogar die verrosteten Dächer der Luftschutzbunker unten im Hof waren von jungfräulichem Schnee bedeckt, und Lily hätte am liebsten geweint vor Freude über so viel Schönheit.

Als sie hinauf zum grauen, schwer verhangenen Himmel blickte, fragte sie sich, ob es die Kälte und die Ankündigung von noch mehr Schnee waren, die ihr das schönste Geschenk gemacht hatten. Sie war in vollkommener Ruhe aufgewacht. Die Straßen waren leer. Keine Kinder polterten über die Laubengänge, rasten die Treppe rauf und runter oder versammelten sich an der Straßenecke. Es war eine lautlose Welt, ein purer Segen. Lily hockte sich auf die Fersen zurück, lauschte in die Stille und lächelte selig.

»Verdammt noch mal, Lily, hoch mit dir!«, brüllte ihre Mutter von der Tür aus, wo sie ihr Unterhemd in die Unterhose stopfte und ihren Rock nach unten zog, ehe sie in ihren frisch benetzten Pantoffeln davonschlurfte.

Katie und Joe wurden wach.

Lily hörte, wie die Wohnungstür aufging und eine Metallschaufel über den Betonboden vor der Kohlenkammer schabte. Die Kälte hatte ihre Mutter dazu gebracht, selbst Kohlen zu holen. Was selten vorkam. Lily hielt den Atem an, als ihr ein Gedanke kam. Oh nein! Wird sie es finden? Wird sie es aufbrechen? Wird sie wütend werden, weil ich es versteckt habe? Sie biss sich auf die Unterlippe und wartete.

»Muss ich auch aufstehen, Lily?«, flüsterte Katie, den Daumen halb in der Luft, um ihn gleich wieder in den Mund zu stecken, falls die Antwort Nein war.

Die Tür der Kohlenkammer knallte zu. Ihre Mutter kam wieder reingeschlurft und knallte die Wohnungstür zu. Lily atmete auf. Das war noch mal gut gegangen. Ihr geheimer Vorrat war nicht gefunden worden. Sie hörte ihre Mutter Kohlen in den kleinen Ofen werfen, die einzige Heizquelle in der Wohnung. Sie bollerten gegen die Schornsteinwand und fielen prasselnd auf den Rost.

Normalerweise tutete um diese Zeit das Horn von den Docks, und noch ehe es verklungen war, würden die Laubengänge zum Leben erwachen. Türen würden knallen, und die Luft wäre erfüllt von Scherzen, Flüchen und Klagen, wenn sich die Männer auf den Weg zur Arbeit im Hafen machten. Männer, die sehr viel fleißiger und nüchterner waren als Lilys Stiefvater.

Er war immer spät dran und fluchte laut, wenn ihre Mutter ihn weckte. Nie durfte er seinen Kater ausschlafen, es sei denn, er tat es in den Müllschuppen, was gelegentlich vorkam und was Lily sehr beschämend fand. »Raus aus dem verfluchten Bett mit dir, und los zur Arbeit!«, war die tägliche Sirene ihrer Mutter – die einzige Frau, die nie die Fäuste von Lilys Stiefvater zu spüren bekam. Stattdessen musste Lily für den Großteil seiner Wut und Enttäuschung wegen seiner trinkenden Frau herhalten, und ihre Blutergüsse bewiesen es.

Mit angehaltenem Atem wartete sie auf den Rums, wenn ihr Stiefvater aus dem Bett gezerrt wurde und auf dem Boden landete. Der Zorn ihrer Mutter, weil er das Geld aus der Brotdose genommen hatte, am Tag zuvor nicht bei der Arbeit erschienen war oder sonst irgendwas getan hatte, was sie wütend auf ihn machte, wenn sie selbst gerade nicht betrunken war, verlieh ihr enorme Kräfte.

Auch heute Morgen hörte sie die beiden streiten. Die vertrauten Worte drangen durch die Wand in ihr Zimmer und weckten ihre Geschwister endgültig.

»Du verdammte Kuh!«

Innerhalb von Minuten würde ihre Wohnungstür erneut knallen, wenn er, kaum angezogen und ohne Tee, rausgeworfen wurde in den Schnee, um sich einem Trupp Männer unten am Hafen anzuschließen. Nur waren heute keine Schiffe da. Das Horn hatte nicht getutet. Der Nebel über dem Fluss war sogar für die Schlepper zu dicht, sodass die Schiffe draußen warteten. Aber die beiden nebenan hatten es nicht bemerkt.

Lily runzelte die Stirn. Ihr herrlicher Moment der Ruhe war vorbei, noch ehe sie richtig begriffen hatte, dass er ganz ihr gehörte.

»Lily.« Joes Stimme war nur ein Flüstern. Er hatte frühzeitig den wichtigsten Überlebenstrick gelernt: sich im Lancashire-Haushalt unsichtbar zu machen.

Lily lächelte. »Ja, Spatz«, sagte sie und krabbelte über die Decken zu ihm. Dann hob sie ihn hoch und stellte ihn ans Fenster. »Guck mal da, Joe«, sagte sie. »Es hat geschneit.«

Der kleine Flecken, den Lily freigekratzt hatte, vereiste schon wieder.

»Können wir im Schnee spielen, Lily?« Joes Augen leuchteten hoffnungsvoll, und Lily wurde das Herz schwer.

»Ich kann nicht, Joe. Ich muss zur Arbeit. Aber sag Katie, sie soll mit dir spielen, wenn sie aufsteht, oder frag eines der Mädchen draußen auf dem Gang.«

Joes Lächeln erstarb. Sie beide wussten, dass Katie ihm höchstens zehn Minuten geben würde. Er konnte nicht so schnell laufen wie die anderen oder bei ihren Spielen mithalten, also würde sie ihn schnell vergessen. Katie vergaß so oder so die meisten Sachen.

Lily beugte sich runter und küsste Joe auf die Stirn. Ihr gefiel das Rasseln seines Atems nicht. Er atmete auffallend länger aus als ein, und dabei pfiff es am Ende unheimlich. Seine roten Wangen fühlten sich heiß an, obwohl es im Zimmer eisig war. Lily schickte ein stummes Gebet gen Himmel, dass das Pfeifen heute nicht zu lange anhalten würde, während sie Joe auf den Topf setzte und Katie weckte.

»Katie, aufstehen, ich bin ein wenig zu spät. Hilf mir, euch anzuziehen. Ich habe in Milch eingeweichtes Brot mit Zucker für euch.« Sie half Katie aus dem Bett.

Wenn sie auf dem Topf fertig waren, würde sie diesen in den Metalleimer leeren. Lilys nächste Aufgabe war dann, ihn nach unten zur Toilette zu tragen und auszuleeren. Sie betete, dass dort heute keine Schlange war und es schnell ginge. Sobald sie von der Arbeit zurückkam, würde sie das Gleiche wieder tun.

Keiner bekam je etwas zu essen, ehe sie nicht wieder zu Hause war. Oft war ihre Mutter dann nirgends zu sehen, weil sie sich längst zu ihrem Stiefvater in den Pub gesellt hatte. Manchmal vergaß ihre Mutter, dass kein Essen da war, und Lily musste etwas vom Mietgeld nehmen, um zum Eckladen zu laufen, wo sie wartete, bis er schloss, und bettelte.

»Könnte ich Abschnitte von der Schneidemaschine bekommen?«, fragte sie dann, feuerrot vor Scham. »Gibt es vielleicht Gemüse, das Sie heute Abend wegwerfen?«

Lily mochte den Eckladen nicht. Dort stank es nach halb verfaulten Kartoffeln, und der Geruch fing sich hinten in ihrer Kehle. Vor allem aber war Lily peinlich, dass der unfreundliche Besitzer mit den Frauen tratschte. Deshalb mied sie den Laden, wann immer sie konnte.

War nicht einmal mehr Mietgeld da, dann klopfte sie in ihrer Verzweiflung beim Kloster an und fragte nach Schwester Therese. Sie war die Einzige, neben Pater Brennan, die ihre Eltern fürchteten und an die Lily sich wenden konnte.

»Es ist kein Geld fürs Abendessen da, und der kleine Joe hört nicht auf zu weinen, Schwester.« Schwester Therese gegenüber gab Lily offen zu, wie es war. Es gab so gut wie nichts, was dieser Frau verborgen blieb; sie hatte mehr für den kleinen Joe und Lilys Schwester getan als deren Mutter.

»Heilige Mutter Gottes.« Die Antwort fiel immer gleich aus. »Komm mit in die Küche.« Schwester Therese belud Lilys Korb mit dem, was auf dem Küchentisch des Klosters stand, deckte alles zu und schickte Lily mit genug Essen für alle nach Hause. Am nächsten Tag waren ihre Eltern reumütig und beschämt, wenn Schwester Therese vor der Tür stand.

»Sie strapazieren meine Geduld bis zum Äußersten, Mrs Lancashire. Sie müssen besser für Ihre Kinder sorgen, und was Sie der armen Lily aufbürden, ist einfach zu viel«, schalt Schwester Therese. »Ich will es zwar nicht, aber Sie zwingen mich mit Ihrem Verhalten noch, zur Wohlfahrt zu gehen.«

Für ein oder zwei Tage, manchmal länger, wurde es dann für Lily und die Kleinen besser. Bei der Rückkehr von der Arbeit sah Lily einen großen Topf mit warmem Eintopf auf dem Herd stehen und einen glücklichen Joe. »Da bist du ja, Liebes. Das Essen ist fertig«, würde ihre Mutter sie begrüßen, als wäre es jeden Tag so. Als würde sie sich fortan bessern und sich bemühen, nett zu sein.

Ihr Stiefvater würde einen Abend, ab und zu sogar zwei im Pub auslassen und Joe auf seine Knie setzen. Und für eine kurze Weile wagte Lily zu hoffen, alles würde gut. Dass es eine Zukunft für sie gab, die nicht bedeutete, für ihre Eltern aufzukommen und die Einzige zu sein, die zwischen ihren Geschwistern und dem Kinderheim in der Menlove Avenue oder drüben im Kloster stand.

Lily behielt Joe im Blick, während sie ihre dicken Strümpfe festband. Er rutschte schon mal vom Topf und vergoss den Inhalt auf die Bodendielen. Ohne Spiegel zähmte sie ihr Haar mit einem nahezu zahnlosen Kamm und wand es gekonnt zu einem Knoten auf, als sich nun Katie auf den Topf setzte, erneut den Daumen in den Mund steckte und einzuschlafen schien.

»Katie, aufwachen«, sagte Lily. »Bitte nicht heute. Ich muss früh weg. Bei dem Schnee werde ich ewig brauchen zur Arbeit.«

Lily zog sich binnen Sekunden an. Es war so bitterkalt, dass sie am liebsten ihr fadenscheiniges Flanellnachthemd unter ihren Bürosachen anbehalten hätte. Sie besaß zwei verschiedene Winter-Kombinationen für die Arbeit, und auch die hatte sie sich mit einem enormen Streit daheim erkämpfen müssen.

»Frierst du, Lily?«, fragte Joe pfeifend.

»Ja, ich erfriere fast. Kommt jetzt. Das reicht. Zurück unter die Decken mit euch. Und steht nicht auf, ehe der Ofen draußen richtig an ist. Ich wärme euch schon mal die Milch. Bleibt hier, habt ihr gehört?«

Joe vergrub sich grinsend unter den Decken. Er war froh, wieder in der Wärme zu sein.

Lily öffnete die Tür, und der blaue Qualm von der letzten Zigarette ihrer Mutter waberte ihr entgegen. Der Kessel pfiff, als sie die Küche betrat.

»Mach Tee«, befahl ihre Mutter. »Nimm die Blätter von gestern Abend.«

Lily goss das kochende Wasser auf den Tee von gestern, schlüpfte nach draußen zur Kohlenkammer und kehrte mit einer Flasche Milch zurück.

»Wo kommt die denn her?«, fragte ihre Mutter und sah flüchtig zu Lily, als diese den Inhalt in einen Topf schüttete, den sie gestern Abend abgewaschen hatte.

»Lass welche für meinen Tee übrig«, sagte ihre Mutter durch einen Qualmnebel.

»Oh, tut mir leid, Mam«, antwortete Lily, als sie die letzten Tropfen in den Topf schüttelte. »Das habe ich nicht rechtzeitig gehört.«

Ihre Mutter kniff die Augen zusammen und holte tief Luft.

Lily hatte sie sehr wohl gehört, und ihre Mutter wusste es. Gestern Abend auf dem Heimweg hatte Lily die Milch für Joe und Katie gekauft und sie hinter dem Kohlensack versteckt. Diese Milch war für die Kinder, nicht für ihre Mutter, die sich praktisch von Guinness ernährte. Erleichtert atmete Lily auf, als sie entdeckte, dass das Brot, das sie hinten im Schrank verstaut hatte, noch da war, und krümelte es in zwei Schalen.

»Du hältst dich wohl für eine richtige kleine Musterhausfrau, was?«, höhnte ihre Mutter, als die Kinder in die Küche kamen und ihre Schalen und die Löffel nahmen, die Lily ihnen hinhielt.

»Dein Stiefvater ist mit leerem Magen zur Arbeit gegangen. Ich habe ja nicht gewusst, dass was da ist. Er hätte die Milch kriegen sollen.«

Lily wusste, dass ihr Stiefvater in wenigen Minuten wieder zurück sein würde, wenn er erst begriffen hätte, dass heute Morgen niemand sonst zu den Docks ging. Ohne selbst etwas zu essen oder zu trinken, machte sie sich auf den Weg zur Arbeit. Sie nahm ihren Mantel vom Nagel an der Tür, streifte ihn über und knöpfte ihn fest zu. Er roch eklig nach Zigarettenqualm und altem Fett.

»Ich gehe jetzt, Mam. Ich bin um halb sieben wieder da, wie immer. Soll ich von meinem Lohn noch Essen kaufen?«

»Nein, das tust du nicht. Du bringst das Geld direkt her. Die Kleinen können eine Pastete vom Wagen kriegen, wenn ich es gezählt habe.«

Lily nahm sich vor, die Pasteten selbst zu kaufen und zu behaupten, sie hätte es falsch verstanden. Nach ihrem Frühstück würden ihre beiden Geschwister nichts mehr bekommen, bis sie zurück war. Es sei denn, Mrs McGuffy von nebenan gab ihnen einen Keks, was sie häufig tat.

Nachdem sie ihr Kopftuch unter dem Kinn festgebunden hatte, bückte sich Lily, um Joe zu küssen. »Bleib heute schön hier vor dem Ofen, Joe. Es ist zu kalt für dich draußen. Komm gleich nach der Schule nach Hause, Katie. Und trödle nicht. Du kümmerst dich um Joe, hast du gehört?«

»Wie du aussiehst in deinem schicken Mantel«, spottete ihre Mutter und zog an ihrer Zigarette. »Für den könnte ich ein paar Scheine kriegen, wenn ich wollte.« Es war ein gebrauchter Mantel, den Schwester Therese für ihre beste Schülerin besorgt hatte. »Bildest dir wohl sonst was ein, was? Du weißt ja, wie es heißt, nicht? Oder, kleines Fräulein?« Lilys Mutter verstummte kurz, um laut zu pupsen. »Ah, so ist es besser«, sagte sie, rutschte auf ihrem Stuhl hin und her und zog wieder an der Zigarette. »Die erste Fluppe am Tag bringt mich immer in Gang.« Und als wäre nichts gewesen, fuhr sie fort: »Es heißt, Hochmut kommt vor dem Fall. Und das wirst du eines Tages erleben, Fräulein. Richtig auf die Nase fallen wirst du, merk dir das. Und ich kann es gar nicht erwarten. Jemand muss dir mal eine Lektion erteilen, Fräulein!«

Lily trat hinaus auf den Laubengang, atmete die eisige Luft ein und schloss leise die Tür hinter sich. Ihre eigene Mutter war neidisch auf sie, wurde ihr plötzlich bewusst. Sie verachtete sie. Ja, sie hasste sie. Das war es. Sie hasste Lily wirklich.

Weit mehr, als Lily den Kinderlärm hasste. Und das wollte einiges heißen.

Kapitel vier

Schwester Therese hatte Lily ihre Stelle verschafft. Als sie mit Mr und Mrs McConaghy sprach, hatte sie genau gewusst, was sie tat und welche Knöpfe sie drücken musste, um das gewünschte Resultat zu bekommen. Es war eine Taktik, die sie immer wieder nutzte, und es verging kein Tag, an dem sie Gott nicht für die guten alten katholischen Schuldgefühle und das Versprechen dankte, dass allen Sündern vergeben war, sobald sie den Beichtstuhl verließen. Vorausgesetzt, sie taten, was der Priester ihnen aufgetragen hatte.

Schwester Therese und Pater Brennan hatten eine Vereinbarung. »Oh, es ist eine großartige Vereinbarung«, sagte sie oft zu ihm. Sie teilte ihm mit, welche Buße sie von welchem finanziell gut gestellten Kaufmann brauchte, der zufällig im Beichtstuhl kniete, und er entsprach ihrem Wunsch. Niemand führte eine Gemeinde so effizient wie Schwester Therese.

Mr und Mrs McConaghy besaßen ein Geschäft, das mit jedem Jahr mehr florierte. In ihrer Fabrik verarbeiteten sie rohe Jute vom Hafen zu Seilen und schmolzen in einem Hochofen Rohmetall ein, um Messingdraht zu fertigen. Die Belegschaft rekrutierte sich aus einem steten Fluss von irischen Arbeitern, die nach Liverpool kamen. Die Männer wanderten direkt durchs Hafentor und hinunter in die heißen Eingeweide der Fabrik.

Die McConaghys besuchten einmal täglich St. Chad's und sonntags zweimal, hatten sich im Arbeitsleben allerdings kaum je wohltätig gezeigt. Was beide wussten und weshalb ihre Schuldgefühle genauso rapide anwuchsen wie das Firmenkonto. Und Schwester Therese erkannte das. Sie sah es an dem nervösen Beben ihrer Lippen, wenn sie sich bekreuzigten und das Knie zur Heiligen Mutter Gottes beugten, ehe sie in ihre Kirchenbank traten. Das gleiche Verhalten hatte Schwester Therese schon oft bei Bessergestellten gesehen. Sie befanden sich in einem Dauerkonflikt, waren hin- und hergerissen zwischen der Freude über die großen Geldmengen, die sie mit ihrer Fabrik scheffelten, und der Furcht, dass ihnen, sollten sie nicht das Richtige tun, der Weg in den Himmel von einer undurchdringlichen Mauer aus Fünfzigpfundscheinen versperrt wäre. Deshalb waren sie auf der Suche nach einer Möglichkeit, ewiger Verdammnis vorzubeugen.

Pater Brennan hatte bereits angedeutet, wie das zu bewerkstelligen wäre. »Teilen Sie die Früchte Ihres Wohlstands«, hatte er durch das Fenster im Beichtstuhl geflüstert. Er hatte sie Gottesfurcht gelehrt, und ihnen war der kalte Schweiß ausgebrochen. »Eher geht ein Kamel durch ein Nadelöhr, als dass ein Reicher in das Reich Gottes gelangt«, hatte er hinzugefügt. Danach lag es bei Schwester Therese, ihnen zu zeigen, wie sie es anstellen sollten, doch noch in den Himmel zu kommen.

Und sie bot ihnen ein Mädchen an, das sie mit den Worten beschrieb: »Das klügste und begabteste, das ich je unterrichtet habe, eine Konkurrenz zu Einstein, so gut, wie sie mit Zahlen umgehen kann.« Und dann hatte sie zum Todesstoß angesetzt: »So tugendhaft, wie es jede Tochter von Ihnen wäre, hätte der Herr es für richtig erachtet, Sie mit einer zu segnen.« Es hatte gewirkt.

»Sie ist nur zur Hälfte irisch, muss ich zugeben«, erklärte Schwester Therese. »Ihre Mutter ist aus Dublin – und nicht aus der besten Gegend. Aber sie ist ein prächtiges Mädchen, sehr fromm und ehrlich. Es würde unseren Herrgott zweifellos erfreuen, sollte jemand einem armen Mädchen wie Lily eine schöne Bürostellung anbieten. Solche Geschöpfe mag Er ganz besonders, wie Pater Brennan und ich uns schon oft einig waren.«

Wieder einmal triumphierte das Zweiergespann aus Pater Brennan und Schwester Therese, und sie feierten es mit einem Glas irischen Whiskey.

»Achten Sie darauf, einen anständigen Lohn für das Mädchen auszuhandeln«, hatte Pater Brennan gesagt. »Die McConaghys sind beide nicht besonders von menschlicher Güte erfüllt. Die Kinderlosigkeit hat die Frau verbittert werden lassen, obwohl sie ihre Nichte Amy anbetet. Die, die nie zur Messe kommt.«

Schwester Therese schenkte Pater Brennan nach. Der Vorrat an irischem Whiskey im Haus des Priesters wuchs wöchentlich dank des einen oder anderen Iren, der nach Liverpool zurückkehrte und eine kleine Gabe vorbeibrachte. Es war nicht ungewöhnlich, dass Pater Brennans Haushälterin morgens die Tür öffnete und neben sechs Flaschen Milch eine Flasche Whiskey vorfand. Und niemand, ganz gleich, wie hungrig er war, wagte es, ein Pfarrhaus zu bestehlen.

»Sicher, doch es gibt einen Grund, warum der Herr sie kinderlos gelassen hat, und ich denke, sie könnten die Richtigen sein, um Lily zu helfen. Beide brauchen Erlösung. Die Gier wird früher oder später ihr Untergang sein, und ich weiß, wie ich es ihnen klarmache.« Nach einem Drink sprach sie immer schneller, und Pater Brennan, der ein wenig schwerhörig war, musste von ihren Lippen lesen, um mitzukommen.

Er trank von seinem Whiskey und lächelte. »Ja, das stimmt. Es gibt wahrlich keine Zweite, die es so gut versteht, ihren Willen durchzusetzen, wie Sie, Schwester Therese. Aber seien Sie vorsichtig. Jemand muss auf diesen kleinen Burschen aufpassen, Joe. Beide Eltern waren gestern den ganzen Tag im Red Admiral. Sheila vom Tresen hat es mir bei der Messe erzählt. Sie hat gesagt, jemand muss ein Auge auf die Kinder haben und dass es Joe nicht gut geht. Anscheinend hat er die schlimmste Brust in den Clare Cottages. Ich habe ihr gesagt, sie soll sich keine Sorgen machen, wir würden uns kümmern. Das können wir doch, nicht wahr, Schwester? All diese Kinder sind katholisch getauft, oder?«

»Das sind sie, Pater.«

»In diesem Fall möchten wir nicht, dass sich die städtischen Stellen einmischen, stimmt's? Wir hätten keinen Einfluss mehr darauf, was mit den Kleinen geschieht, wenn sie erst einmal in Obhut genommen werden. Sollte das nötig sein, müssen sie in unsere Einrichtungen kommen. Doch noch ist es nicht so weit. Schauen wir erst mal, was getan werden kann. Scheuen Sie sich nicht, die McConaghys einzuspannen. Sie werden froh sein, vom Pfad zur Hölle abgebracht zu werden.«

Schwester Therese leerte ihr Glas. Eigentlich hatte sie den Geschmack von Whiskey nie gemocht, aber ihr gefielen das warme Gefühl in ihrem Bauch und die Hitze in ihren Wangen. Deshalb stand ihr nach dem ersten Drink der Sinn nach einem zweiten.

Pater Brennan leerte sein Glas, und seine Sprache wurde bereits ein wenig schleppend. »Herrlich. Ehrlich, ich wünschte, der liebe Gott gäbe mir die Macht, den Red Admiral zu schließen. Könnte ich das, ich würde es tun, ganz gewiss. Der Alkohol hat die Familien in dieser Gegend ruiniert. Er ist das größte Übel von allen.«

»Das ist er, Pater«, antwortete Schwester Therese mit einem sehnsüchtigen Blick zu ihrem leeren Glas.

Kein Tag verging, an dem Mrs McConaghy sich nicht fragte,

warum sie und Mr McConaghy nicht mit einem Kind gesegnet wurden. Tief in ihrem Innern vermutete sie, dass sie zu viel Geld verdienten und Gier nun einmal eine Todsünde war. Stolz ebenfalls, weshalb sie viele Stunden ihrer Freizeit auf den Knien neben ihrem Bett verbrachte und um Vergebung betete.

Schwester Therese hatte sie direkt nach der Beichte in der Kirche abgefangen. »Einhundert Ave-Marias, und lassen Sie sich von Schwester Thereses Rat leiten«, hatte Pater Brennan gesagt. Und da war sie, Schwester Therese, gleich an der Kirchentür. Selbst wenn sie gewollt hätte, hätte Mrs McConaghy ihr nicht entkommen können. Und was für ein Zufall, dass sie hier war, nachdem der Pater eben von ihr gesprochen hatte!

Am nächsten Tag stieg Schwester Therese die Treppe zum Fabrikbüro hinauf. »Na, sieh sich einer das hier alles an«, staunte sie, noch ehe sie durch die Tür war. »Wie groß es hier ist und wie viele Leute unten am Hochofen arbeiten! Sind das alles Ihre Arbeiter?«

Eine halbe Stunde später saßen sie vor dem Kamin im Büro, und Schwester Therese besprach mit ihnen die Bedingungen für Lilys Einstellung.

»Gott selbst hat Lily zu Ihrer Türe geführt. Ich würde sogar behaupten, dass es seine Idee war. Würden Sie mir nicht zustimmen?«

Mr und Mrs McConaghy nickten. Einer weisen Nonne widersprach man nicht.

»Stellen Sie sich vor! Es ist ja so, dass es Menschen gibt, die der Herr wirklich bei sich im Himmel haben will. Oh nein, ist diese Vanilleschnitte für mich? Das wäre doch nicht nötig gewesen!«

Schwester Therese hatte die beiden vollkommen in der Hand. Ihre Kinderlosigkeit und ihr geschäftlicher Erfolg sorgten für ständigen Tratsch unter den Arbeitern, und das wussten sie. Nachdem Schwester Therese außer der Cremeschnitte auch noch ein Éclair vertilgt sowie zwei Kannen Tee getrunken hatte, waren die McConaghys ungemein erleichtert. Ihnen war die Absolution gesandt worden, und es war auch noch vollkommen schmerzlos vonstattengegangen. Noch dazu kostenneutral.

»Wir werden ihr einen anständigen Lohn für anständige Arbeit zahlen, Schwester. Da brauchen Sie sich keine Sorgen zu machen«, sagte Mrs McConaghy, die sich vergewisserte, dass alles geklärt war.

»Oh, bei allen Heiligen, ich sorge mich nicht. Ich bin es nicht, die sich Sorgen macht, ich bin lediglich die Botin von Pater Brennan. Er ist in großer Sorge, wie Sie sicher wissen. Und ich kenne Sie, Mrs McConaghy. Lily wird jeden Morgen einen schönen Kuchen bekommen, so wie den, den Sie mir gegeben haben, nicht wahr?«

Mrs McConaghy war sprachlos und nickte nur.

»Und ich weiß, dass ich darauf zählen kann, dass das Mädchen neben dem Lohn auch ein gutes Mittagessen erhalten wird.«

Wieder nickte Mrs McConaghy benommen.

»Ich denke, sie wird hier eine wunderbare Zeit haben.« Schwester Therese blickte sich im Büro um. »Wird sie in dem schönen Stuhl vor dem Feuer sitzen?« Sie sprang auf und legte die Hände auf Mrs McConaghys leicht abgewetzten, jedoch heiß geliebten Drehstuhl aus Leder. Das Problem mit Schwester Therese war, dass sie nie erkannte, wann sie sich zufriedengeben und aufhören musste. Sie konnte nicht an sich halten.

Mrs McConaghy machte einen Schritt auf den Stuhl zu und begann, die Schwester zu bremsen. Wenn es so weiterging, würde Schwester Therese noch erwarten, dass sie dem verwahrlosten, begabten Kind die Firma selbst übergaben. »Nun, eigentlich,

Schwester ...« Weiter kam sie nicht, bevor Schwester Therese ein wenig lauter fortfuhr.

»Wissen Sie, was ich tun werde, Mrs McConaghy? Ich werde mit Pater Brennan herkommen, um ihm zu zeigen, was für wunderbar großzügige Menschen Sie sind. Und ich werde ihn bitten, ein Gebet für Ihren Lohn im Himmel zu sprechen und dem lieben Gott zu beteuern, dass noch mehr geschäftlicher Erfolg bei Ihnen in guten Händen wäre.« Sie senkte die Stimme zu einem verschwörerischen Flüstern. »Er hat einen direkten Draht zum Allmächtigen, müssen Sie wissen. So direkt wie das Telefon auf Ihrem Schreibtisch, oh ja.«

Mr und Mrs McConaghy drehten sich gleichermaßen perplex zu dem schwarzen Bakelit-Telefon auf Mrs McConaghys Schreibtisch um, das sie plötzlich in einem gänzlich anderen Licht sahen.

»Wäre es Ihnen recht?«

»Wie könnte es das nicht sein?«, fragte Mrs McConaghy. »Wir wären hocherfreut über einen Besuch vom Pater, nicht wahr?« Sie knuffte ihren Mann in die Rippen.

»Oh ja, natürlich wären wir das.«

In den darauffolgenden Wochen bemerkte Schwester Therese häufiger gegenüber den anderen Nonnen von St. Chad's, dass Mrs McConaghy Wort gehalten hatte und Pater Brennan und sie mit Gottes Hilfe ein wunderbares Resultat erzielt hatten.

Unterdes bemerkte Mr McConaghy oft gegenüber Mrs McConaghy, dass sie sich von einer verschlagenen Nonne hätten bezirzen lassen, und wüsste er es nicht besser, würde er sagen, sie hätte sie beide mit einem Zauber belegt.

Welche Erklärung man auch suchen wollte, es war die Furcht der McConaghys vor dem Telefon auf Pater Brennans Schreibtisch – von dem sie nun glaubten, dass er darüber eine Direktverbindung zum Allmächtigen im Himmel hatte –, die sicherstellte, dass sie alles für Lily taten, was sie Schwester Therese versprochen hatten.

Zwei Tage nach Schwester Thereses Besuch erschien eine dünne und verängstigte Lily am Arm der Nonne in ihrem Büro. Und von dem Tag an ließen die McConaghys dem Mädchen eine gute Ausbildung in der Buchhaltung zukommen, regelmäßigen Lohn, eine Leckerei am Vormittag und ein freies Mittagessen. Mrs McConaghy behielt indes ihren Drehsessel.

Lily schmuggelte das meiste Essen, das sie bekam, in ihren Korb unter dem Schreibtisch. Und am Ende ihrer ersten Woche kaufte sie von ihrem ersten Lohn für drei Pence eine bunt gemusterte Plastikabdeckung für Vogelbauer. Die schlitzte sie in der Mitte auf, sodass sie über den Korbgriff ging, und zog den elastischen Rand über die Korbkanten. Niemand wusste, dass sie außer ihrer schäbigen Geldbörse und einem Taschentuch nichts in dem Korb mit zur Arbeit brachte. Der Rückweg war etwas vollkommen anderes. Jeder Kuchen, jede kleine Leckerei, die ihr Mrs McConaghy auf den Schreibtisch stellte, fand den Weg in den Korb und zurück nach Hause zu Joe und ihrer Schwester.

Inzwischen war die Abdeckung drei Jahre alt, und Lily war richtig gut in ihrer Arbeit geworden. Im Laufe der Jahre hatte Mrs McConaghy ihr immer mehr Verantwortung übertragen und machte immer weniger selbst. Was sich an ihrem stetig wachsenden Hüftumfang abzeichnete. Überdies hatte sie die junge Angestellte lieb gewonnen und war warmherziger geworden.

»Weißt du was, Lily? Du bist bei der Buchhaltung genauso gründlich, wie ich es war«, sagte sie eines Tages zu Lily, als sie gebeten wurde, noch eine Stunde länger zu bleiben und die Löhne der Männer abzurechnen.

Lily antwortete nicht. In ihren ersten Wochen hier hatte sie viel Zeit damit verbracht, die Fehler von Mrs McConaghy zu korrigieren, was sie niemals sagen würde. Doch fest stand, dass sie quasi den Laden schmiss. Alles lief korrekt ab. Die eingehenden wie die ausgehenden Zahlungen; die gestempelten Stunden; die gezahlten Löhne; die Waren, die angenommen wurden; die Bankwechsel für die ausgehenden Erzeugnisse. Lily war stolz darauf, dass der Betrieb dank ihrer Arbeit wie am Schnürchen lief.

Ihr fiel auch auf, wie gereizt Mrs McConaghy reagierte, sowie jemand erwähnte, dass Lily sehr gut war. »Das Mädchen war ja ein sagenhafter Fund! Sie wissen sicher gar nicht mehr, wohin mit sich, so viel freie Zeit haben Sie jetzt«, hatte erst gestern Vormittag ein Händler gesagt, der einen Karren Jute lieferte. Und ganz besonders hasste es Mrs McConaghy, wenn solche Bemerkungen beim Hinausgehen an Lily gerichtet wurden. »Der Laden hier würde zusammenbrechen, wenn Sie nicht wären, Süße!« Wenn das passierte, schnaubte Mrs McConaghy unelegant, schabte mit ihren Sesselbeinen über den Boden und warf Lily über die Schulter tödliche Blicke zu. Danach wurde sie in der Regel sehr nachdenklich. Ihr Verdruss wirkte sich jedoch nie auf die Art aus, wie sie Lily behandelte.

Und Lily achtete darauf, immer ein großes Aufheben um Mrs McConaghy zu machen, wenn es geschah. Sie kochte ihr Tee und lief zu Sayers, um einen Kopenhagener zu holen, alles, damit ihre Chefin wieder lächelte. Mrs McConaghy war meistens ausgesprochen nett zu ihr, und das sagte Lily auch Schwester Therese, wenn sie nachfragte, und sie beschwerte sich nie.

»Behandeln sie dich wirklich gut?« Schwester Therese war grundsätzlich misstrauisch gegenüber Menschen, die sie zu einer Wohltätigkeit überredet hatte, und sah Lily prüfend in die Augen, während sie auf eine Antwort wartete.

Lily wagte nicht, eine Sekunde zu lange zu zögern. Falls sie es tat, wäre Schwester Therese gleich wieder unten in der Fabrik, um nach dem Rechten zu sehen. »Tun sie, Schwester. Mrs McConaghy ist sehr gut zu mir. Sie hat sich an mich gewöhnt und ich mich an sie. Es läuft alles sehr gut.«

Sie zeigte ein seltenes Lächeln, weil es stimmte. Bei der Arbeit könnte es nicht besser sein. Ihr Zuhause blieb ein hartnäckiges Problem, vor allem die fortwährende Sorge, dass Joes Atmung schlimmer wurde. Sein Brustkorb stand vor wie der eines Vogels, und trotzdem sagte der Arzt, wann immer Lily mit Joe hinging, dasselbe: »Der Junge schreit nach seiner Mutter. Dieses Pfeifen ist psychisch. An dem Tag, an dem seine Mutter sich vom Pub loseist und sich um ihn kümmert, wird es aufhören.«

Lily nahm dann Joe auf den Arm und ging zur Apotheke, um noch eine Flasche Kampferöl zu kaufen. Wie sollte sie dem Arzt erklären, dass sie die einzige Mutter war, die Joe je gekannt hatte? Die einzige, die er wollte. Sie fühlte sich verloren, als der Arzt sie verabschiedete. Hilflos und krank vor Sorge, dass es niemanden gab, der Joe irgendwie helfen wollte.

Kapitel fünf

Wann wird mir endlich mal jemand einen Tee anbieten?, fragte sich Miss Ava Van Gilder, als sie zum hundertsten Mal die Handschuhe auf ihrem Schoß faltete. Dieser Holzstuhl ist hart, ich habe eine lange Reise hinter mir, die kalt und unbequem war, dennoch scheint niemand im Geringsten beunruhigt.

Sie schob ihre Handtasche auf dem Schoß weiter nach vorn, rümpfte die Nase verächtlich gegenüber niemandem als sich selbst und setzte sich ganz aufrecht hin, um bereit zu sein, wenn sie zum Gespräch gerufen würde. Um zu blenden und zu beeindrucken. Und um sich selbst zu versichern, dass sie das St. Angelus mit der Stelle in der Tasche verlassen würde, weil es kein Zurück dahin gab, woher sie kam.

Ihr Vormittag war nicht gut gewesen. Ihre Bahn zur Lime Street hatte wegen des plötzlichen Schneefalls Verspätung gehabt, und Liverpool war ihr wie eine Geisterstadt vorgekommen, als sie von dem Bed & Breakfast in Crosby herkam, in dem sie letzte Nacht geschlafen hatte. Sie hatte nur noch Geld für die nächsten zwei Wochen und brauchte dringend diese Stelle und die Unterkunft, die dazugehörte. Vor allem aber musste sie ihre Vergangenheit geheim halten. Bin ich froh, dass dies mein letztes Vorstellungsgespräch für heute ist, dachte sie. Es wäre gar nicht gut gewesen, wenn ich zu spät gekommen wäre. Noch nie war ich zu irgendwas zu spät. Und damit fange ich jetzt auch nicht an.

Der Flur vor dem Sitzungsraum des St.-Angelus-Vorstands, wo sie jetzt saß, ließ ihre Zugfahrt wie eine Luxusreise aussehen. Hier war es unangenehm eng und still. Die Wände waren bis zur Hälfte nach oben zur Gewölbedecke mit dunklen flaschengrünen Fliesen verkleidet. Und die waren poliert, bis sie blitzten, sodass an den dunkelcremefarben gestrichenen Wänden darüber erst recht die Nikotinflecken auffielen, die sich noch dem eifrigsten Schrubben widersetzten.

Miss Van Gilder saß da wie ein Vogel auf dem Boden seines Käfigs. Sie war dünn, und hin und wieder durchlief sie ein Schauer von Kopf bis Fuß. Direkt vor ihr waren die beiden Flügel der großen Holztür, die ins Vorstandszimmer führten. Und durch die Ritze über dem Boden waren murmelnde Stimmen zu vernehmen, die ihr vielversprechend ans Ohr drangen. Sie hörte ein Lachen.

Lachen? Sie verzog das raubvogelartige Gesicht, als sie über ihre Brille hinweg zur Tür sah. Wie seltsam, dass sie lachten, dachte sie. Ihre knochigen Flügel, die als Schultern durchgingen, entspannten sich, und sie runzelte verwundert die Stirn. Es war die Bewerberin vor ihr, die dort befragt wurde, so viel wusste sie, und auf einmal überkam sie der Drang, genau zu wissen, worüber gesprochen wurde. Dieses Gespräch dauerte schon viel zu lange, dachte sie. Ich sitze hier seit einer Dreiviertelstunde. Wieder schickte sie ein missbilligendes Schnauben in Richtung der Tür.

Die Decke über ihr wölbte sich zu einer großen, prächtigen Kuppel. Bei ihrer Ankunft hatte sie die Uhr oben gesehen, und jetzt hörte sie, wie sie drei schlug. Ihr Bewerbungsgespräch hätte um halb drei beginnen sollen. Ich weiß nicht, ob ich in einem

Krankenhaus arbeiten möchte, in dem Pünktlichkeit anscheinend nicht ernst genommen wird, dachte sie. Doch während sie sich darüber ärgerte, fiel ihr ein, dass sie keine Wahl hatte. Ihr blieb gar nichts anderes übrig.

Schritte hallten von fern auf dem Parkettboden. Sie konnte nicht sehen, von wo sie kamen, doch sie näherten sich und wurden lauter. Ein Angstschauer lief ihr über den Rücken. »Sie haben mich gefunden«, flüsterte sie und umklammerte den Griff ihrer Handtasche fester. Rasch stellte sie die Füße unter dem Stuhl nebeneinander, bereit, jeden Moment aufzuspringen und zu fliehen. Ihre Fingerknöchel wurden weiß, und ihr Atem ging in schnellen Stößen, als sie sich auf das Geräusch konzentrierte. Kleine Schweißperlen traten auf ihre Oberlippe, die sie rasch mit der Rückseite ihres Handschuhs abwischte, während sie ihre trockenen Lippen benetzte und beinahe anfing zu beten.

Auf dem kleinen Holzstuhl unter der großen Kuppel kam sie sich vor wie ein winziges Versuchstier unter einer riesigen Glasglocke, an dem Experimente vorgenommen werden sollten. Die verblassende Sonne warf ein Strahlenbündel fahles Licht herein, das den Boden um sie herum erhellte.

Ich bin verloren, dachte sie. Erledigt. Die Schritte wurden lauter und fester, und sie war sicher, dass sie sich beschleunigten. Beinahe kamen ihr die Tränen, aber nicht ganz. Tränen waren Miss Van Gilder fremd. Ihr Herz pochte so sehr, dass sie glaubte, wer immer dort kam, könnte es hören.

»Möchten Sie eine Tasse Tee?«

Nun war die Person zu sehen, denn sie kam um die Ecke und direkt auf sie zu.

»Kann ich Ihnen eine Tasse Tee anbieten?«, wiederholte sie. Es war Elsie O'Brien, die Haushälterin der Oberschwester, deren Räume sich gleich neben dem Verwaltungskorridor befanden, mit

Blick auf den Haupteingang. Nun wurde ihr Tonfall ein wenig ungeduldig.

Miss Van Gilder atmete langsam aus.

»Sie müssen den ganzen Weg von der Lime Street zu Fuß gekommen sein«, sagte Elsie. »Bei dem Wetter fährt die Straßenbahn nicht, heißt es. Kommen Sie von weit her?« Sie wartete auf eine Antwort.

Und wurde enttäuscht. Es kam nur: »Schwarz, ohne Zucker, danke, sehr gern.«

Miss Van Gilder hatte ihre Atmung wieder auf normales Tempo drosseln können und fühlte, wie ihr Puls sich beruhigte. Das Blut kehrte genauso schnell in ihre Wangen zurück, wie es daraus verschwunden war. Sie fühlte sich erschöpft.

»Sie sehen ein wenig blass aus, meine Liebe. Geht es Ihnen gut?«, fragte Elsie, die sie verwundert ansah.

Ava Van Gilder wollte die unbedeutende Frau, die sie »meine Liebe« nannte, in ihre Schranken weisen und sie fragen, was sie wohl glaubte, mit wem sie redete. Doch dies war nicht der richtige Zeitpunkt. Sei ruhig und charmant, sehr charmant, ermahnte Ava sich. Zumindest, bis du die Stelle sicher hast. Das musst du. Du brauchst diese Stelle. Also sei charmant.

»Das müssen Sie übrigens nicht«, sagte Elsie, die nicht so leicht aufgab.

»Was muss ich nicht?« Zu spät. Das war schnippisch.

Doch Elsie schreckte es nicht. »Auf den Zucker und die Milch verzichten. Wir haben hier haufenweise Zucker für alle, weil für die Krankenhäuser die Rationierung aufgehoben wurde. Ich kann ein paar Löffel reintun, falls Sie möchten. Ich selbst trinke ihn allerdings auch schwarz, wie Sie. Anders ging es im Krieg ja nicht. Der Milchladen am Ende der George Street war ausgebombt. Da war es vorbei mit dem Geschäft, so wie mit dem Rest der Straße.

Heute mag ich nicht mal mehr Milch, so sehr habe ich mich daran gewöhnt, Tee ohne zu trinken. Milk Stout mag ich aber manchmal ganz gerne. Sie auch?«

Elsie lächelte, wobei sie ihr schlecht sitzendes Gebiss entblößte, das sie nur bei der Arbeit trug. Jeden Abend nahm sie es sofort raus, wenn sie zu Hause war. Miss Ava Van Gilder sah sie erbost an.

»Mach jede Bewerberin zu deiner Freundin«, hatte Biddy ihre Freundin Elsie morgens beim Frühstück angewiesen. »Rede mit ihnen, finde alles raus, was du kannst. Es ist immer gut für uns, Vorsprung zu haben und zu wissen, wen wir als stellvertretende Oberschwester kriegen.«

Biddy hatte Elsie vor den Bewerbungsgesprächen genauestens instruiert. Und ihr Rat hatte gewirkt, bis Miss Van Gilder kam. Sie hatte gehofft, ein wenig locker plaudern zu können, mit dem Thema »Tee und Milch« das Eis zu brechen und mit Miss Van Gilder ins Gespräch zu kommen. Schließich war sie hier, um sich für den zweitwichtigsten Posten im Krankenhaus vorzustellen. Die bisherigen Bewerberinnen hatte Elsie alle gemocht. Mit einer Tasse Tee in der einen und einem Zitronenkeks in der anderen hatten ihr einige der Frauen beinahe ihre ganze Lebensgeschichte erzählt.

Klatsch war das A und O im St. Angelus, und jedes saftige kleine Detail, das Elsie erfahren konnte, würde ihren Status unter den Hausangestellten heben. Man war immer nur so wichtig wie der Tratsch, den man wusste. Später an dem Tag, als sich Elsie und Biddy mit Branna McGinty, der Reinigungskraft von Station zwei, und Madge von der Telefonzentrale zum Tee in der Schwesternschule trafen – schwarz für Elsie und mit viel Milch für die anderen, dazu Schoko-Buttercreme-Kuchen für alle –, konnte Elsie ihnen penibelst das Für und Wider zu jeder Kandidatin sagen. Das war der Plan, nur dass diese Bewerberin schwer zu knacken war.

Eine stellvertretende Oberschwester einzustellen war ein großer Schritt für das St. Angelus. Jeden Morgen in dieser Woche war es Thema beim Frühstück in dem schäbigen Café nebenan gewesen. Die Leute kamen zu Elsie und fragten, was sie glaube, wann die Neue käme. Elsie kam sich schrecklich wichtig vor, denn sie kannte die Geheimnisse aus dem Büro der Oberschwester. Tatsächlich waren alle eher besorgt als interessiert. Das St. Angelus behandelte nicht nur die Kranken, sondern hielt über einen gut organisierten Schwarzmarkt auch örtliche Familien über Wasser. Das System hatte sich über Jahre entwickelt und basierte auf einer Vertrauensbeziehung zwischen dem Chefpförtner Dessie und der Oberschwester. Keiner wollte, dass es zusammenbrach. Essen, Kohle und ein Lohn waren alles, was die kriegsversehrten Familien brauchten, und Dessie konnte ihnen all das beschaffen. Eine neue stellvertretende Oberschwester, die den Rhythmus im St. Angelus durcheinanderbrachte, könnte das System ruinieren.

Als Elsie in der kleinen Teeküche hinter dem Sitzungszimmer, die zur Wohnung der Oberschwester gehörte, den Tee für Miss Van Gilder eingoss, hatte sie sich ihre Meinung zu der Frau schon gebildet. Ärger roch Elsie immer meilenweit im Voraus. Sie hoffte, dass ihr Bewerbungsgespräch ein Desaster würde, ja, eine Katastrophe, und sie fragte sich, ob Branna von Station zwei irgendwas hatte, das man in den Tee mischen könnte und das schnell verheerend wirkte. Sie lief ins Büro der Oberschwester gleich hinter dem Verwaltungstrakt, nahm das Telefon ab und rief Madge an, um sie zu fragen, wo Branna war.

Zufällig saß Branna gerade bei Madge in der Zentrale, wo sie kurz auf einen Tee hereinschaute. Das kam zunehmend häufig vor, seit die Station Schwester Antrobus an die Notaufnahme verloren hatte. Schwester Antrobus war die am meisten gefürchtete Schwester im Haus. Wie sie die Oberschwester benutzt und mit deren Gefühlen gespielt hatte, hatte im St. Angelus eine latente Loyalität in jedem anständigen Mitarbeiter zutage treten lassen, und das waren so gut wie alle. Unter anderem Branna. »Mich behandelt nie wieder jemand wie eine Sklavin«, hatte sie an dem Tag verkündet, an dem Schwester Antrobus von der Gynäkologie in die Notaufnahme versetzt wurde. »Von der Stationsschwester lasse ich mir nichts bieten. Der werde ich zeigen, wie ich es mir vorstelle.« Und sie stellte sich regelmäßige Besuche in der Telefonzentrale vor, die nahe bei der Station zwei lag, und Plaudereien mit Madge, die dort an sechs Tagen die Woche arbeitete. Branna schlich sich gern in den kleinen Raum und schaute dem blinkenden Schaltbrett zu. Es faszinierte sie, wie Madge Drähte rauszog und reinsteckte, Telefonate beginnen und enden ließ und natürlich mithörte. Musste Madge mal verschwinden, setzte Branna sich die Kopfhörer auf und lauschte einem Gespräch, riss sie aber schnell wieder runter, wenn ihre Freundin zurückkam.

»Ist für dich, Branna«, sagte Madge und gab ihr die Kopfhörer.

»Für mich? Heilige Maria Mutter Gottes, wer weiß, dass ich hier bin?«

Ihre Tasse klapperte auf der Untertasse, als sie von ihrem Hocker aufsprang und in der Eile fast stolperte.

»Ich bin's, Branna, Elsie. Hast du noch Senna-Sirup in deiner Tasche? Ich glaube, wir brauchen den schnell hier oben. Der Herr sei uns gnädig, die haben gleich eine Falsche drinnen.«

»Oh nein, habe ich nicht. Gar nichts zum Abführen. Brauchst du etwas, das prompt wirkt?«

»Tja, wenn die Frau die Stelle bekommt, kann ich dir gleich sagen, dass wir alle verloren sind. Ich gieße ihr Milch in den Tee, auch wenn sie keine will, denn die Frau muss mal erfahren, wie gutes Leben geht. Aber Gott ist mein Zeuge, die Milch wird schon sauer, bevor sie in ihrer Kehle ankommt. Wir müssen etwas tun, damit sie nicht genommen wird. Das ist ein Notfall, Branna!«

Elsie wurde lauter. Sie alle kannten die Geschichten von der stellvertretenden Oberschwester drüben im Narrowgreen. Sie zählte die Essensrationen, ließ die Taschen der Mitarbeiter kontrollieren, wenn sie abends die Küchen verließen, und überwachte die Kohlenbestände. Jede Woche hörten sie etwas Neues, das ihnen einen Schauer über den Rücken jagte.

»Elsie, bist du verrückt? Du kannst doch eine Bewerberin nicht vergiften, weil dir ihre Nase nicht passt!«, sagte Branna.

»Um ihre Nase geht es nicht. Du verstehst mich nicht. Ich habe so ein Gefühl. Es liegt an ihren Augen, Branna. Da ist etwas Böses drin. Bei ihr kriege ich eine Gänsehaut auf den Armen.«

Branna hatte nichts Abführendes mehr in ihrem Spind. »Ich habe erst vor einer Woche was vom Medikamentenwagen mit nach Hause genommen. Die Nachtschwester hatte es mir gegeben. Ich hab nur Hattie Lloyd was davon gesagt, aber man könnte glatt glauben, unsere ganze Straße hat Verstopfung. Am nächsten Abend war alles weg. Ich schwöre bei Gott, es ist nichts mehr da.«

Elsie dachte einen Moment über das nach, was Branna gesagt hatte. »Gibt es irgendwas anderes, von dem ihr vorübergehend schlecht wird, oder so? Dass sie zum Beispiel nicht reden kann oder schreit vor Schmerzen?« Sie fühlte, wie der Rosenkranz in ihrer Schürzentasche an ihrem Oberschenkel brannte.

»Elsie, hältst du mich für Dr. Branna McGinty? Ich bin nur die Stationsputze, keine verfluchte Ärztin. Als Nächstes soll ich noch deine Totaloperation machen. Mann, du bringst mich noch in den Knast!«

»Oh, das ist schlimm«, sagte Elsie. »Ich habe es im Urin, und du weißt, dass der immer recht hat. Meine Blase irrt sich nicht.

Heute Nachmittag musste ich schon dreimal. Diese Frau wird nicht gut für uns sein. Ich bin sicher, sie sieht aus, als hätte sie noch nie gelächelt. Aber jetzt mache ich Schluss, denn ich muss schon wieder zum Klo. Meine Nerven sind am Ende. Wir sehen uns nachher zum Tee.«

Auf dem Weg zur Toilette dachte Elsie darüber nach, was geschehen würde, sollte sich der Vorstand für Ava Van Gilder entscheiden. Sie hätten nichts, was ihnen einen Wissensvorsprung über die neue stellvertretende Oberschwester verschaffte. Elsie hatte der Frau gar nichts entlocken können. Als sie zurückkam, rührte sie in der Küche drei Löffel Zucker und Milch in den Tee. Leb gefährlich, zum Teufel, dachte sie. Vielleicht zaubert ihr das ein Lächeln in das zerfurchte Gesicht.

Elsie konnte leises Lachen aus dem Vorstandszimmer hören und schmunzelte. Das war Schwester Haycock. Biddy hatte sich schon Sorgen gemacht, weil Schwester Haycock nicht genug lachte. Tja, jetzt lachte sie. Elsie hatte die Bewerberin gemocht, die gerade drinnen war. Sie hatte Gelb getragen, und Elsie hatte noch nie zuvor jemanden in Gelb gesehen.

»Also, das ist ja mal eine entzückende Dame«, flüsterte sie und nahm sich vor, Biddy anzurufen, weil sie so eine gute irische Katholikin war. Es war eine erwiesene Tatsache, dass von Iren viel mehr Gebete erhört wurden als von jedem anderen. Das lag daran, dass sie öfter in die Messe gingen. Außerdem wusste jeder, dass Irland das heiligste Land war. Sie würde Biddy sagen, dass sie für die Dame in Gelb beten solle.

Blackie, der Hund der Oberschwester, scharrte in seinem Korb in der Ecke. Elsie musste ihn verstecken, wenn sie Besuch vom Liverpool District Hospitals Board hatten. Der unleidliche Hund war inzwischen zwölf Jahre alt und lebte schon im Krankenhaus, seit er Welpe war. Doch das war noch vor den Tagen des NHS gewesen, und die Zeiten änderten sich.

»Ja, Blackie, Biddy ist klasse mit Gebeten. Die werden immer erhört, alle. Lassen sie beim Bingo nie im Stich. Ich ruf sie gleich mal an.« Seufzend verließ sie mit Tasse und Untertasse die warme Teeküche und ging zu der Frau, der sie bereits den Spitznamen Ava Knochenbrecherin verpasst hatte.

»Hier ist Ihr Tee«, sagte sie und reichte der Fremden die Tasse. »Ich habe doch Zucker reingetan.«

Miss Van Gilder wollte sich beschweren.

»Nur zu, gönnen Sie sich mal was. Ich denke, die werden Sie in wenigen Minuten reinrufen. Was sagten Sie noch, wo Sie zuletzt gearbeitet haben?« Sie setzte sich auf den Stuhl neben sie.

Miss Van Gilder starrte Elsie an, als wäre sie eine Made, die eben aus ihrem angebissenen Apfel gekrochen kam. »Ich habe gar nichts gesagt«, antwortete sie. Dann musterte sie Elsie von oben bis unten, versäumte es aber, sich für den Tee zu bedanken. Es war sonnenklar, was sie dachte.

Elsie stand schnell auf. Das hier lief sehr schlecht. »Gleich den Korridor runter ist eine Toilette, falls Sie mal müssen. Ich war selbst gerade da und habe den Sitz sauber gewischt und ein frisches Handtuch hingehängt. Es ist also alles sauber und hübsch für Sie. Das Wasser ist wunderbar warm ...«

Es trat eine Stille ein, bevor Miss Van Gilder reagierte. »Danke«, sagte sie verkniffen. Ihr blasses Gesicht bewegte sich kaum, und sie lächelte nicht. Dann jedoch überraschte sie Elsie.

»Haben alle Gespräche so lange gedauert wie dieses?«, fragte sie scharf.

»Mehr oder weniger«, antwortete Elsie. »Schwester Haycock stellt dieser Dame eine Menge Fragen. Anscheinend wechseln sie sich ab, und sie ist sehr gründlich. Aber sie kann auch recht gesprächig sein, unsere Schwester Haycock. An manchen Tagen hören sie und Biddy überhaupt nicht auf zu reden.«

Miss Van Gilder runzelte die Stirn, sodass sich ihre Augenbrauen in der Mitte trafen. »Nun, meiner Meinung nach treibt es jemand viel zu weit, wenn ein Bewerbungsgespräch länger als eine Stunde dauert. Und ich nehme an, das muss Ihre Schwester Haycock sein.« Sie stellte ihren Tee auf den Stuhl neben sich, richtete sich kerzengerade auf und strich ihren Mantel glatt. Wortlos marschierte sie in Richtung Damentoilette.

Unwissentlich hatte Miss Van Gilder ihren ersten großen Fehler gemacht. Sie hatte irrtümlich angenommen, dass Elsie in der Hierarchie des St. Angelus ein Niemand war. Dass man eine Hausangestellte, die Tee brachte und aufräumte, so unhöflich behandeln konnte, wie man wollte, und es ganz gleich war, was sie zu dieser Frau sagte, weil es folgenlos bliebe.

Miss Van Gilder hatte keine Ahnung, dass die Hausangestellten im St. Angelus die größte Macht besaßen, was den Krankenhausbetrieb anging, und sie diese klug zu nutzen wussten. Im St. Angelus geschah nichts, ohne dass Biddy, Branna, Elsie, der Pförtner Dessie und die Telefonistin Madge es wussten, es möglich machten oder es hinbogen. Und dass Elsie vorfühlte, wer die neue Stellvertreterin der Oberschwester werden sollte, war ein entscheidender Faktor in diesem Machtgefüge.

Was für eine neugierige Person, dachte Miss Van Gilder, als sie sich über die Schulter umblickte und Elsie den Korridor hinuntergehen sah. Sie konnte kaum glauben, wie vertraut die Frau mit ihr getan hatte, und erschauderte unwillkürlich. Als sie in den 1920ern ihre Ausbildung machte, waren sich die Krankenhausbediensteten ihrer Stellung bewusst gewesen. Sie standen ganz unten in der Hierarchie. Ihre Rolle war es, unsichtbar zu sein, und wenn das nicht möglich war, galt für sie dasselbe wie für Kinder: Sie durften gesehen, aber nie, niemals gehört werden.

Hoffentlich gehört die Aufsicht über das Hauspersonal zu den Aufgaben der stellvertretenden Oberschwester, dachte sie, während sie das saubere Handtuch inspizierte, das Elsie eigens für sie hingelegt hatte, mitsamt einem frischen Seifenstückchen. Die wird als Erste rausfliegen.

Als sich die Toilettentür schloss, kehrte Elsie schnell um. Miss Van Gilder hatte ihre Handtasche unter dem Stuhl gelassen, und das war Elsies einzige Chance. Jetzt oder nie. Wenn sie es nicht tat, würde sie gar nichts wissen. Und so könnte sie wenigstens Informationen gewinnen, für die ihr die anderen dankbar wären. Elsie verspürte Ärger. Und sie musste schon wieder zur Toilette. Gefahr lag in der Luft. »Tu es«, flüsterte sie sich zu, als sie zurückging. »Mach schon.« Sie bewegte sich wie eine Schlange, wechselte jedoch in einen Laufschritt, weil ihr bewusst wurde, dass sie schneller sein musste.

Sie bekreuzigte sich, ehe sie die Tasche unter dem Stuhl hervornahm und öffnete. Drinnen war nur sehr wenig, und Elsie war enttäuscht. Eine Geldbörse, ein Kamm und einige Papiere. Nervös schaute sie sich zur Toilettentür um. Sie würde die Spülung hören, bevor Miss Knochenbrecherin wieder rauskam. In dem Seitenfach der Tasche steckte eine Zugfahrkarte, und Elsie sah, dass es sich um eine einfache Fahrt von Bournemouth handelte. Sie suchte nach dem Rückfahrschein, aber da war keiner. Sie wollte eines der Papiere herausnehmen, doch es war zu spät, denn sie hörte die Toilettenspülung. Rasch schloss sie die Handtasche und stellte sie zurück unter den Stuhl.

Zehn Minuten später stellte die ahnungslose Miss Van Gilder ihre nun leere Teetasse auf dem Holzstuhl neben ihr ab. Obwohl sie es nie zugeben würde, hatte der Tee köstlich geschmeckt. Sie betrachtete zufrieden den karamellbraunen Rest geschmolzenen Zuckers am Tassenrand, und für einen kurzen Augenblick fühlte sie sich besser. Vielleicht sollte sie anfangen, ihren Tee mit Zucker zu trinken, wenn die Rationierung in den Krankenhäusern jetzt aufgehoben war. Diesen Gedanken verdrängte sie gleich wieder und verfiel in ihre übliche mürrische Stimmung. Der Zucker glitt in der Tasse nach unten und sammelte sich am Boden.

Wie aufs Stichwort vernahm sie die inzwischen vertrauten Schritte von Elsie, als sie um die Ecke kam, um die Tasse zu holen. Das Lachen im Sitzungszimmer war verklungen, und die Stimmen waren zu einem unverständlichen Murmeln gedämpft. Das Gespräch näherte sich dem Ende.

Neue, eilige Schritte hallten durch den breiten Korridor, als eine einsame Lernschwester mit hochrotem Kopf auf die Türen des Sitzungszimmers zulief.

Elsie trat erschrocken vor und stellte sich der Schwester in den Weg. »Wo wollen Sie hin?«, fragte sie und hob eine Hand, um die junge Frau zu bremsen. Elsie erkannte sie. Sie gehörte zu den neuen Schülerinnen auf Probe.

»Wohin wollen Sie, Schwester Moran?«, wiederholte Elsie. Sie war stolz darauf, den Namen jeder Schwester im Krankenhaus zu kennen. Was nicht weiter schwierig war, denn sobald die Lernschwestern ihre Vorprüfung geschafft hatten, wurden deren Namen ins Büro der Oberschwester geschickt, die sie den Stationen zuteilte. Die Oberschwester hatte von Dessie eine große Tafel an der Wand anbringen lassen, auf der sie die Namen eintrug, um sie über die verschiedenen Stationen zu bewegen wie Schachfiguren. Elsie glaubte, dass sich ihre Chefin insgeheim vorstellte, eine Admiralin im Kriegsministerium zu sein, die ihre Truppen im St. Angelus herumschickte.

»Die Schwester hat mir gesagt, ich soll das hier zur Pathologie bringen«, sagte Schwester Moran und zog ein Glas unter der braunen Papierhaube in ihren Händen vor.

Elsie rang angewidert nach Luft. »Packen Sie das ein! Das wollen wir hier oben nicht«, zischte sie. Das Glas war offensichtlich mit Urin gefüllt.

»Aber ich kann das Labor nirgends finden. Dr. Davenport hat mir gesagt, dass es die Treppen hoch und durch die großen Holztüren geht.«

»Hat er das, ja?« Elsie nahm sich vor, den Mann umzubringen. Erst heute Morgen hatte sie ihm erzählt, wo die Bewerbungsgespräche stattfinden würden. Und sie konnte sich lebhaft ausmalen, wie er jetzt den Hauptkorridor zu den OP-Sälen entlangwanderte und vor sich hin kicherte. »Hören Sie bloß nicht auf diesen unmöglichen Mann«, schimpfte sie. »Das Pathologielabor ist nicht einmal im Hauptgebäude! Es ist draußen. Gehen Sie über den Hof, vorbei an der Pförtnerloge und dem Sauerstofflager. Es ist die Holzhütte neben der Leichenhalle.«

Schwester Moran sah aus, als würde sie gleich in Tränen ausbrechen.

»Na los, beeilen Sie sich«, sagte Elsie, drehte die Schwester um und deutete zur Treppe. »Schwester Haycock wird jeden Moment hier rauskommen.«

Die Lernschwester riss die Augen weit auf und drohte ernsthaft loszuweinen.

»Husch, husch, und Ihnen passiert nichts. Sie wird es nicht erfahren.«

Wie ein rosa Blitz war die Lernschwester auf und davon.

Miss Van Gilder wollte etwas sagen, kam jedoch nicht dazu, denn plötzlich flogen die großen Türen zum Sitzungssaal auf.

Heraus kam Emily Haycock, die lächelnd mit der Bewerberin flüsterte und sie auf den Korridor begleitete. Ihre kleinen Absätze klackerten auf dem Holzboden. Die Frau neben ihr war elegant und sah jung aus. Sie hatte den Kopf zu Schwester Haycock geneigt und lauschte ihr aufmerksam. Beide lächelten.

Na, die ist viel zu jung, dachte Miss Van Gilder. Und keine Stationsschwester mit einem Funken Selbstachtung, die stellvertretende Oberschwester werden wollte, würde jemals Gelb tragen. Diese Farbe zogen Frauen nur aus einem Grund an: um aufzufallen. Sie war hinter einem Ehemann her, und da wäre sie nicht die Erste. Miss Van Gilder hüstelte, um sich bemerkbar zu machen. Es wird Zeit, dass sie mich bemerkt und aufhört, mit dieser regengepeitschten Narzisse zu plaudern, dachte sie.

Emily hob den Kopf und lächelte ihr zu. Beide Frauen kicherten, und Miss Van Gilder spürte, wie sie wütend wurde. Sie holte tief Luft, schluckte und zog eine möglichst neutrale Miene.

»Miss Ava Van Gilder, guten Tag. Wie geht es Ihnen? Es tut mir sehr leid, dass Sie warten mussten«, sagte Emily, als sie auf ihren klackernden Absätzen auf sie zukam und ihre Hand ausstreckte.

Miss Van Gilder stand auf. Ihr Rücken war vollkommen gerade, und sie hielt ihre Handtasche vor sich. Ihr Hut zitterte nicht einmal. »Es ist nicht Ava wie in Gardner, sondern Ava wie in Arva«, sagte sie und streckte ihre Hand vor.

Sie mochte klein und zart mit einer drahtigen Figur sein, doch niemand, der Miss Van Gilder begegnete, unterschätzte sie. Der scharfe, strenge Blick ihrer stahlgrauen Augen, die Kraft ihres Handschlags und das Timbre ihrer Stimme trieben jedem auf Anhieb die Illusion aus, eine fürsorgliche, freundliche Frau vor sich zu haben.

Fast wich Emily einen Schritt zurück, als Miss Van Gilder ihre Hand ausstreckte und sie dort in der Luft ließ. Sogleich bildete sich eine Gänsehaut auf Emilys Armen. Bis zu diesem Moment hatte sie geglaubt, dass sie mit ihrer Auswahl der Kandidatinnen nach dem Klang der Namen gut gefahren war. Es hatte erstaunlich gut gepasst. Alle fünf, die sie bisher zum Gespräch dagehabt hatten, waren Frauen mit einer modernen Einstellung gewesen, von denen sie sich jede für den ausgeschriebenen Posten vorstellen konnte. Jetzt hingegen sah es aus, als würde alles entsetzlich schiefgehen. Instinktiv wusste sie, dass diese Bewerberin Probleme machen würde.

Sie blinzelte, als die Frau mit einer Hand, kalt wie ein nasser Fisch, aber fest wie eine Schraubzwinge ihren Unterarm auf und ab bewegte wie den Hebel einer Wasserpumpe.

»Doch ich ziehe grundsätzlich Miss Van Gilder vor, wenn es Ihnen nichts ausmacht«, sagte die Frau. Und dann, als fiele ihr wieder ein, dass sie sich hier vorstellen sollte, ergänzte sie verlegen: »Vielen Dank.«

Emily fühlte, wie sie innerlich zurückzuckte. Könnte sie irgendwie verhindern, dass diese Frau das Sitzungszimmer betrat, sie würde es tun. In ihrer panischen Suche nach einem Ausweg erwog sie kurzzeitig, eine Ohnmacht vorzutäuschen, denn die Situation würde zweifellos heikel. Sie sah schon die kleinen, aber bedeutsamen Errungenschaften ihrer Stellung verpuffen.

Emily hatte ihr Bestes gegeben, um St. Angelus aus den festgefahrenen Vorkriegsmodalitäten in die neue Zeit zu holen, und dazu gehörte, dass alle ein bisschen weniger förmlich miteinander umgingen. Ihr Traum war, das Berufsverbot für verheiratete Schwestern aufzuheben, und sie wünschte sich die richtige stellvertretende Oberschwester, die auf ihrer Seite war und ihr bei der Oberschwester half, dieses Ziel zu erreichen. Die Oberschwester wollte alles beim Alten belassen und war vollkommen dagegen. Deshalb brauchte Emily eine Verbündete. Die Oberschwester müsste von zwei Seiten bearbeitet werden, damit man sie überzeugte, oder, falls sie sich immer noch sträuben würde, schlicht überstimmte.

Emily wünschte sich verzweifelt eine Stellvertreterin, die nach vorn blickte und modern war. Die ihre Ziele teilte und auf deren Stimme sie zählen konnte, weil sie ein entscheidendes Mitglied im Krankenhausvorstand sein würde. Miss Van Gilder sah ganz und gar nicht so aus, als würde sie zu dieser Beschreibung passen, und Emilys Zuversicht schwand rapide.

»Ja, natürlich«, sagte sie. »Wir reden uns im Krankenhaus nie mit Vornamen an, wie Sie wissen. Nur zwischen den langjährigen Mitarbeitern kommt es gelegentlich vor, dass wir …«

Sie verstummte, als sie das fast rabenschwarze Haar betrachtete, die strenge Brille, die geschürzten Lippen, die leicht gebogene Nase und die grauen Augen. Miss Van Gilders dunkles Haar bildete einen starken Kontrast zu ihrer blassen Haut. Sie sah aus, als wäre sie noch nie in der Sonne gewesen.

Die Frau blickte sie vollkommen ausdruckslos an, und Emily kam es vor, als würde sie vor Miss Van Gilders Augen schrumpfen. Sie soll fünfundvierzig sein, dachte sie, sieht aber aus wie sechzig.

Die vorherige Bewerberin war vierzig gewesen, klug und modern im Auftreten. Emily hatte sie auf Anhieb gemocht und sogar gedacht, dass sie sich mit ihr anfreunden könnte. Sie hatte die modische Mantel-Kleid-Kombination bewundert und war sich in ihrem schokoladenbraunen Twinset ziemlich altbacken vorgekommen. Wenn es zwei Dinge gab, die Emily mehr als alles andere brauchte, waren es eine gute Freundin und einige neue Kleidungsstücke. Frauen, die sich der Krankenpflege verschrieben, wurden später im Leben zu einsamen alten Jungfern. Emily hatte es so oft mit angesehen, und es war eine Zukunft, vor der es ihr grauste. Sie musste kämpfen, damit ihr dieses Schicksal erspart bliebe, doch die Zeit war nicht auf ihrer Seite.

»Nun, ich denke, es besteht nicht der geringste Zweifel, wer die geeignetste Kandidatin war«, sagte die Oberschwester, sobald Miss Van Gilder aus dem Raum war und Elsie den großen Heißwasserspender und Sandwiches für die Vorstandsmitglieder gebracht hatte.

Oh Gott, nein, dachte Emily. Nicht Miss Van Gilder. Bitte nicht!

»Haben Sie noch Fragen an Miss Van Gilder?«, hatte Dr. Gaskell während des Gesprächs gefragt. Sein Gesichtsausdruck war nicht zu deuten gewesen, und er hatte sich geweigert, Emily direkt anzusehen, nachdem er ihr einen Blick zugeworfen hatte, der eindeutig sagte: Emily, was haben Sie getan?

»Ja, ich bitte, Dr. Gaskell«, hatte sich die Oberschwester gemeldet, deren Gesicht schon aufgeleuchtet hatte, als Miss Van Gilder den Raum betrat.

Emily war beinahe verzweifelt. Sie hatten die Kandidatinnen abwechselnd befragt, und sie war bei der vorherigen an der Reihe gewesen. Da hatte sie sich so dringend gewünscht, dass alle die Frau in Gelb mochten, dass sie zu viele Fragen gestellt und zu lange gebraucht hatte.

»Wie würden Sie den Mangel an Pflegepersonal angehen, den wir in jüngster Zeit erleben?«, hatte die Oberschwester gefragt, sich über ihren Schreibblock gebeugt und den Stift bereitgehalten, als wolle sie sich sofort alles notieren, was Miss Van Gilder antwortete. »Wie Sie eventuell wissen, wächst die Patientenzahl im St. Angelus täglich. Das Liverpool District Hospitals Board plant einen neuen OP-Trakt und mehrere neue Stationen. In der Notaufnahme werden gegenwärtig über dreißig Leute am Tag behandelt. Wir sind eines der am stärksten ausgelasteten Krankenhäuser im Nordwesten.«

Miss Van Gilder verschwendete keine Sekunde. »Es gibt keine

Schwesternkadetten am St. Angelus, was, verzeihen Sie, ungewöhnlich ist. In Manchester haben die Kliniken ein volles Kontingent. Ich glaube, das St. Angelus hat sich zu sehr auf seinen Ruf als Lehrkrankenhaus für die TB-Behandlung verlassen.«

Dr. Gaskell setzte sich kerzengerade auf und schob gereizt die Papiere vor sich hin und her. Als leitender TB-Arzt in der Region war er alles andere als beeindruckt. Seine Haltung zeigte ganz klar, dass er dieses Gespräch schnell hinter sich bringen wollte. Doch die Vertreter der städtischen Klinikverwaltung schienen Miss Van Gilders Worte geradezu aufzusaugen.

»Wir müssen im großen Stil junge Mädchen für eine Kadetteneinheit gewinnen, sobald sie von der Schule kommen«, fuhr Miss Van Gilder fort. »Mit siebzehn können sie ihre Pflegeausbildung anfangen, ohne die Hürden, die neuen Lernschwestern oft begegnen, wenn sie mit der Arbeit im Krankenhaus beginnen und erstmals Patienten begegnen. Sie sind dann ideal auf die Krankenpflege vorbereitet und schlecht auf alles andere. Nur so können wir die modernen Ideen abwehren, dass ein Mann die Arbeit einer Frau tun kann. Ich bin keine Freundin männlichen Pflegepersonals. War ich nie.«

Dr. Gaskell zog eine Augenbraue hoch. Er war gewöhnlich ein weiser und sanftmütiger Mann, fand indes Miss Van Gilder ärgerlicher als beinahe jeden anderen Menschen, an den er sich erinnern konnte. Er hatte sich dafür starkgemacht, dass im St. Angelus Leute aus dem Medizincorps eingestellt würden, damit sie nach dem Krieg wieder zurück ins Leben fanden. Und er hatte gehofft, dass sie noch viel mehr von ihnen nehmen würden, auch wenn er bei der Oberschwester und Schwester Antrobus auf erbitterten Widerstand stieß. St. Angelus war eines der ersten Häuser gewesen, die ab 1952 Kriegsrückkehrer als Krankenpfleger eingestellt hatten, und nun wurde es Standard in allen Kliniken des

Landes. Aber das sagte Dr. Gaskell nicht, sondern er blickte nur hinunter auf seine Papiere.

Miss Van Gilder redete weiter: »Sicher hatten diese Männer ihre Berechtigung während des Krieges, draußen in den Feldlazaretten, aber nicht in einem modernen britischen Nachkriegskrankenhaus. Nein, hier gehören sie wirklich nicht hin.«

Die Oberschwester strahlte, denn die beiden Stationspfleger in der Männerchirurgie waren ihr ein Dorn im Auge. Sie gaben nichts auf Formalitäten, waren desorganisiert, ungehorsam und viel zu laut. Ihrer Ansicht nach war es der größte Fehler, den der Vorstand je gemacht hatte, sie einzustellen. Aber sie hatte keine Wahl gehabt. Ihre Kontrolle über das Krankenhaus schien mit jedem Tag mehr zu schwinden, während der neue Nationale Gesundheitsdienst, der NHS, die Muskeln spielen ließ. Deshalb konnte sie Miss Van Gilder gar nicht energischer zustimmen. Diese Frau gefiel ihr.

»Ich habe nur noch eine Frage, wenn Sie erlauben, Dr. Gaskell?« Die Oberschwester blickte ihn lächelnd an.

Unruhig wechselte er die Sitzposition. »Natürlich, aber wir müssen bald zum Schluss kommen. Es ist fast fünf Uhr«, sagte er außergewöhnlich ungeduldig.

Die Oberschwester wusste, weshalb er es eilig hatte, doch sie ließ sich nicht hetzen. »Es gibt eine Menge gedankenloses und meiner Meinung nach albernes Gerede, das Arbeitsverbot für verheiratete Schwestern aufzuheben. Wie stehen Sie zu diesem Thema?«

Emily war sich nicht sicher, ob es der Oberschwester überhaupt bewusst war, doch ihre Formulierung der Frage ließ keinen Zweifel zu, wie sie dazu stand.

Und wieder antwortete Miss Van Gilder, ohne zu zögern: »Ich kann mir nichts Schlimmeres vorstellen als eine verheiratete Frau, die Schwerkranke versorgt. Verheiratete Frauen haben einen Haushalt und einen Ehemann, um die sie sich kümmern müssen. Sie werden schwanger. Sie sind schon erschöpft, bevor sie mit der Arbeit beginnen. Krankenpflege ist körperliche Arbeit. Sie fordert die gesamte Kraft der Frauen. Nach einem Tag auf Station sind sie vollkommen erschöpft. Und offen gesagt halte ich es für sehr geschmacklos und unangemessen, dass eine Frau, der alles Geschlechtliche vertraut ist, männliche Patienten pflegt. Sicher wäre das den Patienten auch nicht recht.«

Die Oberschwester nickte zustimmend.

Emily wusste genau, was Miss Arva-nicht-Ava Van Gilder meinte: Verheiratete Frauen hatten Sex. Und das war etwas, womit Miss Van Gilder nicht in Berührung kommen wollte. Mit Frauen, die sie daran erinnerten, was sie nicht hatte.

Emilys einzige Hoffnung war, dass Miss Van Gilder und die legendäre Schwester April Welten trennten, in der Erscheinung wie im Auftreten, und dass dies genügte, um die Oberschwester abzuschrecken. Obwohl sie das St. Angelus 1941 verlassen hatte, vier Jahre, bevor Emily hergekommen war, sprach man bis heute im Krankenhaus von der stellvertretenden Oberschwester April. Sie stand in dem Ruf, sowohl freundlich als auch modern gewesen zu sein, und jeder wusste, dass die Oberschwester sie sehr gemocht hatte. Es wurde getuschelt, dass Schwester April ihr mit dem Fortgang das Herz gebrochen hatte. Emily fürchtete, dass die Leute recht hatten. Manchmal fragte sie sich, ob Schwester April das St. Angelus verlassen hatte, um ihre gute Freundin vor weiterem Schmerz zu bewahren. Was auch immer der Grund dafür gewesen sein mochte, die Oberschwester würde gewiss nicht gern Miss Van Gilder an Schwester Aprils Stelle sehen, dachte Emily.

Elsie wischte den Beistelltisch ab, auf dem sich die Sandwiches und der Heißwasserspender befanden. Sie durfte den Raum nicht verlassen, ehe sie wusste, welche Kandidatin es wurde. Verstohlen blickte sie sich über die Schulter um. Das Gremium beriet sich viel länger, als sie erwartet hatte. Allmählich musste sie sich überlegen, was sie noch putzen könnte, um einen Vorwand zum Bleiben zu haben.

Lieber Gott, lass es nicht die herrische Miss Knochenbrecherin werden, dachte sie, als sie sah, wie Emily nervös ihre Haarklammern herausnahm und sie neu einsetzte. Das wäre eine Katastrophe. Was hatte sich Schwester Haycock bloß dabei gedacht, einen solchen Drachen zum Gespräch einzuladen? War sie wahnsinnig?

Dr. Gaskell lächelte Elsie zu, als könne er ihre Gedanken lesen, und fast wäre sie zusammengezuckt. Verlegen erwiderte sie sein Lächeln und rieb imaginäre Flecken von ihrem Rollwagen voller schmutziger Wassergläser.

Elsie hatte bisher sämtliche Einstellungsverfahren im St. Angelus seit 1931 miterlebt und war stolz darauf, schon vor allen anderen zu wissen, wer hier neu anfangen würde. Diesmal würde es eine Schlacht geben, wie der Tonfall der Oberschwester und Emilys Begeisterung nahelegten, mit denen die zwei sich für sehr gegensätzliche Kandidatinnen aussprachen.

Es schlug fünf Uhr, und Elsie ließ »versehentlich« einen Teller voller Krümel auf den Boden fallen. »Oh, Verzeihung«, sagte sie und ging auf die Knie. »Jetzt muss ich den Teppichkehrer holen. Wie ärgerlich!«

Doch niemand beachtete sie. Also blieb sie auf allen vieren, um die Krümel aufzuklauben, und rückte dabei unter den Tisch, sodass sie außer Sicht war. Die anderen würden sie vergessen, und sie könnte jedes Wort hören. Sie war nur wenige Zentimeter von Mrs Jollys Beinen entfernt, einer Vertreterin des städtischen Klinikausschusses. Unwillkürlich fielen Elsie die sauber gebundenen Schnürsenkel an ihren braunen Schuhen auf. Sie hat ein hässliches Überbein, stellte Elsie fest, als sie die seitliche Auswölbung bemerkte. Kein Wunder, dass sie immer aussieht, als würde sie eine Zitrone kauen. Die Schmerzen müssen sie umbringen.

Elsie rümpfte die Nase. Mrs Jollys Füße rochen nach einer Mischung aus Leder und Schweiß. Sie hielt sich eine Hand vor die Nase, weil ein Niesen drohte.

Emily saß am Tisch und hielt beinahe den Atem an. Den Ausgang des heutigen Tages fürchtete sie mit jeder Sekunde mehr. Alle anderen Bewerberinnen wären ihr recht, und inzwischen wünschte sie sich fast, die Furcht einflößende Schwester Antrobus hätte sich beworben.

Dr. Gaskell war immer Emilys Verbündeter im Ausschuss, allerdings musste er heute Abend noch nach Manchester zum jährlichen Treffen des TB-Komitees reisen. Das hatte er ihr morgens gesagt. »Wir müssen das hier heute schnell erledigen, Emily.« In den letzten Monaten hatte er sich angewöhnt, sie beim Vornamen zu nennen. Sie glaubte, er wollte ihr auf diese Art mitteilen, dass er ihr bezüglich der Rückständigkeit des St. Angelus zustimmte. Liverpool bewegte sich vorwärts, und sie alle waren viel zu förmlich miteinander. Seine Haltung Emily gegenüber fühlte sich nahezu väterlich an. Sie hoffte nur, dass er bis zum Ende der Sitzung bleiben konnte.

Nun war es an den Repräsentanten des Liverpool District Hospitals Board, ihre Entscheidung zu fällen. Seit Gründung des NHS war bei jeder wichtigen Sitzung des Krankenhausvorstands mindestens ein Mitglied des LDHB dabei, aber dies war das erste Mal, dass sie in der Überzahl gegenüber den Vertretern vom St. Angelus waren. Emily fragte sich, ob das Absicht war. »Interessant«, hatte Dr. Gaskell ziemlich trocken angemerkt, als sie morgens in den Sitzungsraum kamen. Und sie waren keine sehr ansprechende Truppe. Die vier kamen in Tweed, mit Handschuhen an, Hüten auf und bebrillt hereinmarschiert, und um gleich klarzustellen, wie wichtig sie waren, setzte Mrs Jolly sich wie selbstverständlich an den Kopf des Tisches. »Und besorgniserregend«, flüsterte Dr. Gaskell Emily zu. Dort war gewöhnlich sein Platz.

Das Gebaren dieser kleinen Gruppe von Möchtegern-Oberschwestern hatte etwas sehr Bestimmendes. »Will uns das LDHB auf nicht allzu subtile Weise zu verstehen geben, dass wir nicht mehr entscheiden, wer hier arbeitet?«, hatte Emily flüsternd gefragt.

Dr. Gaskell nahm seine Tasse auf und trank von dem Tee, den Elsie ihm eben gegeben hatte. »Furcht einflößend«, antwortete er. »Das St. Angelus ist eine Familie. Allerdings bin ich mir nicht sicher, ob man sich auf städtischer Seite dessen gewahr ist.«

Mrs Jolly, die Generalswitwe, und ihre drei beisitzenden Kriegswitwen von ehemaligen Offizieren hatten wenig begeistert gewirkt von den jüngeren, moderneren Bewerberinnen. Hüsteln, Schniefen und eine allgemeine Unruhe bei einigen von Emilys Fragen an die Kandidatinnen hatten das sehr deutlich gemacht. Sie versuchen, mich aus dem Konzept zu bringen, hatte Emily gedacht. Als sie Mrs Jolly einen Blick zuwarf, sah die sie an, ohne mit der Wimper zu zucken. Da war Emily sehr unwohl geworden.

In der Mittagspause hatten Dr. Gaskell und sie bei ihren Sandwiches in der Ecke miteinander gesprochen, während sich die Oberschwester und Mrs Jolly glänzend zu verstehen schienen. »Wo kommen diese alten Schachteln her?«, hatte Emily gefragt und an dem Sandwich mit Lachspaste geschnuppert, das sie von Elsies Rollwagen genommen hatte. »Warum hat uns das LDHB diese Frauen geschickt?«

»Ich habe keine Ahnung«, antwortete Dr. Gaskell. »Ich habe aber gehört, dass das LDHB denjenigen wohlgesonnen ist, die großzügig für Krankenhäuser spenden. Die Gesundheitsversorgung in Liverpool ist ein Fass ohne Boden, und ich könnte mir vorstellen, dass jede Gabe dankbar angenommen wird.«

»Nur weil man Geld gibt, muss man noch lange nicht für eine Aufgabe geeignet sein. Oder irgendeinen Schimmer haben, welche Qualifikation eine neue stellvertretende Oberschwester vorweisen sollte.«

»Tja, das ist Teil des Problems. Nach dem Krieg sind nicht mehr genug Männer übrig, um den NHS zu leiten. Es gibt ihn erst seit fünf Jahren, und es sind einfach zu wenige Frauen ausgebildet oder gewillt zu arbeiten. Das LDHB hat sich Hilfe suchend an die Witwen von Männern gewandt, die wahrscheinlich solche verantwortungsvollen Posten übernommen hätten. An die, die helfen wollen, versteht sich. Und deshalb sitzen wir jetzt mit Frauen wie Mrs Jolly da. Sie sind einzig wegen ihres Status, ihrer Herkunft, ihrer Großzügigkeit und ihrer früheren Männer im dem Vorstand. Wobei viele von ihnen tatsächlich im Krieg mit angepackt haben. Wahrscheinlich haben sie Fähigkeiten, nur nicht die, die man braucht, um die richtige stellvertretende Oberschwester für uns auszusuchen.«

Emily war verärgert. Die Zukunft des St. Angelus war wichtiger als ein Mangel an Männern und Gönnern. »Warum konnten die uns keine Frauen schicken, die Erfahrung in der Krankenpflege haben?«

»Nun, da verheiratete Schwestern nicht arbeiten dürfen, überrascht das wohl kaum. Mrs Jolly hat im Krieg allerdings Codes geknackt. Diese Frauen sind keine Dummköpfe. Es ist lediglich so, dass sie alle mit höheren Offizieren verheiratet waren. Sie haben bestimmte Ansichten und werden nach einer Frau suchen, die genau so ist wie sie. Deshalb hatte ich Sie gebeten, die Kandidatinnen auszuwählen. Damit sie nur zwischen Frauen wie Ihnen die Wahl haben.«

Emily wäre fast in Ohnmacht gefallen. Wenn sie eine Kandidatin suchten, die ihnen ähnlich war, würde es Miss Van Gilder werden. »Oh Gott, was habe ich getan?«, fragte sie.

»Einen Fehler gemacht?«, antwortete er sanft. »Keine Sorge, Emily. Wenn es eines gibt, was ich nach meinen vielen Jahren hier über dieses Krankenhaus weiß, dann ist es die Tatsache, dass es ein Eigenleben hat. Nichts passiert, was nicht passieren soll. Alles regelt sich zum Besten, und vergessen Sie nicht, dass dies Ihre erste Begegnung mit Miss Van Gilder ist. Nichts ist jemals so schlimm, wie es scheint, meine Liebe.«

Als sich der Nachmittag nun dem Ende näherte, hörten die vier Damen vom LDHB auf, untereinander zu flüstern. Emily zitterte fast vor Nervosität. Sicher würden sie sich nicht alle auf dieselbe Kandidatin einigen, dachte sie. Sie würden doch niemanden ernennen, mit dem die Oberschwester, Dr. Gaskell oder auch sie nicht einverstanden waren. Oder besser gesagt, Dr. Gaskell und sie, denn die Oberschwester und Miss Van Gilder hatten sich ein bisschen zu gut verstanden. Das durfte einfach nicht passieren. Die Entscheidung musste einstimmig fallen, oder nicht?

Mrs Jolly räusperte sich mehrmals. »Ich hege nicht den geringsten Zweifel, wer die richtige Kandidatin ist«, verkündete sie.

Man könnte sie für Miss Van Gilders Schwester halten, dachte Emily, als Mrs Jolly zu reden begann. Sie sind sich so ähnlich. Und dann ging ihr auf, dass, hätte sich Sarah Anne Jolly für die Stelle beworben, sie allein aufgrund ihres Namens zum Gespräch geladen worden wäre, wenn alle anderen Punkte erfüllt gewesen wären. Emily hätte am liebsten ihr Gesicht in den Händen vergraben. Stattdessen lächelte sie freundlich. Sie würde sich nichts anmerken lassen.

»Die Repräsentantinnen des LDHB sind sich einig. Miss Ava Van Gilder scheint die ideale Kandidatin zu sein. Wir brauchen dringend jemanden an der Seite der Oberschwester, der stark und kompetent ist. Auf St. Angelus kommen viele Herausforderungen im heutigen Liverpool zu. Und das LDHB wird einige neue Bewertungen des Hauses vornehmen. Wir werden prüfen, ob das Krankenhaus angemessen geführt wird. Es ist ja kein Freiwilligenhospital mehr. Und wir sind Mr Churchill, dem neuen Gesundheitsministerium und dem Steuerzahler gegenüber in der Pflicht. Da ist kein Platz für Fehler. Die Schritte, die wir mit dem National Health Service unternehmen, sind bisher noch nie gemacht worden. Und in Miss Van Gilder haben wir eine Frau, die uns ermöglichen wird, auf dem richtigen Weg weiterzumachen.«

Emily war den Tränen nahe. Sie hatte sich von dem Namen hinreißen lassen, Ava Van Gilder, weil er wie der einer Musikerin oder Künstlerin klang. Gekommen war eine potenzielle Tyrannin. Oh, was habe ich getan, dachte Emily zum hundertsten Mal. Ich hätte mich selbst für die Stelle bewerben sollen.

»Oberschwester, schreiben Sie bitte Miss Van Gilder, und bieten Sie ihr die Stelle an. Sie sollte so bald wie möglich anfangen. Das Krankenhaus arbeitet an der Belastungsgrenze, und wir dürfen keine Zeit verlieren.«

Mrs Jolly erhob sich von ihrem Stuhl, und die anderen taten es ihr respektvoll gleich. Sie klappte ihre Brille zusammen, steckte sie in ihr Schildpattetui und schloss es. Soweit es sie betraf, waren sie hier fertig.

Ohne ein weiteres Wort gingen die vier Vertreterinnen des LDHB zur Tür. Mrs Twigg, die Netteste von ihnen, war die Letzte in ihrer Reihe. Im Vorbeigehen drückte sie mitfühlend Emilys Hand und sagte stumm: »Es tut mir leid.« Emily erwiderte den Händedruck mit einem matten Lächeln und senkte den Blick.

Mrs Twigg war sehr liebenswürdig gewesen. Leider aber auch schwach. Und Emily kam der Gedanke, dass es eine Veronica Twigg nie auf ihre Liste geschafft hätte.

Sie haben nicht einmal gefragt, welche Kandidatin uns am besten gefallen hat, dachte sie wütend, als sie den Frauen nachblickte. Dr. Gaskell sah sie an. »Sie wollen nicht mal Empfehlungen hören«, flüsterte sie ihm zu.

»Dies ist eine neue Welt, Emily. Es hat angefangen: Die Machtverschiebung von den Menschen, die das Krankenhaus so lange geleitet haben und die Patienten kennen, zu gesichtslosen Bürokraten beim NHS. Ich bin froh, dass ich alt bin und kein junger Arzt wie mein Sohn, denn ich fürchte, dass mit dem NHS ein Monster erschaffen wird. Er wird zum Werkzeug von Leuten ohne klinische Erfahrung werden, wie Mrs Jolly, die uns Befehle erteilen. Sogar den Ärzten. Wundern Sie sich nicht, wenn Ihnen Frauen wie Mrs Jolly eines Tages vorschreiben, wie wir unsere Patienten versorgen sollen. Und jetzt entschuldigen Sie mich bitte. Ich muss meinen Zug bekommen.«

Emily blieb allein mit der Oberschwester im Raum zurück.

»Ich hätte gedacht, dass sie mich zumindest konsultieren«, sagte die Oberschwester, als Emily die Papiere und Stifte einsammelte. »Aber das spielt keine Rolle. Sie haben ja die Kandidatin ausgewählt, für die ich gestimmt hätte.«

»Genügt es wirklich, dass wir ihren Lebenslauf haben? Niemand hat gefragt, warum sie ihr vorheriges Krankenhaus verlassen hat. Sollten wir nicht wenigstens von uns aus dort nachfragen?«

»Zufällig kenne ich die Oberschwester von St. Dunstan's. Wir waren vor Jahren gemeinsam in der Ausbildung in London. Ich werde ihr schreiben. Seien Sie versichert, Schwester Haycock, dass ich niemanden einstellen werde, ohne den Hintergrund zu kennen. Und das ungeachtet von Mrs Jolly und ihrer Truppe.«

Das munterte Emily zwar nicht auf, doch sie vermutete, dass es ein winziger Hoffnungsschimmer war.

»Allerdings gestehe ich, dass es eine Menge Aufgaben gibt, die ich mit Freuden abtrete. Da wäre schon mal der Bereich der Haus- und Reinigungskräfte und der Pförtner.«

Unter dem Tisch gab es einen dumpfen Knall von Elsies Kopf, der von unten an die Tischplatte stieß. Doch weder Emily noch die Oberschwester hörten es, weil sie weiterredeten, während sie ins Wohnzimmer der Oberschwester gingen. Dabei blickte Letztere verstohlen zu Emily hinüber. Sie wusste, dass sie enttäuscht war, und fühlte mit ihr. Enttäuschung war ein Gefühl, mit dem sie schon ihr ganzes Leben umging, und das tagtäglich. Ihr erster Gedanke an jedem Morgen war, dass sie anders war und sich wieder einem einsamen Tag stellen musste. Sie lebte mit einem Geheimnis, das niemand kannte. Dachte sie jedenfalls.

»Na, kommen Sie, Schwester Haycock, Kopf hoch! Sie werden sehen, dass Miss Van Gilder eine sehr effiziente Frau ist. Und genau so eine brauchen wir. Es geht darum, dass die Arbeit erledigt wird. Wir haben eine stellvertretende Oberschwester ernannt, keine Freundin. In meiner Anrichte steht eine Flasche Sherry, und im Kamin brennt ein Feuer. Stoßen wir auf unsere Neue an.«

Als sie die Tür hinter sich geschlossen hatten, krabbelte Elsie rückwärts unter dem Tisch hervor, die Kehrschaufel und den Handfeger noch in den Händen. Während der letzten Minuten der Sitzung war sie mucksmäuschenstill gewesen, um keine Aufmerksamkeit auf sich zu lenken, und es hatte geklappt. Alle hatten sie vergessen, wie sie es bereits geahnt hatte.

»Na, die sehen mich auch nicht, wenn ich mit einer Teekanne

in der Hand mitten im Zimmer stehe. Sie nehmen bloß den Tee wahr. Unter dem Tisch war ich vollkommen sicher«, erzählte sie Biddy später, als sie von dem Nachmittag berichtete. »Manchmal ist es sehr praktisch, unsichtbar zu sein.«

Als sie das Schloss der Wohnzimmertür zuklicken hörte, sprang sie auf und rieb sich den Kopf, mit dem sie an die Tischkante gestoßen war. Dann schob sie ihren Rollwagen hinaus und in die kleine Teeküche. Nebenan wurde die Anrichte geöffnet und geschlossen, gefolgt vom leisen Klirren der Sherrygläser.

»Mehr Tee werden die beiden jetzt nicht mehr wollen. Und das hier kann verdammt noch mal warten«, sagte Elsie zu dem Berg schmutzigen Geschirrs. Sie band ihre Schürze ab und warf sie auf die Teller. In der Teeküche war sie in ihrem kleinen Reich und ungestört. Die Oberschwester würde tagsüber nie hier reinkommen. Sie würde das schmutzige Geschirr nicht sehen, und bis zum Abend hätte Elsie alles aufgeräumt.

Sie öffnete die Hintertür, damit Blackie zurück in sein Körbchen im Wohnzimmer konnte, bevor sie die Treppe und über den Pförtnerhof zum Café hinuntereilte, wo sie sich mit Dessie, Biddy, Branna und Madge treffen wollte. Oh, diese Frau wird entsetzlichen Ärger für uns alle bedeuten, kann uns sogar gefährlich werden, dachte sie, als sie so schnell an der Schwesternschule vorbeiging, wie es die Regeln erlaubten.

Nicht einmal Elsie mit all ihrer Erfahrung am St. Angelus und ihrer Fähigkeit, die Zukunft vorauszuahnen, konnte ermessen, wie recht sie hatte.

Kapitel sechs

Lockie Keenan ging zum Büro des Hafenmeisters, um zu fragen, ob heute noch eines der Schiffe draußen in den Hafen käme.

»Keine Chance, garantiert nicht«, sagte der Hafenmeister. »Alles, was vor Mittwoch drinnen war, ist gelöscht, und der Smog ist so dicht, dass es Stunden dauert, bis eines von denen reinkommen kann. Da ist sogar Ruß in dem Dunst. Den habe ich in der Nase und überall. So schlimm war es noch nie!«

Lockie hatte schon damit gerechnet. Sein Pferd und den abgedeckten Karren hatte er im Stall gelassen. Der Smog war so dicht, dass er den Weg zum Hafentor nur gefunden hatte, weil er ihn jeden Tag ging und in- und auswendig kannte. Erst der Schnee, jetzt der Smog, dachte er. Es war keine leichte Woche gewesen. Und im *Liverpool Echo* stand, dass sie noch mehr Schnee bekommen würden.

Lockie handelte zwischen den Docks und den Fabriken. Er war einer von mehreren, die Jute von den Schiffen kauften, wenn sie gelöscht wurden, und sie an die Fabriken in der Stadt verkauften, wo sie binnen einer Stunde zu Seilen verarbeitet wurden. Sobald die Jute verkauft war, gingen sie wieder zu den Schiffen, um das Metall zu holen, das geschmolzen und zu Messingdraht gedreht wurde. Vieles von dem, was im Hafen ankam, wurde mit Pferdekarren die Hügel raufgebracht. Lockie ließ sein Pferd den ganzen Tag den Karren ziehen, wusste aber, dass das Tier heute eine Pause gut gebrauchen konnte.

»Was wölbt sich denn da in deiner Tasche? Hast du mir ein Geschenk mitgebracht? Du machst so gute Geschäfte, Lockie, da wird wohl eine Flasche Whiskey für mich drin sein, was? Und vielen Dank.«

Lockie lachte. »Das wird alles gespart. Jeder Penny, den ich zur Seite legen kann. Eines Tages will ich für mich selbst arbeiten, nicht für jeden anderen Idioten. Es ist ein Weihnachtsgeschenk für Lily unten bei McConaghy's. Zwar ist's noch eine Weile bis dahin, aber ich wollte ihr etwas besorgen. Ihre Eltern kenne ich schon lange, und ich weiß, dass die ihr nichts schenken. Sie ist wie eine kleine Schwester für mich, und sie braucht mal was Schönes. Es ist bloß eine richtige Haarbürste, mit Griff und so. Nichts Besonderes.«

»Du bist ein netter Junge, Lockie. Eines Tages wirst du einem glücklichen Mädchen ein guter Mann sein.«

Wieder lachte Lockie. »Das wird so bald nicht passieren. Lily sagt, ich bin zu wählerisch. Kann wohl sein, aber eigentlich ist es eher meine Mam. Ich wage nicht, ein Mädchen mit nach Hause zu bringen – du weißt ja, wie meine Mam ist.«

»Oh ja. Seit sie aus den Clare Cottages weggezogen ist, ist es sogar noch schlimmer geworden. Hör auf, so gut bei deiner Arbeit zu sein, Lockie. Ihr steigt das viele Geld zu Kopf, das du nach Hause bringst.«

Lockie grinste, denn der Hafenmeister hatte recht. Seine Mutter wurde richtig eingebildet. Lockie verdiente genug, um die Miete für eine Wohnung zu bezahlen, und nicht nur irgendeine, sondern eine ziemlich große; und seine Mutter hörte nicht auf, damit zu prahlen. Er wusste genau, was für ein Mädchen er sich wünschte – eines wie Lily. Leider waren die selten. Lily kannte er, seit sie ein Baby war. Sie war ihm so nahe wie eine kleine Schwester und er ihr wie ein großer Bruder. Lockie war der einzige Grund, weshalb Lilys Stiefvater sie nicht mehr ganz so oft verprügelte wie früher, nicht mal im Suff. Er wusste, dass er es dann mit Lockie zu tun bekam. Und mit dem fast einen Meter neunzig großen und sehr breitschultrigen Lockie legte sich niemand freiwillig an.

Während sich Lockie mit dem Hafenmeister unterhielt, ging Lily auf dem Weg zur Arbeit den Laubengang in den Clare Cottages entlang. Sie ahnte nicht, dass hinter so gut wie jedem der Fenster, an denen sie vorbeikam, jemand eine Bemerkung über sie machte.

»Sieh dir an, wie hoch sie die Nase trägt. Was glaubt sie denn, wer sie ist?«

»Mir tut diese Lily leid. Sie muss wirklich eine Menge aushalten.«

An guten Tagen versammelten sich Mrs McGuffy und die anderen Frauen auf dem Gang, um den Kindern nachzublicken, wenn sie über die Straße zur Schule in St. Chad's trotteten. Mrs McGuffy war immerzu mürrisch, doch zu Lily war sie freundlicher als manche andere. Sie hatte die lauteste Stimme, und oft hörte Lily von unten, wie über sie geredet wurde. »Sieh sich einer dieses arme Mädchen an. Hält die Familie zusammen, ja, das tut sie. Wenn sie nicht wäre, die Kleinen wären längst im Heim. Jemand würde die Wohlfahrt rufen, wäre sie nicht so ein fleißiges Ding.«

Jeder in den Clare Cottages hatte eine Meinung zu Lily. Sie war zu schlau, zu stolz, zu schick, zu überlastet. Lily passte nicht rein.

Jeden Freitagabend gab Lily ihre Lohntüte ab und bekam fünf Shilling zurück, die sie für den Bus brauchte. Ihre Mutter war nicht dumm. Kein Busgeld, keine Arbeit, kein Geld. Gäbe es eine

Möglichkeit, auch noch die fünf Shilling zu behalten, würde sie es tun.

Lilys Mutter hasste Lilys Chefin, Mrs McConaghy. Dieser Hass hatte an jenem Tag Wurzeln geschlagen, als nur wenige Wochen nach Lilys Arbeitsantritt in der Fabrik ein Brief wegen ihrer Kleidung kam. Er wurde von Schwester Therese gebracht, und Lilys Mutter wäre am liebsten gestorben vor Scham.

»Es tut mir leid, Mrs Lancashire«, hatte Schwester Therese gesagt, »ich muss Ihnen den Brief vorlesen. Das habe ich Mrs McConaghy versprochen. Sie hat ihn mir persönlich übergeben. Lily hat jetzt eine richtige Arbeit, und ich fühle mich mit verantwortlich. Schließlich habe ich sie für die Stelle empfohlen.«

Allein mit ihrem Blick drückte sie Lilys Mutter an die Wand und begann, den Brief vorzulesen, den sie von irgendwo in ihrem schwarzen Habit hervorholte.

»Ich erwarte, dass Lily für ihren Arbeitsplatz angemessene Kleidung trägt. Sie wird von Leuten gesehen, die McConaghy's gute Geschäfte bringen und folglich Lilys Lohn zahlen. Es soll niemand denken, ich würde solch schlechte Löhne zahlen, dass sich das Mädchen in meinem Büro keine anständigen Kleider, Schuhe oder einen Mantel leisten kann.«

Lily konnte sich nichts Schrecklicheres vorstellen, als dort stehen und Schwester Therese zuhören zu müssen, wie sie den Brief vorlas. Ihre Wangen glühten, wenn auch nicht so sehr wie die ihrer wütenden Mutter.

»Was denkt diese Frau, wer sie ist?«, brüllte Mrs Lancashire, als die Schwester fertig war. Sie stürmte zur Tür, hängte ihre Schürze auf, band ein Kopftuch über ihre Lockenwickler und packte Lily beim Arm. »Komm mit, du. Wenn diese Frau will, dass Lily fein rausgeputzt ist für eine Stelle, die Sie ihr besorgt haben, Schwester, dann darf Pater Brennan ihr die Sachen geben.«

Pater Brennan stammte aus der Nachbargegend von der, in der Lilys Mutter in Irland aufgewachsen war. Er kannte ihren Vater und ihren Großvater, für den deren Entschluss, einen Engländer zu heiraten, eine große Enttäuschung gewesen war. Mrs Lancashire, geborene O'Hallaghan, war mit vierzehn Jahren auf einer Fähre nach Liverpool gekommen. Sie schrieb ihren Eltern nach Hause, sie hätte einen braven irischen Jungen aus Dublin geheiratet, weshalb es für sie ein Schlag gewesen war, als Pater Brennan in das Pfarrhaus keine hundert Meter von den Clare Cottages einzog. Mrs Lancashires »braver Ire« war schon fort gewesen, ehe Lily vier wurde, und der Schwindel flog auf. Kein einziger Brief wurde mehr beantwortet, seit die O'Hallaghans erfahren hatten, dass ihre Tochter danach einen englischen Protestanten geheiratet hatte. Und es kam noch schlimmer: Sie war zu der Zeit bereits schwanger gewesen.

»Diese McConaghy will dich ausstaffiert haben, ja?«, hatte Lilys Mutter auf dem Laubengang immer wieder vor sich hin gemurmelt.

Mrs McGuffy schüttete vor ihnen einen Eimer heißes Wasser mit Desinfektionsmittel die Treppe hinunter, und der Geruch von erhitztem Urin stieg Lily in die Nase. Die wenigsten Kinder schafften es bis zur Toilette auf der halben Treppe oder konnten während der Wartezeit in der langen Schlange davor ihre Blase unter Kontrolle halten.

»Passen Sie doch auf meine verdammten Beine auf«, fauchte Mrs Lancashire im Vorbeigehen Mrs McGuffy an.

Es kam keine Antwort, man hörte bloß das Geräusch der Schrubberborsten, als Mrs McGuffy das Putzwasser hinunter zum Abfluss schob. Als Lily an ihr vorbeiging, versuchte sie, der Nachbarin zuzulächeln, doch ihre Mutter hielt ihren Arm so fest umklammert, dass sich ihre Fingernägel durch die Strickjacke in Lilys

Arm bohrten. Es tat weh. Mrs McGuffy warf ihr einen freundlichen Blick zu und blinzelte im Rauch der Zigarette, die an ihrer Unterlippe zu kleben schien.

»Und kein Wort von einem Penny mehr Lohn?«, fuhr Lilys Mutter fort. »Wie soll ich denn die Kleinen füttern, wenn ich dich einkleiden muss, hä?«

Lily ging nicht auf die Ironie dieser Frage ein. Sie war es, die ihre Geschwister ernährte, nicht ihre Mutter. Sie zermarterte sich das Hirn, wie sie die unangenehme Situation beim Pfarrer noch verhindern könnte. Ihre Mutter ging ja nicht mal in die Messe, und sicher würde Pater Brennan sie nicht anhören wollen.

Doch die Wut ihrer Mutter hielt unvermindert an. »Nein, daran denkt die fette Kuh nicht, oder?«, rief sie empört.

Lily starrte auf ihre Füße, als sich die Leute auf der Straße nach ihnen umdrehten. Sie wandten sich genauso schnell wieder ab. Keiner blickte Lilys Mutter gern direkt an, weil man sich dann nur wüste Beschimpfungen einfing.

»Wie sie aussieht!«

»Das arme Mädchen.«

»Die Mutter ist ein versoffenes Flittchen.«

Die üblichen Kommentare drangen beim Vorbeigehen an ihr Ohr.

Ihre Mutter marschierte direkt zur Pfarrhaustür und donnerte mit der Faust dagegen, bis die Haushälterin öffnete.

»Behalten Sie die Frau in der Diele«, sagte Pater Brennan, der im Sessel in seinem Arbeitszimmer saß. »Sie soll eine halbe Stunde warten, damit sie sich ein wenig beruhigt. Ich kenne die Familie. Das sind alles Hitzköpfe.«

Die Haushälterin tat, wie ihr aufgetragen wurde, und Lilys Mutter kochte vor sich hin, bis die Dämmerung einsetzte. Nach zehn Minuten hatte sich ihr Lechzen nach einem Drink so schnell gesteigert, wie ihr Zorn verebbte. Die Tür zu Pater Brennans Arbeitszimmer ging auf, und ihre Mutter zeigte, wie verwandelt, ein rares Lächeln und bettelte um Kleidung für Lily.

Später an diesem Abend erschien Schwester Therese unangekündigt mit einem Wintermantel und einigen Paaren Stiefeln und Schuhen. Alle waren bereits getragen, aber noch sehr gut. Lily kamen die Tränen. »Hier, einige von denen sind richtig hübsch«, sagte Schwester Therese. »Sieh mal, sogar ein Paar hohe Schuhe. Wirst du in denen nicht schick aussehen?« Schwester Therese erwähnte nicht, dass sie die letzten Stunden an jede Tür der besseren Häuser in Liverpool geklopft hatte, um kühn einen Platz im Himmel im Austausch gegen die Sachen anzubieten, die Lily brauchte.

Lily war ihr unsagbar dankbar. Die ersten Tage bei der Arbeit war sie halb vergangen vor Scham, weil sie so schäbig angezogen war. Mrs McConaghy hatte es bemerkt und sich sogleich beschwert.

»Hier, nun weine nicht mehr.« Schwester Therese gab Lily ihr allzeit bereites Taschentuch. »Es ist meine Schuld. Ich habe deine Mutter überschätzt und gedacht, sie wäre stolz auf dich, weil du eine wunderbare Stelle gefunden hast, und würde helfen wollen. Bei Gott, Lily, ich werde immer mein Bestes für dich tun. Ich bin nämlich stolz auf dich. Du bist die beste Schülerin, die ich je hatte.«

Als sie ein Paar solide braune Lederschuhe betrachtete, nahm sich Lily vor, dass sie, ganz gleich, was ihr geschah, Schwester Therese niemals enttäuschen würde. Dann überfiel sie eine neue Angst. Sie musste verhindern, dass ihre Mutter die Schuhe in die Pfandleihe brachte, wenn sie das nächste Mal dringend etwas zu trinken brauchte. Etwas im Haus zu haben, das verpfändet werden könnte, brachte vollkommen neue Probleme mit sich.

Kapitel sieben

Maisie Tanner stand in ihrer Küche und sah durchs Fenster in die dunkle Nacht. Mit dem Taschentuch aus ihrem Strickjackenärmel wischte sie einen Kreis in dem Kondensschleier frei, der sich über das Glas gelegt hatte. Es hatte wieder zu schneien begonnen, und sie bestaunte die großen Flocken, die in derselben Sekunde schmolzen, in der sie auf der Scheibe landeten. Der Ofen gab reichlich Wärme für die Yorkshire Puddings ab, die als Letztes reingeschoben wurden. Die Hitze genau abzustimmen und am Ende des Bratens noch einmal stark zu erhöhen, war eine Kunst für sich. Maisie hatte sie von ihrer Mutter gelernt und fand, sie hätte sie sogar noch perfektioniert.

»Dieses Wetter hört nie auf«, sagte sie zu ihrem Mann Stan. »Was für einen Quatsch du mir erzählt hast, dass Liverpool am Golfstrom liegt und es nie richtig kalt wird! Es ist schrecklich hier. Erst hat man den entsetzlichen Smog, und im nächsten Augenblick schneit es. So kann es unmöglich im ganzen Land sein.«

Stan öffnete die Hintertür, um seinen Zigarettenstummel über die Gartenmauer in die Gasse dahinter zu schnipsen. Trotz der Ofenhitze blies ein eisiger Luftschwall durch die Küche. Maisie streckte ihren Kopf nach draußen und zog ihren Blusenausschnitt vorn auf, damit ihr die kalte Brise über die Brüste wehte.

»Wieder die Hitze, Schatz?«, fragte Stan. »Passt gar nicht zu dir.«

Maisie holte tief Luft und seufzte, als die Schneeflocken auf ihren heißen Wangen schmolzen. Sie blickte über die Gartenmauer hinweg zu den Schornsteinen der Häuserreihe gegenüber, aus denen Rauch in den Abendhimmel aufstieg. An manchen Abenden, ob Schnee fiel oder nicht, blieben jene Schornsteine kalt und trostlos. Immer auf denselben Häusern, bei denselben Familien. Es waren die der Kriegswitwen oder alternden Männer, die keinen ganzen Tag Hafenarbeit mehr schafften. Die Sonntage aber waren etwas Besonderes. Da gab es immer ein Feuer und ein Essen, und wenn nicht, brauchte jemand Hilfe. Maisie konnte nicht mehr mitzählen, wie oft sie an einem Wintersonntag einen kalten Schornstein gesehen und Stan mit einem Eimer Kohlen zu dem Haus geschickt hatte. Doch heute Abend waren die Küchenfenster in allen Häusern beschlagen, genau wie Maisies, weil drei Gemüsesorten auf dem Herd kochten. In einigen Häusern gab es Fleisch dazu, in anderen nicht.

»Ist alles in Ordnung, Schatz?«, fragte Stan. Er legte seine Arme um Maisie und drückte sie an sich. In letzter Zeit war sie nicht mehr sie selbst und schlief schlecht.

»Ich glaube, es ist der Wechsel, Stan. Er erwischt mich ein bisschen früh. Jetzt werde ich mein gutes Aussehen endgültig verlieren, aber wenigstens bekommen wir keine Kinder mehr.«

Stan grinste. »Tja, wie heißt es so schön? Es gibt immer einen Silberstreif am Horizont.«

»Was denn, du denkst, ich verliere mein gutes Aussehen?«, fragte Maisie entsetzt. Sie war die schönste Frau in der Arthur Street, immer schon gewesen.

»Nein, das habe nicht ich gesagt, sondern du. Für mich wirst du immer die schönste Frau der Welt sein, sogar wenn du sechzig bist.« Es wurde Zeit, das Thema zu wechseln. »Unsere Pammy sieht prächtig aus, nicht, Schatz? Es ist schön, sie am Sonntag mit ihren Freundinnen hier zu haben. Sie macht sich gut im Krankenhaus, jetzt, wo sie den ganzen Ärger hinter sich hat. Wer hätte das gedacht? So patzig, wie Pammy sein kann.«

»Oh Gott, Stan, freuen wir uns nicht zu früh! Sie war kurz davor, rausgeworfen zu werden, so wie sie der Oberschwester gesagt hat, dass sie sie mal sonst wo könne, und ein Riesentheater um dieses abgetriebene Baby gemacht hat.«

Stan lachte leise. »Ja, stimmt. Typisch unsere Pammy! Aber sie hat richtig gehandelt. Und vergiss nicht, wer sie gerettet hat. Wer hat sich für sie eingesetzt? Emily Haycock.«

»Meinst du, ich soll Pammy von Emily Haycock erzählen? Dass sie dabei gewesen ist, als Lorraine geboren wurde?« Für einen Moment stand Maisie stocksteif da und dachte an die furchtbare Nacht im Luftschutzbunker. »Ich glaube immer noch, dass Schwester Haycock deshalb so darum gekämpft hat, Pammy als Schwesternschülerin aufnehmen zu können. Ja, da bin ich mir sicher. Wer hätte gedacht, dass ich die kleine Emily Haycock aus der George Street mal ›Schwester‹ nenne?«

»Das haben wir doch schon hundertmal durchgekaut, Schatz! Es muss einen Grund geben, warum Emily unserer Tochter nie verraten hat, dass sie sie schon als Kind kannte oder dass ihre Familie in der George Street gestorben ist. Ich glaube, sie verschweigt es Pammy absichtlich, weil sie denken soll, dass sie um ihrer selbst wegen im St. Angelus angenommen worden ist, nicht, weil es irgendeine Verbindung zwischen euch gibt. Würde Pammy wissen, wer Emily ist, könnte sie sich fragen, ob es was damit zu tun hatte. Und dann fängt sie vielleicht an, an sich zu zweifeln. Das will keiner, oder?«

»Nein, du hast sicher recht, Stan.« Maisie schniefte. »Es muss der Wechsel sein. Der macht mich dauernd ein bisschen traurig. Wäre doch meine Mam noch hier. Sie fehlt mir so!« Sie zog ihr Taschentuch aus der Schürzentasche und tupfte sich die Augen, die ein wenig zu tränen begannen.

»Na, na, Schatz«, sagte Stan und umarmte sie fester. »Nicht weinen. Ich weiß, dass dir deine Mam fehlt. Gott, sie fehlt uns allen. Sie war ein wichtiger Teil dieser Familie. Im Krieg wäre ich durchgedreht, hätte ich nicht gewusst, dass deine Mam bei dir ist. Weil sie da war und auf euch alle aufgepasst hat, wusste ich, dass ihr sicher seid.«

Stan war ratlos. In solchen Situationen kannte er sich nicht aus. Er wusste nicht, wie er sich verhalten sollte, und es machte ihn unsicher, Maisie so hilflos zu erleben, hatte sie doch bisher alles bewältigt, was das Leben ihr zumutete.

Sie lehnte den Kopf an seine Schulter. »Das ist aber doch gerade der Punkt, oder? Wir waren eben damals nicht sicher. Mam war nach 1941 nie wieder dieselbe.«

»Brauchst du Hilfe, Mam?«, rief Pammy durch die offene Küchentür.

Maisie schniefte wieder, löste sich aus Stans Armen und stopfte ihr Taschentuch zurück in ihren Strickjackenärmel. »Nein danke, Liebes. Ich bin gleich da. Fangt schon mal an, euch Röstkartoffeln auf die Teller zu füllen. Lorraine, komm her, und trag die Bratensoße rein. Und, Stan, leg noch eine Schaufel Kohlen auf, ja?«

Sie klopfte Stan auf den Arm, und er atmete erleichtert auf. So war es schon normaler: seine Maisie, die den lieben langen Tag Befehle rief.

»Jungs, kleiner Stan, habt ihr euch die Hände gewaschen?«

All die Anweisungen wurden in schneller Folge aus der Küche abgefeuert, und kaum jemand antwortete anders als mit »Ja,

Mam«. Nun lächelte Maisie. Ihre Traurigkeit wurde weggewischt von der Tatsache, dass sie nichts lieber mochte, als die Schwesternschülerinnen von St. Angelus, mit denen Pammy sich angefreundet hatte, zum Sonntagsessen bei sich zu haben. Es war Tradition geworden, dass Pammy an ihren freien Sonntagen die Freundinnen mitbrachte, die auch freihatten. Und es verschaffte Mrs Duffy im Wohnheim ein wenig Erleichterung. Heute waren alle Mädchen da: Victoria Baker, die irische Dana Brogan und Beth Harper. Für Beth war es das erste freie Wochenende seit fast einem Jahr, seit sie als Schwesternschülerin angefangen hatte. Aber Beth beklagte sich nie. Sie war fleißig, lernbegierig und wurde mit allem fertig, was ihr der Klinikalltag aufbürdete. Und sei es, dass es bedeutete, das Sonntagsessen bei den Tanners zu versäumen.

Stan hatte Kohlen nachgeworfen und kehrte in die Küche zurück, um sich die Hände in der Spüle zu waschen. »Die Jungs haben sich die Hände draußen gewaschen, als sie aus dem Klohäuschen gekommen sind«, sagte er. »Ich habe es selbst gesehen.«

In der Arthur Street waren Routine, Disziplin und Ordnung die Grundregeln. Große Familien brauchten feste Regeln, und das Händewaschen vor dem Essen gehörte dazu.

Maisie bückte sich, um den Yorkshire Pudding aus dem Ofen zu holen. »Mir macht der neue Schnee Sorgen, Stan. Die Mädchen sollten lieber schnell essen und zur Lovely Lane zurücklaufen, falls er liegen bleibt. Der letzte ist gerade erst geschmolzen. So schlimm habe ich es noch nie gesehen.«

»Na, dann hast du aber ein kurzes Gedächtnis, denn es ist nicht halb so schlimm wie 1947. Aber der Schnee bleibt nicht liegen. Das tut er hier nie, Schatz. Wir sind viel zu nahe am Mersey und am Golfstrom. Liverpool ist wärmer, als du denkst.«

»Ach, um Himmels willen, Stan, hör auf mit dem Golfstrom. Nur weil du im Krieg in der Wüste warst. Hier, mach dich nützlich, und bring die rein.« Stan nahm den Salzstreuer und eine Schale Apfelmus von Maisie entgegen. »Und es passieren komischere Dinge als Schnee, der liegen bleibt. Wer hätte gedacht, dass mal die Tochter eines Lords bei uns am Tisch sitzt! Keiner sonst in der Straße würde auch nur davon träumen, Victoria Baker sonntags zum Essen dazuhaben, oder?«

Stan blickte hinüber zu den lachenden Mädchen vorn im Wohnzimmer. »Victoria ärgert die Jungs«, sagte er grinsend.

»Na, um fair zu sein, braucht sie den kleinen Stan auch nur anzugucken, und schon ist er hinüber, kann nicht sprechen und wird puterrot.«

»Ich glaube, er ist verliebt«, flüsterte Stan. »Aber ziehen wir ihn nicht auf. Die erste Verliebtheit ist eine große Sache für einen Jungen. Ich erinnere mich noch sehr gut an meine.« Er zwinkerte Maisie zu, die sich zur Spüle gedreht hatte, um sich die Hände zu waschen. Stan trat hinter sie, schlang die Arme um ihre Taille und vergrub das Gesicht an ihrem Hals. Nach ihren Tränen hatte er das Gefühl, sie beschützen zu müssen. Nur so konnte er sie trösten. Später würde er mit ihr Liebe machen. Das heiterte sie immer auf.

»Lass das, Stan!«, quiekte Maisie und entwand sich ihm. Natürlich meinte sie es nur halb ernst. Sie würde gerne den ganzen Tag in seinen Armen bleiben; einen besseren Ort gab es nicht.

Stan war während des Krieges fort gewesen. Er war einer der Ersten, die sich gemeldet hatten, und sie beide waren erschrocken gewesen, wie schnell alles ging. Keine Woche später verabschiedeten sie sich am Bahnhof Lime Street. In all den Jahren verging kein Tag, an dem Maisie nicht krank vor Sorge gewesen war. Telegramme kamen und wurden verschickt. Maisies Herzschlag setzte jedes Mal aus, wenn die Fahrradklingel des Telegrammjungen in der Straße erklang, doch er kam nie zu ihr. Obwohl sie mit den Leuten mitfühlte, die das von allen gefürchtete Telegramm bekamen, und es oft um einen Jungen ging, den sie aus der Schule oder von der Straße her kannte, dankte sie Gott allabendlich, dass es nicht ihr Stan war.

Sie drehte sich um und küsste ihn kurz auf den Mund. »Später«, flüsterte sie. »Später. Jetzt müssen wir unseren Haufen, Pammys Freundinnen und eine Victoria Baker von Baker Hall füttern.«

Stan klopfte ihr auf den Hintern und zwinkerte. »Später« genügte, um ihn zum glücklichsten Mann in der Arthur Street zu machen. Jede Nacht, wenn er die Augen schloss, holten ihn Erinnerungen an seine schlimmsten Tage ein. Und seit er wieder zu Hause war, war das Letzte, was er jede Nacht vor dem Einschlafen tat, den warmen Körper seiner Frau zu berühren und Gott zu danken, dass er überlebt hatte. Auch sein Haus und seine Familie hatten die Bombenangriffe überstanden. Er lag in ihrem Ehebett, Maisies Herz schlug neben seinem, und sie waren am Leben.

»Maisie, Lady Victoria ist eine von Pammys Freundinnen. Sie ist Schwesternschülerin wie die anderen auch, und du musst sie nicht extra hervorheben.«

»Weiß ich doch. Ich kann nur nicht aufhören, jedes Mal damit anzugeben, wenn sie hier gewesen ist. Du musst zugeben, dass sie reizend ist, und, Stan, sie sagt, wenn sie ihren Abschluss hat, werden wir zu ihrer Hochzeit eingeladen. Stell dir das vor!«

Stan musste schmunzeln. Wenn Maisie aufgeregt war, sah sie wieder wie das junge Mädchen aus, das er am besten Tag seines Lebens geheiratet hatte.

»Dafür kaufen wir dir das schönste Kleid in Liverpool, Schatz. Allerdings verstehe ich immer noch kein Wort, wenn sie redet. Wann lernt sie, wie der Rest von uns zu sprechen?«

»Sei nicht so dumm, Stan, sie spricht nur hübsch. Ich hoffe, unsere Lorraine guckt es sich bei ihr ab. Und ich will Victoria nicht wie uns reden hören. Unsere Lorraine soll es mal zu was bringen, hier rauskommen und wie eine Dame sprechen. Sie soll nicht in der Arthur Street aufwachsen. Sieh dich doch um – überall verdammte Wasserratten und Bombentrümmer.«

»Unsere Lorraine? Ich bitte dich, Maisie, sie würde vertrimmt werden, wenn sie in der Schule so reden würde wie Victoria. Und du willst doch nicht wirklich im Ernst, dass sie so vornehm spricht.« Stan senkte die Stimme, damit Victoria ihn nicht hörte. »Wir haben früher die Jungen von der Waterloo Grammar verhauen, weil sie vornehm geredet haben. Die waren eine leichte Beute für uns, wenn sie auf den Bus gewartet haben. Heute können wir die natürlich nicht mehr verprügeln, weil sie alle in großen Häusern auf der anderen Seite der Bucht wohnen. Sie arbeiten in Banken, gehen in schicke Restaurants, fahren Autos und so.« Er begann zu kichern.

Maisie seufzte. »Und genau das meine ich, Stan Tanner. Deshalb will ich, dass Lorraine sich anstrengt, damit sie nicht zu einem dummen Holzkopf wird wie du.«

Bevor Stan etwas erwidern konnte, bückte sich Maisie, um den Yorkshire Pudding aus dem Ofen zu holen, der perfekt aufgegangen war.

Beide gingen ins Wohnzimmer, und was sie dort sahen, ließ Maisie dahinschmelzen. Der Tisch war gedeckt, das Besteck ausgelegt, und die Teller stapelten sich in der Mitte. Das kleine Kaminfeuer knisterte und schickte Flammen den Schornstein hinauf, und auf dem schäbigen Läufer davor lagen die jüngsten Tanner-Söhne. Weil sie das Warten leid geworden waren, hatten sie die Köpfe wieder in ihren Comics vergraben. Victoria saß auf dem Sessel am Feuer, Lorraine auf ihrem Schoß, und lackierte ihr die Fingernägel. Dana und Pammy waren auf dem Sofa, sprangen aber auf, als Maisie und Stan reinkamen.

»Guck mal, meine Fingernägel, Mam«, sagte Lorraine und wedelte mit den Fingern vor Maisies Gesicht. »Sind die nicht schick?«

Maisie stellte die Auflaufform auf den Tisch und hielt Lorraines Hand weiter weg, um sie richtig ansehen zu können, während sie Dana und Pammy anwies, die Sitzbank zum Tisch zu bringen, weil nicht genug Stühle da waren.

»Ah, die sehen hübsch aus. Ich schmiere mir immer die Finger voll, wenn ich es versuche.«

Die Mädchen kicherten, und die Jungen rannten an den Tisch. Für einen Moment leuchtete Pammys Gesicht auf vor Stolz, als sich alle setzten.

»Oh, Mrs Tanner, Sie sind einfach famos!«, sagte Victoria.

Maisie warf Stan einen warnenden Blick zu. Grinsend zog er eine Augenbraue hoch.

Dana konnte den Blick gar nicht von dem Schweinebraten abwenden und leckte sich beinah die Lippen. Die festliche Mahlzeit hier kam den Sonntagsessen ihrer Mutter daheim in Irland ziemlich nahe. Die Sonntage bei den Tanners zählten zu den wenigen Tagen, an denen Dana nicht von Heimweh und Schuldgefühlen geplagt wurde. Sie hatte ihrer Mutter versprochen, oft nach Hause zu kommen, war jedoch erst ein einziges Mal dort gewesen, und das machte ihr ein schlechtes Gewissen.

»Und jetzt müsst ihr alle aufessen«, sagte Maisie. »Heute Abend könnt ihr nämlich nicht bleiben und Radio hören. Ihr werdet es nicht glauben, aber es schneit schon wieder. Egal, was unser oberschlauer Stan sagt, es sieht aus, als würde der Schnee liegen bleiben. Habt ihr morgen alle Frühdienst?«

»Ja, ich bin auf der Kinderstation«, antwortete Dana, die sich dankbar einen Teller nahm und sich eine riesige Scheibe Schweinebraten und eine große Portion Yorkshire Pudding geben ließ. Der war günstig und gehörte zu jedem Braten, ganz gleich, welches Fleisch. Je mehr Maisie auf den Tisch bringen konnte, desto glücklicher war sie. Und an Sonntagen übertrieb sie es gern ein wenig.

»Nimm so viel, wie du magst«, sagte Maisie, doch Dana hielt sich zurück, obwohl sie ohne Weiteres alles hätte essen können.

»Victoria und ich sind auf der Männerstation«, sagte Beth. »Ich war im Büro und habe nachgesehen, wie wir nächste Woche Dienst haben. Morgen sind wir vier Schülerinnen auf Station, und die Schwester hat mir erzählt, dass eine neue aus Mayo kommt. Dana, vielleicht kennst du sie. Sie heißt Bridget Moran.«

Dana hatte den Mund voll und konnte nicht antworten.

»Die große Neuigkeit ist aber, dass eine neue stellvertretende Oberschwester anfängt, Mam«, sagte Pammy. »Und die Schülerinnen im dritten Jahr sagen, dass sie alles umkrempeln wird. Darauf freue ich mich nicht gerade.«

»Woher wollen sie das wissen, wenn sie noch gar nicht angefangen hat?«, fragte Maisie.

Pammy hatte eben eine Röstkartoffel in den Mund gesteckt, also antwortete Victoria für sie: »Na, weil die Oberschwester so viel zu tun hat, dass sie uns Schülerinnen hauptsächlich Schwester Haycock und Schwester Ryan überlässt, und die sind beide ganz bezaubernd. Jetzt geht das Gerücht um, dass die neue Stellvertreterin wie ein Adler aussieht und den Charme eines Drachen hat. Es heißt, dass sie richtig schrecklich ist, und ich weiß nicht einmal, wer sie überhaupt schon gesehen hat.«

»Wir müssen eben aufpassen, dass wir alles nach Vorschrift machen. Keine Katastrophen.« Die anderen Mädchen verstummten kurz, und Pammy gab sich angemessen verlegen. Schließlich war sie die Urheberin aller Katastrophen, die sich in der Lovely Lane ereigneten.

»Was meinst du, Stan?«, fragte Maisie.

Stan hatte mal wieder kein Wort von dem verstanden, was Victoria gesagt hatte, deshalb nickte er, den Blick auf seinen vollen Teller gesenkt: »Sehr lecker, Maisie.«

»Versteh doch, Mam, im St. Angelus sind wir wie eine große Familie. Jeder kommt mit jedem aus. Es gibt keine Drachen, und wir wollen auch keinen.«

Alle machten sich über das Essen her, und für eine Weile sprach niemand. Sogar die Jungen aßen still.

Beim Abräumen nahm Stan die Samstagabendausgabe des *Liverpool Echo* auf und las die Schlagzeile. »Hey, Maisie, sie haben den Kerl, der dieses junge Mädchen lebensgefährlich verletzt und in der Gasse liegen gelassen hat. In Durham haben sie ihn gefasst, steht hier. Ein Staubsaugervertreter. Sie schreiben, dass er es bei einem anderen Mädchen in Durham auch versucht hat, und sie glauben, dass er es schon vorher gemacht hat. Was ist nur aus diesem Land geworden? Wofür haben wir denn gekämpft? Nicht für Tiere wie den, die unsere Straßen für unsere Mädchen unsicher machen. Für solche wie ihn habe ich nicht mein Leben riskiert, so viel steht fest.«

»Dieses Mädchen hat im St. Angelus gearbeitet, Dad«, sagte Pammy, die schmutzige Teller aufstapelte. »Sie war Bürokraft in der Notaufnahme. Ich weiß nicht, ob sie danach wieder zurückkommt. Ich bin mir nicht sicher, ob ich das könnte.«

»Ich habe sie runter zum OP gebracht«, erzählte Victoria. »Man hatte sie auf Station zwei gebracht. Das arme Ding war in einem entsetzlichen Zustand. Ich habe die Oberschwester weinen sehen.«

»Weinen?«, wiederholten Dana und Pammy im Chor.

»Auch die Oberschwester darf Gefühle haben«, sagte Beth. »Nur weil sie die Arbeit ernst nimmt, ist sie nicht gleich ein Unmensch.«

»Ach, ich weiß ja, Beth, aber man würde nicht denken, dass sie weint. Besonders weichherzig wirkt sie ja nicht, oder?« Pammy war überrascht. Sie war schon mit der Oberschwester aneinandergeraten, und da hatte der nichts ferner gelegen, als zu weinen. Vielmehr hatte sie Pammy zum Weinen gebracht.

»Doreen heißt sie«, sagte Victoria. »Ich habe sie manchmal zum Dienst kommen sehen. Sie gehört zu Dessies Schützlingen. Auf irgendwen passt Dessie ja immer auf.«

»Ja, das stimmt«, pflichtete Stan ihr bei. »Hier steht, dass sie Doreen heißt, sogar mit Adresse und allem. Und sie schreiben, dass sie im Krankenhaus arbeitet. Was für ein Schock. Jetzt wird das arme Mädchen fürs Leben gezeichnet sein. Gebrauchte Ware und so.«

Maisie schüttelte traurig den Kopf, sagte aber nichts.

»Ich frage mich, ob eure Oberschwester sie weiter beschäftigt. Eine Menge Arbeitgeber würden das nicht tun, wenn so was passiert ist.« Stan faltete die Zeitung zusammen. »Jetzt geht ihr Mädchen nach Hause, ja? Ich sage euch, der Mann wäre ein Idiot, der irgendwelchen Mist bei euch versucht. Ihr würdet jedem Unhold eine Todesangst einjagen. Ihr jagt ja sogar mir eine Todesangst ein!«

In der Küche wurde es laut. Pammy beschwerte sich, dass die Jungen nie abwaschen mussten. Geschirr klapperte, als Victoria und Beth abspülten und abtrockneten. Maisie putzte den Herd, und Stan drehte am Radio, während draußen im Dunkeln leise Schnee fiel.

Kapitel acht

Dana wachte früh auf und merkte sofort, dass etwas nicht stimmte. Ihr Fenster ging zur Straße, und als sie im Bett lag und überlegte, was anders war als sonst, wurde es ihr plötzlich klar. In der Lovely Lane herrschte vollkommene Stille. Kein Verkehr, keine Busse, keine Schritte oder Stimmen. Keine rufenden Parkwächter oder bellenden Hunde. Nichts. Nur unheimliche Stille, und die war dem Schnee zu verdanken.

Dana kuschelte sich unter ihre Daunendecke, konnte aber nicht wieder einschlafen. Als Bauerntochter war sie es gewohnt, kurz nach dem Morgengrauen aufzustehen und mit der Arbeit und dem Melken anzufangen, weshalb es ihr schwerfiel, länger als bis fünf Uhr zu schlafen. Die Luft in ihrem Zimmer war kalt, und sie vermutete, dass noch kein Feuer gemacht war. Die einzigen Wärmequellen im Schwesternheim waren der große Kamin in der Eingangshalle, der kleinere im Gemeinschaftsraum und der Herd in der Küche, der auch den Frühstücksraum beheizte. Letzterer befand sich in einem Nebenzimmer zwei Stufen höher als die Küche, und dort aßen die Schwesternschülerinnen. Dreimal täglich kamen Dessies Jungs vom Krankenhaus vorbei, um die Kaminkörbe und Kohlenschütten aufzufüllen. Die Hausmädchen kehrten morgens die Asche raus, und dank ihres strikten Zeitplans brannten die Feuer während der langen Wintermonate den ganzen Tag über. Heute jedoch fuhren wahrscheinlich keine Busse, sodass weder die Hausmädchen noch die Haushälterin der Lovely Lane, Mrs Duffy, kommen konnten.

Rasch wusch Dana sich, zog sich an und ging die Treppe hinunter. Sie atmete erleichtert auf, als sie in die Eingangshalle kam und sah, dass Kohlenschütte und Holzkorb gestern Abend aufgefüllt worden waren. Der Pförtnergehilfe musste da gewesen sein, nachdem sie mit den anderen von den Tanners zurückgekommen war – bevor der Schneefall zu stark wurde. Dana blies auf die letzte Glut im Kamin, knüllte den *Liverpool Echo* vom Samstag zusammen, den Mrs Duffy immer im Korb ließ, und häufte Anmachholz aus dem Eimer darauf. Dann schichtete sie Kohlen und Scheite darüber.

Hochzufrieden mit ihrem Werk, trat sie zurück und beobachtete, wie die Flammen gen Schornstein züngelten. Da werde ich heute Morgen wohl bei allen beliebt sein, dachte sie, als sie auf Zehenspitzen zum Fenster neben der Eingangstür ging. Sie war begeistert von dem Anblick draußen, und weil sie nicht anders konnte, lief sie nach oben, um ihre Freundinnen zu wecken. Mit Pammy, deren Zimmer nahe der Treppe lag, fing sie an.

»Ach, du liebes bisschen«, quiekte Pammy, die zum Fenster rannte. »Sind wir die Einzigen im Haus? Mrs Duffy kann sicher nicht kommen, also legen wir lieber los.«

»Ich habe schon Feuer angemacht«, sagte Dana. »Jetzt wecke ich Beth. Wollen wir wetten, dass sie unten ist und die Küche übernimmt, ehe du ›Bratwürstchen‹ sagen kannst?«

Dana hatte recht. Bald roch es im Heim nach Toast, und der Kessel pfiff, während Beth Tassen auf den Tisch stellte und bei der Arbeit vor sich hin summte. Nichts liebte Beth mehr, als eine Herausforderung und das Kommando zu übernehmen.

Als Haushälterin im Schwesternheim war es Mrs Duffys erste Pflicht des Tages, dafür zu sorgen, dass alle Schülerinnen anständig zu essen bekamen, ehe sie ihre lange Schicht im Krankenhaus begannen. Und da die Crossville-Busse verlassen im Depot vor dem Mersey standen wie eine Reihe grüner Gespenster mit Schneehauben, blieb ihr keine andere Wahl, als die zweieinhalb Meilen von ihrem Zuhause zur Lovely Lane zu Fuß zu gehen.

Die Straßen waren weich und still, der Schnee bisher nur von den gewissenhaftesten Arbeitern beschmutzt, die in ihrem ungeeigneten Schuhwerk rutschten und stolperten. Mrs Duffy lief, so schnell sie konnte. Wo es ging, hielt sie sich an den Simsen von Schaufenstern oder Mülltonnen fest, um nicht zu stürzen. Die Rückenlehne einer Bank half ihr sicher zu einer Bushaltestelle, und dahinter fand sie eine niedrige Steinmauer. Zweimal ließ sie ihre Handtasche fallen, als sie ausrutschte und beinahe hinfiel. Es war riskant, doch Mrs Duffy trug Verantwortung, und trotz des Wetters und ihres Alters war sie entschlossen, rechtzeitig im Schwesternheim zu sein, um den Lieferwagen von der St.-Angelus-Küche in Empfang zu nehmen. Er brachte ihr alles, was sie brauchte, um den Schwesternschülerinnen ihr Frühstück und das Abendessen zu machen.

Was werden sie tun, wenn ich zu spät komme?, fragte sie sich, als die Kälte durch die Handschuhe in ihre Finger biss. Sie werden heute Morgen frieren. Kein Feuer, kein Frühstück. Die armen Lämmchen. Während sie durch die Straßen schlitterte, konnte sie nicht aufhören, sich zu sorgen. Was, wenn der Lieferwagen nicht kommt? Ich habe nichts in der Küche. Du meine Güte, sie haben kranke Patienten, um die sie sich kümmern müssen, und das können sie nicht mit leerem Magen. Ich muss hinkommen. Ohne mich verhungern sie!

Endlich bog sie in die Lovely Lane ein und sah den schwarzen

Lieferwagen des Unterpförtners, Jake Berry, teilweise schneebedeckt auf der Straße vor dem Schwesternheim stehen. Zumindest glaubte sie, dass er auf der Straße stand, denn mit der dicken Schneedecke war unmöglich auszumachen, wo die Straße endete und der Gehweg anfing.

Jake hatte den lauten Motor laufen lassen, und als Mrs Duffy näher kam, glitt ein riesiger Schneeklumpen mit einem dumpfen Aufschlag von der Kühlerhaube auf die Straße.

»Guten Morgen, Jake!«, rief sie. »Bin ich froh, Sie zu sehen! Ich war schon in Sorge, dass ich nicht rechtzeitig hier bin, um Sie abzupassen. Ich war nicht mal sicher, ob Sie es herschaffen. Großartig, dass Sie bei diesem Wetter gefahren sind, vielen, vielen Dank. Bei mir sind Brot und Bacon aus, und ich hätte wirklich nicht gewusst, was ich den armen Mädchen zum Frühstück geben soll.«

»Sie sind froh, mich zu sehen? Was ist mit Ihnen? Wie sind Sie hergekommen? Ich hatte gedacht, dass ich den Bacon den Schwestern gebe und sie ihn selbst braten.«

»Und genau das hatte ich befürchtet, Jake. Weiß der Himmel, in welchem Zustand ich die Küche vorgefunden hätte! Und es ist keiner da, um sie zu wecken. Die werden alle noch schlafen. Dieser verdammte Schnee ist wirklich ein Schlamassel!«

»Ich habe meine Martha im Bett gelassen«, sagte Jake. »Ich hab ihr gesagt: Lass erst mal das Haus ein bisschen warm werden, bevor du aufstehst. Dann habe ich das Feuer geschürt und die Tür zur Treppe aufgelassen, damit die Wärme nach oben ins Schlafzimmer kommt. Danach habe ich ihr einen Tee und etwas Toast zusammen mit ihren Stricksachen gebracht. Und da bleiben meine Prinzessin und unser Baby, bis das Feuer richtig im Gange ist.«

Jake war von Dessie ungefähr zu der Zeit zum Unterpförtner befördert worden, als er Martha geheiratet hatte, die bis dahin als

Hausmädchen im Ärztezimmer von St. Angelus gearbeitet hatte. Die Stelle hatte ihre Mutter Elsie ihr gesichert, die Haushälterin der Oberschwester. Im St. Angelus sorgten die Leute füreinander.

Jake öffnete die Hecktüren seines Lieferwagens und zog ein Holztablett, beladen mit allem, heraus, was auf Mrs Duffys Liste stand, die sie ihm gestern Morgen mitgegeben hatte. »Brot, Bacon und Butter standen ganz oben, richtig?«

Mrs Duffy biss in die Spitzen ihrer schneeverkrusteten Strickhandschuhe, um sie abzuziehen. Nachdem sie eine Hand befreit hatte, kramte sie in ihrer Tasche nach dem großen Schlüsselbund. »Wie macht sich das Baby?«, fragte sie, um Zeit zu schinden. Sie war ziemlich außer Atem von dem Marsch durch den Schnee, und ihr war bewusst, dass sie beim Sprechen noch keuchte.

»Bisher ist alles bestens, danke.« Mit dem großen Tablett in den Händen drehte Jake sich um und trat die Hecktüren des Lieferwagens mit dem Fuß zu. »Wir haben es erst wenigen Leuten erzählt. Martha findet, es ist noch zu früh, also tue ich, was man mir sagt. Solange sie es auch macht und im warmen Bett bleibt, sollte alles gut sein. Meinen Sie nicht auch, Mrs Duffy?«

Er konnte kaum auf den Weg sehen mit dem Tablett vor der Brust, als er die kleine Treppe vor der Haustür bewältigte. Der Schnee war so tief, dass man die Stufen mit der Schuhspitze ertasten musste. Mrs Duffy lächelte, als sie die Schlüssel fand. Schwungvoll wie ein Zauberer, der Papierblumen aus seinem Zylinder zog, zog sie den dicken Bund aus ihrer Tasche.

Es gab niemanden in den Hafenstraßen, unten an den Docks oder im St. Angelus, der nicht wusste, dass Martha Berry ein Kind erwartete. Doch nur sehr, sehr wenige wussten, dass es nicht ihr erstes Kind war; und wenn man bedachte, dass sich hier Klatsch schneller verbreitete als die Windpocken, dann grenzte das an ein Wunder.

Mrs Duffy folgte Jake und hielt sich an der Steinbrüstung fest, als sie die Stufen einzeln nahm und sich genau darauf konzentrierte, wohin sie trat. »Mir ist schleierhaft, wie Sie den Lieferwagen herbekommen haben. Nein, das verstehe ich nicht. Nirgends sonst ist ein Wagen auf der Straße.«

»Das ist nicht mein Verdienst«, rief Jake über seine Schulter. »Es war Dessie. Sehen Sie sich mal den Wagen an! Er hat Ketten wie Haarnetze um die Reifen gelegt. Die sind richtig gut, auch wenn ich es kaum glauben konnte. Hat man so was schon gehört? Er hat gesagt, dass er das in der Army gelernt hat. Die ganze Nacht war er hier und hat alle Lieferwagen und Karren bearbeitet. Bald gehen ihm die Ketten aus.«

»Der arme Mann. Dem müssen ja die Finger abgefallen sein!«, sagte Mrs Duffy kopfschüttelnd. »Tja, er ist eben nicht ohne Grund als Kriegsheld zurückgekehrt.« Sie bewunderte Dessie genauso wie jeder sonst, der ihn kannte. »Es dürfte wenig geben, was Dessie ratlos machen kann. Ein bisschen Schnee kann ihn jedenfalls nicht bremsen, trotz der Kälte. Nicht nach dem, was er wohl durchgemacht hat. Das muss ihm wie eine Kleinigkeit vorkommen.«

»Meinen Sie, Dessie könnte noch laufen, würde er alle seine Orden auf einmal tragen, Mrs Duffy?«

Sie musste so sehr über diese Vorstellung lachen, wie Dessie unter seinen vielen Orden einknickte, dass sie nicht sah, wie Jake stolperte. Was sie sehr wohl sah, war das Tablett, das durch die Luft flog, woraufhin sämtliche Baconscheiben und Brotlaibe herumwirbelten. Und dann landete Jake auf seinem Hintern unten vor der Treppe.

Er blinzelte, sobald er sich von seinem Schrecken erholt hatte, und fing an zu lachen. Auch Mrs Duffy, die sah, dass er sich nicht ernstlich verletzt hatte, schmunzelte wieder.

»Ich hab's geahnt!«, rief Jake und musste so sehr lachen, dass er nicht aufstehen konnte.

Mrs Duffy versuchte, sich durch den tiefen Schnee zu ihm nach unten zurückzukämpfen, musste aber so laut herausprusten, dass sie sich kaum zu bewegen wagte. Und abgesehen davon hatte sie schreckliche Angst, dass auch sie gleich auf dem Hintern im Schnee landen würde.

»Nein, nein, bleiben Sie, wo Sie sind«, rief Jake ihr zu. »Ich komme alleine hoch.« Vergebens bemühte er sich, mit den Füßen Halt im glitschigen Schnee zu finden. In diesem Moment wurde die große Holztür des Schwesternheims aufgeworfen, und Jakes peinliche Lage wurde noch peinlicher, denn eine Gruppe von Schwesternschülerinnen stand vor ihnen, und alle starrten die beiden verdutzt an. Sie waren entsetzt, als sie Mrs Duffy sahen, die sich an die Steinbalustrade der Eingangsstufen klammerte, und Jake, der mit Armen und Beinen einen Schneeengel machte.

Beth Harper kam die Stufen herunter und erreichte als Erste Mrs Duffy. Sie packte sie beim Ellbogen, während Pammy Tanner ihr folgte und Mrs Duffys anderen Arm ergriff.

»Wie in Gottes Namen sind Sie diesen weiten Weg hergekommen?«, rief Pammy aus. »Mrs Duffy, Sie sind wohl verrückt! Was haben Sie sich gedacht? Dass wir eingehen, wenn wir nicht mehr als eine Scheibe Toast kriegen?«

»Wann sind Sie von zu Hause los?« Das kam von Dana, die inzwischen die Brotlaibe rettete und den Schnee von ihnen abklopfte. Für Dana kam Essen immer an erster Stelle.

»Jake, heben Sie den Bacon auf! Schnell!«, rief Victoria Baker, die neben Dana auftauchte. »Direkt hinter Ihnen ist ein Hund!«

Jake rappelte sich auf den Knien auf und starrte den Streuner an, der schon halb auf den Stufen war. Der Hund hatte den Speck gerochen und sich aus seinem Versteck, wo immer das sein mochte, hervorgewagt, um die in Papier eingewickelten Vierpfundpackungen zu fixieren, die auf dem Boden lagen.

»Denk nicht mal dran, mein Großer«, flüsterte Jake, als er sich auf allen vieren auf die Päckchen zubewegte. »Na los, zisch ab! Rühr das nicht an.« Als Jake bei dem Bacon war und ihn ergriff, hockte sich der Hund schwanzwedelnd hin, um sogleich nach vorn zu springen und Jake das Gesicht abzulecken.

»Oh nein, guckt ihn euch an! Er ist halb erfroren!«, rief Pammy. Mrs Duffy war mittlerweile sicher auf der obersten Stufe angelangt, und Pammy arbeitete sich nach unten zu dem Hund vor, um ihn nach einem Halsband abzutasten.

»Mrs Duffy, dürfen wir ihn nach drinnen ins Warme holen und ihm vielleicht eine Scheibe Bacon geben? Bitte! Dürfen wir?«

Dana, die immer mit Hunden auf dem Bauernhof gelebt hatte, wollte nicht glauben, was Pammy fragte. »Bei allen Heiligen, meine Mutter hätte einen Herzanfall bekommen, hätte ich einen der Hofhunde in die Küche gebracht! Die lebten von Resten, Knochen und Schweinefutter, haben in der Scheune geschlafen, und das war genug für sie. Lass ihn, Pammy, ihm geht es gut. Ich habe ihn schon gesehen, wie er in den Park gegangen und wieder rausgekommen ist zur Bushaltestelle. Ihm werden immer mal Brotbrocken von den Leuten gegeben, die mit dem Bus fahren.«

»Kann ja sein, aber heute fahren keine Busse. Und sieh ihn dir an, Dana, er ist völlig abgemagert. Wahrscheinlich hat er nur den einen oder anderen Krümel bekommen, den ihm die Leute im Park zuwerfen.«

Das Schwesternheim lag direkt gegenüber dem Eingang zum Lovely-Lane-Park. Und die Lovely Lane verlief bis hinauf zur Dock Road. Am einen Ende der Straße standen Häuser, die einst Reedern gehört hatten, am anderen die der Hafenarbeiter. Und dazwischen befand sich der Park. Welten trennten die beiden Enden der Lovely Lane.

Pammy wusste, dass sie recht hatte, und das spielte sie geschickt aus. Heute würde niemand in den Park gehen, und der Hund müsste hungern, wenn sie nichts unternahm.

Jake kehrte zum Lieferwagen zurück und holte das nächste Tablett. »Er sieht verfroren aus, der arme Köter«, sagte er, als er an Pammy vorbei die Treppe hinaufstieg. Sie war auch halb erfroren in ihrer kurzärmeligen rosa Schwesterntracht.

Mrs Duffy stand in der Eingangshalle, und die Mädchen hörten sie rufen: »Herr im Himmel, wer hat denn für mich Feuer gemacht? Seit fünfundzwanzig Jahren bin ich hier, und das ist noch nie passiert!«

Die Schwesternschülerinnen, die Tagesdienst hatten, waren ebenfalls überrascht gewesen, als sie in die Küche kamen und Beth bergeweise Toast buttern sahen. »Es gibt leider nur anderthalb Scheiben für jede«, sagte sie. »Ihr müsst euch in der ersten Pause im Krankenhaus satt essen.« Sie müssten allerdings anderthalb Meilen zum Krankenhaus zu Fuß gehen und drei Stunden arbeiten, bevor sie den üblichen Milchkaffee und Buttertoast bekämen, und entsprechend war die Stimmung nicht sehr heiter.

»Bitte, Mrs Duffy«, flehte Pammy. »Die Oberschwester hat Blackie in ihrem Büro, also hat sie sicher nichts dagegen. Sie liebt Hunde.«

Auch Mrs Duffy liebte Hunde. Ihre Arbeitszeiten machten es ihr unmöglich, selbst einen zu halten, weil sie tagsüber die meiste Zeit aus dem Haus war und oft erst spätabends heimkam. Der Hund blickte zu ihr auf und neigte den Kopf zur Seite. »Seht ihn euch an!«, sagte sie und klang bereits, als würde sie gleich nachgeben. »So ein schmutziges, großes graues Biest. Ich habe noch nie einen Hund mit solch einem Fell gesehen. Es sieht wie Stahlwolle aus und ist überall unterschiedlich lang.«

Pammy schien nicht wieder reinkommen zu wollen, ehe Mrs Duffy Ja sagte. Ihre Zähne fingen an zu klappern.

»Ach, na schön, dann holen Sie ihn rein. Aber nur zum Aufwärmen und auf eine Scheibe Bacon. Danach geht er wieder raus, verstanden? Und keine Widerrede.«

Pammy grinste. »Komm, mein Großer«, sagte sie zu dem Hund. Mehr Ermunterung brauchte es nicht. Er sprang hinter ihr die Stufen hinauf. »Wie soll er heißen?«, fragte sie die anderen, als sie oben war.

Als echtes Liverpooler Mädchen aus dem Hafenviertel hätte Pammy den Hund notfalls auch in ihr Zimmer geschmuggelt. Oder sie hätte ihn zu ihren Eltern gebracht. Die Tanner-Kinder würden ihn lieben. Gegenwärtig gab es keinen Hund bei ihnen zu Hause, doch über die Jahre hatte Pammy unzählige Streuner angeschleppt. Liverpool war voller Straßenhunde, und jedes Tier, das die Tanners je besessen hatten, war von Pammy an einem schmutzigen Seil nach Hause gebracht worden.

»Na, so wie er aussieht, sollten wir ihn vielleicht Scruff nennen«, sagte Dana.

Der Hund blieb stehen. Er war dem Bacon gefolgt, der in der Küche verschwunden war. Gekränkt schaute er zu Dana auf.

»Wasch dir den Mund aus«, schalt Pammy sie. »Hör nicht auf sie, mein Großer«, sagte sie zu dem Hund.

»Scamp ist ein schöner Name«, schlug Victoria vor, in deren Zuhause es immer Hunde gegeben hatte.

Pammy wirkte zufrieden. »Ja, der gefällt mir. Also Scamp, was meint ihr?«

»Ich meine, dass es Zeitverschwendung ist, einen Namen für einen Hund auszusuchen, der nur eine Stunde hier sein wird«, antwortete Beth, die ein weiteres Tablett mit Mehltüten und dem Rest von Mrs Duffys Bestellung hereinbrachte. »Ich helfe Mrs Duffy, den Bacon zu braten. Wir haben nur noch eine Dreiviertelstunde, dann müssen wir gehen. Und du auch, Freundchen«, erklärte sie dem Hund, der schnell begriff, wer seine Freunde waren.

»Kannst du mir bitte in der Küche helfen, Victoria?«, fragte Beth. Sie war ein Organisationstalent durch und durch. Der Anfang ihres Aufenthalts in der Lovely Lane war holprig gewesen, als sie die Gesellschaft von Celia Forsyth vorzuziehen schien, der unangenehmsten aller Schwesternschülerinnen, und die des Handarbeitskreises, der fest unter Celias Kontrolle war.

Während Victoria und Beth in die Küche gingen, zog Pammy Jake am Ärmel und fragte flüsternd: »Wie geht es Martha?« Sie hatte die junge Frau auf Station zwei versorgt, als die ihr erstes Baby verloren hatte und dank einer Engelmacherin beinahe gestorben war. Und um ein Haar wäre Pammy gekündigt worden. Durch diese Geschichte hatten sich Pammy und Martha näher kennengelernt.

»Ihr geht es bestens, Schwester Tanner. Sie fragt mich jeden Tag, ob ich Sie gesehen habe. Aber sie wird nicht wieder im St. Angelus arbeiten. Jetzt ist sie meine Frau, und ich werde mich anständig um sie und unser Baby kümmern.«

»Sie können ihr erzählen, dass ich gehört habe, wie der Gynäkologe zu Schwester Antrobus gesagt hat, dass er sich darauf freut, Ihr Baby zu entbinden. Im St. Angelus müssen wir alle aufeinander achten, nicht wahr, Jake?«

Jake nickte ernst. Es war offensichtlich, dass er nie wieder über Marthas Tage auf Station zwei reden wollte. Jake und Martha hatten jetzt eine Zukunft, auf die sie sich freuen konnten. Sie würden ein Kind bekommen. Was geschehen war, war geschehen. Er wollte nie mehr darüber sprechen, genauso wenig wie Martha.

Jake schob das letzte Holztablett zurück auf die Schienen im Laderaum, steckte sich eine Zigarette an und sprang auf den Fahrersitz. Da keine anderen Fahrzeuge in Sicht waren, wendete er in einem Kreis und fuhr zurück zum St. Angelus. Im Rückspiegel sah er den Hund, der die Stufen von Lovely Lane runterflitzte, ein Paket Bacon im Maul, das Jake gerade geliefert hatte, und Beth war dem Räuber dicht auf den Fersen. Jake lachte. Er blies den Rauch aus und sagte laut: »Du rotzfrecher Köter!« Dann schaltete er einen Gang runter und fuhr den steilen Weg hinauf zum hinteren Krankenhaustor.

Kapitel neun

Der Schnee der vergangenen Nacht schmolz bald. Stan hatte halb recht gehabt, der Golfstrom wärmte Liverpool und erweckte es wieder zum Leben, bevor Mrs McGuffy, die die halbe Nacht aufgeblieben war und Handschuhe geflickt hatte, damit ihre Kinder es länger als fünf Minuten draußen aushielten, mit ihrer Arbeit fertig war. Aber die Kälte und Nässe forderten ihren Preis. Und der dichte Smog, der dem Schnee vorausgegangen war und sich drei Tage und Nächte hielt, war voller Ruß gewesen. Die Folgen waren verheerend, und die Stationen des St. Angelus füllten sich mit Schwachen und Alten.

»Hier ist mein Spucknapf, Schwester Harper. Können Sie mir den abnehmen?«, rief Mr Trimble Beth zu, als sie sich mit den anderen Pflegerinnen neben dem langen blitzblanken Tisch in der Mitte der Station versammelte, um auf die Stationsschwester zu warten und zu erfahren, wer zur ersten Kaffeepause gehen durfte.

Die Rollwagen mit der Bettwäsche und den Waschsachen waren abgeräumt. Die Tiegel mit Zink- und Rizinussalbe, die Gazetücher und das Wundbenzin zur Dekubitus-Behandlung standen sauber aufgereiht, und die übrig gebliebenen Bettbezüge und Laken lagen wieder im Wäscheschrank, bereit für die nächste Bettenrunde. Die Verbandswagen waren abgewischt und mit Dettol sterilisiert. Die Abfall- und Schmutzwäschekörbe standen vor der

Stationstür, wo sie die Pförtnergehilfen abholen würden, und aus dem Spülraum hörte man das Klappern von Bettpfannen, die gereinigt und zum Trocknen auf die heißen Rohre gelegt wurden.

Beth stand zum ersten Mal an diesem Morgen still und betrachtete ihre Füße. Ihre schwarzen Strümpfe hatten sich bis zur Mitte ihrer Waden mit Wasser vollgesogen, als sie von der Lovely Lane durch den Schneematsch hergegangen war. Nachdem ihre Morgenarbeiten erledigt waren, sah sie nun, dass der dunkle Rand fast verblasst war und ein wenig Gefühl in ihre Zehen zurückkehrte. Sie war bereit für ihren Kaffee. Es war immer dasselbe: Nach der morgendlichen Bettenrunde fühlten sie und die anderen sich ein bisschen flau. Sie brauchten etwas zu essen, nachdem sie schwere Hafenarbeiter mit Muskeln so dick wie Kranausleger hochgehoben und in den Betten hin- und hergedreht hatten. Die Arbeit auf der Männerstation war schwer und hatte für manche Schwestern zur Folge, dass sie Probleme mit dem Rücken bekamen und ihren Beruf aufgeben mussten.

»Natürlich, Mr Trimble.« Beth ging mit einem strahlenden Lächeln auf das Bett zu.

»Ah, Sie sind eine Nette, Schwester Harper. Wenn der Napf auf meinem Nachtschrank steht, wird meiner Frau schlecht. Sie hat gesagt, wenn er heute Nachmittag noch dasteht, kommt sie mich nie wieder besuchen. Sie hat einen empfindlichen Magen, müssen Sie wissen. Ihr wird schnell schlecht.«

Mr Trimble wirkte verloren und ängstlich. Beth lächelte, um ihn zu beruhigen. »Es hat ja nicht jeder so einen Pferdemagen wie wir Schwestern. Uns wird nie übel, sonst könnten wir gar nicht hier arbeiten.«

Die neue irische Schwesternschülerin Bridget Moran kam zu Beth gelaufen. »Schwester Harper, der Mann in Bett sechzehn braucht die Bettpfanne, aber wir haben sie eben erst alle eingesammelt, und die Stationsschwester sagt, die nächste Runde ist um zwölf, vor dem Mittagessen.«

Beth schaute zu dem fraglichen Bett. Der Patient wog mindestens hundert Kilo, und die kleine Moran sah aus, als brächte sie bestenfalls fünfzig auf die Waage. »Tja, wenn es dringend ist, braucht er eine Pfanne. Und glauben Sie mir, Sie möchten nicht mit den Folgen leben, wenn er keine bekommt.«

Bridget Moran wirkte entsetzt, und Beth schmunzelte. Schwester Crawford leitete die Station sieben. Sie arbeitete schon ihr ganzes Leben im St. Angelus, war streng, aber fair und gütig, und die meisten Schwesternschülerinnen und Pflegerinnen waren froh, wenn sie ihr zugeteilt wurden. Station sieben war eine der härtesten Abteilungen im Krankenhaus, und Schwester Crawford wusste das. Sie wusste auch, dass zufriedenes Pflegepersonal für eine zufriedene Station sorgte, in der seltener geklingelt wurde und sich die Patienten schneller erholten. Sie galt als eine der netteren Stationsschwestern und als die einzige, die von der Oberschwester als gleichrangig angesehen wurde. Trotzdem hatte die junge Schwesternschülerin furchtbare Angst vor ihr. Gott stehe ihr bei, wenn sie erst Schwester Antrobus in der Notaufnahme kennenlernt, dachte Beth.

Bridget war die jüngste von sechs Schwestern und die erste, die im St. Angelus für die Ausbildung zur Vollschwester angenommen wurde. Ihre fünf älteren Schwestern waren alle Pflegehelferinnen und arbeiteten kreuz und quer im Land verteilt. Da sie aus Mayo in Westirland kam, profitierte Bridget von Emily Haycocks Entschlossenheit, dass keine Bewerberin wegen ihrer Herkunft diskriminiert werden durfte. Wenn eine junge Frau die Aufnahmeprüfung und das Bewerbungsgespräch meistern und beweisen konnte, dass sie sowohl Mitgefühl als auch Kompetenz besaß, war es nach Schwester Haycocks Ansicht unerheblich, wo diese

Schwesternanwärterin geboren wurde und wer ihre Eltern waren. Die Erinnerung daran, wie Dr. Scriven versucht hatte, Schwester Tanners Aufnahme abzulehnen, nur weil sie aus der Arthur Street kam, war nach wie vor frisch. Und Emily wollte unbedingt vermeiden, dass so etwas jemals noch einmal passierte. Daher versuchte sie durchzusetzen, dass man die Adressen der Bewerberinnen von den Formularen entfernte, bevor sie vor den Ausschuss traten.

An ihrem ersten Tag auf Station stand Bridget nun angststarr vor Beth. Bei der Bettpfannenrunde hatte sie sich so sehr verausgabt, dass ihre schweißfeuchte Kopfhaut juckte. Ihr schulterlanges dunkles Haar war zu einem Pferdeschwanz nach hinten gebunden, und ihre leuchtenden hellblauen Augen blickten panisch drein, als sie auf Beths Antwort wartete.

»Rollen Sie ihm einen Nachtstuhl hin«, sagte Beth. »Er muss zwar Bettruhe halten, aber er kann auf einen Nachtstuhl. Da er erst gestern Abend aufgenommen wurde, steht noch nicht fest, was ihm fehlt. Kommen Sie allein zurecht? Es ist nicht schwer, achten Sie bloß darauf, ihn mit der Hand unterm Arm zu stützen und zu führen, damit er nicht fällt. Ihm könnte etwas schwindlig werden, wenn er sich aufrichtet, weil er so lange gelegen hat.«

Bridget blinzelte. »Ein Nachtstuhl?«, wiederholte sie.

»Ja, Sie wissen doch, was das ist, oder, Schwester Moran?«

Die Schwesternschülerin vor ihr erinnerte Beth an Dana, mit dem Unterschied, dass Danas Blick immer ein wenig getrieben wirkte. Doch dieses arme Mädchen hier schaute leer und ängstlich drein. Beth hatte schon gehört, dass sie in der Theorie auf der Schule die Beste war, den praktischen Teil jedoch bloß geschafft hatte, weil Schwester Ryan ihr nach Kräften half. Jeder wusste, dass Schwester Haycock vor allem kluge Mädchen auswählte. Sie sagte immer, praktische Fertigkeiten könne man lernen, nicht hingegen Intelligenz. Bei Bridget Moran war sich Beth allerdings nicht so sicher, ob Schwester Haycock recht hatte.

»Äh, ja, ich weiß, was ein Nachtstuhl ist, Schwester Harper. Es ist der große Stuhl mit den Rädern, stimmt's?«

Fast musste Beth laut lachen. »Ja, das stimmt. Und wenn Sie den Holzdeckel hochheben, sehen Sie, dass darunter eine Bettpfanne ist.« Sie sprach langsam und deutlich, denn es schien, als hätte Bridget Mühe, sie zu verstehen.

»Und ich mache den Deckel hoch, bevor ich den Patienten hinsetze?«

»Selbstverständlich«, antwortete Beth. »Sonst gibt es eine allmächtige Schweinerei – und Schwester Crawford wird Sie dafür sicher zum Frühstück futtern.«

Bridget schien kurz davor, in Tränen auszubrechen, und huschte davon. Hatte Beth sich gerade noch über ihre Begriffsstutzigkeit geärgert, empfand sie nun Mitleid mit ihr. Obwohl sie erst im zweiten Lehrjahr war, fühlten sich ihre eigenen Vorprüfungen schon sehr weit weg an. Jene ersten drei Monate waren die schlimmsten gewesen. Beim anfänglichen Einsatz auf Station bekam man kaum mehr als den Spülraum zu sehen und verbrachte beinahe die gesamte Zeit mit Bettpfannen – man verteilte sie, sammelte sie ein und schrubbte sie. Alles musste fertig sein, bis zwei Stunden später dann wieder die nächste Runde anstand.

Beth beobachtete, wie Bridget mit gesenktem Kopf in den Spülraum eilte. Wahrscheinlich fühlt sie sich schlecht behandelt, dachte Beth. Mir ging es jedenfalls damals so.

Sie wandte sich wieder Mr Trimble zu. Ihr war zuvor schon aufgefallen, dass er vor dem Besuch seiner Frau seinen Spucknapf immer unter der blassgrünen Tagesdecke versteckte. Er war ein TB-Patient auf dem Weg der Genesung. Achtzehn lange Monate hatte er in Quarantäne verbracht, bis mehrere TB-freie Sputumproben hintereinander eine Verlegung auf diese Station erlaubt hatten. Wie üblich würden seine Proben weiter wöchentlich untersucht, bis er kräftig genug war, um entlassen zu werden. Inzwischen war kein Blut mehr in seinem Auswurf, aber früheren TB-Patienten blieb ein hartnäckiger Husten.

»Ich bringe den in den Spülraum und gebe Ihnen einen sauberen. Und dasselbe kann ich kurz vor der Besuchszeit machen, dann verstecken Sie den frischen unter Ihrer Decke, falls Sie ihn brauchen. Wie wäre das?«

Mr Trimble war sichtlich erleichtert. »Oh, danke, Schwester Harper! Ich möchte nicht, dass meiner Frau schlecht wird, wenn sie mich besucht. Bevor ich ins Krankenhaus kam, bin ich immer, wenn ich merkte, dass ich husten musste, ganz schnell raus zum Häuschen, damit sie mich nicht hört. Da draußen habe ich mehr Zeit verbracht als drinnen. Sie kann nichts dagegen tun. Es ekelt sie nun mal so sehr.«

»Kein Wunder, dass Sie sich solch eine gemeine Brustentzündung geholt haben, Mr Trimble. Bei dem Smog und der Feuchtigkeit, und Sie wohnen direkt am Fluss.«

»Ja, Schwester, ich weiß. Aber was soll ich tun?«

»Schwester Harper.« Schwester Crawford kam aus ihrem Büro auf sie zu. Beth sah ihr an, dass sie in der Stimmung war, Befehle zu erteilen. »Schwestern, bitte alle herhören!«, sagte sie lauter als sonst und klatschte in die Hände. »Nach den Entlassungen gestern ist es hier heute ziemlich ruhig, doch morgen bekommen wir fünf neue Patienten und haben vier auf dem OP-Plan, also werden wir einige Stunden mit unserem guten Freund Dettol schrubben. Eins zu zehn mit warmem Wasser verdünnt, versteht sich.«

Sie blickte ihre Schwestern begeistert an.

»Das Hauspersonal versorgt die Blumen und Vasen der entlassenen Patienten, putzt die Fensterbänke und wischt die Wände unten bis Bett zehn. Ich möchte zwei Schwestern an den Bettrahmen und Nachtschränken, zwei an den Stationsmöbeln und zwei, die alles Verbandszeug für die frisch Operierten morgen sterilisieren. Ah, Schwester Harper, das hätte ich fast vergessen.« Schwester Crawford zog ein kleines Röhrchen aus ihrer Tasche und hielt es Beth hin. »Der Arzt möchte eine Sputumprobe von Mr Trimble runter zum Pathologielabor gebracht haben, damit eine Kultur angelegt wird. Können Sie das für mich erledigen? Beschriften Sie dieses Röhrchen, und bringen Sie die Probe nach unten, bevor Sie den Napf sauber machen.«

Beth nahm das Glasröhrchen. Es war mit einem Gummipfropfen verschlossen und hatte ein leeres Etikett auf der Seite. »Ja, Schwester, natürlich«, antwortete sie.

»Gut, dann an die Arbeit, Schwestern. Jetzt ist es zehn Uhr, also sollten wir um zwölf fertig sein. Die jungen Schwesternschülerinnen haben Anweisung, die Wände im Spülraum zu putzen, wenn sie mit den Bettpfannen fertig sind.«

Als die Stationsschwester wegging, war ein leises Stöhnen von den Schwestern zu hören, die sich in Gruppen aufteilten.

»Ich mache alles«, sagte Beth. »Mir macht es nichts aus, die Schränke und Betten zu übernehmen, aber zuerst muss ich mich um diese wunderbare Sputumprobe kümmern.«

Victoria Baker war auf derselben Station und in derselben Schicht. Laut, damit die anderen es hörten, sagte sie: »Wir beide können die Betten und die Nachtschränke übernehmen, Schwester Harper. Ich hole den Wagen, und Sie regeln das mit der Probe.«

Im Spülraum musterte Beth das schmale Glasröhrchen. Ein großer, klobiger Napf; ein zartes, dünnes Röhrchen. Gar nicht so einfach, dachte sie. Aber sie galt ja nicht umsonst als die fleißigste Schülerin in der Lovely Lane. Keiner bezweifelte, dass sie eines Tages Oberschwester oder zumindest Stationsschwester würde.

Als sie noch überlegte, wie sie die Probe in das Glasröhrchen bekommen sollte, öffnete Victoria die Tür. »Jetzt beeil dich mal. Du brauchst ja ewig. Was ist los?«

Beth erklärte es ihr.

»Kipp einfach was rein«, sagte Victoria.

Beth hielt den Spucknapf und das Teströhrchen in die Höhe. »Die Öffnung ist zu klein, und ich will das Glas außen nicht verschmutzen.«

Victoria trat auf die Fußbremse des Rollwagens, um ihn vor der Tür stehen zu lassen. Dann kam sie herein und beugte sich über die lange Spüle, sodass sie beide Napf und Röhrchen ansehen konnten. »Schon erstaunlich, nicht …«, begann sie, »jeder denkt, dass Krankenpflege eine schöne und glamouröse Arbeit ist. Aber keiner weiß wirklich, was wir tun müssen, oder? Würde meine Tante Minnie erfahren, dass ich den halben Tag erwachsenen Männern den Hintern abwische, oder hätte sie die manuelle Darmleerung gesehen, die ich gestern bei Mr Whiteside machen musste, würde sie mich schneller von dieser Station zerren, als du ›Sputumprobe‹ sagen kannst.«

»Dann erzähl es ihr nicht«, empfahl Beth. »Lass sie in dem Glauben, dass du bloß Infusionen überwachst, Fieber misst und gut aussehenden Ärzten die Stirn abtupfst, wenn sie das glücklich macht.«

»Glücklich? Das Einzige, was Tante Minnie glücklich machen könnte, wäre, wenn ich ihr sage, dass ich Roland nicht wiedersehe. Sie wünscht sich, dass ich sie zu allen möglichen festlichen Anlässen in London begleite und dort jemanden kennenlerne, der ihrer Meinung nach passender für mich ist.«

Roland war Victorias Freund und hatte ihr bereits einen Antrag gemacht. Sie hatte ohne Zögern Ja gesagt, und die beiden wollten gleich nach ihrem Abschlussexamen heiraten. Er war der

Bruder von Dr. Teddy Davenport, der im St. Angelus arbeitete und den Dana anhimmelte.

»Wenn ich das St. Angelus verlasse, wird mein Leben vorbei sein. Kontrolliert von Tante Minnie. Seit mein Vater gestorben ist, tut sie so, als würde sie Roland mögen, aber eigentlich will sie mich dringend mit einem der Söhne ihrer Freundinnen verkuppeln. Welcher, ist ihr egal, solange er einen schrecklich vornehmen Namen und eine Wohnung in Mayfair hat. Dann hätte ich keine Ausrede mehr, nicht mein halbes Leben bei ihr in London zu verbringen. Nein, da ziehe ich zehn verstopfte Mr Whitesides vor.«

Beth verzog das Gesicht bei dem Gedanken. »Oh Mann, das muss schlimm sein.«

»Mein Kampf, Roland in meinem Leben zu behalten und nicht in London wohnen zu müssen, ist meine einzige Beschäftigung.«

»Du gibst deiner Tante doch nicht nach und trennst dich von Roland, oder?«, fragte Beth. »Ich finde ihn wunderbar, ein Traumprinz. So ein vollendeter Gentleman, und auch noch freundlich. Das findet man nicht oft. Ihr seid solch ein ideales Paar.«

»Nein, natürlich nicht. Aber er drängt dauernd darauf, dass wir früher heiraten sollen, weil er nicht noch zwei Jahre warten will. Und wenn ich heirate, muss ich meinen Beruf aufgeben, was ich nicht möchte. Ich liebe meine Arbeit. Inzwischen bin ich so abgehärtet wie ein Paar alte Stiefel. Ich komme mit allem klar! Erinnerst du dich noch, wie ich früher gewürgt habe, als ich anfing?«

»Schwester Haycock setzt sich sehr für die Abschaffung der Regel ein, dass verheiratete Schwestern nicht im Krankenhaus arbeiten dürfen«, sagte Beth. Sie hatte den Gummipfropfen aus dem Röhrchen gezogen und ihn auf die hölzerne Arbeitsfläche gelegt. »Aber ich habe gehört, dass alle Stationsschwestern dagegen sind. Sie wollen keine verheirateten Schwestern auf ihren Stationen. Schwester Antrobus hat gesagt, sie hängt ihre Haube an den Nagel und verlässt St. Angelus, wenn sie die Regeln ändern.«

»Womöglich schreckt es sie, mit Frauen zu tun zu bekommen, die in der Nacht zuvor mehr Spaß zwischen den Laken hatten als sie in den letzten zwanzig Jahren oder sogar ihr Leben lang. Das dürfte auch der Grund sein, warum einige von ihnen weder auf der Gynäkologie noch auf der Entbindungsstation arbeiten wollen. Ein Baby ist das Resultat von du weißt schon. Ein runder Bauch schreit ihnen förmlich entgegen, was sie verpasst haben, und einige von ihnen sind beinahe wie Nonnen. Vor allem Schwester Antrobus.«

»Altjüngferliche Schwestern sind das beste Argument für verheiratete«, meinte Beth, die als Einzige in ihrer Gruppe keinen festen Freund hatte. Sie war klein, Brillenträgerin, ein wenig anstrengend im Umgang und mit ihrem Beruf verheiratet. Folglich war bei ihr die Wahrscheinlichkeit am größten, dass sie irgendwann in den Zimmern über dem Haupteingang von St. Angelus wohnen und eine von den besagten altjüngferlichen Schwestern sein würde.

»Hast du schon die neue Schwesternschülerin kennengelernt? Schwester Moran?«, fragte sie.

»Nur kurz. Ich habe eben gesehen, wie sie einen Nachtstuhl über die Station geschoben hat. Der dürfte mehr wiegen als sie selbst, und sie hat auch ordentlich geschnauft. Da bin ich zu ihr hin und habe gefragt, ob sie die Bremse gelöst hat. Daraufhin sie: ›Die Bremse? Nein, welche Bremse?‹ Also ehrlich!«

Beth und Victoria mussten beide kichern.

»Jedenfalls habe ich die Bremse gelöst, und sie hat so kräftig angeschoben, dass sie damit quer über die Station geflogen wäre, wenn nicht eine andere Schwester aus der anderen Richtung gekommen wäre und das Ding angehalten hätte.«

»Waren wir auch so ahnungslos und unbedarft, als wir angefangen haben?«, fragte Beth.

»Für mich ist das schon so lange her, dass ich mich nicht mehr genau daran erinnern kann. Du warst sicher nicht so, Beth. Du warst schon immer Schwester Schlau.«

Beth wandte sich wieder der Sputumprobe zu. »Stimmt, und ich lasse mich auch von dir nicht unterkriegen«, sagte sie, drohend an den Napf vor ihr gerichtet. Dann rümpfte sie die Nase, um so ihre Brille weiter nach oben zu bugsieren. Diese Technik hatte sie entwickelt, um sich bei sterilen Arbeiten nicht ins Gesicht fassen zu müssen.

»Na los, jetzt kipp es rein«, sagte Victoria. »Versuch's.«

Beth blickte zu Victoria auf. Insgeheim war sie beeindruckt von ihrer Kollegin. Anfangs hatte Beth sie, eine kultivierte junge Frau aus adligem Haus, für zu vornehm gehalten, um als Krankenschwester zu arbeiten. Doch Victoria war sofort ganz in ihrem Element gewesen.

»Weißt du, hätte mich zu Anfang der Ausbildung jemand gefragt, ich hätte prophezeit, dass du kein halbes Jahr durchhältst. Ich finde es wunderbar, dass du es bist, die sich beklagt, dass sie den Beruf aufgeben muss, wenn sie heiratet, und dass du unbedingt deinen Abschluss machen willst.«

Victoria inspizierte weiter den Spucknapf. »Hättest du dir vorstellen können, dass ich so was hier mache, Beth? Ich meine, sogar eine Bettpfanne zu leeren, hat mich damals schon überfordert. Ich konnte es einfach nicht, und wochenlang bekam ich es nicht hin, das oberste Laken genau auf Maß zu falten. Ich habe mich übergeben, wenn den Patienten schlecht war. Weißt du noch, wie ich einer Patientin die Nierenschale aus den Händen gerissen habe, weil sie so schlimm gewürgt hat, dass ich mich übergeben musste? Und dann hat sie mir über meine Schürze gekotzt.

Gott, das war ein furchtbarer Tag! Schwester Antrobus hätte mich fast gegrillt und hat sich bei der Oberschwester über mich beschwert. Ich dachte wirklich, ich wäre erledigt. Aber jetzt schreckt mich nichts mehr. Ich freue mich sogar auf meine Zeit im OP.«

»Ah, Heureka!«, sagte Beth und nahm einen frischen Spucknapf von dem Regal über ihren Köpfen. »Jetzt habe ich es. Ich weiß, wie ich es mache.« Mithilfe des zweiten Napfes gelang es ihr, die Probe zu bekommen, und sie hielt Victoria grinsend das gefüllte Glasröhrchen vors Gesicht.

Victoria gab ein Würgegeräusch von sich.

»Geht es dir gut?«, fragte Beth.

»Ja, selbstverständlich«, antwortete Victoria spitz. »Nur leichte Blähungen, sonst nichts.«

»Hmm.« Beth schrieb Mr Trimbles Namen auf das Etikett. »Ich lasse mir das diese Woche auf meinen Bewertungsbogen bei Schwester Ryan eintragen. Und ich bitte Schwester Crawford, mich noch ein paar mehr machen zu lassen. Wollen wir die vielleicht zusammen nehmen? Du könntest auch welche abfüllen. Dann hätten wir die Probennahmen auf unseren Bögen abgehakt.«

Victoria blieb keine Zeit zu antworten, denn sie erbrach ihr gesamtes Frühstück ins Spülbecken.

Beth verließ den Spülraum und hielt das Teströhrchen stolz vor sich, als sie zur Pathologie ging, während Victoria sich noch an das kalte Waschbecken klammerte. »Abgehärtet wie ein Paar alte Stiefel, von wegen!« Sie lachte leise vor sich hin.

Kurz bevor sie die Station verließ, drehte sie sich um zur zweiten Kaffeegruppe, die sich gerade versammelte. Dahinter sah sie die Sichtschutzvorhänge um Bett sechzehn, die sich nach außen blähten. Bridget Moran, die jetzt in die Kaffeepause gehen sollte, war nirgends zu entdecken.

Was ist denn da los?, fragte sich Beth. Sie steckte das Röhrchen in ihre Tasche und ging zu dem Bett.

Als sie den Vorhang zur Seite zog, traute sie ihren Augen kaum, und es verschlug ihr sekundenlang die Sprache.

Die junge Schwesternschülerin stand bedenklich schwankend auf dem Bett des Patienten, hielt sich mit einer Hand am Sichtschutz fest und trat mit den Füßen herum, um das Gleichgewicht wiederzufinden. Beth öffnete den Mund und schloss ihn wieder.

Die blassgrüne Überdecke und das weiße Laken waren übersät von schmutzigen Abdrücken, die eindeutig von Schwester Morans schwarzen Schuhen stammten.

Der Patient kniete in einem Krankenhauspyjama auf dem Kissen, die Hose bis zu den Knien heruntergezogen, und hielt panisch den Hosenbund fest. Vermutlich war noch nie jemand so entzückt darüber gewesen, Beth zu sehen, wie er in diesem Moment.

Lernschwester Moran ließ ganz kurz den Vorhang los und packte den Griff des großen Nachtstuhls. Der stand ebenfalls sehr wacklig auf dem Bett, direkt vor ihr. Sie stieß ein leises Quieken aus und streckte ihre andere Hand nach dem Patienten aus. Als sie sich zu ihm vorbeugte, kippten sie und der Nachtstuhl zur Seite, und erneut musste sie sich am Sichtschutz festklammern. Sie keuchte vor Anstrengung, als sie sich und den Stuhl wieder in eine aufrechte Position zu bringen versuchte.

»Kommen Sie, nehmen Sie meine Hand«, japste sie dem Patienten zu. »Ich halte den Nachtstuhl fest, wenn Sie darauf sitzen. Sie fallen schon nicht runter.« Sie blickte zu Beth. »Er will nicht tun, was ich ihm sage, Schwester Harper. Können Sie mir helfen? Er hört nicht auf mich und ist sehr widerspenstig.« Dann ergänzte sie leiser und fast flehend: »Ich habe Angst, dass wir beide runterfallen.« Ihre Augen füllten sich mit Tränen.

Beths Augen drohten auch gleich überzulaufen, allerdings wäre es bei ihr vor Lachtränen. Doch sie musste an den Patienten denken, also riss sie sich zusammen, obwohl sie weiterhin den Mund öffnete und schloss wie ein Goldfisch.

»Bitte, Schwester«, sagte der verzweifelte Patient. »Sie will, dass ich mich auf dem Bett auf das Ding setze, und sie kann ja nicht mal sich selbst halten. Ich habe Todesangst, dass ich auf dem Fußboden lande, und ich muss wirklich dringend.«

Beth legte eine Hand auf seinen Arm, um ihn zu beruhigen. »Bleiben Sie da, wo Sie sind. Bewegen Sie sich nicht. Sie können sich unmöglich auf einen Nachtstuhl setzen, der auf einem Bett steht.«

Der Patient sah aus, als hätte er sie am liebsten geküsst. »Ich hätte das nie so geschafft«, sagte er. »Ich brauche immer ein bisschen Ruhe und eine Ausgabe des *Echo*, sonst kann ich nicht, Schwester. Ich hätte Angst, vom Bett zu stürzen. Die Kleine kann doch nicht den schweren Stuhl und mich halten, wenn sie auf einer wackligen Matratze steht.«

Bridget hatte die Beine breit gestellt, um sich besser auszubalancieren, und hielt nun den Griff des Nachtstuhls mit beiden Händen fest. Das wilde Schwanken war zu einem sanften Wiegen abgeebbt. »Jetzt setzen Sie sich schon drauf«, sagte sie verärgert zu dem Patienten.

»Was machen Sie denn?«, zischte Beth.

Die Pflegeschülerin sah sie erschrocken an. »Was ich mache?«, fragte sie verwirrt. »Sie haben zu mir gesagt, dass der Patient Bettruhe halten soll und einen Nachtstuhl bekommt. Das haben Sie gesagt, oder nicht? ›Er soll Bettruhe halten, aber er kann einen Nachtstuhl bekommen.‹«

»Ja, aber …«

»Gott, es war furchtbar schwer, den hier raufzuhieven. Wissen

Sie, wie schwer der ist? Es hat mich fast umgebracht. Und jetzt ist er hier oben schrecklich wacklig.«

Beth wusste nicht, was sie sagen sollte. So blöd konnte die Lernschwester doch nicht sein, oder?

»Bitte sehen Sie mich nicht so an«, sagte Bridget. »Als wären Sie wütend auf mich.«

Beth war sicher, dass sie gleich in Tränen ausbrechen würde. Oder sich am Vorhang aufhängen, so verzweifelt, wie sie wirkte.

»Sie haben gesagt, dass ich einen Arm unter seine Schulter legen soll, um ihm zu helfen, aber wenn ich das tue, fällt der Stuhl runter, und das macht einen Heidenlärm. Er könnte sogar kaputtgehen oder jemanden verletzen. Es ist furchtbar gefährlich hier oben.«

Beth musste sich eine Hand vor den Mund halten, denn es fiel ihr schwer, ihr Lachen zu unterdrücken. Ihr war klar, dass sie die Situation rasch korrigieren musste, bevor die Stationsschwester bemerkte, dass ihr zwei Leute für die zweite Kaffeepause fehlten. Oder, schlimmer noch, bevor sie selbst nachsehen kam.

»Hören Sie, wir müssen Sie und den Nachtstuhl vom Bett bekommen, ehe Sie auf den Patienten fallen«, drängte sie.

Der Patient klammerte sich jetzt an das Metallkopfteil des Bettes, als wollte er die Wand hinaufkrabbeln. Er sah entsetzlich verängstigt aus und hatte ein entblößtes Hinterteil. »Lassen Sie die nicht in meine Nähe, Schwester«, flüsterte er Beth zu. »Sie ist verrückt, die da. Verrückt!«

Beth senkte die Stimme, als sie sich an Bridget wandte, die wieder von einer Seite zur anderen schwankte. Die schwarzen Fußabdrücke auf dem frisch gemachten Bett wurden immer mehr. »Lieber Gott, lass Schwester Crawford ein langes Telefonat führen«, sagte sie. »Schwester Moran, als ich Ihnen gesagt habe, Sie sollen einen Nachtstuhl holen, weil der Patient Bettruhe halten soll, meinte ich nicht, dass Sie den Stuhl aufs Bett stellen sollen. Ich habe gemeint, dass Sie ihn neben das Bett schieben, damit er einfach die Beine rüberschwingen und sich an der Armlehne festhalten kann. Und Sie sollten eine Hand unter seiner Achsel haben, um ihm zu helfen. Auf die Weise müsste er nur einen Fuß für eine Sekunde auf den Boden setzen.«

Beth sah, wie es der Lernschwester dämmerte. Und gleich flossen die Tränen. »Oh Gott, ich bin solch eine Idiotin!«

»Gut, ich nehme die Räder.« Beth packte die beiden Vorderräder. Der Stuhl hörte auf zu schwanken, und sie zog ihn an die Bettkante. »Jetzt steigen Sie vom Bett. Ich halte den Stuhl, und wir können ihn gleich zu zweit nach unten heben.«

»Das kann ich nicht«, antwortete Bridget. »Ich kann mich nicht bewegen. Ich habe Angst.«

Beth erkannte, dass es schwierig war, und sah ein, dass sie einen Fehler gemacht hatte. Die junge Schwesternschülerin war nun genauso verängstigt wie der Patient.

»Na gut, rutschen Sie ganz langsam vom Bett. Setzen Sie sich hin, und dann schwingen Sie die Beine über die Seite.« Sie wandte sich zu dem Patienten um, der inzwischen sicher verzweifelt eine Bettpfanne brauchte. »Es tut mir so leid.«

»Schon gut, Schwester. Kümmern Sie sich um die junge Frau dort. Sie sieht so ängstlich aus, wie ich mich fühle. Ich glaube, sie hat mich mit Tutenchamun verwechselt.« Er begann zu kichern.

Auch Beth, die sich ihn auf dem Nachtstuhl oben auf der wackligen Matratze vorstellte, gehalten von einer sehr zierlichen Schwesternschülerin, die sich an dem Stuhl festklammerte, musste kichern. Der Patient ergriff ihren Arm, und sie beide waren drauf und dran, sich vor Lachen auszuschütten. Nur Lernschwester Moran, die nun mit tränennassem Gesicht auf dem Bett kniete, sah ernst aus.

Beth liefen Tränen über die Wangen. »Kommen Sie bitte runter«, keuchte sie lachend. Auch dem Patienten liefen Lachtränen übers Gesicht. Er bedeckte sich notdürftig mit dem Laken und hielt sich den Bauch. Als er Beth ansah, prusteten sie beide erst recht los.

Die Schwesternschülerin glitt auf den Boden und griff nach den hinteren Rädern des Stuhls, doch nun konnte Beth sich vor Lachen nicht rühren. »Oh nein, Hilfe!«, japste sie, als ihre Knie gegen den Bettrahmen knickten, wobei sie ihr Gewicht und das des Nachtstuhls stützte. Der Patient, dem es um nichts besser ging, streckte einen Arm aus, um sie zu halten. Sie beugte sich vor. Ihr Bauch und ihre Wangen taten weh vom Lachen, und sie wollte eben den Nachtstuhl hochheben, als die Vorhänge aufflogen und eine erboste Schwester Crawford erschien.

»Was ist hier los?«

Während sie das Chaos vor sich beäugte, trat auf der ganzen Station Stille ein. Das Plaudern verstummte, und alle hörten mit angehaltenem Atem zu.

Sie fing sich nach einem kurzen Moment und begann zum ersten Mal seit vielen Jahren auf ihrer Station zu brüllen. »Schwester Harper, was in aller Welt geht hier vor?«

Die Vorhänge waren offen, und sämtliche Blicke, die der Patienten wie der Schwestern, waren auf Bett sechzehn gerichtet. Beth hörte das scharfe Einatmen. Der Nachtstuhl schwankte, die Schwesternschülerin schrie, und der Patient schrie vor Lachen, als der Nachtstuhl nach hinten kippte. Beth warf sich halb übers Bett, um ihn abzufangen. Und dabei hörte sie das Teströhrchen in ihrer Tasche brechen.

Kapitel zehn

An Weihnachten schloss die Fabrik für eine Woche. Nicht dass die McConaghys das so gewollt hätten. Sie hätten auch am Weihnachtstag geöffnet, wenn sie gekonnt hätten. Aber Weihnachten war für die irische Diaspora in der Liverpooler Hafengegend ein genauso besonderes Fest wie für alle anderen im Land. Es kamen weniger Schiffe rein, und noch weniger Männer waren nüchtern genug, um sie zu löschen. Deshalb mussten die McConaghys wohl oder übel die Schmelzöfen erkalten lassen, die Seildrehmaschinen anhalten und die Spulen mit heißen Metalldrähten zum Abkühlen ruhen lassen, um die Fabrik zum ersten Mal seit Michaelis zu schließen.

In diesem Jahr hatte Mrs McConaghy entschieden, das Büro nach dem Mittag an Heiligabend zuzumachen. Sie hatte ihre Schwester, ihren Schwager und ihre Nichte Amy zum Essen am Weihnachtstag eingeladen und wollte früh gehen. Und ganz gleich, wie sehr sie Lily traute, würde sie niemanden allein im Büro dulden, wo der eiserne Tresor mit den großen Bankschecks stand.

»Amy entwickelt sich zu einer sehr schönen jungen Frau«, sagte sie zu Lily. »Jemand wird sie sich im Nu schnappen.«

Lily hatte schon sehr viel von Amy gehört. Schließlich war sie Mrs McConaghys einzige Nichte, und da das Ehepaar keine eigenen Kinder hatte, war es nur natürlich, dass sich die McConaghys besonders für sie interessierten. Dennoch war da etwas Seltsames an Mrs McConaghys Tonfall, ein Hauch von Sorge in ihrer Stimme. Lily war sich nicht sicher, ob sie Amy persönlich kennenlernen wollte. Ihr Ruf eilte ihr schneller voraus, als ihr Freund die Gasse hinuntergelaufen war, nachdem ihre Eltern die beiden auf dem neuen Bouclé-Sofa ertappt hatten.

»Hier, nimm das als dein Weihnachtsgeschenk.« Mrs McConaghy drückte Lily einen Umschlag in die Hand. »Und ich habe meine Köchin zwei Weihnachtskuchen machen lassen, auch einen für dich. Mach kein Theater, denn das hat mich, abgesehen von den Zutaten, nichts gekostet.«

Lily war so verzaubert, dass ihr die Worte fehlten. Es war das allererste Geschenk ihres Lebens, und sie blinzelte die Tränen weg, die in ihren Augen brannten. Mrs McConaghy nahm den Deckel von der Kuchenform, und Lily kämpfte noch immer mit den Tränen. Der Gewürzkuchen war glaciert, und in der Mitte prangte eine handgemachte Dekoration, zwei Schlittschuhläufer auf einem gefrorenen blauen See. Am Rand steckten winzige, mit roten Schleifen verzierte Bäumchen. Lily stellte sich für einen Moment die Gesichter von Joe und Katie vor, wenn sie diese Köstlichkeit mit nach Hause brachte. Aber sie war ziemlich sicher, dass dies hier alles nicht wahr sein konnte und Mrs McConaghy gleich sagen würde, es hätte eine Verwechslung gegeben.

»Ist der wirklich für mich?«, fragte sie und blickte von der Kuchenform auf.

Mrs McConaghy griff zu dem goldenen Kreuz an ihrem Hals und rieb es zwischen Daumen und Zeigefinger, als sie antwortete: »Ja, und das ist noch nicht alles. Du hast in diesem Jahr sehr fleißig gearbeitet, Lily, und, nun ja, Schwester Therese hat mir erzählt, dass du auch zu Hause sehr viel tust. Daher habe ich gedacht, dass du eine Kleinigkeit verdient hast.«

Misstrauisch beäugte Lily den Umschlag, bis Mrs McConaghy sagte: »Na, nimm schon, er ist für dich.«

Sie fragte sich, was Schwester Therese den McConaghys erzählt haben mochte. Mitleid hasste sie über alles. Manchmal hielt eine Nachbarin sie auf dem Laubengang an und erkundigte sich mitfühlend, ob sie irgendetwas brauche. Es gab zwei Dinge, die Lily tatsächlich brauchte, aber keiner konnte ihr Eltern schenken, die länger als vier Stunden an einem Stück nüchtern blieben. Oder die eher an ihre Kinder dachten als an das nächste Pint Guinness. Nein, Lily war auf sich gestellt. Sie bat Nachbarn nie um Hilfe. Sie schaffte es auch allein.

Lily blinzelte Mrs McConaghy an wie ein geblendetes Reh. Sie hatte keine Ahnung, was sie sagen sollte. Die Kosten waren es nicht, die sie sprachlos machten, sondern der Umstand, dass Mrs McConaghy so nett war und ihr ein Geschenk machte.

»Da ist kandierte Zitronenschale drin, die ich selbst getrocknet und gezuckert habe«, sagte Mrs McConaghy. »Tagelang habe ich nach Zitronen gerochen. Ist dir das nicht aufgefallen?«

Lily war nichts aufgefallen. Sie staunte, dass Mrs McConaghy etwas zubereitete, das kandierte Zitronenschale hieß. Es klang köstlich, auch wenn Lily nicht genau wusste, was es war. Zu Hause hatten sie noch nie einen Weihnachtskuchen gehabt, obwohl Lily schon welche zum Abkühlen auf den Küchenfenstersimsen der Nachbarswohnungen gesehen hatte. »Irgendwann mache ich das auch«, hatte sie eines Morgens im Oktober vor sich hin geflüstert, als sie bei Mrs McGuffy vorbeikam und den Duft nach Sirup, Früchten und warmen Weihnachtsgewürzen gerochen hatte.

Sie stammelte ein Dankeschön, stellte ihren Korb auf den Schreibtisch und zog die Abdeckung zurück. Es kostete sie einige

Überwindung, Mrs McConaghy das Früchtebrot nicht aus der Hand zu reißen. Erst wenn es in ihrem Korb war, wäre sie sicher, dass es ihr gehörte. Mrs McConaghy hob den Kuchen aus der Form. Unten war er fest in Pergamentpapier eingewickelt und mit einem Band verschnürt. Lilys Herz flatterte wie ein gefangener Vogel, denn sie fürchtete, dass Mrs McConaghy es sich anders überlegen und den Kuchen zurückverlangen würde. Blitzschnell legte sie ihn in ihren Korb und zog die Abdeckung wieder darüber. Jetzt war er wirklich ihrer, und sie blickte lächelnd auf.

»Na, dieses Lächeln sehen wir nicht sehr oft. Hätte ich geahnt, dass es nur einen Gewürzkuchen braucht, um es zu bekommen, hätte ich dir schon früher einen mitgebracht.«

»Die Kleinen werden begeistert sein, Mrs McConaghy.« Lilys Stimme klang sogar in ihren eigenen Ohren fremd. Sie wollte schnellstmöglich aus dem Büro kommen, denn sie könnte erst entspannen, wenn sie im Bus saß und vollkommen sicher war, dass die Kleinen zu Hause den Kuchen bekämen. »Danke. Haben Sie vielen Dank«, stammelte sie.

»Ja, für die Kleinen habe ich den gemacht. Oh, gewiss wirst du auch ein Stück davon essen, aber die Kinder sollten etwas Schönes haben, und mir war klar, dass es dir eine Menge bedeutet. Ich helfe ja gern, wo ich kann.«

Lily verschlug es abermals die Sprache. Sie hatte noch nie mitbekommen, dass Mrs McConaghy irgendjemandem half. Vielmehr hatte sie hier anfangs, bevor sie damit begann, die wöchentlichen Lohnabrechnungen zu machen, erwachsene Männer gesehen, die weinend aus dem Büro gingen. Stellte ein Mann Mrs McConaghys Abrechnung infrage und bekam zu wenig, hatte er nie eine Chance.

Was Lily nicht ahnte, war, dass Schwester Therese Mrs McConaghy von den Kindern und Lilys Situation zu Hause erzählt hatte.

Und Mrs McConaghy hatte auf Anhieb verstanden, was von ihr erwartet wurde. Je seltener sie Schwester Therese sah, desto besser.

»Hier, vergiss den Umschlag nicht. Leg ihn auch in den Korb, damit er sicher ist.« Niemand hatte sie aufgefordert, Lily den zu geben. Es war ganz allein ihre Idee gewesen. Sie hatte überlegt, was es sein könnte, und die Freude, als sie die zehn Pfund in den Umschlag steckte und ihn Lily gab, war mit nichts zu vergleichen, was sie jemals erlebt hatte. Zum ersten Mal seit Langem fühlte sie sich lebendig.

Zunächst glaubte Lily, dass es eine Weihnachtskarte war. Die Bürowand war bedeckt mit Karten, die Kunden und Händler geschickt hatten. Manche von ihnen waren ausdrücklich an Lily adressiert und enthielten ausgesprochen freundliche Texte. Lily hätte sie gern mit nach Hause genommen, um sie Joe und Katie zu zeigen und ihre karge Wohnung damit zu schmücken. Doch Mrs McConaghy hatte sie zu allen anderen an die Wand gehängt. Als Lily den Umschlag aufnahm, bemerkte sie, dass er sich zu dick und weich für eine Karte anfühlte. »Was ist das?«, fragte sie.

Mrs McConaghy strahlte über beide Ohren und blickte zur Tür. Noch loderten die Schmelzöfen, und ihr Mann und ihr Schwager würden erst in einer Stunde kommen.

»Mach ihn jetzt auf, ja? In dieser Jahreszeit treiben sich zwielichtige Gestalten in der Stadt herum, und ich möchte nicht, dass du ihn auf der Straße oder im Bus öffnest.«

Lily machte den Umschlag auf und fiel beinahe in Ohnmacht, als sie die zwanzig braunen Zehnshillingscheine herauszog. »Mrs McConaghy, ist das für uns?«, hauchte sie.

»Nein, es ist nicht für euch, sondern für dich. Für ein neues Paar Schuhe und einige hübsche Sachen. In dem Laden am St.-John's-Markt haben sie entzückende kleine rote Stiefel mit Fellfutter für zwei Pfund und zwei Shilling. Wenn du fragst, geben sie dir die vielleicht zwei Shilling billiger.«

In einer Million Jahren würde Lily keine zwei Pfund für sich ausgeben. Nicht, solange sie erst für Joe und Katie sorgen musste. Joe besaß gar keine Schuhe, also käme er vorher dran. »Ich weiß nicht, was ich sagen soll.«

»Du bedeutest uns viel, Lily.«

Lily fiel auf, dass Mrs McConaghys Wangen gerötet waren und ihre Augen glänzten. Sie hatte tagsüber einige Sherrys getrunken. Die offene Flasche stand auf ihrem Schreibtisch, und sie hatte mit jedem Händler, der in die Fabrik kam, auf ein erfolgreiches neues Jahr angestoßen. Nun war ihr Blick leicht glasig.

»Ich weiß nicht, was wir ohne dich tun würden, Lily. Es ist nur ein Zeichen der Wertschätzung. Manchmal glaube ich, du bist besser zu mir als meine Verwandtschaft. Meine eigene Nichte, Amy, will nicht mal in die Nähe der Fabrik kommen.«

Mrs McConaghys anfängliche Bedenken über Lilys Anstellung hatten sich in blanke Angst gewandelt, sie zu verlieren; es hatte allerdings drei lange Jahre gedauert, bis sie diesen Punkt erreichte. Zum ersten Mal erkannte sie an, wie wichtig Lily für den Betrieb war, und jetzt war sie plötzlich besser als ihre Familie. Lily war bewusst, was sie für die Firma bedeutete. Würde sie morgen gehen, hätte man Mühe, alles zu verstehen und den Laden am Laufen zu halten. Sowohl Mr als auch Mrs McConaghy hatten in den letzten Jahren gesundheitliche Probleme bekommen und waren entsprechend gealtert.

»Und dies hier, Lily, ist für dich, aber du darfst es erst am Weihnachtsmorgen öffnen.«

Mrs McConaghy hielt ihr ein flaches, in buntes Papier eingewickeltes Päckchen hin, und Lily war endgültig sprachlos. Staunend nahm sie wieder die Abdeckung von ihrem Korb und legte das Geschenk hinein.

»Vielen Dank«, flüsterte sie.

»Nein, Lily, ich muss mich bei dir bedanken. Und jetzt ab nach Hause mit dir.«

Lily war entschlossen, dass die zehn Pfund so lange wie möglich reichen sollten und sie jeden Penny vor ihren Eltern verstecken würde. Das musste sie tun, denn wüssten die beiden von dem Geld, wäre es binnen Stunden weg. Sie widerstand dem Wunsch, Mutter und Vater stolz auf ihre Tüchtigkeit zu machen. Zu gut wusste sie, wie sie die zehn Pfund verprassen würden. Bei der Pferdewette um halb drei. Im Pub um drei. Am Pastetenwagen um fünf. Und danach wieder bis Mitternacht im Pub, ehe sie laut streitend nach Hause kämen. Sich nicht mehr ausstehen könnten. Jeder Penny wäre weg. Und am nächsten Morgen würden sich beide an nichts mehr erinnern. Lily kannte das. Es war schon oft genug vorgekommen.

Sie hatte ihren Stiefvater gebeten, ihr etwas von ihrem Lohn für Essen zu geben, nachdem er ihr die Lohntüte an einem Freitagabend entrissen hatte und sofort damit verschwinden wollte.

»Ich weiß nicht, wo dein Geld ist«, hatte er gehöhnt. »Nenn mich ja keinen Lügner, sonst setzt es was!«

Sie nannte ihn keinen Lügner, wurde aber trotzdem geschlagen.

»Du kleine Schlampe. Nur weil ich nicht dein richtiger Vater bin, glaubst du, dass du mit mir reden kannst, wie du willst. Kommst mir hochnäsig und versteckst dein Geld vor mir, der ich dir ein Dach über dem Kopf gebe. Du undankbares kleines Weibsstück.«

Und dann hatte sie die volle Wucht seiner Hand zu spüren bekommen. Sie fühlte, wie ihr Hinterkopf an die Wand schlug, und ein Büschel Haare wurde ihr ausgerissen. Danach war es vorbei.

Trotz ihrer Kopfschmerzen war sie pünktlich zur Arbeit erschienen. Es war der Tag gewesen, an dem Lockie einen Blick auf sie geworfen hatte, bevor er in den Pub lief und ihren Stiefvater dort gegen die Wand gerammt hatte. »Einmal noch! Ein einziges Mal, alter Mann, und ich bringe dich mit meinen bloßen Fäusten um. Hast du das verstanden, du sabbernder, stinkender Feigling?«

Lilys Stiefvater hatte gezittert und geweint, aber es hatte gewirkt. Seitdem hatte er sie nicht mehr geschlagen. Nicht mal ein Mann, dessen Gehirn schon vom Alkohol mariniert war und der sich kaum mehr etwas merken konnte, würde Lockies Warnung vergessen.

Lily knöpfte ihren Mantel zu. Sie scheute sich, den Korb loszulassen, weil sie Angst hatte, er könne mitsamt dem Kuchen, ihrem Geld, ihrem Geschenk und der Vogelbauerabdeckung verschwinden. Sie besaß so wenig, und diese Abdeckung war für sie sehr wichtig.

»Nochmals vielen Dank, Mrs McConaghy.«

Ohne zu wissen, warum, und zum allerersten Mal stellte sie sich auf die Zehenspitzen und küsste ihre Chefin auf die gepuderte Wange. Für einen Sekundenbruchteil kostete sie das Gefühl aus, mütterlich umarmt zu werden. Sie atmete den warmen Parfümgeruch ein, fühlte Arme, die ihre Schultern umfingen, und ein Kribbeln seitlich an ihrem Gesicht. Auf einmal hätte sie am liebsten geweint. Eine Haarsträhne kitzelte an ihrer Wange, und Mrs McConaghy drückte sie ganz sanft.

»Ich wünsche dir eine schöne Zeit, euch allen«, sagte Mrs McConaghy. »Ganz egal, wie du sie verbringst. Was immer dich glücklich macht. Fröhliche Weihnachten, Lily.«

»Wo kommen die ganzen Kohlen in der Kammer her?«, rief ihre Mutter später am Abend, als sie dort die Tür aufmachte, um weit hinten nach einigen Brocken zu suchen, und sich vor einem schwarzen Berg wiederfand.

Lily war vom Bus aus direkt zum Kohlenhändler gegangen. Er hatte viel zu tun und klagte ihr, jeder würde noch Extrakohlen bestellen, sobald das Weihnachtsgeld da war.

»Ich habe ihn nicht rufen gehört. Hat er allen welche gebracht? Wer hat die bezahlt?« Ihre Mutter starrte auf die volle Schaufel in ihrer Hand, als könne sie es nicht recht glauben. »Gott, der Kohlenhändler hat sich in den dämlichen Weihnachtsmann verwandelt.«

Lily antwortete nicht. Wenn sie ihrer Mutter erzählte, dass sie Geld für Kohle gehabt hatte, würde die wissen wollen, wofür sie sonst noch welches hätte. Und die Kohlen waren nicht alles. Die Schränke waren voller Essen, und für eine halbe Krone hatte Lily noch spät am Heiligabend einen Truthahn auf dem Markt gekauft.

»Und woher kommt das Geld dafür?«, fragte ihre Mutter, als sie sich auf den Weg zum Pub machte. »Was ist hier verdammt noch mal los?«

Lily wusste, dass Heiligabend bedeutete, ihre Eltern wären länger aus als sonst. Um Mitternacht würden sie in die Kirche torkeln und danach bis in die Morgenstunden zurück in den Pub.

»Mr und Mrs McConaghy haben es mir gegeben«, antwortete sie reinen Gewissens, denn es war ja keine Lüge. Lily war bewusst, dass ihre Mutter annehmen würde, Schwester Therese steckte hinter allem; also könnte sie nicht versuchen, den Truthahn im Pub zu verkaufen, weil die Nonne es erfahren würde.

Lily hatte die Kinder mit zum Markt genommen, Joe in seinem alten Kinderwagen, um den Truthahn zurückzutransportieren, und Katie an ihrer Hand. Sie hatten über den Lärm und das Sägemehl auf dem Pflaster gestaunt; auch über die Botenjungen, die auf Fahrrädern mit riesigen Körben vorn an ihnen vorbeisausten, über den strahlenden Lichterschmuck und die Rufe der Händler, die ihre letzten Truthähne und den restlichen Rosenkohl verkaufen wollten, bevor es dunkel wurde.

Dank Mrs McConaghys zehn Pfund wurde ein kaltes, elendes Weihnachten zu einem warmen, behaglichen. Lily konnte sogar Geschenke für die Kleinen besorgen, ohne dass sie es merkten.

Als Joe und Katie endlich im Bett waren und schliefen, schlich Lily sich zur Mitternachtsmesse. Sie wusste, dass Schwester Therese sie dort zu sehen erwartete und mitbekäme, wenn sie nicht da wäre. In der Kirche hörte sie ihre Eltern mit dem Tross aus dem Pub hereinkommen. »Was soll ich hier? Ich bin nicht mal katholisch«, lallte jemand. Es klang wie ihr Stiefvater. Lily wand sich innerlich vor Scham und blickte zum Kreuz auf. Warum?

»Lily!«, rief Schwester Therese ihr in der Menge draußen zu, als Lily schon nach Hause eilen wollte. »Ich habe Geschenke im Kloster. Morgen nach der Messe bringe ich sie vorbei. Wo sind deine Eltern?«

Beide schauten hinüber zum Pub, durch dessen Fenster eine dicht gedrängte Menge zu erkennen war. Erste Rufe nach Getränken schallten durch das Lokal.

»Ist alles in Ordnung, Lily? Kommst du zurecht?« Schwester Therese brach es beinahe das Herz. Könnte heute Nacht eines ihrer Gebete erhört werden, sollte es das sein, dass jemand oder etwas Lily zum Lächeln brachte. Ihr ein wenig von der Bürde abnahm, die auf ihren schmalen Schultern lastete.

»Ja, Schwester. Ich komme gut zurecht.«

Und zum ersten Mal glaubte Schwester Therese ihr.

Am Weihnachtsmorgen wachte Lily früher als gewöhnlich auf. Sie hatte gehört, wie ihre Eltern polternd und grölend nach Hause gekommen waren, und sich gefragt, wie sie den Weg gefunden oder sich überhaupt daran erinnert hatten, wo sie wohnten. Ihr Stiefvater hatte versucht, den Eimer zu benutzen, ihn aber verfehlt, wie Lily am Geräusch des Urinstrahls erkannte, der auf den Holzboden prasselte. Dabei hatte sie sich alle Mühe gegeben, die Küche zu putzen, bevor sie in die Mitternachtsmette gegangen war. Wenn sie aufstand, müsste sie wieder sauber machen. Aber die Kleinen sollten eine urinfreie, ordentliche Küche haben, mit einem lodernden Feuer im Ofen und einem köstlichen Frühstück. Lily hatte Bacon und Eier auf dem Markt gekauft und wollte in dem restlichen Fett in der Pfanne Brot rösten.

Der Schwefelschein der Straßenlaternen leuchtete ins Zimmer, und es war kalt. Sie sah hinunter zu Joe. Seine Atmung war gleichmäßig, und die Seite von seinem schlafenden Gesicht hatte einen Marmeladenton angenommen. Es war noch ein schwaches Pfeifen da, aber kein Rasseln. Er hatte den Daumen fest im Mund und den Arm eines abgegriffenen Teddys – alles, was von Lilys einst geliebtem Bären übrig war – in der kleinen Hand.

Lily strich ihm das blonde Haar aus dem Gesicht, beugte sich vor und küsste ihn auf die Wange. Der traurige Teddyarm roch ziemlich schlimm, und Lily fragte sich, ob sie Joe überreden könnte, ihn ins Feuer zu werfen, um sich beim Weihnachtsmann für seine Spielzeuglokomotive zu bedanken. Sie wünschte, sie hätte Papier da, um sie einzupacken und die Überraschung zu steigern.

Joe regte sich.

»Schlaf weiter, kleiner Mann«, flüsterte sie in sein Haar. »Ich mache Feuer. Schlaf noch ein bisschen.«

Als er Lilys Stimme hörte, griff er nach ihrem Finger, wie er es schon als Säugling getan hatte, und umklammerte ihn. Innerhalb von Sekunden war er wieder fest eingeschlafen.

Lily hatte Haarbänder und Buntstifte sowie einen Handspiegel und einen süß duftenden Seifenriegel für Katie und eine Spielzeuglokomotive und Malbücher für Joe gekauft. Sie hatte auch eine Tafel Schokolade für jeden von ihnen, eine Clementine und einige Nüsse. Weil sie nichts hatte, um die Sachen zu verpacken, wollte sie alles am Fußende des Bettes arrangieren, bevor sie die beiden weckte.

Es war schwierig genug gewesen, die Geschenke zu besorgen. Mit klopfendem Herzen hatte sie Katie und Joe in dem Kinderwagen gelassen und war an der Marktmauer entlang zu dem Teil gelaufen, wo keine Lebensmittel verkauft wurden. Sie hatte nur zehn Minuten gebraucht, und als sie an dem Obststand vorbeikam, hatte sie noch die Früchte und Nüsse erstanden und den Verkäufer gebeten, sie zu den Spielsachen in die Papiertüte zu stecken.

»Wie viele Kinder haben Sie, Liebes?«, hatte der Obsthändler gefragt.

»Zwei«, antwortete Lily, die nicht begriff, dass er glaubte, es wären ihre.

»Da müssen Sie aber früh angefangen haben.« Er lachte. »Warten Sie, ich werfe Ihnen noch ein paar Nüsse mehr in die Tüte. In einer halben Stunde mache ich sowieso zu.«

Sie konnte ihr Wechselgeld gar nicht schnell genug annehmen, weil sie zu ihren Geschwistern und dem Kinderwagen zurückwollte.

»Es sollte keine Beleidigung sein, Liebes«, rief der Mann ihr nach. »Fröhliche Weihnachten!«

Jetzt, am Weihnachtsmorgen, war die Tür zum Zimmer offen, und das Feuer in der Küche erhellte und wärmte den Raum innerhalb von Minuten. Es war eine schreckliche Verschwendung, aber Lily konnte nicht anders. Sie wollte, dass es ein schöner Morgen für Joe und Katie wurde.

Sie stellte die Geschenke unten auf dem Bett auf und horchte einen Moment auf das Schnarchen ihrer Mutter und ihres Stiefvaters. Sie schliefen noch, und sie hoffte, dass sie sich heute, da die Pubs geschlossen waren, benehmen und ihren Kater nicht an ihnen allen auslassen würden.

»Aufwachen!« Lachend kitzelte sie Katie. »Kleines Äffchen, aufwachen!« Und dann kitzelte sie Joe. »Ich glaube, der Weihnachtsmann war hier und hat euch Geschenke dagelassen.«

Mehr war nicht nötig, dass sie beide wach wurden. Wie im Schock setzten sich beide auf. Und dann füllte sich das Zimmer mit ihren Rufen, als sie sich den Schlaf aus den Augen rieben und zum Fußende krabbelten. Es war das erste Mal, dass sie an einem Weihnachtsmorgen aufwachten und Geschenke bekamen.

»Lily, Lily, guck mal hier!«, sagte Katie atemlos und hielt den Spiegel in die Höhe. »Ist der nicht wunderschön?«

Joe hielt stumm seine Spielzeuglokomotive in den Händen und drehte sie immer wieder hin und her.

Lily kamen die Tränen, als sie beobachtete, wie Katie den Spiegel mit beiden Händen umfing, weil sie Angst hatte, ihn fallen zu lassen, und sich mit großen Augen darin betrachtete.

»Sieh einer euch an! Man sollte meinen, dass der Weihnachtsmann euch die Kronjuwelen gebracht hat«, sagte sie. Die Kleinen fingen aufgeregt an durcheinanderzuplappern, als sie sich die Malbücher und die Buntstifte ansahen.

»Jetzt kommt ans Feuer«, sagte Lily. »Heute gehen wir nicht raus.«

Sie konnte jedoch nicht verhindern, dass die beiden ans Fenster liefen. Der Lärm der Nachbarskinder drang selbst am Weihnachtsmorgen von draußen herein. Die Kleinen hielten ihre Geschenke in den Händen und blickten hinaus. Lily wurde traurig. Die Kinder aus den glücklichen Familien, deren Väter jede Stunde im Hafen arbeiteten, die sie konnten, und deren Mütter nachts im St. Angelus putzten, wenn sie sicher im Bett lagen, schoben Fahrräder und Puppenwagen über die Laubengänge und in den Innenhof.

»Oh Lily, guck mal den Puppenwagen da. Der weiß-rote, ist der nicht schön?«, fragte Katie, die ihre Malbücher vergaß und die Nase an die Scheibe drückte. »Das ist Sheila. Darf ich rausgehen, Lily? Sie lässt mich doch mit ihr spielen, meinst du nicht?«

Ein schriller Schrei ertönte. Er kam von Joe, der den kleinen Nachbarsjungen auf einem Dreirad durch den Hof fahren sah.

»Warum hat der Weihnachtsmann uns nicht so was gebracht, Lily?«, fragte Katie. »Ich hätte so gerne eine Puppe!« Diesen Wunsch flüsterte sie gegen das Glas, sodass Lily sich anstrengen musste, sie zu verstehen.

»Macht doch nichts, Katie«, sagte Joe. »Wir haben all diese Sachen. Wir haben die besten Geschenke.«

»Ja, habt ihr. Ihr könnt den ganzen Tag im Warmen malen. Draußen spielen könnt ihr ja immer«, erklärte Lily.

Im Geiste verfluchte sie die Kinder der Clare Cottages. Wie sollte sie mit Eltern mithalten, die jede Woche Geld in den »Club« unten beim Laden brachten und das ganze Jahr über zu Hause für Weihnachten sparten. Die letzten Wochen hatte sie neidisch beobachtet, wie die Frauen mit Taschen voller Gläser, Dosen und Schinken nach Hause kamen, die gegen ihre Schienbeine stießen. Es galten noch Rationierungen, aber der Schwarzmarkt unten am Hafen machte es denen, die schlau genug waren, möglich, an Weihnachten richtig gut zu essen. Es war, als wären die anständigen Frauen aus den Clare Cottages verrückt geworden und wollten unbedingt alles kaufen, was neu in den Läden war oder im Hafen ankam und »vom Schiff fiel«.

»Na, wer will mir helfen, Pastetchen zu machen?«, fragte Lily munter. »In der Zeitschrift von Mrs McConaghy war ein Rezept, das sie mir gegeben hat, und ich habe alle Zutaten hier. Wir können den Teig mit einer Milchflasche ausrollen, nicht, Katie?«

Sie nahm Katies Hand, die zitterte vor Freude, weil sie backen würden. Das war so neu, dass es ihr ebenso aufregend vorkam wie ein neues Fahrrad.

»Dann kommt, anziehen. Gehen wir! Wir haben Bacon und Röstbrot zum Frühstück. Ist das nicht prima?«

Wie ihre Eltern den Lärm verschlafen konnten, war Lily schleierhaft. Und sie hoffte inständig, sie würden den ganzen Tag liegen bleiben.

Alles ist bestens, dachte Lily, als sie den Pastetenteig so zubereiteten, wie Schwester Therese es ihr in der Schule beigebracht hatte. Die Kleinen kicherten, weil sie bald alle voller Mehl waren.

»Fröhliche Weihnachten allen!« Sie hörten ihre Stimme schon, bevor sie durch die Tür war, und Joe rannte Schwester Therese entgegen.

»Komm her, und hilf mir, Joe«, sagte sie. »Hier, Katie, die sind für dich.« Schwester Therese hatte Geschenkpapier gehabt, und das Geschenk, das sie Katie überreichte, war riesig und sah doppelt so vielversprechend aus wie die von Lily morgens.

Für einen kurzen Moment war Lily betrübt. Hätte sie doch mehr Zeit zur Vorbereitung gehabt! Doch bis gestern Morgen noch hatte ihr vor Weihnachten gegraust. Es war keine vierundzwanzig Stunden her, seit Mrs McConaghy ihr den Umschlag gegeben hatte, und selbst Lily staunte, wie sehr ein Geschenk alles für sie verändert hatte.

»Was ist das?«, fragte Katie verwundert. »Ist das für mich?« Sie hielt das Päckchen auf Armeslänge, als hätte Schwester Therese ihr eine scharfe Bombe gegeben.

»Na, warum sollte ich es dir geben, wenn es für jemand anderen wäre? Denkst du, ich habe mich den ganzen Weg herbemüht und die Treppen raufgeschleppt, um dann zu merken, dass ich in der falschen Wohnung bin? Dann müsste ich ja zweimal gehen!« Schwester Therese zwinkerte Lily zu. »Ich habe dich nicht vergessen. Ist da Tee in der Kanne? Ich bin vollkommen ausgetrocknet von dem Rauch draußen.«

Lily wurde starr vor Scham. Sie war so damit beschäftigt gewesen, auf dem Markt Geschenke für Katie und Joe zu kaufen, dass sie vergessen hatte, etwas für Schwester Therese zu besorgen. Nun wurde sie feuerrot. Sie war nicht sicher, ob Nonnen Geschenke annehmen durften, aber es wäre schön gewesen, zumindest eine Kleinigkeit zu haben, um ihr zu zeigen, wie dankbar sie für all die Hilfe war.

»Setz dich auf den Boden, um es zu öffnen«, schlug Schwester Therese vor.

»Darf ich?«, fragte Katie, die nach wie vor misstrauisch wirkte und lieber Lilys Erlaubnis einholte, ehe sie es wagte, sich mit solch einem großen Paket auf den Armen zu bewegen.

Lily hätte Schwester Therese gern einen Tee gebracht, doch sie konnte sich nicht vom Fleck rühren. Gebannt blickte sie zu Katie, die sich hinhockte und langsam das Paket auf den Boden stellte, bevor sie nervös zu Joe und Lily sah. Dann betrachtete sie wieder das erste richtige Geschenk ihres Lebens.

»Nun mach schon, Katie«, sagte Lily. »Pack es aus. Ich gehe nicht, ehe ich gesehen habe, was du bekommen hast.«

Unsicher zupfte Katie am Geschenkpapier. »Ich will sehen, was Joe hat.«

»Mir hat mal jemand gesagt, dass ein großer Karton in buntem Papier das Beste ist, was man einem Kind geben kann. Ganz gleich, was drinnen ist. Es ist nämlich das Auspacken, was ihnen so gefällt.« Schwester Therese hielt den Blick weiter auf Katie gerichtet, neigte aber den Kopf zu Lily. »Kaum zu glauben, wenn man die Kleine jetzt sieht, was?«

Katie lächelte zu ihr auf und fühlte sich endlich sicher genug, um schwungvoll das Papier wegzureißen.

Zum Vorschein kam eine wunderbare, bezaubernd gekleidete Puppe. Sie trug ein blassblaues Seidenkleid, und flüchtig dachte Lily, dass die Puppe besser gekleidet war, als Katie es jemals sein würde. Sie war schöner als alles, was Lily oder Katie je gesehen hatten.

Für einen Augenblick trat Stille ein, als Katie die Puppe vor sich hielt. »Ist die wirklich für mich?«, fragte sie unsicher und ängstlich. Sie wollte sich nicht in die wunderschöne Puppe verlieben, ehe sie nicht absolut sicher war, dass sie es durfte.

»Nun, sie ist gewiss nicht für Sheila McGuffy. Natürlich ist sie für dich«, antwortete Schwester Therese.

Katie nahm die Puppe vorsichtig in die Arme und brach in Tränen aus.

Lily sank auf die Knie. Sie wusste intuitiv, was los war. Katie glaubte nicht, dass sie diese Puppe behalten könnte, wenn Schwester Therese erst aus dem Haus war. Sie war hin- und hergerissen zwischen der überquellenden Liebe, die sie für diese Puppe empfand, und der Enttäuschung, die folgen würde, wenn ihre Eltern sie sahen. Sie würden sie sofort verkaufen. Oder verpfänden. Für sie zählte einzig das Geld für das nächste Guinness.

Schwester Therese kniete sich neben Lily. »Sie gehört für immer dir, Katie«, sagte sie. »Und jetzt musst du aufhören zu weinen, denn du musst überlegen, wie du dein Baby nennen willst und wo es heute Nacht schlafen soll. Hast du Platz im Bett dafür?«

Katie nickte energisch und wischte sich mit dem Handrücken über die Augen.

»Na, das ist doch großartig. Ich mochte schon immer den Namen Alfreda sehr. Ich habe mal eine Schwester Alfreda gekannt.«

Katie rümpfte die Nase. Suzy war ihr in den Sinn gekommen. Lily lächelte ihr zu. Sie wusste, so dankbar Katie auch war, niemals würde sie diese schöne Puppe Alfreda taufen.

»Und jetzt hör mir zu. Während ich einen Tee trinke, möchte ich, dass du dir einen Namen für deine Puppe aussuchst, und lass dich nicht von mir beschwatzen. Aber du musst mir etwas versprechen.«

Katie sah Schwester Therese ernst an.

»Du musst sie mit zur Messe bringen, immer, abgemacht?«

Inzwischen hatte Lily Tränen in den Augen, als sie zusah, wie Katie die Bänder löste, mit denen die Puppe im Karton befestigt war. Dann hielt Katie sie vor sich wie ein Baby und wiegte sie stumm.

Lily bemerkte, dass Joe neben ihr stand und wortlos ihre Hand hielt. Sie rückte näher zu ihm und wuschelte durch sein weiches Morgenhaar. Unbewusst ließ sie Schwester Therese wissen, dass hier noch ein kleines Kind war, und ihr wurde die Brust eng bei dem Gedanken, dass die Nonne ihn vielleicht vergessen hatte.

»Ah, Joe, da bist du ja. Komm mal mit mir. Ich würde dich doch nie vergessen«, sagte Schwester Therese. Sie öffnete die Tür zum Laubengang weit, und dort vor ihnen stand ein blitzendes rotes Dreirad, an dem hinten mit einem weißen Lederriemen ein Korb befestigt war.

Lily drückte Joes Hand, und Joe schnappte nach Luft.

Als Joe fast sprachlos vor Entzücken auf seinem Dreirad saß, hatte Lily nur einen Gedanken. In wenigen Tagen würde ihre Mutter versuchen, diese wundervollen Geschenke zu verpfänden, und ihr müsste schnell eine Lösung einfallen, wie sie es verhindern konnte.

Doch jetzt sollten die Kleinen ihren Tag genießen, dachte sie, als sie den Tee für Schwester Therese zubereiten ging. Dieses beste Weihnachten von allen würde sie sich und ihren Geschwistern nicht von den Eltern verderben lassen. Dennoch lastete ihr die Aussicht schwer auf dem Herzen, dass es Katie und Joe das Herz brechen würde, wenn sie aus dem Kindergarten nach Hause kämen und alle Geschenke fort wären.

»Und hier, Lily, das ist für dich.« Schwester Therese griff in ihre Tasche und zog das kleinste Geschenk von allen hervor. »Mach es auf.«

Es war ein goldenes Kreuz an einer feinen Goldkette, und Lily ließ sie durch ihre Finger gleiten.

»Leg sie an. Ich möchte sie an dir sehen, bevor ich gehe.«

Lily tat wie geheißen und sagte: »Ich habe auch ein Geschenk von Mrs McConaghy.«

»Na, das ist ja ein Ding. Zeig es mal.«

Rasch holte Lily das dünne Päckchen unter ihrem Bett hervor und legte es auf den Tisch. Sie löste das dünne, mehrfach gewickelte Band und hob schließlich einen schönen grünen Paisleyschal aus dem Papier.

Schwester Therese konnte ihre Freude nicht verbergen. »Schau sich einer das an! Wenn du damit nicht wie das schönste Mädchen in Liverpool aussiehst, weiß ich es auch nicht!«

Lily fehlten die Worte, als sie das Tuch umband und Katies nun vergessenen Spiegel aufnahm, um sich darin anzusehen. Erstmals sah sie sich als die Frau, die sie eines Tages sein würde.

Als Schwester Therese über die Straße zum St. Chad's ging, begegnete ihr Pater Brennan, der aus dem Pfarrhaus kam.

»Haben Sie Ihre Tat vollbracht?«, fragte er.

Pater Brennan hatte eindringlich dafür plädiert, dass die Kinder ins Heim von St. Chad's sollten, und die Wohlfahrt informiert, damit sie eine bessere Chance hätten, als gute Katholiken aufzuwachsen.

»Habe ich, und ich weiß, dass Sie nicht einverstanden sind, Pater, aber hätten Sie die Gesichter gesehen …« Die Lancashires waren ihre größte Herausforderung. Bisher hatte sie es immer für die beste Option gehalten, Lily und die Kinder zu Hause zu unterstützen. So hielt sie es mit allen Familien in den Clare Cottages.

»St. Chad's wäre gerammelt voll, würde jedes Kind, das Fürsorge braucht, ins Heim gebracht. Wie sollten wir das bewältigen?«

Pater Brennan hob mahnend den Zeigefinger. Sie waren sich oft uneins, was die Kinder in den Clare Cottages betraf. »Sie leisten hervorragende Arbeit, Schwester, aber ich sage Ihnen, der Tag wird kommen, an dem wir keine andere Wahl haben. Bei diesem Fall streiten Sie mit dem Herrn, also seien Sie vorsichtig. Er gewinnt immer.«

Schwester Therese wurde das Herz schwer. Sie machte sich genauso viele Sorgen um Lily. Die Kinder bedeuteten ihr alles. Wenn sie in Obhut genommen würden, wo sollte sie dann hin? Was würde aus ihr werden? Nein, sie würde alles so lassen, wie es war. Und der Pater irrte, denn sie stritt nicht mit dem Herrn; zumindest noch nicht. Sie wusste, dass bald etwas geschehen würde, das ihr den Weg wies. Ihr Gefühl sagte ihr, dass etwas Gutes passieren würde. Etwas, das Lilys Leben veränderte. Das war es, was der Herr ihr sagte.

»Der einzige Mensch, mit dem ich hier streite, sind Sie, Pater«, bemerkte sie mit einem verhaltenen Lächeln. Beide bekreuzigten sich und gingen in die Kirche.

Pater Brennan schüttelte den Kopf. Schwester Therese setzte stets ihren Willen durch. Bei jedem, mit dem sie zu tun hatte, und erst recht bei ihm. Und jetzt sah es aus, als könnte sie auch Gott um den kleinen Finger gewickelt haben.

Kapitel elf

In dem Moment, in dem Lily das Fabrikbüro betrat, wusste sie, dass etwas nicht stimmte. Die Glocke über der Tür kündigte ihre Ankunft in einem leeren Raum an. Sie blickte hinauf zu der großen Uhr über der Tür zur Hintertreppe, die nach unten in die Halle führte. Sie hatte es geschafft. Es war zwei Minuten vor acht, und sie fröstelte. Im Büro war noch kein Feuer gemacht. Es war kalt und leer, und dann sah sie, dass man ihren Schreibtisch an die Wand gerückt hatte, wo es kein Fenster und sehr wenig Licht gab. Lily runzelte die Stirn. Seit sie hier arbeitete, hatte sie immer nahe dem Kamin und gegenüber vom Fenster gesessen.

An dem alten Platz und noch näher am Fenster, direkt gegenüber von Mrs McConaghys Schreibtisch, stand jetzt ein schicker neuer Schreibtisch mit lederbespannter Platte und davor ein Lederdrehsessel.

Lily blickte sich um. »Hallo?«, rief sie. »Mrs McConaghy?« Es kam keine Antwort. Die Türglocke läutete ein wenig enttäuscht, als Lily die Tür schloss, ohne den Blick von dem neuen Schreibtisch abzuwenden. Sie betrachtete ihn skeptisch. »Wie kommst du hierher?«, flüsterte sie. »Wer hat dich die Treppe raufgetragen?« Mr und Mrs McConaghy waren viel zu alt, um selbst schwere Sachen zu heben. Noch dazu mochte Mrs McConaghy die neuen Petits Fours zu gern, die es bei Sayers gab, weshalb sie sich nicht mehr so gut bewegen konnte wie früher.

Im Büro war es eisig kalt. Gewöhnlich wärmten die Schmelzöfen die oberen Räume mit, doch waren sie über die Weihnachtspause runtergefahren worden. Jetzt hörte Lily, dass unten Kohle in die Holzwagen geschippt und diese über den Estrich gerollt wurden, um die Öfen wieder anzufeuern. Bald würde die Fabrik wieder zum Leben erwachen, und in ein oder zwei Stunden wäre es im Büro angenehm warm.

Lily wollte ihren Mantel nicht ablegen, ehe sie den Bürokamin angemacht hatte und es etwas wärmer geworden war. Sie zog ihre Handschuhe aus, schob sie in die Manteltaschen und begann mit ihrer üblichen Morgenroutine. Fast eine Stunde hatte sie zur Arbeit gebraucht. Die Straßen waren wegen des dichten Smogs so gut wie verlassen gewesen, und ihr Bus war nicht gekommen. Es war, als wäre die Zeit stehen geblieben, während die Menschen in Liverpool in ihren Wohnungen überwinterten. Lily befüllte den Heißwasserspender mit einem großen Kupferkrug und horchte an der Seite, um sich zu vergewissern, dass er mit einem leisen Brummen ansprang. Dann machte sie Feuer und benutzte den alten Blasebalg, um es in Schwung zu bringen, bevor sie durchs Büro ging und die Weihnachtskarten von der Wand nahm. Ihr Atem bildete eine milchige Wolke vor ihrem Gesicht, und ihre kalten Finger mit den weichen, brüchigen Nägeln machten es schwierig, die kleinen Heftzwecken rauszuziehen.

Die ganze Zeit wanderte ihr Blick immer wieder zu dem imposanten neuen Schreibtisch und Stuhl. So wie Katie, als sie ihre neue Puppe bekam, dachte auch Lily: Der kann nicht für mich sein. Unmöglich. Oder doch?

Ihr fiel niemand ein, für den die Möbel sonst sein sollten. Ein albernes Kribbeln fuhr ihr durch den Leib, als sie überlegte, ob es ein zweites Weihnachtsgeschenk sein könnte, als Anerkennung für ihre Arbeit. Schätzten die McConaghys sie wirklich so sehr, dass sie fanden, sie hätte einen neuen Schreibtisch und Stuhl verdient?

Die Glocke über der Tür verriet, dass sie nicht mehr allein war. Gleichzeitig wehte ein eisiger Luftschwall um ihre Knöchel. Als Lily sich umdrehte, sah sie Lockie, der sich die Stiefel abklopfte.

»Mach die Tür zu, Lockie!«, rief sie. »Ohne die Schmelzöfen ist es schon kalt genug hier drin, und das Feuer brennt noch nicht richtig.«

Lockie drehte sich nach draußen um und schaute in Richtung Fluss. »Hast du mal zum Hafen gesehen? Es kommen keine Schiffe rein. Die, die da sind, wurden längst gelöscht, und es warten keine draußen. Der Hafenmeister sagt, der Nebel auf dem Wasser ist so dick wie Erbsensuppe, also wird es bis heute Abend auch hier noch schlimmer.«

Lily lächelte ihm zu. Sie redete sich gern ein, dass sie Freunde waren, dabei war es eigentlich mehr als das. Er war ein Verbündeter. Jemand, mit dem sie reden konnte, wenn Mrs McConaghy auf ihren Morgenspaziergang zur Konditorei ging. Lily hegte keine romantischen Gefühle für Lockie, aber sie genoss seine Gesellschaft, und auch wenn sie es nur sich selbst eingestehen würde, war er neben Schwester Therese ihr einziger Freund.

»Auf dem Weg bin ich zweimal fast gestürzt«, sagte sie. »Hast du dein Pferd draußen?«

»Oh nein, das bleibt schön im Stall. Es ist sowieso nutzlos, weil ich nichts in den Karren laden kann, wenn keine Schiffe da sind.«

»Warum bist du dann nicht noch im Bett? Du kannst dir einen Tag freinehmen, Glückspilz.«

»Was soll ich im Bett, wenn da keiner ist, um mich zu wärmen, Lily?«

Sie wurde rot bis zu den Haarwurzeln. »Hör auf, Lockie! Selbst wenn da jemand wäre, müsstest du immer noch aufstehen und das Pferd füttern.«

Lockie stampfte mit den Füßen auf der Kokosmatte und schloss die Tür hinter sich. »Wo sind alle?«, fragte er, bevor er einen langen Pfiff ausstieß. »Hui, du steigst richtig auf, was? Sieh sich einer diesen Schreibtisch an!« Er ging zu dem neuen Möbel und strich mit der Hand über die grüne Lederplatte. Mit einem Finger zeichnete er die feine goldene Musterung nach.

»Keine Ahnung. Ich weiß nicht, was ich davon halten soll. Der kann doch nicht für mich sein, oder?«

Lily gab Lockie einen Becher Tee. Es war ihre erste Aufgabe jeden Morgen, allen einen Tee zu machen. Gleich würde sie ein Tablett mit zwei großen Bechern für Mr McConaghy und seinen Schwager nach unten bringen.

Sie hasste es, und es war ihr jedes Mal wieder sehr unangenehm, wenn sie mit dem leeren Tablett wieder nach oben gehen musste. Dann nämlich ruhten die Blicke der Männer auf dem Holztablett, und gelegentlich wanderten sie zu Mr McConaghy, der seinen Tee trank. Manche von ihnen kamen mit Glasflaschen voller kaltem Tee zur Arbeit; manche ohne irgendwas.

Mit Freuden würde sie jedem einen Tee bringen. Schließlich war es nur ein Dutzend Männer in der Fabrikhalle. Einmal hatte sie es Mrs McConaghy vorgeschlagen und war brüsk gescholten worden, weil sie es wagte, an die Arbeiter zu denken.

»Möchten Sie, dass ich allen einen Tee bringe?«, hatte sie in ihrer ersten Woche gefragt. Ihr eigener hinterließ einen bitteren Geschmack in ihrem Mund, wenn sie an die Männer dachte, die vor dem riesigen Schmelzofen standen und großen Durst haben mussten.

»Tee? Für alle? Oh nein, das möchte ich nicht. Wir sind hier kein Wohltätigkeitsverein. Das hier ist ein Arbeitsplatz, keine Küche. An der Pumpe im Hof gibt es Wasser. Die verdursten schon nicht.«

Mrs McConaghys Ton war so schneidend gewesen, dass Lily es nie wieder erwähnt hatte.

»Gibt man ihnen Tee, wollen sie als Nächstes Kuchen und sich hinsetzen.«

So wie Sie, hatte Lily gedacht, es jedoch nicht laut ausgesprochen. Ihre Meinung behielt sie lieber für sich, denn sie brauchte diese Stelle.

Wochen vergingen, bis sie wieder morgens einen Tee mit Mrs McConaghy trank. Ihre Tasse und Untertasse standen unberührt auf ihrem Schreibtisch; ein stiller Protest in Solidarität mit den Männern unten.

Lockie stellte seinen Becher auf den neuen Schreibtisch.

»Nimm den da weg«, sagte Lily. »Du Idiot machst noch einen Ring ins Leder!«

»Ach, hör dich an! Auf einmal sorgst du dich, dass der prächtige Schreibtisch verschandelt wird. Jetzt sei schon ehrlich, Lily. Du weißt, dass der für dich ist. Und ich kann nur sagen, dass du hier wirklich was erreicht hast. Sie müssen eine sehr hohe Meinung von dir haben, denn die McConaghys würden keinen Penny ausgeben, wenn sie nicht müssten. Es sei denn ...«

»Was? Es gibt keinen Grund, weshalb der für mich sein sollte, oder? Ich glaube es nicht. Denkst du ehrlich, das wäre möglich?« Sie neigte den Kopf und flüsterte die Frage, obwohl niemand weit und breit war, der sie hören konnte.

»Ja, denke ich. Wer soll denn sonst an dem sitzen? Mrs Mc-

Conaghy würde ihren Platz niemals aufgeben.« Lockie holte ein kleines Päckchen, mit braunem Papier umwickelt und mit einer Schnur zusammengebunden, aus seiner Tasche. »Hier, Lily. Ich habe etwas für dich.«

»Für mich?«, fragte Lily verblüfft. »Bist du sicher?«

»Natürlich bin ich sicher. Es ist ein bisschen spät, weil ich dich vor der Weihnachtspause nicht mehr gesehen habe, aber fröhliche Weihnachten nachträglich, Lily.«

Lily kamen die Tränen, die sie hastig wegwischte. Vorsichtig wickelte sie das Papier auf und lächelte staunend. Es war eine Haarbürste aus poliertem Holz und mit dichten Borsten. Lily fand sie unglaublich hübsch. Sie hatte sich stets nach solch einer Bürste für ihr langes Haar gesehnt.

»Oh, Lockie ...«, flüsterte sie.

»Komm her, du dummes Ding!« Lockie nahm sie in die Arme und wiegte sie ein wenig.

Lily fühlte die grobe Wolle seiner Jacke, die an ihrem Gesicht kratzte, und lehnte ihre Wange für einen Moment an den Stoff, um den Geruch nach Jute einzuatmen, die Lockie transportierte, wenn er den ganzen Tag mit seinem Karren unterwegs war. Sie war wie eine Schwester für ihn. Jemand, den er schon sein Leben lang kannte. Er beschützte sie, mochte sie, doch sie wusste, dass er nicht mehr in ihr sah und sie auch nicht in ihm. Er war ein besonderer Mensch in ihrem Leben, und dafür liebte sie ihn.

Lockie hielt sie ein wenig auf Abstand. »Hast du Weihnachten gut überstanden, Lily? Er hat dich nicht geschlagen, oder? Falls ja, sag es mir. Ich schwöre bei Gott, ich bringe ihn um, wenn er es getan hat.«

Lily schniefte, und Lockie gab ihr sein Taschentuch. Es war blütenweiß. Lockies Mutter war die stolzeste Frau in Liverpool und würde ihren Sohn nie ohne sauberes Taschentuch vor die Tür lassen. Allerdings hatte sie auch sehr klare Ansichten, ganz besonders, was die Lancashires anging.

»Nein, sie waren meistens im Pub oder haben geschlafen. Schwester Therese hat uns Geschenke gebracht. Lockie, es war das schönste Weihnachten, das wir je hatten.«

»Tja, wie es aussieht, wird es noch besser. Man kann nie wissen, vielleicht ist dieser Schreibtisch dein Weihnachtsgeschenk von Mrs McConaghy.«

Lily lachte. »Sei nicht albern! Sie hat mir einen wunderschönen Schal geschenkt. Der ist unter meinem Bett versteckt, und die Geschenke der Kinder sind bei Mrs McGuffy.«

»Hast du mal überlegt, den McConaghys zu erzählen, wie hart es bei dir zu Hause ist?«

Lily schüttelte den Kopf.

Nach dem Grund musste Lockie sie nicht fragen. Er kannte ihn. Lily war stolz. Eher würde sie sterben, als den McConaghys zu verraten, dass ihre Eltern beide Trinker waren und sie die Einzige, die verhinderte, dass Joe und Katie ins Heim kamen.

Der neue Schreibtisch war rätselhaft. Sie beide sahen zu dem Platz, an dem Mrs McConaghy gewöhnlich saß. Ihr Stuhl stand dicht neben der Tresortür. Lockie hatte recht, sie würde sich niemals umsetzen. Diese Tresortür bewachte sie strenger als Petrus die Himmelspforten.

»Sie hat mir einen großen Kuchen zu Weihnachten geschenkt und zusätzliches Geld«, flüsterte Lily. »Sie ist nicht so schrecklich. Nur manchmal ein bisschen gemein.«

»Ein bisschen gemein? Willst du mich auf den Arm nehmen? Aber da hast du es doch. Wenn sie zu Weihnachten an dich gedacht hat, ist es offensichtlich, oder? Sie bringen dich voran in der Welt, Lily, und sorgen dafür, dass die Leute den Respekt vor dir haben, den du verdienst. Deshalb haben sie diesen neuen Schreibtisch angeschafft. Sie werden beide sehr bald entweder in den Ruhestand gehen oder den Löffel abgeben. Wer anders als du kann diese Firma leiten, wenn das passiert? Du hast das längst übernommen. War das nicht immer der Plan, Lily?«

Lily blinzelte. Ihr kam es vor, als würde Lockie in einer anderen Sprache reden. Sie hatte keine Ahnung, was er meinte. »Ich kann nur die Banksachen, die Bestellungen und die Löhne, Lockie«, erwiderte sie leise, weil sie Angst hatte, dass jemand durch die Tür kommen und sie hören würde. Sie war den McConaghys treu ergeben, auch wenn sie häufig egoistisch waren, und bei Lockies Worten fühlte sie sich nicht wohl in ihrer Haut. »Ich verstehe nichts von den Arbeitsabläufen unten in der Halle.«

»Jetzt tu nicht so unschuldig, Lily.« Lockie grinste. »Du kümmerst dich um alles im Büro, verhandelst die Preise, triffst alle Entscheidungen. Was ist denn da noch übrig, außer für Leute wie mich, die mit ihren Pferdekarren vom Hafen aufkreuzen? Die Männer unten machen ihr Leben lang dieselbe Arbeit und kennen sich aus. Jute zu Seilen und Metall zu Draht zu machen, ist keine Frauenarbeit. Du hast es hier geschafft, Mädchen. Spiel deine Karten richtig aus, und all dies könnte eines Tages dir gehören. Und wenn es so weit ist, kann ich dir aushelfen. Ich habe schon seit einiger Zeit ein Auge auf die Firma geworfen. Keiner hier hat eine Ahnung davon, Lily, aber diese Firma hier könnte uns gehören.«

Lilys Miene erstarrte in einer Mischung aus Entsetzen, Unglaube und Hoffnung. Für einen winzigen Moment wagte sie zu hoffen.

»Und jetzt setz dich an deinen neuen Schreibtisch, und probier ihn mal aus.«

Der Moment war vorbei. Der warme Geruch seiner Jacke, das Mitgefühl in seinen Augen waren fort.

»Das kann ich nicht, Lockie. Ich traue mich nicht. Nein, ich habe da so ein komisches Gefühl. Und überhaupt muss ich den Tee für Mr McConaghy und seinen Schwager nach unten bringen.«

»Das kannst du gleich, aber zuerst wollen wir mal auf diesem Stuhl Probe sitzen.«

Lockie warf sich in den grünen Ledersessel und packte die polierten Holzarmlehnen mit beiden Händen. Dann stellte er seine Füße auf, stieß sich vom Schreibtisch ab und drehte sich mehrmals im Kreis.

Lily hielt sich eine Hand vor den Mund und fing an zu kichern.

»Hat man so was schon mal gesehen?«, rief Lockie, als der Stuhl langsamer wurde und er aufsprang.

»Ich habe wirklich gedacht, du rollst damit weg!«

»Warte mal, wie geht das?« Er nahm seine Mütze ab und bückte sich, um unter den Sitz zu sehen. »Na, mein lieber Mann, das ist ein hübsches Stück Handwerkskunst. Man muss ihn sicher regelmäßig ölen, würde ich sagen, aber diese Federn halten ewig. Sehr gut geschmiedet sind die. Komm, setz du dich rein.«

Er nahm Lily die Teetasse ab, stellte sie auf den Schreibtisch und schubste Lily auf den Sessel. Dann drehte er sie wild darin herum.

»Lockie, hör auf! Nicht, Lockie«, war alles, was sie herausbrachte, weil sie zu wild herumgewirbelt wurde und sich an den Armlehnen festhalten musste.

Sie sah sein Gesicht, die Tür, sein Gesicht, die Tür, und dann hörte sie die Glocke, bevor sie Mrs McConaghy erblickte.

Ihr Kopf drehte sich so schnell, dass ihr Verstand nicht mithalten konnte, doch sie hörte Lockies Lachen verstummen und spürte, dass sich die Atmosphäre im Raum so schnell änderte wie die Temperatur, weil neue kalte Luft hereinwehte.

Lockie packte die Armlehne, und Lily kippte nach vorn. Sie versuchte aufzustehen, aber ihre Beine gaben nach, und sie sank zu Boden. Ihr war schwindlig und ein wenig schlecht wie einem Kind, das beim Blindekuhspielen zu schnell gedreht wurde. Ihre Beine waren so schwach, dass sie sich an der Schreibtischkante nach oben ziehen musste. Und sie wäre am liebsten gestorben vor Scham.

Lockie streckte ihr seine Hand hin und half ihr auf. Immer noch schwankte sie leicht, als Lockie sie vorwärtsschob. Nun fiel ihr noch etwas auf. Ein blumiger Parfümgeruch. Eine vage Erinnerung aus der Drogerie.

Ihr Blick wurde klarer, und nun sah sie eine junge Frau neben Mrs McConaghy stehen. Ihr dunkles Haar war zu einem strengen Bob geschnitten, ihre Lippen waren rot geschminkt, und sie trug eine Pelzmütze zu einem Wollmantel. Sie war es, die so entzückend duftete.

»Ich frage noch einmal: Was in aller Welt geht hier vor?«, fragte Mrs McConaghy, die unglücklich wirkte.

»Ja, verraten Sie es uns. Wir würden es gern erfahren, nicht wahr, Tante?«, schnurrte die junge Frau und stellte ihre Handtasche auf den neuen Schreibtisch.

Lily blickte nach unten und sah, dass ihre roten Lederstiefel mit dem grauen Pelzfutter zu ihrer Pelzmütze passten. Zum ersten Mal im Leben war Lily richtig neidisch und blickte auf ihre braunen Lederschuhe, die Jahre alt waren. Seit Schwester Therese sie ihr besorgt hatte, trug Lily sie täglich, und jetzt waren sie fast schwarz von der Nässe und vom Schnee. Ihre Füße waren so kalt und feucht, dass ihre Frostbeulen pochten. Zu gern hätte sie ein Paar gefütterte Stiefel wie diese roten hier.

»Ist das mein Schreibtisch, Tante?«, fragte die junge Frau.

»Ja, ist es, Amy. Ich hatte gehofft, mit dir sprechen zu können,

Lily«, ergänzte Mrs McConaghy mit einem Anflug von Schuldbewusstsein in der Stimme. »Das ist meine Nichte, Amy Curran. Sie arbeitet von heute an hier.«

Lily bemerkte, dass Lockie leise nach Luft rang.

Das also war die berühmte Amy. Die mit dem geflohenen Verehrer.

Nun hockte Amy sich auf die Schreibtischkante und überkreuzte die Beine. Die Hände auf das grüne Leder gestützt, beugte sie sich zur Seite. »Und wem gehört das?«, fragte sie und nahm Lilys Tasse und Untertasse auf.

Lily streckte die Hand aus. Sie wollte etwas sagen, aber zu begreifen, dass der Schreibtisch – wie sie bereits vermutet hatte – nicht für sie war, machte ihre Zunge schwer und unbeweglich. Sie war wütend auf Lockie, weil er ihr Hoffnungen gemacht hatte. Dabei hätte sie es besser wissen müssen. Dann fiel ihr Blick auf ihre neue Haarbürste auf dem Schreibtisch, und sie hielt den Atem an. Es war zu spät. Amy hatte sie auch gesehen.

»Oh, ist die für mich? Ein Begrüßungsgeschenk? Vielen Dank!«

Amy nahm die Bürste und ging zum Spiegel. Als sie sich das Haar bürstete, blieb Lilys Herz stehen. Neben dem Schal war die Bürste das einzig Neue, das sie je besessen hatte, und sie hatte sich nicht getraut, sie schon zu benutzen. Jenen Moment wollte sie richtig auskosten, ihr langes Haar aufbinden und die Locken langsam bürsten. Ihr fehlten die Worte, als Amy zurück an den Schreibtisch ging, eine Schublade aufzog und die Bürste hineinwarf.

Tränen brannten in Lilys Augen. Es war alles zu viel. An manchen Tagen war das Leben zu viel. Wie konnte es Amys Schreibtisch sein? Sie arbeitete nicht in dieser Firma. Da gehörte Lilys Schreibtisch hin.

Beinahe hätte sie sich geschüttelt. Sie würde diese bittere Enttäuschung an sich abprallen lassen. Selbstverständlich war der Schreibtisch nicht für sie. Warum sollte er es sein? Endlich konnte sie wieder sprechen.

»Verzeihung, das ist meine Tasse. Ich räume sie gleich weg.«

Mrs McConaghy konnte Lily nicht in die Augen sehen. Das war noch nie vorgekommen. Von irgendwo tief in Lily stieg ein Gefühl von Ungerechtigkeit auf. Zu Hause konnte sie sich nicht verteidigen, und nun trampelte man auch bei der Arbeit auf ihr herum.

»Könnte ich bitte meine Bürste wiederhaben?«, flüsterte sie.

»Was haben Sie gesagt?«, fragte Amy. Ein drohendes Lächeln umspielte ihre Lippen. Sie schüchterte Lily ein und genoss es sichtlich.

»Kann ich bitte meine Haarbürste wiederhaben? Sie haben sie in die Schreibtischschublade gesteckt.«

»Ach, die hier.« Amy zog die Schublade auf und hielt die Bürste in die Höhe. »Also, ich würde sagen, dass meine Tante Ihnen zu viel bezahlt.«

Sie knallte die Bürste in Lilys ausgestreckte Hand, dass es brannte.

»Ich bin dann mal weg«, sagte Lockie.

Lily bemerkte, dass er nicht mehr neben ihr stand, sondern bereits an der Tür war. Er sah verlegen und nervös aus.

»Es sind keine Schiffe da, Mrs McConaghy. Ich denke, ich komme erst morgen wieder.«

Lily wollte zur Tür laufen, Lockies Arm packen und ihn zurück ins Büro ziehen. Verlass mich nicht, dachte sie. Geh nicht. Ich will nicht mit dieser Amy allein sein. Doch es war zu spät. Die Glocke bimmelte wieder, und ohne einen weiteren Blick war Lockie fort.

Mrs McConaghy vergeudete keine Zeit. »Amy ist hier, um alles zu lernen, Lily, und du musst es ihr beibringen. Von jetzt an arbeitet sie hier, nicht wahr, Amy?«

Amy antwortete nicht. Sie lächelte Lily an. Es war kein freundliches Lächeln. Vielmehr schien es zu sagen: Nicht, wenn ich es vermeiden kann.

Amy war so vollkommen, dass Lily sich hässlich und fehl am Platz fühlte. Ihre Kleidung, ihr Make-up, wie sie sprach, ihr Selbstbewusstsein, wie sie die Beine unter dem Schreibtisch hin und her schwang, ihr halb spöttisches Lächeln ... All das bewirkte, dass Lily sich völlig idiotisch vorkam.

Und sie war schockiert, eine neue Seite an Mrs McConaghy zu sehen, die jetzt an der Spüle stand und Tee einschenkte. Solange Lily hier war, hatte sie keine einzige Tasse Tee selbst gemacht. Lily vermutete, dass sie für Amy war, und sie hatte recht. Mrs McConaghy brachte Amy den Tee in ihrer besten Tasse mit Untertasse. In jener, die sie sonst Mr O'Hara von der Bank vorbehielt, wenn er herkam.

»Hier, wärm dich auf. Aber pass auf, dass du deinen schönen Mantel nicht bekleckerst.«

Lily stand der Mund offen. Es war offensichtlich, dass Amy es ausnutzte, die einzige Nichte der kinderlosen McConaghys zu sein. Sie hatte die beiden fest im Griff und profitierte sehr von dem florierenden Geschäft. So, wie Mrs McConaghy mit der Hand über Amys Mantelärmel strich, stand für Lily fest: Sie hatte ihn gekauft.

Lily fragte sich, ob die Arbeit im Büro Amys Strafe sein sollte, weil sie mit einem Mann ertappt worden war. Und die Antwort kam sogleich von Mrs McConaghy.

»Es ist ja so, Amy, dass eines Tages das hier alles dir gehören wird, deshalb musst du lernen, wie diese Firma geführt wird. Und das kannst du nur, indem du hier arbeitest, Liebes, im Büro, und von deiner Tante und Lily lernst. Doch selbstverständlich wirst du die Chefin sein. Das verstehst du doch, nicht, Lily? Amy gehört zur Familie.«

Lilys Zuversicht schwand mehr und mehr. Mit der modevernarrten, offenbar sehr frechen, verwöhnten und faulen Amy arbeiten zu müssen, war keine reizvolle Aussicht. Ihr fiel ein, was alles unten in der Fabrik über sie getuschelt wurde. Lily mochte Amys Vater, doch er war ein schwächlicher Mann, der sich von den McConaghys herumschubsen ließ. Und sie wusste, dass ihn die Geschichten über seine Tochter verletzten.

»Du bringst mir alles bei, stimmt's, Lily?«, fragte Amy, zog ihren Mantel aus und reichte ihn Lily.

Lily fiel beinahe um, denn der Mantel war so schwer wie der kleine Joe. Er fühlte sich weich und warm an. Ein süßes Aroma stieg von dem Futter auf, und Lily musste sich zusammenreißen, den Stoff nicht an ihre Wange zu drücken. Zu gern würde sie die Qualität befühlen und die Wärme und dieses durch und durch Feminine in sich aufnehmen, das sie, wie sie wusste, nicht besaß.

»Ich bringe Ihnen bei, was ich weiß, Miss Curran«, sagte sie leise.

Mrs McConaghy lächelte und wirkte ein wenig entspannter. »So ist es brav, Lily«, sagte sie auf dem Weg zur Treppe. Zweifellos wollte sie Mr McConaghy berichten, dass Lily »gar keine Probleme« gemacht hatte.

Amys Züge wurden weicher. »Ich bin Amy, Lily. Anders musst du mich nicht nennen.«

»Tja, dass ich Lily bin, weißt du ja schon. Ich muss heute Morgen mit dem Auftragsbuch anfangen, und die Stundenzettel von Heiligabend müssen ins Lohnbuch übertragen werden.«

»Oh Gott«, stöhnte Amy. »Ich will nichts von dem Kram machen.« Sie blickte zur Tür.

Lily entging nicht, dass sie abgelenkt war, als würde sie an etwas ganz anderes denken.

»Wer ist der Mann, der hier war, als ich reingekommen bin?«

»Wer? Lockie?«, fragte Lily verwundert.

»Ein anderer Mann war ja wohl nicht hier drinnen, es sei denn, ich bin über Nacht so dumm geworden, wie du aussiehst.«

»Das war Lockie.« Lilys Wangen glühten von der Beleidigung, als sie Amys Mantel aufhängte. Kurz ließ sie den Stoff ihr Gesicht streifen und atmete tief ein.

»Und was wollte er hier?«, fragte Amy, die nun durchs Büro stolzierte, Kassenbücher aufnahm, auf die Beschriftungen blickte und sie angeekelt wieder fallen ließ. Bevor Lily antworten konnte, fauchte sie: »Ich kann nicht glauben, dass ich so bestraft werde! An diesem dreckigen Ort. Das hier hat ja wohl kein bisschen Stil, oder, Lily? Also, was macht dieser Lockie?«

»Er ist einer der Händler, er bringt Waren vom Hafen her, normalerweise Jute, ziemlich oft auch Metall, und verkauft sie an deinen Onkel.«

»Verdient er gut damit?« Amy war ans Fenster getreten und betrachtete die Dock Road, das Kopfsteinpflaster und den dunkelgrauen Fluss, der am Ende mit dem dunkelgrauen Himmel verschmolz.

»Ja, das kann man sagen. Es heißt, dass er bald seine eigene Fabrik haben wird. Lockie ist immer als Erster morgens unten am Hafen. Sein Pferd tut mir leid.«

Amy drehte sich um und verschränkte die Arme vor der Brust. »Verschwende dein Mitleid nicht an das Pferd. Ich sollte dir leidtun, denn ich kann dir sagen, dass dies der letzte Ort ist, an dem ich sein will. Siehst du das da draußen?« Amy vergewisserte sich, dass Lily ihr zuhörte. »Da ist der Atlantik, und der reicht bis nach

New York. Da sollte ich sein, in New York. Nicht in diesem elenden Loch hier.«

Lily schwieg. Sie setzte sich an ihren Schreibtisch und öffnete ein Kassenbuch. Dieses elende Loch, wie Amy es nannte, hatte ihr drei Jahre lang eine Stellung und ihren Geschwistern Essen gesichert.

»Ist er verheiratet?«, fragte Amy schroff. Sie kehrte Lily wieder den Rücken zu und schaute zum Fluss.

»Lockie? Gott, nein. Wer würde Lockie heiraten?« Um ein Haar hätte Lily gelacht. »Er wohnt zu Hause bei seinen Eltern.«

»Hat er eine Freundin?«

Lily war schockiert. »Nicht, dass ich wüsste.«

»Hat er ein Auge auf dich geworfen, Lily?«

»Nein, niemals!«, antwortete sie entsetzt. »Natürlich nicht.«

Nun drehte Amy sich wieder zu ihr um und sah sie prüfend an. Nachdem sie zu der Überzeugung gelangt war, dass Lily die Wahrheit sagte, folgerte sie: »Na schön, dann wird er es tun müssen.«

Und zu Lilys großer Erleichterung war es das Letzte, was Amy den ganzen Tag zu ihr sagte.

Kapitel zwölf

Am Sonntag war Lily mit den Kleinen in der Messe gewesen und hatte darum gebetet, dass Mr und Mrs McConaghy ein langes Leben hatten und es in nächster Zukunft nicht für nötig hielten, in den Ruhestand zu gehen. Die Woche mit Amy war eine Prüfung gewesen. Ihre Selbstsucht kannte schier keine Grenzen.

»Oh Gott, Lily«, sagte sie jedes Mal, wenn Mrs McConaghy den Raum verließ, »ist das hier nicht die Hölle auf Erden? Für so was bin ich nicht geschaffen. Ich bin erst wenige Tage hier, und es bringt mich um.«

Lily hielt den Hinweis für sinnlos, dass sie seit drei Jahren hier war und diese Stelle ihr das Leben rettete. Selbst wenn sie ihr das sagen würde, wäre es Amy egal. Sie interessierte sich ausschließlich für Unterhaltungen, die sich um sie drehten.

»Sag ihnen doch, dass du hier nicht arbeiten willst«, schlug Lily vor.

»Könnte ich das doch! Als sie meine Schule bezahlt haben, haben sie nie einen Pieps gesagt, dass sie es machen, damit ich den ganzen Tag wie eine Gefangene in einem dreckigen Büro sitzen muss, vor Büchern und Tabellen mit langweiligen Zahlen. Bin ich dafür nicht viel zu gut, Lily? Sieh mich an. Sehe ich wie jemand aus, der an diesem schrecklich tristen Schreibtisch sitzen soll?«

Dabei trat sie mit dem Fuß gegen den neuen Schreibtisch, sodass ihr Stuhl rückwärts gegen Lilys Schreibtisch rollte.

Trotz Amys schrecklicher Arbeitsmoral stimmte Lily in ihr Lachen ein.

»Oh Gott, wir sind beide wie von Sinnen vor Langeweile. Lily, passt dieser Puder zu meinem Teint?« Amy hatte die Angewohnheit, von einer Sekunde zur anderen das Thema zu wechseln, sodass Lily Mühe hatte, ihr zu folgen. »Ich will nicht wie meine Tante aussehen, mit einer dicken orangenen Linie unterm Kinn und an den Seiten meines Gesichts.«

Sie klappte ihre Puderdose auf und studierte ihr Make-up in dem kleinen Spiegel. Das tat sie Dutzende Male am Tag.

Lily ging zu Amys Schreibtisch und nahm sich vorsichtig die Kontenunterlagen, an denen Amy für ihre Tante arbeiten sollte. Mrs McConaghy war in die Stadt gegangen, um eine Freundin zu treffen, die aus Irland zu Besuch war, und würde bald zurück sein. Lily hatte bereits gelernt, ihre Schrift ein wenig zu verändern, damit Mrs McConaghy nicht dahinterkam, dass sie Amys Arbeit machte.

Da Lily noch nie eine Puderdose besessen hatte und nur hin und wieder eine der Frauen in den Cottages Puder tragen sah, hatte sie keinen Schimmer, was sie sagen sollte. Sie blickte Amy an, die ihre Lippen in Richtung Spiegel schürzte, ihre Fingerspitzen anleckte und ihre Augenbrauen glatt strich.

»Er steht dir, Amy. Du siehst hübsch aus.« Es stimmte. Amy sah wirklich hübsch aus. Natürlich war sie unzufrieden, weil sie im Büro der McConaghys sitzen musste. Eine so schöne Frau wie Amy war für ein völlig anderes Leben geschaffen, dachte Lily.

Vor der Hintertür des Büros, oben an der Treppe hinunter zur Fabrikhalle, gab es einen kleinen hölzernen Balkon, und ganz unten an der Treppe befand sich ein großes, mit einem Vorhängeschloss gesichertes Tor, zu dem nur Mr und Mrs McConaghy und deren Schwager einen Schlüssel besaßen. Auf diese Weise sollte sichergestellt sein, dass niemand aus der Fabrikhalle Zugang zum Büro hatte – oder vielmehr: zum Tresor. Das Tor wurde ausschließlich am Zahltag geöffnet. Die Vordertür des Büros führte zu einer steilen Steintreppe, die auf die Straße ging. Wenn die Händler hinten anlieferten, wurde ihnen dort das Gewicht der Waren bestätigt, bevor sie ihre Wagen oder Karren nach vorn brachten und dann ins Büro kamen, um sich bezahlen zu lassen.

Um sich zu amüsieren, stand Amy gern auf dem Balkon und winkte ihrem Vater unten in der Fabrikhalle zu.

»Sie hat echten Familiensinn, unsere Amy. Ihr Vater betet sie an – nun ja, das hat er, bis ...«, sagte Mrs McConaghy mehrmals zu Lily, beendete den Satz jedoch nie.

Lily, die oft ein Wort benutzte, wenn andere fünf gesagt hätten, antwortete nie. Sie konnte sich einfach nicht vorstellen, ihrem Stiefvater nahezustehen. Allerdings glaubte sie auch keine Sekunde, dass Amy tatsächlich ihrem Vater zuwinkte. Nein, sie winkte der Welt zu oder wenigstens jedem, der nach oben blickte und ihr ein Kompliment zurief.

»Hübsches Kleid, Amy«, rief jemand, wenn ihr Vater außer Hörweite war.

»Wer hat dir heute das Haar gemacht, Amy?«, rief jemand anderes.

»Hast du einen Freund? Ein gut aussehendes Mädchen wie du?«

»Hast du eine Tasche im Höschen, Amy, für all das Geld, das dein Onkel scheffelt?«

Lily verstand nicht, warum Mrs McConaghy nicht begriff, dass Amy ihrem Vater nur dann vom Balkon aus zuwinkte, wenn er die

Fabrikhalle verließ, und nie, wenn er mitten bei der Arbeit oder gerade angekommen war.

Lockie bot Amy ihre größte Zerstreuung. Sie beobachtete ihn vom Fenster aus, wenn er mit seinem Pferdefuhrwerk hin- und herpendelte, zwischen dem alten Hafen und dem Fabriktor und zurück, und das drei-, manchmal viermal am Tag. Er kaufte seine Jute, wenn sie am Hafen gelöscht wurde, brachte sie zur Fabrik und verkaufte sie den McConaghys zu einem höheren Preis. Lily nahm seinen Lieferschein entgegen und stellte einen Zahlschein aus, den sie Mrs McConaghy zur Unterschrift gab. Danach bezahlte sie ihn entweder in bar oder gab ihm einen Scheck.

In jüngster Zeit hatte Lockie angefangen, Lily Komplimente zu machen, und sie stellte fest, dass ihr das gefiel. Inzwischen freute sie sich auf Lockies Lieferungen, wann immer ein Schiff am alten Dock anlegte. Er stärkte ihr Selbstvertrauen, sodass sie sich weniger wie ein hässliches Entlein fühlte, wenn sie ihre Tage neben der wunderschönen, modischen Amy verbrachte.

»Bist du sicher, dass da zwischen dir und Lockie nichts ist?«, hatte Amy sie schon mindestens ein Dutzend Mal gefragt.

Jedes Mal fiel Lilys Antwort gleich aus: »Amy, er ist wie ein Bruder für mich. Wir kommen aus derselben Gegend, und ich kenne ihn schon mein Leben lang.« Dennoch war sie verwirrt, denn Lockie hatte sich verändert, und sie wusste nicht, warum.

Wenn keiner hinsah, flüsterte er ihr neuerdings zu: »Na los, Lily, geh heute Abend mit mir aus. Du kannst mir vertrauen. Wir kennen uns seit Jahren. Ich behandle dich anständig, versprochen. Habe ich das nicht immer getan? Lass mich dich auf einen Happen und einen Spaziergang in der Stadt einladen.«

Und Lily antwortete jedes Mal: »Ich kann nicht, Lockie. Ich muss mich um die Kleinen kümmern, wenn ich nach Hause komme. Du weißt doch, dass ich Pflichten habe.«

»Dann lass mich mitkommen und dir helfen«, flehte er. »Ich bin eines von neun Kindern, also macht mir das nichts aus. Verdammt, ich kenne deine Mutter und deinen Stiefvater – deshalb hält er seine Fäuste im Zaum, weil er weiß, dass er es sonst mit mir zu tun bekommt.«

»Er stammt aus einer anständigen, fleißigen Familie, unser Lockie«, sagte Mrs McConaghy oft. »Ich habe die Eltern seiner Mutter in Irland gekannt. Sie waren fromme Leute und haben keinen Tropfen angerührt, keiner von ihnen.« Mrs McConaghy lächelte immer verträumt, wenn sie von Lockie sprach.

Sein Interesse, Mrs McConaghys Meinung und obendrein Schwester Thereses lobende Worte über Lockie lenkten Lilys Gedanken in eine neue Richtung. Vielleicht sollte sie doch mal eine Einladung von ihm annehmen. Er wusste, wie ihr Leben aussah.

»Jetzt komm schon, Lily, ja?«, hatte er sie zuletzt gedrängt, als sie ihn abwies. Vielleicht sollte sie das nicht mehr tun, denn in diesem Moment hatte sie einen anderen Ausdruck in seinen Augen bemerkt. Einen verletzten.

»Selbst der Wurm krümmt sich, wenn er getreten wird«, sagte Mrs McConaghy, als sie ihn vom Fenster aus beobachtete, wie er mit gebeugten Schultern die Treppe hinunterlief. »Du musst vorsichtig sein, Lily.«

»Was flüstert ihr da?« Amy kam von der Toilette zurück und stellte sich zu ihnen ans Fenster. Sie alle schauten zu, wie Lockie auf seinen Karren sprang.

»Wir flüstern nicht«, entgegnete Lily, die fürchtete, dass Mrs McConaghy sie verraten würde. Ihr war peinlich, dass sie ertappt worden war, und es war ihr ein Graus, dass Amy den wahren Grund erfahren könnte.

»So sieht es aber aus.« Amy drehte ihr Haar mit den Fingern auf. »Tante?«

Mrs McConaghy ignorierte die Frage und sagte: »Nun, ich gehe jetzt zu Sayers. Was möchtet ihr, Mädchen?«

Amy musterte Lily von oben bis unten mit ihren perfekten, von Max-Factor-Kajal umrahmten Augen, ihren roten Lippen und der schlecht verborgenen Verachtung. Sie betrachtete Lilys abgetragene Kleidung und die Schuhe, und Lily sah, wie sich ihr Mund zu einem Lächeln verzog, ehe es schnell wieder verschwand. »Du könntest von Glück reden, einen gut aussehenden Kerl wie Lockie zu kriegen. Ich habe mich ein bisschen erkundigt, und alle Mädchen hier haben ein Auge auf ihn geworfen. Er ist die erste Wahl hier, Lily. Aussehen, Geld und gute Perspektiven. Aber natürlich weit, weit außer Reichweite für dich, Schätzchen.«

Lily fühlte sich, als hätte sie einen Fausthieb in den Magen kassiert. Natürlich hatte Amy recht, doch selbst wenn sie Lockie so nicht haben könnte, war er ihr Freund. Ihr einziger Freund. Er redete mit ihr, als gehörte sie zu ihm und wäre ihm gleichgestellt. Sie fühlte, wie sie unter Amys makellosem Blick rot wurde. Beschämt sah sie hinunter zu ihren Schuhen. Gebraucht gekauft, zerkratzt, schmutzig. Jeden Morgen schlich sie sich nach ihrer Ankunft hier auf die Toilette, holte das durchnässte Pappstück raus und ersetzte es durch ein neues. Dann sah sie Amys Schuhe: blitzblank, mit kleinem Absatz und hübschem Riemen, der mit einem Perlmuttknopf an der Seite geschlossen wurde. Warum glaubte Lily, dass irgendjemand denken könne, sie wäre es wert, mit ihr zu reden? Noch dazu Lockie! Er konnte jedes Mädchen haben.

Lockie sah gut aus. Von der schweren körperlichen Arbeit hatte er eine ansehnliche Statur. Seine Augen waren blau und blitzten schelmisch, und sein dunkles Haar war unter der Mütze nach hinten gekämmt, sodass seine kantigen Züge betont wurden. Er arbeitete viel, sein Umsatz wuchs, und er hatte wunderbare Aussichten in einer Stadt, die sich vom Krieg erholte. Lily mochte die Sommersprossen auf seiner Nase und seinen Wangen. Doch Tagträumereien waren unsinnig. Kein Mann würde sich die Kinder eines anderen aufladen, und Lily würde ihr Zuhause ohne Katie und Joe nie verlassen.

Amy hatte recht, Lockie war für sie außer Reichweite. Und sie musste ihr Leben mit zwei Trinkern verbringen, bis Joe alt genug war zu arbeiten. Bis dahin wäre es für sie zu spät. Sie wäre alt, unansehnlich und weit über das heiratsfähige Alter hinaus.

»Oh Gott, du hast doch nicht wirklich gedacht, dass du eine Chance hast, oder, Lily?« Amy prustete vor Lachen.

»Nein, habe ich nicht – nicht so. Ich kenne Lockie von klein auf, und er hat immer auf mich aufgepasst«, stammelte sie. Ihre Worte kamen ganz falsch heraus, und sie wusste, dass Amy ihr so oder so nicht glauben würde.

Es war Lockie, der Interesse gezeigt hatte. Und es war klug von Lily gewesen, ihn auf Abstand zu halten und dafür zu sorgen, dass es keine Missverständnisse gab. Ihr Stolz war noch unversehrt. Lockie war nicht fehlgeleitet worden. Sie hatte sich schlicht wie ein einsames Mädchen benommen, sie hatte die Gesellschaft eines Freundes aus Kindertagen genossen, der sie zum Lachen brachte.

Vor dem Nachhausegehen musste Lily wieder die Pappe in ihren Schuhen austauschen, und dabei hörte sie Amy mit Mrs McConaghy reden.

»Tante, müssen wir hier jemanden haben, der in den Clare Cottages wohnt? An manchen Tagen riecht ihr Haar, und sie hat immer dieselben Sachen an. Hast du ihre Schuhe gesehen? Die haben keine Sohlen mehr, und sie deckt die Löcher mit Pappe zu. Sie entspricht einfach nicht deinem Standard, Tante.«

»Ihre Kleidung ist schon erheblich besser als das, was sie an ihrem ersten Tag hier getragen hat«, erwiderte Mrs McConaghy spitz. »Wenn du wissen willst, wie Lumpen aussehen, hättest du sie damals sehen sollen. Bietest du an, ihre Arbeit zu übernehmen, Amy? Denn falls nicht, rate ich dir, deine Meinung für dich zu behalten. Ich weiß, dass Lily ins öffentliche Bad geht und jede Woche ins Waschhaus in der Clare Street. Wie sie das schafft, ist mir ein Rätsel. Sie ist der fleißigste Mensch, den ich kenne.«

»Hör mal, Schatz ...« Mr McConaghy war ins Büro gekommen, und da er einen Streit witterte, wollte er dringend seinen Senf dazugeben. Lily hatte ihn von Anfang an nicht gemocht. Er war ein gemeiner Mann und behandelte seine Arbeiter oft schlecht. »Hör mal, Amy, eines Tages gehört das alles hier dir, und wenn du das Geschäft am Laufen halten willst, wirst du lernen müssen, mit Leuten aus allen möglichen Kreisen auszukommen und sie zu beschäftigen. Wir können nicht nur Mädchen wie dich einstellen, Amy. Der Pöbel ist notwendig, weil der die harte Arbeit macht, während wir weiter Geld verdienen.«

Lily wartete einen Moment, und als ihre Atmung sich so weit beruhigt hatte, dass sie nicht mehr allzu aufgebracht wirkte, ging sie zurück ins Büro, den Kopf so hoch erhoben, wie sie konnte.

»Einen schönen Abend, Mrs McConaghy«, sagte sie, als sie an ihrer Chefin vorbeiging. Sie wollte, dass ihre Stimme fest und stolz klang, aber die ließ sie im Stich. Sie hörte sich eher wie ein Quieken an.

»Einen schönen Abend, Lily. Bis morgen.«

Lily sagte nichts mehr, ging zur Tür und ließ sie hinter sich zuknallen.

Am nächsten Tag versuchte Lockie ein letztes Mal sein Glück.

»Ich kann nicht«, antwortete Lily. »Das habe ich dir schon tausendmal gesagt, Lockie. Ich habe Verpflichtungen. Warum fragst du nicht Amy?«

»Amy? Nein, die ist nichts für mich. Zu teuer und zu hochnäsig. Frauen wie der brennt Geld ein Loch in die Tasche. Lily, bist du wahnsinnig? Du kannst dich nicht dein Leben lang um deine kleinen Geschwister kümmern. Das ist dir klar, oder?«

»Ja, ist es. Aber es ist schwierig.«

»Was meinst du mit ›schwierig‹? Was soll das heißen, Lily? Das sagt mir nichts.«

»Es ist eben sehr schwierig. Sie brauchen mich ...« Mehr sagte sie nicht, weil sie nicht einmal sich selbst überzeugte. Sie hatte mit dem Gedanken gespielt, Lockies Einladung anzunehmen, aber dann hatte Amy alle Freude erstickt, die Lily wegen seiner Aufmerksamkeit empfunden hatte.

Diesmal wartete er nicht auf weitere Erklärungen. Er riss ihr seinen Scheck aus der Hand und drehte sich weg. Lilys Herz gehörte dem kleinen Joe, doch sie hoffte, Lockie würde ihr Freund bleiben.

»Worüber hast du mit Lily geredet, Lockie?«, fragte Amy, die Lockie an der Tür traf, als er sie heftig aufriss und gehen wollte. Ihre Silhouetten im Morgenlicht waren dunkel, und keiner von ihnen sah Lilys Stirnrunzeln, als sie sich wieder umwandte, nachdem sie den Tresor verschlossen hatte, und die beiden erblickte.

»Nichts, Amy, wir haben nur geplaudert«, antwortete Lockie.

Doch Lily bemerkte, wie es geschah. Wie Lockie ein zweites Mal Amy ansah. Und sie erkannte, wie ihm ein Gedanke kam. Wie sollte es auch anders sein? Amy lächelte ihn an und klimperte mit den getuschten Wimpern. Ihre Lippen hatte sie frisch rubinrot angemalt, und sie duftete immer nach Puder und Blumenblüten. Lily, die überhaupt kein Make-up oder irgendwelche Schönheitsmittel besaß, konnte sich nur darüber wundern, wie sie das anstellte.

Den Abend zuvor war Lily zu Woolworths reingegangen, als

sie auf ihren Bus nach Hause wartete, und hatte sich die vielen Lidschatten- und Lippenstiftfarben angesehen. Ehrfürchtig hatte sie die Nagellacke und die zehn verschiedenen Duftrichtungen beim Talkumpuder bestaunt. Eines der Parfüms erkannte sie als Amys wieder. Der Duft erfüllte jeden Morgen das Büro. Gardenie. Diesen Duft würde sie an sich nie riechen wollen.

Als Amy zu Lockie aufsah, leckte sie sich beinahe die Lippen. Sie war hübsch, und sie wusste es. Jetzt wusste Lockie es auch. »Möchtest du mit mir ausgehen, Lockie?«, fragte sie. Lily blinzelte angestrengt. Sie konnte kaum fassen, dass Amy ihn einfach so fragte. »Na los, du willst es doch. Mir ist so langweilig den ganzen Tag hier im Büro. Warum lädst du mich nicht nach der Arbeit in den Pub ein? Ich würde zusagen. Nur zu, Lockie, trau dich.«

Lockie stotterte eine Antwort, deren Wortlaut ungefähr lautete: »Kann ich nicht, Amy. Ich treffe mich mit den Jungs im Grapes, ist schon abgemacht. Äh, ich muss los.« Bevor er ging, warf er Lily noch einen Blick zu, der ihr sagte, dass all das ihre Schuld war.

Er würde sie nie wieder bitten, mit ihm auszugehen. Sie hatte ihn einmal zu oft abgewiesen, und verglichen mit der bereitwilligen Amy, war sie für dürftig befunden worden. Lily fühlte sich erleichtert. Sie wünschte sich für ihn alles erdenklich Gute. Sie wünschte ihm etwas Besseres als Amy.

Doch als sich die Tür hinter Lockie schloss, hatte Lily das Gefühl, als sei die Helligkeit des Tages mit ihm erloschen. Plötzlich kam ihr das Büro trist vor, und sie empfand einen Verlust und eine tiefe Einsamkeit, die sie in ihrer Wucht erschütterten. Sie verspürte einen Stich im Herzen, als sie sich fragte, ob er je wieder mit ihr reden würde.

Mrs McConaghy, die kurz das Büro verlassen hatte, kehrte zurück. »Ehrlich, Mädchen, keine von euch verdient Geld, indem sie mit den Händlern plappert!«

»Verzeihung, Mrs McConaghy«, entschuldigte sich Lily sofort.

Amy sagte nichts. Sie ließ sich mit der Grazie eines Kartoffelsacks auf ihren Bürostuhl fallen und schnitt Mrs McConaghy hinter deren Rücken eine Grimasse.

Von dem Tag an verbrachte Lockie weniger Zeit im Büro. Es wurde weniger geredet, kaum mehr gescherzt, und eines Tages sprach er gar nicht mehr mit Lily, sondern nur noch mit Mrs McConaghy, die ihm seinen Scheck gab. Lily beobachtete ihn durchs Fenster, als er die Stufen hinuntereilte und dabei zwei Stufen auf einmal nahm. Ihr wurde die Brust eng. Lockie war der einzige Mensch, der sich je nach ihrem Leben erkundigt hatte oder sie überhaupt beachtete. Sie konnte ihn nicht als Verehrer haben, und sie hatte geglaubt, er würde das auch nicht sein wollen. In ihrer Naivität hatte sie angenommen, dass sie für immer miteinander herumalbern und reden würden, doch das war so gut wie vorbei. Sie hatte einen Verehrer abgewiesen und einen Freund verloren.

»Tja, wenn du mich fragst, warst du eine Närrin, ihn abblitzen zu lassen«, sagte Mrs McConaghy, als sie den Tresor verschloss.

Lily sah sie erschrocken an. Sie hatte keine Ahnung, dass Mrs McConaghy von ihren Unterhaltungen mit Lockie wusste.

»Es ist ein Jammer, gerade weil er sich so gut macht. Der junge Mann arbeitet wirklich fleißig. Er bringt uns inzwischen doppelt so viel wie zu Anfang. Mr McConaghy sagt, dass wir schlau sein müssen, sonst macht Lockie seine eigene Fabrik auf, und wir verlieren ihn. Ich glaube, dass er sein Netz sehr weit auswirft, und das in mehrere Richtungen. Es ist sinnlos, nach Höherem zu streben, Lily, falls du das tust. Besser als mit Lockie kannst du es nicht treffen, und ich verstehe wirklich nicht, warum du einen netten Kerl wie ihn abweist. Er wäre ein richtig guter Fang für dich. Gott weiß, was du dir dabei denkst. Nun, sein Verlust ist unser Gewinn. Dann wirst du eben noch etwas länger für uns arbeiten. Keine Heirat, die dem ein Ende macht.«

Lily drehte sich wieder zum Fenster um. Lockie nahm die Zügel auf, um sein dösendes Pferd zu wecken. Lily wünschte sich, dass er zum Fenster aufsähe, aber natürlich tat er es nicht. Sie war ehrlich gewesen, weil sie nicht anders konnte. Es war ausgeschlossen, dass sie ihr Leben änderte, einfach wegging und zuließ, dass Joe und Katie ins Kinderheim in der Menlove Avenue kamen. Außerdem hatte sie genug andere Sorgen.

Joe war am Morgen krank gewesen, und Lily hatte ihre Mutter angefleht, bei ihm zu Hause zu bleiben. »Bitte geh nicht in die Bierschenke, ehe ich zurück bin, Mam. Bitte lass ihn nicht allein. Sein Atmen ist heute richtig schlecht. Kannst du mit ihm zum Arzt gehen?«

»Ja, mach ich schon, wenn ich muss, wo es jetzt umsonst ist«, hatte ihre Mutter mürrisch geantwortet. »Aber letztes Mal haben die mich ins St. Angelus geschickt. Da haben wir den ganzen Tag gesessen, und dann haben sie mir gesagt, ich soll ihn wieder mit nach Hause nehmen. Sie haben gesagt, das ist bloß in seinem Kopf, weißt du nicht mehr? Und ich glaube ihnen. Die haben das alle gesagt da oben im Krankenhaus. Wozu soll ich ihn wieder hinbringen? Das Affentheater mache ich nicht noch mal mit.«

Lily kniete sich neben Joe, der auf dem fadenscheinigen Flickenteppich vorm Ofen lag. Wenigstens war ihre Mutter besorgt genug gewesen, Feuer zu machen; das war ein kleiner Segen. Joe hatte rote Wangen und fühlte sich heiß an, das Pfeifen beim Atmen war lauter als sonst. Er kämpfte. Die Luft in der Wohnung war blau vom Zigarettenrauch ihrer Mutter, und Joe hustete und würgte.

»Ich komme so schnell nach Hause, wie ich kann«, flüsterte Lily ihm zu. »Du bleibst hier und rührst dich nicht, in Ordnung?«

Joe öffnete die Augen, aus seinem Blick sprach Angst. Die einzige Person, bei der er sich sicher fühlte, war Lily.

»Keine Sorge, du weißt doch, dass ich direkt nach Hause komme, nicht? Wenn du traurig bist oder dich nicht gut fühlst, denk einfach, ›Lily kommt bald wieder‹, ja?«

»Ich bin artig, Lily«, hauchte Joe pfeifend. »Darf ich mit deinem Haar spielen?«

Lily lächelte. Joe wickelte gern ihr langes Haar um seine Finger. Manchmal, wenn sie schlief, löste er vorsichtig die Knoten der alten Stoffstreifen, mit denen sie nachts ihr Haar zusammenband, und zog sie weg, um besser mit seinen Händen in ihre langen Locken eintauchen zu können.

Lily küsste ihn auf die Stirn und befühlte sie mit dem Handrücken. »Ich bin nicht lange weg. Und ehe ich zurückkomme, ist Katie aus der Schule wieder da. Sie passt auf dich auf.«

Joe hatte versucht zu lächeln, wurde jedoch von seiner Atemnot daran gehindert und sah wenig überzeugt aus.

Um sechs Uhr legte Lily ihren Stift hin, sprang auf und nahm ihren Mantel vom Haken.

»Na, du hast es heute aber eilig«, sagte Mrs McConaghy. »Du bist fleißig, das muss ich dir lassen, und du hast eine schöne Handschrift, aber immer musst du so schnell gehen.« Sie schniefte missbilligend, was Lily allerdings egal war. Den ganzen Tag hatte sie an Joe gedacht, und jetzt wollte sie dringend zum Bus und sich vergewissern, dass es ihm gut ging.

»Amy ist schon fort«, flüsterte sie, doch Mrs McConaghy hörte es.

»Ja, weil sie etwas für Mr McConaghy besorgen musste.«

Lily wusste, dass das nicht stimmte, aber was Amy machte, interessierte sie nicht. Ihre Sorge galt Joe. Ohne ein weiteres Wort eilte sie zur Tür hinaus.

Im Bus wischte Lily einen Kreis in der beschlagenen Fensterscheibe frei und schaute hinaus in die Dunkelheit. Die Straße schimmerte im Licht der Schwefellaternen. In den Geschäften wurden die Lampen gelöscht, und die Verdunkelungsläden, ein Relikt aus Kriegszeiten, wurden geschlossen, während sich die Arbeiter auf den Heimweg machten. Einzig die Pubs waren noch hell erleuchtet und belebt.

Als der Bus vor dem Grapes hielt, ging die Pubtür auf, und Lärm und Licht von dem großen Kohlenfeuer drangen heraus auf den Gehweg, als Arbeiter von draußen ins Warme strebten. Dann sah Lily es. Amy stand in ihrem pelzbesetzten Mantel und ihren hohen Schuhen vor dem Pub und hielt Lockies Hand. Erschrocken lehnte sich Lily auf ihrem Sitz zurück. Sie betete darum, dass der Fahrer wieder losfuhr, ehe Amy oder Lockie einstiegen. Hiermit hatte sie nicht gerechnet, und der Schock jagte ihr einen Schauer über die Haut.

»Du dummes Ding«, flüsterte sie vor sich hin, während sie eines von Schwester Thereses Taschentüchern hervorzog. Sie begriff nicht, warum sie sich so einsam fühlte. War es der Anblick des Pubs, der Leute, die sich amüsierten, der jungen Büro- und Ladenangestellten, gleichaltrig wie sie, die sich im Pub trafen, um vor dem offenen Kamin etwas zu trinken? Ihr fiel deren Kleidung auf, die Handtaschen, das Make-up, die Uniform der Verkäuferin. Sie zog ihren Korb dichter an sich, umklammerte ihn beinahe. Darin waren ein Scone und zwei Bonbons, die ihr Mrs McConaghy mittags zusammen mit dem Sandwich auf den Schreibtisch gelegt hatte. Lily war so hungrig gewesen, dass sie das Sandwich vollständig aufaß, und jetzt hatte sie ein schlechtes Gewissen und Angst. Was würde sie zu Hause vorfinden?

Die Glocke läutete, und als der Bus losfuhr, atmete Lily auf. Bald würde sie es wissen. Sie setzte sich auf dem harten grünen Ledersitz aufrecht hin und sagte sich, dass sie, Lily, niemals erwarten sollte, etwas Schönes zu erleben. Trotzdem krampfte sich ihr Herz vor Kummer zusammen. Amy und Lockie. Mittlerweile kannte sie Amy gut genug; wenn sie Lockie wollte, würde sie ihn bekommen.

Lily blinzelte ihre Tränen weg und atmete mehrmals flach ein, um das Brennen in ihrer Brust zu dämpfen. Meistens sah sie das Positive. Wenn Joe sich im Bett an sie kuschelte und mit ihrem Haar spielte, wusste sie, dass die Liebe einer Mutter zu ihrem Kind nicht größer sein konnte als ihre Liebe zu ihrem kleinen Bruder. Doch heute war ein schlimmer Tag gewesen, weil sie Angst um Joe gehabt hatte, von Mrs McConaghys bissigen Bemerkungen gekränkt war und von Amy ignoriert wurde. Und nun, da sie Amy Hand in Hand mit dem Mann gesehen hatte, den sie schon ihr Leben lang kannte, konnte sie nicht umhin, sich leidzutun. Lockies Interesse hatte ihr ein gewisses Maß an Selbstachtung gegeben. Jetzt war dieses Gefühl für immer fort, und sie fühlte sich elend und wertlos.

Ihre Augen waren gerötet, als sie die Steinstufen zum Laubengang hinauf- und zu ihrer Wohnungstür eilte. Drinnen war Licht, und das Feuer brannte, doch es war ungewöhnlich still. Als sie reinging, sah sie Katie an dem Tisch mit der abgesplitterten Resopalplatte sitzen und ein warmes Gericht essen, und Schwester Therese saß mit Joe auf dem Schoß bei ihr. »Deine Eltern sind ausgegangen, Lily«, sagte Schwester Therese. »Katie hat mich geholt. Sie dachte, dass es Joe schlechter geht.«

Lily blickte zu Katie, die verlegen wirkte. »Ist schon gut, Liebes«, sagte sie und küsste ihre Schwester auf den Kopf.

Schwester Therese fuhr fort: »Joe hat einen schlechten Tag

gehabt, aber jetzt ist das Schlimmste überstanden, was, kleiner Mann?« Sie zog Joe höher auf ihren Schoß, damit er es bequem hatte, und lächelte ihn warmherzig an. »Gegen vier Uhr wurde seine Atmung besser, und ich würde sagen, es geht ihm leidlich gut.«

Lily sah ihn an. Viele Tage hatte sie so mit ihm auf dem Schoß verbracht und kannte die Zeichen. Er hatte wirklich das Übelste überstanden. Sein Einatmen war beinahe so lang wie sein Ausatmen. Das Pfeifen war leiser geworden. Lily kniete sich hin und warf eine Schaufel Kohlen aufs Feuer. Der Eimer war voll. Offenbar war Schwester Therese fleißig gewesen.

»Ich habe den Kohlenmann hundert Pfund Kohlen in die Kammer bringen lassen. Und spar dir die Worte, er will kein Geld.«

Lily hätte sie küssen mögen. Die Kälte machte Joes Brust oft schlimmer, was ihre Eltern nicht davon abhielt, das Kohlengeld zu vertrinken. Sie saßen im warmen Pub und scherten sich nicht um ihre Kinder, solange sie einen Bierkrug in den Händen hatten.

»Was soll ich nur tun, Schwester Therese? Wie lange können wir so weitermachen? Ich weiß mir keinen Rat mehr.«

Lily begann zu weinen, und Schwester Therese strich ihr übers Haar. Sie wünschte, sie wüsste eine Antwort. Hier gab es ein Dutzend Familien wie diese, die auf sie angewiesen waren, um alles zusammenzuhalten. Familien, deren Väter noch nutzloser aus dem Krieg zurückgekommen waren, als sie schon davor gewesen waren. Verloren, beschädigt oder schlicht faul, suchten sie Trost im Pub, und da es fast an jeder Ecke einen gab, hatten sie reichlich Auswahl.

»Soll ich morgen mal zur Wohlfahrt gehen, Lily?« Schwester Therese war bewusst, dass Lily sich fürchtete, darauf zu antworten. »Ich denke, diese beiden sollten zu uns ins Heim von St.

Chad's kommen, aber vielleicht denkt die Wohlfahrt anders darüber. Was meinst du? Ich will es nicht ohne dich tun, doch deine Mutter hat mich belogen. Bevor ich kurz zur Angelus-Messe ging, hatte sie mir versprochen, bei den Kleinen zu bleiben, und als ich zurückkam, war sie weg. Wir können die Kinder bei uns behalten, bis sie vierzehn sind. Du müsstest hierbleiben oder dir ein möbliertes Zimmer suchen. Dabei würde ich dir helfen. Hier hast du kein Leben, Kind. Wenn wir nichts tun, war es das hier für dich, für immer. Ich sehe keinen anderen Ausweg.«

Lily vergrub das Gesicht in Schwester Thereses Schoß. Ihr war, als hätte sie an einem einzigen Tag alles verloren.

Kapitel dreizehn

Biddy war entzückt zu sehen, dass der Saal noch halb leer war, als sie zum Bingo kam.

»Ich versuche, früher hinzugehen«, hatte sie morgens in der Teepause im Krankenhaus zu Elsie gesagt. »Ich hasse diese neuen roten Kunstledersitze. Da rutscht mein Hintern immer ab. Und ich habe schon Mühe, überhaupt auf die blöden Dinger raufzukommen.«

Sie kaufte sich ihre Bingohefte, stopfte sie in ihre Manteltasche und trottete zu einem Platz, von dem sie hoffte, dass er noch frei war. Dort saß sonst die Waliserin Hattie, was Biddy umso mehr anspornte, ihn zu ergattern. Ein freudiges Grinsen erschien auf ihrem Gesicht, als sie sich auf den begehrten Stuhl setzte, obwohl sie drei Anläufe brauchte, bis sie oben war, eine Hand auf dem neuen hohen Tisch abgestützt und einen Fuß auf der blitzblanken Chromstange des Stuhls.

»Herr im Himmel, allein hierfür verdiene ich schon zu gewinnen«, murmelte sie, als sie fluchend ihren Mantel aufknöpfte. »Den hätte ich vor dem Aufstieg ausziehen sollen.« Kurzatmig blickte sie sich um, ob Elsie schon da war, und fiel beinahe von dem Barhocker, der sich mit ihr drehte. Schimpfend hielt sie sich am Tisch fest und beschloss, den Mantel anzubehalten, bis Elsie da war und ihr helfen konnte.

Heute Abend stand mehr als Bingo auf dem Spiel. Biddy hatte der nervösen Elsie einen Spionageauftrag erteilt und musste wissen, ob sie erfolgreich gewesen war. »Achte auf irgendwelche Briefe oder Nachrichten von Miss Van Gilder an die Oberschwester und umgekehrt. Du musst jeden Tag auf dem Schreibtisch Staub wischen, da kann das nicht allzu schwer sein.«

Elsie hatte die Stirn gerunzelt. »Und wenn ich erwischt werde?« Da hatte Biddy gemerkt, dass ihre Geduld schneller aufgebraucht war als ihr Wochenlohn.

»Du wirst nicht erwischt, du dummes Huhn. Warte, bis die Oberschwester mit ihrem bösartigen kleinen Köter auf die Runde durch den Park geht.«

Die Oberschwester war durch und durch ein Gewohnheitsmensch, und jeden Tag um Punkt eins machte sie mit Blackie einen Spaziergang durch den Lovely Lane Park, bei jedem Wetter. Blackie hatte ein Wesen so schwarz wie sein Fell, trotzdem liebte die Oberschwester den Hund wie ein Kind. Die meiste Zeit verbrachte er in seinem Korb hinter dem Schreibtisch der Oberschwester, und die einzigen Male, die er sie nicht begleitete, waren auf ihrer Morgen- und Abendrunde über die Stationen.

Biddy wusste, dass Elsie liefern würde. Könnte sie selbst Zeit in den Räumen der Oberschwester verbringen, hätte sie es übernommen, aber das würde Verdacht erregen. Wenn Elsie am Schreibtisch der Oberschwester gesehen würde, bräuchte sie keine Erklärung. Sie war seit vielen Jahren deren Haushälterin. Der große Eichenschreibtisch, den sie täglich polierte, war eine wertvolle Informationsquelle, auch wenn Biddy ihre Freundin noch nie gebeten hatte, irgendetwas aufzuschreiben. Diese Abweichung von der Norm war Elsie unheimlich.

Biddy blickte hinüber zur Damentoilette. Da müsste sie bald hin. »Der Heiligen Mutter Gottes sei Dank für kleine Gnaden«, murmelte sie und schob die Hände unter ihren Hintern und über den Sitz, sodass es aussah, als würde sie den Mantel unter sich glatt ziehen. Sie war trocken. Es war Schwester Haycock zu verdanken, dass sie Biddy überredet hatte, sich Hilfe zu suchen. Seither war ihr Leben ein anderes. Davor hätte sie es nie unfallfrei im Laufschritt von zu Hause zum Bingosaal geschafft. Sie bekreuzigte sich. Es war ein Wunder. Fast so sehr wie die Tatsache, dass sie auf einem der wenigen roten Barhocker mit Kunstledersitz saß, der nicht in der Mitte eingerissen war und sich in ihrer Strumpfhose zu verhaken drohte.

»Auf dem Hocker wirst du Ärger kriegen«, sagte eine sanfte Stimme hinter ihr. Sie gehörte Doreen O'Prey, der Schreibkraft aus der Notaufnahme. Sie arbeitete erst seit einer Woche wieder, und heute Abend ging sie zum ersten Mal aus. Ihre Mutter war bei ihr.

»Ist mir doch egal, Doreen. Hattie Lloyd kann mich mal. Wer zuerst kommt, mahlt zuerst, nicht? Wo wollt ihr sitzen?«, fragte sie freundlicher. »Bei Freundinnen, hoffe ich. Na ja, jede hier ist deine Freundin, Doreen, also keine Sorge. Wie hältst du dich, Liebes?«

Doreen sah sie dankbar an. »Ganz gut, danke, Biddy. Einige werden wohl nicht an sich halten können, aber ich bringe eben die schwere Zeit am besten gleich hinter mich, nicht? Ich war lange genug auf Station zwei und im Haus.«

»Ey, was machst du auf meinem Platz? Runter da!«, rief Hattie in ihrem Swansea-Akzent, als sie durch die Tür kam.

»Verzieh dich! Steht hier vielleicht dein Name drauf?«, fragte Biddy in einem Ton, bei dem nur wenige zu widersprechen wagten.

Elsie war direkt hinter Hattie, gab dem Mann an der Tür ihren Shilling und winkte Biddy zu. »Halt mir einen Platz frei«, formte sie mit den Lippen, als Hattie schon auf den Hocker neben Biddy zusteuerte.

Biddy knallte ihre Handtasche auf den freien Hocker, verschränkte die Arme vor der Brust und starrte Hattie drohend an. Die wenigsten Frauen legten sich mit Biddy an, und Hattie nahm die Botschaft zwar nicht gut auf und schnitt ihr eine Grimasse, ging aber weg.

»Macht doch, was ihr wollt!«, rief sie, als sie zum nächsten freien Platz marschierte. »Du traust dich ja ganz schön was«, sagte sie, als sie an Doreen vorbeistürmte. »Ich würde mich hier eine ganze Weile nicht mehr blicken lassen. Und du, Biddy, du fragst dich, warum die Iren in Liverpool so einen schlechten Ruf haben? Euer flegelhaftes Benehmen ist der Grund dafür!«

Biddy schnaubte. »Na, wenn du wissen willst, warum man die Waliser dreckig nennt, dann guck dir mal deinen Küchenboden an, wenn du nach Hause kommst!«

Einige der Frauen in der Nähe kicherten, andere ermahnten Biddy, still zu sein. Und wieder andere bedeuteten Doreen, sich zu ihnen zu setzen. Die Lichter wurden gedämpft, und der Bingoansager betrat die Bühne. Bingo war eine ernste Sache. Da wurden keine Ablenkungen geduldet, nicht einmal von Biddy.

Überall im Saal klickten Handtaschen auf und zu. Woodbine-Schachteln, Selbstgedrehte, Swan-Vesta-Streichhölzer, Stifte, Brillen, Taschentücher und Bonbons wurden ausgepackt und auf die langen Tische gelegt, bereit für den Spielbeginn.

Im Saal wärmten die alten Heizungen den Geruch nach feuchter Wolle und Zigarettenqualm auf. Regen trommelte auf das Blechdach des Saals und gegen die Fenster, und Biddy war froh, dass sie es vor dem Guss hergeschafft hatte. Elsie hatte weniger Glück gehabt.

»Meine Güte, ich dachte, ich komme nie hier an«, sagte sie, als sie ihr Kopftuch abnahm und ausschüttelte, sodass Regenwasser auf Biddy spritzte. »War das Hattie, die auf die arme Doreen losgegangen ist?«

»Ja. Gut geraten.«

»Ach, ich bitte dich! Wann lässt die Frau sich eine Gelegenheit durch die Lappen gehen, gemein zu anderen zu sein? Nein, ich habe es in dem Moment geahnt, in dem ich Doreen gesehen habe. Bei ihrer scharfen Zunge müsste Hattie eigentlich Blut aus dem Mund tropfen.«

Elsie öffnete ihre Handtasche und begann, alles Wesentliche für ihre regelmäßige Montagabendunterhaltung auszupacken. Alle Frauen, die im Krankenhaus arbeiteten, verbrachten zwei Abende in der Woche beim Bingo, montags und donnerstags. Die Süchtigen, und von denen gab es viele, fuhren zusätzlich am Freitag mit dem Bus nach Everton und am Sonntag nach Dingle, weit weg von den prüfenden Augen des Priesters.

Biddy sah sich nach Doreen um. »Ah, was für ein Glück«, sagte sie. »Sie sitzt bei Maisie Tanner und den Leuten aus der Arthur Street. Die werden sich gut um sie kümmern.«

Elsie blickte auf und winkte Maisie zu. »Ihre Pammy fängt bald in der Notaufnahme an. Da wird sie mit Doreen zusammenarbeiten, die ist ja seit Kurzem wieder dort. Was für ein tapferes Mädchen, wenn man bedenkt, was sie durchgemacht hat.« Ein Anflug von Trauer klang in Elsies Worten mit, was Biddy sofort wahrnahm. Elsie hatte ihre eigenen Probleme mit ihrer Martha gehabt, bevor diese Jake heiratete, und der Kummer hatte seinen Preis gefordert.

»Denk nicht mehr dran, Elsie«, sagte Biddy streng. »Deine Martha ist heute das glücklichste Mädchen in unserer Gegend, und vielleicht wird Doreen das eines Tages auch sein. Das ist alles Vergangenheit. Doreen ist ein tapferes Mädchen, sie blickt nach vorn – und zeugt das nicht eher von einer besonderen Leistung, wenn sich solche wie Hattie Lloyd das Maul über sie zerreißen? Aber sie ist nicht tapferer als deine Martha. Die hat auch ihre Prüfungen hinter sich, und bei ihr ist alles gut geworden.«

Elsie seufzte und nickte zustimmend, sagte aber nichts mehr, sondern packte weiter ihr Bingozubehör aus.

Biddy beobachtete, wie Elsies Sachen allmählich die Tischplatte bedeckten. Neben den üblichen Accessoires für das Spiel holte Elsie ihren Glückskobold aus Galway hervor, ihren Glücksbleistift, den der Priester zu Hause gesegnet hatte, eine braune Papiertüte mit Kekskrümeln – »falls wir ein bisschen hungrig werden; ich muss immer etwas zum Essen bei mir haben« –, ein Taschenmesser in einer Lederscheide, sollte sie ihren Stift spitzen müssen, und ihre Bibel.

»Elsie, wir sind hier beim Bingo, nicht bei den Exerzitien«, sagte Biddy mit einem mürrischen Blick auf die Bibel.

»Du weißt, dass ich keinen Penny gewinne, wenn ich nicht alles bei mir habe«, flüsterte Elsie. »Ich habe auch meinen Glücksschlüpfer an, den ohne Gummis unten. Mit dem komme ich leichter auf den Hocker und wieder runter. Und er schnürt mir nicht die Beine ab, wenn er nach oben rutscht. Einmal ist mir richtig blümerant geworden.«

»Kannst du mir aus meinem Mantel helfen?« Biddy streckte einen Arm gerade vor und hielt sich mit der anderen Hand am Tisch fest. »Ich dachte, du bist ein bisschen früher hier. Hast du gemacht, was ich dir gesagt habe?«

Elsie packte Biddys Ärmelsaum und begann zu ziehen. »Ich wäre schon viel früher hier gewesen, aber Miss Knochenbrecherin gefiel ihr Zimmer nicht, und ich musste ihr das Gästezimmer herrichten. Das für die Ärzte, die hier zu Besuch kommen. Ich dachte, die Oberschwester dreht durch, aber ganz und gar nicht.

Sie hat sie sich einfach ein Zimmer aussuchen lassen, stell dir das vor! Ich halte es immer dafür bereit, wenn Dr. Gaskell eines der hohen Tiere aus dem TB-Komitee hierhat, und jetzt gehört es der stellvertretenden Oberschwester.«

»Wann ist ihr erster richtiger Tag?«, fragte Biddy und streckte Elsie ihren anderen Arm hin.

»Die Augen nach unten, meine Damen!«, rief Al, der Ausrufer. »Haben alle ein vollständiges Heft? Beryl geht jetzt rum, also falls Sie sich heute Abend besonders vom Glück gesegnet fühlen, kaufen Sie noch ein paar Hefte dazu. Ich habe auch jedes noch geküsst, als Extrabonus, Sie Glücklichen.«

Beryl mit der Bienenkorbfrisur und den enormen Brüsten stolzierte an den Tischenden entlang und hielt die Bingohefte in die Höhe. Sie sah eher wie die Assistentin eines Zauberers aus, die tagsüber putzen ging, und nicht wie die eines Bingoausrufers.

»Das ist ein Playtex-BH, den sie da anhat«, sagte Elsie abfällig, als sie endlich Biddys Mantel ausgezogen hatten. »Der drückt die Brustwarzen nach oben und raus.«

»Was redest du denn da, Elsie?«, tadelte Biddy. Sie legte ihren Mantel zusammen und schob ihn unter den Tisch.

»Beryl, die Assistentin. Guck sie dir an.« Elsie nickte unverhohlen zu Beryls Brüsten, als sie an ihnen vorbeikam.

»Extrahefte, die Damen?«, schnurrte Beryl affektiert. »Sixpence für eines, drei für einen Shilling.«

»Ich habe sie gestern bei T. J. Hughes gesehen, wie sie zwei gekauft hat. Die kommen aus Amerika. Ein bisschen zu aufdringlich, wenn du mich fragst. Wenn sich hier bei uns irgendwer besonders glücklich bei dem Anblick fühlt, dann muss das Al sein, denn ich sehe sonst keinen Mann, der Geld für Playtex-BHs übrig hätte – und auch noch gleich für zwei! Er hat sie ihr gekauft. Ihr Sidney würde ihr die nie bezahlen. Die haben eindeutig was miteinander, die beiden. Stell dir vor, dir von einem Mann einen BH bezahlen zu lassen!«

»Das Geld gibt er ihr nicht für den BH, Elsie. Und außerdem bist du bloß neidisch«, entgegnete Biddy. Sie konnte nicht aufhören, Beryls Brüste anzustarren. Die sahen wie aufgeblasen aus und liefen vorn zu zwei spitzen Punkten zu. Sie sah nach unten zu ihren eigenen. Die ruhten auf einer ihrer Speckfalten am Bauch. »Bei mir wäre egal, wie viel Geld ich habe«, sagte sie zu Elsie. »Es wäre mehr als ein Playtex-BH nötig, um mit meinen beiden was anzufangen. Da dürfte nicht mal ein Kran was nützen.«

»Und die Augen nach unten. Es ist die Vier, Vier wie ›Das Flittchen trinkt wie viel Bier?‹.«

»Reden Sie wieder von Ihrer Alten, Al?«, rief eine Frau aus der Ecke, in der Hattie saß.

Al grinste, verdrehte die Augen und fuhr fort. »Und wir haben die Sechs, für die Hex.«

Beide Frauen schauten in ihre Hefte, doch nur Biddy konnte ein Kreuz in einem Kästchen machen.

»Jedenfalls steht die Knochenbrecherin in den Startlöchern«, flüsterte Elsie. »Sie wird sicher bald loslegen, wenn du mich fragst.«

Al hatte vier Zahlen ausgerufen, und Elsie hatte keine einzige mitbekommen. Sie winkte Beryl, ihr ein neues Heft für die nächste Runde zu bringen, und zog ihre Geldbörse heraus.

»Hast du den Brief abgeschrieben, den sie der Oberschwester geschickt hat?«, fragte Biddy, die gerade noch die Elf mitbekam.

»Wer den Dreck macht, weiß ich, es ist die Dreißich«, rief Al.

»Ist das deine Schwiegermutter?«, grölte Hattie, die es liebte, mit dem Ausrufer zu flirten. Sie war die einzige Frau im Saal, die nicht kapierte, dass Beryl ihr längst zuvorgekommen war.

»Oooh, verderben Sie mir nicht den Abend, Hattie!«, rief Al.

»Lieber würde ich es mit einem bösartigen Hund aufnehmen als mit meiner Schwiegermutter. Ein Hund lässt wenigstens irgendwann von einem ab.«

Die Frauen im Saal lachten brüllend über den Witz, den sie schon so oft von Al gehört hatten. Hier ging es nicht nur um Bingo, obwohl das aufregend genug war. Die Frauen trafen sich in dem Saal, um zu lachen. Es war ihr Ausgleich für die Tage endloser, sich stets wiederholender und schwerer körperlicher Arbeit.

»Reihe!«, ertönte es, und die Beinahegewinner stöhnten, dass es hallte.

»Eine Zahl noch, und ich hätte die gehabt«, klagte Biddy. »Ich war fast da. Ja, ich habe das Gefühl, dass ich heute Abend noch Glück habe.«

»Wärst du so freundlich, Beryl, und prüfst bitte die Reihe. Ich brauche einen Drink«, rief Al, während er sein Pint Guinness aufnahm und beim Trinken ekstatisch die Augen schloss.

Elsie nutzte die Pause. »Ich habe so viel abgeschrieben, wie ich konnte. Zwar verstehe ich nicht alles, aber hier, ich habe mein Bestes getan.« Sie holte ein Blatt Papier zusammen mit ihrem Portemonnaie aus der Tasche und gab es Biddy, bevor sie nach ihrem Sixpence suchte.

»Es ist eine Reihe, Al!«, rief Beryl, ehe sie das Preisgeld in Höhe von einer halben Krone auszahlte. »Gib nicht alles auf einmal aus«, sagte sie zu der Glücklichen und brachte Elsie ihr Extraheft.

»Wer war das?«, fragte Elsie.

»Konnte ich nicht sehen«, antwortete Biddy. »Eine von denen ganz vorne.«

»Die Küchenmädchen sind heute Abend hier«, sagte Elsie. »Als ob die Glück brauchen! Keine von denen verlässt das St. Angelus mit leerer Tasche. Es ist kein Zufall, dass ihre Kinder die dicksten in der Straße sind. Eine habe ich erst letzte Woche mit einem ganzen Tablett Törtchen nach Hause gehen sehen.«

»Ich gönne es ihnen«, erwiderte Biddy. »Schließlich arbeiten sie für einen mickrigen Lohn. Du vergisst, wie gut wir beide bezahlt werden, Elsie.«

Elsie schnaubte, widersprach aber nicht. Biddy und sie hatten sich nach ganz oben hochgearbeitet. Ständig spürten sie den Druck, ihre Stellung zu sichern, dennoch hatte das Heer von Hausangestellten im St. Angelus bestenfalls eine vage Ahnung davon, wie viel sie den vereinten Kräften von Dessie, Elsie und Biddy verdankten.

»Ruhe, meine Damen«, rief Al. »Wir machen weiter. Zwei fette Damen!« Biddy und Elsie kreuzten die 88 in ihren Heften an.

»Die Küchenhilfen wissen gar nicht«, sagte Elsie, »dass unsere Vorsicht das Einzige ist, was ihre Stellen sichert.«

Biddy las die Nachricht, die Elsie im Büro der Oberschwester abgeschrieben hatte. »Pass auf die Zahlen auf, Elsie«, befahl sie. Als sie fertig war, faltete sie das Blatt zusammen, öffnete ihre Handtasche und steckte es ein.

»Alles in Ordnung, Biddy?«, fragte Elsie.

»Ja, nichts, was sich nicht regeln lässt. Aber das Gefährlichste ist, dass sie jetzt direkt neben den Schwesternzimmern wohnt.«

»Bingo!«, schrie jemand, und als sie hinsahen, wedelte Hattie mit ihrem Heft.

»Bringen Sie bitte Ihr Heft nach vorn, Hattie«, rief Al. »Ich muss nachsehen, ob Sie wirklich alle Zahlen haben.«

»Ach, das kann ja wohl nicht wahr sein! Kauft sie ihre Hefte direkt bei der Mutter Gottes statt bei Sandra an der Tür?«, fragte Elsie. »Sie gewinnt beinahe jede Woche.« Jede Frau spielte, um zu gewinnen, doch keiner gefiel es, wenn eine andere, die sie kannte, wiederholt Glück hatte. Die Harmonie auf den Straßen in der Gegend fußte auf der Tatsache, dass sie alle gleich waren. Jede kämpfte gleichermaßen.

»Ich gehe nachher bei Dessie vorbei und zeige ihm den Brief«, sagte Biddy. »Kommst du mit?«

»Kann ich nicht. Ich würde gern, aber Jake muss einer seiner Tanten in Bootle helfen, und Martha ist allein. Ich habe ihr versprochen, dass ich auf dem Heimweg noch reinschaue. Jetzt spürt sie die Schwangerschaft richtig. Jeden Tag ist sie runder.«

Biddy versetzte es einen Stich. Keines von ihren Kindern lebte in der Nähe. Sie waren alle ausgeflogen, und seit Jahren hatten sie keinen Kontakt mehr zu ihr, sodass sie ihre Enkelkinder nie sah. Biddy war so allein auf der Welt wie Emily Haycock, verbarg es bloß besser, denn im Gegensatz zu Emily hatte Biddy als Haushälterin in der Schwesternschule eine Stellung, die in der Hierarchie des St. Angelus eher unwichtig war.

»Welche Tante? Ich habe nicht gewusst, dass er eine Tante in Bootle hat«, meinte Biddy, die immer misstrauisch wurde, wenn sich jemand ungewöhnlich verhielt.

»Er sagt, dass sie auf der Hochzeit war. Sicher haben wir sie gesehen, aber da waren so viele Gäste. Das ist das Problem bei den Hochzeiten heute. Auf denen wimmelt es von Witwen und Männern mit Beinprothesen oder Augenklappen.«

»Gegen die schlimmen Folgen des Krieges können wir nichts tun, Elsie. Rein gar nichts.«

Wieder wurde es ruhig im Saal, als Hattie zu ihrem Platz zurückging. Allerdings musste sie den beiden noch eine spitze Bemerkung zuwerfen. »Schade, dass ihr nicht bei mir sitzt. Jetzt verpasst ihr einen Drink, denn ich bin immer großzügig mit meinem Gewinn.«

Elsie und Biddy verzogen das Gesicht. »Ist nicht das Einzige, womit du großzügig bist, Hattie«, konterte Biddy.

Hattie hörte es nicht mehr, weil sie schon wieder auf ihrem Platz bei ihren Nachbarinnen und den Kolleginnen aus der Krankenhausküche saß.

Als sie in ihren Heften umblätterten, um das nächste Spiel zu beginnen, dachte Biddy über den Brief nach, den Elsie abgeschrieben hatte. Sie hatte das gut gemacht. In dem Brief von Miss Van Gilder an die Oberschwester ging es um das Krankenhauspersonal. Und neben dem Wort Hauspersonal standen die Worte Agentur, Wirtschaftlichkeit und elektrische Bodenreinigungsmaschinen. Biddy hatte keine Ahnung, was eine Agentur war, aber ihr gefiel das alles nicht.

»Ich habe es im Urin, dass wir alle eine Menge Probleme mit dieser neuen Stellvertreterin kriegen«, sagte sie zu Elsie.

Sie waren ein ausgezeichnetes Team, wenn es darum ging, mit Ärger fertigzuwerden. Aber Biddy wusste auch, so nutzlos die meisten Männer sein mochten – und hier kamen ihre persönlichen Erfahrungen mit ihrem Ehemann und ihren Söhnen ins Spiel –, ohne Dessie könnten sie nur halb so viel erreichen.

Den Rest des Spiels genoss sie nicht recht. Das Wort Agentur nagte an ihr, und sie wollte so bald wie möglich mit Dessie reden.

Auch Elsie hatte keinen Spaß am Bingo. Als sie auf Biddys Karte aufpasste, war die »32« ausgerufen worden, und sie hatte vergessen, sie anzukreuzen. Sie war damit beschäftigt gewesen, sich eine Zigarette anzuzünden, ihre Tasche wieder nach unten zu stellen und auf ihre eigene Karte zu sehen, als sie eine der anderen Frauen rufen hörte. Da war es zu spät gewesen.

»War das Bingo?«, fragte Biddy. »Das ging verflucht schnell. Die muss ja fast alle Zahlen gehabt haben.«

»Weiß nicht, ich kann nichts sehen.«

Und dann hörten sie Maisie Tanner. »Ist das nicht großartig,

Leute? Es ist Doreen!« Das Blechdach flog fast von der Halle, als alle jubelten, klatschten und pfiffen ... sogar Hattie Lloyd.

»Oh Gott, sie hätte mich umgebracht, wenn sie es gemerkt hätte«, sagte Elsie zu ihrer Tochter Martha, als sie sich eine Stunde später an deren Küchentisch setzte. »Es wäre ihr Bingo gewesen. Ich sollte auf ihre Zahlen aufpassen, aber Doreen hat sie stattdessen bekommen.«

»Ach, das ist doch schön, Mam. Doreen verdient es. Du hast ihr etwas Gutes getan. Sie hat seit Wochen nicht gearbeitet, da kann sie das Geld gut gebrauchen. Erzähl Biddy nichts.« Martha schenkte ihnen Tee ein. »Wie hoch war der Preis?«

»Es waren bloß zwei Pfund, aber sie hätte die nützlich gefunden. Ich fühle mich furchtbar! Ich hätte es ihr erzählen sollen. Sie hätte dann noch den Preis einfordern können, weil ihre letzte Zahl früher ausgerufen wurde. Aber sie hätte mir den Kopf abgerissen, ganz sicher. Maisie Tanner hat einen Hut rumgeschickt, und wir haben alle einen Shilling reingetan. Das Geld hat Maisie dann am Schluss des Abends Doreen gegeben. Die arme Doreen war vollkommen aus dem Häuschen, in Tränen aufgelöst. Du hättest sie sehen sollen. Doch ich denke, sie war auch glücklich.«

»Kein Wunder, dass sie immer noch schnell weint. Dem Himmel sei Dank, dass die Oberschwester ihr die Stelle gesichert hat. Arme Doreen. Stell dir mal vor, sie müsste sich nach alldem auch noch eine neue Arbeit suchen. Manchmal ist die Oberschwester ihr eigener schlimmster Feind, meinst du nicht auch, Mam? Jeder denkt, sie sei knallhart, und doch ist sie im Grunde eine gute Frau.«

Elsie nickte. Sie kannte die Oberschwester besser als die meisten anderen. »Wie lange wird Jake weg sein?«, fragte sie.

»Er müsste jetzt schon wieder im Bus sitzen. Seine Tante ist in eines dieser neuen Blechhäuser gezogen, und sie wollte, dass er ihr eine Gardinenstange aufhängt.«

»Wenn das Baby da ist, musst du aufpassen, dass er nicht mehr für jeden springt«, sagte Elsie. »Als Vater kann er aufhören, anderen ständig einen Gefallen zu tun. Dabei fällt mir ein: Kannst du ihn bitten, morgen nach der Arbeit mal bei mir reinzusehen? Da ist Wasser unter der Küchenspüle, und ich finde einfach nicht heraus, wo es herkommt«, ergänzte Elsie ohne einen Hauch von Ironie.

»Mam, ich will Tante Biddy bitten, Patentante für das Baby zu werden. Sie und Onkel Dessie. Was hältst du davon?«

Elsie stellte ihre Tasse hin und überlegte einen Moment. »Ich glaube, sie wäre überglücklich, Martha. Biddy muss immerzu um irgendwen Theater machen. Mir tut sie leid, aber das dürfte ich ihr niemals sagen. Keines ihrer Kinder meldet sich bei ihr. Mach das, Martha. Dann hat das Baby zwei Omas zum Preis von einer in einer Straße.«

Kapitel vierzehn

Miss Van Gilder schloss die silberne Schnalle ihres Gürtels, die sie als stellvertretende Oberschwester auswies, und zog die schweren Vorhänge vor den hohen Stabkreuzfenstern zurück, von denen aus man auf den überfrorenen Parkplatz von St. Angelus blickte. An den gemalten Bildern vom Eichhörnchen »Nutkin« erkannte sie, dass die Kinderstationen neben dem Wohntrakt lagen. Hin und wieder sah sie kurz eine Schwester mit einem Baby oder Kleinkind auf dem Arm, die zum Fenster zeigte, um das schreiende Kind zu beruhigen.

»Mummy ist bald hier«, sagte die Schwester wahrscheinlich.

Nein, ist sie nicht.

Miss Van Gilder hatte erst diese Woche gelesen, dass es Empfehlungen gab, den Eltern Besuche bei ihren stationär aufgenommenen Kindern zu erlauben. Eine Lehrmeinung legte nahe, die Trennung der Kinder von ihren Müttern könnte schädlich für ihre Psyche sein. »Was für ein Unsinn«, rief sie laut aus. So etwas würde sie niemals erlauben. Sie weilte erst seit wenigen Tagen im St. Angelus, war sich aber schon im Klaren, dass die Regeln hier verschärft, nicht gelockert werden mussten.

Der Westwind vom Mersey drang ihr durch Mark und Bein, und der Frost dauerte schon, seit sie hier angekommen war. Sie dachte an St. Dunstan's und wie sie danach unter einer dunklen

Wolke von Pontius zu Pilatus gewandert war. Als Schwester Haycock sie um einen Namen und eine Adresse gebeten hatte, um eine Referenz einzuholen, war sie ein wenig erschrocken. Die musste aus St. Dunstan's kommen. So wäre sie sicher. Die Oberschwester dort war extrem arrogant und würde alles tun, um Kritik an ihrer Krankenhausführung zu vermeiden. Es gab Bemühungen, sie in den Ruhestand zu zwingen, denen sie bisher jedoch widerstand. Nein, die Oberschwester in St. Dunstan's würde kein Wort sagen. Keiner würde etwas erfahren. Nicht hier, dachte sie. Ich bin zu weit im Norden, als dass mich jemand kennen könnte. Nicht hier.

Die Oberschwester war seit ihrer Ankunft weg gewesen. Sie besuchte ihre alte Mutter, und heute sollten sie ihre erste offizielle Besprechung haben. Miss Van Gilder hatte inzwischen keine Zeit verschwendet und war auf sämtlichen Stationen und in allen Abteilungen des Krankenhauses gewesen, um jeden auf ihre ganz eigene Weise wissen zu lassen, dass sie da war. Nur mit einer Schwester, Schwester Antrobus, war sie aneinandergeraten. Sie war erst kürzlich zur Stationsschwester der Notaufnahme ernannt worden, und zwischen ihnen herrschte vom ersten Moment an dicke Luft.

»Ich würde gerne mit Ihnen durchgehen, wie Sie Ihre Aufnahmen registrieren und den Patienten Betten zuteilen«, hatte Miss Van Gilder gesagt.

»Und warum? Es wird alles genauso gehandhabt, wie es in diesem Hospital seit 1932 üblich ist.« Schwester Antrobus hatte sich zu ihrer vollen Größe aufgerichtet, und der feine Flaum in ihrem Nacken hatte sich merklich aufgestellt.

»Genau deshalb möchte ich es mir ansehen, Schwester Antrobus. Mich erstaunt, dass die Oberschwester es nicht für nötig hielt, diese Abläufe den NHS-Vorgaben anzupassen.«

»Welche sollen das sein?«, fragte Schwester Antrobus. »Wir teilen die Patienten den Stationen zu, die freie Betten haben. Das ist keine Hexerei. Im Winter sind wir oft überbelegt und können schon mal Kinder auf der Geriatrie haben, aber wir tun eben, was wir tun müssen. Es sei denn, Sie können in Ihrer Rolle als stellvertretende Oberschwester Betten herbeizaubern.«

»Warum wurden Sie von Station zwei hierher versetzt?« Miss Van Gilder redete nicht um den heißen Brei herum. Kein Muskel in ihrem Gesicht bewegte sich, als sie ihre Beute fixierte.

Schwester Antrobus war sprachlos – die Neue hatte sie eiskalt erwischt. Sie war wegen ihrer Verfehlungen degradiert worden, doch dann hatte die Oberschwester ihr verziehen, wenn auch nur knapp. Schwester Antrobus' Unterlippe bebte, und sie hatte Mühe, dem Blick der anderen standzuhalten. Um sich vor weiteren Attacken zu schützen, verschränkte sie die Arme vor der Brust, was leider nichts nützte.

»Nun?« Miss Van Gilder witterte Blut. Ihr erster Hieb hatte die Gegnerin verwundet. »Die Gynäkologie ist eine begehrte Station. Ich habe noch nie erlebt, dass eine Schwester die freiwillig verlässt. Nicht, sofern sie nicht wahnsinnig wird, erkrankt oder, natürlich, sich ein Fehlverhalten zuschulden kommen ließ. Auf der Station war früher ein anderer Arzt, dessen Namen ich in dem Verzeichnis der Totenscheine gesehen habe. Anscheinend ist er auch weg. Ein Arzt und eine Stationsschwester, beide zur selben Zeit? So etwas habe ich noch nie gehört.«

»Ich weiß nicht, wovon Sie reden. Es war Zufall.«

»Zu viel Zufall, wenn Sie mich fragen. Ich werde dem auf den Grund gehen. Mir entgeht nichts. Und jetzt bitte die Bettenzuteilung.«

Schwester Antrobus schluckte. Sie hatte geglaubt, eine Verschnaufpause zu bekommen und in der Notaufnahme ihre Wunden lecken zu können. Doch Miss Van Gilders Erscheinen hatte ihr einen Strich durch die Rechnung gemacht, und Schwester Antrobus fürchtete sich vor dem, was geschehen würde, wenn sie alles erfuhr.

War Miss Van Gilder von Schwester Antrobus schon wenig eingenommen, befand sie sich mit dem Hauspersonal quasi von der ersten Minute an im Krieg.

»Das Krankenhaus wird wie eine große Familie geführt«, hatte die Köchin in der Hauptküche ihr erklärt, während sie die Vorratsschränke öffnete und wieder schloss.

»Jeder kommt hier mit jedem aus«, hatte der Chefpförtner Dessie gesagt.

»Wir arbeiten alle schon seit Jahren zusammen«, tönte es von Betty Hutch, einer der Nachtputzkräfte.

Ihr war klar, was die Leute taten. Sie warnten sie. Machen Sie hier ja nicht die Pferde scheu. Sie hatten ja keine Ahnung, dass sie exakt das vorhatte.

Als Erstes hatte sie Elsie O'Brien mitgeteilt, das für sie vorbereitete Zimmer wäre nicht angemessen. Was für eine Impertinenz von dieser Frau, dachte sie, als sie sich an Elsies Einwand erinnerte, das andere Zimmer sei Gästen von Dr. Gaskell vorbehalten. Was glaubte diese Hauskraft eigentlich, wer sie war, eigenmächtig solche Entscheidungen zu treffen?

»Ich fürchte, das geht nicht«, hatte sie zu Elsie gesagt, die sie persönlich zu ihrem Zimmer eskortierte.

»Tja, es ist das einzige Zimmer außer den Besucherräumen. Da kann ich jetzt nichts machen. Die Oberschwester ist erst in einigen Tagen zurück, denn es geht ihrer Mutter schlecht.«

»Hat sie keine Telefonnummer hinterlassen? Sicher muss sie irgendwie zu erreichen sein.«

Elsie hatte einen zusammengefalteten Zettel aus ihrer Schürzentasche geholt. Auf dem stand die Nummer des Pflegeheims in Lytham St. Annes, in dem die Mutter der Oberschwester seit zehn Jahren lebte. Widerwillig gab Elsie zu, dass sie eine Nummer hatte, und Miss Van Gilder hatte sofort angerufen.

Nach einer kurzen Unterhaltung mit ihr hatte die Oberschwester gebeten, mit Elsie sprechen zu dürfen. »Ich bin ziemlich sicher, dass es Dr. Gaskell nichts ausmachen wird, wenn Sie Miss Van Gilder die Ärztebesuchszimmer anbieten«, sagte sie.

Elsie wollte widersprechen, was ihr jedoch nicht zukam. Etwas an Miss Van Gilder verursachte ihr eine Gänsehaut. Seufzend hatte sie sich entschuldigt, um das Bett zu lüften und die Zimmer kurz durchzugehen. Innerhalb von Minuten hatte die Geschichte von der wählerischen neuen Stellvertreterin im St. Angelus die Runde gemacht.

»Jetzt sind Sie direkt neben Schwester Haycock«, sagte Elsie, als sie mühsam Miss Van Gilders Koffer in die neue Unterkunft wuchtete. Miss Van Gilder stand da und beobachtete sie, ohne ihr Hilfe anzubieten. Elsie öffnete die Tür mit einer Hand und stellte den Koffer gleich dahinter mit einem Knall auf dem polierten Holzboden ab. Dabei nahm sie sich vor, sich zur Belohnung abends beim Bingo ein kühles Guinness zu gönnen. Schließlich hatte sie diese Räume stets blitzblank gehalten, obwohl sie nur viermal jährlich genutzt wurden.

»Sie ist still wie eine Kirchenmaus, unsere Schwester Haycock«, sagte sie. »Neben ihr werden Sie keinen Grund haben zu klagen.«

Miss Van Gilder reagierte nicht. Sie nickte nur ernst, als sie sich im Zimmer umblickte. Dann strich sie mit den Fingern über den Kaminsims und befühlte die Vorhänge, als sie hinaussah. Ein paar Möwen kollidierten fast miteinander, als sie am Fenster vorbeiflogen, und vor Schreck wich sie einen Schritt zurück.

»Keine Sorge wegen der Möwen, die sind immer hier«, sagte Elsie. »Die kommen mit der Fähre hin und her. Heute muss raue See sein, dass so viele hier sind.«

»Ja, vermutlich«, antwortete Miss Van Gilder.

Elsie, die wieder bei Kräften war, hob den Koffer erneut an und zog ihn recht grob mitten ins Zimmer. »Wollen Sie, dass ich auch für Sie auspacke, oder kommen Sie zurecht?«

»Nein, das will ich nicht! Ich kann selbst auspacken.«

»Gut, wie Sie wünschen. Saubere Handtücher liegen unten auf dem Bett. Ich habe das Bad geschrubbt, aber Schwester Haycock hinterlässt es sowieso immer makellos. Die Cafeteria ist offen, bis die Nachtschicht um Mitternacht ihre Pause hatte.«

Elsie wartete auf ein Dankeschön. Es kam keines, und das Schweigen verriet ihr, dass sie entlassen war.

Als die Oberschwester aus ihrem Urlaub zurück war, bestellte sie Miss Van Gilder in ihr Büro.

»Kommen Sie ans Feuer«, sagte sie. »Die Kälte ist schrecklich. Schwester Antrobus hat mir gesagt, dass die Stationen voll sind wegen Bronchitis und Influenza. Sind Ihre Räume warm genug?«

»Sind sie, danke, Schwester Oberin. Und ohnedies hat ein wenig Kälte noch niemanden umgebracht.«

»Oh, ich denke, da würde Ihnen Schwester Antrobus widersprechen«, sagte die Oberschwester, als sie die Tür hinter ihnen schloss. Schon jetzt war die Zahl der Todesfälle durch Pneumonie viel höher als sonst. Und gewiss waren daran die kalten Häuser, die manche ihrer Patienten ertragen mussten, nicht unschuldig.

»Warm oder nicht, ich bin mir nicht sicher, wie lange wir noch hier im Krankenhaus wohnen können«, fuhr sie fort. »Das Liverpool District Hospitals Board hat die Pläne genehmigt, den gesamten Wohntrakt in eine Station für Notfälle umzubauen. Zweifellos wird man uns bald anweisen, uns unsere eigene Unterkunft außerhalb des Krankenhauses zu suchen.«

»Na, in dem Fall müssen wir eben in das Schwesternheim in der Lovely Lane umziehen. Es ist eine viel bessere Lösung, meiner Meinung nach. Sehr viel heimeliger und bequemer. Ehrlich gesagt überrascht es mich, dass wir keine Zimmer in der Lovely Lane haben, wo es solch ein schönes Gebäude ist.«

»Dem hat Ihre Vorgängerin, Schwester April, ein Ende gesetzt«, sagte die Oberschwester und führte Miss Van Gilder zu dem Sessel vor ihrem Kamin. »Es war zu Kriegsbeginn. Schwester April hatte das Gefühl, dass die Schwesternschülerinnen eine Pause von den älteren Schwestern bräuchten und es besser wäre, die qualifizierten von den Lernschwestern zu trennen. Und ich muss sagen, dass es sich gut bewährt hat. Wie Schwester April zu sagen pflegte, können wir uns nicht so benehmen, als bräuchten unsere jungen Schülerinnen eine Aufsicht, wenn sie nicht im Dienst sind, und gleichzeitig von ihnen erwarten, dass sie auf unseren Stationen die Verantwortung für das Leben der Patienten tragen.«

Die Oberschwester bückte sich, um Blackie zu streicheln, der vor dem Feuer lag. Aus seiner Kehle drang ein sehr leises, beharrliches Grollen. Wenn es eines gab, was Miss Van Gilder noch mehr hasste als Kinder, dann waren es Hunde. Und Blackie spürte das offenbar.

»Nun, Schwester Oberin«, entgegnete Miss Van Gilder und schürzte missbilligend die Lippen, »ich war noch nie eine Freundin davon, an der Arbeitsstelle zu wohnen, aber wenn wir daran festhalten wollen, dass keine verheirateten Schwestern hier arbeiten dürfen, wird das die Abschaffung der hauseigenen Unterkünfte ein wenig schwieriger machen. Die wenigsten Schwestern können sich von ihrem Lohn eine eigene Wohnung leisten. Nicht, dass ich mich beklage. Wenigstens bekommen wir genug bezahlt, dass wir im hohen Alter komfortabel wohnen können.«

Die Oberschwester nickte und stocherte im Feuer.

»Ich hätte allerdings gedacht, dass es andere Angelegenheiten gibt, auf die sich das LDHB konzentriert, bevor es beschließt, unsere Schwesternzimmer zu räumen. Es gibt Bereiche im Krankenhaus, die meiner Ansicht nach dringender nach Aufmerksamkeit verlangen.«

Blackie knurrte, und die Oberschwester runzelte die Stirn. »Andere Bereiche? Welche meinen Sie, Miss Van Gilder?« Sie war enttäuscht, denn sie hatte sich auf Miss Van Gilders Ankunft gefreut. Ihr Eindruck von ihr war der einer strengen, aber auch sensiblen und flexiblen Frau gewesen. Und fraglos hatten die anderen Mitglieder des Ausschusses dieselben Qualitäten in ihr gesehen. Diese Eigenschaften waren in einem Krankenhaus, das mit den Nachkriegsanforderungen einer rapide wachsenden und genesenden Stadt mithalten musste, dringend vonnöten. Allein die Geburtenzahlen waren eine Herausforderung, und es landeten immer mehr junge Männer in der Notaufnahme, seit es so viele Motorroller und Automobile auf den Straßen gab. Hatte es kürzlich so gut wie keine jungen Männer in Liverpool gegeben, weil alle für König und Vaterland kämpften, vibrierte die Stadt jetzt wieder vor Energie, und das St. Angelus musste Schritt halten.

Miss Van Gilder entdeckte einen besorgten Schatten auf dem Gesicht der Oberschwester und fürchtete, dass sie zu weit gegangen war. Es wäre nicht das erste Mal. Ihre Meinung zu äußern, wo sie nicht erwünscht oder gefordert war, war seit jeher ihr Problem. Wäre sie nicht ganz so forsch mit ihren Ansichten gewesen, könnte sie noch in Bournemouth sein.

Sie setzte ein strahlendes, entwaffnendes Lächeln auf und versuchte, die Freundlichkeit von zuvor wiederzubeleben. »Wie Sie sicher aus meinem Brief ersehen haben, Schwester Oberin, verfüge ich über einiges Fachwissen, was die Wirtschaftlichkeit von Krankenhäusern angeht, weil ich schon in mehreren anderen gearbeitet habe. Vielleicht könnte ich zunächst das St. Angelus ein wenig besser kennenlernen und Ihnen im gleichen Zuge einen Bericht verfassen. Einen frischen Blick darauf werfen, wie hier Dinge gehandhabt werden. Und dann können Sie die Anregungen des Berichts bei den Expansionsplänen nutzen. Schließlich sollte die erste Aufgabe jeder brauchbaren Stellvertreterin sein, die Oberschwester zu entlasten.«

Die Oberschwester war besänftigt und lächelte wieder. Blackie legte sich zurück auf seine karierte Decke. Die Gefahr war überstanden.

»Eine exzellente Idee, Miss Van Gilder. Ich muss sagen, dass es mir bisher gelungen ist zu verhindern, dass die Schwesternzimmer geräumt und der alte Stationstrakt niedergerissen werden. Bei dem vorgeschlagenen Bauplan kommen mir die Tränen. Ich habe keine Ahnung, wie wir unseren Patienten bei so viel Unruhe und Improvisation gerecht werden sollen. Ein Bericht, wie wir Verbesserungen umsetzen können, ohne das Ausmaß an Zerstörung, das vom Ausschuss vorgeschlagen wird, wäre mir überaus willkommen.«

Elsie kam mit dem Teetablett und stellte es auf den kleinen Tisch zwischen ihnen.

»Ich denke, neben den Gebäuden könnten wir auch einige Veränderungen bei der personellen Ausstattung des Krankenhauses vornehmen. Hier scheint mir ein ganzes Heer von Leuten beschäftigt. Viele Krankenhäuser sehen sich nach sparsameren Möglichkeiten um und widmen sich besonders den Fragen, wie bisher geputzt wird oder wie die Patienten ihre Mahlzeiten bekommen.«

Elsie erstarrte.

»Ich habe sehr spannende Ideen, wie wir unsere Ausgaben und das Personal reduzieren können. Mir scheint, dass wir viel zu viel Hauspersonal beschäftigen.«

Nun verschüttete Elsie den Zucker, den sie in Miss Van Gilders Tee geben wollte.

»Ich würde auch gern mal über die Schwesternschülerinnen sprechen.«

»Ah, verstehe«, sagte die Oberschwester. »Da müssen Sie mit Schwester Haycock reden.«

»Das würde ich ja gern, aber sie ist so gut wie nie verfügbar. Anscheinend ist sie abends immer aus, kommt um neun zurück, wäscht ein wenig Wäsche und ist um acht Uhr morgens wieder weg. Ich habe noch nie jemanden gekannt, der so viel wäscht.«

»Ja, das ist mir auch schon aufgefallen. Allerdings haben wir alle ein Anrecht auf unser Privatleben, Miss Van Gilder. Solange Schwester Haycock keine der hiesigen Regeln bricht, darf sie privat tun und lassen, was sie will. Ich kenne sie, seit sie eine junge Schwesternschülerin war. Und ich leugne nicht, dass sie nicht meine Wahl für die Schwesternausbildung war. Da wurde ich von unserem TB-Spezialisten überstimmt, Dr. Gaskell. Doch sie hat mehr als bewiesen, dass sie sowohl fähig als auch exzellent in der Ausübung ihrer Pflichten ist. Sie hat eine Begabung, das Beste in den Lernschwestern zutage zu fördern. Deshalb genießt sie jetzt meine bedingungslose Unterstützung.«

Miss Van Gilder war unsicher, ob sie diese Einstellung teilte. Grundsätzlich fand sie an so gut wie jedem und allem etwas auszusetzen, und sie war beinahe überzeugt, dass Schwester Haycock diesbezüglich keine Herausforderung darstellen würde. Da sie selbst kein Privatleben hatte, interessierte sie das anderer Leute brennend, und sie hatte bereits entschieden herauszufinden, warum Schwester Haycock derart viel zu waschen hatte und spätabends so viel heißes Wasser laufen ließ. Wie wollte man wissen, ob Regeln gebrochen wurden, wenn die Schuldige erst noch ertappt werden musste?

»Nun, Miss Van Gilder, ich denke, wir sollten eine Zeit vereinbaren, zu der wir uns zusammensetzen und die Woche besprechen. Darf ich vorschlagen, dass wir uns montagmorgens um elf in meinen Räumen zu einem Kaffee treffen und Sie, die Sie meine Augen und Ohren sind, mir berichten, was Ihnen Sorge macht oder Ihnen gefällt? Ich bin zu so vielen Sitzungen in der Stadt geladen und muss auch noch später die Woche zur Oberschwesternkonferenz den Zug nach London nehmen. Man glaubt es kaum, aber im neuen NHS glauben einige Leute, dass es den Oberschwestern an den nötigen Fähigkeiten mangelt, ein Krankenhaus zu leiten. Eigentlich wollte ich nicht nach London reisen, aber als ich sah, dass ein bestimmter Punkt auf der Tagesordnung stand, habe ich mich anders entschieden. Was glauben diese Leute nur, wer sie sind?«

Miss Van Gilder entspannte sich allmählich. Sie zeigte Verständnis und schüttelte gebührend entgeistert den Kopf. So war es schon besser.

»Vielen Dank, Schwester Oberin, ja, eine wöchentliche Besprechung ist eine hervorragende Idee. Sicher habe ich dann eine Menge zu berichten, über das Sie sich Gedanken machen können. Es wird keine Nische in diesem Krankenhaus und keine einzige Person geben, von der ich nicht alles weiß, das kann ich Ihnen versichern.«

»Sehr gut. Nun, das hört sich doch alles sehr positiv an. Ich bin entzückt, Sie bei uns zu haben. Lassen Sie mich Elsie mit einigen ihrer köstlichen Kekse rufen, damit wir heute so anfangen, wie wir es weiterhin handhaben wollen. Ich vergesse dauernd, dass wir Kekse haben, geht es Ihnen auch so?«

Miss Van Gilder, die im Small Talk alles andere als fließend war, stammelte: »Äh, na ja ...«

»Haben Sie Blackie schon kennengelernt?«, fragte die Oberschwester, als Blackie knurrte.

Miss Van Gilder zuckte zusammen, und die Oberschwester runzelte ein wenig die Stirn.

Als Elsie in der Küche die Kekse auf einen Teller legte, klingelte das Küchentelefon. Sie ging ran. Es war Biddy.

»Der Brief, den du bei der Oberschwester abgeschrieben hast, ist ein Volltreffer, Elsie. Da war der Name von einem Krankenhaus genannt, St. Dunstan's, und ich habe die Adresse von der Frau in St. Dunstan's, von der ich dir gestern erzählt habe. Sie ist aus Ballina, und ihre Schwester ist Cathy aus der Küche, die in der Waterloo Street wohnt. Cathy hat ihr geschrieben, ob sie die Knochenbrecherin kennt, und das tut sie. Ich habe ihr gesagt, ich schreibe ihr heute Abend alles, was wir wissen wollen, und meine Adresse. Ist sie jetzt da?«

»Oh Gott, ja, sie sitzt drüben, Biddy, und sie ist wirklich komisch. Irgendwas stimmt nicht mit ihr, und vertun wir uns nicht: Die kann uns allen mächtige Schwierigkeiten machen.«

Biddy seufzte. Elsie sorgte sich immerzu, und Miss Van Gilder brachte sie dazu durchzudrehen. »Reg dich nicht auf, Elsie. Komm heute Abend zu mir, und wir schicken den Brief los. Wenn sie irgendwas verschweigt, so wahr uns Gott helfe, dann finden wir es raus.«

Während Miss Van Gilder ihren Tee trank und mit der Oberschwester köstliche Karamellkekse aß, ebbte ihr Hass auf den eiskalten Nordwesten allmählich ab. St. Dunstan's fühlte sich eine Million Meilen entfernt an. Dort war es knapp für sie gewesen. Gefährlich knapp. Aber dies hier war ein Neuanfang, und sie würde nicht wieder dieselben Fehler machen. Von jetzt an würde sie vorsichtiger sein.

»Ich schlage vor, dass Sie mir auch die gesamte Post überlassen, Schwester Oberin. Ich könnte sie öffnen und mich um Trivialeres selbst kümmern. Alles von Wichtigkeit würde ich Ihnen auf den Schreibtisch legen. Was ist schließlich der Sinn, einen Hund zu haben, wenn man selbst bellen muss?« Miss Van Gilder konnte nicht anders und sah zu Blackie.

Bei dem Wort »Hund« hatte Blackie sofort den Kopf gereckt.

Der Oberschwester war nicht wohl bei dem Vorschlag, auch wenn ihr kein Argument dagegen einfiel. Miss Van Gilder hatte recht: Ihre Aufgabe war es, ihr zu assistieren. Hatte sie nicht eben selbst gesagt, wie beschäftigt sie war? Und wäre sie nicht allein diese Woche drei volle Tage nicht im Krankenhaus? »Ja, sehr freundlich von Ihnen«, antwortete sie zögerlich.

»Hervorragend. Ich lasse den Pförtner jeden Morgen alle Post zu mir bringen, und wir entscheiden dann, wer was davon übernimmt. Die lästige und weniger wichtige Korrespondenz erledige ich.«

Miss Van Gilder blickte in die züngelnden Flammen und dachte, ja, im St. Angelus werde ich zu Ruhm gelangen. Hier wird niemand mit dem Finger auf mich zeigen.

Kapitel fünfzehn

Lockie hatte zu viel getrunken. Er wusste es, aber Amy war nach Trinken gewesen, und er konnte sie nicht aufhalten.

»Warte um sechs vor der Fabrik auf mich«, hatte sie morgens zu ihm gesagt, als er seinen Scheck abholte, und das hatte er getan. Seitdem saßen sie im Grapes auf einer kleinen Bank nahe dem Feuer.

Eigentlich war Amy nicht Lockies Typ. Er war ein ruhiger, fleißiger Mann, der sich ein einfaches Leben wünschte. Samstags ging er mit seinem Vater zum Fußball und anschließend in den Pub. Sonntagmorgens holte er den versäumten Schlaf der Woche nach und striegelte Misty extra lange. Mittags trank er mit seinem Vater ein Pint im Pub, bevor sie zum Sonntagsbraten seiner Mutter heimgingen und hinterher seine Großmutter besuchten.

So war Lockies Leben. Geordnet. Es geschah nichts Ungewöhnliches, das ihn aus seinem Trott brachte, und so hatte er es gern. Vor Amy hatte er noch nie eine Frau gekannt, die sich schminkte. Und keine, die mit Männern schäkerte. Wenn Amy ihn ansprach, würde er am liebsten eine Meile weit weglaufen; stattdessen war er wie gebannt von ihren roten Lippen und ihrem Duft. Solch eine Frau hätte in einer Küche nichts zu suchen.

»Ich muss morgen früh arbeiten, Amy«, sagte er. »Um fünf muss ich aufstehen und die Cotapaxi abpassen. Sie liegt draußen und soll als Erste reinkommen. Wenn sie anlegt, will ich da sein und mir beim Löschen die Jute sichern.«

Lockie war immer der Erste in der Schlange. Die gebrochenen Ballen und eingerissenen Säcke bekam er zu einem niedrigeren Preis, und er nahm sie. Auf diese Weise konnte er über zehn Pfund die Woche sparen. Es wäre noch mehr, aber er steckte seiner Großmutter sonntags immer einen Schein zu.

»Das ist für Guinness und Bingo, Nan«, sagte er, wenn er das Geld auf ihre Kommode legte. Sie zündete sich dann ihre Pfeife an und tat, als hätte sie es nicht gehört. Stolz kam vor Dankbarkeit, wenn man einen Pfundschein annahm.

Und Lockie half auch seiner Mutter aus, zahlte die Miete und stockte den Lohn seines Vaters auf, der im Hafen arbeitete. Alles war gut in Lockies Welt, weil er sich anstrengte und geschäftstüchtig war. Doch nichts bereitete ihm mehr Freude, als seine stetig wachsenden Ersparnisse auf der Bank zu sehen. Jeden Monat schaute er nach, wie viel es war, und manchmal überraschte es ihn sogar selbst. Jetzt würde es nicht mehr lange dauern.

»Bald habe ich genug, um meinen eigenen Lagerplatz und Gebäude zu mieten und Männer einzustellen, ohne mir Geld von der Bank leihen zu müssen, Dad. Eines Tages wird auch genug da sein, um dieses Haus zu kaufen. Ich kann mir zusätzliche Karren besorgen und mit ein bisschen Glück meine eigene Fabrik gründen. Ich stehe gut da, Dad.« Und es stimmte. Er arbeitete dafür, und nichts würde sich ihm in den Weg stellen. Wenn er ausreichend Geld angespart hatte, konnte er auf den Zwischenhandel verzichten. Solche Gedanken gingen ihm tagein, tagaus durch den Kopf. Sie spornten ihn an, morgens um halb fünf aus dem Bett zu springen, egal, wie kalt oder feucht es war, und sie ließen ihn selbst die längsten Arbeitstage durchhalten.

Amy lächelte. »Woran denkst du, Lockie?«, fragte sie.

Er nahm sein Glas auf und trank den Rest von seinem Bier. »Entschuldige, Amy, ich habe mich gefragt, wie viel der Kapitän der Cotapaxi morgen für seine kaputten Jutesäcke verlangen wird. Er ist neu hier im Hafen. Ich habe seinen Namen noch nie vorher in den Schiffsmeldungen gesehen. Die Neuen sind immer ein bisschen schwierig.«

Lockie war mit seinen Gedanken immer beim Geschäft. Er verstand etwas von harter Arbeit und vom Sparen; aber er wusste nicht, wie er Nein zu Amy sagen sollte. Während sie ununterbrochen redete, verglich er sie unweigerlich mit Lily, und Amy schnitt dabei sehr schlecht ab.

»Du solltest an mich denken, nicht an den Kapitän der Cotapaxi«, sagte sie schmollend.

Der Papagei an der Bar krähte auf die Gäste ein, weshalb sie lauter als sonst sprechen mussten, um sich bei dem Gekreische, dem Gläserklirren und Lachen zu verstehen. Durch die beschlagenen Fenster gegenüber konnte Amy erkennen, dass es draußen schon dunkel war. Es war Abend geworden. Sie hatte keine Armbanduhr, und es gab auch keine Uhr an der Wand, doch sie schätzte, dass es gegen neun sein musste. Also müsste sie zur Sache kommen. Ihre Eltern waren fort, unternahmen einen zweiten Urlaubsversuch, und sie sollte bei den McConaghys wohnen. Seit jener Nacht, die sie jeden Tag verfolgte, bewachten alle sie mit Argusaugen.

»Du hast meinen Rheumatismus furchtbar verschlimmert«, klagte ihre Mutter. »Meine Nerven sind in einem bösen Zustand.«

Und dann war ihr Vater zusammengeklappt. Er musste damit fertigwerden, dass er Doreen gefunden hatte, und die Scham war nahezu unerträglich für ihn. Sowohl Amy als auch ihre Mutter erkannten, dass er am Ende seiner Kräfte war. Daher widersprach ihre Mutter nicht, als er sagte: »Ich brauche Urlaub.« Sie wagte es nicht.

Doreen sprach seit jener Nacht nicht mehr mit ihr, trotzdem verfolgte Amy das, was geschehen war. Es war sieben Wochen und drei Tage her, und sie zählte jede Minute.

»Ich gehe heute Abend noch mal nach Hause, um mir ein paar mehr Sachen zum Anziehen zu holen, Tante«, hatte sie zu Mrs McConaghy gesagt. »Hier habe ich nicht genug. Und hinterher gehe ich zum Friseur. Einen anderen Termin habe ich nicht bekommen. Ich schlafe dann zu Hause.«

Mrs McConaghy hatte keine Chance, etwas einzuwenden, und wenn sie ehrlich sein sollte, mochte sie ihre Nichte auch lieber, wenn sie nicht bei ihnen wohnte. »Offen gesagt kann ich sie nicht mehr so sehen wie vor diesem Vorfall«, gestand sie ihrem Mann. »Sie bekommt alles auf einem Silbertablett serviert, und doch hat sie keine Freundinnen. Die eine, die sie hatte, hat sie verloren, noch dazu auf solch furchtbare Weise. Gott sei Dank stand unser Name nicht im *Liverpool Echo*. Es hätte schlecht fürs Geschäft sein können, mit dieser schrecklichen Geschichte in Verbindung gebracht zu werden. Das Mädchen hätte sterben können. Ich glaube nach wie vor nicht, dass wir die volle Wahrheit über das wissen, was passiert ist. Sie hat Schande über uns alle gebracht. Man hätte sie fortschicken müssen.«

»Deine Schwester interessiert sich seit jeher mehr für sich selbst als für Amy«, antwortete Mr McConaghy und zog an seiner Pfeife.

»Ja, aber sieh dir Lily an. Wie Schwester Therese sagt, besitzt sie nicht mehr als die Kleidung, die sie am Leib trägt, aber würde sie sich jemals so benehmen? Niemals!«

Mr McConaghy schlug den *Liverpool Echo* auf und sah seine Frau über den Rand hinweg an. »Loyalität und gutes Benehmen kann man nicht kaufen. Sie werden verdient. Lily muss gute Eltern haben, so anständig und fleißig, wie das Mädchen ist.«

Mrs McConaghy schlang ihr Taschentuch um ihre Finger. Da hatte sie etwas anderes von Schwester Therese und Lockie gehört, musste jedoch vorsichtig sein. Sie sorgte sich auch um Amy. Beim Aufwachen morgens hatte sie gehört, wie sich das Mädchen im Badezimmer übergab, und ihres Wissens gab es nur einen Grund, warum Frauen von Übelkeit geplagt wurden. Es wäre zwar das Problem ihrer Schwester, aber sollte sie recht haben, konnte Amy nicht in Liverpool bleiben. Der Skandal wäre schlecht fürs Geschäft, und das würde Mrs McConaghy nicht dulden. Wenn ihre Schwester und ihr Schwager Schwierigkeiten machten, konnten sie sich von ihren fünf Prozent verabschieden. Mrs McConaghy hielt ihre Teetasse in der Hand und blickte ins Feuer, während ihr Mann durch die Zeitung blätterte. Nein, ich kann nicht recht haben. Ich lasse meine Sorge und Verantwortung für das Mädchen mit mir durchgehen, dachte sie. Es ist ein Infekt. Ich irre mich. Sie trank ihren Tee und vergaß ihre Sorgen um Amy.

Amy und Lockie waren seit dem Feierabend im Grapes. Amy hatte darauf geachtet, dass er unten an der Treppe auf sie wartete, unter den wachsamen Augen von Mrs McConaghy, die seitlich am Bürofenster stand. Sie beobachtete, wie Amy die Treppe hinunterlief, genau wie Amy es sich gedacht hatte. Sie hatte ihrer Tante gesagt, sie würde kurz mit Lockie etwas trinken gehen, ehe sie mit dem Bus zum Friseur fuhr. Das war nur eine Lüge mehr auf dem Berg aller anderen, die sie täglich erzählen musste. Als sie vor Lockie stand, überraschte sie ihn, indem sie sich auf die Zehenspitzen stellte und ihn leidenschaftlich auf den Mund küsste. Mrs McConaghy sollte nämlich noch eine andere Lüge glauben, die Amy vorbereitete: dass Lockie und sie seit Wochen heimlich ein Paar waren. Das sollte ihre Tante ihren Eltern berichten, damit sie glaubten, sie hätte zu viel Angst gehabt, ihnen zu gestehen, dass Lockie ihr Verehrer war.

Lockie redete, und Amy plante. Sie musste ihn schnell aus dem Pub bekommen. Und sie musste dafür sorgen, dass sich der Wirt an sie erinnerte. Was zu tun war, konnte nicht hier getan werden. Und Amy lief die Zeit davon. Inzwischen waren Wochen vergangen. Ben war nicht mehr zurückgekommen, seit ihr Vater ihn aus dem Haus gejagt hatte. Und da war es ohnehin zu spät gewesen und der Schaden bereits angerichtet.

Lockie begann zu lallen, und Amy betrachtete sein Gesicht. Der Feuerschein fing sich in seinem roten Haar, sodass es aussah, als stünde es in Flammen. Seine Augen waren von einem sanften Blau, und sein Muttermal wirkte beinahe schwarz. Ja, er wird es tun, dachte sie. Und unter den gegebenen Umständen musste er es tun.

»Gehen wir zu mir, Lockie.« Sie rutschte auf der Holzbank näher zu ihm, ließ eine Hand unten an seinen Rücken gleiten, flüsterte ihm ins Ohr und gab ihm einen Kuss seitlich aufs Gesicht.

»Amy!«, rief Lockie und wich zurück, als hätte ihm ihre Berührung einen Stromschlag versetzt. »So benimmt sich eine Dame nicht. War es nicht genug, dass du mich am helllichten Tag auf der Straße geküsst hast?« Panisch schaute er sich im Pub um, ob jemand es mitbekommen hatte.

Amy hingegen wollte bemerkt werden. Sie seufzte. Dies hier war weitaus schwieriger, als sie zuerst gedacht hatte. Warum konnte Lockie nicht wie andere Männer sein? Warum konnte er nicht versuchen, sie nach Hause zu bekommen?

Herrgott, bin ich etwa nicht unwiderstehlich?, dachte sie beleidigt. Wären die Umstände andere, würde sie Lockie sagen, wohin er sich seine Jute stecken konnte, und von dannen stürmen.

Doch heute Abend konnte sie sich diesen Luxus nicht leisten. »Ich hole dir noch ein Glas«, sagte sie, »und dann gehen wir.«

»Nein, du bleibst hier«, erwiderte Lockie. »Bist du wahnsinnig, Amy? Keine Frau geht an die Bar!«

Eine Minute später war er wieder zurück. Zwischen ihnen standen ein trockener Amontillado und sein aufgefülltes Bierglas.

»Lockie, wenn du mich hier nicht küssen willst, dann komm mit zu mir nach Hause.«

Er starrte sie an. Sie blickte ihm in die Augen und sah, dass sie sich verdunkelten. Seine Gesichtsmuskeln spannten sich an, und in seiner Wange zuckte es.

»Was ist mit deinem Dad?«, fragte er heiser.

»Der ist weg. Wie wäre es, wenn ich dir ein Brot mit Rührei mache, und dann kannst du nach einem Kuss und ein wenig Kuscheln gehen. Na los, bei mir bist du sicher, Lockie. Und außerdem hast du heute Abend noch nichts gegessen.«

Als sie aus dem Pub in die kühle Nachtluft traten, huschte Amy noch einmal zurück an die Bar. Sie gab dem Wirt einen Fünfpfundschein und blies ihm einen Luftkuss zu. »Hier, für Sie. Kaufen Sie dem Papagei einen Wellensittich, damit er einen Freund hat.«

Mit offenem Mund blickte der Wirt auf den Schein in seiner Hand. Doch ehe er etwas sagen konnte, war Amy fort.

Eine halbe Stunde später schloss Amy die Haustür auf. Sie stellte fest, dass sie sich auf das freute, was vor ihr lag. Ihr Problem wäre gelöst, ihr Ziel erreicht, und sie hätte wieder eine Eroberung gemacht. Das fühlte sich immer gut an.

Lockie ging vor ihr in die Diele. Amy schloss die Tür und wollte Licht machen, entschied sich aber anders. Ihr war bewusst, dass sie schnell vorgehen musste. Bald könnte er von dem vielen

Bier einschlafen, dachte sie. Also ließ sie ihre Handtasche fallen, drehte sich zu Lockie um, schlang ihm die Arme um den Hals und küsste ihn.

Langsam hob er die Hände und löste ihre von seinem Nacken. »Amy«, flüsterte er, »das dürfen wir nicht.« Seine Stimme war belegt und ein wenig flehend. Diesen Ton hatte sie noch nie gehört, und ein Kribbeln durchfuhr sie. Sie hatte es fast geschafft.

»Ach, Lockie, enttäusch mich nicht«, wimmerte sie. »Ich habe mich so auf das hier gefreut.« Wieder küsste sie ihn. Er stöhnte, als er den Mund leicht öffnete. Ja, er gab nach. Sie gewann.

Sanft drückte sie ihn an die Wand und drängte ihren schmalen Körper zwischen seine Beine, um sich an ihn zu pressen. Sie fühlte, wie er hart wurde, als sie seinen Gürtel öffnete und ihre Hand vorn in seine Hose schob. Er glitt an der Wand nach unten. Komm schon, dachte sie, begehr mich. Tat er nicht. Er erlaubte ihr, ihn zu drängen, aber er wollte sie nicht. Da war ein Sträuben, ein Zögern, und dann ging ihr plötzlich auf: Gott, er ist Jungfrau und hat Angst!

Sie bewegte ihre Hände instinktiv, lockte und ermutigte ihn, bis er außerstande war, ihr ernsthaft zu widerstehen.

»Komm mit, Lockie«, sagte sie und nahm ihn bei der Hand. »Ich will dir etwas zeigen.«

Eine Stunde verging, bis Amy in ihrem leeren Bett lag, das nach Bier und Sex roch, und lächelte. »Danke, verdammt«, murmelte sie und strich mit den Händen unten über ihren Bauch. Dort war eine sehr kleine Wölbung. Sie könnte nichts weiter bedeuten, als dass sie zu viele von den Kuchen ihrer Tante gegessen hatte. Aber Amy ging kein Risiko ein. Zwar könnte die morgendliche Übelkeit einfach auch bedeuten, dass sie es nicht gewohnt war, so viel Zucker zu essen, von dem ihre Tante nicht genug bekommen konnte. Aber sie musste Pläne schmieden, für alle Fälle.

Durch Zucker setzten nicht die Monatsblutungen aus. Und sie hatte keine Spur von einer gehabt. Sie war es leid, auf die Toilette zu rennen, wann immer sie glaubte, jetzt käme sie, um dann doch wieder enttäuscht zu werden. Es war nicht ungewöhnlich, dass Babys ein paar Monate zu früh geboren wurden. Wenn es sein musste, könnte sie das sagen. Das hatten schon viele Frauen getan.

Allerdings hatte sie noch einen anderen Plan. Ihre Nummer eins. Sie würde Ben finden und es ihm erzählen. Denn wenn er erfuhr, dass sie schwanger war, würde er sich gewiss anständig verhalten wollen. Für sie beide sorgen. Sie würde ihn finden und ihm sagen, sie müsse nur fünf Minuten mit ihm reden. Er fehlte ihr. Ihr fehlten der Spaß, das Ausgehen, das Lachen. Sie beschloss, gleich morgen zu seinem Haus zu gehen und nachzusehen, ob er dort war. Zu der Adresse, an die sie sich erinnerte. Aber Amy war nicht blöd. Sollte der schlimmste Fall eintreten und sie Ben nicht finden, musste Lockie herhalten. Und falls sie beweisen musste, dass Lockie der Mann war, der sie geschwängert hatte, gab es jede Menge Zeugen. Der Wirt würde das gut gekleidete Mädchen mit den roten Lippen nicht vergessen, das ihm fünf Pfund für einen Wellensittich gegeben hatte.

Kapitel sechzehn

»Stellt euch ordentlich hin, Jungs«, rief Dessie der Gruppe von Lehrlingen zu, die zu Pförtnergehilfen ausgebildet wurden. Die Jungen standen auf dem Krankenhaushof und warteten auf ihre Inspektion.

»Jetzt hört schon auf, Quatsch zu machen. Tom, gib Harry bitte seine Mütze zurück, jetzt.«

Mehr war nicht nötig. Ein kleines Senken der Stimme, und schon scharrten Stiefel auf dem Kopfsteinpflaster, von deren Stahlkappen Funken aufstoben. Die Jungen standen schneller in Reih und Glied, als Kugeln von einem Gewehr abgefeuert werden konnten. Keiner von ihnen wollte Dessie willentlich ärgern. Sie respektierten ihn, wie ihre Väter ihn respektiert hatten, als sie im Krieg in seinem Regiment dienten.

Dessie rekrutierte alle seine Lehrlinge aus den ärmsten Häusern entlang der Dock Road, in denen ein Vater im Krieg gefallen war. Die wenigsten seiner Jungen kamen aus Familien, in denen noch beide Elternteile lebten.

Jeden Morgen war es dasselbe. Gegenüber dem Krankenhaus lag die Kirche St. Angelus, und beim letzten Glockenschlag um acht Uhr standen die Jungen in zwei Reihen stramm. Dessie hatte seinen Exerzierplatz gegen den Pförtnerhof eingetauscht. Ehe seine Jungen Körbe mit Wäsche und Gemüse hin- und herkarrten,

Kacheln oder Wände reparierten, die Heizöfen befeuerten oder zwischen den Küchen, Stationen und Ärzte- und Schwesternheimen umherflitzten, mussten sie geschniegelt und gebügelt aussehen. Dessie bestand darauf, dass jeder von ihnen an seinem freien Tag ins öffentliche Badehaus ging, und sie mussten aus einem Haushalt kommen, in dem täglich Seife verfügbar war.

Dessies Inspektion fand jeweils zu Schichtbeginn statt, und es gab zwei Schichten pro Tag. In der Tagesschicht, die um acht Uhr morgens anfing, waren es vierundzwanzig Jungen, und in der Nachtschicht ab acht Uhr abends zehn. Dessie machte beide Inspektionen selbst. Am Tagesende, wenn die Patienten ihr Abendessen gehabt hatten, und vor der Besuchszeit erlaubte Dessie denjenigen Jungen, die gut gearbeitet hatten, ohne Lohnabzug nach Hause zu gehen. Jeder Junge strengte sich an und fürchtete nichts mehr, als Dessie zu enttäuschen.

»Verärgere Dessie ja nicht! Es ist sehr nett von ihm, dass er dir diese Arbeit gegeben hat. Er hat deinen Vater gekannt, weißt du?« Diese oder ähnliche Worte klangen jedem der Jungen in den Ohren, wenn er morgens die Straße hinunter zum St. Angelus lief.

»Raus aus dem Bett, und ab zur Arbeit! Es ist noch nie ein Pförtnergehilfe verletzt worden oder im Krankenhaus gestorben, nicht so wie an den Docks oder auf dem schlammigen Schlachtfeld wie dein Dad«, riefen die Mütter ihren Jungen zu, wenn sie sich im Bett umdrehten – »nur noch fünf Minuten«.

»Wie geht es mit unserem Jungen, Dessie? Macht er sich gut?«, wurde der Pförtner oft unten im Laden gefragt. Ein Sohn mit einer Stelle im Krankenhaus war ein Grund, stolz zu sein für Menschen, die wenig hatten, worauf sie stolz sein konnten, obwohl ihre Männer im Krieg das größte Opfer von allen erbracht hatten. Das hätte sie eigentlich stolzer als jeden anderen machen sollen. Aber wenn man wöchentlich kämpfte, um die Miete und den Kohlenmann zu bezahlen, wenn man nachts wach lag und sich fragte, wie man es bis zur nächsten Lohntüte am Freitag schaffen sollte, fiel es schwer, etwas anderes als Angst zu empfinden.

Das Krankenhaus stellte den Jungen braune Arbeitsanzüge, und Dessie bestand auf frisch gewaschenen Händen und Gesichtern sowie auf polierten Stiefeln zu Schichtbeginn. Er verlangte, dass die Stiefel der Jungen genauso glänzten wie die ihrer Väter, als er Sergeant ihres Regiments gewesen war. Er fühlte sich verpflichtet, für diese Jungen eine Art Vaterersatz zu sein. Er selbst hatte keine Kinder und wusste, dass seine Armee von Pförtnerjungen diese Lücke füllte.

An diesem Morgen war Dessie strenger als sonst. Die Aussicht auf einen Besuch von der neuen stellvertretenden Oberschwester, Miss Van Gilder – oder Miss Knochenbrecherin, wie sie bereits allgemein hieß – hing über ihm wie der schlimmste Morgennebel. Das verdarb ihm die Laune.

»Sieh sich einer deine Stiefel an, Bryan«, rief er einem der neuen Rekruten zu. »Deine Zehenkappen sehen aus wie frisch aus Dünkirchen, und ich war dort, also weiß ich, wovon ich rede.«

»Entschuldigen Sie, Dessie, Sir.« Der Junge wirkte verlegen.

»Na gut, du bleibst den ganzen Tag an den Mülltonnen, Bryan, zur Strafe. Solche Schuhe kommen mir nicht auf die Stationen. Miss Van Gilder würde mich erwürgen, wenn sie dich sähe. Wenn dir zu Hause die Schuhwichse ausgegangen ist, eine Dose und Bürsten sind in der Pförtnerloge, wie du weißt. Geh heute Abend hin, bevor du nach Hause läufst, und poliere deine Stiefel gründlich. Ich werde da sein und zeige dir, wie dein Dad früher seine poliert hat, an jedem einzelnen Tag.«

Bryan nickte. Der Krieg war erst acht Jahre vorbei, doch bei den vaterlosen Jungen verblasste bereits die Erinnerung an die Dads, die sie kaum gekannt hatten. Bei Bryan zu Hause gab es keine Schuhwichse. Die Familie lebte nur von seinem Geld und dem, was sich die Mutter mit Putzen verdiente. Das wurde für Essen und Miete ausgegeben; was übrig war, wurde für Kohle gebraucht. Seine Mutter führte den Haushalt mit dem Lohn eines Lehrlings. Dessie nahm sich vor, Bryan Schuhwichse und einen Extra-Shilling mitzugeben. Er wollte den Jungen nicht in Verlegenheit bringen, dennoch musste er wissen, dass Dessie klare Ansprüche hatte. Das St. Angelus lief wie ein Uhrwerk, und ungeachtet der neuen Stellvertreterin konnte die Oberschwester ein Paar schmutzige Stiefel aus ihrem Büro oben im ersten Stock riechen.

»Achte darauf, Zeitung unterzulegen, und spuck einmal ordentlich aufs Leder.«

Während er seine Anweisungen gab, blickte er auf das Leder von Bryans Stiefeln. Es sah aus, als könnte es sich bei gründlichem Bürsten auflösen. Seufzend schob er seine Mütze nach hinten und wischte sich die Stirn. Die Metallkappen für die Jungen kaufte er von seinem eigenen Geld, und sie standen in einem großen Marmeladenglas in der Pförtnerloge bereit, wo sich die Jungen selbst bedienen konnten. Die Kappen halfen, das Leder ihrer Stiefel zu schonen. Ihm war bewusst, dass neunzehn Shilling die Woche nicht ausreichten, um Geschwister zu ernähren und neue Stiefel zu kaufen.

Bryan war in Schwierigkeiten, aber er wusste seine Strafe hinzunehmen. »Ja, Sir«, antwortete er. »Verzeihung, Dessie.«

Dessie legte ihm die Hand auf die Schulter. »Na gut, ihr alle, Jake hat den Plan, also hört zu, und macht euch an die Arbeit. Kein Trödeln! Eine Menge Jungen sind hinter euren Stellen her!«

Nie wurde ein wahreres Wort gesprochen. Erst heute Morgen hatte eine Mutter Dessie auf seinem Weg zur Arbeit angesprochen. »Ganz ehrlich, Dessie, ich weiß nicht, was wir ohne Sie gemacht hätten. Unten im Hafen stellen sie keine Jungen mit vierzehn mehr ein, und das nur, weil die Schweine wissen, dass die Kriegerwitwenrenten aufhören, wenn der erste Sohn vierzehn wird. Die Hafenleute wollen uns aushungern, damit wir unsere Häuser verlassen. Die Arbeit wird weniger, weil nicht mehr so viele Schiffe reinkommen, und es geht das Gerücht, dass sie unsere Häuser an die Stadt verkaufen wollen, damit die neue baut.«

»Da würde ich mir keine Sorgen machen«, hatte Dessie geantwortet. »Das wurde auch schon vor dem Krieg gemunkelt. Da hieß es, jedes Haus sollte ein Badezimmer bekommen – von wegen!«

»Jeder kämpft darum, unten am Hafen in einen Trupp zu kommen, damit sie ihr Dach über dem Kopf behalten. Ich weiß nicht, wo das noch hinführen soll. Wir wären verloren ohne Toms Lohn vom Krankenhaus, und er hat doch Aussichten, oder, Dessie?«

Dessie wollte nicht lügen. Es gab Aussichten, aber nur wenige, und er fand es zusehends schwieriger, vierundzwanzig Jungen in der Tagesschicht zu rechtfertigen. Miss Knochenbrecherin hatte verlangt, dass er ihr die Arbeitsbögen vorzeigte, und Dessie hegte nicht den geringsten Zweifel, dass sie nur schwer zufriedenzustellen wäre. Sie jagte bereits Schockwellen durch das St. Angelus, und dabei war sie erst wenige Tage hier.

»Also, Jungs. Jake, lies den Tagesplan vor.« Dessie drehte sich zu Jake um und ließ fast sein Klemmbrett fallen. Am Handgelenk des Jungen hing ein Seil, an dessen anderem Ende ein schmutziger grauer Hund stand. »Was ist das denn?«

Die Pförtnerjungen standen noch stramm, doch ihre Linie begann sich aufzulösen.

»Gib mir nicht die Schuld, Dessie. Mrs Duffy hat gesagt, ich soll ihn heute Morgen vom Schwesternheim wegbringen, dabei war ich es gar nicht, der ihn mit reingenommen hatte.«

»Und warum gibt sie ihn dir?«, fragte Dessie, der seine Mütze abnahm und sich am Kopf kratzte.

»Sie hat gesagt, dass sie nicht mit dem Hund zurechtkommt. Er klaut dauernd Essen. Und ich soll dich fragen, ob er in der Pförtnerloge wohnen kann. Sie sagt, in der Lovely Lane macht er sie wahnsinnig. Überall verstreut er sein Haar, und sie will ihn da nicht mehr.«

»Herr im Himmel, die Pförtnerloge ist kein Tierheim, Jake. Wir führen hier ein Krankenhaus. Und außerdem verscheucht er die Katzen, und wenn das passiert, werden wir von Flussratten überrannt.«

Während Dessie sich nachdenklich am Kopf kratzte, überquerten Victoria und Dana den Hof auf dem Weg zu ihren Stationen.

»Scamp!«, rief Victoria.

Der Hund erkannte ihre Stimme und zerrte Jake an dem Seil mit hinüber zu ihr.

Dana kreischte. »Lass ihn nicht an unseren Schürzen hochspringen, sonst werden wir erschossen.«

Jake zog Scamp zurück. »Sitz! Meinen Sie, Sie können ihn heute Abend wieder mit zu sich nehmen, Schwester Brogan?«, fragte er. »Dessie ist nicht begeistert. Sie wissen doch, wie er auf die Katzen aufpasst, denn die machen sich hier sehr nützlich, weil sie die Flussratten und die Mäuse fernhalten, von denen es reichlich bei den Mülltonnen gibt. Mrs Duffy hat gesagt, ich muss ihn mitnehmen. Ich glaube, sie hat ihn in Ihrem Bett gefunden und war gar nicht erfreut, Schwester Baker.«

»Ach nein?«, fragte Victoria. »Ups.«

Dessie hatte den Jungen ihren Dienstplan verlesen und sie losgeschickt. Nun kam er zu Jake.

»Hören Sie, Dessie, wir wissen alle, dass es Wege gibt, Mrs Duffy zu bezirzen, nicht wahr?«, fragte Victoria.

»Ja, und wenn es einer kann, dann Victoria«, ergänzte Dana mit einem Grinsen zu ihr.

»Also schön, Schwestern, wenn Sie ihn heute Abend abholen und wieder mitnehmen, wäre das großartig. Versprechen Sie es mir?«

»Natürlich, versprochen, Dessie. Sie behalten ihn in der Loge, und wir holen ihn ab und reden noch mal mit Mrs Duffy. Ich kann mir den ganzen Tag über einen Plan und einen sehr guten Vorwand ausdenken.« Victoria streichelte Scamp zwischen den Augen, worauf der Hund sich langsam auf die Seite fallen ließ. Alle lachten.

»Und ich hatte gedacht, sie mag ihn«, sagte Dana, deren Herz Scamp im Moment seiner Ankunft erobert hatte, egal, wie sehr sie es leugnete.

In der Ferne sah Dessie Miss Van Gilder durch den roten Steintorbogen über den Hof marschieren. Ihren Marschschritt hätte er bei seinen Soldaten gelobt. »Weg hier, schnell, ihr alle – Jake, Schwestern, der Hund!«

Bisher hatte Dessie die neue stellvertretende Oberschwester noch nicht lächeln sehen. Und an diesem kalten Morgen enttäuschte sie ihn abermals, während sie jeden Eintrag auf den Arbeitsbögen prüfte.

»Es wird darüber gesprochen, Sauerstoffleitungen an sämtliche Betten zu legen. Das war in meinem letzten Krankenhaus Standard.« Sie musterte Dessie und schob mit dem Zeigefinger die Brille höher auf ihre Nase, während sie darauf wartete, dass er mit angemessener Bewunderung reagierte. Die blieb aus, also fuhr sie fort: »Ich schlage das in meinem Bericht für die Oberschwester und den Vorstand vor. Haben wir erst die Verlegung der Leitungen in Auftrag gegeben, können wir auf die Hälfte dieser schmutzigen Bengel verzichten, die Sauerstoffflaschen auf die Stationen bringen.«

Dessie bekam Angst. Die Jungen aus der Dock Road waren nicht die hellsten. Die schlauen Jungen bestanden die Aufnahmeprüfungen und gingen zur Waterloo Grammar, wo sie die beste Schulbildung im ganzen Land bekamen und von der sie mit Urkunden, Blumenkohlohren und fließend in Latein zurückkamen.

»Ich freue mich darauf, Schwester«, log er und hob aus purer Gewohnheit die Hand an seine Mütze, um zu salutieren, als ihre Inspektion vorbei war und sie davonmarschierte.

»Was ist los, Dessie? Ist Miss Knochenbrecherin wieder auf dich losgegangen?« Jake kam in die Pförtnerloge gelaufen und fand Dessie über den Arbeitsblättern vor.

»Ja, das ist sie tatsächlich, Jake. Sieht man mir das an?«

Dessie war wirklich überrascht. Zehn Jahre lang hatte er Befehle von Sergeant Majors entgegengenommen. Er hatte deutschen Heckenschützen gegenübergestanden, die so nahe waren, dass er das Weiße in ihren Augen sehen konnte. Gegen den Krach von Gewehrfeuer und explodierenden Granaten war er immun, und er konnte nicht mehr nachzählen, wie viele Männer in seinen Armen gestorben waren. Nichts hatte Dessie je Angst eingejagt, und wenn der Tod in der Nähe lauerte, hatte er das goldene Kreuz unter seinem Hemd berührt, auf dem seine Nummer stand, und den Sensenmann seiner Wege geschickt. Dieselbe Taktik hatte er bei der neuen stellvertretenden Oberschwester benutzt, doch sie hatte versagt.

»Sie hat mir gesagt, dass sie Sauerstoffleitungen zu den Betten verlegen lassen will und dass die Jungs gehen müssen.«

»Oh Mist, wirklich?« Jakes munteres Lächeln erstarb. Er feuerte den Gasring an und befüllte den Wasserkessel. Jakes wichtigste Rolle des Tages war, den Vormittagstee für alle zu machen. Er stellte vierundzwanzig Emailbecher in einer Reihe auf, frisch gespült von den Pförtnerjungen. Sie waren angestoßen und braun, weil sie nur einmal täglich gespült wurden, um zwei Uhr nachts.

»Können wir irgendwas tun?«, fragte Jake, der den Kessel auf die Gasflamme knallte und sich dann auf den Stuhl vor Dessies Schreibtisch sacken ließ. Er fühlte sich, als hätte er bereits den ganzen Tag gearbeitet. »Soll ich dir eine drehen? Du siehst aus, als könntest du eine gebrauchen.«

Dessie nickte, setzte sehr ernst seine Brille wieder auf und studierte die Reparaturliste der Stationen.

Die Pförtnerloge war nicht mehr als eine kleine Hütte. Sie war mit einem Schreibtisch und einem halben Dutzend wackliger Stühle möbliert, aus diversen Wartezimmern ausrangiert, sowie einem Kohleofen mit Stahlschornstein, der senkrecht nach oben durchs Dach führte. Er brannte den ganzen Tag. Neben der einen Gasflamme stand eine Spüle mit einem hölzernen Abtropfbrett. Hinter der Hütte befand sich ein Toilettenhäuschen mit zwei polierten Holzsitzen, und oft hörte man die Jungen rufen: »Ich komme jetzt zum Scheißen und Rauchen!« Das war gewöhnlich nach ihren diversen Morgenarbeiten, wenn sie zur ersten Pause eintrafen. Die Jungen stammten aus Häusern mit vielen Kindern, in denen der Toilettengang eine Gemeinschaftssache war.

Die Wände in der Hütte steckten voller alter Nägel, an denen Bänder mit Klemmbrettern hingen. Über jedem Nagel hatte Dessie die jeweilige Aufgabe notiert: Arbeitsbögen, Sauerstofflieferungen, Wäsche raus, Wäsche rein. Es gab Rufverzeichnisse der Stationen, Listen für Gebäudereparaturen außen, Leitungsreparaturen, Lecks und Quietschen, Hochöfen, die bestückt und befeuert werden mussten, zu verlegende Patienten, auszuwechselnde Glühbirnen im OP und die Verbandstrommeln, die eingesammelt und zum Sterilisieren gebracht werden mussten. Der Krankenhausbetrieb wurde koordiniert wie Feldeinsätze im Zweiten Weltkrieg, und alles wurde von Dessies Hütte aus geleitet.

Manche der Jungen mussten ihre Pause draußen machen, weil drinnen nicht genug Platz für alle war. Bei sehr schlechtem Wetter nahmen einige von ihnen ihre großen Teebecher mit zum Schürloch, um sich aufzuwärmen und trocken zu werden. Das weckte ihre Lebensgeister und ihre Lust, Schabernack zu treiben, und Jake oder Dessie mussten sie dann zurück an die Arbeit scheuchen – in die Eiseskälte.

Als der Kessel in der Pförtnerloge zu pfeifen begann, nahm Jake einen großen Pub-Aschenbecher vom Regal über seinem Kopf. »Wenn wir alle einen Becher kriegen, darf dieses Kerlchen doch wohl auch einen Trinknapf haben, oder?« Er sah zu Scamp, der sich unter Dessies Schreibtisch eingerichtet hatte.

Scamp streckte den Kopf unter dem Tisch hervor und spitzte die Ohren, als er Jake ansah. Instinktiv wusste er, dass über ihn geredet wurde.

»Ich rufe gleich auf der Wache an«, sagte Dessie, »ob ihn jemand als vermisst gemeldet hat.«

»Ist das dein Ernst?«, fragte Jake. »Auf den Straßen wimmelt es von Streunern.«

»Tja, aber man kann nie wissen, ob er nicht das Haustier von jemandem ist. Ich fände es furchtbar, sollte er einem alten Mann oder einer Dame gehören, meinetwegen auch einem kleinen Kind, das ihm nachweint. Es sind nicht alle Familien so arm wie die in der Dock Road, Jake. Viele leben völlig anders.«

»Oh ja, ich weiß, Dessie.«

Jake goss nun das kochende Teewasser in die große Teekanne

und rührte die Blätter mit einem Schraubenzieher um, während er eine Flasche sterilisierte Milch hineingab. Danach kippte er die Menge Zucker aus einer Dose dazu, die er für angemessen hielt. Anschließend stülpte er einen Kannenwärmer über die Kanne, den seine Mutter gestrickt hatte, und stellte sie zurück auf die klein geschaltete Gasflamme. »Die Teekanne ist ja größer als dein Kopf, Jake«, hatte seine Mutter sich beschwert, als sie die beiden Seiten des Wärmers mit Wollfaden zusammennähte.

»Was machen wir jetzt wegen der Knochenbrecherin, Dessie?«, fragte Jake. »Wir können doch nicht zulassen, dass sie all die Jungen arbeitslos macht, oder? Sie ist hier überall unterwegs, steckt ihre Nase in alles. Jedes Mal, wenn ich mich umgucke, ist sie da und stellt Fragen.« Dessie nahm seine Mütze ab, rieb sich den spärlich behaarten Kopf, runzelte die Stirn und setzte die Mütze wieder auf. »Mir scheint, dass wir geliefert sind, Jake. Alles verändert sich, das merkst du doch auch, oder?« Er hörte sich ungewöhnlich schlecht gelaunt an.

»Ja, aber nicht hier, Dessie. Das ist unsere Arbeit, und nichts kann ändern, wie es hier im St. Angelus ist.«

»Wäre es doch nur so, Jake. Nein, der Fortschritt lässt sich nicht aufhalten. Guck dir dein hübsches Haus an und wie du es ausstattest. All die neuen Geräte, die du für Martha gekauft hast. Weißt du, bald wird es für die Frauen zu Hause nichts mehr zu tun geben, wenn sie für alles Maschinen haben. Ehe du es dich versiehst, wollen sie unsere Stellen.«

Jake lachte laut. »Niemals, Dessie! Frauen sind schlauer, als wir denken. Warum sollten die herkommen wollen und sich von Leuten wie der Knochenbrecherin herumscheuchen lassen, wenn sie ihre Männer zur Arbeit schicken und zu Hause die Füße hochlegen können?«

Dessie lächelte. »Das würde ich eine junge Mutter lieber nicht hören lassen, Jake. Falls du mal eine Woche mit einer Horde Kinder zu Hause verbringst, wirst du vielleicht anders tönen. Jedenfalls müssen wir einen Weg finden, die Jungen zu behalten, und ich kenne zwei Frauen, die mehr Verstand haben als du und ich und vielleicht helfen können. Ich sollte mich mal mit Biddy und deiner Schwiegerspionin Elsie zusammensetzen.«

Dessies Vorschlag erleichterte Jake. Ihm war nur allzu bewusst, wie pfiffig Elsie und Biddy waren. Er fing an, den bereits mit Milch und Zucker angereicherten Tee aus dem riesigen Blechtopf in die Becher zu gießen – die Jungen beschwerten sich, wenn er den Kessel weiter kochen ließ, nachdem die Milch drin war. Und den Rest gab er in den sauberen großen Bakelit-Ascher.

»Hier, Scamp«, sagte er und stellte das Gefäß auf den Boden.

Scamp wedelte beim Trinken mit dem Schwanz, und zum ersten Mal an diesem Morgen wurden Dessies Züge weicher.

»Ah, ich sehe deinen Blick! Du magst den Hund, oder, Dessie?«

»Nein, wie kommst du drauf?«, entgegnete Dessie schroff. »Ich habe heute Wichtigeres im Kopf.« Jake stellte die vierundzwanzig Becher auf ein Holztablett und trug es zu Dessies Tisch. Er konnte bereits hören, wie die Jungen über den Hof gelaufen kamen. Sie hatten ihre Aufgaben erledigt und waren ganz begierig auf ihre Pause. »Ich glaube, die riechen den Tee«, meinte Jake. Er blickte zur offenen Tür und war erstaunt, den jungen Tom mit einem großen Metalltablett zu sehen, das von einem Tuch bedeckt war. »Schnell, komm schon rein«, raunte er, packte Tom bei der Schulter und zog ihn nach drinnen. Dann trat er an die Tür und schaute sich auf dem Hof nach Miss Van Gilder um.

»Ist das von der Köchin, Tom?«

»Ja, Sir«, antwortete Tom. »Sie hat es mir gegeben, als ich ihr den Gemüsewagen gebracht habe. Das steht heute auf meinem

Dienstplan, haben Sie gesagt.« Tom riss die Augen weit auf, weil er fürchtete, in Schwierigkeiten zu stecken.

»Ja, Tom, ich weiß, keine Sorge. Was schickt die Köchin, und hat sie dir eine Nachricht mitgegeben?«

»Hat sie, Dessie. Sie hat gesagt ...« Tom holte tief Luft und schien sich lange konzentrieren zu müssen, ehe er sehr klar und deutlich sagte: »Der Schacht ist offen.«

Jake lüpfte das Tuch auf dem Tablett und spähte darunter. »Oh, das ist wunderbar«, sagte er zu Dessie und leckte sich die Lippen. »Spiegeleier auf Toast.«

Dessie war hinter seinem Schreibtisch hervorgekommen und nahm Tom das Tablett ab. »Wenn du deinen Tee und deinen Toast mit Ei gegessen hast, geh zurück zur Küche, um die Körbe zu holen, und richte der Köchin aus, ›Jake liefert‹. Hast du das verstanden, Tom?«

Tom wiederholte die Worte langsam, doch es fiel ihm schwer, weil ihm vom Duft des Tabletts das Wasser im Mund zusammenlief.

Dessie sah ihn voller Mitgefühl an. »Na los, Junge, nimm dir die größte Scheibe, bevor die anderen hier sind.«

Strahlend hob Tom eine Toastscheibe so vorsichtig an, als handele es sich um ein Neugeborenes. Er wollte keinen Krümel fallen lassen.

»Du bist heute der Erste, Tom«, sagte Jake. »Nimm dir einen Stuhl, und hier ist dein Tee. Also, wie war Dessies Nachricht für die Köchin?«

Dessie und Jake schauten staunend zu, wie Tom seinen Tee zu trinken begann. Er pustete und pustete auf die heiße Flüssigkeit, bevor er einen Schluck nahm. Dessie und Jake nahm er nicht mehr wahr, hatte nur noch eines im Sinn. Sobald er trank, schien er nicht mehr aufhören zu können. Er schluckte, blies, schluckte und blies und schluckte, bis er außer Atem war und der große Becher leer. Ächzend stellte er ihn auf dem Fensterbrett ab. Seine Augen sahen aus, als wäre er in Trance, und nur langsam fand er die Fassung wieder.

»Tom, wann hast du zum letzten Mal ein warmes Getränk gehabt?«, fragte Dessie, der sich bemühte, nicht besorgt zu klingen.

»Das war hier, gestern, Dessie, Sir«, antwortete Tom.

Dessie und Jake wechselten einen Blick. So etwas kam nicht selten vor, aber sie hatten eine Lösung. Dessie würde bei der Mutter des Jungen vorbeigehen und ihr sagen, dass Tom richtig essen und trinken musste oder seine Stellung verlor; und dann gäbe es gar kein Geld mehr. Ungefähr einmal im Monat musste Dessie solche Besuche machen. Oft trugen die Eltern den Lohn der Jungen in den Pub, anstatt ihnen Essen zu kaufen.

»Wie ist die Nachricht für die Köchin, Tom?«, wiederholte Jake.

Tom hatte einen ersten Bissen von dem Brot genommen und antwortete munterer: »Dass Jake liefert.«

»Genau das ist es, Junge.« Jake klopfte ihm auf den Rücken.

»Verblüffend, wie ein Tee mit Milch und Zucker das Gedächtnis auf Trab bringt«, sagte er.

Dessie nickte zustimmend. »Ja, wirklich. Hier ist der Schlüssel zum Kohlenhof.« Er nahm einen langen Schlüssel mit einem Band von einem der Haken. »Füll einen Sack für die Köchin ab, und bring ihn später zu ihrem Keller. Das ist ein fairer Tausch, wenn du mich fragst. Ein Frühstück für alle Jungen gegen einen Beutel Kohlen.«

Alle Häuser entlang der Dock Road hatten einen Schacht neben der Haustür, über den man nach unten stieg und durch eine Holztür in den Kohlenkeller gelangte. Ganz gleich, ob sie alt waren, schwanger oder krank, die Frauen stiegen mehrmals am Tag mit einem Eimer die Treppe rauf und runter – oder nur mit einer Schaufel, wenn ihnen der Eimer zu schwer wurde.

»Regle du das mit dem Frühstück, Jake. Ich gehe kurz rüber zur Schwesternschule, um mit Biddy zu reden und einen Kriegsrat einzuberufen. Die stellvertretende Oberschwester weiß es noch nicht, aber wenn die Stellen unserer Jungs bedroht sind, mobilisieren wir den Untergrund von St. Angelus. Miss Knochenbrecherin hat einen würdigen Gegner.«

»Was ist mit deinem Ei auf Toast?«, fragte Jake. »Willst du den nicht erst essen?«

Dessie drehte sich an der Tür um und sah nach unten zu Scamp. Der Hund setzte sich auf, blickte Dessie an und leckte sich die Lefzen. »Gib den ihm«, sagte Dessie, setzte seine Mütze auf und schritt über den Hof.

Kapitel siebzehn

»Wir sind vollkommen verrückt, das weißt du, oder?«, sagte Dana zu Victoria auf dem Weg zu ihren Stationen. »Jeder würde uns für verrückt halten, weil wir versuchen, im Schwesternheim einen schmutzigen alten Hund zu halten.«

Beide blieben stehen, um Tom mit seinem Tablett mit heißem Essen vorbeizulassen.

»Der hat es aber eilig«, sagte Victoria. »Ich weiß, dass es verrückt ist, aber ich hatte mein Leben lang einen Hund. Er hat in meinem Bett geschlafen, bis er mit vierzehn gestorben ist. Ich denke immerzu an ihn, und ich fände es wunderbar, wenn Mrs Duffy uns erlauben würde, ihn zu behalten. Genau das fehlt uns nämlich in der Lovely Lane, meinst du nicht? Ein netter, wohlerzogener Hund, der auf uns wartet, wenn wir von einem anstrengenden Tag auf Station zurückkommen. Was könnte schöner sein?«

Ungläubig schüttelte Dana den Kopf. »Wohlerzogen? An welchen Hund denkst du, Victoria? Doch nicht an dieses räudige Tier, das Mrs Duffy vom Esstisch scheuchen musste und das gestern mit einem Stück Schinken weggerannt ist. Meinst du vielleicht den?« Sie lächelte Victoria spöttisch an. »Kein Wunder, dass er hierher verbannt wurde. Jetzt müssen wir uns die Hände schrubben, ehe wir auf Station oder in die Nähe von Patienten gehen.«

»Huhu!«, erklang Pammys Stimme, und beide Mädchen drehten sich um. Pammy winkte ihnen begeistert zu und verschwand in den Umkleideraum direkt vor der Notaufnahme.

»Heute ist ihr erster Tag in der Notaufnahme, und rate mal, wer da mit ihr arbeitet«, sagte Victoria, während beide zurückwinkten.

»Wer?«, fragte Dana, die Victorias Tonfall neugierig machte.

»Dein Dr. Teddy!«

Dana wurde rot. Seit einem Jahr ging sie mit Dr. Davenport aus, doch bei seinem mörderischen Bereitschaftsplan als Arzt im Praktikum und ihrem Büffeln fürs Examen war es schwierig, einen Abend zu finden, an dem sie beide freihatten. Oft arbeitete er fünf Tage und fünf Nächte durch. Tagsüber ging er seinen üblichen Pflichten auf den Stationen und in den Sprechstunden nach. Und nachts, wenn die älteren Ärzte zu Hause in ihren Betten lagen, war er für die Patienten verantwortlich. Teddy Davenport war der Erste, der sagen konnte, dass er oftmals fünf Stunden am Stück auf dem Feldbett im Ärztezimmer schlafen konnte. »Es ist übrigens erstaunlich bequem«, hatte er Dana erzählt, als sie ihn fragte, wie er es aushielt, Nacht für Nacht auf einem Segeltuch zu schlafen, das in einen Holzrahmen gespannt war. Seine freien Nächte waren selten, und es war eher dem Zufall als irgendwelcher Planung zu verdanken, wenn sie sich überhaupt sehen konnten.

»Oh, ich weiß, dass er in der Notaufnahme anfängt«, sagte Dana lachend. »Er wird aber nicht lange dort sein. Er plant schon den Sommerurlaub und besteht darauf, dass wir in ein Hotel an der Küste reisen, aber ich muss nach Hause und meine Eltern auf dem Hof in Irland besuchen. Wie erkläre ich ihm, dass es das Letzte ist, was ich will, aber tun muss? Ehrlich, ich würde zu gerne an die Küste fahren oder nach London oder irgendwohin, wo ich noch nie war. Er hat keine Ahnung, dass es in Irland jeden Tag regnen könnte, und was für ein Urlaub wäre das für ihn? Nichts als Zeitverschwendung wäre es. Und außerdem könnte er denken, dass ich zu voreilig bin, du weißt schon, weil ich ihn nach Hause einlade. Ich hab keine Ahnung, was ich machen soll.«

»Tja, das ist eine schwierige Entscheidung«, sagte Victoria. Ihr Freund Roland war Teddys Bruder, und beide Schwesternschülerinnen hatten schon oft darüber gesprochen, dass sie eines Tages durch Heirat verwandt sein könnten.

»Teddys Eltern sind beide tot, wie du weißt«, fuhr Victoria fort, »deshalb ist es für ihn vielleicht eher unverständlich, dass du nach Hause musst. Aber Roland und er vermissen es, Eltern zu haben, was er dir sicher erzählt hat. Ihre Mutter starb, als sie noch sehr jung waren. Ich glaube, es hatte mit einem dritten Kind zu tun, aber Roland hat nichts darüber gesagt, und ich möchte nicht nachfragen. Ich habe ihren Vater gekannt, allerdings war ich da noch ein kleines Mädchen. Die Davenports waren – sind noch – eine sehr alte Anwaltsfamilie, und sie haben sich immer um alle rechtlichen Belange meiner Familie gekümmert. Seit Generationen schon. Jeder hatte erwartet, dass Teddy seinem Vater und seinem Bruder in die Kanzlei folgt, aber er wollte unbedingt, dass Roland sie übernimmt und er selbst mit der Tradition bricht und Arzt wird.«

Es war Rolands Idee gewesen, dass Victoria sich für die Schwesternausbildung im St. Angelus bewarb; sie wollte ohnehin Krankenschwester werden, und dort hatte Teddy kürzlich als Arzt im Praktikum angefangen. Victoria und Roland waren bereits verlobt, doch sie wollte auf jeden Fall ihre Ausbildung abschließen, bevor sie heirateten. »Wenn ich deine Frau werde«, hatte sie ihrem Verlobten erklärt, »dann als Vollschwester Baker. Meine Tante Minnie wird zwar darüber verzweifeln, doch meine Mutter wird von ihrem Grab aus vor Stolz strahlend auf mich blicken.«

Roland hatte Victorias Mutter gekannt. Er wusste, dass die Krankenpflege Victoria mit ihr verband, denn sie hatte sich aufopfernd um all die Verwundeten gekümmert, die während des Krieges aus dem Militärdienst entlassen und zurück nach Bolton und Umgebung geschickt wurden. Dabei hatte niemand geahnt, dass sie selbst sehr krank gewesen war. Ihr schwaches Herz war die Spätfolge eines rheumatischen Fiebers als Kind, und sie war sehr plötzlich gestorben.

»Wirklich? Das wusste ich nicht«, sagte Dana. »Wie war Teddys Vater?« Es interessierte sie brennend, mehr über seine Familie zu erfahren. Teddy sprach selten über sein Zuhause und hatte seine Eltern nur ein einziges Mal erwähnt, als sie eine gezielte Frage gestellt hatte. Sie hatte den Eindruck gewonnen, dass er nicht über das Thema reden wollte, also hatte sie sich nie wieder danach erkundigt.

»Nun, er wurde im Krieg verwundet, und meine Mutter und ich sind von Baker Hall dorthin geradelt, ich auf meinem kleinen Fahrrad und mit dem Verbandsmaterial in meinem Korb. Viele Männer hatten furchtbare Beingeschwüre, und Mutter gab mir den Verbandskasten, weil die Medizinflaschen darin nicht zerbrechen würden, wenn ich mit meinem kleinen Rad stürzte. Ich erinnere mich an Rolands und Teddys Vater nur als Verwundeten. Ein stiller Mann. Er war seit Jahren der Anwalt meiner Familie, auch der meines Großvaters, glaube ich, und die Davenports hatten die Bakers sogar schon davor beraten, soweit ich weiß.«

»Wie alt war Teddy da?«

»Nun, älter als ich und jünger als Roland. Aber eigentlich erinnere ich mich kaum an Teddy. Er war der Frechere von beiden. Roland war der verantwortungsbewusste große Bruder, was mir sogar als Zehnjähriger schon auffiel. Teddy heckte dauernd etwas aus, und ich denke, er stand seiner Mutter am nächsten, aber die beiden erwähnen sie nie. Wenn ich mich recht erinnere, hockte Teddy meist irgendwo auf einem Baum.«

Dana schmunzelte bei dem Gedanken an ihren Teddy als kleinen Jungen. »Ich gestehe, dass ich ein wenig eifersüchtig bin, weil du diese gemeinsame Geschichte mit Teddy hast, Victoria, und ich nicht.«

»Ach, das lässt sich leicht beheben, meine Liebe. Sorg einfach dafür, dass ihr eine Zukunft habt.«

»Ja, aber sieh dich an mit deinem Ring am Finger und deinen heimlichen Nächten in Hotels. Ihr beiden habt eine schöne Zeit zusammen. Teddy und ich sehen uns höchstens einmal die Woche.«

Victoria legte einen Arm um ihre Freundin. »Weißt du was? Ich werde Roland vorschlagen, dass du Teddy nicht nach Irland schleppst, wo du am Ende nur arbeiten musst, sondern dass er euch beide nach Bolton einlädt. Oder ihr fahrt einfach heimlich weg. Wie wäre es mit den glitzernden Lichtern von London? Du kannst dir einen unechten Ehering kaufen, das merkt keiner.«

Dana sah kreuzunglücklich aus. »Victoria, ich bin Irin, das kann ich nicht! Meine Mammy würde mich bei lebendigem Leib häuten. Gott, nein. Ich beneide dich, aber ich könnte ebenso wenig vor der Hochzeit mit Teddy in einem Bett schlafen, wie ich zum Mond fliegen kann. Bei Gott, ich würde gern, aber ich will nicht in die Hölle kommen. Für dich ist das alles in Ordnung, Lady Baker. Du bist ja nicht mal katholisch.«

»Oh nein, ihr Katholiken und eure Schuldgefühle! Übrigens ist es für eine Anglikanerin eine genauso große Sünde. Benutz mal deinen Verstand. Wäre Gott wirklich so zornig, wenn du ein wenig Spaß hättest?«

Dana schnappte nach Luft. »Ja, das wäre er! Für dich mag es anders sein, weil ihr verlobt seid, aber mal ehrlich, wenn ich

Teddy nachgebe, warum sollte er mich dann noch heiraten wollen? Es gäbe keinen Grund mehr. Ich habe kein Geld, kein großes Haus, nichts. Alles, was ich habe, bin ich, eine Bauerntochter aus Westirland. Ehrlich, ich verstehe nicht mal, warum er mich mag. Er könnte jede Schwester haben, die er will.«

»Was für ein Unsinn! Wie wäre es damit, dass du eine der nettesten und mit deinem roten Haar und den blauen Augen eine der hübschesten Schwestern im Krankenhaus bist? Teddy ist derjenige, der sich glücklich schätzen darf, nicht du. Und was das große Haus betrifft, habe ich keines mehr. Doch ich verstehe, was du meinst. Wahrscheinlich bin ich in diesen Dingen unbekümmerter, weil meine Eltern nicht mehr leben. Es gibt niemanden, den ich enttäuschen könnte. Und weißt du was? Sollte ich schwanger werden, würde ich mich zweifellos über Tante Minnies Gesichtsausdruck amüsieren, wenn ich es ihr erzähle. Vermutlich würde sie das Land verlassen, weil sie den Skandal nicht ertragen könnte.«

»Victoria, sei still! Das wäre schrecklich. Sei bloß vorsichtig, denn du willst ja gewiss nicht, dass das passiert.«

»Nun, ich bin mir nicht sicher, wie lange ich es noch verhindern kann. Wenn ich eines gelernt habe, dann ist es, dass die Zärtlichkeiten, mit denen wir uns begnügen, für einen Mann nicht annähernd ausreichend sind. Jedenfalls nicht für Roland. Er kann nie genug bekommen.«

Dana wurde feuerrot. Ihre Erfahrung mit Sex, bevor sie Teddy kennengelernt hatte, war eine Beinahe-Vergewaltigung von Patrick gewesen, ihrem Nachbarn zu Hause, der ihr nach Liverpool gefolgt und als Voyeur verhaftet worden war. Abgesehen vom Regenwetter gab es also eine Menge Gründe, lieber nicht nach Hause zu reisen, trotzdem musste sie sich ihnen stellen.

Teddy könnte sich gar nicht stärker von Patrick unterscheiden, und mit seiner sanften Art und seinem Charme hatte er ihr die Ängste vor Intimität genommen. Er war liebevoll und geduldig, dennoch hatte er neulich sehr verhalten angedeutet, dass Roland eine ganz andere Form von Beziehung mit ihrer guten Freundin Victoria führte. Bei jeder Verabredung spürte Dana, wie der Druck zunahm. Und sein jüngster Vorstoß hatte darin bestanden, einen gemeinsamen Urlaub vorzuschlagen.

»Wir können irgendwohin fahren, wo uns keiner kennt«, hatte er gesagt. »In den Lake District oder an die Küste. Wir könnten uns ein hübsches kleines Hotel buchen.« An dem Abend hatten sie sich in Teddys Wagen zum Abschied geküsst, hundert Meter weit weg vom Schwesternheim. Teddy erwähnte nicht, ob sie ein oder zwei Zimmer nehmen würden, und Dana hatte nicht nachgefragt. Sie konnte sich die Antwort denken.

»Zuerst muss ich nach Hause schreiben und fragen, ob ich auf dem Hof gebraucht werde«, versuchte sie auszuweichen. Sie konnte Teddys Ungeduld regelrecht spüren.

»Wenn sie die ganze Zeit ohne dich ausgekommen sind, werden sie dich doch nicht plötzlich dringend brauchen, wenn du zwei Wochen freihast«, hatte er eingewandt und sie seitlich auf den Hals geküsst. Dabei wagten sich seine Hände an Stellen vor, an denen sie noch nie gewesen waren.

Dana legte ihre Hand fest über Teddys und führte sie zurück zu ihrer Taille. »Gib mir eine Woche, es herauszufinden«, sagte sie. »Nur eine Woche.«

Das war jetzt über eine Woche her, und ihre nächste Verabredung rückte näher. Morgen Abend würde sie zu Hause anrufen. Sie war beinahe sicher, was bei der Unterhaltung herauskommen würde, aber wenigstens würde sie Teddy dann nicht belügen.

»Ein Gutes hat es, dass Pammy mit Teddy in der Notaufnahme arbeitet«, meinte Dana. »Dann kann sie mir erzählen, was er so treibt. Immerhin ist er bekannt für seine Späße. Ich muss ihn mal fragen, wie viele Schwestern er schon in den Schmutzwäschewagen geworfen hat. Sie kann ein Auge auf ihn haben. Oder, wie wir sie kennen, kann er mir von ihren Verrücktheiten berichten.«

Beide Schwestern lachten. Dana ging zu ihrer Station, doch Victoria hatte noch einige Minuten Zeit und beschloss, vor der Umkleidekammer auf Pammy zu warten, damit sie ihr zu ihrer ersten Schicht in der Notaufnahme Glück wünschen konnte.

Pammy Tanner war eine waschechte Liverpoolerin, frech, aber charmant. Sie brachte sich immer wieder in Schwierigkeiten, wurde jedoch von allen Patienten geliebt, die mit ihr zu tun hatten. Und sie hatte Teddy immer gemocht. Er war der erste Arzt gewesen, auf den sie ein Auge geworfen hatte. Und sie war verdutzt gewesen, als sie entdeckte, dass er Dana bereits kannte. Doch sie hatte ihre Enttäuschung gut verborgen und bald ein neues Ziel ihrer Bewunderung gefunden: den neuen Gynäkologen, Dr. Oliver Gaskell. Womit Pammy nicht allein war. Jede Schwester im Krankenhaus war enttäuscht gewesen, als sich herumsprach, dass Dana sich den sehr attraktiven Dr. Davenport geangelt hatte.

Inzwischen war Pammy längst eine von Danas besten Freundinnen. Erst am vorletzten Wochenende waren sie alle zusammen zum Tanzen ausgegangen, Teddy mit Dana, Pammy auf der Suche nach Oliver Gaskell. Seit dem Tanzabend der Ärzte und einer besonders engen Nummer auf dem Parkett war sie überzeugt, dass Oliver Gaskell in sie verliebt war. »Er ist nur schüchtern, sonst nichts«, sagte sie, als Teddy sie sehr behutsam fragte, ob sie sicher sei, dass Gaskell an ihr interessiert war. »Ich weiß, dass er mich mag, Teddy. Wahrscheinlich denkt er, weil er Facharzt ist und ich noch Schwesternschülerin bin, könnte er Ärger mit der Oberschwester bekommen, oder so. Aber das wird er nicht. Mrs Duffy ist ein Schatz, und wir wickeln sie um den kleinen Finger, stimmt's, Dana?«

Teddy war nicht überzeugt. Er mochte Oliver Gaskell als Bekannten, respektierte ihn als fähigen Geburtshelfer und Gynäkologen, und er bewunderte seine Leistungen im Krieg. Auch trank er oft ein Pint mit ihm unten im Pub. Doch was Frauen anging ... nun, hätte Dr. Teddy Davenport eine Schwester im heiratsfähigen Alter, würde er sie nicht in die Nähe von Oliver Gaskell lassen.

Als Pammy hinaus auf den Korridor kam, sah sie Teddy die Stufen zur Notaufnahme hinaufeilen und dabei jeweils zwei auf einmal nehmen. Sie schob eine verirrte dunkle Locke unter ihre Haube und befestigte die Haarklammer neu. Als sie ihm schon zurufen wollte, holte ihn eine Schwesternschülerin im ersten Jahr ein und lief neben ihm her. Pammy beobachtete, wie Teddy ihr die Tür aufhielt. Sie war gertenschlank und hübsch, und sie gehörte zu den Schülerinnen, die im September angefangen hatten. Ihr Name war Sarah, und sie wohnte in der Lovely Lane. Pammy lief ein kalter Schauer über den Rücken. Da war etwas an der Art, wie Sarah die Hand auf Teddys Arm legte, dass sich Pammys Nackenhaare sträubten. Instinktiv erkannte sie, dass sie Schwester Sarah Makebee und Danas Teddy im Blick behalten musste.

»Moment, lassen Sie mich mal«, sagte Teddy, als er ihr die Tür aufhielt.

Selbst aus der Ferne erkannte Pammy, dass ihn die Schönheit des Mädchens blendete. Sie schüttelte den Kopf, drehte sich um und sah Victoria.

»Sieh sich einer die beiden an«, flüsterte Victoria und nickte zu Sarah Makebee. »Als wäre die Schwesterntracht eigens dafür entworfen, ihre Schönheit zu betonen. Sie sieht großartig aus, nicht?«

»Mehr als großartig«, antwortete Pammy. »Isst sie eigentlich jemals? Hat jemand sie schon mal etwas runterschlucken sehen? Guck dir ihre Taille an. Die ist winzig.«

Beide Schwesternschülerinnen standen da, wie gebannt von dem perfekt frisierten Haar unter dem perfekt gestärkten Häubchen. Pammy hob eine Hand an ihre Haube, und wie sie sich gedacht hatte, erschlafften die Enden schon.

»Beth mag sie nicht«, sagte Victoria. »Sie sagt, sie hat einen Freund, der Arzt in London ist. Und sie findet, dass sie für eine Lernschwester im ersten Jahr ein bisschen oberschlau ist.«

»Ach, um Himmels willen! Wenn Beth das denkt, ist sie also klug und hübsch. Das ist nicht fair.«

»Tja, fair oder nicht, sie hat Teddy gerade völlig verzaubert, also pass auf, Pammy.«

»Worauf du dich verlassen kannst, Vic. Als hätte ich nicht schon genug am Hals, wo ich wieder mit Schwester Antrobus arbeiten darf. Ich bin sicher, dass mich die Oberschwester absichtlich in die Notaufnahme geschickt hat.«

Pammy reckte ihr Kinn, als sie auf den Eingang zutrat. Teddy und Schwester Sarah Makebee verschwanden im Dämmerlicht vor ihr. Die Tür schwang zurück und knallte Pammy um ein Haar ins Gesicht.

Kapitel achtzehn

Pammy zitterte innerlich, als sie die Notaufnahme betrat. Sie blickte sich nach Schwester Makebee und Teddy um, die nirgends zu sehen waren. Aber sie entdeckte Schwester Antrobus in ihrer marineblauen Tracht, dem Gürtel und der gestärkten weißen Haube. Sie war mit der neuen stellvertretenden Oberschwester ins Gespräch vertieft. Fast hätte Pammy laut aufgestöhnt. Im Schwesternheim kursierten jede Menge Gerüchte und Geschichten über Miss Van Gilder.

»Es heißt, dass sie Schwester Antrobus neulich zum Fluchen gebracht hat«, hatte Beth eines Morgens beim Frühstück in der Lovely Lane erzählt. »Anscheinend sollte sie Miss Van Gilder darlegen, wie die Bestellung von Verbandsmaterial abläuft und wie sie ihren wöchentlichen Bedarf berechnet.«

Das hatte sich wie ein Lauffeuer im Krankenhaus verbreitet, und Beth sparte nicht an Drama. »Stellt euch das vor!«, fuhr sie fort. »Dann sagte Schwester Antrobus zu Miss Van Gilder, dass sie schon Stationsschwester ist, seit St. Angelus seine eigenen Sterilisationsöfen in der Küche hat, und dass sie die Bestellungen im Schlaf aufgeben könnte. Und dann ...«

Beths Gesicht leuchtete, und die Mädchen lauschten gebannt, während sie in ihren Frühstückstoast bissen.

»Miss Van Gilder hat geantwortet: ›Na, unter diesen Umständen dürften Sie ja keine Schwierigkeiten haben, mir Ihr Prozedere zu erklären, oder? Es läuft jetzt anders. Sie werden Buch führen müssen, und ich werde alles einmal die Woche kontrollieren.‹«

Die Mädchen kicherten und malten sich aus, wie bei Schwester Antrobus Rauch aus den Ohren kam, ihre Augen rot glühten und ihr Cape in Flammen aufging …

»Jedenfalls«, sagte Beth, »als Miss Van Gilder weg war, ist Schwester Antrobus ins Büro gestürmt, hat die Tür zugeknallt und ›Verdammte Deutsche!‹ geflucht. Dabei ist Miss Van Gilder nicht mal Deutsche. Sie ist Holländerin.«

»Nein!«, riefen alle aus.

»Wie kann man so schlecht über Deutsche reden. Wir leben jetzt im Frieden«, empörte sich Victoria.

Die Einzige, die nicht mit der Wimper gezuckt hatte, war Pammy. »Was seid ihr denn so entsetzt? Denkt ihr, irgendwer in Liverpool hat ein gutes Wort für die Deutschen übrig? Wir wurden in Fetzen gebombt. Wie dem auch sei, habe ich nicht großes Glück, dass mich die neue Stellvertreterin nicht schikanieren kann? In der Notaufnahme ist viel zu viel los, als dass irgendwer Zeit für eine alte Tyrannin wie sie hat, und Schwester Antrobus wird uns schon alle ordentlich scheuchen, das steht fest.«

Die Notaufnahme unterschied sich stark von den Stationen. Es gab keine Kontinuität in der Pflege, und die Patienten blieben nur sehr kurz. Alles geschah im Minutentakt und nach Bedarf. Keine zwei Stunden, geschweige denn zwei Tage glichen einander.

Als Pammy sich dem Schreibtisch näherte, blickte Schwester Antrobus von einem Bestellbuch auf, das sie studierte. Es schien, als würde Miss Van Gilder sie überragen, obwohl sie kleiner war. Dieser Eindruck überraschte Pammy.

»Schwester Tanner!«, rief Schwester Antrobus aus und wirkte

dabei so verlegen wie erleichtert, Pammy zu sehen. Auch das kam unerwartet. Schwester Antrobus und Pammy hatten eine unglückliche gemeinsame Zeit auf Station zwei gehabt, und Pammy hatte geglaubt, sie wäre der letzte Mensch, den Schwester Antrobus in der Notaufnahme sehen wollte.

Doch es blieb keine Zeit für Nettigkeiten, denn Doreen rief vom Empfangstresen nach ihnen. Sie hielt das Telefon in der Hand. »In zehn Minuten kommt ein Notfall rein, Schwester. Eine Frau, die unten am Pier von der Tram angefahren wurde.«

Schwester Antrobus schüttelte den Kopf. »Das haben wir derzeit einmal die Woche. Warum passen die Leute nicht auf, wo sie hingehen?« Sie erwartete keine Antwort, sondern blickte sich um, wo sie Platz für den Neuzugang schaffen könnte.

»Und da ist ein kleiner Junge im Wartebereich. Er hat Atemprobleme ...«

Schwester Antrobus war offensichtlich drauf und dran, einen Befehl zu brüllen, als sie Pammy genau musterte. »Warum sitzt Ihre Haube schief?«, fragte sie scharf.

Sofort mischte sich auch die stellvertretende Oberschwester ein: »Tragen Sie Make-up?«

Pammy ignorierte Miss Van Gilder und antwortete Schwester Antrobus: »Oh, verzeihen Sie, Schwester Antrobus, das muss der Wind gewesen sein. Ich war ein bisschen spät dran heute Morgen – geben Sie Scamp die Schuld, nicht mir.« Sie grinste, richtete ihre Haube und versuchte, die schlaffen Seiten aufzustellen.

Miss Van Gilder sah aus, als wollte sie ihr den Kopf abreißen, weil sie ihr nicht geantwortet hatte. Währenddessen schoben Schwestern im Raum bereits Rollstühle und Sichtwände umher, um sich auf den Notfall vorzubereiten. Pammy schickte sich an, ihnen zu helfen.

»Wovon in aller Welt reden Sie?«, entgegnete Schwester Antrobus. »Scamp die Schuld geben? Wer ist denn Scamp? Ich habe nicht gefragt, um mir eine ausgefallene Lüge anzuhören. Ich erwarte eine Erklärung.«

Pammy überlegte, ob sie sich verteidigen oder Schwester Antrobus gewinnen lassen sollte. Schließlich war es ihr erster Tag in der Notaufnahme, und sie wollte unbedingt einen guten Eindruck machen. Sie hatte sich gerade erst von dem Aufruhr erholt, den sie verursacht hatte, als sie darauf bestand, dass ein in der achtundzwanzigsten Woche abgetriebenes Baby noch für wenige Momente gelebt hatte und deshalb einen Priester und ein richtiges Begräbnis brauchte. In der Folge war sie von Station zwei suspendiert worden.

Also biss sie sich auf die Zunge. Die Stimme ihrer Mutter klang ihr in den Ohren: »Bring dich nicht in noch mehr Schwierigkeiten, Pammy. Jetzt sei ein braves Kind.« Pammy hatte das alles damals extrem unfair gefunden. Immerhin hatte sie das Verhalten eines sehr unehrenhaften Arztes aufgedeckt.

»Entschuldigen Sie, Schwester Antrobus«, sagte sie so kleinlaut, wie man es bei ihr selten erlebte.

Schwester Antrobus seufzte. »Schwester Tanner, bringen Sie den kleinen Jungen in eine Untersuchungskabine, bitte. Seine Atmung klingt wirklich sehr angestrengt.«

Miss Van Gilder schaute hinüber zu dem Kind. »Ein psychosomatischer Fall wie aus dem Lehrbuch«, sagte sie laut. »Alle vernachlässigten Kinder haben Atemprobleme. Sie brauchen ihre Mutter. Ein vernachlässigtes Kind erkennt man auf eine Meile am pfeifenden Atem.«

Schwester Antrobus wirkte kein bisschen überrascht von Miss Van Gilders Bemerkung. »Ja, aber sehen Sie bitte trotzdem nach ihm, Schwester Tanner. Der Assistenzarzt ist schon da, und unser Stationsarzt Dr. Mackintosh ist unterwegs hierher. Ich denke, er wird jemanden aus der Pädiatrie hinzuholen wollen, aber da ist noch niemand verfügbar.«

»Ja, Schwester Antrobus, sofort«, sagte Pammy, die den Wink verstand, dass sie verschwinden sollte.

Pammy warf ihr Cape im Vorbeigehen in den Personalraum, verfehlte den Haken und hörte, wie es auf all die anderen glitt, die ebenfalls nicht auf ihren Haken gelandet waren. Flüchtig schaute Pammy in den Spiegel. Nie konnte sie an einem Spiegel vorbeigehen, ohne hineinzuschauen. Sie liebte den neuen schwarzen Eyeliner, den ihre Mutter ihr gekauft hatte, und sie hatte gehofft, dass sie ihn in der Notaufnahme tragen durfte, auch wenn Make-up auf den Stationen verboten war. So weit, so gut. Sie war Miss Van Gilders Überprüfung entgangen und fragte sich, ob Schwester Antrobus sie absichtlich gerettet hatte.

Auf dem Weg in den Wartebereich schaute sie sich um, was die anderen Schwestern taten. Schon jetzt hatte sie das Gefühl, dass sie in der Notaufnahme dafür sorgen müsste, dass sie möglichst viel vom Zusehen und Mithelfen lernte. Alle waren viel zu beschäftigt, um ihr zu zeigen, was sie tun oder wo sie anfangen sollte, und die Anspannung in der Luft war beinahe mit Händen zu greifen. Die Schwestern eilten mit Rollwagen und Infusionsständern hin und her, und das Klackern ihrer Schuhe hallte vom polierten Holzfußboden wider. Entlang der Wände befanden sich abgetrennte Kabinen mit Liegen, von denen einige mit schlichten blassgrünen Vorhängen abgeschirmt waren. Ein Pfleger betrat eine davon mit einem Eimer, der aussah, als wäre er mit Gips gefüllt. Von drinnen hörte Pammy ein leises Wimmern. Ein anderer Vorhang ging auf, und eine Schwester reichte einem Arzt eine Krankenakte und kam auf Pammy zu.

»Alles in Ordnung?«, fragte sie. »Ist das Ihr erster Tag in der Notaufnahme?«

Pammy blieb kaum Zeit zu nicken, bevor die Schwester weiterredete: »Gott sei Dank, dass Sie da sind. Es geht vollkommen verrückt zu. Ich arbeite seit fünfzehn Jahren hier, und jetzt ist es kein bisschen ruhiger als im Krieg. Wir haben alle gedacht, wenn die Bombardierungen aufhören, wird es wieder normal. Aber die letzten paar Jahre sind verrückt gewesen. Verrückt, sage ich Ihnen.« Sie schüttelte den Kopf, als wollte sie selbst kaum glauben, was sie sagte.

»Gut, ich muss mich beeilen. Im Büro ist eine Tafel und Kreide. Da tragen Sie den Namen des Patienten und einige Stichworte dazu ein. Das bleibt so lange auf der Tafel stehen, bis der Patient auf eine Station verlegt wird. So kann jeder auf einen Blick sehen, was gerade wo passiert. Bevor Sie alles wegwischen, übertragen Sie es in diesen Tagesbericht, und zwar in dreifacher Ausführung; benutzen Sie Durchschlagpapier. Die drei Bögen geben Sie Doreen im Büro. Sie behält einen und schickt die anderen jeweils abends ans Büro der Oberschwester und der Stellvertreterin, also vergessen Sie nichts. Die Oberschwester weiß gern alles, was tagsüber hier los ist.«

Unwillkürlich holte Pammy tief Luft und straffte ihre Haltung. Auf die eine oder andere Weise würde sie in der Notaufnahme unter strenger Beobachtung stehen.

»Und es muss jeder Fall auch noch in dieses Buch eingetragen werden.« Die Schwester zeigte auf ein sehr dickes schwarzes Buch, das aufgeschlagen auf dem Schreibtisch lag. »Wir alle benutzen hier die Patientenunterlagen, Ärzte wie Schwestern, bis sie mit den Patienten auf die Station gehen.« Mit einem gequälten Lächeln fuhr sie fort: »Normalerweise haben wir hier keine Schülerinnen. Manches, was man bei uns zu sehen bekommt, kann einem den Beruf für immer vergällen. Aber Tatsache ist, dass wir hier jede Kraft brauchen. Deshalb sind wir sehr froh, Sie hier zu haben. Wir haben sogar eine Schülerin im ersten Jahr – eine Schwester Makebee, kennen Sie sie? Auch das ist neu in der Notaufnahme, aber wir haben so viel zu tun. Letzte Nacht hatten sie hier wieder einen VU.«

Pammy sah sie verdutzt an.

»Einen Verkehrsunfall. Leider sind Fahrer und Beifahrer gestorben. Und in Kabine drei wurden Zwillinge entbunden. Die hatten sich entschieden, auf die Welt zu kommen, ehe der Pförtner die Mutter zur Entbindungsstation bringen konnte. Sie hatte keine Ahnung, dass sie schwanger war. Und sie war noch so ein junges Ding. Kam hier mit Bauchschmerzen an, und eine halbe Stunde später ist sie Mutter von Zwillingen. Tja, haben Sie verstanden, wie wir hier protokollieren? Das ist wichtig.«

Pammy blinzelte. »Äh, ich glaube, ja. Woher bekomme ich die Patientennamen?«

»Die Aufnahmebögen sind da, auf dem Tresen.« Die Schwester deutete auf einen Stapel hellbrauner Blätter. »Doreen füllt sie aus und stapelt sie dort. Kommen Sie, ich stelle sie Ihnen vor.«

Pammy wurde ein wenig verlegen. Jeder im Krankenhaus kannte Doreens Geschichte. Und Doreens Blässe und die traurigen Augen erzählten sie ohnehin. Sie verbrachte den Tag hinter einem Tresen, wo sie das Telefon bediente, an der Schreibmaschine Formulare ausfüllte und sich mit schwierigen Patienten und erschöpften Krankenwagenfahrern auseinandersetzen musste.

Doreen hörte sie nicht kommen, weil sie etwas tippte, das in eine Krankenakte gelegt werden sollte.

»Doreen, hier ist unsere neue Lernschwester.«

Als Doreen sich umdrehte, erkannte Pammy ihr Gesicht von der Titelseite des *Liverpool Echo* wieder. Für Pammy sah sie aus, als bräuchte sie ein anständiges Essen und etwas zu lachen. Eines von Mams Sonntagsessen würde ihr guttun, dachte sie.

Doreen hob eine Hand. »Hallo. Sagen Sie mir Bescheid, falls Sie irgendwas brauchen. Ich bin immer hier.«

»Danke. Ich glaube, ich habe alles«, antwortete Pammy mit einem breiten Lächeln, das sagte: Ich weiß alles über dich, und ich bin auch hier. »Ich bin übrigens Schwester Tanner«, sagte sie zu der Schwester, als sie sich wieder abwandten.

»Schön. Ich bin Schwester Imping, und ich hatte eben einen Anruf von der Kinderstation. Dr. Davenport – er ist unser Arzt im Praktikum – wird sich um den kleinen Burschen kümmern, zusammen mit Dr. Mackintosh, bis der Kinderarzt kommt. Der ist noch oben auf der Kinderstation bei den Zwillingen von letzter Nacht. Ich glaube, der Kleine war schon mal hier. Wenn Sie seinen Namen haben, bitten Sie Doreen, seine Akte rauszusuchen. Sie findet sie im Nu. Alle Krankenwagenfahrer melden die Patienten bei ihr an, und sie nimmt sie auf. Diejenigen, die noch selbst laufen können, melden sich direkt bei ihr an. Haben Sie das verstanden?«

Wieder blinzelte Pammy. »Ja, natürlich«, sagte sie grinsend.

»Sehr schön. Ich weiß, dass es eine Menge ist, aber in der Notaufnahme lernt man nur auf eine Weise, indem man einfach ins kalte Wasser geworfen wird. Ich sehe später wieder nach Ihnen, wenn ich mit diesem Burschen hier fertig bin.« Sie nickte zu einer Kabine. »Er hat auf dem Schaltknüppel in seinem neuen Automobil gesessen, und irgendwie ist das Ende in seinem Rektum abgebrochen und steckt dort fest.« Ein lautes Brüllen hallte durch die Notaufnahme. »Ups, vielleicht nicht mehr! Wie es aussieht, hat sich das erledigt.« Sie verschwand hinter dem Vorhang.

Pammy nahm sich einen kleinen Stapel Blätter von Doreen und ging hinüber zum Wartebereich, wo eine junge Frau mit einem offensichtlich elenden kleinen Jungen auf dem Schoß saß.

»Guten Tag«, sagte Pammy. »Na, was fehlt dir denn, kleiner

Spatz?« Während sie sprach, setzte sie sich auf den freien Stuhl neben der jungen Frau, holte ihren Stift aus der Tasche ihrer Schwesterntracht und legte sich die Aufnahmeformulare auf den Schoß. Sie nahm die Hand des kleinen Jungen und lächelte ihm zu. Es ging ihm eindeutig schlecht.

Pammy und ihr Jahrgang hatten eine Woche lang Lungenkrankheiten bei Schwester Haycock durchgenommen. Da hatten sie genug gelernt, um zu wissen, dass diese Erkrankungen in Liverpool täglich Menschenleben kosteten. Kinder und alte Menschen waren besonders anfällig für Brustinfektionen, Lungenentzündungen und TB. Sie waren die Opfer des dichten, rußbeladenen Smogs über dem Mersey sowie der unzähligen Kohlenfeuer in der Stadt. Pammy war im Hafenviertel aufgewachsen und hatte schon oft Kleinkinder mit Bronchialerkrankungen gesehen.

Die hübsche junge Frau sah nervös und ängstlich aus.

»Keine Sorge, meine Liebe«, sagte Pammy und legte ihre Hand auf die der jungen Frau. »Wir können ihm sicher helfen.« Doch der furchtsame Blick sagte ihr, dass die Frau ihr nicht glaubte und sie sehr verzweifelt war. Pammy fühlte die Stirn den Jungen. »Na, ich hole kurz ein Thermometer, aber er scheint kein Fieber zu haben, was schon mal gut ist. Wie heißt der Kleine? Kannst du schon deinen Namen sagen?«

Der Junge sah flehend zu der jungen Frau auf.

Sie warf ihm einen liebevollen Blick zu und antwortete: »Er heißt Joe Lancashire und ist fast vier. Ich bin seine Schwester, Lily.«

»Prima«, sagte Pammy. »Würden Sie beide bitte in die Kabine hier gehen, und ich notiere mir einige Sachen, solange wir auf den Arzt warten?«

Fünf Minuten später lag Joe auf einem Bett, dessen Seitengitter hochgezogen waren, und ein Fieberthermometer steckte in seinem Po. Lily war unsicher, ob Joe mit ihr ins Krankenhaus gekommen wäre, hätte er gewusst, was passieren würde. Doch es ging ihm so schlecht, und er hatte solche Mühe zu atmen, dass er es gar nicht recht wahrzunehmen schien, da er auf der Seite lag und Pammy behutsam seine Knie vor seiner Brust hielt.

Sie nahm das Thermometer wieder heraus. »Da, wie ich gesagt habe«, sagte sie, wischte das Thermometer ab und legte es nach dem Zurückschütteln der Quecksilbersäule in ein Nierenschälchen mit milchig weißer Dettol-Lösung. »Seine Temperatur ist bestens, und das ist gut. Jetzt müsste ich Sie nur noch ein paar Sachen fragen, ehe Dr. Davenport kommt. Wie ist Ihre Adresse?«

Sobald Lily sagte, dass sie in den Clare Cottages wohnten, musste Pammy sich beherrschen, nicht die Augenbrauen hochzuziehen. Die Clare Cottages waren in ganz Liverpool verschrien, und jeder wusste, dass sie so gar nicht ihrem Namen gerecht wurden. Pammy war seit ihrer Kindheit eingetrichtert worden, niemals dorthin zu gehen.

Der kleine Joe begann zu weinen. Nicht laut, ängstlich oder qualvoll, nur ein sanftes Schluchzen kam aus seinen bebenden Lippen, während die Tränen flossen.

»Oh, Schatz.« Lily beugte sich über ihn. Heute Morgen hatte sie keine Zeit gehabt, sich das Haar hochzubinden, sodass es jetzt nach vorn fiel und einen kastanienbraunen Schleier um ihren Bruder bildete.

»Er hat nur ein wenig Angst, Miss Lancashire«, beruhigte Pammy sie und legte eine Hand auf Lilys Rücken. »Es liegt an der ungewohnten Umgebung und den Gerüchen. Die haben mir früher auch Angst gemacht, und ich arbeite hier.«

Lily hob den Kopf. Sie stand in einer seltsam gebeugten Haltung vor dem Bett, denn sie hatte einen Arm unter den Achseln des Jungen und schaute zu Pammy hoch. »Wahrscheinlich ist er zu hungrig, um sich wegen der Gerüche zu sorgen. Ich habe heute Morgen keine Zeit gehabt, ihm sein Frühstück zu machen, bevor wir das Haus verlassen haben. Aber es ging ihm zu schlecht.«

Lily erwähnte nicht, dass nichts zum Frühstück im Haus gewesen und auch Katie mit leerem Magen zur Schule gegangen war.

Heute war Zahltag in der Fabrik, und es war Lilys Aufgabe, die Arbeitsblätter zu prüfen und die Lohntüten säuberlich mit Namen, Stunden und Beträgen zu beschriften. In drei Jahren hatte sie noch keinen Zahltag versäumt. Als sie nun auf den Arzt wartete, damit er sich den kleinen Joe ansah, regte sich Panik in ihr. Sie hatte entsetzliche Angst, dass Mrs McConaghy ihr Fehlen nutzen würde, um die Männer nicht zu bezahlen. Und sie hätte Mühe, die Löhne auszurechnen. Es war lange her, seit sie es selbst hatte machen müssen, und Lily war sicher, dass sie vergessen hatte, wie man die Arbeitsblätter prüfte. Amy hätte keine Ahnung, und außerdem kam sie in den letzten Wochen ständig später zur Arbeit.

Im Kopf ging Lily die Zahltagsabläufe durch. Sie musste die Berechnungen immer bis zwei Uhr mittags fertig haben. Dann legte sie Mrs McConaghy die leeren Lohntüten auf den Schreibtisch, und das Ritual begann. Das Aufschließen des Tresors, bei dem Mr McConaghy an der Tür Wache stand. Das penible Zählen bei jeder Tüte. Das Verschließen der Vordertür mit dem großen Schlüsselbund, bevor Mr McConaghy zum Schreibtisch kam und alles nachzählte. Dann das Verschließen des Tresors und das »Alles in Ordnung, mein Lieber« von Mrs McConaghy, wenn die Türen wieder geöffnet wurden.

Und dennoch schafften es die beiden trotz dieser Routine immer wieder, Fehler zu machen.

Wenn um sechs Uhr abends die Glocke läutete, wurde das Tor unten an der Holztreppe aufgeschlossen, und die Männer stellten sich auf den Stufen und dem Balkon an, um geduldig zu warten, dass Mrs McConaghy ihnen ihren Wochenlohn gab. Er reichte gerade, um eine Familie für eine Woche zu ernähren. Zwar ließ Mrs McConaghy sich gern Zeit, damit die Arbeiter auch begriffen, welches Glück sie hatten; aber letztlich entschieden die Männer mit, wie lange es dauerte. Oft hauchte Mrs McConaghy zwischendurch auf ihren Diamantring und polierte ihn mit ihrem Strickjackenärmel, bevor sie mit der Übergabe begann. Es war, als bescherte ihr diese unbewusste Bestätigung ihres Reichtums Sicherheit und Überlegenheit, auch wenn Lily nie genau sagen konnte, ob sie sich dessen bewusst war, was sie tat.

»Das sind zwei Shilling zu wenig«, war eine typische Klage, und sie löste ein Stöhnen bei den Wartenden aus. Solch eine Beschwerde verzögerte alles um zehn Minuten, was ganz besonders ärgerlich war, weil die Männer es nicht erwarten konnten, in den Pub gegenüber zu gehen.

Lily war überaus sorgfältig bei ihren Berechnungen, und Fehler waren nie ihre Schuld, wie alle wussten. Es lag stets an Mrs McConaghy, die irgendwie Probleme hatte, den richtigen Betrag in eine Lohntüte zu zählen. Zwei Shilling brachten ein Essen auf den Tisch, und keiner der Männer konnte es sich leisten, auf die zu verzichten.

Sollte Lily den Zahltag komplett versäumen, würde es Unruhe im Büro geben, und sie hatte entsetzliche Angst, dass Mrs McConaghy nach einem Ersatz aus einem stabileren Elternhaus suchen würde. Jemanden ohne einen kranken kleinen Bruder. Ihre Schwester Katie hatte ihre Panik heute Morgen gespürt.

»Soll ich zum Krankenhaus gehen, Lily?«, hatte sie gefragt, als sie feststellten, dass ihre Eltern beide zu betrunken waren, um sie aus dem Bett zu bekommen.

»Nein, Schatz, du gehst in die Schule. Du darfst dort nicht

fehlen.« Lily wollte nicht sagen, dass man die Wohlfahrt anrufen würde, sollte eine Siebenjährige mit ihrem dreijährigen Bruder in der Notaufnahme erscheinen, und dass dann beide nicht wieder nach Hause kämen. Man würde sie direkt in eines der vielen Kinderheime der Stadt bringen.

Pammy hatte bereits die ärmliche Kleidung von Lily und Joe registriert, allerdings auch, dass sich jemand sichtlich Mühe gab, den Jungen sauber zu halten. Sein Gesicht war beinahe so weiß wie sein Hals grau, und ein dunkler Rand markierte den Übergang unter seinem Kinn zwischen gewaschen und schmutzig. Er roch streng nach Kampfer.

Kürzlich hatte sie im *Liverpool Echo* gelesen, dass nach Fertigstellung der neuen Sozialsiedlung draußen in Huyton die Familien aus den Clare Cottages als Erstes dorthin umgesiedelt werden sollten und die Cottages abgerissen würden. Es war bestätigt worden, dass es sich um die schlimmsten Behausungen in Liverpool handelte. Die Säuglings- und Kindersterblichkeit dort war höher als irgendwo sonst in Liverpool.

»Wie lange geht es ihm schon so?«, fragte Pammy.

»Seit ich gestern Abend von der Arbeit gekommen bin. Ich habe ihm die Brust mit Kampferöl eingerieben, aber heute Morgen ging es ihm nicht besser. Er war unruhig und schien richtige Angst zu haben. So habe ich ihn noch nie gesehen, deshalb habe ich ihn lieber hergebracht. Meistens geht es ihm nach wenigen Stunden besser, doch diesmal hält es seit gestern Abend an.«

Während sie sprach, zählte Pammy Joes Atemzüge und fühlte seinen Puls. »Wo ist eure Mam?«, fragte sie und schaute auf, als keine Antwort kam. Lily konnte nicht älter als siebzehn sein, was sicher bedeutete, dass sie nicht allein für solch ein kleines krankes Kind verantwortlich war.

»Sie musste zur Arbeit«, log Lily. Ihr war bewusst, dass das

Krankenhaus ein gefährlicher Ort für sie und die Kinder war. Es stand in direkter Verbindung mit der städtischen Wohlfahrt. Deshalb musste sie den Mund halten. Ihre einzige Freundin war Schwester Therese, und die war in der Messe. Als ihr das klar wurde, hatte Lily entschieden, dass Joe nicht warten konnte. Obwohl ihr Gefühl ihr sagte, sie solle beim Kloster warten, bis die Messe vorbei war, und Schwester Therese um Rat fragen, hatte ein stärkerer Impuls sie zum Krankenhaus getrieben.

Dr. Davenport zog schwungvoll den Vorhang auf und kam herein. Er nahm das Krankenblatt auf und sagte: »Guten Morgen, äh, Mrs Lancashire?« Es war eine Frage, bei der er zu Lilys Ringfinger sah.

»Nein, Doktor, ich bin Joes Schwester. Unsere Mutter ist bei der Arbeit. Sie ist schon los, bevor er aufgewacht ist, deshalb hat sie nicht gewusst, wie schlecht es ihm geht. Und ich dachte, ich bringe ihn lieber her.«

Lily sprach schneller als gewöhnlich. Sie merkte es, und Dr. Davenport ebenfalls.

Teddy lächelte Pammy zu, holte sein Stethoskop aus der Tasche und fragte Joe: »Darf ich mir mal deine Brust anhören, junger Mann?«

Joe nickte, dass sein blondes Haar wippte, und riss die blauen Augen weit auf vor Angst.

Teddy blies auf das Stethoskop, um es zu wärmen, bevor er es auf Joes Brust hielt und sehr konzentriert lauschte. »Aha!«, sagte er laut. »Dachte ich es mir doch. Diese Armbanduhr, die ich letzte Woche verloren habe, Schwester Tanner …«, nun sah er Pammy an, »die ist da drinnen.« Er tippte mit einem Finger auf Joes Brustkorb.

Joe grinste von einem Ohr zum anderen, fing jedoch gleich an, heftig zu husten.

Teddy wandte sich Lily zu und ergänzte leiser: »Der Stationsarzt kommt jeden Moment von der Kinderstation. Er ist der Arzt, der wirklich weiß, was er tut. Ich wollte nur mal vorbeischauen und sehen, ob ich irgendwie helfen kann, bis er kommt. Wie ist das Atmen jetzt, Joe? Ist es schlimmer als gestern Abend?«

Joe nickte hektisch.

»Hat das Kampferöl, das ich hier in der ganzen Notaufnahme rieche, überhaupt geholfen?«

Der kleine Joe wollte etwas sagen, doch Teddy legte seine Hand auf Joes. »Nein, sag lieber nichts, kleiner Mann. Am besten sparst du dir deinen Atem für die wichtigen Fragen von dem Arzt auf, der sich um fast-vierjährige Jungen mit Atemproblemen kümmert. Nicht drei- oder fünfjährige Jungen, wohlgemerkt, denn für die haben wir andere Ärzte. Er ist nur für die Fast-Vierjährigen zuständig. Seit Wochen wartet er schon auf dich. Er wohnt in einem Schrank, bis ein Junge kommt. Der letzte Fast-Vierjährige, den wir hatten, ist ein bisschen bei uns geblieben, damit diese schicken Schwestern in den rosa Kleidern ihn verwöhnen konnten, und als er wieder gehen sollte, wollte er gar nicht nach Hause. Kannst du dir das vorstellen?«

Lily lächelte und dachte, dass sie es sich auf jeden Fall vorstellen konnte.

Joes Augen wurden größer. »Er wohnt hier und wartet auf mich?«, fragte er pfeifend.

»Ja, ganz richtig, kleiner Mann, und soll ich dir noch was erzählen? Er ist der einzige Doktor in diesem Krankenhaus, der Schokolade in seiner Tasche hat. Die Ärzte für die Drei- und Fünfjährigen kommen nämlich nicht an den Schlüssel für den Schokoladenschrank.«

Obgleich es Joe offensichtlich schlecht ging, strahlte er übers ganze Gesicht vor Staunen.

»Sie werden schon sehen, was ich meine«, sagte Teddy zu Lily, die vor Dankbarkeit Tränen in den Augen hatte, weil er es schaffte, dass Joe lächelte. Sie wollte Pammy und dem Arzt sagen, dass sie beide solche Freundlichkeit und Aufmerksamkeit nicht gewohnt waren. Dass in seinem ganzen Leben noch niemand außer Lily so viel mit Joe gesprochen hatte, so merklich besorgt um ihn gewesen war wie dieser Arzt.

Kaum hatte Teddy ausgeredet, hörte er Dr. Mackintosh mit Doreen reden. »Entschuldigen Sie mich bitte kurz«, sagte er zu Lily und verschwand durch den Vorhang.

Dr. Mackintosh betrachtete die schwarze Tafel. Er sah ein wenig zerzaust aus, hatte ein Stethoskop um seinen Hals geschlungen und war unrasiert. Sein Hemd war zerknittert und sein kupferrotes Haar ungekämmt.

»Tut mir sehr leid«, sagte er zu Teddy. »Ich bin seit vorgestern hier. Wir hatten sehr viele Babys mit Bronchialasthma auf der Station. Die Luft in Liverpool ist schlimm.« Sein Akzent war schottisch und seine Stimme sanft, ohne einer gewissen Autorität zu entbehren.

»Ja, habe ich gehört«, antwortete Teddy. »Ich wette, Sie sind froh, wenn das ganze Gerede über das Luftreinhaltungsgesetz mal fruchtet.«

»Das sehe ich nicht so bald kommen. Es liegt bei den Politikern. Hätte London nicht diesen entsetzlichen Smog gehabt, stünde ein Luftreinhaltungsgesetz nicht einmal auf der Tagesordnung. Es heißt, dass in London viertausend Menschen infolge des Smogs gestorben sind, aber fragt irgendein Politiker, wie viele Leute in Liverpool sterben? Und selbst wenn das Gesetz in Kraft tritt, wird anscheinend jede Stadtverwaltung entscheiden dürfen, ob sie es umsetzt oder nicht. Wären Kinder der hiesigen Politiker gestorben, hätten sie es schon längst durchgesetzt.«

Es machte Teddy wütend, das zu hören. Von Oliver Gaskell wusste er einiges über dieses Thema, war doch dessen Vater, Dr. Gaskell, das letzte Jahr immer wieder in London gewesen, um seine Fachmeinung zu äußern. Und Dr. Gaskell war frustriert darüber, wie wenige Fortschritte gemacht wurden.

»Es gibt da diesen Abgeordneten Nabarro«, sagte Mackintosh. »Er versucht, der Regierung mit einer Art Initiativantrag Dampf zu machen. Doch jetzt müssen wir uns um diesen sehr wichtigen jungen Mann kümmern, den Sie hinter dem Vorhang haben.«

Beide gingen zurück in die Untersuchungskabine, und Teddy lächelte Joe zwinkernd zu. Joe versuchte zurückzuzwinkern, hatte jedoch solche Atemnot, dass er nur nach Luft ringen konnte.

Dr. Mackintosh untersuchte ihn gründlich und verbrachte Minuten, die Lily wie Stunden vorkamen, nur damit, Joes Brust abzuhören.

Dann faltete er sein Stethoskop zusammen, steckte es in seine Tasche und sah Joe an. »Gut, junger Mann, wir haben hier ein kleines Problem. Ich müsste dich für eine winzig kleine Weile im St. Angelus aufnehmen.«

Ohne Joes Reaktion abzuwarten, wandte er sich zu Pammy und Dr. Davenport um. »Ich gebe ihm ein wenig Aminophyllin, Schwester. Könnten Sie bitte alles für eine Infusion vorbereiten?«

Dann sagte er zu Lily: »Würde die Mutter bitte kurz mit mir nach draußen kommen, damit wir uns unterhalten können?«

Lily blickte flehend von Pammy zum Arzt.

Und Pammy übernahm für sie: »Das ist seine Schwester, Dr. Mackintosh. Joes Mutter war schon zur Arbeit gegangen, bevor Miss Lancashire bemerkt hat, dass Joes Atmung schlechter war als sonst.«

»Ach ja? Bei dem Pfeifen? Wie hat Ihre Mutter da geschlafen?

Er muss die ganze Straße wach gehalten haben. Wie konnte sie es nicht bemerken?«

Dr. Mackintosh arbeitete seit Kriegsende in der Notaufnahme des St. Angelus. Er war in Edinburgh ausgebildet worden und hatte anschließend in Glasgow gearbeitet, bevor er während der Kriegsjahre nach Liverpool kam. Und er hatte schon genug Fälle von Vernachlässigung gesehen, um einen sechsten Sinn dafür zu entwickeln.

»Unsere Mam arbeitet sehr schwer und hat einen tiefen Schlaf«, sagte Lily ängstlich. Sie blickte kurz zu Joe und betete, dass er nichts sagen würde. Als sie dieselbe Lüge schon einmal beim Arzt erzählte, hatte Joe gerufen: »Nein, das stimmt nicht, Lily. Unsere Mam geht nicht zur Arbeit. Sie ist im Bett.«

Dr. Mackintosh ging zu den Stühlen und bedeutete Lily, sich zu ihm zu setzen. »Wie lange geht es ihm schon so?«, fragte er behutsam.

Lily war unsicher, was sie antworten sollte. Als sie eben den Mund aufmachen wollte, blickte Teddy durch den Vorhang zu ihnen. »Äh, Dr. Mackintosh, haben Sie vielleicht etwas vergessen?«

Dr. Mackintosh schaute Teddy verwundert an, und Teddy starrte auf die Kitteltasche, wobei er heftig nickte. Da er die Vorhänge vor sich zuhielt, fand Lily, dass er unglaublich komisch aussah. Und sie fand auch, dass Dr. Mackintosh und Teddy die freundlichsten Menschen waren, die sie kannte.

»Etwas vergessen …?« Dr. Mackintosh runzelte die Stirn, und dann sah Lily seine Augen aufblitzen. »Ah, ja, entschuldigen Sie mich.« Er sprang auf. »Sehe ich es richtig, dass Joe ein Fast-Vierjähriger ist? Ja, ist er, jetzt erkenne ich es«, sagte er und blickte auf das Papier, das er beschrieben hatte, als er zurück in die Kabine trat.

Joe nickte energisch.

»Ja, jetzt sehe ich es. Das hätte ich nicht gedacht. Du bist ja ein großer Mann für vier Jahre. Ich dachte, du bist mindestens fünf. Dr. Davenport wird dir bestätigen, dass ich schon lange auf einen Fast-Vierjährigen warte, und hier in meiner Tasche habe ich eine sehr besondere Tafel Schokolade, die ich nur für den nächsten Fast-Vierjährigen herumtrage, der in meine Notaufnahme kommt. Wie es aussieht, bist du das. Sind Sie sicher, dass dieser junge Mann erst fast vier Jahre alt ist, Dr. Davenport, oder nehmen Sie mich auf den Arm? Für mich sieht er klug und groß genug aus, um in die Schule zu gehen.«

Teddy blickte sehr ernst drein und nahm die Notizen auf, die Pammy neben das Bett gelegt hatte. »Tja, Schwester Tanner hat hier aufgeschrieben, dass er fast vier ist, aber Sie wissen ja, wie sie ist. Bei ihr muss man aufpassen«, sagte er zu Joe. »Kaum sieht man weg, greift sie in Dr. Mackintoshs Tasche und schnappt sich blitzschnell die Schokolade. Sie ist ganz wild auf diese spezielle Schokolade für Fast-Vierjährige. Achtung, hier kommt sie!«

Dr. Mackintosh zog eine Tafel Cadbury's-Schokolade aus seiner Kitteltasche und brach ein großes Stück ab. »Ein bisschen muss ich noch behalten«, erklärte er Joe. »Fast-Vierjährige sind wie Busse, man weiß nie, wann der nächste kommt.«

Joe nahm die Schokolade und drehte sie staunend in seinen Händen hin und her. Dann streckte er einen Arm zu Lily aus und japste angestrengt: »Bring die Katie mit nach Hause, Lily.«

Wieder stiegen Tränen in Lilys Augen. »Nein, das mache ich nicht. Behalte du sie, und iss sie, wenn es dir besser geht.«

»Der Wagen ist bereit, Doktor«, sagte Pammy hinter dem Vorhang.

»Eine Minute noch. Ich erkläre Miss Lancashire kurz, was ich vorhabe.«

Anthony Mackintosh nahm Lily beim Arm und führte sie zurück zu den Stühlen. Dabei sagte er über seine Schulter: »Könnten Sie dieser jungen Dame bitte einen Tee besorgen? Sie wird noch ein wenig bleiben.«

»Natürlich«, antwortete Pammy. »Kommt sofort.«

»Und ein oder zwei Kekse wären auch nicht verkehrt, Schwester, danke. Also, was Ihr Bruder hat, sehen wir hier oft bei kleinen Kindern. Er hat kein Fieber und ist auch nicht im eigentlichen Sinne akut krank. Sein Atemrhythmus ist unregelmäßig, und er hat Mühe beim Ausatmen. Wie Ihnen vielleicht aufgefallen ist, steht sein Brustbein leicht vor, was wir eine Kiel- oder Hühnerbrust nennen. Das ist in dem Alter ungewöhnlich. Die gelehrten Mediziner in diesem Land denken, dass es eine psychosomatische Atembeschwerde ist, das heißt, sie ist vor allem in seinem Kopf. Nach ihrer Ansicht ist das Pfeifen, das man bei seinem Atmen hört, in Wahrheit das Schreien eines Kindes nach seiner Mutter.«

Anthony Mackintosh sah Lilys flüchtigen Gesichtsausdruck. Nichts in solchen Situationen entging ihm.

»Nun, es interessiert Sie vielleicht, dass ich das nicht glaube, aber absurderweise muss ich es annehmen, weil ich nichts anderes beweisen kann. Mein Verdacht ist, dass es sich um eine Entzündung handelt, nichts Infektiöses, aber ich kann es einfach nicht beweisen.«

Lily schien verwirrt. Anthony Mackintosh lehnte sich auf dem Stuhl nach vorn. Ihm tat die junge Frau leid, die ihren kleinen Bruder zweifellos sehr liebte.

»Ich schildere es hoffentlich nicht komplizierter, als es ist. Also jetzt gerade braucht der kleine Kerl eine Injektion, die ihm beim Atmen hilft. Wir müssen ihm das Mittel sehr, sehr langsam geben, aber wenn wir das getan haben, gehe ich davon aus, dass er hinreichend wohlauf ist, um in wenigen Tagen wieder nach Hause zu können. Und er wird diese Schokolade niemandem geben, am allerwenigsten seiner Schwester. Sollte es ihm allerdings nicht besser gehen, kann ich ihn nicht entlassen, bis ich weiß, dass die Attacke vorbei ist.«

Lily lächelte, und Anthony Mackintoshs Herz vollführte einen kleinen Freudensprung. Ihr Haar hing ihr offen in einer ungekämmten Masse über die Schultern und rahmte ihr Gesicht ein, sodass ihre Züge zart und verwundbar wirkten. Ihre Augen waren groß und ängstlich. Er wusste, dass hinter diesen Augen ein Geheimnis verborgen war, und für einen Sekundenbruchteil wollte er wissen, welches. Er wollte den wahren Grund erfahren, warum Joe mit seiner Schwester hergekommen war und nicht mit einem Elternteil.

Pammy schob einen Wagen zu ihnen. »Hier«, sagte sie zu Lily und reichte ihr eine Tasse mit Untertasse. »Ich habe zwei Stück Zucker in den Tee getan, und auf der Untertasse sind zwei Vanilletörtchen.«

In diesem Moment kam Miss Van Gilder. »Darf ich fragen, ob die Notaufnahme neuerdings ein Café ist?« Ihr Ton war so scharf, dass Lily beinahe die Tasse hätte fallen lassen. Jeder spürte den Kälteschwall in der Notaufnahme, wenn die neue stellvertretende Oberschwester erschien.

Plötzlich erinnerte Pammy sich an etwas, über das die Schwestern letzte Woche geredet hatten. Beth Harper hatte erzählt, dass Emily Hancock, die Leiterin der Schwesternschule, angedroht hatte, aus dem Fenster zu springen, als sie erfuhr, wen die Oberschwester ausgesucht hatte.

Joe begann zu wimmern. Miss Van Gilders Ton machte ihm Angst, obwohl sie kein Wort zu ihm gesagt hatte. Lily stellte den Tee und die Törtchen hin und eilte zu ihm. Er streckte beide Arme nach ihr aus.

»Dieser Junge ...«, sagte Miss Van Gilder laut und schroff zu

Dr. Mackintosh. »Wir alle wissen, dass sein Zustand ein psychisches Problem ist, also was tut er hier? Diesem Pfeifen nach zu urteilen, nehme ich an, dass seine Mutter die meiste Zeit abwesend ist. Es ist eine allgemein anerkannte Tatsache, Doktor, dass ein so pfeifend atmendes Kind nach Aufmerksamkeit verlangt. Es ist ein Hilfeschrei und ein Indiz, dass die Mutter ihren Pflichten nicht nachkommt.«

Teddy schob die Hände tief in seine Taschen. Instinktiv trat Pammy ans Kopfende des Bettes, strich Joe das Haar aus der Stirn und flüsterte: »Schsch, es ist alles gut.« Dabei bedeutete sie Lily mit ihrem Blick: »Keine Sorge, wir sind hier.«

Dr. Mackintosh antwortete: »Miss Van Gilder, mir ist die klinische Meinung zu diesen Symptomen durchaus geläufig. Und als Oberarzt bin ich in der glücklichen Lage, nicht auf Ihre klinische Analyse angewiesen zu sein, vielen Dank. Wenn es Ihnen also nichts ausmacht, würde ich gern die Symptome dieses kleinen Jungen lindern, und das möglichst ohne Verzögerung. Meiner Meinung nach atmet er schon viel zu lange so, und wenn es so weitergeht, kann es schwerwiegende Folgen haben.«

Die stellvertretende Oberschwester plusterte sich auf und rückte ihre Brille weiter nach oben. Ihre dunkelblaue Tracht, die sie so lang trug, wie es im Krieg zuletzt üblich war, ließ sie noch strenger erscheinen als ohnehin schon. Und ihre stark gekräuselte Kappe über dem grauschwarzen Haar sowie die Drahtgestellbrille vermochten nicht, ihr einen Anflug von Weiblichkeit oder Mitgefühl zu verleihen.

»Wie Sie wünschen, Dr. Mackintosh. Sie sind hier der Oberarzt. Sollte ich indes glauben, dass in der Notaufnahme Geld und Betten an die Falschen vergeudet werden, muss ich es dem Vorstand berichten.«

Anthony Mackintosh richtete sich zu seiner vollen Größe von

einem Meter zweiundneunzig auf. »Das ist Ihr gutes Recht. Meines ist es in diesem Moment, die sehr belastenden Symptome eines beinahe vierjährigen kleinen Jungen zu behandeln. Auch wenn man es Ihnen nicht übel nehmen könnte, wenn Sie ihn schon für fünf halten sollten.« Hier grinste er Joe zu, um ihm die Angst zu nehmen.

»Dr. Davenport, können Sie mir bitte das Aminophyllin geben? Wollen wir dann mal eine Vene suchen, Schwester Tanner? Ich werde circa eine halbe Stunde brauchen, um das Mittel zu verabreichen, weil es langsam gegeben werden muss. Andernfalls kann es den Blutdruck gefährlich senken. Deshalb möchte ich, dass sein Blutdruck bitte alle vier Minuten gemessen wird, Dr. Davenport.«

Miss Van Gilder stampfte empört davon, und Lily, auf die niemand achtete, weil sich die Ärzte und Pammy ganz Joes Versorgung widmeten, sackte auf den Stuhl. Ihr Tee war inzwischen kalt, aber das machte ihr nichts aus. Es war Zucker drin, was für Lily eine Seltenheit war. Ihre Mutter verkaufte die Zuckercoupons, um Geld für Alkohol zu bekommen. Es ging das Gerücht um, dass es mit den Coupons bald vorbei sein sollte, und Lily konnte es kaum erwarten, weil ihre Mutter dann weniger Geld im Pub ausgeben würde. Der kalte, milchige Tee war das Erste, was seit gestern Abend über Lilys Lippen kam. Und er war köstlich. Sie nahm die beiden Vanilletörtchen und steckte sie in ihre Manteltasche, um sie Katie mitzubringen.

Dr. Mackintosh brauchte fast eine Dreiviertelstunde, um das Aminophyllin zu verabreichen, und als Lily wieder in die Kabine gerufen wurde, sah sie gleich, dass es wirkte. Joe atmete viel leichter, und sein panischer Gesichtsausdruck war verschwunden.

Dr. Mackintosh wusch sich die Hände am Waschbecken, und beim Abtrocknen ging er auf Lily zu. »Wie Sie sehen, geht es ihm besser, wenn auch nicht so viel, wie ich gehofft hatte. Ich würde ihn nach wie vor gerne stationär aufnehmen.«

Lily wusste nicht, was sie sagen sollte. Sie war diesem freundlichen Mann, der Joe zum Lachen gebracht hatte, so dankbar, und die Worte, die ihr einfielen, reichten schlicht nicht aus.

Dr. Mackintosh sah sie – wie sogar ihm selbst bewusst war – ein wenig zu lange an.

Er war dreißig, ledig und hatte seit seinen Studententagen keine Freundin mehr gehabt. Danach hatte er sein Leben ganz und gar dem Studium und der Praxis der Notfallmedizin gewidmet. Eine der vielen Schwestern, mit denen er über die Jahre zusammengearbeitet hatte, könnte heute seine Frau sein, aber er liebte die Herausforderung und fand, wahrhaft Lohnenswertes sollte einem nicht einfach in den Schoß fallen. Vor sechs Jahren hatte ein Onkel ihm seine Praxis in Aberdeen angeboten; dennoch hatte er sich entschieden, bei der Notfallmedizin zu bleiben. Ihm gefielen die ständigen, rasch aufeinanderfolgenden Veränderungen, und er genoss es, mit dem täglichen Entdecken neuer Krankheiten und Medikamente Schritt zu halten. Für Mediziner war Liverpool mit seiner Schwerindustrie, der Armut und der boomenden Geburtenrate eine der anspruchsvollsten Städte im Land, und er liebte sie.

Er hatte schon Hunderte kleiner Jungen wie Joe gesehen, doch die junge Frau, die ihn begleitete, hatte etwas in ihm angerührt. Sie wirkte so ernst, ihr Stolz war unverkennbar und machte sie umso faszinierender.

Eine halbe Stunde später war Lily auf dem Weg in Richtung Hafen und Fabrik. Wenn sie sich sputete, hätte sie noch Zeit, die Lohntüten vorzubereiten, ihre eigene eingeschlossen. Dann könnte sie abends genug Essen für Katie mitbringen und zurück zum Krankenhaus fahren, um Joe auf der Station zu besuchen. Ihr war gesagt worden, dass sie heute Abend zu ihm könne und von der Stationsschwester erfahren würde, wann sie ihn wieder besuchen dürfe. Schwester Tanner hatte gesagt, dass es bis dahin eine Woche dauern könne, sollte Joe für längere Zeit aufgenommen werden. Lily wusste, ihre Mutter würde es nicht im Mindesten interessieren, wie lange Joe im Krankenhaus blieb.

Dr. Mackintosh war recht deutlich gewesen, was seine Erwartungen und den weiten Weg anging, der vor Joe lag.

»Ich werde ihn mindestens zwei Wochen hierbehalten«, hatte er ihr erklärt. »Ehrlich gesagt, bei einer solch prononcierten Brust vielleicht noch länger. Ein Freund von mir ist Spezialist in London und kommt bald zu Besuch. Vielleicht bitte ich ihn, sich Joe einmal anzusehen. Er arbeitet an der Theorie, dass es sich um eine Entzündung handeln könnte, keine Psychosomatik, und ich möchte alles tun, was ich kann, um ihn darin zu unterstützen. Außerdem denke ich, dass Joe hier eine größere Chance hat, gesund zu werden. Bei uns ist geheizt, und es gibt gutes warmes Essen. Würden Sie mir da zustimmen? Es war sicher schwer für Sie, sich solche Sorgen um diesen jungen Mann machen zu müssen, nicht wahr?«

Lily hatte zu dem sanften Riesen aufgeblickt. Sie wollte ihm so vieles sagen. Dass sie nicht gewusst hatte, dass es Menschen wie ihn gab. Dass sie Joe, hätte ihr jemand gesagt, im St. Angelus könnte es ihm so schnell besser gehen, viel früher hergebracht hätte. Doch sie brachte nur ein »Vielen Dank« heraus.

»Gern geschehen. Es ist meine Aufgabe, Fast-Vierjährige gesünder zu machen.«

Und Lily hatte gelächelt, woraufhin auch auf Dr. Mackintoshs Gesicht ein Lächeln erschien.

Lily bemerkte, dass er dunkle Ringe unter den blutunterlaufenen Augen hatte. Er sah erschöpft aus, und trotzdem hatte er sich so viel Zeit für Joe genommen und war so geduldig mit ihm gewesen. Geduldiger, als irgendwer sonst außer Lily es jemals gewesen war.

»Ich hoffe, ich sehe Sie mal, wenn Sie ihn besuchen kommen.«

Für einen Moment war Lily erschrocken. Dr. Mackintosh meinte tatsächlich sie, und auf einmal wurde sie verlegen. Sie dachte an ihre Mutter, die zum Krankenhaus kommen und verlangen würde, Joe zu sehen, was ohne Zweifel geschehen würde, sobald sie halbwegs nüchtern war. Sie würde seine Krankheit nutzen, um Mitleid bei den Leuten zu wecken, damit die Nachbarn kämen, um sie zu trösten, ihr einen Shilling zuzustecken oder eine Flasche zu schenken. Die Vorstellung, dass sie hier reinstürmte und diese fürsorgliche, ruhige Atmosphäre mit ihrer Unverschämtheit beschmutzte, war Lily unerträglich.

Entsprechend klang sie sehr traurig, als sie antwortete: »Ich muss jetzt zur Arbeit, aber ich komme bald wieder. Vielen Dank, Doktor.«

Und dann war sie fort, zur Tür hinaus und die Treppe hinunter. Dr. Mackintosh blieb zurück und fragte sich, was um alles in der Welt mit ihm nicht stimmte.

Teddy tauchte neben ihm auf. »Ich habe es gesehen«, flüsterte er.

»Was haben Sie gesehen?«

»Wie Miss Lancashire Sie zum Lächeln gebracht und ein Funkeln in Ihre Augen gezaubert hat.«

»Haben Sie nicht!«, erwiderte Dr. Mackintosh. »Seit Sie mit Schwester Brogan ausgehen, versagt bisweilen Ihr Verstand.«

Beide vernahmen Miss Van Gilders Stimme an der Schwesternstation und verzogen das Gesicht. Ohne eine Sekunde zu vergeuden, rief Dr. Mackintosh Pammy zu: »Schwester Tanner, könnten Sie bitte dafür sorgen, dass dieser junge Bursche auf Station drei kommt?« Dann ging er zum Schreibtisch und warf auf dem Weg sein Handtuch in den Wäschekorb.

Wie er bereits vermutete, hatte die stellvertretende Oberschwester eine eigene Meinung. »Ist das wirklich nötig, Doktor? Sie haben selbst gesagt, dass seine Atmung viel besser ist.«

»Miss Van Gilder, wenn Sie sieben Jahre mit der Behandlung von Atemwegserkrankungen absolviert haben, so wie ich, dann werde ich mit Freuden Ihre Meinung zu meinen Fällen einholen. Bis dahin und solange wir dem NHS unterstellt sind, fallen klinische Entscheidungen in Bezug auf Kinder in meine Zuständigkeit. Und ich entscheide, wie ich es für richtig halte. Sofern es Ihnen nichts ausmacht.«

Miss Van Gilder drehte sich weg. »Ich komme später wieder, Schwester Antrobus. Es ist sonnenklar, dass wir zusätzliche Aufsicht in der Notaufnahme brauchen. Ich werde dafür sorgen, dass in dieser Abteilung wieder ein Anflug von Normalität einkehrt.«

Bei ihren letzten Worten stürmte sie auf den Haupteingang zu, wo sie direkt in Schwester Makebee hineinlief und sie beinahe umwarf. Schwester Makebee ließ den halb vollen Gipseimer fallen, den sie trug, und der Inhalt ergoss sich auf den Boden.

»Oh, die arme Schwester«, sagte Teddy, der gerade Joes Krankenblatt vervollständigen wollte. »Ich gehe ihr mal helfen, ehe diese Frau sie auffrisst.«

Pammy war sprachlos, was bei ihr äußerst selten vorkam. Hilflos sah sie mit an, wie Schwester Makebee auf Miss Van Gilders Ausbruch reagierte. Die junge Schwesternschülerin war zerknirscht, wahrte aber ihre Würde und schien unberührt davon, dass Miss Van Gilder sie verbal in Stücke riss.

Teddy war ein wenig zu schnell hinzugeeilt, um Schwester Makebee zu helfen. Er kniete auf dem Boden, schabte den Gips in den Eimer und rief nach einer Putzkraft. Innerhalb von Sekunden war er wieder auf den Beinen, nun mit einer weinenden Schwester Makebee in den Armen.

Einzig Pammy sah ihr Lächeln, als er sie zum Waschbecken führte, damit sie sich den nassen Gips von der Schürze waschen konnte. Pammy entging nie etwas, erst recht nicht, wie Schwester Makebee Teddy anstrahlte. Du Narr, Teddy, dachte sie. Du Idiot. Und dich behalte ich genauestens im Auge, Miss!

Kapitel neunzehn

Schwester Antrobus kam aus Emily Haycocks Büro geprescht, als Biddy hereinkam.

»Welche Laus ist der denn über die Leber gelaufen?«, fragte Biddy. »Die fliegt ja richtig die Treppe runter. So wahr mir Gott helfe, so schnell habe ich die noch nie laufen sehen.«

»Sie ist nicht froh über Miss Van Gilder.« Verzweifelt ließ Emily den Kopf auf ihren Unterarm auf dem Schreibtisch sinken. Dann hob sie ihn wieder und sagte: »Anscheinend gefällt der nicht, dass die Stationsschwestern die Beurteilungen der Schülerinnen vornehmen und die einzelnen Aufgaben in deren Arbeitsbüchern abhaken. Sie findet, dass sie das selbst machen sollte. Ihrer Ansicht nach sollten die Schwesternschülerinnen ihr Bericht erstatten, auch die in der Notaufnahme, so viel dort auch los sein mag.«

»Hatte sie das mit Ihnen besprochen?«

»Nein, mir gegenüber hat sie es mit keinem Wort erwähnt. Ich höre sie in ihrem Zimmer neben meinem auf und ab gehen, und das ist auch schon alles. Wir haben seit ihrem Vorstellungsgespräch kein Wort mehr gewechselt.«

»Tja, das sollten Sie lieber bald ändern, denn die Frau ist ein Problem. Sagen Sie, was ist eine Gewerbe- und Gebäudereinigungsagentur? Ich habe noch nie von so was gehört, und für mich klingt es nicht gut. Wir wissen, dass sie darüber mit der Oberschwester geredet hat, und die scheint nicht viel Widerstand zu leisten.«

Emily stöhnte. »Glauben Sie, die vom Vorstand haben gewusst, was sie tun, als sie die wollten? Sie war diejenige, die ich am wenigsten mochte. Ich schätze, die Leute vom Vorstand mögen mich nicht. Sie halten mich für zu jung, so viel Verantwortung zu tragen. Sie haben die Van Gilder gewählt, um mich zu triezen.«

»Sei es drum, daran können Sie nichts mehr ändern, also ist jedes Jammern sinnlos. Ich gehe uns jetzt Tee und Rosinenkuchen holen. Wir beide müssen einen Plan schmieden.«

Während Biddy in die Küche ging, trat Emily ans Fenster, schob es nach oben und legte eine halbe Scheibe Mohnkuchen aus ihrer Tasche für die Möwe auf den Sims. Sie blickte zur Dachrinne seitlich, wo die Möwe hinter einem dicken Rohr hockte, und beobachtete, wie sie den Hals reckte, als sie das Fenster hörte.

Sie hatte ihrem Stiefvater Alf von der Möwe erzählt, und zu ihrem Erstaunen antwortete er ihr mit der Klarheit seiner lichten Momente: »Dann ist es ein junges Tier. Oft fallen sie aus dem Nest und können nicht wieder zurück. Sie wird es allein bis zur Dachrinne geschafft haben. Füttere sie weiter, und hat sie erst genug Kraft, wird sie mit den anderen runter zum Hafen fliegen. Hast du es deiner Mutter erzählt? Zeig sie den Jungen, die werden sie mögen. Unser Richard kann sich mit um sie kümmern.« In Alfs Kopf waren seine Frau und seine Söhne noch am Leben. Die Bombe war nie gefallen, und alles war gut auf der Welt.

Emily hörte Lärm von unten. Es war die Kohlenlieferung für den Heizofen, und sie schaute zu, wie die Säcke einer nach dem anderen vom Karren gehoben und auf die geschwärzten Pflastersteine geworfen wurden. Miss Van Gilder war auch gerade dort, und Emily sah, wie die Pförtnerjungen vor Angst zusammenzuckten, als sie vorbeiging.

Emily lehnte die Stirn an die kühle Fensterscheibe, stützte die Hände auf die Fensterbank und seufzte. Etwas an Miss Van Gilder störte sie. Die Frau fühlte sich nicht richtig an. Als würde sie die Rolle der Furcht einflößenden stellvertretenden Oberschwester spielen. Nur dass sie versuchte, ihre tatsächliche Strenge herunterzuspielen, und nicht etwa, ihren eigentlich weichen Kern zu verbergen.

Emily würde gern aus dem Wohntrakt im Krankenhaus ausziehen, wenn sie könnte. Sie brauchte ein Leben außerhalb des Krankenhauses. Es verschlang sie zu sehr. Ihre Gedanken und Gespräche kreisten um nichts anderes, und ihr war klar, dass das nicht gesund war. Doch in Liverpool war der Wohnraum so knapp, dass es beinahe unmöglich war, etwas zu finden. Ihr Stiefvater Alf würde den Rest seines Lebens in dem Pflegeheim für Veteranen verbringen. Dort besuchte sie ihn fast jeden Abend, seit er aufgenommen wurde, und heute Abend wollte sie wieder hin. Ja, sie freute sich sogar darauf, ihn zu sehen. Sie würde ihm alles über die neue stellvertretende Oberschwester erzählen, Dampf ablassen, klagen, stöhnen und schimpfen. Und danach hätte Alf es binnen Sekunden vergessen. Seine Senilität war so schlimm, wie sie nur sein konnte, mit einer Ausnahme: Manchmal wusste er, wer Emily war.

Unten erschien nun Dessie. Er rückte die Mütze eines Pförtnerjungen zurück, als er an ihm vorbeiging, und die beiden blickten nach unten zu den blanken Stiefeln des Jungen. Dann klopfte Dessie ihm väterlich auf die Schulter, holte etwas aus seiner Tasche und drückte es dem Jungen in die Hand. Daraufhin rannte der los zu den anderen.

Was für ein liebenswerter Mann du bist, Dessie, dachte Emily.

Sie schätzte ihn auf über vierzig, und er hatte die Haltung eines Mannes, der einiges gesehen und erlebt hatte. Doch Emily hatte ihn nie vom Krieg sprechen hören, doch andere redeten oft über seine Orden und seine Tapferkeit. »Keiner bekommt einen Orden fürs Teekochen«, flüsterte sie, sodass die Fensterscheibe von ihrem Atem beschlug. Dessies freundliche Art rührte sie. Er erinnerte sie an Alf.

Plötzlich fühlte sie sich einsam und bedauerte, allein zu sein. Oliver Gaskell hatte versucht, sie nach dem Ärzte-Tanzabend, wo sie ihn mit Pammy Tanner gesehen hatte, zurückzugewinnen, doch sie hatte all seine Anrufe und Briefe an sich abprallen lassen. Sie mochte vielleicht einsam sein, aber sie hatte ihren Stolz. Deshalb würde sie weiter nach einem Mann suchen, der dem Vergleich mit Alf standhielt. Ihre Mutter würde genau das von ihr erwarten.

Sie wollte sich eben vom Fenster abwenden, da blickte Dessie nach oben, als hätte er gespürt, dass sie ihn beobachtete. Lächelnd hob er die Hand, und Emily winkte zurück. Ohne zu wissen, warum, musste sie grinsen, als Dessie seine Mütze lüpfte und sich übertrieben verbeugte.

Dann wurde Emily rot und kehrte zu ihrem Schreibtisch zurück. Sie hörte Biddy kommen.

Biddy stellte das Tablett auf den Schreibtisch. »Haben Sie schon mal so große Kuchenscheiben gesehen?«, fragte sie.

»Wird nicht alles im Leben mit Kuchen besser?« Emily lächelte. »Biddy, können wir kurz reden?«

»Reden? Herr im Himmel, wir reden immerzu!«

»Es ist persönlich, Biddy. Es gibt etwas, bei dem ich Ihre Hilfe brauche, bezüglich Miss Van Gilder und der St.-Angelus-Mafia. Oh, ich weiß, dass es sie gibt. Sie, Dessie und Elsie, Madge von der Telefonzentrale und einige andere sind eine eingeschworene

Truppe und allen anderen stets einen Schritt voraus. Kommen Sie, setzen Sie sich zu mir. Aber nicht am Schreibtisch, sondern drüben beim Feuer. Ich nehme meinen Tee mit.«

Beide Frauen trugen ihre Tassen und Teller hinüber.

»Sie wissen doch, dass ich aus diesen Sesseln allein nicht wieder hochkomme«, jammerte Biddy. Insgeheim jedoch genoss sie die Gespräche am Feuer, zu denen Emily sie gelegentlich einlud.

Als sie ihre Tasse auf dem kleinen Tisch abstellte, hörte Emily ein leises Trippeln auf dem Fenstersims. Ohne den Kopf zu drehen, konnte sie die Möwe aus dem Augenwinkel über den roten Backstein nahen sehen. Dann blieb sie stehen, blickte ins Zimmer, ob es sicher war, und traute sich noch näher. Rasch pickte sie den Mohnkuchen auf und huschte damit zu ihrem Platz zurück. Emily lächelte. Sie freute sich über den Mut der Möwe. Gestern hatte sie über eine Stunde gebraucht, um sich zu dem Futter zu wagen, das Emily ihr hingelegt hatte.

»Biddy, ich habe einen riesigen Fehler gemacht, und ich weiß nicht, was ich tun soll. Miss Van Gilder spioniert mich aus. Ich sehe sie nie, weiß aber, dass sie es tut. Ich höre ihre Schritte auf der anderen Seite der Wand, wenn ich Alfs Sachen in unserer Waschküche wasche. Jeden Abend, wenn ich mein Licht lösche, höre ich, wie sie ihres anschaltet, als hätte sie gewartet. Die Frau ist mir unheimlich, und ich glaube, dass sie schlecht für das Krankenhaus ist. Wir müssen etwas unternehmen. Wenn sie so weitermacht, bekommt Schwester Antrobus noch einen Schlaganfall.«

»Und das wäre schlimm?«, fragte Biddy mit gespielter Überraschung. »Nein, war nur ein Scherz! Jetzt gucken Sie nicht so entsetzt. Ich habe keine Ahnung, was in den Köpfen dieser Wohltäter in unserem Vorstand vorgegangen sein mag, als sie die ernannt haben.«

Für einen Moment trat Stille ein. Beiden war bewusst, dass

Biddy absichtlich nichts von Emilys Vorauswahl der Kandidatinnen erwähnte.

»Biddy, ich denke, wir brauchen Ihre Truppe – und bevor Sie widersprechen, ich weiß, dass es sie gibt, denn mir bleibt nichts verborgen. Sie sollen alle die Augen offen halten. Da ist etwas an Miss Van Gilder, das mir Sorgen macht.«

»Und zu Recht«, antwortete Biddy. »Aber es mag Sie vielleicht nicht wundern, dass wir Ihnen schon voraus sind.«

Emily stand der Mund offen.

»Jetzt habe ich eine Neuigkeit für Sie. Wir haben eine Frau aufgespürt, die im St. Dunstan's arbeitet, ihrem vorherigen Hospital. Sie ist dort Stationsputzfrau, eine Schwester von Cathy hier in der Küche. Wir haben ihr geschrieben – Dessie hat uns geholfen –, und wir warten auf ihre Antwort. Für mich hört es sich an, als könnte sie interessante Informationen haben. Wenn es irgendwas zu wissen gibt, finden wir es raus.«

Emily nahm den letzten Bissen von ihrem Rosinenkuchen und trank ihren Tee aus. »Das war ein verteufelt guter Kuchen, Biddy. Na schön, ich habe einen Vorschlag. Darf ich zu Ihrem kleinen Mafiatreffen kommen? Wir brauchen einen Plan. Ich finde heraus, was es mit den Agenturen auf sich hat, und berichte Ihnen, wenn Sie mich wissen lassen, was Cathy von ihrer Schwester erfährt.«

Biddy lächelte. »Na, die Treffen sind nichts Besonderes. Wir sitzen hin und wieder bei mir zu Hause, normalerweise sonntagabends bei einer Pastete und einer Flasche Guinness. Wie wäre das?«

Emily verzog das Gesicht. »Tja, die Pastete kann ich essen.«

»Gut, also bei mir. Ich sage Ihnen Bescheid, wenn wir eine Antwort auf unseren Brief haben.«

Drüben im Verwaltungstrakt, der am Ende des Korridors mit den

Schwesternzimmern lag, begann Miss Van Gilder, die Post zu öffnen. Gleich der erste Brief entzückte sie. Er war von der Acme-Reinigungsagentur.

Sehr geehrte Miss Van Gilder,

vielen Dank für Ihr Schreiben, in dem Sie um mehr Einzelheiten zu unseren Dienstleistungen baten. Wir wären hocherfreut, Ihnen ein Angebot für die Reinigung des St.-Angelus-Hospitals zu machen.

Acme sieht die Einführung des NHS als eine Chance für Agenturen wie die unsere, die sich auf die Reinigung von NHS-Einrichtungen spezialisieren möchten. Mit unserer Dienstleistung würde das St. Angelus nicht nur eine Menge Geld sparen, sondern auch die Sauberkeit des Hauses verbessern.

Gern würde ich mich mit Ihnen zusammensetzen, wenn Sie Zeit hätten, damit wir das weitere Vorgehen erläutern und gewiss sein können, dass mein Angebot Ihren Ansprüchen genügt.

Hochachtungsvoll,
Capt. T. J. H. Oldsworth

»Hervorragend«, sagte sie laut. Auf dieses Treffen freue ich mich schon, dachte sie. Aber ich muss gut aufpassen, dass alles in Ordnung ist. Keiner darf mit dem Finger auf mich zeigen können. Alles, wie es sein soll. Keine Fehler. Sie legte einen neuen Ordner an, den sie beschriftete mit: Angebote Reinigungsagenturen.

Der zweite Brief war weniger erfreulich. Er brachte ihr Herz zum Rasen und bewirkte, dass sich ihr Körper anspannte. Sie schluckte, denn die krakelige Handschrift auf dem Umschlag erkannte sie sofort. Der Umschlag war an die Oberschwester adressiert, aber Miss Van Gilder war in Sicherheit, denn sie hatte ihn in ihren Händen.

Mit einem tiefen Atemzug wappnete sie sich, drehte den Umschlag um und schlitzte ihn mit einer energischen Bewegung auf. Langsam atmete sie aus.

Sehr geehrte Oberschwester,

vielen Dank für Ihren Brief mit der Bitte um eine Referenz für Miss Van Gilder.

Leider muss ich Ihnen mitteilen, dass Miss Van Gilders Zeit am St. Dunstan's keine glückliche war.

Miss Van Gilder las weiter.

Ohne den Blick von dem Brief abzuwenden, ging sie zum Kamin, stützte eine Hand auf den Sims und las den Brief abermals.

»Tja, ich bin dir mal wieder überlegen, du alte Hexe.«

Sie widerstand der Versuchung, den Brief in winzige Fetzen zu reißen, sondern ließ ihn hinunter ins Feuer schweben, wo er sofort in Flammen aufging. Sie verschlangen all die anklagenden Worte.

»Das Problem mit dir, Oberschwester, war, dass du dich für schlauer gehalten hast als mich, nicht wahr? Rein zufällig konntest du mir einen Strich durch die Rechnung machen, und du warst die Einzige.« Sie stützte beide Hände auf den Kaminsims und schaute zu, wie das Papier sich zusammenkräuselte und brannte, bis die Worte vor ihren Augen zu nichts als einem dünnen Aschefilm geworden waren.

»Du mit deinen mädchenhaften Schmachtlocken bei einer alten Frau und deinen absurden Vorstellungen.« Das letzte Wort spie sie förmlich in den Kamin, und ein Speicheltropfen landete auf ihrem Kinn. Sie wischte ihn mit dem Handrücken weg und schluckte. Ihr Gesicht glühte rot in der Hitze des Feuers, und ihre Augen brannten.

Sie kehrte zu ihrem Schreibtisch zurück. Als sie den nächsten Brief aufnahm, zitterte ihre Hand; sie legte den Umschlag auf ihren Schoß und rieb ihre Schenkel, bis das Zittern aufhörte. So konnte sie sich nicht konzentrieren. Die Angst, beinahe ertappt worden zu sein, beherrschte ihre Gedanken und wollte nicht weggehen. Wäre das geschehen, hätte sie nicht mit der Schande leben können. Es hätte nur einen Ausweg gegeben, und noch heute war sie sich nicht sicher, ob sie dafür den nötigen Mut aufbrächte. Ein Mal noch, dachte sie. Wir brauchen nur noch ein Mal, dann ist es getan.

Kapitel zwanzig

Dana war seit Punkt neun Uhr morgens in ihrem Bett im Schwesternheim in der Lovely Lane und nun, mitten am Tag, fragte sie sich, was sie geweckt hatte. Sie konnte das Flüstern der Hausmädchen hören, die extra leise waren, um sie nicht zu stören. Vorübergehend war sie in den Nachtdienst auf der Kinderstation versetzt worden, weil so gut wie alle Nachtschwestern wegen Grippe ausfielen.

Sie war furchtbar ängstlich gewesen, als sie in Schwester Haycocks Büro zitiert worden war. Doch sie wurde schnell von ihrem Schreck erlöst, denn man teilte ihr mit, dass sie auf ihrer Station die Erfahrenste wäre.

»Aber ich habe doch erst die Hälfte meiner Ausbildung hinter mir«, hatte sie zu Schwester Haycock gesagt.

»Leider muss es sein. Auf Station vier ist eine Vollschwester, die ein Auge auf Sie haben wird. Und Sie können jederzeit die Leitende Nachtschwester rufen, wenn es sein muss, und ich bin im Wohntrakt. Hilfe ist also erreichbar, und außerdem ist es für Sie ein großartiges Training. Die besten Schwestern sind die, die ins kalte Wasser geworfen wurden.«

Dana war stolz, dass man solches Vertrauen in sie setzte.

»Noch dazu gibt es viele neue Denkansätze in der Kinderheilkunde«, hatte Schwester Haycock gesagt. »Es ist ein interessantes Gebiet, und vielleicht stellen Sie fest, dass Sie sich darauf spezialisieren wollen. Ich suche für Sie mal den Artikel raus, den ich diese Woche in der Nursing Times gelesen habe. Darin geht es um die vorgeschlagene neue NHS-Regelung, dass Eltern tägliche Besuche bei ihren Kindern auf Station erlaubt werden sollen. Der Gedanke dahinter ist, dass es mehr Schaden anrichtet als nützt, die Eltern fernzuhalten.«

Dana konnte sich vorstellen, was Miss Van Gilder von täglichen Elternbesuchen hielt. Sie hatte sich bereits den Ruf erworben, sehr unhöflich zu Besuchern zu sein.

»Ich stimme dieser neuen Haltung voll und ganz zu«, fuhr Schwester Haycock fort.

Dana konnte sich Schwester Haycocks Meinung nur anschließen. Ihr zog sich jedes Mal das Herz in der Brust zusammen, wenn sie die Kinder nach ihren Eltern schreien hörte.

»Einige Ärzte drängen auf eine Kinder-Intensivstation, und die könnte genau das Richtige für Sie sein, Schwester Brogan. Geben Sie sich Mühe, nutzen Sie diese Gelegenheit zum Lernen, und falls Sie sich später für eine zusätzliche Fachausbildung entscheiden, haben Sie meine volle Unterstützung.«

Dana hatte gedacht, dass sie nach ihrem Abschluss gern in der Notaufnahme arbeiten würde. Sie liebte das Unerwartete und das gespannte Abwarten, was als Nächstes käme, denn sie kannte vom elterlichen Bauernhof nur eine strenge Routine: zweimal tägliches Melken und sonstige, immerfort gleiche Abläufe. Außerdem war die Atmosphäre in der Notaufnahme ziemlich locker und unverkrampft. Es herrschte eine besondere Kollegialität unter den Mitarbeitern, Ärzten und Schwestern, die sie alle verlässlich durch die schlimmsten Ereignisse trug.

Doch sie sagte nur: »Vielen Dank, Schwester Haycock. Ich werde mein Bestes tun.«

»Ich kann nicht glauben, dass mir eine solche Verantwortung übertragen wird«, erzählte sie am Abend den anderen Schwesternschülerinnen und Mrs Duffy.

»Also das ist wirklich eine sehr anstrengende Station«, sagte Mrs Duffy. »Das weiß ich von jeder Lernschwester, die Nachtdienst auf der Pädiatrie gemacht hat. Sie müssen auf mich hören, Schwester Brogan. Passen Sie auf sich auf, sonst sind Sie schnell am Ende Ihrer Kräfte. Und wenn das passiert, wird es verteufelt schwer, Sie wieder auf die Beine zu bekommen.«

Dana umarmte Mrs Duffy. »Da Sie sich wöchentlich mit meiner Mammy schreiben, werde ich nicht so lebensmüde sein, nicht auf Sie zu hören, Mrs Duffy.«

Eigentlich hatte es sie nicht überrascht zu entdecken, dass ihre Mutter an Mrs Duffy geschrieben und sich erkundigt hatte, ob Dana jeden Sonntag in die Messe ging. Aus dem einen Brief war eine regelmäßige Korrespondenz geworden, in der jeder Aspekt von Danas Wohlergehen abgehandelt wurde.

Wenn Dana eine Stunde nach dem Aufbruch der anderen Schwesternschülerinnen zu ihrem Dienst auf den Stationen von ihrer Nachtschicht zurückkam, wartete Mrs Duffy stets mit ihrem Frühstück auf sie und hatte ihr schon eine Wärmflasche ins Bett gelegt.

»Ich weiß, dass ihr Schwestern im Nachtdienst kalte Füße bekommt, und es ist schrecklich schwer, sie wieder warm zu bekommen. Das dauert Stunden«, erklärte Mrs Duffy. »Keine Schwester kann nach dem Nachtdienst ohne Wärmflasche einschlafen, nicht mal im Sommer. Manche versuchen es, aber sie geben es alle auf.«

Dana musste insgeheim lächeln. Wie recht Mrs Duffy hatte. Wie immer. Einmal war Mrs Duffy wegen des Smogs morgens zu spät zur Arbeit gekommen und hatte die Wärmflasche vergessen.

Da hatte Dana wegen ihrer kalten Füße stundenlang wach gelegen, bis sie endlich einschlafen konnte.

Im St. Angelus gab es zwei Kinderstationen, zu denen eine lange Holztreppe führte, die Stationen drei und vier. Die Drei war eine allgemeine Krankenstation, die Vier die Chirurgie. Auf jeder Station war nachts eine Schwester, und eine Stationshilfe wanderte mit Taschenlampe zwischen den Stationen hin und her. Nachtdienst bedeutete, dass man sieben Nächte arbeitete und sieben freihatte.

Schwester Haycocks Entscheidung war richtig gewesen, denn Dana liebte die Arbeit, obwohl sie anstrengend war. In letzter Zeit jedoch war die Ruhe auf den Stationen durch die Besuche von Miss Van Gilder gestört, die zunehmend häufiger wurden und über die Dana sich enorm ärgerte.

Heute Vormittag plagte sie ein anderer Gedanke, der sie wach hielt. Es war der Mann, den sie am hinteren Tor gesehen hatte, als sie das Krankenhaus verließ.

Sie hatte ihn schon früher entdeckt, dreimal insgesamt, wie er genau an diesem Tor stand und hinauf zum Wohntrakt blickte. Der kleine Joe hatte sie auf ihn aufmerksam gemacht, als sie ihm nach dem Löschen der Lichter einen heißen Kakao brachte.

»Wer ist der Mann, Schwester?«, hatte er gefragt.

Es war spät, ihre Runde beendet, und die meisten ihrer Patienten schliefen. Jetzt interessierte sie eher das Buch, das sie mitgebracht hatte, um es mit Joe zu lesen. Sie war begeistert, wie gern er lernte.

»Weiß ich nicht, Joe«, hatte sie mit einem Blick aus dem Fenster geantwortet. »Anscheinend wartet er auf jemanden. Vielleicht ist er ein Verwandter von jemandem hier im Krankenhaus.« Dana sah nur kurz hin. Der Mann musste ungefähr Mitte dreißig sein und war gut gekleidet. Er hatte die Hände in den Taschen vergraben, und als er Dana an dem großen Fenster bemerkte, ging er weg in Richtung Straße.

»Er ist oft da, Schwester«, sagte Joe. »Gestern habe ich gewunken, und er hat zurückgewunken.«

»Na, da siehst du es, Joe. Er ist also harmlos.«

Sie beschloss, es keinem zu erzählen. Die anderen würden denken, dass sie übertrieb, denn es gab kein Muster, nach dem der Fremde erschien. Und er war ja nicht jeden Abend da. Sie glaubte, dass sie ihn gestern wieder gesehen hatte. Er hatte sie nicht beachtet, war einfach die Stufen zum Haupteingang des Krankenhaus-Cafés hinaufgegangen. Dort blieb er stehen, und Dana beobachtete, dass er sich einen Tee kaufte und sich auf einen der Stühle setzte. Immer wieder blickte er zum Haupteingang, als warte er auf jemanden. Offensichtlich ist er ein Besucher, entschied Dana. Der arme Mann, ich hoffe, es ist nicht zu schrecklich für ihn, dachte sie. Er hat ein trauriges Gesicht.

»Komm her, kleiner Mann, drück mich mal«, sagte Dana und setzte sich, den strengen Regeln zum Trotz, auf Joes Bettkante. »Bis wo hatten wir gestern Abend gelesen? Wenn du es gut machst, habe ich etwas in meiner Tasche in der Umkleide für dich.« Ihre Augen blitzten.

»Was?«, fragte Joe. »Ist es etwas Schönes? Der Doktor hat mir heute noch ein Stück Schokolade gegeben, aber er hat gesagt, ich darf es meiner Schwester nicht erzählen.«

»Wie gut, dass ich nicht deine Schwester bin«, sagte Dana und wuschelte ihm durchs Haar. »Nein, es ist keine Schokolade, aber es sind Kekse. Mrs Duffy hat heute in der Lovely Lane Haferriegel gebacken, und sie hat mir einen für dich mitgegeben. Ich habe ihr erzählt, dass du mein Lieblingspatient bist, und jeden Tag fragt sie mich nach dir. Sie wird traurig sein, wenn du wieder nach Hause gehst.«

Joe grinste. »Kannst du den jetzt holen?«, fragte er.

»Oh nein, kann ich nicht. Erst, wenn du mir gezeigt hast, wie viel besser du heute im Lesen geworden bist.«

Das Nachtlicht schien auf Joe, und Dana fand, dass er wie ein Engel aussah, als sie sein Gesicht betrachtete. Das Bett stand in der Mitte einer kleinen abgeteilten Nische mit großen Fenstern auf beiden Seiten. Eines hatte Blick auf den Parkplatz, der so schwarz war wie die mondlose Nacht draußen; das andere Fenster ging zu dem von roten Nachtlichtern erhellten Korridor. Als Dana eine Seite umblätterte, erschrak sie, weil sie auf einmal Miss Van Gilder an der Korridorwand bemerkte, die sie beobachtete. Ihre Züge hatten etwas derart Gespenstisches, dass Dana unwillkürlich einen Schrei ausstieß. Sie verließ Joe, um die hundert Fragen zu beantworten, mit denen Miss Van Gilder sie Nacht für Nacht bombardierte. Wenn mich irgendwas oder irgendwer je dazu bewegen sollte, diesen Beruf aufzugeben, wird es mit dieser Frau zu tun haben, dachte Dana, als sie ihr bestes professionelles Lächeln aufsetzte und zu ihr auf den Korridor trat.

»Als würde sie mir nicht zutrauen, für die Kleinen zu sorgen«, sagte Dana später zu der Vollschwester auf Station vier. »Sie wollte jede Einzelheit über jedes Kind wissen. Natürlich erst, nachdem sie mir die Hölle heißgemacht hatte, weil ich auf Joes Bett gesessen habe. Ist ihr nicht klar, dass ich tagsüber vor lauter Sorge um die Kleinen kaum schlafen kann?«

Kurz nachdem Miss Van Gilder wieder gegangen war, kam eine junge Schwesternschülerin ins Büro gelaufen. Dana sortierte dort eben die Patientenakten wieder ein, die Miss Van Gilder zu sehen verlangt hatte.

»Schwester, es geht um Benny. Sein Tubus ist rausgerutscht, und die Schwester bittet Sie um Hilfe. Die Stationshilfe soll so lange hier aufpassen.«

Dana klopfte das Herz wie selten zuvor. Kinder zu versorgen bedeutete eine weit größere Verantwortung als die Pflege von Erwachsenen. Auch wenn sie es nicht recht ausdrücken konnte, war es für sie einfach so. Hier auf der Kinderstation sorgte sie sich ständig und trug jede der Krankengeschichten in ihrem Herzen. Sie fürchtete sich vor einem Notfall, und mit dem kleinen Benny war nun einer eingetreten. Er lag im Koma, und der Tubus hielt ihn am Leben. Ihre Füße fühlten sich bleiern an.

»Hat er einen Stillstand?«

»Nein, sein Herz schlägt noch. Irgendwie bekommt er Sauerstoff. Aber beeilen Sie sich, die Schwester braucht Sie.«

Dana rannte hin. Wie die Schwester gesagt hatte, war der Tubus, der Luft in Bennys Lunge pumpen sollte, aus seinem Hals geglitten und lag auf seiner schmalen kleinen Brust.

»Seine Brust bewegt sich nicht mehr«, sagte die Vollschwester. »Ich habe nach einem Arzt gerufen, aber ich versuche, den Tubus selbst wieder zu legen, obwohl es zu spät sein könnte.«

Dana erkannte, dass sie sich Mühe gab, ihre Panik zu unterdrücken. »Was kann ich tun?«, fragte Dana. Der Anblick von Benny spornte sie an, umgehend zu handeln.

»Legen Sie Ihre Hand hinter seinen Kopf, und halten Sie ihn still. Diese Maschine ist furchtbar launisch.«

Dana legte ihre Hand in Bennys Nacken, und sein Mund klappte auf.

»Ja! Gott sei Dank«, sagte die Schwester. »Sein Endotrachealschlauch ist noch an Ort und Stelle.«

Das Beatmungsgerät neben dem Bett pumpte und surrte weiter, und der Blasebalg bewegte sich auf und ab. Er blies noch Sauerstoff in Bennys Mund und Nase, das Gerät musste aber neu mit dem Schlauch in seiner Luftröhre verbunden werden, damit es richtig arbeitete.

»Schneiden Sie frisches Pflasterband ab«, sagte die Schwester über ihre Schulter, und ohne zu zögern, nahm sie den Beatmungsschlauch und schob ihn langsam zurück in die Gummifassung. Mit dem Pflasterband, das Dana ihr reichte, befestigte sie den Schlauch an Bennys Wange und seitlich an dem Kinderbett.

»Wie ist das passiert?«, fragte Dana. »Mein Gott, ohne Sauerstoff hätte er sterben können!«

»Ich habe keine Ahnung«, sagte die Schwester. »Vielleicht hat er sich im Koma bewegt, oder er ist kurz zu sich gekommen und hat den Schlauch mit der Hand rausgerissen. Ich werde die Leitende Nachtschwester anrufen und um Hilfe bitten. Wir brauchen jemanden, der auch nachts bei ihm und nur bei ihm sitzt. Tagsüber hat er eine eigene Aufsicht, und warum glauben die, dass für ihn im Koma die Tage anders sind als die Nächte? Zum Glück ist das nicht passiert, als die Knochenbrecherin hier war. Dafür hätte sie mich garantiert gefeuert.«

Als alles wieder ruhig war, kehrte Dana eilig zu ihren eigenen Schützlingen zurück. Mit ihrer Taschenlampe überprüfte sie jedes Bett, während sich ihr Herzschlag allmählich normalisierte. Joe schlief, das Buch aufgeschlagen auf seinem Bett und ein Lächeln auf seinem Gesicht. Dana ging zum Kopfende seines Bettes und schaltete das Leselicht aus. Dann strich sie ihm das Haar aus der Stirn und flüsterte: »Du bist ein richtiger kleiner Engel, Joe Lancashire.« Sie erinnerte sich wieder an ihr Versprechen, also eilte sie zurück in den Umkleideraum, holte den Haferriegel von Mrs Duffy und legte ihn in seinen Nachtschrank.

Kapitel einundzwanzig

Joe im St. Angelus zu wissen, wo für ihn gesorgt wurde und er drei Mahlzeiten am Tag bekam, war ein Segen, für den Lily gar nicht dankbar genug sein konnte. In den Tagen nach seiner Aufnahme hatte Schwester Therese ihn zweimal besucht und von seiner Genesung berichtet. Die Besuchszeiten waren nur sonntags von zwei bis drei, aber die Schwester auf der Kinderstation wagte nicht, sich mit Schwester Therese anzulegen.

»Heute Nachmittag kam der Arzt zu mir, als ich dort war«, erzählte Schwester Therese Lily und Katie, als sie eines Abends aus der Messe kamen. »Er hat nach dir gefragt, Lily. Ich habe ihm gesagt, dass es dir gut geht, und ich soll dir unbedingt ausrichten, dass Joe in den besten Händen ist und man sich gut um ihn kümmert.«

Lily konnte nicht sagen, warum, aber sie wurde rot und senkte den Blick. Was Schwester Therese sagte, war vollkommen harmlos, dennoch klopfte ihr Herz schneller, und ein Kribbeln ging durch ihren Bauch, weil Dr. Mackintosh, der jeden Tag mit so vielen Leuten zu tun hatte, sich an sie erinnerte und nach ihr fragte.

»Na, ihr zwei, wir haben heute ein besonderes Abendessen im Kloster, um die neue Postulantin zu begrüßen, und ihr seid meine Ehrengäste. Ihr glaubt ja nicht, was für einen wunderbaren Schinken der Marktschlachter mir für umsonst gegeben hat!«

Lily sah Schwester Therese lächelnd an. Sie konnte es sich allzu gut vorstellen. Wahrscheinlich hatte sie dem Mann einen ganz besonderen Platz im Himmel für großzügige Schlachter versprochen.

»Wie geht es deinen Eltern?«, fragte Schwester Therese flüsternd.

Lily wusste nicht, was sie antworten sollte. Ihren Stiefvater hatte sie schon seit zwei Monaten nicht mehr gesehen. Und ihre Mutter kam jede Nacht irgendwann zum Schlafen nach Hause.

Schwester Therese erzählte Lily nicht, dass sie ihre Mutter um zwei vorm Pub hatte stehen sehen, eine Stunde, bevor er öffnete, zusammen mit zwei anderen Trinkerinnen aus den Clare Cottages. Sie sagte auch nicht, dass sie zu der Zeit von ihrem Besuch bei Joe im Krankenhaus zurückgekommen war. Eine Menge blieb unausgesprochen.

Im Kloster bekamen Lily und Katie das beste Essen ihres Lebens. Während sie sich an heißen Kartoffeln, Schinken und Gemüse gütlich taten, gefolgt von Brotpudding mit Vanillesoße, erzählte Schwester Therese Lily von ihrem Plan. Allerdings erst, nachdem Lily gesehen hatte, welche Begeisterung die Nonnen den einfachen Dingen des Lebens abgewinnen konnten. Wie sehr sie jubelten, als die Köchin die Puddingformen stürzte, und wie sich dabei ihre Gesichter vor Lächeln und Lachen kräuselten. Es war eine Freude, sie plaudern, reden und essen zu sehen. Und Lily wurde bewusst, wie selten sie selbst lächelte.

»Weißt du, dass Katie in der Schule enorme Fortschritte macht?«, fragte Schwester Therese. »Und wir wissen, dass es nicht zuletzt dir zu verdanken ist, weil du jeden Abend mit ihr übst. Noch vor einem Jahr habe ich sie für einen aussichtslosen Fall gehalten, aber jetzt sehe ich Hoffnung.« Sie lächelte Lily aufmunternd zu. »Hilfst du uns, sie ins Klosterinternat schicken zu lassen? Es ist auf dem Land, in einer wunderschönen Gegend, und die anderen Mädchen dort sind sehr nett. Schwester Joseph leitet die Schule, und sie ist wirklich ein Schatz. Ich weiß nicht, wie die Mädchen dort irgendwas lernen, denn sie tanzen ihr auf der Nase herum. Hilfst du uns?«

Lily zögerte nicht. Auch wenn sie Katie schmerzlich vermissen würde, wusste sie, dass nun, da Joe im Krankenhaus war, ihre größte Sorge darin bestehen musste, ihren Geschwistern eine gute Ernährung und Versorgung zu sichern. »Wir machen das möglich.«

Katie hatte das Gespräch mitgehört. »Darf ich meine Puppe mitnehmen, Schwester?«, fragte sie, rutschte von ihrem Stuhl und stellte sich neben Schwester Therese.

Katies Puppe wohnte im Kloster, seit Schwester Therese den Pfandleiher überredet hatte, sie ihr zurückzugeben; ihre Mutter hatte sie für einen Nachmittag im Pub bei ihm verpfändet.

»Selbstverständlich darfst du das. Wie wäre es, wenn du sie besuchen gehst? Sie sitzt auf dem Regal im Besucherraum, und ich glaube, du fehlst ihr.«

Katie hüpfte strahlend davon. Während Lily und Schwester Therese ihr nachblickten und die anderen Nonnen die Kleine mit netten Worten bedachten, sagte Lily: »Dies ist das schönste Essen, das wir je hatten, vielen Dank. Es ist wunderbar, dass Katie es genießen durfte, und danke auch, dass Sie Joe besuchen. Ich kann es gar nicht erwarten, ihn am Sonntag zu sehen.«

»Du wirst staunen, wie gut er aussieht.« Schwester Therese lächelte. »Lily, ich möchte, dass Katie nach dem Sommer ins Internat geht. Ist das für dich in Ordnung? Wir müssen vielleicht ein bisschen verschlagen sein, um deine Mutter dazu zu bringen, dass sie die Formulare unterschreibt. Aber manchmal erlaubt mir Gott, solche Dinge zu tun. Wir haben seinen Segen, wenn es darum geht, ein Leben auf Erden besser zu machen.«

Lily hätte Schwester Therese am liebsten umarmt. Stattdessen nahm sie dankbar deren Taschentuch an, um ihre Tränen abzuwischen.

Die strikten Besuchsregeln waren unerträglich. Als Lily sich den darauffolgenden Sonntag langsam mit der Schlange nach vorn bewegte, spähte sie durch die Fenster der Kinderabteilung. Ihr erster Impuls war, sich zu vergewissern, dass Joe wirklich noch da und am Leben war.

Auf der Station traf sie Dr. Mackintosh, der zufällig in der Besuchszeit dort war.

»Joe ist täglich im Dampfzelt«, sagte er, »und finden Sie nicht auch, dass er schon viel besser aussieht?«

»Ich habe ihn noch nie so wohlauf gesehen«, platzte Lily heraus und lächelte.

Joe wirkte tatsächlich viel gesünder. Er hatte zugenommen, wurde regelmäßig gebadet, umsorgt und bekam zu essen, und er hatte es warm. Hier blühte er förmlich auf.

»Er ist so was wie der Liebling der Schwestern, stimmt's, Joe?«

Nun wurde Joe rot.

Mit keinem Wort fragte Dr. Mackintosh, wo ihre Mutter war.

Dana Brogan, die inzwischen wieder im Tagesdienst war, fand, dass sie Lily vor den strengen Besuchsregeln der Stationsschwester warnen sollte. »Es ist sehr ungewöhnlich, dass Joes Mutter ihn nicht besucht«, sagte sie. »Wir erlauben eigentlich nur Elternbesuch. Die Schwester dreht mir den Hals um, wenn sie erfährt, dass Sie seine Schwester sind. Sie hat sonntags frei, aber wenn er entlassen wird, will sie sicher die Mutter sehen. Andernfalls wird sie sich bei offizieller Stelle erkundigen, fürchte ich.«

Lilys Wangen glühten, als Dana ihr das vom Fußende des Bettes aus erklärte. Dabei flüsterte Dana, um ihr die Peinlichkeit zu ersparen, auch wenn ihnen beiden bewusst war, dass andere Besucher verstummt waren und sich anstrengten, etwas zu verstehen.

»Sie arbeitet, Schwester«, war alles, was Lily herausbrachte. »Sehr lange. Deshalb hat sie mich gebeten zu kommen ...«

Aus Irland kannte Dana reichlich Familien, in denen die Kinder auf sich gestellt waren, während die Eltern von morgens bis abends arbeiteten, um sich über Wasser zu halten. »Ja, und ich decke Sie, so gut ich kann«, sagte sie. »Er ist der entzückendste kleine Kerl, den ich je hierhatte, nicht wahr, Joe? Und wie schlau er mit seinen nicht mal vier Jahren ist.« Sie zwinkerte ihm zu, und da es ihm deutlich besser ging, konnte er es erwidern.

»Wo hast du das denn gelernt?«, rief Lily aus und zog sich den Stuhl an sein Kopfende.

»Möchten Sie eine Tasse Tee?«, fragte Dana. »Ich hole Ihnen eine.« Etwas an Lily weckte Danas Beschützerinstinkt. Sie spürte, dass sie auf ihre Weise genauso verwundbar war wie Joe.

»Sieh mal, was ich für dich habe«, sagte Lily, die eine weiße Papiertüte aus ihrem Korb nahm und Joe ein Päckchen Minzkugeln reichte. Sie blickte zu den Nachtschränken der anderen Kinder, auf denen sich Süßigkeiten und Spielsachen in bunten Verpackungen stapelten. Auf Joes stand lediglich sein Wasserkrug. Doch neben ihm auf dem Bett hockte ein Plüschtier, das Lily noch nie gesehen hatte. »Wer ist das?«, fragte sie, hob den Teddybären hoch und roch an ihm. Vermutlich badete er regelmäßiger als ihre Familie zu Hause.

»Das ist Mr Bear, Lily. Schwester Dana hat ihn mir gegeben. Sie sagt, solange ich im Krankenhaus bin, ist er mein besonderer Bär, der auf mich aufpasst und mich gesund macht. Und guck mal, Lily ...« Joe beugte sich herüber, klappte seinen Nachtschrank auf und zog ein Buch heraus. »Das liest Schwester Dana mit mir, wenn sie Zeit hat, und sie bringt mir auch die Wörter bei.«

Lily nahm das Buch und schaute es sich an. Ihre Augen wurden feucht. Es hat einen Grund, warum man die Schwestern von St. Angelus Engel nennt, dachte sie. Schwester Dana hatte Joe fraglos gern. Nur sehr wenige Menschen waren so freundlich zu ihrem Bruder.

»Schwester Dana bringt mir Kakao und gibt mir Kekse, gestern Abend sogar Apple Pie, Lily! Sie hat gesagt, die Frau in dem Heim, wo sie schläft, hat ihn ihr extra für mich mitgegeben!«

»Hat sie das? Na, du bist ja ein Glückspilz, dass sich so viele nette Frauen um dich kümmern!« Lily wurde das Herz schwer. Nicht bloß wurde im St. Angelus besser für Joe gesorgt als zu Hause, er wurde hier auch mehr geliebt als von seiner eigenen Mutter.

Ihren schlimmsten Befürchtungen zum Trotz zeigte ihre Mutter bisher nicht das geringste Interesse, Joe im Krankenhaus zu besuchen. Nun, während Lily ihrem kleinen Bruder zuhörte, regte sich eine neue Angst in ihr. Sie fragte sich, wie sie ihre Mutter dazu überreden sollte, am Tag von Joes Entlassung herzukommen. Die schreckliche Wahrheit war, dass es ihrer Mutter anscheinend egal war, ob ihre Kinder ins Heim kamen. Sie hatte kaum mitbekommen, dass Joe im Krankenhaus war, und erst gestern, als sie über die Schwelle torkelte, hatte sie gefragt, wo er war. Früher einmal hatte die Schelte der Nonnen sie für kurze Zeit dazu bewegt, nüchtern zu bleiben. Das war jetzt nicht mehr so.

Es gab nur eine Frau, die helfen konnte: Schwester Therese.

»Ohne Hilfe glaube ich nicht, dass sie ihn mit mir nach Hause kommen lassen, und er sieht jetzt so gesund aus«, erklärte Lily ihr nach ihrem Besuch im Krankenhaus.

Schwester Therese hörte ihr zu, sah jedoch besorgt aus. »Lily, Joe wird krank, weil deine Mutter ihn so behandelt, wie sie es tut. Hältst du es nicht für eine bessere Idee, wenn das Krankenhaus entscheidet, was das Beste für ihn ist?«

»Nein!« Zum ersten Mal wurde Lily der Nonne gegenüber laut. »Katie und ich kommen zurecht, das wissen Sie, und wenn sie aufs Internat geht, schaffe ich es auch. Joe ist kein Baby mehr, und ab September geht er hier bei Ihnen auf die Jungenschule.«

»Ja, das ist wahr. Nun, es hat noch keine Stationsschwester eine Nonne rausgeworfen, also gehe ich heute nach der Abendmesse hin. Ich werde auf der Station sagen, dass ihr Hilfe habt, und du kannst versichert sein, Lily, dass ich euch immer helfen werde. Joe wird in der Schule täglich ein anständiges Mittagessen bekommen, dafür sorge ich.«

»Ich weiß nicht, wie ich Ihnen jemals für alles danken kann, was Sie für uns tun.« Lilys Stimme kippte.

»Nicht doch. Wir haben keine Zeit für Gefühle. Und du bist diejenige, die die ganze Arbeit leistet und Lob verdient. Ich behalte Katie nach der Schule hier und gebe ihr zu essen. Eine von uns bringt sie rüber, wenn du nach Hause kommst. Dann hast du eine Sorge weniger. Und nächsten Sonntag besuchen wir Joe zusammen. Vielleicht lassen sie uns ihn dann mit nach Hause nehmen.«

Lily atmete auf. Damit wäre sie gerettet vor der Stationsschwester und deren bohrenden Fragen. »Ohne Sie würden wir es nicht schaffen«, sagte sie.

»Kind, ich habe noch nie erlebt, dass du einen Sonntagsgottesdienst versäumt hast, und weißt du, was mir das sagt? Dass du verstehst, was Familie bedeutet. Wir sind alle eine Familie, Gottes Familie, und du kommst jeden Sonntag in sein Haus, wo wir uns gegenseitig eine Familie sind. Ich helfe dir und werde es weiterhin tun, bis der Herr mich zu sich ruft, denn in Familien helfen wir uns untereinander.«

Lily fand auch an einem anderen Ort unerwartete Freundlichkeit – bei Mrs McConaghy.

»Ruf vom Bürotelefon auf der Station an«, drängte sie Lily eines Tages. »Ich möchte wissen, wie es dem Kleinen geht. Nur lass es Mr McConaghy nicht sehen«, flüsterte sie. »Ruf an, wenn er unten ist.«

Lily fühlte sich dabei nicht einmal unwohl, denn für sie hatte Joe Vorrang. »Danke, Mrs McConaghy. Das ist sehr freundlich von Ihnen.« Es tat gut zu wissen, dass ihre Chefin auf ihrer Seite stand und sich um sie sorgte.

»Nein, schon gut. Ich habe den Kleinen ja nur einmal gesehen, aber er hat wirklich ein Engelsgesicht.«

Lily erinnerte sich. Es war ihre freie Woche gewesen, nicht lange, bevor Joe ins Krankenhaus kam. Ihm ging es schlecht, und Lily war sicher, dass das viele Rauchen ihrer Mutter seinen Husten verschlimmerte. Deshalb hatte sie ihn in den alten Kinderwagen gesetzt und war mit ihm losgegangen, um ihm zu zeigen, wo sie arbeitete.

Mrs McConaghy hatte sie entdeckt und war nach unten gelaufen. Wie eine Glucke hatte sie sich auf Joe gestürzt.

»Wie machst du das nur, Joe?«, hatte Lily ihn auf dem Heimweg gefragt. »Du eroberst jede Frau im Sturm. Gott stehe den Mädchen bei, wenn du größer bist.«

Wenn seine Atmung schlecht war, war Joe immer still. Sprechen strengte ihn zu sehr an. Dann hatte er zum Mersey und zu den Schiffen geblickt, die gelöscht wurden. »Ich will mal Schauermann werden, Lily«, hatte er gekrächzt.

Lily lächelte. Nur über meine Leiche, dachte sie. Da draußen gibt es etwas Besseres für dich. Und zu Joe sagte sie: »Ja, wirst du. Genau wie dein Dad.« Doch dann hätte sie sich am liebsten die Zunge abgebissen. Seit Wochen hatte niemand seinen Dad gesehen, und Lily ahnte, dass sie ihn auch nicht mehr wiedersehen würden. Es hatte nur vierzehn Jahre und wenige nüchterne Stunden gebraucht, bis der Groschen bei ihm fiel: Wenn er seine Familie verließ, konnte er seine Lohntüte ganz für sich behalten und müsste sie nicht mehr mit seiner betrunkenen Frau teilen. Am nächsten Zahltag war er weg.

»Geh und such diesen Mistkerl, deinen Stiefvater! Er ist irgendwo am Hafen«, hatte ihre Mutter Lily angeschrien, als ihr aufging, dass ihr Mann nicht nur vorübergehend fort war.

Im Hafen arbeiteten fünftausend Männer, und er könnte bis nach Seaforth verschwunden sein. »Er ist weg, Mam, und er kommt nicht wieder«, hatte sie erwidert. Erst war ihr Vater verschwunden, nun der von Katie und Joe. Anscheinend klang ihm Lockies Drohung noch zu sehr in den Ohren, was passieren würde, sollte er Lily je wieder schlagen. Als wäre ihm der Wind aus den Segeln genommen. »Er ist weg, und wir wissen beide, was los ist, Mam. Er kommt nicht zurück.« Lily hatte so streng geklungen, dass ihre Mutter aufmerkte. Von dem Moment an wurde der Stiefvater nicht wieder erwähnt.

Kurz nachdem Joe aus dem Krankenhaus entlassen wurde – in Schwester Thereses Hände übergeben, die Lily wie versprochen begleitet hatte –, stellte sich ohne jede Vorwarnung der Frühling ein. Liverpool wurde eines Morgens wach, und da war er. Die Schwalben kehrten zurück, die Sonne schien, und die Bäume schlugen aus. Lilys Gang wurde beschwingter, wenn sie zur Bushaltestelle lief. Ihre Füße waren trocken, und der Westwind vom Mersey fühlte sich milder an, sodass die Sonne ihre Haut wärmte. Und Joe war zu Hause. Lilys Gedanken schweiften wie so oft zu ihrem letzten Gespräch mit Dr. Mackintosh im Krankenhaus ab. »Ich hoffe, wir sehen dich hier nicht wieder, junger Mann«, hatte er zu Joe gesagt. Lily hatte ihm lächelnd gedankt. Sie glaubte, dass die Augen des Arztes etwas ganz anderes sagten, doch wahrscheinlich bildete sie es sich nur ein.

Das Gefühl von neuem Leben und Gesundheit, das der Frühling mit sich brachte, verpuffte in dem Augenblick, in dem sie das Büro betrat. Der Flirt zwischen Amy und Lockie war beinahe unerträglich. Nicht, weil sie irgendwas bereute oder gar eifersüchtig wäre, sondern weil es Amys Verhalten zunehmend schwer für Lily machte, rechtzeitig Feierabend zu machen und nach Hause zu Joe zu kommen. Amy war mittlerweile für einige Arbeiten zuständig, da in der Fabrik immer mehr zu tun war, und wenn sie nicht fertig wurde, musste Lily sie für Amy übernehmen.

»Wenn du mich heute Abend nicht richtig schick ausführst, Lockie«, trällerte Amy, »gibt es keine zweite Chance für dich. Dann war das unsere letzte Verabredung.« Sie schwang sich auf ihrem Stuhl herum und zog einen Schmollmund.

Lily sah Lockie grinsen. Amy hatte es geschafft. Sie hatte bekommen, was sie wollte, und Lockie war hoffnungslos verliebt.

»Dir wird später noch leidtun, dass du mich herausgefordert hast, Amy.« Er lachte. »Ich bin um sechs wieder hier und hole dich ab.«

Amy sah entzückt aus, als sie ihren Stuhl wieder herumdrehte. Alles lief nach Plan. Natürlich hatte sie seit dem einen Mal nicht wieder mit Lockie geschlafen. Sollte sie Glück haben und nichts passiert sein, bräuchte sie ihn nicht mehr. Trotzdem musste sie sichergehen, dass jenes erste Mal bekannt wurde.

»Gott, ich bin das hier so leid, du nicht?«, flüsterte sie zu Lily, damit Mrs McConaghy sie nicht hörte.

»Ich bin seit fast vier Jahren hier und du erst wenige Wochen. Wie kann dir schon so langweilig sein?«, fragte Lily.

»Deswegen.« Amy hob das Auftragsbuch hoch, an dem sie arbeiten sollte, und ließ es mit einem Knall auf den Schreibtisch fallen. Staub wirbelte durch die Luft. »Bei Gott, ich werde wahnsinnig, wenn ich hier nicht bald rauskomme.«

»Und wie soll das passieren?«, fragte Lily. »Wenn deine Tante und dein Onkel in den Ruhestand gehen, gehört das alles hier dir.« Vor lauter Verärgerung darüber, wie sich Amy und Lockie vor ihr aufführten, nahm sie kein Blatt mehr vor den Mund.

»Nie im Leben!«, erwiderte Amy zähneknirschend. »In diesem Drecksloch bleibe ich keinen Tag länger, als ich muss. Es ist unter meiner Würde, meine Tage hier zu verplempern, Lily.«

Seufzend lehnte Lily sich auf ihrem Stuhl zurück. »Ich sollte den Tee kochen.«

Amy hatte noch nie angeboten, den Tee zu machen, was Lily nicht störte. Den großen Heißwasserspender auszuspülen, die Blätter in die Keramikkanne zu streuen und die Tassen abzuspülen, gab ihr Zeit zum Nachdenken. Sie konzentrierte sich sehr, wenn sie an den Konten arbeitete, und das Teekochen erlaubte ihr, an anderes zu denken. Wie an Joes Gesundheit, das Verschwinden ihres Stiefvaters und das neue Zuhause ihrer Mutter: den Pub.

Mrs McConaghy brachte die Milch mit, wenn sie Kuchen kaufen ging. Es war ihr täglicher kleiner Luxus, und Lily wusste, dass sie den ersten Kuchen schon auf dem Rückweg aß. Die Krümel in ihren Mundwinkeln verrieten sie. Ob es nur einer war, konnte Lily indes nicht sicher sagen.

»So spät ist es schon?«, fragte Mrs McConaghy, die zur großen Uhr über der Tür schaute. »Da gehe ich lieber die Kuchen holen, bevor alle weg sind. Sayers ist dieser Tage sehr beliebt.«

Lily trocknete die Tassen ab, lehnte sich an die Arbeitsplatte und verschränkte die Arme vor der Brust, während sie wartete, dass das Wasser im Spender kochte. Sie war tief in Gedanken, ärgerte sich über sich selbst und die Tatsache, dass Dr. Mackintoshs Gesicht aus dem Nichts in ihrem Kopf auftauchte, wenn sie am wenigsten damit rechnete. Zum Beispiel, wenn sie über ihrem Kontenbuch saß, aus dem Fenster blickte oder eben beim Teekochen.

Das Blubbern im Heißwasserspender riss sie aus ihren Tagträumen.

»Mach schon, Lily«, sagte Amy. »Ich brauche dringend meinen Tee.« Sie kam zu Lily herüber und schaufelte drei Löffel Zucker in ihre Tasse. »Ich verstehe nicht, was mit mir los ist. Ich kann nicht aufhören, Zucker zu essen, und bin ganz verrückt nach Kuchen. Das muss aufhören. Heute Morgen habe ich meinen Rock nicht zubekommen.«

Lily sah nach unten, als Amy ihr den offenen Knopf an ihrem Rockbund zeigte. »Du hast eine Wespentaille, Amy«, antwortete sie. »Es ist unnatürlich, die Röcke so eng zu tragen. Dein Körper wehrt sich dagegen, sonst nichts.«

Einen flüchtigen Moment lang wirkte Amy besorgt. »Das ist hoffentlich alles.«

Bevor Lily etwas sagen konnte, flog die Bürotür auf, und ein Mann in den Vierzigern mit einer Melone auf dem Kopf kam herein. Er blickte sich nervös um.

Lily bemerkte, dass Amy kreidebleich wurde. »Ben! Was willst du hier?«, rief sie entsetzt.

»Ich habe draußen gewartet und gesehen, wie deine Tante gegangen ist. Ich habe zwei Minuten und werde keine Sekunde verschwenden, Amy. Erstens, komm nie wieder zu mir nach Hause und rede mit meiner Frau!«

Lily stand stocksteif da, die Teekanne in der Hand. Die Atmosphäre war angespannt, und sie wagte nicht, sich zu bewegen.

Von unten waren der Lärm des Kompressors und das Hämmern auf den Werkbänken zu hören, während Amy um Worte rang.

»Das war ich nicht«, flüsterte sie.

»Doch, das warst du. Ich kenne nur eine Person, die zur Beschreibung eines Flittchens passt.«

Lily musterte seinen eleganten Anzug und seine Melone. Seine Krawatte war dunkel und sein Hemd so weiß wie der Schnee, der sie im letzten Winter geplagt hatte. Er hatte eine braune Aktentasche bei sich, deren seitliche Falten sich blähten.

»Ich musste mit dir reden«, brachte Amy heraus.

»Nein, musstest du nicht und wirst du auch nie mehr. Ich will dich nie wieder sehen, du kleine Hure. Wie kannst du es wagen, mit deinen Lügen zu meiner Frau zu gehen! Trau dich noch ein einziges Mal vor meine Haustür, und du wirst es bereuen. Du und der Rest deiner ordinären Familie. Mit mir willst du dich nicht anlegen. Hast du das verstanden, Amy?«

Sie nickte.

Die volle Kanne in Lilys Hand wurde ziemlich schwer, und ihr stieg der Duft der Teeblätter entgegen. Für einen flüchtigen Moment überlegte sie, die Kanne nach dem Mann zu werfen. Oder Mr McConaghy nach oben zu rufen. Doch sie stand wie angewurzelt da.

So schnell, wie er gekommen war, war der Mann wieder fort. Die Glocke über der Tür bimmelte wild, als er hinausstürmte.

Leichenblass vergewisserte sich Amy, dass die Tür zur Hintertreppe geschlossen war. Dann sah sie Lily mit tränenfeuchten Augen an und flüsterte: »Du erzählst keinem hiervon, Lily, ja? Nicht mal Lockie. Vor allem nicht Lockie.«

Lily stellte die Kanne ab und trat auf Amy zu. »Natürlich nicht. Weine nicht. Warum war er so wütend? Gott, mir ist noch nie solch ein unangenehmer Mann begegnet. Ich habe Angst um dich gehabt, Amy. Er ist kein Mann, mit dem man sich anlegen sollte.«

Amy sank auf ihren Stuhl und wischte sich die Augen. »Wem sagst du das? Der Mistkerl. Er hat mir nicht erzählt, dass er verheiratet ist. Ich habe gedacht, die Frau an der Tür wäre die Putzkraft.«

Lily unterdrückte ein Grinsen. Die Ehefrau hielt die Fabrikerbin für eine Hure, und Amy hielt die Frau des Geschäftsmannes für eine Putzkraft. Da sprachen wohl zwei aus Erfahrung, dachte sie und versetzte sich im Geiste einen Klaps für ihre Gedanken.

»Er wohnt in einem großen Haus in Woolton. Ich habe ihn in der Bar im Grand kennengelernt. Da hat er mir gesagt, dass er ledig ist. Ein Lebemann und reichlich vermögend, hat er gesagt. Er ist in der Schifffahrt, Import und Export, was immer das heißen soll. Ich habe ihm jedes Wort geglaubt, und wir haben so viel Spaß gehabt, Lily. Er hat gesagt, dass er mich liebt und so. Und dann ist eine Nacht etwas Schreckliches passiert, und er ist nie wieder aufgetaucht. Da habe ich gedacht, ich habe mich geirrt, und bin zurück zur Bar, um ihn zu suchen. Meine Eltern sind durchgedreht und haben gedroht, mich rauszuwerfen, und ich bin jeden Abend hin, aber er war nie da. Ich habe kein Wort gehört. Er hat sich nicht gemeldet, nie.«

»Du armes Ding.« Lily reichte Amy ihre Tasse. »Deine Tante wird gleich hier sein. Trockne dir lieber schnell die Augen. Wenn sie dich weinen sieht, wird sie wissen wollen, warum. Wie gut, dass sie ihn nicht gesehen hat.«

Sie blickte hinaus auf die Straße. Ihr wurde bewusst, dass sie mehr Mitleid mit Amy empfand, als sie erwartet hätte. Beinahe fühlte sie deren Scham mit und fragte sich, ob es an Amys behüteter und privilegierter Kindheit lag, dass sie, wenn sie eine unangenehme Überraschung erlebte, besonders rücksichtsvoll behandelt wurde. Sie war es schlicht nicht gewohnt, dass Dinge nicht so liefen, wie sie es wollte.

Lily zog das Taschentuch aus ihrem Ärmel und hielt es Amy hin, die keines bei sich zu haben schien.

»Ich bin nur zu ihm gegangen, um zu sehen, ob er da ist und ich ihn sprechen kann, ehrlich. Ich habe gedacht, dass ihm etwas zugestoßen ist.«

Amy brach wieder in Tränen aus, und Lily fiel nichts ein, was sie sagen könnte. Als sie eben den Arm um Amy legen wollte, bimmelte die Glocke erneut, und Mrs McConaghy kam mit vollen Armen herein.

»Du lieber Himmel, was ist denn hier los?«, fragte sie, nachdem sie die Kuchen auf den Tisch gestellt hatte, und eilte zu Amy.

Lily antwortete prompt: »Amy fühlt sich nicht gut, Mrs McConaghy. Ihre Periode ist schrecklich schmerzhaft.«

Mrs McConaghy wurde ganz besorgt. »Oh, Amy, du armes Kind. Es ist entsetzlich, dass wir Frauen diesen Fluch ertragen müssen.«

Lily dachte an das eine Mal, dass sie selbst furchtbare Regelschmerzen gehabt hatte und kaum aufrecht sitzen konnte. Davon hatte Mrs McConaghy nichts erfahren und es nicht bemerkt.

»Möchtest du nach Hause gehen und dich hinlegen?«

Amy nickte. »Ja, wenn ich darf, Tante.« Sie spielte mit, hielt eine Hand auf ihren Unterleib. Wäre doch nur wahr, was Lily sagte! Sie hätte allen Schmerz der Welt ausgehalten, um ihre Monatsblutung zu bekommen, damit die Angst aufhörte, die sie immerzu quälte. Rasch stand sie auf – zu schnell für jemanden, der Schmerzen hatte – und ging zur Tür.

»Dein Mantel, Amy«, sagte Lily, nahm ihn vom Haken und folgte ihr zur Tür.

Als sie oben an der Treppe standen und Lily ihr den Schal umwickelte, als wäre sie Katie, flüsterte Amy: »Du sagst nichts, oder?«

»Niemals, Amy. Natürlich nicht. Ich kann ein Geheimnis für mich behalten.«

»So ist es gut, Lily. Wir müssen zusammenhalten, nicht?«

Lily bejahte stumm. Sie war um nichts schlauer, wusste jetzt allerdings, dass Amy ihr etwas Todernstes verschwieg.

Kapitel zweiundzwanzig

Die Oberschwester hatte Emily gebeten, um neun Uhr morgens zu ihr ins Büro zu kommen, und da Emily nie zu spät kam, war sie um Punkt neun dort.

»Miss Haycock, kommen Sie herein. Setzen Sie sich.« Die Oberschwester hatte ihr selbst geöffnet. Für Emily fühlte es sich an, als hätte sie bereits hinter der Tür auf sie gewartet.

Emily und sie waren einander nicht immer auf Augenhöhe begegnet. Für die Oberschwester war Emily eine Verräterin gewesen. Sie hatte selbst seinerzeit für deren Aufnahme als Schwesternschülerin gestimmt, und dann war Emily ihr, wie sie es sah, in den Rücken gefallen, indem sie sich für die Stelle der Schulleitung bewarb. Seither war sie in Sorge, dass es nur eine Frage der Zeit sei, bis Emily ihr ihren Posten abspenstig machen wollte.

»Kommen Sie ins Büro, schnell.« Die Oberschwester war nervös. »Miss Van Gilder soll erst in einer halben Stunde hier sein, aber ich befürchte, dass sie früher kommt. Sie scheint mir stets einen Schritt voraus zu sein. Und beinahe fürchte ich, sie ahnt schon, dass ich Sie zu mir gebeten habe.«

»Du meine Güte, was gibt es?«, fragte Emily, die auf ihren üblichen Stuhl vorm Schreibtisch der Oberschwester zuging. Ein Kribbeln durchfuhr sie. Es war offensichtlich, dass die Oberschwester Miss Van Gilder nun auch lästig fand – wie jeder sonst im Krankenhaus. Was für eine erfreuliche Neuigkeit.

Blackie hob den Kopf in seinem Korb und wedelte mit dem Schwanz, als er Emily erkannte. Er beschloss, dass sich für sie das Aufstehen lohnte, streckte seine alten schmerzenden Glieder, gähnte und tapste zu ihr, um sich streicheln zu lassen.

»Na, wir beiden haben es aber weit gebracht«, sagte Emily, die sich entsann, wie sie früher stets mit einem Leckerbissen in ihrer Tasche hergekommen war, um notfalls den Hund abzuwehren.

Blackie war es zu anstrengend, zurück zu seinem Korb zu schleichen, deshalb legte er sich auf den Teppich, den Kopf auf Emilys Fuß gebettet.

Emily holte den Keks aus ihrer Tasche, den Biddy ihr für den Hund mitgegeben hatte. Nun brachte sie ihn als Belohnung mit, nicht als Schutzschild. Es hatte annähernd ein Jahr gedauert, doch anscheinend hatte Emily seit dem Moment, als sie die Oberschwester für sich gewonnen hatte, auch Blackie auf ihrer Seite.

»Elsie bringt gleich den Tee«, sagte die Oberschwester. »Und wir sehen uns so lange das hier an.«

Sie reichte Emily ein sechs Seiten langes Dokument, und die Schulleiterin überflog die Überschriften.

Hauptkorridor. Stationstrakt. OP-Trakt. Entbindungsstation. Küchen. Die Liste ging weiter und weiter.

»Was ist das?«, fragte sie.

»Miss Van Gilder glaubt, dass das Krankenhaus zu viel Geld für Hilfspersonal ausgibt. Sie will alles komplett umstrukturieren, und ich fürchte, sie hat mich damit in die Enge getrieben.«

»Sie? Wie das?« Emily konnte ihre Verwunderung nicht verbergen. Noch nie hatte sie gehört, dass jemand die Oberschwester bedrängte. Sie war eine der Furcht einflößendsten Frauen, die Emily kannte. Zwar mochte sie über sechzig sein – niemand wusste genau, wie alt sie war, und keiner wagte zu fragen –, doch es war bekannt, dass manche Oberschwestern bis an ihr Lebensende arbeiteten. Nicht alle hatten die neuen NHS-Verträge unterschrieben, weshalb für sie noch die alten mit den Stiftungsräten galten. Und Emily konnte sich nicht vorstellen, dass die Oberschwester St. Angelus in absehbarer Zukunft verlassen würde. Diese Schwäche, die sie jetzt gegenüber Miss Van Gilder zeigte, war Emily fremd.

»Nun, ich habe mich von ihr überreden lassen, sämtliche Aspekte des Krankenhausbetriebs zu überprüfen. Sie meinte, dass sie dem Vorstand einen Bericht vorlegen will. Ich habe zugestimmt, aber ehrlich gesagt hatte ich nie die Absicht, Vorschläge zu präsentieren, wie wir das ganze Haus auf den Kopf stellen. Das Liverpool District Hospitals Board kommt recht gut ohne irgendwelche Anregungen von mir oder jemand anderem im St. Angelus zurecht. Jedenfalls hat sie nicht nur den Entwurf ihres Prüfungsberichts fertig, sondern sie macht auch sehr drastische Vorschläge und hat sich sogar Angebote von außen geholt, wie die vorgeschlagenen Veränderungen umgesetzt werden können. Dieses Dokument vor Ihnen ist ein vorläufiges Angebot von einer Reinigungsagentur. Anscheinend sollen wir alle unsere Hauskräfte feuern.«

»Was? Nein! Wir können die ganzen Frauen nicht vor die Tür setzen.« Emily blickte entsetzt auf das Papier. »Sie alle bringen einen Lohn nach Hause, mit dem sie eine Familie ernähren. Haben Sie gesehen, in was für Häusern sie wohnen? Kennen Sie Elsies Haus? Das neben ihrem wurde ausgebombt und steht immer noch da. Die Holztreppe ist noch intakt und steht im Freien. Hätten diese Frauen die Mittel, würden sie nicht hier arbeiten, sondern sich bessere Wohnungen und ein besseres Leben suchen. Sie brauchen ihre Stellen bei uns.«

»Denken Sie, das weiß ich nicht, Schwester Haycock?« Die Oberschwester sprach ruhig, aber bestimmt. »Glauben Sie, ich behalte Elsie all die Jahre wegen ihrer Intelligenz oder ihres Esprits bei mir?«

Beide vernahmen ein Klirren aus der Teeküche, wo etwas zu Boden fiel.

»Ich tue mein Bestes, um jede Kriegswitwe zu unterstützen. Und ich habe nicht vor, die Stationen von jemand anderem als den Frauen putzen zu lassen, die das schon seit vor dem Krieg tun. Nur leider besitze ich nicht mehr dieselbe Autorität wie früher. Der NHS stößt lauter unausgegorene Reformen an, und es kommt mir vor, als wollten sie schlicht alles umkrempeln, aber wofür? Nichts, was ich bisher gesehen habe, hatte irgendwas mit den Patienten zu tun. Es geht ausschließlich ums Geld.«

»Können wir Miss Van Gilder nicht sagen, dass wir eine Pflicht gegenüber unserem Personal haben und diese Veränderungen nicht umsetzen werden? Es ist doch bloß ein Bericht – ihr Bericht. Das sind nur ihre Vorschläge.«

»Könnte ich das, würde ich es tun. Aber sie hat die Vorstellung dieses Berichts bereits ohne Rücksprache mit mir auf die Tagesordnung der nächsten Vorstandssitzung gesetzt. Und ebenfalls, ohne mich zu fragen, hat sie Kopien an die Mitglieder vom LDHB geschickt. Sie haben die Tagesordnung vorliegen. Hätte Dr. Gaskell mich nicht gewarnt, hätte ich es nicht mal gewusst, denn mir hat sie die Tagesordnung nicht gegeben. Und ich frage mich, warum nicht? Bin ich vielleicht übertrieben misstrauisch? Oder hört sich das für Sie nicht auch alles sehr seltsam an?«

Emily schüttelte den Kopf. Sie hätte diesen raren Moment mit der Oberschwester gerne ausgekostet, in dem sie vereint für dieselbe Sache kämpfen wollten, statt sich über die üblichen alten Themen zu streiten. Miss Van Gilders Vorschlag gefährdete den

Lebensunterhalt von Dutzenden Frauen, und dabei fühlte es sich an, als wäre sie gerade erst seit fünf Minuten hier im Haus.

»Du lieber Himmel, sie hat keine Zeit verschwendet, was?«, stöhnte Emily, die eine Seite in dem Bericht umblätterte und auf eine Liste der Pförtnergehilfen stieß, die im Rahmen der Umstrukturierung entlassen werden sollten. »Aber ich begreife nicht, wie der NHS Geld sparen sollte, indem der Großteil unserer Arbeitskräfte entlassen wird. Sie müssten dafür ja andere Frauen und Jungen bezahlen, die dieselbe Arbeit machen.«

»Nicht ganz. Sehen Sie hier.« Die Oberschwester schob ihre Brille nach oben, stellte sich hinter Emily und zeigte auf eine Zahlenspalte. »So werden sie Geld sparen. Sie stellen unsere Hauskräfte wieder ein, zahlen ihnen aber zwei Pfund weniger die Woche.«

»Das können die nicht tun! Damit wären die Löhne praktisch halbiert.« Emily sprang auf und trat ans Feuer. »Die meisten dieser Frauen sind Witwen mit Kindern über vierzehn. Sie bekommen keine Kriegswitwenrenten mehr und brauchen ihre Stellen. Wie sollen sie überleben, wenn kein Geld reinkommt und keine Männer da sind, die arbeiten gehen können? Schwester Oberin, unsere Belegschaft kommt aus Familien von gefallenen Soldaten. Von Männern, die ihr Leben gegeben haben, damit St. Angelus sicher ist.« Emily holte tief Luft. Ihr eigener Verlust befeuerte ihre Gefühle, und sie brauchte einen Moment, um ihre Fassung wiederzugewinnen.

Die Oberschwester sagte: »Genau. Sie sprechen mir aus der Seele. Unsere Aufgabe ist nicht bloß, ein Krankenhaus zu führen. Es geht nicht allein darum, die Kranken gesund zu machen. Wir sind eine Familie mit einem Vermächtnis, und das müssen wir ehren, gemeinsam. So, und jetzt trinken Sie Ihren Tee und essen einen Keks, ehe sie kommt. Ich habe noch keine Frau gesehen, die so schnell einen Teller Kekse verputzt wie Miss Van Gilder.«

Emily setzte sich wieder hin. Sie blickte zur beunruhigten Oberschwester auf und war bei aller Sorge auch froh. Sie beide arbeiteten als Team, und das war ein gutes Gefühl. In Miss Van Gilder hatten sie eine gemeinsame Feindin, und vereint würden sie deren Pläne vereiteln. Emily hatte befürchtet, die Knochenbrecherin und die Oberschwester würden beste Freundinnen werden, aber das war nicht geschehen. Und es erleichterte Emily ungemein.

Die Oberschwester schenkte ihnen Tee ein und nahm wieder Platz.

»Viele unserer Hauskräfte waren jungverheiratete Frauen, als sie im St. Angelus anfingen, und haben sich ihr Nadelgeld verdient. Da war ich selbst noch jung. Ich bin ja nicht grundsätzlich dagegen, dass verheiratete Frauen arbeiten, Schwester Haycock.« Sie lächelte verhalten. »Und jetzt sind sie Kriegswitwen, arbeiten nicht mehr nur für ein kleines Zubrot zum Lohn ihres Mannes, sondern helfen sich gegenseitig mit den Kindern, um ein bisschen was extra zu haben. Was früher Nadelgeld war, muss heute für Essen und die Rechnungen reichen. So sehr hat der Krieg alles verändert. Ich weiß, dass manche von ihnen mich für hart und gefühllos halten, aber ich verstehe ihre Lage durchaus. Was ehedem ein Taschengeld war, ist heute ihr einziges Einkommen. Das ist mir bewusst.«

Emily nickte lächelnd. »Ich denke, das wissen alle, Schwester Oberin. Sie haben eine starke Anhängerschaft unter den Hauskräften.« Sie ergänzte nicht, dass die Oberschwester im selben Maße bei den Schwesternschülerinnen gefürchtet war.

»Miss Van Gilder wird jeden Augenblick hier sein. Haben Sie einen Vorschlag?«

»Ich werde nachdenken müssen, aber warum hören wir uns nicht an, was sie zu sagen hat? Vielleicht wird ihr, wenn sie es laut ausspricht, klar, wie furchtbar das alles klingt. Zumindest erfahren wir so, gegen was wir genau ankämpfen müssen.«

»Abgesehen von allem anderen treibt sie Schwester Antrobus in den Wahnsinn. Wie zwei Hirsche, die sich mit ihren Geweihen verkeilen. Und ich muss sagen, dass ich bewundere, wie wenig sich Schwester Antrobus von ihr einschüchtern lässt. Miss Van Gilder verlangt die lächerlichsten Dinge von ihr, und Schwester Antrobus ist das Mitgefühl der anderen Schwestern sicher. Bald gibt es hier eine Rebellion, wenn sie so weitermacht.«

Emily trank ihren Tee aus, beugte sich vor und stellte ihre Tasse auf dem Schreibtisch ab. »Arme Schwester Antrobus«, sagte sie, wobei sie eine Augenbraue hochzog.

»Ich weiß, dass Sie es nicht ernst meinen, Emily.« Wieder lächelte die Oberschwester verhalten. »Mir ist bekannt, dass sie bis vor Kurzem die am meisten gefürchtete Schwester im Haus war. Wer weiß, vielleicht lernen Sie eines Tages, sie zu mögen.«

Die Ironie entging Emily nicht, die jahrelang mit der Oberschwester gekämpft hatte, um ihre Wünsche durchzusetzen.

»Man stelle sich vor, dass es früher meine Besuche auf den Stationen waren, vor denen allen grauste. Den Schwestern war offensichtlich nicht klar, dass ich sie stets zu Zeiten gemacht habe, wenn es besonders ruhig war – nach der Medikamentenrunde. Hingegen kreuzt Miss Van Gilder zu allen erdenklichen Zeiten unangekündigt auf. Die Schwestern gingen immer davon aus, dass ich sie bei irgendeinem Fehler ertappen wollte. Da sieht man mal wieder, dass ich mir einen Furcht einflößenden Ruf erwerben konnte, ohne mich sonderlich anzustrengen.«

Keiner von beiden hörte Elsie zurück in die Teeküche schleichen. Sie hatte schon das Ohr an der einen Spaltweit offenen Tür, seit sie die Zuckerschale fallen ließ, und hatte jedes Wort mitgehört.

Branna wartete hinter der Tür zum Korridor, und Elsie kreischte beinahe auf vor Schreck, als sie mit ihr zusammenstieß.

»Was hat sie gesagt? Was war das am Schluss?«, zischte Branna. Sie hatte sich von Station zwei verdrückt, weil sie dringend die Neuigkeiten erfahren musste.

»Ich habe keine Ahnung«, sagte Elsie. »Abgesehen davon, dass die Oberschwester mich nicht wegen meiner Intelligenz eingestellt hat. Was ja auch gut so ist, denn was soll die mir nützen, wenn ich ihre Badewanne schrubbe?«

Branna verstand nicht, wovon Elsie redete. »Ist Miss Van Gilder da?«

»Nein, noch nicht. Aber Miss Haycock. Und die Oberschwester. Und die sitzen da verflucht kumpelhaft zusammen.«

»Gut, ich laufe zurück, bevor die Schwester oder irgendwer mitbekommt, dass ich weg bin. Ich bin eh bloß auf einen Schwatz hergekommen, aber jetzt habe ich keine Zeit mehr. Und ich will dich ja nicht beim Spionieren stören. Ich habe Neuigkeiten von Madge. Sie kommt am Sonntag. Sie hat einige interessante Telefonate mitgeschrieben, die mit der Knochenbrecherin zu tun haben, sagt sie. Am Sonntag bringt sie ihre Notizen mit.«

»Ah, das klingt sehr gut«, sagte Elsie. »Hat sie gesagt, was sie erfahren hat?«

»Nee, du kennst doch Madge. Die braucht ihren großen Auftritt. Sie hält sich für Mata Hari, und wir lassen sie in dem Glauben, ja? Sie hat gesagt, dass jemand auf der Suche nach Miss Van Gilder ist und immer wieder im Krankenhaus anruft. Jedenfalls wird sie uns alles erzählen. Wir sehen uns am Sonntagabend bei Biddy.«

Elsie öffnete übertrieben förmlich die Tür zum Büro der Oberschwester und schob strahlend lächelnd einen Teewagen hinein. Noch ehe sie den beiden Frauen aus der frischen Kanne eingeschenkt hatte, ging die Tür abermals auf, nun ohne vorheriges Anklopfen, und Miss Van Gilder trat ein.

»Ah, Schwester Oberin, Miss Haycock«, flötete sie. »Wie ich sehe, sind Sie früher hier, Miss Haycock. Und das, obwohl ich eigens zehn Minuten eher komme als abgemacht.«

Emily war so verwirrt und überrascht, dass sie nicht wusste, wie sie reagieren sollte.

»Wenn Sie den Tee eingeschenkt haben, können Sie sofort den Raum verlassen, bitte«, sagte Miss Van Gilder schroff zu Elsie.

Emily und die Oberschwester wechselten einen Blick, und die Oberschwester runzelte die Stirn.

Es ist ihre Dreistigkeit, dachte Emily. Was sie auch sagt und tut, es fällt aus dem Rahmen und schockiert. Sie überfährt die Oberschwester, und der bleibt dann keine Zeit, sich zu fassen und zurückzuschlagen.

Auch Elsie sorgte sich um die Oberschwester. Sie zog sich in die Teeküche zurück, entschied jedoch, dort zu bleiben und sie gründlich zu putzen. Eventuell konnte sie so noch mehr nützliche Informationen aufschnappen. Elsie bereitete sämtliche Mahlzeiten vor, denn die Oberschwester war keine Köchin, allerdings auch keine große Esserin. Oft entdeckte Elsie ein Essen, das sie am Abend zuvor für sie hingestellt hatte, unter Papier im Mülleimer versteckt in der Hoffnung, dass Elsie nichts bemerkte. »Wenn man allein lebt, Elsie«, hatte ihr die Oberschwester einmal erklärt, »ist Essen nicht leicht zu schlucken. Nicht mal die köstlichen Sachen, die Sie mir kochen. Manchmal fällt es mir einfach schwer, sie allein zu essen. Jeder Bissen bleibt mir im Hals stecken und schmeckt nach Traurigkeit.«

Ihr tat die Oberschwester leid, und es kränkte sie, dass die

Früchte ihrer Mühen im Müll oder im Hundenapf landeten. Jeder im Krankenhaus blickte zur Oberschwester auf, doch ihre Abende verbrachte sie allein an dem großen Esstisch in ihrer Wohnung mit Blick über den leeren Parkplatz.

Seit sie im St. Angelus war, arbeitete Elsie für die Oberschwester. Als die Gerüchte über deren Gefühle für Schwester April die Runde machten, hätte sie am liebsten jeden geohrfeigt, der es wagte, ein Wort gegen sie zu sagen. Ihr blutete das Herz für ihre Chefin. Die Oberschwester würde niemals Liebe erleben. Nie Kinder bekommen. Etwas Schlimmeres konnte Elsie sich nicht vorstellen. »Und weil sie die ist, die sie ist, muss sie sehr einsam sein«, sagte sie regelmäßig zu Biddy. »Es ist ja nicht so, dass sie mit jemandem darüber reden könnte. Wie die Oberschwester veranlagt zu sein ist wohl das Schlimmste auf der Welt. Es macht einen so einsam.«

Eine Stunde später ging Emily zurück zur Schwesternschule. »Biddy!«, rief sie in die Küche, als sie die Treppe zu ihrem Büro hinaufstieg.

Branna versteckte sich mit einer Tasse Tee in einer Hand und einer Zigarette in der anderen hinter der Tür.

»Putzen sich die Böden auf Station zwei von selber?«, fragte Biddy sie, als sie zur Tür ging. »Ist das alles, was du den ganzen Tag machst, Tee trinken?«

»Ich bin ja schon weg«, antwortete Branna. »Du siehst mich hier eine Weile nicht wieder. Es gibt nettere Plätze, an denen ich mich beleidigen lassen kann.«

Biddy rannte so schnell, wie es ihr Alter, ihr Gewicht und das Inkontinenzpessar erlaubten, nach oben. Die Male, die Emily mit einem Anflug von Dringlichkeit nach ihr gerufen hatte, konnte sie an einer Hand abzählen. Gewöhnlich ging es dann um eine Ratte, eine Maus oder auch um eine freche Spinne, die sich über Emilys Kopf heimisch eingerichtet hatte. Aber dies war kein Tiernotfall, so viel konnte Biddy erkennen.

»Haben Sie von Ihrer Freundin aus St. Dunstan's gehört?«, fragte Emily, noch ehe Biddy an ihrem Schreibtisch war.

»Nein, haben wir nicht. Sie musste mit Fibromen ins Krankenhaus. Die hat sie schon seit dem letzten Kind, habe ich gehört. Aber ihre Schwester sagt, sie ist jetzt wieder zu Hause, also schreibt sie sicher bald.«

»Ah, könnte ich in diesem Fall trotzdem zu Ihrem Mafiatreffen kommen, Biddy? Vorausgesetzt, es findet eines statt. Ich kann das Guinness nicht länger meiden. Darf ich Ihr Angebot annehmen? Wir müssen wegen der Knochenbrecherin zusammenarbeiten. Es ist ernst, Biddy, aber erzählen Sie es vorerst keinem. Ich bin ja sehr für moderne Krankenhausführung, aber Miss Van Gilder hat Vorschläge, die entschieden zu weit gehen. Oh, und übrigens hat Miss Van Gilder uns eben informiert, dass sich Vertreter der Acme-Reinigungsagentur alle Stationen ansehen werden. Kann Dessie auch zu dem Treffen kommen? Ihre Änderungspläne betreffen ihn ebenfalls.«

»Oh ja, versuchen Sie den mal fernzuhalten, Miss Haycock! Wir sind alle bereit. Und je mehr Köpfe sich zusammentun, desto besser.«

Unten in der Pförtnerloge saß Dessie an seinem Schreibtisch und raufte sich die Haare.

Miss Van Gilder hatte ihn um eine Rechtfertigung gebeten, warum er vierundzwanzig Jungen brauchte. Er hatte eine detaillierte Liste von allen Aufgaben zusammengestellt, die regelmäßig erledigt wurden. Als er sie noch einmal las, hatte er sich gefragt, wie sie das alles mit nur vierundzwanzig Helfern schafften, und war richtig stolz gewesen. Die Jungen arbeiteten verdammt hart und verdienten sich jeden Penny.

Miss Van Gilder hatte seine Liste gelesen und ihm ihre eigene gegeben.

»Hier ist mein Vorschlag, wie wir von vierundzwanzig auf zwölf reduzieren können.«

Dessie hatte alles durchgesehen bis zur letzten Spalte und geblinzelt. »Aber, Miss Van Gilder, Sie haben die Stunden auf zwölf pro Tag erhöht, vierzehn am Wochenende, und das ohne zusätzliche Bezahlung.«

»Richtig. Sie selbst haben mir kürzlich erzählt, wenn sehr viel zu tun ist, bleiben Sie recht oft von sich aus länger. Dass Sie niemals das Krankenhaus im Stich lassen würden. Ich schlage lediglich vor, dass wir dieses Wohlwollen mit einem offiziellen Rahmen versehen.«

»Wenn Sie das tun, ist es kein Wohlwollen mehr. Es wird zur Pflicht.«

»Wir alle haben unsere Pflichten. Warum sollte es für einen Pförtnergehilfen anders sein?«

Später an dem Vormittag saß Jake ihm mit einem Becher Tee in den Händen gegenüber. Beide waren gleichermaßen verstört.

»Mein Gott, Dessie, was sollen wir tun? Unten im Hafen werden Leute entlassen. Wo sollen die Jungs denn Arbeit finden? Und außerdem sind sie das Krankenhaus. Alles hier funktioniert nur dank ihnen. Wir sind hier eine große Familie, und man darf seine Familie nicht feuern.«

»Weiß ich doch, Jake. Aber wenn wir dem Vorstand sagen, dass das Gebäude fast in sich zusammenfällt, könnten sie uns ganz dichtmachen. Mindestens die Hälfte der Zeit sind es die Jungen, die alle Reparaturen machen und den Laden aufrechterhalten. Ja, ich habe ihr gesagt, dass die Jungs unbezahlte Überstunden machen, weil ich das als Grund dafür anführen wollte, dass sie bleiben müssen. Nicht, damit sie offiziell immer mehr Stunden für den gleichen Lohn arbeiten sollen.«

»Als Nächstes wird sie es auf die Putzkräfte abgesehen haben und dann auf die Stelle der Oberschwester. Warum lässt die Oberschwester sie überhaupt mit all dem durchkommen?«

»Weil sie in allen möglichen Ausschüssen und Sitzungen überall sein soll, die mit dem Krankenhaus und dem neuen NHS zu tun haben. Wenn du mich fragst, kennt sie sich nicht recht aus und überlässt Miss Van Gilder deshalb so vieles.« Er seufzte. »Man munkelt, dass ein neues Krankenhaus gebaut wird, größer und moderner mit den allerneuesten OP-Sälen. Es kann noch fünf oder fünfzig Jahre dauern, je nachdem, wie viel Geld die Regierung lockermacht, aber es heißt, dass unser Krankenhaus schließen wird. Was unser Ende wäre. Wir müssen so lange weitermachen, wie wir können, und auf unsere Jungen aufpassen.«

Das Telefon auf Dessies Schreibtisch läutete, und Jake zuckte so heftig zusammen, dass er Tee auf seinen Ärmel verschüttete. Er beobachtete, wie sich Dessies Gesicht vor Konzentration in Falten legte.

»Gut. Diesen Sonntag bei dir? Ich bin da. Sieben Uhr, wie üblich? Ich bringe Bier mit. Meinst du, Miss Haycock trinkt Sherry?«

Als Dessie auflegte, erstrahlte ein Lächeln auf seinem Gesicht.

»Du weißt schon, dass du und Miss Haycock die einzigen Menschen seid, die nicht wissen, dass du in sie verliebt bist, oder, Dessie?«

Dessie griff sich einen Öllappen und warf ihn nach Jake. »Tja, da irren du und die Jungs. Ich mag sie sehr, weil sie eine ausgesprochen nette Frau ist, und habe großen Respekt vor ihr, aber ich bin nicht in sie verliebt.«

»Ja klar, und meine Mam ist die nächste Miss World, garantiert, wenn sie dran denkt, ihre Zähne drinzubehalten! Guck dich einer an! Du kannst gar nicht aufhören zu grinsen. Mann, Dessie, eben warst du noch am Boden zerstört, und jetzt strahlst du hier wie ein Honigkuchenpferd!«

»Red keinen Unsinn«, wies Dessie ihn barsch zurecht. »Zufällig gibt es ein Treffen am Sonntag. Biddy sagt, dass Miss Haycock gebeten hat, dabei sein zu dürfen. Sowohl sie als auch ich haben nur euch und das Wohl des Krankenhauses im Sinn, keinen blöden romantischen Quark wie ihr alle. Als sie heute Morgen von einer Besprechung mit der Leitung zurückgekommen ist, war sie richtig aufgebracht, sagt Biddy. Und jetzt denke ich darüber nach, was vor sich geht. Nicht an Schwester Haycock.«

»Ja, selbstverständlich, Dessie.« Jake grinste von einem Ohr zum anderen.

Dessie sprang von seinem Stuhl auf und stürmte aus der Pförtnerloge. Er wusste, Jake würde jede Veränderung seiner Miene genauestens beobachten. Da war ein neuer Schwung in seinem Gang, und der war nicht allein der Aussicht geschuldet, mehr Informationen über Miss Van Gilder zu bekommen.

Kapitel dreiundzwanzig

Dana fiel nur noch ins Bett, als sie zurück in die Lovely Lane kam. Seit sie zurück im Tagesdienst war – und sie wusste nicht einmal, für wie lange –, war sie noch erschöpfter als im Nachtdienst. Doch bevor sie ins Bett konnte, musste sie noch etwas erledigen. Morgen Abend, wenn sie sich mit Teddy traf, würde die Urlaubsfrage wieder zur Sprache kommen. Sie musste zu Hause anrufen und herausfinden, ob man sie in Belmullet erwartete. In der Diele ließ sie ihr Cape fallen und ging direkt zur Waschküche, wo sich der Münzapparat befand.

Nicht, dass eines der Mädchen nach der Schicht noch die Energie aufgebracht hätte, die eigene Wäsche zu waschen. Sie waren alle zu erschöpft, und wenn sie die Sachen an sichtbarer Stelle hinlegten, konnten sie sicher sein, dass Mrs Duffy sie in die Maschine beförderte und alles auf dem Wäscheständer hing, wenn sie nach Hause kamen. Dana konnte sich lebhaft ausmalen, was ihre Mutter sagen würde, sollte sie jemals so eine Waschmaschine wie die für die Schwesternschülerinnen sehen. »Du wärst rasend vor Neid«, hatte sie ihr bei ihrem letzten Anruf gesagt. Und auch heute atmete sie beim Betreten der Waschküche genussvoll den frischen Geruch von Baumwolle und Waschpulver ein. Der Raum war auf eine heimelige Art feucht und warm, die Dana an ihre Küche zu Hause erinnerte.

Sie hockte sich auf die Kante des Holztisches an der Wand, auf dem sich die getrocknete Wäsche stapelte, die darauf wartete, gebügelt zu werden. Für einen kurzen Moment lehnte sie den Kopf an die sauberen Sachen.

»Oh, ich brauche dringend einen Urlaub!«, sagte sie in den Raum hinein. Ihre bisherige Zeit im St. Angelus war die anstrengendste ihres Lebens gewesen, und auch die Episode mit Patrick, der ihr nach Liverpool gefolgt war, hatte sie ausgelaugt. Ihre neue Liebesbeziehung mit Teddy war aufregend, allen anfänglichen Missverständnissen zum Trotz. Sie schloss die Augen und stellte sich vor, in Teddys Wagen über die Landstraßen zu brausen, frei wie ein Vogel. Einfach zu fahren, wohin sie wollten, und zu tun, wozu sie Lust hatten. »Oh Gott, das wäre wunderbar«, flüsterte sie.

Sie setzte sich auf, als sie Mrs Duffy kommen hörte.

»Dana, Sie sind es. Einen verrückten Moment lang dachte ich, jemand würde hier bügeln. Aber natürlich nicht. Die Mädchen waschen ihre Sachen, aber nichts wird gebügelt. Mir kommt es vor, als würden sie alle meinen, ihre Sachen dürften nur einmal getragen werden.«

Mrs Duffy hatte die Hände in die Hüften gestemmt und beäugte den Berg Bügelwäsche. Dana lächelte. Sie beide wussten, dass sich Mrs Duffy gern beschwerte, es aber eigentlich liebte, das Bügeln zu übernehmen. In der nächsten Woche würde der Berg weniger und weniger werden, und die gebügelten Sachen würden sauber zusammengelegt auf den Fußenden ihrer Betten auftauchen.

Dana sah lächelnd zu der Wäsche auf dem Tisch. »Ist endlich der Tag gekommen, an dem Sie uns allen den Marsch blasen? Wissen Sie was, ich rufe meine Mam an, und sobald ich fertig bin, fange ich schon mal an.«

»Nein, das tun Sie nicht«, erwiderte Mrs Duffy. »Sie sind erschöpft. Weg da, ich mache das morgen, wenn Sie alle auf Station sind.«

»Mrs Duffy, wir können gar nicht gewinnen!«, rief Dana scherzhaft empört aus.

»Ach, gehen Sie schon. Hin und wieder mal zu jammern, ist die einzige Freude, die ich im Leben habe. Verweigern Sie das einer alten Frau nicht!«

Dana grinste, als sich die Tür hinter Mrs Duffy schloss, und dann hörte sie, dass Scamp einen Rüffel bekam. »Runter von dem Sofa! Wie oft soll ich dir das noch sagen?« Danach waren Scamps Pfoten auf dem Korridor zu hören.

Dana wartete, und tatsächlich hörte sie, wie er sich die Treppe hinaufschlich. Victorias Tür knarzte, als er sie aufschob, und gleich darauf ächzten ihre Bettfedern. Scamps Lieblingsplatz war und blieb am Fußende von Victorias Bett.

Dann wählte Dana die Nummer der Post in Belmullet. Sie erwischte Mrs Brock, die Postfrau, gerade noch, bevor sie zumachte. In Liverpool hatten alle Läden seit zwei Stunden geschlossen, aber so lief es im County Mayo nicht. Dort waren alle Geschäfte so lange geöffnet, wie ihre Besitzer wach waren, weil die meisten über oder hinter ihnen wohnten.

Es klingelte nur zweimal, ehe abgenommen wurde. »Dana, bist du das?«, tönte Mrs Brock vom anderen Ende. Eigentlich konnte Dana die Frau nicht ausstehen, doch heute traten ihr Tränen in die Augen, als sie die vertraute Stimme hörte. Mrs Brock war ein schreckliches Klatschmaul und verbreitete den Inhalt eines Telegramms schon in ihrem Laden, bevor der Bote damit zu dem Cottage losradelte, für das es bestimmt war.

»Oh Gott, was mache ich denn jetzt? Mr Joyce ist im Laden,

soll ich ihn schicken, deine Mammy holen, und du rufst in zehn Minuten wieder an?«

Es war, als wäre Dana nie weggegangen, und Mrs Brocks Stimme brachte so viel zurück. Den Torfgeruch und das Muhen der Kühe. Heimweh wehte sie an wie eine Brise vom Atlantik, der nur eine halbe Stunde Fußweg von ihrer Haustür entfernt gewesen war. Es war so lange her. Und die vielen Monate schienen die Erinnerungen an den Dauerregen, die endlose harte Arbeit und die Aussicht auf ein Leben voller Mühsal ausradiert zu haben.

Dana stimmte zu, in zehn Minuten wieder anzurufen. Während sie wartete, saß sie auf dem Tisch, schwang die Beine und malte sich aus, was gerade in ihrem Dorf geschah. Einer der Jungen, die auf der Straße Fußball spielten, würde von Mrs Brock gerufen und beauftragt werden, Mr Joyce aus seinem Laden zu holen. »Komm mal her, ja, ist ein Notfall. Ich habe eine Nachricht für die Brogans.«

Diesen Dienst an der Allgemeinheit erledigten alle Kinder immer. Jeder sprang ein. »Sag Mr Joyce, dass ich dringende Nachrichten habe«, würde Mrs Brock sagen, und der Junge würde die hundert Meter zu Mr Joyces Laden so schnell laufen, wie er konnte. Dabei würde er seine Mütze festhalten und Staub und Steine aufwirbeln.

Mr Joyce würde seinen Kittel ausziehen, ihn auf den Tresen legen und sein Jackett vom Haken nehmen, bevor er so flink aus der Tür lief, wie es ihm sein Rheuma gestattete. »Ich habe den Laden dem Jungen überlassen«, würde er keuchend zu Mrs Brock sagen, ehe die Türglocke ausgeläutet hatte. Es war ihnen allen schon passiert, sogar Dana, dass sie Nachrichten überbringen oder auf den Laden aufpassen mussten.

»Hier wird sich nicht bedient. Pass nur auf die Tür auf, und sag jedem, der kommt, dass ich bei Mrs Brock und gleich wieder da bin.« Was unbestreitbar war, denn niemand hielt sich länger bei Mrs Brock auf als zwingend nötig.

Sobald Mr Joyce durch die Tür der Post war, huschte der betreffende Junge hinter den Tresen und stopfte sich ein oder zwei Lakritzschlangen in die Tasche. Dana erinnerte sich, wie sie mit Patrick einmal den Laden bewachen sollte und Mr Joyce Patrick auf frischer Tat ertappt hatte, weil die Lakritzschlange aus dem Loch in der Tasche seiner Shorts baumelte.

Mr Joyce würde aus dem Postamt eilen, in den Transporter springen und Danas Mammy abholen, damit sie ans Telefon konnte. All die Aufregung würde ihr den Tag versüßen, und eine Woche lang würde sie über ihren Anruf reden. »Hast du gehört, dass Dana mich aus Liverpool angerufen hat?«

Alle liebten es, Anrufe zu bekommen. Dana konnte ihre Mutter vor sich sehen, wie sie aufgeregt auf Mr Joyce einredete, laut überlegte, warum der Anruf so dringend sein könnte. In Gedanken begleitete sie ihre Mutter auf dem Weg. Ihre Mammy saß vorn auf der durchgehenden Bank, die Füße auf Kohlblättern und Schweinefutter, und ihr aufgeregtes Plaudern klang mal begeistert, mal panisch, dass etwas nicht stimmen könnte. Mr Joyce reagierte passend mit »Das wäre ja wunderbar« oder »Na, nun machen Sie sich nicht verrückt. Es wird nur eine hübsche Überraschung sein«.

Dana fiel das Gespräch mit ihrer Mutter wieder ein. »Kein Verkehr vor der Ehe, Dana, versprichst du mir das?« Und Dana, die ihre Mutter nie enttäuschen wollte, hatte es ihr versprochen. Aber das war im ländlichen Irland gewesen. Dort war das Leben anders. Hier in Liverpool staunte Dana, wie offen Victoria gegenüber den jüngeren Mädchen war. Sie machte keinerlei Hehl daraus, dass Roland und sie es quasi alle fünf Minuten taten. Natürlich war Victoria die Einzige, aber sie war ja auch die einzige andere Schwesternschülerin mit einer festen Beziehung, so wie Dana. Oder zumindest hielt Dana ihre für fest. Vielleicht hätte sie ihrer Mutter versprechen sollen, nie »in Irland« Verkehr vor der Ehe zu haben, aber ihre Mutter war nicht blöd.

»Ich weiß, wie Männer sind, Dana«, sagte sie, bevor Dana nach Liverpool ging, »und ich will nicht, dass du dieselben Fehler machst wie ich.« Sie hatte nicht erklärt, was für Fehler das gewesen waren oder wie sie die, könnte sie die Zeit zurückdrehen, vermeiden wollte. Dana wusste allerdings, dass irgendwann in der Jugend ihrer Mutter Mr Joyce eine Rolle gespielt hatte. Es hatte ein Jahr als Schwesternschülerin gedauert, bis Dana begriff, dass ihre Mutter ihr Muttersein höher bewertete als alles andere. Ihr war klar geworden, dass ihr einziges Ziel war, Dana vor den Launen des Alltags und vor lüsternen Männern zu schützen und ihr zu helfen, den Traum zu verwirklichen, den sie selbst zu leben nie geschafft hatte. Um das zu tun, musste sie ihre Autorität wahren und ihre eigenen Fehltritte für sich behalten. Dana hoffte, dass sie eines Tages – vielleicht, wenn sie selbst verheiratet war und Kinder hatte – für reif genug erachtet würde und ihre Mutter offen und ehrlich zu ihr wäre.

Sie blickte hinauf zur Uhr an der Waschküchenwand. Im Geiste hörte sie, wie Mr Joyce die Handbremse hochriss, hörte die Wagentür zuschlagen und die Türglocke vom Postamt bimmeln. Sie nahm den Hörer auf und wählte.

Innerhalb von Sekunden ertönte die Stimme ihrer Mutter inmitten leisen Knisterns und Knackens.

»Dana, du bist es. Oh Gott, Mr Joyce hat schon gesagt, dass du angerufen hast, und ich habe gesagt, nein, sie würde ihr Geld nicht für ein Ferngespräch verschwenden. Es ist doch alles in Ordnung, oder? Kommst du nach Hause? Mit welcher Fähre? Mr Joyce hat gesagt, er holt dich dann ab. Wenn es sein muss, schließt er den Laden und fährt nach Dublin, falls du die spätere Fähre nimmst. Dann könnte er mit dir um Mitternacht hier sein. Und mach dir keine Sorgen wegen der Geschichte mit Patrick. Er ist nie wieder hier gewesen, seit er nach Liverpool gegangen ist.«

Also wusste niemand daheim, dass Patrick als Voyeur festgenommen worden war und eine Weile im Gefängnis gesessen hatte. Wahrscheinlich nahm er an, sie hätte es allen erzählt, und schämte sich zu sehr, um sich nach Hause zu trauen. Tatsächlich hatte sie es keinem erzählt. Aber zumindest war es beruhigend, dass sie ihm nicht begegnen müsste, wenn sie zu ihren Eltern fahren würde.

»Hast du gewusst, dass Siobhan ein Baby bekommen hat? Ja, hat sie, so einen wunderschönen kleinen Jungen. Warte nur, bis ich ihr erzähle, dass du im Urlaub nach Hause kommst. Gott, das ganze Dorf wird dich sehen wollen!«

Dana kam kaum zu Wort, außer, um zu bestätigen, dass sie wie erwartet nach Hause fahren würde und Mr Joyce sie vom Zug in Galway abholen sollte. Während ihre Mutter weiterplapperte über Kinder, die Farm, ihren Vater und jeden ihrer Nachbarn, ihrer Freunde, die neue Frau des Arztes, die Haushälterin des Pfarrers, die im Krankenhaus gewesen war, und wie schlecht sich die neue Hilfe auf dem Hof machte –, wurde offensichtlich, dass nichts auf dem Planeten, lebendig oder tot, Danas Besuch daheim verhindern könnte. Ihre Mutter hatte entschieden, und das galt.

Enttäuscht ging sie hinauf zu ihrem Zimmer. Sie müsste es Teddy sagen. Unmöglich könnte sie ihn mit zu ihren Eltern nehmen. Er würde es dort hassen. Den Regen, den Matsch, den Geruch, die Kühe, die Kinder auf den Dorfstraßen, das Moor, den Torf, die Männer, die zu viel tranken und sich mit Fäusten und Stiefeln prügelten. Den Pfarrer. Die kleine Welt. Die Messe.

Und für ihre Mutter würde die Welt aus den Angeln gehoben,

brächte Dana ihren Freund mit. Alle würden selbstverständlich glauben, dass sie heiraten würden. Ihre Mutter würde ein Gespräch mit dem Pfarrer arrangieren und den Gemeindesaal buchen, noch ehe sie auch nur ausgepackt hätten.

Obendrein hatte sie Angst, dass Teddy sie mit anderen Augen betrachten würde, wenn er ihr Leben vor Liverpool sähe. Ihre Familie und ihre Freunde waren Menschen vom Lande und nicht so wie die in England. Sie lebten ein wenig erdverbundener. Dichter beieinander. Enger verbunden mit Gott. Und ganz egal, wie viele Leute Dana kennenlernte oder welche Verhaltensweisen sie als ihre eigenen übernahm, sie würde immer die Bauerntochter bleiben.

Sie nahm an, dass Teddy in seinem Urlaub zurück nach Bolton reisen würde, wo sein Elternhaus stand. Dass er bei Roland bleiben und Däumchen drehen würde. Kostbare Zeit, die sie gemeinsam verbringen könnten, würde vergeudet, weil sie ihren familiären Verpflichtungen nachkam.

Dana beschloss, dass sie ein Bad brauchte, um sich besser zu fühlen. Ich wasche mir die Haare und drehe sie auf, damit sie morgen hübsch aussehen, dachte sie. Es war ihre Art, sich zu beschäftigen und das Positive in allem zu sehen. Es nützt ja nichts, dachte sie. Aber Teddy soll wenigstens sehen, was ihm fehlen wird, wenn ich zwei Wochen in Irland bin.

Als sie vor ihrem Spiegel saß, hörte sie die anderen Schwesternschülerinnen von ihrer Schicht nach Hause kommen. Von unten rief Mrs Duffy: »Ich habe Bacon und gekochte Kartoffeln mit gegrillter Tomate zum Abendessen. Auf die Kartoffeln habe ich Salz und Butter gegeben, und der Bacon ist fast fertig, also nicht trödeln da oben!«

Im Spiegel erblickte Dana ein Gesicht, das sie kaum wiedererkannte. Es war ihres, jedoch nicht das der Achtzehnjährigen, die vor über einem Jahr in der Lovely Lane angekommen war. Damals war es das Gesicht eines Kindes gewesen. Nun war es beinahe das einer Frau, und doch noch nicht ganz.

Während Dana ihr Bad einließ, war Teddy ohne ihr Wissen in einem Reisebüro in der Dunhill Street.

»Ich suche nach einem hübschen Hotel im Lake District für zwei Wochen ab Ende Juni. Oder in Schottland vielleicht? Irgendwo, wo es schön und abgelegen ist. Wo wir lange Spaziergänge machen, gut essen und romantische Aussichten genießen können. Verstehen Sie, was ich meine?«

»Oh, gewiss doch, Sir«, sagte der Mann vom Reisebüro. »Wir haben viele Hotels im Angebot. Soll es eine besondere Überraschung für Ihre Frau werden?«

»Ja«, antwortete Teddy selbstsicher. »Sie hat keine Ahnung, aber sie wird begeistert sein, wenn sie es erfährt. Es ist eine sehr besondere Überraschung.«

Kapitel vierundzwanzig

Am nächsten Abend parkte Teddy seinen Wagen hundert Meter vom Schwesternheim entfernt an der Straße, wie er es immer tat, wenn er auf Dana wartete. Es konnte ein wenig dauern, bis sie sich von Mrs Duffy losgeeist hatte.

»Früher hatten wir hier ein Ausgehscheinsystem, wissen Sie, aber ich habe zur Oberschwester gesagt, was soll das nützen? Sie sind immer zurück, bevor ich gehe, und wenn nicht, würde ich auf sie warten. Keine von ihnen würde riskieren, dass ich meinen Bus nach Hause verpasse, deshalb verspäten sie sich nicht.«

Mrs Duffy wiederholte dieses Gespräch mit der Oberschwester am Tag des Kriegsendes jedes Mal, wenn Dana abends ausging.

»Sie hatte zur Feier schon ein paar Gläser getrunken, unsere Oberschwester. Seitdem verfluche ich mich, weil ich sie damals nicht gleich um eine Gehaltserhöhung gebeten habe. An dem Tag hätte sie mir alles gegeben, was ich verlange. Stattdessen habe ich sie bloß dazu gebracht, die Ausgehscheine abzuschaffen, die Marmeladenration zu erhöhen und mir neue Vorhänge für die Zimmer zu versprechen, sobald wir an Stoff kämen.«

Dana zeigte nie einen Funken Ungeduld, wenn sie Mrs Duffy anhörte, gab ihr anschließend einen Wangenkuss und sagte: »Ich bin vor dem letzten Bus zurück.«

Beim Anblick von Teddy in seinem blassblauen schimmernden Humber schlug ihr Herz schneller. Wie immer gingen ihr, noch ehe sie die Wagentür öffnete, Zweifel durch den Kopf, dass ihre Beziehung halten würde.

»Holla, sieh sich einer dich an«, sagte Teddy, beugte sich rüber und küsste sie auf die Wange, als sie auf den hellen Ledersitz sank. »Du siehst fantastisch aus und duftest köstlich.«

Er vergrub sein Gesicht an Danas Hals und zog geräuschvoll die Luft ein. Kichernd schob Dana ihn weg.

Sie wollte ihm sofort sagen, dass sie nicht gemeinsam Urlaub machen würden, wie er gehofft hatte. Die Worte lagen ihr auf der Zunge, doch etwas hielt sie zurück. Teddy hatte seine Ansicht recht deutlich gemacht, dass ihre Beziehung wichtiger war als irgendwelche anderen Verpflichtungen oder Versprechen, die sie ihren Eltern gegeben hatte. Ihr Leben hatte sich geändert, und ihre Familie konnte nicht erwarten, dass sie sich an Abmachungen hielt, die getroffen wurden, bevor sie nach Liverpool gekommen war. Sie hatten so wenig Zeit miteinander, dass sie sich die Chance, zwei Wochen zusammen zu sein, nicht entgehen lassen durften.

»Ich habe uns einen Tisch im Restaurant in der Bold Street reserviert«, sagte Teddy. »Mein Mädchen ist eine Prinzessin und sollte auch wie eine behandelt werden.«

»Ich und eine Prinzessin? Wenn du mich zu Hause beim Melken sähest, würdest du das nicht mehr denken. Da kann gar nichts ferner liegen als der Vergleich mit einer Prinzessin.«

Dana glaubte, dies wäre ihre Gelegenheit, in dem sie über ihr Zuhause oder die Farm reden könnte, doch wieder mal verstrich der Moment ungenutzt. Er setzte sich gerade hin, ließ den Motor an, blickte in den Seitenspiegel und fuhr los.

Dana löste ihr Kopftuch und entschied, ihm die Neuigkeit

beim Essen mitzuteilen. Als sie am Park vorbeifuhren, betrachtete sie verstohlen sein Profil und dachte, sie würde sich nie an ihm sattsehen können. Sie liebte es, ihn zu beobachten, wenn er mit Fahren beschäftigt war und nicht zu ihr herschauen konnte. Oft beobachtete sie ihn auch aus der Ferne auf den Stationen, wie er mit einem Patienten redete oder sich mit einem Oberarzt oder anderen Ärzten besprach. Sie fühlte sich am wohlsten, wenn sie ihm vom Rand seines Lebens aus zusah.

»Wenn ich bedenke, dass ich nie in einem Restaurant gewesen bin, bis du mich das erste Mal in eines eingeladen hast«, sagte sie und drehte sich auf ihrem Sitz ein wenig zu ihm. »Und jetzt benehme ich mich, als würde ich es schon immer machen. Soll ich dir eine Zigarette anzünden?«

»Gerne. Ich komme langsam in Urlaubsstimmung. Und ich fand, dass du einen Vorgeschmack auf das bekommen sollst, was wir in den zwei Wochen jeden Abend tun werden«, sagte Teddy und nahm die angezündete Zigarette von Dana entgegen.

Sie senkte den Blick und nahm einen tiefen Zug von ihrer Zigarette, während ihre Zuversicht schwand.

Beth Harper war auf ihrer Station und arbeitete eine geteilte Schicht. Vom Fenster des Aufenthaltsraumes aus sah sie Teddys auffälligen blauen Wagen die Straße entlangfahren. Der Raum hatte riesige Erkerfenster, sodass die Patienten möglichst viel Licht hatten. Diejenigen, die keine Bettruhe halten mussten, setzten sich gern zum Rauchen vor den Kamin, wo mehrere Sessel im Halbkreis standen und zwischen ihnen ein kleiner Tisch. Beth blickte sich im Raum um und fand ihn makellos aufgeräumt nach dem turbulenten Tag. Auf der Station kehrte abendliche Ruhe ein, und Beth war froh, dass alle Aufgaben erledigt waren und bis zur Besuchszeit noch beinahe fünf Minuten blieben. Die Bettenrunden, die Visiten, die Urinflaschen und Bettpfannen, die Nachtschränke und Tische, die Proben-, Medikamenten-, Infusions- und Verbandsrunden waren vorbei. Erledigt. Die Patienten saßen aufrecht in ihren frischen Betten, deren Überdecken auf exakt fünfzig Zentimeter eingeschlagen waren, und blickten nervös zum Stationseingang. Sämtliche Augenpaare fixierten die große Uhr, und die Atmosphäre war zum Zerreißen angespannt.

»Die längsten fünf Minuten aller Zeiten«, sagte Mr Trimble zu Beth, die an seinem Fußende stehen geblieben war, um auf sein Krankenblatt zu sehen. »Ich schwöre bei Gott, wenn der große Zeiger auf fünf vor sieben geht, macht er eine Pause. Wirklich. Gucken Sie nur mal.«

»Ach, ich glaube, das tut er um fünf vor halb neun auch, fünf Minuten, bevor ich zurück zur Lovely Lane gehen und die Füße hochlegen darf«, antwortete Beth. »Jetzt dauert es nicht mehr lange, Mr Trimble. Sehen Sie? Nur noch vier Minuten.«

Es war jeden Tag dasselbe. In nicht einmal fünf Minuten würden die Besucher kommen, und Schwester Crawford würde keinen einzigen durch die Tür lassen, bis alles auf der Station blitzblank aussah. Das war keineswegs eine leere Drohung, weshalb Patienten wie Schwestern gleichermaßen angespannt und nervös waren, während die Minuten vergingen. Die Patienten fürchteten die Inspektionen der Stationsschwester vor der Besuchszeit genauso sehr wie die Schwestern. Sie fürchteten, dass sie irgendeinen Makel finden würde, und alle hielten die Luft an, wenn sie die Station abwanderte. Herrschte auch bloß auf einem einzigen Nachtschrank Unordnung, war eine Urinflasche nicht geleert oder ein schmutziger Aschenbecher nicht ausgewechselt, ließ sie alle Besucher zusammengepfercht wie Vieh vor der Tür warten, wo sie hilflos mit ansehen mussten, wie ihre kostbaren sechzig Minuten verstrichen.

»Hier kommt sie«, sagte Beth zu Mr Trimble, als sie sah, wie die Schwester Crawford von ihrem Schreibtisch aufstand.

Mr Trimble stieß einen leisen Pfiff aus. »Sie sieht nicht gut gelaunt aus, oder? Ah, gucken Sie sich die dicke Schnepfe direkt am Eingang draußen an. Das ist Johns Frau. Sie ist jeden Abend als Erste drinnen. Er sagt, es ist nur, weil sie es vermisst, den ganzen Tag an ihm rumzunörgeln, und es nicht erwarten kann, ihm wenigstens die eine Stunde lang die Ohren vollzuquaken. Sie wird jedes Mal komplett meschugge, wenn die Besuchszeit verkürzt wird, und er ist wohl der einzige Mann hier, der dann erleichtert aufatmet.«

Beth unterdrückte ein Kichern.

Beide schauten zu Johns Bett. Anscheinend merkte er es, denn er blickte zu ihnen und nickte in Richtung Uhr. »Heute wird es später«, sagte er stumm und zwinkerte.

Die Stationshilfe Betty Hutch, die heute Abend Dienst hatte, hatte noch einen schmutzigen Aschenbecher auf dem letzten Nachtschrank entdeckt und war gerade dabei, ihn hastig zu entfernen und ihn durch einen sauberen von ihrem Wagen zu ersetzen, als sie Schwester Crawford auf sich zukommen sah. Fast hätte sie den schmutzigen Ascher beim Austausch fallen lassen, dann löste sie hastig die Bremse von ihrem Rollwagen und schob das quietschende Ungetüm schnell zum Ausgang.

»Morgen kommen Sie nach Hause, Mr Trimble. Dann müssen Sie das hier nicht mehr durchmachen«, sagte Beth, als sie seine Flüssigkeitsaufnahme und die Urinmenge in sein Krankenblatt eintrug. »Ist das Ihr vierter Wasserkrug heute?«

»Nein, mein zwanzigster.«

»Wie bitte?« Beth runzelte die Stirn.

»Was macht das schon, Schwester Harper? Ich gehe morgen

nach Hause. Und da füllt niemand irgendwelche Tabellen für mich aus, das kann ich Ihnen sagen.«

Beth notierte seine Flüssigkeitsmengen korrekt, und als sie das Krankenblatt zurückhängte, sagte sie: »Sie müssen es gründlich leid sein, so lange, wie Sie hier sind.«

»Ich habe vergessen, wie es zu Hause aussieht. 1951 bin ich hergekommen. Zweimal haben die meinen linken Lungenflügel kollabieren lassen, wissen Sie? Es wird sehr merkwürdig werden. Ich habe versucht, mich an das Tapetenmuster im Wohnzimmer zu erinnern, aber obwohl ich die selbst angeklebt habe, fällt es mir nicht mehr ein. Ist das nicht komisch? Doch ich kann mich nicht beklagen. Ich bin einer von den Glücklichen, weil ich nach Hause darf. Der Arzt dachte, ich würde mich nie mehr erholen. Das neue Streptomycin hat Wunder gewirkt.«

»Bei Ihnen und einer Menge anderer Leute«, sagte Beth. »Es ist unglaublich, welche Veränderungen es allein auf der Kinderstation in nur einem Jahr bewirkt hat. Momentan haben sie drei TB-Fälle, und sie alle sind so schnell negativ getestet worden. Jeder redet darüber.«

Beth konnte nicht mehr nachzählen, wie viele Erfolgsgeschichten Dana von der Kinderstation mit in die Lovely Lane gebracht hatte. Insgeheim war Beth neidisch, dass sie nicht auf der Kinderstation arbeitete. Sie liebte es, Verantwortung zu tragen. »Diejenigen von uns, die interessiert waren, durften auf die Kinderstationen gehen und uns die Krankenunterlagen ansehen. Ein kleines Mädchen dort sprach innerhalb von vierundzwanzig Stunden auf das Medikament an. Es ist einfach unglaublich. Eine aufregende Zeit, Schwesternschülerin zu sein.«

Sie beide schauten über die Station, als sie John hörten, der Betty Hutch auf dem Weg zu den Stationstüren nachrief: »Hetzen Sie sich nicht, Betty. Es hat keine Eile.«

Seine Bemerkung wurde mit allgemeiner Empörung der Männer beantwortet, die auf ihren Besuch warteten. Wenigstens war die Anspannung gelöst, und der Uhrzeiger war beinahe auf der vollen Stunde.

Einer der mutigeren Männer sah aus, als hielten ihn nur die Katheterflasche an seinem Bett und der Infusionsständer davon ab, selbst loszustürmen und die Türen aufzureißen. »Kommen Sie schon, Schwester Crawford«, bettelte er. »Seien Sie uns armen Kerlen gnädig. Ich habe keine Zigaretten mehr, und meine Frau ist da draußen mit Nachschub. Wir wissen doch alle, dass Sie die Glocke um Punkt acht wieder läuten.«

Für einen Augenblick schien Schwester Crawford widersprechen zu wollen. Dann trat sie an den polierten Tisch in der Stationsmitte und nahm langsam die Messingglocke auf. Alle starrten sie an. »Mrs Hutch, öffnen Sie die Türen.«

Betty schob ihren Wagen seitlich an die Wand und trat die Bremse nach unten. Dann öffnete sie erst die eine, danach die andere Tür, bevor sie sich an die Seite stellte. Vor ihr standen die Besucher wie eine Lieferung Schaufensterpuppen, die darauf warteten, richtig arrangiert zu werden. Sie wagten sich nicht über die Schwelle, ehe sie wussten, dass es sicher war. Alles war still und wartete gespannt. Schließlich läutete Schwester Crawford viermal die Glocke in ihrer Hand.

Mit Blumensträußen in den Händen strömten die Besucher gleich einer bunten Flutwelle auf die Station. Sie drang mit Macht herein, um gleich zu verebben, als die Besucher nach rechts und links zu den Betten ihrer Lieben abdrifteten.

»Herrschaftszeiten, hat jemand unsere Schülerin gesehen, Schwester Moran?«, fragte Schwester Crawford und schritt direkt auf Beth zu. Diese Frage zu äußern war sie inzwischen gründlich leid.

»Ich nicht, tut mir leid, Schwester.«

Das Telefon im Büro klingelte.

»Da muss ich rangehen. Wenn Sie sie sehen, schicken Sie sie umgehend zu mir.« Schwester Crawford ging zurück zum Büro, und Beth hatte jetzt schon Mitleid mit Bridget Moran, die höchstwahrscheinlich die geballte Wut der Stationsschwester zu spüren bekäme.

»Verdammt, das war knapp, Schwester Harper«, sagte Mr Trimble. »Sie müssen neun Leben haben, denn die wollte Sie gerade in Stücke reißen. Als ob es Ihre Schuld ist, dass das dumme Mädchen mal wieder verschwunden ist.«

»Ich komme nachher wieder und helfe Ihnen, Ihre Sachen für die Entlassung morgen früh zu packen. Dann sind Sie bereit, sobald der Arzt Ihnen auf der Visite die Papiere gibt.«

»Sie sind wirklich ein Engel. Ah, hier ist meine Frau. Ich stehe auf und gehe mit ihr in den Aufenthaltsraum. Schwester Crawford hat mich drei Tage zur Bettruhe verdonnert, falls ich einen Rückfall erleide. Jetzt fühle ich mich rebellisch.«

Beth ging auf die andere Seite der Station zu ihrer Freundin Victoria aus der Lovely Lane, die Kopfkissen bezog.

»Wo ist die Schülerin?«, flüsterte Beth, als sie das letzte Kissen und einen Bezug aufnahm.

»Holen wir uns einen Tee«, schlug Victoria vor, ohne auf Beths Frage einzugehen. »Die Besucher sind hier, also können wir mal eine Minute entspannen. Betty stellt den Kessel auf, und sie hat Kekse.«

Die Besuchszeit war immer eine gute Gelegenheit, kurz eine Pause zu machen, auch wenn Beth und Victoria wussten, dass es nur eine Frage von Minuten war, bis ein Besucher oder eine Besucherin nach ihnen suchte.

»Du weißt etwas, oder?«, fragte Beth. »Meiner Frage auszuweichen, ist zwecklos. Wo ist Schwester Moran? Hast du sie gesehen? Was hast du mit ihr gemacht?«

»Ich habe gar nichts gemacht, aber ich weiß, wo sie ist. Einer der Ärzte hat sie gebeten, ihm bei einem Tropf zu helfen. Sie war ganz aus dem Häuschen, und dann hat er sie nach unten zum Lager geschickt und gesagt, sie soll um einen ›langen Stand‹ bitten.«

»Oh, das arme Mädchen«, sagte Beth. »Wie oft muss Jake schon neue Schülerinnen da unten gehabt haben, die ihn danach gefragt haben!«

»Ja, ich weiß, allerdings ist sie schon sehr lange weg. Am besten schleicht sich eine von uns nach unten und rettet sie, wenn sie nicht bald zurück ist.«

»Nach der Besuchszeit packe ich für Mr Trimble«, sagte Beth. »Morgen darf er endlich nach Hause. Es muss wunderbar sein, TB-frei zu sein. Der arme Mann war über ein Jahr auf der Isolierstation. Jetzt atmet er wie ein Gesunder.«

»Ich kann mir nicht vorstellen, wie es sein muss, so lange im Krankenhaus zu sein. Er muss vergessen haben, wie seine Kinder aussehen. Mir hat er erzählt, dass Schwester Crawford sie zu Weihnachten an die Stationstür kommen ließ, damit sie ihm zuwinken konnten. Mir kommt das gemein vor, denn da waren seine Sputumproben ja schon sauber. Wenigstens können wir jeden Abend zurück in die Lovely Lane gehen.«

Victoria boxte das letzte Kissen auf und strich den Bezug glatt, ehe sie in die Küche gingen. Betty Hutch hatte inzwischen ihren Tee fertig, und Beth lief schon das Wasser im Mund zusammen bei der Aussicht auf einen gefüllten Keks dazu.

»Ich habe eben Dana und Teddy in die Stadt fahren sehen«, sagte Beth. »Das glückliche Paar. Wäre ich doch nur etwas größer, hätte keine Brille und wäre hübscher. Eigentlich alles, was ich nicht bin. Ich hätte nie gedacht, dass ich mir mal einen Freund wünschen würde. Früher dachte ich immer, ich würde zufrieden allein leben, aber ehrlich gesagt beneide ich euch beide.«

»Deswegen solltest du dich nicht schlecht fühlen. Wir müssten alle neidisch auf Dana sein. Sie weiß es noch nicht, aber Teddy hat für sie beide in einem bezaubernden Hotel im Lake District gebucht. Damit will er sie heute Abend beim Essen überraschen, die Glückliche.«

»Hat er getrennte Zimmer gebucht?«, fragte Beth und wurde sofort hochrot vor Scham, weil sie überhaupt diese Frage stellte.

»Ach, Beth, nicht du auch noch. Nein, hat er natürlich nicht! Süße, der Krieg ist vorbei, und das Leben ändert sich. Die Welt bewegt sich vorwärts.«

»Nicht so schnell, Schwester Baker. Und was ist, du weißt schon ... Was ist, wenn sie schwanger wird?«, flüsterte Beth. »Jeder weiß, dass eine Schwangerschaft für eine unverheiratete Frau das Ende von so ziemlich allem bedeutet. Dana ist Irin! Sicher versteht sie, was das heißt.«

Victoria verdrehte die Augen und biss in ihren Keks. Doch Beth war noch nicht fertig.

»Glaub mir, Victoria, von manchen ledigen Mädchen, die in Irland schwanger werden, hört man nie wieder. Die Priester regieren da mit eiserner Hand. Dana wird nichts riskieren wollen, erst recht nicht angesichts ihrer Herkunft. Im ländlichen Westen Irlands ist es noch schlimmer als im Rest. Für dich mag es in Ordnung sein, weil du Geld hast. Aber was sollte Dana tun? Wer sagt, dass Teddy zu ihr stehen würde?«

Ehe sie mehr sagen konnte, wurde sie von Mr Trimble und seiner Frau unterbrochen, die ihr zuwinkten, als sie an der Küchentür vorbei zum Aufenthaltsraum gingen.

»Ich spreche nur kurz mit Mrs Trimble. Bin gleich zurück«, sagte sie zu Victoria.

»Guten Abend, Mrs Trimble. Freuen Sie sich schon, Ihren Mann ab morgen wieder zu Hause zu haben?«

Mrs Trimble zurrte den Gürtel am Bademantel ihres Mannes fest. »Wir wollen nur eine rauchen, Schwester. Ich glaube nicht, dass die Kinder heute Nacht ein Auge zumachen, so aufgeregt, wie sie sind, weil ihr Dad nach Hause kommt. Ich sorge mich nur, dass er sich überanstrengt, denn noch vor seinem Abendessen wird die halbe Straße bei uns gewesen sein, um ihn zu sehen.«

Nervös blickte Beth zur Küchentür. Ihr Tee wartete.

»Meine Nachbarin backt heute Abend einen Kuchen mit meiner Mam, und die Kinder schmücken das Haus und alles.«

»Es ist, als würde ich aus dem Krieg zurückkommen, Schwester! Ich muss überrascht tun, nicht, Schatz?« Mr Trimble sah seine Frau an, und Beth bemerkte, welche Zuneigung allein schon aus den Blicken der beiden sprach. »Wissen Sie, worauf ich mich am meisten freue? Auf ein bisschen richtige Bewegung. Ich habe mich ja seit über zwei Jahren nicht mehr anständig gerührt. Und auf die Steinkuchen meiner Schwiegermutter. Ja, ich muss wirklich sehr krank gewesen sein, denn kein gesunder Mann würde behaupten, dass er sich auf die freut, was, Schwester?«

»Mr Trimble, sind Sie sicher, dass Sie rauchen sollten?«, fragte Beth, als seine Frau bereits die Zigaretten aus seiner Bademanteltasche zog. »Im Ernst, geben Sie sich eine Chance. Der Arzt hat es Ihnen gesagt, und Sie haben selbst in der Zeitung gelesen, dass Mitglieder eines Fachausschusses vermuten, es könnte einen Zusammenhang zwischen dem Rauchen und Brustproblemen wie Ihren geben.«

»Oh ja, Schwester. Aber da stand, dass sie es nur vermuten. Beweise haben sie keine, oder? Wenn wir machen, was jeder vermutet, werden wir ja ganz tüttelig, nicht? Nein, tut mir leid, Schwester Harper, ich glaube kein Wort, bis in der Zeitung steht, dass sie ohne jeden Zweifel beweisen können, dass Rauchen schädlich ist. Die müssen sich irren. Die Zigaretten halten alles locker, sodass es rauskommt. Mit denen kann ich besser abhusten. Ohne sie ist es schrecklich. Meine Brust wird ganz hart. Nein, ich wäre krank wie ein Hund ohne diese Zigaretten. Und Sie wissen ja nicht, dass mir der Doktor zugezwinkert und gesagt hat, mir geht es gut. Himmel, der Mann raucht selbst dreißig am Tag!«

Beth schüttelte den Kopf. Es stimmte, dass der Fachausschuss keinen Beweis hatte und der Zeitungsartikel prompt in der Luft zerrissen wurde. Allen voran von den Schwestern in der Lovely Lane, die selbst rauchten.

Sie kam nicht mehr dazu, auf Mr Trimble zu reagieren, denn Schwester Crawford hatte ihr Telefonat beendet und kam aus dem Büro gestürmt. »Schwestern!«, rief sie über die Station.

»Ich muss gehen«, sagte Beth.

Victoria kam mit schuldbewusster Miene und Krümeln an der Lippe aus der Küche geschossen.

»Station acht ist voll, und ein Notfall ist zu uns unterwegs.«

»Aber wir sind gar nicht für Aufnahme vorgesehen, Schwester Crawford«, stammelte Victoria, die bereits ahnte, dass es mit ihrem Feierabend um halb neun nichts würde.

»Das ist mir durchaus bewusst. Station acht ist heute für Aufnahme vorgesehen, wie ich bereits erwähnte, aber die ist voll. Möchten Sie der Oberschwester vorschlagen, dass Sie jetzt die Bettenzuteilung übernehmen, Schwester Baker?«

»Äh ... nein, Schwester. Verzeihung, Schwester.«

»Bin ich froh, das zu hören. Bereiten Sie also bitte das Bett vor, das am nächsten zum Büro ist. Es geht um Ösophagusvarizen, ein schlimmer Fall. Sie werden beide gebraucht. Ist Schwester Moran inzwischen zurück? Wo um alles in der Welt steckt sie?« Die Schwester bemerkte, wie Beth und Victoria einen Blick wechselten, und der Groschen fiel. »Oh, im Ernst, wieder? Ist diesen Ärzten nicht klar, was sie mit ihren Streichen bei den Schülerinnen in den Stationen auslösen? Dies ist jetzt wirklich kein Moment, in dem eine Schwester verschwunden sein darf.«

Erneut wurden sie vom Telefonklingeln gerettet.

Victoria und Beth machten sich an die Arbeit. Die Atmosphäre auf der Station hatte sich verändert – von Tee und Keksen zu Lebensrettung. Victoria rauschte, so schnell sie konnte, zur Wäschekammer.

Innerhalb von Minuten war Jake mit einer Rolltrage da. Victoria hatte die Gummimatratze mit verdünntem Dettol abgewaschen und getrocknet, und sie und Beth hatten unter zwei Minuten gebraucht, um das Bett herzurichten.

»Ich kümmere mich um den Patienten, du gehst zu der Frau«, sagte Beth zu Victoria und nickte zu einer Frau, die nervös am Stationseingang stand.

Victoria zog die Augenbrauen hoch. Sie war genauso weit in ihrer Ausbildung wie Beth, dennoch übernahm Beth stets das Kommando. Ehe sie widersprechen konnte, war Beth schon weg. Sie ging Jake entgegen und nahm das Krankenblatt am Fußende der Liege auf.

»Das ist Mr O'Leary, Schwester Harper«, sagte Jake.

»Schön, danke«, antwortete Beth. Dann flüsterte sie: »Die Schwester fragt die ganze Zeit nach Schwester Moran. Ist sie unten im Lager?«

»War sie«, sagte Jake. »Die habe ich völlig vergessen. In der Notaufnahme ist der Teufel los, und als ich aus meiner Pause zurückgekommen bin, war sie immer noch da. Ehrlich, die Jungs lachen sich kaputt.«

Beth schüttelte ungläubig den Kopf.

»Können Sie ihn mit mir umbetten?«, fragte Jake. »Dessie hat zu tun.«

»Natürlich«, antwortete Beth.

»Gut, dann gehen Sie ans andere Ende.«

Jake stand am Kopf-, Beth am Fußende, und gemeinsam hoben sie die Stangen seitlich in der Notfallliege an, um Mr O'Leary aufs Bett zu heben.

Beth lief neben das Bett. »Wir drehen Sie nun zu mir, Mr O'Leary«, sagte sie.

Jake drehte den Patienten behutsam und rollte dabei das starke Leinentuch mit der Stange unter Mr O'Leary auf. »Und jetzt wieder zurück zu mir, alter Knabe«, sagte er, als er Mr O'Leary wieder über die kleine Schwelle hinweg zu sich bewegte.

Beth zog das Tuch mit den beiden Stangen schwungvoll weg. »Da wären wir«, sagte sie und gab Jake das Leinentuch mit den beiden Stangen. Dann legte sie Mr O'Leary die Bettdecken über und stopfte sie an den Seiten fest.

»Ich schiebe die Gitter an dieser Seite nach oben«, sagte sie mit einem Augenzwinkern zu Jake. Sie beide hatten die Alkoholfahne gerochen.

»Haben Sie es bequem, Mr O'Leary?«, fragte sie.

»Ich heiße Seamus O'Leary, Schwester«, sagte er. »Seamus aus Cork, sehr erfreut.«

Beth erkannte, dass ihm das Sprechen schwerfiel. »Sie klingen, als hätten Sie einen Schluck genommen, Mr O'Leary. Kommen Sie direkt aus dem Pub her?«

»Heilige Mutter Gottes, woher wissen Sie das? Haben Sie das gehört?«, fragte er Jake, den er nun ansah. »Diese Schwester hat die Gabe. Sie weiß, woher ich komme, und ich habe noch kein Wort gesagt. Ist das nicht verblüffend?«

Beth las sein Krankenblatt, während er sprach. Er hatte tagsüber zweimal Blut erbrochen, und der Arzt hatte vermerkt, dass er Ösophagusvarizen hatte.

»Ich bin dann weg«, sagte Jake. »In der Notaufnahme brummt es, und Dessie sucht sicher schon nach mir.«

»Wie geht es Martha?«, fragte Victoria, die wiedergekommen war.

»Sehr gut, Schwester Baker. Nicht mehr lange, und ich komme mit ihr hier reingerannt.«

Als Jake fort war, wandte Victoria sich Mr O'Leary zu. »Guten Abend«, sagte sie und legte sanft eine Hand auf seinen Arm.

»Er hat Ösophagusvarizen«, sagte Beth. »Wie Krampfadern, nur in der Speiseröhre.«

Victoria sah sie verständnislos an. »Seine Frau ist zur Toilette gegangen und gleich wieder zurück«, sagte sie. »Soll ich ein Namensschild für die Wand schreiben?«

»Nein, schon gut. Das mache ich.«

»Und wie bekommt man Ösophagusvarizen?« Victoria wurmte es ein wenig, dass Beth zu wissen schien, was es war, ohne ins Büro laufen und Schwester Crawford fragen zu müssen. Und es ärgerte sie auch, dass Beth sie wie eine Hilfskraft zu behandeln schien, nicht wie eine Gleichgestellte.

»Sie kommen am häufigsten bei Alkoholikern vor«, flüsterte Beth, damit Mr O'Leary sie nicht hörte.

»Er sieht gar nicht wie ein Alkoholiker aus«, sagte Victoria. »Normalerweise schreien die nach etwas zu trinken. Mr O'Leary wirkt zu blass und krank, um nach irgendwas zu schreien.« Der Patient war leichenblass, und als Victoria seinen Arm berührte, fühlte er sich unnatürlich kalt an.

Beth legte die Unterlagen auf den Nachtschrank. »Ich denke, er hat schon einiges intus. Er ist sehr vergnügt für jemanden, der Blut spuckt und ins Krankenhaus musste. Ich nehme seine Werte und lege das Krankenblatt an. Kannst du bitte eine Urinflasche holen?«

»Beth …«, begann Victoria gereizt.

Doch sie wurde gleich unterbrochen. »Na, sieh einer an. Hier kommt Schwester Moran.«

Beide drehten sich zu der jungen Schwesternschülerin um, die einen ganz normalen Infusionsständer auf die Station schob. Die Ständer hatten unten schwere Gusseisenverzierungen an den vier Füßen, und obwohl sie auf Rollen standen, brauchte man beide Hände, um sie zu lenken. Teilweise war die cremeweiße Lackierung abgeplatzt, und darunter kam Rost zum Vorschein.

Victoria holte tief Luft. Sie wollte Beth sagen, dass sie die Werte messen und Beth die Urinflasche holen könnte.

»Gott, man glaubt es nicht. Der Pförtner hat mich ewig auf diesen Ständer warten lassen«, stöhnte Bridget Moran, als sie sich dem Bett näherte.

»Hat er das?«, meinte Victoria. »Du hast also lange gestanden, um deinen ›langen Stand‹ zu bekommen?« Sie sprach die Worte sehr langsam und deutlich aus, und Beth und sie sahen, wie der jungen Schwesternschülerin ein Licht aufging.

»War das wieder ein Scherz?«, fragte Bridget Moran.

»Ja, war es, du Arme. Aber nimm es ihnen nicht übel. Du kannst nicht erwarten, deine Probemonate durchzustehen, ohne mindestens ein halbes Dutzend Mal auf den Arm genommen zu werden«, sagte Victoria. »Kannst du jetzt bitte eine Urinflasche für Mr O'Leary holen?«

Mürrisch ließ Bridget Moran den Infusionsständer stehen und ging demonstrativ verdrossen in Richtung Küche. Als sie am Aufenthaltsraum vorbeikam, stieß sie einen Schrei aus.

Sekunden später waren Beth und Victoria bei ihr. In dem Raum lag Mr Trimble auf dem Fußboden. Sein Gesicht war blau angelaufen, und ein scheußliches Gurgeln kam aus seiner Kehle, bevor er plötzlich verstummte. Seine Zigarette lag auf dem Holzboden neben ihm, und seine Frau stand starr vor Schreck da.

Beth ging auf die Knie und fühlte nach seinem Puls. Sie schüttelte den Kopf. »Nichts. Mr Trimble! Mr Trimble!«, rief sie, rollte ihn auf den Bauch und drehte seinen Kopf zur Seite.

»Ich helfe dir«, sagte Victoria. »Geh Schwester Crawford holen«, befahl sie Bridget Moran, »und bring Mrs Trimble raus zu den Besucherstühlen.«

Sie führte die benommene Mrs Trimble zur Tür und legte den Arm der jungen Schwesternschülerin um sie. »Geben Sie uns nur fünf Minuten bitte, Mrs Trimble.«

Dann kniete sie sich zu Beth und Mr Trimble und versuchte, einen seiner Arme unter seiner Brust anzuwinkeln. »Seine Lippen sind zyanotisch«, sagte sie. »Das ganze Gesicht wird zyanotisch.«

Zusammen gelang es ihnen, Mr Trimbles Hände unter ihn zu schieben, um den Oberkörper ein wenig zu erhöhen. Dann begann Beth, auf seinen Rücken zu drücken, wie es ihr Schwester Ryan in der Schule beigebracht hatte.

Victorias Herz raste. Sie alle hatten gelernt, was mit einem kollabierten Patienten zu tun war, doch es in der Schule zu üben und mit der realen Situation umzugehen, waren zwei verschiedene Dinge. Wenn einer der Schülerinnen aus der Lovely Lane so etwas widerfuhr, wollten alle anderen abends beim Essen sämtliche Einzelheiten erfahren – und insgeheim waren die anderen dann immer froh, dass es nicht sie getroffen hatte. Doch jetzt steckte Victoria mittendrin. Sie schluckte. Reiß dich zusammen, ermahnte sie sich im Geiste, als sie Mr Trimbles Hände sicherte. Ihr Herz schlug weiter im Galopp gegen ihre Rippen.

Beide hörten hastige Schritte, und Schwester Crawford erschien neben ihnen.

»Gut gemacht, Schwester, das ist die richtige Lage. Drücken Sie weiter fünfmal pro Minute auf seinen Rücken. Und Sie, Sie dummes Mädchen«, wandte sie sich an die junge Schwesternschülerin, »Sie strapazieren meine Geduld heute bis zum Äußersten.«

Bridget Moran stand hinter Schwester Crawford, den Mund offen und den starren Blick auf Beth und Victoria gerichtet.

»Ich habe schon nach den Ärzten und nach Sauerstoff gerufen«, sagte die Stationsschwester. »Machen Sie weiter, und bleiben Sie ruhig. Und Sie, Mädchen«, sagte sie zur verängstigten Bridget, »helfen Mrs Hutch, den Teewagen fertig und die Stationsrunde zu machen. Lassen Sie keine Patienten hier rein, schließen Sie die Stationstüren, und denken Sie sich etwas aus. Sagen Sie, dass hier geputzt wird. Meinen Sie, dass Sie das hinbekommen, ohne irgendwas falsch zu verstehen? Sagen Sie Mr O'Leary und seiner Frau, dass wir in zwei Minuten bei ihnen sind.«

Die junge Schwesternschülerin sah aus, als finge sie gleich an zu weinen. »Ja, Schwester Crawford«, flüsterte sie und machte sich auf den Weg in die Küche.

Victoria kam der Gedanke, dass sich Bridget Moran nicht so viele Anweisungen auf einmal merken könnte.

Sekunden später hörte sie das Geschirrklappern, als Tassen und Untertassen auf den Teewagen gestellt wurden, und ein Murmeln, als Betty Hutch die junge Schülerin fragte, was los sei.

Dann näherten sich schwere Laufschritte. Die Tür zum Aufenthaltsraum wurde geöffnet, und es erschienen die Notärzte, dicht gefolgt von Jake mit einer Sauerstoffflasche.

»Mann, ihr kommt wirklich nicht ohne mich aus, was? Ich war doch eben erst hier«, sagte Jake, der die Sauerstoffflasche herbeirollte und den Gummischlauch oben fixierte.

Dass die Ärzte angerannt kamen, machte Victoria und Beth

deutlich, wie ernst es war. Schwester Crawford würde jede Schwester erschießen, die sie beim Laufen erwischte, auch in einem Notfall. Mr Trimbles Gesicht war lila und sein Körper schwer und schlaff. Für Victoria fühlte es sich an, als bräche die Hölle los. Sie sprang auf, und Dr. Mackintosh nahm ihren Platz neben Mr Trimble ein.

»Gute Arbeit, Schwester«, sagte er zu Beth, während er sein Stethoskop hervornahm. »Drücken Sie weiter.«

Wieder stieß es Victoria sauer auf. Sie hatten sich beide um Mr Trimble gekümmert, trotzdem kam niemand auf die Idee, sie zu loben. Nur weil Beth ständig das Kommando übernahm, war sie – oder überhaupt jeder andere – ja nicht weniger fähig.

Der andere Arzt hatte eine Leinentasche aus der Notaufnahme mitgebracht, die denen ähnelte, wie sie während des Krieges in Feldlazaretten benutzt wurden. Er hockte sich auf den Boden, löste die Lederriemen und nahm einen großen Holzkasten heraus. »Hat er Blutdruck?«, fragte er, als er die Gummimanschette aufwickelte.

»Das bezweifle ich«, antwortete Dr. Mackintosh. »Aber ich versuche mal etwas.«

Zum Erstaunen aller Anwesenden zog er Mr Trimbles Hände unter ihm hervor.

Beth rückte zur Seite und starrte genauso gebannt hin wie die anderen.

»Da ist dieser Amerikaner, der eine neue Methode entwickelt hat, und mit der probiere ich es mal. Wir haben so oder so nichts zu verlieren.«

Alle schnappten nach Luft, als Dr. Mackintosh den Patienten kurzerhand auf den Rücken drehte. Dann hob er die Faust in die Höhe und knallte sie mit Wucht auf Mr Trimbles Brustbein, bevor er das Kinn des Patienten herunterklappte und ihm fest in den Mund blies.

»Mein Gott, seine Brust hat sich gehoben«, sagte der jüngere Arzt.

»Ja, das soll sie auch«, erklärte Dr. Mackintosh. »Glauben Sie, dass Sie von vorn so weiterpumpen können wie eben, Schwester Harper, während ich ihn beatme? Und Sie, Doktor, ziehen bitte schnell etwas Nikethamid auf. Mit ein bisschen Glück, wenn wir weiter massieren und beatmen, erreichen wir ein wenig Blutzirkulation, damit das Nikethamid eine Chance hat.«

Beth riss erschrocken die Augen weit auf.

»Sie auch, Schwester Baker«, sagte er zu Victoria. »Es ist extrem schwere Arbeit.«

Beth reagierte nicht. Sie blickte Dr. Mackintosh nur an, als stünde sie unter Schock.

Blitzschnell war Victoria auf der anderen Seite von Mr Trimble und kniete sich hin. »So?«, fragte sie und drückte auf sein Sternum.

»Genau, Schwester. Schwester Crawford, können Sie bitte die Sauerstoffmaske hier halten?« Er zeigte auf Mr Trimbles Mund. »Doktor, Sie können nach einem Puls oder Blutdruck suchen, sobald Sie das Nikethamid aufgezogen haben.«

Bald kam es Victoria vor, als drückte sie schon eine Ewigkeit auf Mr Trimbles Brustbein. Ihre Arme wurden müde und verloren mit jedem Pumpen an Kraft. Und sie sah, dass Dr. Mackintosh ziemlich blass im Gesicht wurde.

Plötzlich rief der jüngere Arzt: »Wir haben einen Puls! Mein Gott, wir haben einen Puls!«

»Schwester, drehen Sie bitte den Sauerstoff auf Maximum«, sagte Dr. Mackintosh. Nun waren seine Wangen gerötet, und seine Augen leuchteten. Er hatte soeben etwas ausprobiert, was noch nie jemand im St. Angelus getan hatte. Und es hatte funktioniert.

Das Zischen des Sauerstoffs füllte die Stille im Raum, und alle blickten zu Mr Trimble. Victoria war bass erstaunt, als er tatsächlich laut und tief einatmete.

»Wir haben einen Blutdruck«, sagte der junge Arzt, der fast auf dem Boden lag, nachdem er dem Patienten die Manschette angelegt hatte und sein Sphygmomanometer aufpumpte.

»Gut gemacht, alle«, sagte Dr. Mackintosh. »Falls Jake noch da ist, kann er uns eventuell helfen, Mr Trimble zurück ins Bett zu bekommen? Er muss genau überwacht werden und bekommt eine Infusion, denn er braucht mehr Nikethamid.«

Schwester Crawford hielt die Sauerstoffmaske auf Mr Trimbles Gesicht und sagte: »Schwester Baker, würde es Ihnen etwas ausmachen, die brennende Zigarette vom Fußboden zu nehmen? Ich fürchte, wir fliegen hier sonst alle gleich in die Luft.«

Eine Besucherin hatte sich an Betty Hutch und Bridget Moran vorbei von der Station geschlichen und kam herein. Anscheinend bemerkte sie Mr Trimble nicht. »Schwester, kann mein Mann bitte eine Flasche haben? Es ist sehr dringend.«

Victoria stand auf, um die Zigarette zu entfernen. Gleichzeitig begann das Bürotelefon zu läuten, und die Pförtnergehilfen trafen mit der Wäschelieferung ein.

Innerhalb von Minuten lag der sehr krank aussehende Mr Trimble in seinem Bett und hatte eine Infusion im Arm.

Dr. Mackintosh saß vor dem Kamin in Schwester Crawfords Büro und schrieb seine Notizen in die Krankenakte. »Ich habe Morphium in Mr Trimbles Infusion gegeben, Schwester. Und ich werde ihm auch ein Schlafmittel aufschreiben. Sechs Wochen komplette Bettruhe. Achten Sie auf regelmäßige Darmentleerung. Keine Anstrengung. Er sollte mehrere kleine Mahlzeiten bekommen anstelle von drei großen und Sauerstoff, sobald er zyanotisch wirkt oder Atemprobleme hat. Sicher werden Ihnen die Internisten morgen dasselbe sagen.«

»Gut, Doktor. Wie es aussieht, kommt Mr Trimble nie wieder nach Hause. Jetzt ist er von einem TB-Patienten zu einem Herzpatienten geworden.«

»Tja, ungewöhnlich ist das nicht. Aber ich freue mich über unseren Erfolg. Sobald ich mit meinen Notizen fertig bin, schreibe ich meinem Freund an der Johns Hopkins University in Amerika und berichte ihm, welche Resultate wir mit Herzmassage und künstlicher Beatmung erzielen konnten. Er ist führend auf diesem Feld.« Er lächelte. »Heute ist ein großartiger Tag. Nicht bloß konnte Mr Trimble von der Forschung meines Freundes profitieren; diese Erfahrung wird das ganze Programm nach vorne bringen. In Amerika sind sie uns diesbezüglich weit voraus.«

Er klang so begeistert, dass selbst Schwester Crawford lächelte, denn Dr. Mackintosh war sonst ein solch ernster junger Mann. »Wir haben Glück, Ärzte wie Sie hier in Liverpool zu haben«, sagte sie. »So viele von den guten wollen nach London, und dabei kann man hier in Liverpool alle Erfahrung der Welt sammeln. Wir haben alles: Armut, Smog und jede den Menschen bekannte Krankheit.«

»Nun, da würde Glasgow behaupten, dass man da mithalten kann, Schwester, aber Sie haben recht. Liverpool ist eine sehr aufregende Stadt.«

Mrs Hutch kam ungefragt herein und stellte Dr. Mackintosh einen Tee hin. »Drei Stückchen Zucker, Doktor. Gute Arbeit«, sagte sie und schlurfte wieder hinaus.

Für einen Moment blickten die beiden ihr nach und mussten an sich halten, um nicht vor Lachen zu prusten.

Schwester Crawford nahm die Krankenakte von Dr. Mackintosh entgegen. »Trinken Sie Ihren Tee noch aus, wo er doch eigens von Ihrer heimlichen Verehrerin gemacht wurde. Immer noch keine Mrs Mackintosh in Sicht?«

Dr. Mackintosh wurde rot. »Absolut nicht, Schwester. Und was hätte das auch für einen Sinn? Welche Frau würde für meinen Beruf und meine Arbeitszeiten Verständnis aufbringen? Außerdem stehen wir Ärzte in dem furchtbaren Ruf, jungen Frauen reihenweise das Herz zu brechen, auch wenn ich mich nicht dazuzählen möchte. Welche junge Frau mit einem Minimum an Selbstachtung würde einem Arzt trauen?«

»Unsinn, Sie sind nicht alle Casanovas. Man könnte auch vermuten, dass Sie so viel arbeiten, weil es keine Mrs Mackintosh gibt, die Sie bremst«, sagte die Schwester mit einem mütterlichen Lächeln.

Sie wartete vergebens auf eine Antwort. Einen Moment lang trat Stille ein, während sie einander in die Augen blickten. Dann sahen beide zur Station, denn sie spürten, dass etwas nicht stimmte. Wie abgestimmt, bewegten sie sich langsam auf die Bürotür zu, da gellte auch schon ein Schrei durch den Saal, den die Schwester als den Bridget Morans erkannte.

»Gott steh mir bei, ich erwürge dieses Mädchen mit seinen eigenen Schnürsenkeln!«, murmelte Schwester Crawford, warf die Bürotür auf und ging hinaus auf die Station, gefolgt von Dr. Mackintosh.

Und beide blieben wie angewurzelt stehen. Bei dem Anblick hätte jeder aufgeschrien, und nun stellte sich heraus, dass es nicht die Schülerin auf Probe gewesen war, sondern die frisch verwitwete Mrs O'Leary, die diesen Entsetzensschrei von sich gegeben hatte. Bei all der Unruhe wegen Mr Trimble war es ihr gelungen, sich zu ihrem Mann zu schleichen, eine Flasche Gin aus ihrer

Handtasche zu holen und ihm einige Schlucke zu geben. Sie waren beide schwere Alkoholiker, auch wenn bisher nur der Mann an Ösophagusvarizen litt. Und nur einer von ihnen war gerade an der Sucht gestorben.

Während sich Dr. Mackintosh mit der Stationsschwester unterhielt, waren Beth und Victoria im Wäschezimmer gewesen und hatten die Regale mit den sauberen Sachen beladen, die von den Pförtnerjungen gebracht worden waren.

»Was war denn mit dir los? Warum wolltest du nicht die Brustmassage machen?«, fragte Victoria.

Beth hielt sich einen Stapel frische Bettlaken wie einen Schild vor die Brust. »Ich weiß, dass es komisch klingt, aber wir haben das nie gelernt. Und ich fand es nicht richtig. Ich habe eben nicht gewusst, wie ich das mache. Doch du warst gut, Victoria, hast einfach mitgemacht. Ich bin richtig wütend auf mich, weil ich starr vor Panik war.«

Auf den Schrei hin verließen sie beide den Raum und riskierten Schelte, weil sie auf die Station rannten.

Beth hielt sich eine Hand vor den Mund, als sie sah, welches Bild sich ihnen bot. Blut rann an der Wand nach unten, floss auf den Nachtschrank und bildete eine Lache auf dem Fußboden. Es tropfte auch von Mrs O'Learys Hut, und ihr Haar, ihre Hände und ihre Arme waren bedeckt davon. Ihr blutgetränktes Kleid färbte sich langsam von Rot zu Braun.

Mr O'Leary war so weiß wie das Kissen, auf dem er lag. Blut sammelte sich in der Vertiefung seiner Brust, und seine Bettdecke war dunkelrot.

Alles war so schnell gegangen. Der Patient im Bett nebenan hatte mit seinen Besuchern geredet. Sie hatten zusammen die Zeitung gelesen und nichts mitbekommen.

Doch die übliche Kakofonie zwischen sieben und acht Uhr

abends war nun schlagartig verstummt, als hätte ein Dirigent sie gestoppt. Niemand sprach. Ärzte und Schwestern versuchten zu begreifen, was sie sahen.

»Ich glaube es ja wohl nicht«, flüsterte Dr. Mackintosh.

Wieder ertönte ein Schrei, diesmal von Mr O'Learys Frau, der in ein jämmerliches Schluchzen überging. »Ich habe ihm nur einen kleinen Schluck gegeben«, heulte sie.

Die Schritte des jüngeren Arztes, dem Beth nachgelaufen war, um ihn zurückzuholen, hallten über die Station. Die Uhr tickte. Ein Besucher hustete. Die etwas zarter besaiteten Damen schnieften in ihre Taschentücher.

»Seine Varizen müssen rupturiert sein«, sagte Dr. Mackintosh. Er trat an das Bett und fühlte nach Mr O'Learys Puls.

»Schaffen Sie alle Besucher von der Station«, zischte Schwester Crawford der jungen Schwesternschülerin zu. »Das wäre nett, Schwester«, ergänzte sie sanfter.

»Es dürfte binnen zehn Sekunden vorbei gewesen sein«, sagte Dr. Mackintosh. Er wandte sich Mrs O'Leary zu und sprach ruhig mit ihr. Sein weicher Edinburgher Akzent wirkte in Momenten wie diesem Wunder. »Er wird geglaubt haben, dass er husten muss, weiter nichts. Stattdessen war es ein tödlicher Blutsturz, als die Krampfadern geplatzt sind, aber er hat nichts gemerkt. Es tut mir sehr leid, Mrs O'Leary.«

Beth führte die schluchzende Mrs O'Leary weg, und Victoria schob rasch die Sichtwände um das Bett. Bridget Moran läutete die Messingglocke, um alle Besucher zum Gehen aufzufordern. Niemand murmelte auch nur einen Protest.

Eine Stunde später trafen sich Beth und Victoria in der Stationsküche. Da der Patient während ihrer Schicht gestorben war, fiel ihnen die Aufgabe zu, ihm den letzten Dienst zu erweisen und ihn für die Leichenhalle vorzubereiten. Victoria hatte diese Pflicht freiwillig übernommen, und Beth hatte so lange bei Mr Trimble gewacht. Die Oberschwester hatte zwei zusätzliche Schwestern von den anderen Stationen geschickt, damit sie mit den üblichen Runden halfen.

»Die Stationsschwester sagt, dass Bridget Moran dir geholfen hat«, sagte Beth.

»Hat sie, das arme Kind. Zweimal ist sie fast in Ohnmacht gefallen. Ausnahmsweise tat sie mir ehrlich leid. Falls irgendwas sie ein bisschen erwachsener machen kann, müsste es der heutige Abend geschafft haben.«

»Es ging so plötzlich«, sagte Beth. »Eben plauderte er noch munter, im nächsten Augenblick war er tot. Blitzschnell. Dr. Mackintosh hat erzählt, dass einige Leute ihren Bluthusten ignorieren und zu Hause sterben. Es sind immer die schweren Trinker, sagt er. Anscheinend ergibt die Obduktion ausnahmslos eine ausgeprägte Leberzirrhose.«

»Wie traurig, dass man es nicht behandeln kann. Das ist einfach furchtbar.« Victoria rührte Zucker in eine Teetasse und reichte sie Beth.

»Was können wir denn überhaupt behandeln? Mir kommt es vor, als wäre Bettruhe die Antwort auf alles. Die Leute kommen her und werden für Wochen ins Bett gesteckt. Und so viele von ihnen kommen nie wieder raus. Das war schon unser vierter Toter hier in zwei Tagen.«

Stumm tranken die Mädchen ihren Tee. Schließlich brach Beth das Schweigen.

»Wäre ich ihm auf der Straße begegnet, hätte ich nicht erraten, dass er Alkoholiker war.«

»Sie sind ja nicht alle Penner«, sagte Victoria, die überzeugt war, dass ihr Vater kurz davor gewesen war, in den Alkoholismus abzudriften, als er sich das Leben nahm. Diese Theorie begründete sie mit der Tatsache, dass er jeden Morgen einen großen Whiskey zu seinem Räucherfisch trank. »Um die Gräten aufzulösen«, behauptete er gern, wenn sie ihn vorwurfsvoll ansah. Zum Mittagessen waren es eine Flasche Wein und ein paar Kognaks, und zum Abendessen das Dreifache, bis ihre Mutter, oder später ihre Tante Minnie, ihn ins Bett schleppten.

»Bei den Armen scheinen die Leute Alkoholsucht zu akzeptieren. Bei den Reichen hingegen stellen sie sich blind dafür«, sagte sie nachdenklich.

Der junge Arzt kam in die Küche. »Ist zufällig noch eine Tasse Tee übrig?«

Victoria lächelte. »Für Sie immer. Was meinen Sie zu dem, was Dr. Mackintosh heute gemacht hat, Mr Trimble so auf die Brust zu schlagen? Ich bin sicher, dass ich eine Rippe habe brechen hören.«

Der Arzt nahm die Tasse entgegen, die Victoria ihm gab. »Ich habe das noch nie vorher gesehen, aber schon davon gehört.«

»Er schien zu wissen, was er tut«, sagte Victoria. »Und es hat funktioniert.«

»Ja, wobei das hauptsächlich Glück gewesen sein dürfte. Ehrlich, oft wissen wir nicht, was wir tun. Unser Arsenal ist so beschämend klein, auch wenn die Antibiotika alles verändern und einige andere Neuheiten in der Medikamentenforschung, von denen geredet wird, unglaublich klingen. Dr. Mackintosh hat es gut gemacht. Jetzt fällt mir die Aufgabe zu, den Patienten am Leben zu erhalten.«

Als er ausgetrunken hatte und gegangen war, machte Beth sich seufzend daran, die Tassen zu spülen. »Ich beneide Dana«, sagte sie. Sie dachte an den blauen Wagen, den sie heute Abend hatte vorbeifahren sehen, und an das offensichtliche Glück von

Dana und Teddy. »Ich könnte auch einen Urlaub gebrauchen. Und sie hat solch ein Glück, dass Teddy sie so verwöhnt. Bei meinem Lohn kann ich froh sein, wenn ich genug Geld für die Fahrt nach Deutschland zusammenbekomme und meine Eltern auf dem Stützpunkt besuchen kann. Nein, eigentlich sollte ich meinem Vater lieber gleich schreiben, dass er mir etwas schicken muss, denn es reicht gewiss nicht.«

Victoria legte einen Arm um Beth und drückte sie. All ihr Ärger von vorhin, weil Beth so herrisch gewesen war, hatte sich in Luft aufgelöst. »Es gibt jemanden für dich, Beth. Für jeden gibt es jemanden. Pass nur auf, dass du ihn auch wahrnimmst, wenn er in deinem Leben auftaucht, und nicht ausschließlich an deine Arbeit denkst.«

Beth lächelte matt. Sie beide wussten, dass die Gefahr bei ihr sehr real war.

»Ich kann nicht lügen: Ich liebe dieses Restaurant«, sagte Dana. »Auch wenn es eine Frechheit ist, was sie hier für Austern verlangen. An der Blacksod Bay pflücken wir sie selbst, und die sind so kalt und frisch und salzig! Das müsstest du mal sehen. Dort könntest du jeden Tag Austern essen.«

Teddy grinste, und Salzwasser von seiner Auster rann ihm übers Kinn. Er legte die Schale ab und beugte sich vor. »Du weißt, was man über Austern sagt, oder?«

Dana blickte ihn mit großen Augen an. »Nein, was? Was sagt man? In Irland essen wir die immerzu. Ich verstehe gar nicht, was das Theater soll.«

»Es heißt, dass Austern ein Aphrodisiakum sind«, flüsterte Teddy.

Dana schaute sich im Restaurant um und sah zum Kellner. »Denkt er jetzt, ich habe deshalb meine alle aufgegessen?«, fragte sie und wurde rot. »Oh mein Gott, Teddy! Machst du dich über mich lustig? Ja, das machst du, oder?« Inzwischen war sie sehr rot und überzeugt, dass ihr der Kellner zugezwinkert hatte.

Teddy nahm noch eine Auster und brach sie auf. »Er wird sich nur wundern, dass du zehn Austern in zehn Sekunden verputzt hast.«

»Weil ich den ganzen Tag noch nichts gegessen habe und am Verhungern bin, nicht weil ich ein verdammtes Aphrodisiakum will!«

Teddy lachte. »Keine Sorge, Dana, heute Abend bist du sicher. Ich werde dich brav um zehn Uhr bei Mrs Duffy abliefern, wie immer, und ich werde die Gute sogar nach Hause fahren, um ihr den Bus zu ersparen. In wenigen Wochen sieht es allerdings schon ganz anders aus.«

Ohne ein weiteres Wort holte er ein Schwarz-Weiß-Bild von einem hübschen Landhaus vor blauem Wasser aus der Tasche und legte es Dana hin.

»Was ist das?« Sie nahm es auf und betrachtete es.

Das Bild war dunkel, dennoch beeindruckte die schiere Größe des Gebäudes mit den schönen, von Efeu bewachsenen Mauern und dem weiten, ruhigen Gewässer dahinter.

»Es ist ein Hotel im Lake District, und wir haben dort für zwei Wochen eine Suite, vom ersten Tag unseres Urlaubs an. Ich dachte, wir können nach Bolton fahren, ein oder zwei Nächte bei Roland in meinem Elternhaus bleiben und dann weiter zu den Seen reisen. Auf dem Rückweg können wir es genauso halten, um die Fahrt aufzuteilen. Gefällt es dir?« Teddy nickte begeistert zu der Karte in ihrer Hand.

Dana schluckte. »Es ist wunderschön. Aber, Teddy …«

Er legte seine Hand auf ihre. »Komm schon, Dana, es ist jetzt ein Jahr. Wir wissen beide, dass es mit uns ernst ist. Ich würde nicht im Traum erwarten, dass du deine Ausbildung abbrichst, und ich habe selbst noch vier Jahre. Aber das bedeutet nicht, dass wir uns wie Mönch und Nonne benehmen müssen, solange wir vorsichtig sind. Du liebst mich doch, oder nicht?«

Dana blickte in seine lächelnden Augen, und mit einer ruckartigen Kopfbewegung warf er seinen Pony zur Seite. Ihr schien es, als würde Teddy nie aufhören zu lächeln.

Zugleich hallten die Worte ihrer Mutter durch ihren Kopf. »Gott, das ganze Dorf wird kommen, um dich zu sehen. Und ich werde nicht mehr schlafen vor Aufregung, bis Mr Joyce dich vom Zug abholt. Noel, putz den Torf aus dem Wagen, unsere Dana kommt nach Hause!«

Dana schluckte. »Ich kann es nicht erwarten.« Sie vermied es allerdings, Teddy in die Augen zu sehen. Sie schnappte sich seine Auster und schlang sie herunter.

»So ist es richtig«, sagte Teddy, während sie hustete.

Er war der glücklichste und optimistischste Mann, den sie kannte, und trotzdem kannte sie ihn eigentlich nicht. Bei Teddy drehte sich das Gespräch stets um das Heute und die Zukunft, nie um die Vergangenheit. In dem ganzen Jahr hatte er kein einziges Mal mit Dana über seine Mutter oder deren Tod gesprochen.

Dana war bewusst, dass dies der Moment war. Sag es ihm, sag es ihm jetzt! Doch aus ihrem Mund kam: »Teddy, ich bin Jungfrau und habe so etwas noch nie getan. Ich bin nie mit einem Mann in einem Schlafzimmer gewesen, vom selben Bett ganz zu schweigen. Ich war auch noch nie im Urlaub. Niemand, der auf einer Farm lebt, fährt in den Urlaub. Das tut man einfach nicht.«

»Umso mehr Grund, dass du mal einen genießt. Und keine Sorge wegen der Unschuld.« Nun ergriff er ihre beiden Hände. »Es wird prima. Wir haben keine Eile. Es sind zwei Wochen, in denen wir entspannen und uns amüsieren können. Sorg dich wegen nichts. Du kannst mir vertrauen, Dana. Ich bin Arzt.«

Kapitel fünfundzwanzig

Biddy war in heller Aufregung. Sie hatte die alte Teekiste geöffnet und ihr bestes Belleek-Teeservice mit dem Kleeblattmuster aus dem alten Zeitungspapier ausgewickelt, für das ihre Familie seinerzeit zusammengelegt und es ihr zur Hochzeit geschenkt hatte. Stück für Stück wusch sie es ab. Und weil sie nicht sicher war, ob einmal Abspülen den Staub von vierzig Jahren auch richtig entfernt hatte, spülte sie es ein zweites Mal.

»Warum um alles in der Welt holst du das Porzellan raus? Ich habe noch nie gesehen, dass du es benutzt hast.«

»Weil ich ...«

Biddy konnte den Satz nicht beenden, denn Elsie redete schon weiter: »Nein, das stimmt nicht. Ich habe es nicht mehr gesehen, seit dein Mick verschwunden ist. Vorher kam es wöchentlich an meinem Fenster vorbei, zum Pfandleiher und wieder zurück. Mich wundert, dass er es nicht mitgenommen hat.«

»Hatte er«, sagte Biddy. »Zumindest hatte er es versucht. Ich sah ihn vom Bus aus und dachte, er will wieder runter zur Pfandleihe. Da bin ich ausgestiegen und habe ihm nachgerufen. Als er mich gesehen hat, hat er es fallen lassen und ist losgerannt. Der Mistkerl. Zwei Teller und eine Tasse sind kaputtgegangen. Das war das letzte Mal, dass er mir unter die Augen gekommen ist. Und so Gott will, bleibt es auch dabei. Es sei denn, ich sehe ihn zuerst, denn dann hat er keine Chance. Ich habe die zerbrochenen Teller aufbewahrt, um sie ihm auf den Kopf zu schlagen.«

Elsie beobachtete, wie ihre Freundin wütend den Zuckertopf polierte. »Wenn man dir eines nicht absprechen kann, dann ist es, dass du deinen Groll richtig zelebrierst. Mir ist noch niemand begegnet, der das so konsequent macht wie du, und ich habe schon einiges erlebt.«

»Jetzt habe ich keine Zeit für so was. Emily Haycock kommt zu mir nach Hause. Du, zieh deinen Mantel aus, sonst wirkt es hier ungemütlich.«

Beleidigt hängte Elsie ihren Mantel an den Nagel hinter der Küchentür. »Ich finde ja, dass du keinen solchen Aufstand machen musst, nur weil Schwester Haycock herkommt. Dessie ist auch schon ganz aus dem Häuschen. Herrgott, er hat mich mindestens ein Dutzend Mal gefragt, was er für sie zu trinken mitbringen soll.«

»Ich dachte, wir essen Sandwiches. Und ich habe Rosinenschnittchen gemacht. Dann können wir ihr etwas zu trinken anbieten und ihr den Brief zeigen.« Biddy nickte zu dem Essen hinüber, das sie vorbereitet hatte und das noch unter feuchten Tüchern auf dem Resopaltisch verborgen war.

»Er hat Sherry besorgt, weil er meint, der ist das Beste für eine Dame. Für uns bringt er Guinness mit, wie gehabt. Wir sind ja keine Damen.« Elsie zog sich einen Stuhl vor und setzte sich.

»Was sind wir denn, wenn nicht Damen?«, fragte Biddy.

»Weiß ich doch nicht, aber ich kann dir sagen, unser Dessie wird ein bisschen mutiger. Wundere dich nicht, wenn er sie bittet, mit ihm auszugehen. Mir kam er jedenfalls ziemlich forsch vor, und in solchen Sachen kenne ich mich aus, Biddy. Wie du weißt, habe ich selbst nach dem Krieg einige Verehrer gehabt. Und er zeigte großes Interesse an Schwester Haycock. Ich würde sagen, seine Lebenssäfte sprießen wieder.«

Beinahe ließ Biddy die Belleek-Teekanne fallen. »Bei diesem Gerede über Schwester Haycock und Dessie wird mir ganz … ich weiß nicht, komisch.«

»Ja, du wirst neidisch, Biddy, das ist es, und Leugnen ist zwecklos. Man sieht es dir an der Nasenspitze an. Dessie ist zu jung für dich, Biddy. In unserem Alter hat das Schiff längst abgelegt, und wir haben nicht mal mitbekommen, dass es im Hafen lag. Wir haben das Kinderkriegen und das Leben an uns vorbeiziehen lassen, während wir beim Bingo saßen. Wir beide, Bid, du und ich, sind es völlig falsch angegangen. Jetzt sitze ich hier mit meinen Krampfadern und meinen Hämorrhoiden und du mit deinem Inkontinenzpessar. Wenn du auch bloß einen Hauch Zuneigung für die Frau aufbringst, tu ihr einen Gefallen, und schubs sie sanft auf Dessie zu. Kannst du dir Dessie als Vater vorstellen? Sie könnten gerade noch eine Chance haben, wenn sie sich beeilen.«

»Elsie, du bist mir mal wieder zu schnell. Wie kommst du darauf, dass ich je was von Dessie wollte? Aber du hast recht, ich würde Schwester Haycock gerne mit jemandem glücklich werden sehen. Ich lasse mir was einfallen. Zwei Leute dazu zu bringen, dass sie sich ein bisschen lieber mögen, ist doch leicht für uns zwei, nicht? Da haben wir schon ganz anderes hinbekommen.«

Beide hörten die hintere Pforte zuklappen und das ungewohnte Klackern von Absätzen auf dem Weg.

»Schnell, sie ist da«, sagte Biddy, räumte den Aschenbecher vom Tisch und strich die Decke glatt. »Pack das weg, ja«, zischte sie mit einem Nicken zum aufgeschlagenen *Liverpool Echo* auf dem Stuhl.

Elsie hob rasch das Kissen hoch und stopfte die Zeitung darunter, als auch schon an die Tür geklopft wurde.

»Immer herein«, rief Biddy und öffnete. »Sie müssen nicht anklopfen. Das macht hier keiner.«

Schwester Haycock betrat die Küche und blickte sich um. Es wunderte sie nicht, wie makellos der Raum war. Sie reichte Biddy einen Strauß Glockenblumen. »Für Sie.«

Biddy holte ein leeres Marmeladenglas aus dem Schrank. »Sind die hübsch! Ich kann mich gar nicht erinnern, wann mir das letzte Mal jemand Blumen mitgebracht hat. Setzen Sie sich, Schwester Haycock.«

Bevor Emily der Aufforderung folgen konnte, kam Dessie zur Küchentür hereingestürmt. »Ich dachte, ich komme früh, damit ich schon mal den Sherry aufmachen und nach den Gläsern sehen kann, ehe sie kommt. Wann wollte sie hier sein?«, sprudelte er heraus, drehte sich um und sah Emily neben dem Tisch stehen.

»Oh, guten Abend. Verdammt, ich dachte, ich würde es vor Ihnen schaffen. Wir sind hier nicht an Sherry gewöhnt.« Dessie wurde rot.

Biddy sah Schwester Haycock an, und diese errötete ebenfalls.

Mit dem Eintreffen von Madge und danach Branna waren sie komplett, und Biddy kostete ihren Moment des Triumphs aus, indem sie alle anderen zuerst reden ließ.

Dessie berichtete seine Neuigkeiten. »Ich konnte mit dem Mann von der Reinigungsagentur reden, der sämtliche Einzelheiten zu jeder Station aufgeschrieben hat – wie viele Fenster, Fensterbänke, Betten, Waschbecken; er hat sogar die Scheuerleisten ausgemessen. Ich habe ihm einen Becher Tee gebracht und ihm erzählt, dass ich meine Stelle aufgebe und mir was Neues suche.«

Elsie stieß einen stummen Schrei aus. »Dessie, nein! Das darfst du nicht!«

»Habe ich auch nicht vor, Elsie. Ich habe es bloß gesagt, damit er redseliger wird. Und es hat gewirkt. Er ist drauf reingefallen und hat mir alles erzählt.«

»Was hat er gesagt?« Biddy, Elsie und Branna machten Stielaugen, und Dessie nutzte die Gelegenheit, um ihre Gläser zu füllen.

»Er hat gesagt, dass die Knochenbrecherin einen Jahrespreis von ihm für die Reinigung der Stationen mit den neuen Maschinen für die Böden will.«

»Was, die elektrischen, die man in die Steckdose einstöpseln muss?«, fragte Elsie staunend.

»Kennst du noch andere? Er sagt, mit einer von diesen Maschinen schafft man die Arbeit von drei oder vier Putzkräften, und dann bräuchten wir auf dem Hauptkorridor statt zwölf unserer Kräfte pro Nacht nur noch drei oder höchstens vier.«

Die anderen rangen hörbar nach Luft.

»Das macht die Oberschwester nicht mit«, sagte Madge.

Alle sahen sie an. Biddy fiel auf, dass sie tadellos geschminkt war. Es muss sie Stunden gekostet haben, dachte sie und starrte auf Madges schimmernde rosa Lippen, als sie sich bewegten.

»Ich habe gehört, wie sie mit Dr. Gaskell telefoniert hat«, fuhr Madge fort. »Sie hat über Miss Van Gilder geredet. Dr. Gaskells Frau ist übrigens reizend. Jedes Mal, wenn die Oberschwester ihn zu Hause anruft, nimmt sie ab. ›Liebling!‹, ruft sie dann. Mich hat noch nie jemand ›Liebling‹ genannt. Komisch, dass Leute wirklich so reden, nicht? Als Fred noch gelebt hat, war ich die ›Frau‹; romantischer wurde es für mich nicht.«

»Also, als der ›Liebling‹ ans Telefon gekommen ist …« Schon es auszusprechen, fühlte sich für Biddy befremdlich an. »Was hat die Oberschwester da gesagt?«

»Sie hat ihm erzählt, dass sie einen furchtbaren Fehler gemacht haben, Miss Van Gilder einzustellen, und dass sie viel zu viele Leute gegen sich aufbringt. Er soll eine Möglichkeit finden, ihr wieder zu kündigen. Und sie hat ziemlich aufgeregt geklungen.«

»Und was hat Dr. Gaskell gesagt?«

Alle Blicke waren auf Madge gerichtet. Sie nippte an ihrem Sherry, denn, wie sie erklärt hatte, war sie ganz eindeutig eine Dame. Dann rückte sie auf ihrem Stuhl hin und her, um den Rock unter sich zu glätten. Es fühlte sich an, als würden alle den Atem anhalten, während sie auf ihre Antwort warteten.

»Er hat Nein gesagt.«

»Ach, um Himmels willen«, sagte Branna. »Und eben hatte ich schon zu hoffen gewagt.«

Für einen Moment trat Stille ein, und alle tranken etwas: Biddy, Elsie und Dessie aus ihren Guinnessflaschen, Madge und Schwester Haycock aus ihren Sherrygläsern.

»Ist der Brief von St. Dunstan's angekommen, Biddy?«, fragte Emily. Deshalb war sie eigentlich hier. Und nun versuchte sie noch die Tatsache zu verarbeiten, dass Madge Telefongespräche belauschte. Was ihr neu war, und sie wusste nicht recht, was sie davon halten sollte. Aber sie war von der St.-Angelus-Mafia eingeladen worden und hatte Biddy Stillschweigen geschworen.

»Ist er, ja. Ist er. Ich wollte den Inhalt bis zum Schluss aufbewahren«, sagte Biddy feierlich. Langsam zog sie den Brief aus ihrer Schürzentasche. »Soll ich ihn vorlesen?«

Die anderen nickten.

»Jemand ein Apfel-Rosinen-Schnittchen?«, fragte Elsie und schob Emily den Teller hin.

Sie sahen köstlich aus, und höflich nahm Emily ein Stück. Dabei betrachtete Dessie ihre zarten Finger. Noch nie war er ihr für längere Zeit so nahe gewesen wie jetzt. Bei der Arbeit bewunderte er sie aus der Ferne, hatte auf dem Tanzabend der Ärzte mit ihr geplaudert und sogar einmal mit ihr getanzt. Da musste es mit diesen Gedanken angefangen haben, die ihn wahnsinnig machten. Oft schon hatten sie sich kurz unterhalten, übers Wetter und dergleichen, doch jetzt saß sie hier in der Küche seiner Freundin und Nachbarin. Er fühlte sich mutiger denn je, weil er ein Aufleuchten ihrer Augen bemerkt hatte, und prompt hatte sein Herz schneller geschlagen. Es war ein Leuchten, wie er es seit so vielen Jahren nicht mehr gesehen hatte. Natürlich zweifelte er an seiner Wahrnehmung, fragte sich, ob er es sich nur einbildete, doch als sie nach dem Abbeißen von dem Apfel-Rosinen-Schnittchen aufblickte, lächelte sie. Einige winzige Krümel rieselten ihr auf die Brust, und sie schnippte sie weg. Und dann war das Lächeln wieder da. Nur war es diesmal stärker und sagte etwas. Es sagte: Trau dich!

»Dessie, hörst du zu?«

Jäh löste sich Dessie aus seinen Gedanken und schaute zu Biddy. »Selbstverständlich.«

»Und wieso antwortest du mir nicht? Aua!«

Dessie bemerkte, dass Elsie sie eben unter dem Tisch getreten hatte und Branna Emilys Glas auffüllte, das nicht einmal annähernd leer war. Sein Gesicht fühlte sich heiß an, und er wäre am liebsten gestorben vor Verlegenheit. Hatte er sie angestarrt? Hatte er das wirklich? Bevor er noch völlig im Boden versank vor Scham, hüstelte Biddy und las weiter.

»Wo Miss Van Gilder auch hinkam, gab es Probleme. Sie hatte keine Freunde im Krankenhaus und wurde von der Oberschwester verwarnt, weil sie einen der Ärzte herumkommandiert hat. Sie hat die Hälfte des Hauspersonals entlassen und eine Reinigungsagentur unter Vertrag genommen. Es gab einen großen Streit mit der Oberschwester. Miss Van Gilder ist einfach eine furchtbare, unfreundliche Frau. Manche sagen, dass sie entlassen wurde, andere, dass sie gegangen ist. Es gab sogar Gerüchte, dass die Polizei gerufen wurde. Die Oberschwester ist schon ewig hier und sorgt sich sehr um den Ruf von St. Dunstan's, deshalb hat keiner von uns Genaueres erfahren. Doch es hatte auf jeden Fall mit der Reinigungsagentur zu tun, die sie angeheuert hatte. Als Miss Van Gilder weg war, hat die Oberschwester das ganze Hauspersonal wieder unter den alten Verträgen eingestellt, und die Agentur haben wir nie wiedergesehen.«

Biddy blickte von dem Brief auf. »Cathys Schwester schreibt noch, dass wir aufpassen sollen, weil Miss Van Gilder durch und durch boshaft ist.«

Sie faltete den Brief so sorgfältig zusammen, als handelte es sich um Blattgold, und steckte ihn zurück in ihre Schürzentasche. Sie kostete ihren großen Moment aus, blickte in die Runde und fragte: »Also, was sollen wir jetzt tun?«

Die Frage war an alle gerichtet und stieß auf betretenes Schweigen. Sie mussten die erschütternden Nachrichten erst einmal verdauen. Miss Van Gilder bedrohte nicht nur ihre Arbeitsstellen, sie könnte auch mit dem Gesetz in Konflikt geraten sein.

»Tja, ich weiß es nicht. Der Brief sagt uns, wenn wir uns gegen ihre Veränderungen sträuben, könnte es das Schlimmste in ihr herauskitzeln, aber auch, dass unsere stellvertretende Oberschwester möglicherweise korrupt ist.« Es war Dessie, der seine Gedanken laut aussprach.

»Ich muss anfangen, alle ihre Telefonate zu belauschen«, sagte Madge. »Vielleicht finde ich heraus, was wirklich mit ihr in dem Krankenhaus war. Bis jetzt habe ich nur hin und wieder zugehört. In der Zentrale ist so viel zu tun. Anscheinend kauft sich jetzt jeder in Liverpool ein Telefon. Was erstaunlich ist, weil die so teuer sind. Nicht mal ich habe eines. Und die Wartezeit für einen Anschluss ist über ein halbes Jahr.«

»Wozu willst du ein Telefon?«, fragte Branna. »Du telefonierst doch den ganzen Tag.«

»Was du herausfindest, ist sehr wichtig, Madge«, sagte Biddy. »Und du, Elsie, bist in den Zimmern der Oberschwester. Du musst dich ein bisschen mehr anstrengen. Und Sie, Schwester Haycock, haben Ihr Zimmer direkt neben Miss Van Gilder.« Sie sah Emily an.

»Was?« Emily schaute ein wenig verwirrt von einem zum andern.

»Na, Sie können in ihr Zimmer, oder nicht?«

»Biddy!« Emily kreischte beinahe. »Sie wollen, dass ich in ihrem Zimmer herumschnüffle? Das kann ich nicht. Ich bin die Leiterin der Pflegeschule.« Sie sah die anderen in der Hoffnung an, dass zumindest Madge oder Dessie ihr zustimmten.

»Es geht um das Krankenhaus«, sagte Dessie ruhig. »Und um all die Frauen, die im Krieg ihre Männer verloren haben und ihre Putzstellen und die Pförtnerstellen für ihre Söhne brauchen. Wenn Miss Van Gilder ihren Willen bekommt, was wird dann aus Jungen wie Bryan oder Tommy?«

»Oder meinem Schwiegersohn, Jake«, ergänzte Elsie.

In diesem Moment war Emily klar, dass es keinen Ausweg gab. Sie müsste spionieren. Also nickte sie. »Dann tue ich es, aber nur, wenn die Luft rein ist und ich weiß, dass ich sicher bin.«

Lächelnd schenkte Biddy ihr nach. »Das ist gut. Ich schätze, es ist nur eine Frage der Zeit, bis wir Miss Van Gilder geschlagen haben und im Krankenhaus alles wieder normal wird. Bis dahin müssen wir uns gegen sie wehren. Ihr wisst ja, was man über Tyrannen sagt, die knicken immer ein. Und die Frau ist eine Tyrannin.«

»Darauf trinke ich«, sagte Dessie.

Fast eine Stunde später und recht angeheitert ging Emily in Begleitung von Dessie zurück zum Krankenhaus. Der Nachthimmel war tintenschwarz und von Sternen übersät. Links von ihnen schwappten kleine Wellen vom Fluss ans Ufer. Abgesehen von der alten Tram war alles still um sie herum. Liverpool lag an diesem Sonntagabend längst im Bett und bereitete sich auf den kommenden Morgen vor.

Dessie ging neben Emily her und holte tief Luft. Sie duftete nach Frau, nach Sanftmut und Versprechen. Kein Duft, an den er gewöhnt war. Ihm war, als würde sein Kopf gleich platzen. Gedanken, die jahrelang geschlummert hatten, jagten durch seinen Verstand, und er hatte mehr Guinness getrunken als sonst, was seine Zunge löste. Und am Ende eines tiefen Atemzugs sprangen die Worte einfach aus seinem Mund. »Dann wollten Sie nie heiraten?«

Sofort erschrak er und zog eine überraschte Miene. Natürlich hatte er sich das schon oft gefragt, aber nie vorgehabt, es laut auszusprechen. Das Guinness war schuld.

Emily zog ihren Kamelhaarmantel fester um sich, obwohl ihr nicht kalt war. Die Luft war mild, und die leichte Brise kündigte wärmere Tage an. »Ach, eigentlich ist es keine bewusste Entscheidung, Dessie. Ich habe meinen Stiefvater Alf zu versorgen, und Sie wissen ja, dass das Leben nach dem Krieg eine ganze Weile verrückt war.«

Ja, das wusste Dessie. Jeder wusste von der Bombe, die die George Street ausradiert und Emilys gesamte Familie getötet hatte. »Ja, das weiß ich«, sagte er. »Haben Sie auch gehört, dass man, wenn die Straße wieder aufgebaut wird, dort vielleicht eine Gedenktafel mit den Namen aller anbringen will, die bei dem Bombenanschlag gestorben sind?«

Er blickte zur Seite, als sie an einer Straßenlaterne vorbeikamen, und sah Tränen in ihren Augen. Dessie verstand es. Er hatte seine Frau im Krieg verloren, jedoch keine Träne mehr vergossen seit dem Tag, an dem er erfuhr, wo sie gewesen war, als sie starb. Unten am Hafen. Es gab nur einen Grund, weshalb eine Frau abends am Hafen war.

Er hatte sie damals überstürzt geheiratet. Sie war schwanger gewesen, oder vielmehr hatte er es geglaubt. Was sich ebenfalls als Lüge entpuppt hatte. So war sie eben, wie er entdeckte. Eine Frau, die in einer Fantasiewelt lebte. Dessie war für sie nicht mehr als ein Haus und ein Einkommen gewesen, und Letzteres gab sie schneller aus, als er es heimbringen konnte. Anscheinend hatte sie es, während er an der Front war, noch schneller ausgegeben und sich gelangweilt. Er trug ihr nichts nach. Der Krieg hatte ihn gelehrt, großzügig zu sein. Er hatte zu viele Freunde verloren, zu viele seiner Männer. Seine Frau hatte einen schrecklichen Preis bezahlt, und immer noch betete er sonntags in der Messe für sie – als einziger Lebender, wie ihm bewusst war. Aber Tränen? Nein, da waren keine Tränen.

Er nahm Emilys Hand und führte sie in seine Ellbogenbeuge. Dann tätschelte er sie sanft. »Aber, aber, nicht doch. Es muss entsetzlich sein. Keiner kann sich vorstellen, wie das für Sie war.«

Emily schniefte. »Entschuldigen Sie. Ich weiß, dass Sie in derselben Nacht Ihre Frau verloren haben. Ich sah, wie das Schiff explodierte …« Sie verstummte, denn sie hatte keine Ahnung, wie viel Dessie von dem wusste, was Biddy ihr erzählt hatte.

»Ja, dann haben wir also etwas gemein, nicht? Sehen Sie mal diesen Himmel an.«

Emily hob den Kopf und folgte Dessies Blick.

»Dort sind sie alle, jeder Einzelne von ihnen. Ihre kleinen Brüder, Ihre Mutter. Sie schauen auf Sie herab und lächeln Ihnen zu. Nein, ich irre mich. Jetzt sehe ich, dass sie ihre Fäuste schwenken und sagen: ›Sei glücklich, Emily, damit wir mit den anderen funkeln können‹!«

Ein Schluchzen verfing sich in Emilys Kehle. Für einen kurzen Moment raubte ihr die Vorstellung, dass ihre Mutter und ihre Brüder sie sehen konnten, den Atem, und eine erdrückende Einsamkeit überkam sie. Sie vermisste sie alle so sehr. Es begleitete sie immerzu. Die Jungen, die in ihren Gedanken ewig kleine Jungen blieben. Sie trug diesen dumpfen Schmerz in der Brust täglich mit sich herum, und er ließ nie nach.

»Oh, das tut mir leid«, sagte Dessie besorgt. »Ich hätte das nicht sagen dürfen. Es war verflucht gedankenlos von mir.«

»Nein, ganz und gar nicht«, erwiderte Emily, zog ein Taschentuch heraus und wischte sich die Augen. »Es ist ein wunderbarer Gedanke, dass sie alle Sterne sein könnten und auf mich herabblicken. Ich habe es mir nie ausgemalt, aber wissen Sie was, Dessie? Vielleicht tröstet es mich ein bisschen. Sehen Sie sich all die Sterne an. Jeder von ihnen könnte ein geliebter Mensch sein. Ein innig geliebter Mensch.«

Sie vergrub ihre Hände tief in den Manteltaschen, atmete ein und legte den Kopf in den Nacken, um zum Himmel zu sehen. Dabei drehte sie sich langsam. Das Licht vom Fluss fiel auf ihr Gesicht, und hier unter den funkelnden Sternen sah sie verblüffend schön aus. Als sie sich nach hinten lehnte, geriet sie ein wenig aus dem Gleichgewicht, und Dessie streckte einen Arm aus, um sie abzufangen.

»Oh, tut mir leid«, sagte sie kichernd. »Ich hatte zu viel Sherry.«

Dessie antwortete nicht. Er war zu überwältigt von ihrer Schönheit und von seinen Gefühlen. Einzig ihren Namen brachte er heraus. »Emily.«

»Ja?« Sie sah ihn fragend an.

Er hatte es nicht aussprechen wollen, hatte es bloß gedacht. Wie würde es sein? Wie weich wären ihre Lippen an seinen? Wie süß würde sie schmecken? Doch er tat es. Er küsste sie. Er nahm sie in die Arme und küsste sie.

Zuerst versteifte sie sich ganz leicht, und Dessie, der schreckliche Angst hatte, einen fürchterlichen Fehler zu machen, merkte, wie sein Rücken stockstarr wurde. Dann jedoch lehnte Emily sich an ihn. Sie sank in seine Arme, und ihre Lippen gaben seinen nach. Als er ein sanftes Stöhnen hörte, war er verloren. Dessie hörte auf zu denken. Er küsste sie, wie er sich nicht entsinnen konnte, jemals eine Frau geküsst zu haben. Seine Hände glitten durch ihr Haar, ihre Hände strichen über seinen Rücken. Dies war kein gewöhnlicher Kuss. Dessie wusste, dass er der Anfang von etwas war, was er sich nur zaghaft vorzustellen wagte. Von diesem Moment an wäre Emily sein.

Sanft hob er den Kopf und blickte in ihre halb geschlossenen Augen.

Emily öffnete sie weit. »Was machst du?«, fragte sie mit einem beinahe frechen Unterton.

So hörte Dessie sie zum ersten Mal sprechen – und Emily selbst sich auch, was Dessie natürlich nicht wusste.

Lächelnd zog sie ihn an sich. »Weißt du, Dessie, dieses ›sei glücklich‹, von dem du eben geredet hast, als du zu den Sternen hinaufgezeigt hast, ich glaube, das ist gerade passiert.« Sie neigte den Kopf zur Seite und grinste ihn an.

Er wollte sie wieder küssen, wünschte sich mehr. Er wollte Emily heute Nacht und für immer in seinem Bett. Seit dem Kriegsende hatte er sich zu keiner anderen Frau auch bloß hingezogen gefühlt. Doch diese hier stellte seine Welt auf den Kopf.

»Na, da bin ich froh«, sagte er, bevor er sie erneut und diesmal mit noch mehr Leidenschaft küsste. Ich kann warten, dachte er.

Nicht lange, aber ich kann. Heute Abend muss ich sie zum Krankenhaus zurückbringen.

Sofern es möglich war, war der zweite Kuss noch besser als der erste. Dessie wurde wagemutiger. Er tauchte mit den Händen unter ihren Mantel und fühlte ihre warme Haut zwischen dem Rockbund und dem Oberteil. Er streifte die Wölbung ihrer Brust und fühlte, wie sie sich kaum merklich an ihn drängte. Ein Schlepper tutete auf dem Fluss und riss Dessie in die Gegenwart zurück.

»Wir müssen dich nach Hause bringen«, sagte er.

Sie entgegnete ohne jedes Zögern: »Dessie, ich habe kein Zuhause. Können wir stattdessen zu dir gehen?«

»Bist du sicher?«, fragte er mit belegter Stimme. »Ich weiß nicht, ob ich mich wie ein Gentleman benehmen kann, wenn wir das tun.«

»Gut so«, sagte sie. Und bevor er mehr sagen konnte, küsste sie ihn wieder.

Kapitel sechsundzwanzig

Am Montag erschien Amy zum dritten Mal innerhalb von zwei Wochen nicht zur Arbeit.

»Und sie ist ein richtig mürrisches Fräulein«, hörte Lily Mrs McConaghy sagen, als ihr Schwager mit seiner Mütze in der Hand dastand und ihr Fehlen erklärte.

»Du und ich, Jim, wir alle werden zu alt für das hier. Warst du mit ihr beim Arzt?«

»Habe ich versucht. Ich habe gesagt, dass ich später vorbeigehe und ihr einen Termin hole. Aber sie weigert sich, auch nur in die Nähe des Arztes zu gehen.«

»Tja, er ist so alt und gebrechlich, dass ich mich auch weigern würde. Es sind Frauengeschichten.« Mrs McConaghy senkte die Stimme zu einem Flüstern. »So oder so muss sie etwas tun. Noch ein Jahr, und Amy wird hier im Büro die Zügel übernehmen müssen. Ich werde nicht jünger und kann Lily nicht ewig bezahlen. Jeden Tag fällt es mir schwerer, die Treppe raufzusteigen, und ich wage mich nicht in die Halle unten, weil ich fürchte, dass ich es nicht wieder nach oben schaffe. Noch dazu die Hitze der Schmelzöfen! Wenn ich mir vorstelle, dass ich früher runtergegangen bin, um mich aufzuwärmen! Heute sind die mir viel zu heiß.«

Verstohlen blickte sie sich um, ob Lily zuhörte. Das tat sie.

Lily wurde übel, und sie atmete tief ein, um ihre Panik und

Wut zu bändigen. Sie hatte jedes Wort mitgehört. Ihre Zeit in dieser Fabrik war so gut wie um. Jahrelang hatten sie sich mit ihr abgefunden und sie benutzt, um ihre Fehler und Unzulänglichkeiten zu vertuschen und ihr schlechtes Gewissen zu beruhigen. Sie leitete das Geschäft quasi allein, und es lief verlässlich wie ein Uhrwerk. Seit Jahren führte sie alle Bücher, schrieb alle Wechsel und Quittungen und rechnete alle Löhne aus. Und hatte sie hin und wieder eine Woche frei, kam sie trotzdem freitags rein, um die Wochenabrechnungen und die Löhne zu machen. Doch die ganze Zeit hatten sie nichts weiter im Sinn, als sie durch ihre Nichte und Erbin zu ersetzen. Lily grübelte darüber nach, bis die Zahlen vor ihren Augen verschwammen. »Ich kann Lily nicht ewig bezahlen«, hatte Mrs McConaghy gesagt, und diese Worte hallten in Lilys Kopf nach.

Am Mittwoch tauchte Amy schließlich in der Fabrik auf.

»Du bist ja so weiß wie die Gardinen, Amy«, sagte Lily, als sie kurz vor der Nachmittagspause ins Büro kam. Natürlich meinte sie die Gardinen, die Mrs McGuffy raus in den Sommerwind gehängt hatte, nicht die in ihren Fenstern daheim, die sie selbst am Samstag gewaschen hatte, sich jedoch schämte, sie draußen aufzuhängen, weil sie so vergilbt waren. »Geht es deinem Bauch besser?«

»Nein, ich fühle mich furchtbar. Wo ist sie?« Amy blickte sich im Büro um, wo keine Spur von Mrs McConaghy zu sehen war.

»Sie ist zu dem neuen Café in der Dock Road, um ihre Freundinnen aus der Kirche zu treffen. Warum? Weiß sie nicht, dass du kommst?«

»Nein, Lily, weiß sie nicht. Ich hätte gerne einen Tee. Haben wir Kekse?«

Zwei Minuten später stellte Lily ihr eine Tasse Tee und einen Teller mit Keksen hin.

»Ich esse so viele Kekse«, sagte Amy. »Vor allem morgens. Ohne Kekse kann ich mich nicht rühren.«

»Das ist komisch für einen verdorbenen Magen. Bist du sicher, dass du dir nicht irgendwas aus der Apotheke holen solltest?«

»Es gibt kein Mittel gegen das, was ich habe, Lily. Und besser wird es auch nicht, es sei denn, ich will mich abschlachten.« Sie seufzte und sah Lily direkt an. »Ich habe schon seit Wochen keine Regel mehr. Sie kommt nicht. Ich bin schwanger.«

Lily schoss von ihrem Stuhl hoch, auf den sie sich gerade erst gesetzt hatte. »Oh Gott, was willst du tun? War es der Mann, der im Büro war? Weiß er es? Wissen deine Eltern Bescheid? Jetzt muss er dich anhören.«

Es war eine simple Bemerkung, sie bewirkte jedoch, dass Amy in Tränen ausbrach. »Deshalb war ich ja bei ihm. Ich hatte es mir gedacht. Nein, gewusst. Und ich wollte es ihm sagen. Gestern Abend habe ich wieder vor seinem Haus gewartet, um ihn zu sehen.«

Lily zog ihr Taschentuch aus dem Strickjackenärmel und gab es Amy. »Hier, trockne dir die Augen.« Dann sah sie zur Treppe, die in die Fabrikhalle führte. Mr McConaghy war unten; Amys Vater ebenfalls. Sie würden bald ihren Tee wollen, aber Lily hatte nicht das Gefühl, dass sie Amy allein lassen sollte.

»Er hat mich geschlagen«, heulte Amy, und Lily erschrak. »Er hat gesagt, dass er mich gewarnt hat, mich nicht mehr bei seinem Haus blicken zu lassen, und dass er das ernst meinte. Ihm ist es egal, und er sagt, dass er behaupten wird, er wäre mir nie begegnet.«

Amy hatte den zweiten Teil von Lilys Frage nicht beantwortet, musste es aber auch nicht. So, wie sie sich bei Lily ausweinte, war offensichtlich, dass es sonst noch niemand wusste. Lily hatte Mitleid mit ihr. Trotz all dem Geld und der Unterstützung, die sie zu

Hause bekam, trotz ihres Fabrikerbes, das auf sie wartete, und all der Kleider und des Make-ups war die einzige Person, mit der sie reden und der sie vertrauen konnte, Lily, der Wohlfahrtsfall aus dem Büro. Das Mädchen, das nichts hatte. Lily, der Amy ihren einzigen Freund Lockie gestohlen hatte.

Lily legte eine Hand auf Amys Schulter. Sie hatte keine Antwort für sie. Alles, was sie tun konnte, war, ihr zuzuhören, und anscheinend brauchte Amy das im Moment besonders dringend.

»Sieh mal.« Amy beugte den Kopf nach hinten, und Lily konnte rote Abdrücke zu beiden Seiten ihres Halses sehen. Sie sahen wie Fingerabdrücke aus.

Lily kannte diese Male, weil sie selbst sie schon gehabt hatte. In den Tagen, bevor ihr Stiefvater sie verlassen hatte, damit sie irgendwie ohne seinen Lohn überleben sollten, und ehe Lockie ihm gesagt hatte, er solle die Finger von ihr lassen, hatte er Lily oft beim Hals gepackt, wenn er verrückt nach einem Drink war.

»Hast du Lockie gesehen?«, fragte Amy, nachdem sie sich die Nase geputzt hatte.

»Warum? Hast du ihn denn nicht gesehen?« Lily war verwundert.

»Nein, aber ich muss. Meine einzige Chance ist, ihm zu erzählen, dass es von ihm ist. Er weiß natürlich nichts. Hoffen wir mal, dass er gern heiraten will, was, Lily?«

Lily verschlug es die Sprache, als sie Amys Augen sah, die noch von Tränen glänzten, aber entschlossen wirkten. Sie wollte etwas sagen, nur blieben ihr die Worte im Hals stecken. Unmöglich konnte sie richtig gehört haben. Amy wollte Lockie mit einer Lüge dazu bringen, sie zu heiraten? Nein, das konnte nicht stimmen.

»Aber wie kannst du, wenn es nicht seines ist?«, fragte sie. Amy mochte ihr den Freund gestohlen haben, um mit ihm zu spielen, und sicher hatte sie ihn auch geküsst. Aber Lily war überzeugt, dass Lockie mit keiner Frau weiter gehen würde, mit der er nicht verheiratet war. Dafür war er zu vorsichtig. Er lebte nach einem festen Plan, und zu dem gehörte gewiss nicht, Amy zu schwängern. Unwillkürlich verkrampfte Lily sich und wich zurück von Amy.

»Ich habe ihn in eine Falle, gelockt, Lily, so einfach. Es war nicht schwer, ihn zum Mitspielen zu überreden. Ich habe dafür gesorgt, dass er gesehen wurde, wie er mit mir den Pub verlassen hat, und dann ist es passiert. Da ahnte ich schon, was los war. Im Grunde wusste ich es.«

Amy sah Lily an, dass bei ihr alles Mitgefühl verpufft war. »Jetzt guck nicht so, Lily! Es war bloß ein Mal. Es könnte von ihm sein. Dazwischen lagen nur wenige Wochen, und er wird es nie erfahren.«

Lily schüttelte den Kopf. Ich muss mich verhört haben, dachte sie. Doch sie hatte richtig gehört. Und sie wusste, was es bedeutete. Lockie sollte das Kind eines anderen untergeschoben werden.

Die Türglocke bimmelte, und beide schauten auf, als Mrs McConaghy hereinkam.

»Amy, Amy, geht es dir gut?«, trällerte sie und lief zu ihrer Nichte. »Schau einer dich an. Was für ein Pflichtbewusstsein! Sieh sie dir an, Lily! Sie sieht aus wie an der Schwelle des Todes und kommt trotzdem zur Arbeit. Merk dir das, Lily.«

Lily wurde rot. Sie hatte noch nie einen Tag gefehlt, sich nicht einmal freigenommen, als Joe krank gewesen war. An dem Morgen, als sie mit ihm ins Krankenhaus gegangen war, war sie später gekommen, aber das war alles. Wie konnte Mrs McConaghy es wagen? Und wüsste sie, was Lily wusste …

Die Tür zur Fabrikhalle ging auf, und Mr McConaghy und sein

Schwager erschienen. »Was ist, Lily? Schläfst du heute? Wir hätten vor fünf Minuten unseren Tee bekommen sollen.«

Lily schwieg. Sie wollte ihnen antworten, etwas Spitzes erwidern und ihnen allen sagen, wohin sie gehen könnten. Amy hatte ihr eben erzählt, dass sie ihren besten Freund mit einer Lüge zur Heirat nötigen wollte. An nichts anderes konnte Lily denken. Sie bedeutete Mr McConaghy mit einem Seitenblick, dass er lieber nichts mehr sagte, und überließ es Mrs McConaghy, ein Riesentheater um Amy zu machen.

Unterdessen nahm Lily die große braune Emailkanne vom Regal, spülte sie aus und begann, losen Tee hineinzulöffeln, den sie mit kochendem Wasser aus dem Spender aufgoss. Ich muss Lockie finden, dachte sie. Ich muss ihn warnen. Das Baby ist nicht von ihm, und das muss er wissen. Wer würde es ihm sonst sagen, wenn ich es nicht tue? Dieser Idiot!

Lily hatte eben das Wasser fertig aufgegossen, als die Tür aufflog. Mrs McGuffys Ältester, Sam, kam herein. Lily kannte ihn gut und hatte ihn erst heute Morgen gesehen, wie er seiner Mutter die frisch gewaschenen Gardinen anreichte. Er schaute sich suchend im Büro um. Die Sonne schien hell zum Fenster herein und warf einen gelben Lichtschein ins dämmrige Innere, der indes kaum den grauen Zigarettenqualm zu durchdringen vermochte. Zunächst konnte Sam offenbar kaum etwas erkennen.

»Was willst du?«, kreischte Mrs McConaghy und wollte schon nach der Stange greifen, mit der sie abends die Läden schloss, um ihn rauszuprügeln.

Lily war zu verwirrt, um zu sprechen. Mrs McConaghy, die immerfort an den Tresorinhalt dachte, hielt ihn offensichtlich für einen Dieb.

»Keinen Schritt weiter, oder ich rufe die Polizei!«, schrie sie.

»Wozu, Madam?«, fragte Sam verdutzt. »Meine Mam schickt

mich mit einer Nachricht für Lily. Ist sie da? Lily Lancashire aus den Clare Cottages.«

Dann entdeckte er sie in der Ecke. »Lily, es ist wegen Joe. Schwester Therese hat ihn ins Krankenhaus gebracht. Er ist jetzt im St. Angelus, und es geht ihm sehr schlecht. Meine Mam sagt, du sollst sofort hingehen, und sie passt auf eure Katie auf.«

Eine Sekunde lang war Lily starr vor Schreck. Erst als ihr heißes Wasser auf den Finger schwappte, zuckte sie zusammen, stellte die Teekanne in die Spüle und begriff, was Sam McGuffy gesagt hatte. Das war noch nie passiert, folglich musste es ernst sein. Seit gestern war Joes Atmung wieder schlecht. Lily hatte die halbe Nacht bei ihm gewacht, doch als sie heute Morgen ging, fand sie, dass er schon viel besser klang.

Lily vergaß Amy und deren Misere ebenso wie die McConaghys. Das Einzige, woran sie denken konnte, war der kleine Joe.

Kapitel siebenundzwanzig

»Verstehe ich das richtig? Ich habe uns ein romantisches Hotel gebucht, aber du willst zu deinen Eltern reisen und lädst mich nicht einmal ein?« Teddy wurde lauter. Nicht vor Wut, eher vor Erschöpfung und Enttäuschung. Er hatte sich so auf den dringend benötigten Urlaub gefreut. Und darauf, in ihrer Beziehung voranzukommen. Ihrem Gesichtsausdruck nach war es das Letzte, was sie wollte.

»Teddy, ich muss nach Hause. Sie erwarten mich. Ich habe keine andere Wahl. Und wenn ich dich mitnehme, schwöre ich dir bei Gott, der Priester wäre schneller da, als die Sau wirft, und ich bin nicht sicher, ob sie dich wieder abreisen lassen würden, ehe wir nicht verheiratet sind. Wo ich herkomme, hält man keine Frau bei einem Mann für sicher. Geht man mit jemandem aus, ist mit ihm allein, nehmen alle an, dass man, nun ja …«

»Schön wär's«, murrte Teddy. »Dana, wir schreiben das Jahr 1954, nicht 1854.« Er klang gekränkt und verwirrt.

»Für dich vielleicht. Zu Hause ist es eher wie 1924, aber das spielt keine Rolle. Es wäre schrecklich für dich, würde ich dich mitnehmen. Vielleicht nächstes Jahr, wenn wir dann noch zusammen sind.«

»Nächstes Jahr?« Teddy knallte seinen Bierkrug auf das durchgesägte umgedrehte Fass. Überall im Pub standen diese ungewöhnlichen Tische und brandneue Hocker; nur die Sägespäne auf dem Boden waren geblieben.

Mit einer ungeduldigen Geste nahm Teddy seine Zigaretten aus der Tasche und steckte sich eine an. Obwohl Dana inzwischen auch rauchte – verleitet von Teddy –, bot er ihr keine an. Beide schwiegen, während er eine lange Rauchfahne ausblies.

Es war nicht das Geld, um das er sich sorgte, auch wenn er das Hotel schon voll bezahlt hatte. Es war die riesige Enttäuschung. In drei Tagen hätten sie fahren sollen. Warum hatte sie so lange damit gewartet, es ihm zu sagen?

Sie hörten einen Krankenwagen draußen vorbeifahren, und beim Verklingen der Glocke hatten sie beide denselben Gedanken: Teddy sollte in nicht einmal einer Stunde in der Notaufnahme sein, und wenn es einen Notfall gab, müsste er bald los. Dana war wieder im Nachtdienst auf der Kinderstation und würde erst abends um acht anfangen.

»Ich fahre trotzdem, mit dir oder ohne dich.«

Jetzt klang er traurig, nicht erbost. Dana sah ihm an, dass er verletzt war. Er hatte nicht einmal versucht, ihre Lage zu verstehen. Ihr Leben zu Hause war Millionen Meilen von allem entfernt, was Teddy mit seiner Anwaltsfamilie und seinem eleganten Stadthaus jemals erfassen könnte.

Sie wollte eine Hand auf seine legen, aber er zog sie zurück. »Wie kommst du hin?«, fragte er, denn er musste sich von der schmerzhaften Zurückweisung ablenken.

»Ich gehe zur Fähre und nehme auf der anderen Seite den Zug, auch wenn ein Bus von Dublin fährt. Meine Mutter ist schon außer sich vor Freude.«

»Schön für dich.« Teddy drückte seine Zigarette aus, leerte seinen Becher und stand auf.

Dana zuckte zusammen bei dem Gedanken an Teddys Mutter,

die gestorben war, als er noch ein Junge war. Jetzt fühlte sie sich noch furchtbarer. Wie konnte sie so blöd sein?

»Tja, ich muss zurück zur Arbeit. Das war ein Notfall, und ich sollte wirklich dort sein. Ich wünsche dir eine schöne Reise nach Hause.« Ohne sich noch einmal umzusehen, verließ Teddy den Pub und ging über die Straße zum St. Angelus.

»Schwester Tanner, können Sie bitte eine pädiatrische Kabine vorbereiten? Atemprobleme, ein kleiner kranker Junge, kürzlich vier geworden, ist unterwegs hierher. Er hat eine Nonne im Schlepptau.«

Pammy stellte das Putzzeug und die Chlorhexidin-Lösung, mit der sie einen Rollwagen reinigte, in den Spülraum und schob die Sichtschutzwände vor die pädiatrische Bettkabine. Sie wusste, wenn beim Anruf von Atemproblemen die Rede gewesen war, bräuchten sie Sauerstoff. Sie sah einen der Pförtnerjungen von der Station gehen.

»Bryan!«, rief sie.

Schwester Antrobus sah sie tadelnd an. »Bitte nicht so laut, Schwester Tanner. Wir sind hier in einem Krankenhaus, nicht auf dem Fußballplatz.«

»Ja, Schwester, Verzeihung.« Pammy hatte das Gefühl, einen Knicks machen zu müssen. Aber selbst wenn sie es täte, würde die Stationsschwester sie immer noch ansehen, als hätte sie versehentlich in eine Zitrone gebissen.

»Ich brauche hier eine Sauerstoffflasche, bitte«, zischte sie Bryan zu und bemühte sich nach Kräften, nicht die Stimme zu heben.

»Kommt sofort, Schwester Tanner«, antwortete Bryan. Er blickte kurz zu Schwester Antrobus und eilte davon.

Innerhalb von Sekunden hatte Pammy einen Infusionsständer, ein Kanülen- und ein Untersuchungsset bereit, wie sie es im Praxisunterricht in der Pflegeschule gelernt hatte. Die Vordertüren wurden aufgestoßen, und die Krankenwagenfahrer kamen mit einer Rolltrage hereingerannt, ohne auf Schwester Antrobus zu achten, dicht gefolgt von einer ängstlich dreinblickenden Nonne.

»Ist die Pädiatriekabine bereit?«, fragte einer der Fahrer.

»Ist sie, gleich hier, bitte«, antwortete Pammy und lenkte die Trage mit hinein. Die Sichtschutzwände waren blassgrün und voller Bilder von weißen Häschen. An der Wand stand ein Kinderbett.

»Schwester Makebee, holen Sie bitte ein Kindernachthemd aus dem Wäscheschrank«, sagte Pammy. Doch noch ehe sie aufgesehen hatte, reichte Doreen ihr eines zusammen mit den Notizen.

»Die Nonne aus dem St.-Chad-Kloster hatte zuerst hier angerufen«, erklärte Doreen. »Ich war es, die den Krankenwagen gerufen hat. Sie hatte mir den Namen des Jungen gesagt, und er war schon mal hier. Ich dachte, ich bringe gleich seine Unterlagen, um Zeit und Mühe zu sparen.«

Lächelnd drückte Pammy sie kurz. »Vielen Dank«, sagte sie. »Du bist ein Schatz, Doreen.«

Für einen Sekundenbruchteil hatten beide denselben Gedanken: wie knapp es gewesen war, dass Miss Van Gilder Doreen gefeuert hätte.

Vor einigen Wochen war die Polizei zum Büro der stellvertretenden Oberschwester gekommen und hatte gebeten, Doreen sprechen zu können. Miss Van Gilder hatte einen so plötzlichen wie unerklärlichen Schwächeanfall erlitten, sodass der Officer gezwungen war, stattdessen zur Oberschwester zu gehen und sie um Hilfe zu bitten. Er erklärte, dass es einen ähnlichen Angriff auf ein unschuldiges Mädchen in Durham gegeben und man den Täter dort geschnappt hatte. Sie wollten, dass Doreen ihnen half, ihn zu identifizieren.

Jeder im St. Angelus verhielt sich rücksichtsvoll und fürsorglich gegenüber Doreen. Die Oberschwester kannte alle Einzelheiten und war voller Mitgefühl. Sie hatte darauf bestanden, dass Doreen zu ihrer Arbeit zurückkehren konnte, wenn sie so weit war. Als sie schließlich wiederkam, hatte sogar Schwester Antrobus sie unter ihre Fittiche genommen. In der Notaufnahme wurde sie zu ihrem selbst ernannten Schutzengel und riss jeden in Fetzen, den sie tratschen sah. Jedenfalls war es so gewesen, bis die Polizei bei Miss Van Gilder aufgetaucht war und sie erfuhr, wer Doreen war. Ihrer Ansicht nach war es unmöglich, jemanden mit solch einem Ruf im St. Angelus arbeiten zu lassen, und an dem Tag, an dem die Oberschwester mit Dr. Gaskell zu einer großen Konferenz nach Manchester reiste, rief sie Schwester Antrobus in ihr Büro.

»Sie hat einen schlechten Ruf, Schwester Antrobus. Was wollte sie so spät abends in der Gasse? Ich habe die Unterlagen gelesen: Sie war bei der Aufnahme angetrunken. Ich bin unbedingt der Meinung, dass sie nicht im St. Angelus arbeiten sollte.«

Schwester Antrobus war die Einzige im St. Angelus, die sich traute, gegen Miss Van Gilder aufzubegehren, und dieses Zusammentreffen verbreitete sich dank Elsie und Madge wie ein Lauffeuer unter den Mitarbeitern.

»Dies ist jetzt meine Notaufnahme. Das Personal hier wird von mir eingestellt, mit Zustimmung der Oberschwester, und es arbeitet für mich. Ich entscheide, wer geht und wer bleibt, mit Verlaub, Miss Van Gilder.«

»Ich denke, Sie vergessen, wer hier das Sagen hat, Schwester Antrobus«, erwiderte Miss Van Gilder. »Ich bin die stellvertretende Oberschwester, und ich übernehme die volle Verantwortung in allen Personalfragen des Krankenhauses.«

»Nicht in der Notaufnahme. Die ist mein Reich, und so wird es auch bleiben.« Ohne ein weiteres Wort ging Schwester Antrobus aus dem Büro und knallte die Tür hinter sich zu.

Pammy erkannte den kleinen Joe sofort wieder, doch er konnte weder lächeln noch reden.

Dr. Davenport kam beinahe gleichzeitig mit Dr. Mackintosh in die Kabine, und Pammy entging der Blick nicht, den sie wechselten. Der kleine Joe brabbelte unverständlich vor sich hin, merklich verwirrt. Seine Lippen waren blau verfärbt, und er saß seitlich an die Gitter der Rolltrage gelehnt. Pammy empfand tiefes Mitleid mit dem kleinen Jungen. Sie erinnerte sich, wie dankbar er für Kleinigkeiten gewesen war und sich jeder in ihn verliebt hatte, selbst Mrs Duffy, die ihm nie begegnet war und nur Danas Erzählungen von ihm hörte. »Er ist einfach eines von diesen Kindern«, sagte Dana beim Frühstück in der Lovely Lane. »Da schmilzt man neben seinem Bettchen dahin, wenn er einschläft.«

Pammy sah den kleinen Joe an. Er war in solch einer üblen Verfassung, dass er heute wohl nicht einmal Dana erkennen würde.

»Wenn wir versuchen, ihn hinzulegen, gerät er in Panik«, sagte der Krankenwagenfahrer. »Es ist ziemlich sinnlos, mit ihm zu reden, denn er bekommt nicht mehr als drei Worte am Stück raus.« Er faltete die Decke zusammen, die er Joe umgelegt hatte, warf sie zurück auf die Rolltrage und eilte davon.

Dr. Mackintosh nahm sein Stethoskop hervor und hauchte das Ende an, um es zu wärmen, während er Joe freundlich zulächelte.

»Haben wir diesen jungen Mann nicht schon mal gesehen, Schwester?«, fragte er Pammy. Als er sich vorbeugte, um Joes Brust abzuhorchen, sah er zu ihr auf. »Bitten Sie Doreen, Dr. Gaskell oder den Arzt auf der Kinderstation telefonisch zu erreichen. Die sind alle auf einer Tagung in Manchester wegen der neuen Kinderintensivstation. Jetzt muss ich schnell einen Zugang legen. Ah, Sie haben schon alles hier parat, sehr gut!«

Als Pammy begann, die sterilen Beutel zu öffnen, hörte sie Miss Van Gilder auf die Station kommen. Man hört sie immer, ehe man sie sieht, dachte sie. Als Erstes schimpfte Miss Van Gilder mit Doreen, weil sie auf der Station war statt an ihrem Tresen. Doreen versuchte, es zu erklären, doch davon wollte Miss Van Gilder nichts hören.

»Ihr Platz ist hinter dem Tresen, nicht davor. Hier zwischen den Patienten haben Sie nichts zu suchen. Sie sind es nicht wert, auf Station gesehen zu werden.«

Pammy blickte hinüber und sah, wie Doreen die Tränen kamen. Doreen antwortete nicht, öffnete nur die Holzklappe, die hinter ihren Tresen führte. Doch bevor sie an ihren Platz zurückging, bemerkte sie Pammys besorgtes Gesicht.

Innerhalb von Sekunden war Miss Van Gilder in Joes Nische, und Pammy ahnte nichts Gutes.

»Darf ich fragen, Doktor, warum Sie diesem Jungen einen Zugang legen? Wir alle wissen, dass er sich recht schnell erholt. Er ist schon hier gewesen, auf der Kinderstation, nicht wahr? Ich erinnere mich recht gut an ihn. Er ist ein vernachlässigtes Kind, weiter nichts.«

Dr. Mackintosh schwieg. Stattdessen sah er zu Schwester Therese, die am Fußende des Bettes stand. »Wie lange geht es schon so?«

»Weiß ich nicht, Doktor. Ich glaube, es ging ihm schon eine Weile wieder schlecht, auch wenn er heute Morgen etwas besser wirkte. Ich habe Lily, seine Schwester, auf ihrem Weg zur Arbeit getroffen und ihr versprochen, bei ihm vorbeizusehen, sobald ihre

Mutter zur, ähm, Arbeit geht. Als ich hingekommen bin, habe ich die blauen Lippen gesehen. Ich fürchte, dass ich in Panik geraten bin und im Krankenhaus angerufen habe.«

»Das war richtig von Ihnen. Weiß seine Schwester Bescheid?«

»Ich habe eine Nachricht zu ihrer Arbeit geschickt, Doktor. Sie wird sicher auf dem Weg hierher sein.«

Dr. Mackintosh sah besorgt aus, während Dr. Davenport ans Kopfende des Bettes ging und den kleinen Joe aufrecht hielt.

»Hat er in letzter Zeit eine Erkältung oder irgendeine Krankheit gehabt?«

»Oh ja, Doktor. Bei ihm zu Hause ist es nicht besonders warm, und Joe war nicht gut beieinander.« Schwester Therese war kreidebleich.

Dr. Mackintosh hatte sie vor einigen Wochen auf der Station gesehen. Heute war sie allerdings nicht die selbstbewusste, fordernde Nonne, an die er sich erinnerte. Und sie hatte allen Grund, sich große Sorgen zu machen. Die machte er sich ebenfalls, nur versuchte er, es zu verbergen. Joes Atemzüge waren kurz, verkrampft, und Dr. Mackintosh fiel auf, dass sie in den letzten Minuten noch kürzer geworden waren. Beim Abhören seiner Brust wurde klar, dass es eine Blockierung gab, wahrscheinlich durch die Bronchospasmen und das Phlegma, das er in seinen Bronchien rasseln hörte.

»Wir brauchen sofort einen Zugang!«, sagte er streng zu Dr. Davenport. »Versuchen wir es mit Aminophyllin. Letztes Mal hat es geholfen.« Er beschloss, nicht zu erwähnen, dass es Joe jetzt viel schlechter ging. »Ich versuche, eine Dosis durch den Zugang zu geben, und dann können wir es über den Tropf verabreichen, langsamer und niedriger dosiert. Verlassen Sie bitte alle die Kabine. Sie können im Wartebereich bleiben«, schloss er in ziemlich schroffem Ton an Schwester Therese gerichtet.

Sie erinnerte sich an ihn als einen sanftmütigen, freundlichen Arzt. Sein Benehmen sagte ihr, dass etwas nicht stimmte. Und dann hörte sie Miss Van Gilders Stimme.

»Doktor, ich halte das nicht für notwendig. Sie kennen diesen Jungen und wissen, wie er reagiert. Sie verschwenden hier gutes Geld für ein Kanülenset. Dieses Krankenhaus verfügt nicht über ein unendliches Budget. Ich bestehe darauf, dass Sie warten, bis Dr. Gaskell hier ist. Er ist schließlich der Atemwegsspezialist.«

»Wir haben vielleicht keine Zeit mehr zu warten, bis er hier ist. Er ist in Manchester und eventuell nicht vor morgen zurück.«

»Das mag ja sein, aber ich finde, Sie sollten warten.«

Pammy staunte über Dr. Mackintoshs Reaktion. Sie hatte wahrlich nichts für Miss Van Gilder übrig, doch nun tat sie ihr beinahe leid.

»Sofort raus hier!«, befahl Dr. Mackintosh klar und deutlich. Seinen Ton als streng zu bezeichnen, wäre untertrieben gewesen.

Pammy sah weg und beschäftigte sich damit, Joe seine Sachen aus- und ihm das Krankenhaushemd anzuziehen, um die Behandlung zu erleichtern.

Miss Van Gilder schimpfte, während Dr. Davenport abermals Joes Brust abhorchte.

»Seine Atemwege sind eindeutig blockiert«, sagte er, als er sich stirnrunzelnd wieder aufrichtete. »Und er baut rapide ab. Wir müssen schnell sein.«

Der kleine Joe war inzwischen fast vollkommen still. Sein kurzes Einatmen und das lange Ausatmen waren kaum noch zu hören. Seine Lippen hatten sich dunkelblau verfärbt, und er kippte auf das Kopfkissen.

»Raus!«, wiederholte Dr. Mackintosh zu Miss Van Gilder, die sich zwar wortlos, aber deutlich schnaubend aus der Kabine zurückzog.

Alle zuckten kurz zusammen, als ein Schrei durch die Station gellte.

»Joe!« Das war Lily. »Joe!«, schrie sie wieder.

Pammy hörte Schwester Therese, dann Schritte auf dem Holzboden, gefolgt von gedämpften Stimmen. Als sie Joe ansah, bemerkte sie ein kleines Aufblitzen seiner Augen, weil er seine Schwester gehört hatte.

Im Wartebereich nahm Schwester Therese Lily in die Arme. »Ruhig, meine Liebe«, sagte sie und hielt Lily fest. »Er ist bei den besten Leuten. Derselbe Arzt wie letztes Mal kümmert sich um ihn.«

Lily entwand sich ihr. Sie bemerkte Miss Van Gilder nicht einmal, als sie in die Kabine eilte. Bei Joes Anblick schlug sie eine Hand vor ihren Mund. »Joe ...«, flüsterte sie in blankem Entsetzen.

Innerhalb von Sekunden und noch ehe sie bei Joe war, hatte Pammy ihren Arm gepackt und führte sie hinaus. »Es tut mir sehr leid. Erinnern Sie sich zufällig an mich?«

Lily nickte. Wie könnte sie jemanden vergessen, der so freundlich zu Joe gewesen war? Einen der Lovely-Lane-Engel. Obwohl sie es nicht laut aussprechen konnte, war sie froh, dass es heute dieselbe Schwester war.

»Und Dr. Mackintosh, erinnern Sie sich an ihn?«

Wieder nickte Lily. Tränen liefen ihr über den Handrücken, da sie nach wie vor die Hand vor ihren Mund gepresst hielt. Sie wagte nicht, sie wegzunehmen, weil sie fürchtete, dann zu schreien.

»Kommen Sie, setzen Sie sich zu Schwester Therese.« Pammy führte Lily zu den Stühlen. »Dr. Mackintosh will Joe die gleiche Injektion geben wie beim letzten Mal. Vielleicht wissen Sie es nicht mehr, aber es hat damals sehr gut gewirkt, und es besteht kein Grund, warum das diesmal anders sein sollte.« Sie erwähnte nicht, dass Joe jetzt in einer sehr viel schlechteren Verfassung war und sich beide Ärzte sorgten.

Lily mochte Dr. Mackintosh und vertraute ihm. Sie wusste, dass er sein Bestes tun würde. »Ist es dasselbe wie beim letzten Mal? Ist es seine Atmung?«

»Ja«, antwortete Pammy. »Wenn Sie jetzt zu ihm gehen, behindern Sie die Ärzte nur. Lassen Sie die beiden lieber ihre Arbeit machen.«

Lily war ein wenig beruhigt. Sie hatte schon hundert Schübe bei Joe gesehen. Er schaffte es immer wieder, bevor es allzu schlimm wurde. Gewiss würde er es heute auch schaffen. »Danke, Schwester«, flüsterte sie.

Schwester Therese setzte Lily auf einen Stuhl und legte die Arme um sie.

Lily sah sie ängstlich an. »Was ist passiert? Hat meine Mam Sie gerufen?«

Schwester Therese wirkte verlegen. »Nein, Lily. Ich war eine Stunde früher bei euch, als du mich gebeten hattest.« Sie senkte die Stimme. »Ich wusste, dass sie um drei beim Pub wäre, und dachte, wenn ich eher komme, kann ich versuchen, mit ihr zu reden. Ich hatte so ein Gefühl wegen Joe. Aber um zwei war sie schon weg und er ganz allein. Er hat sich so gefreut, mich zu sehen, doch ich habe schon an den Geräuschen erkannt, dass es ihm schlecht ging. Er war nicht nur kurzatmig. Und er hat wirr geredet, deshalb habe ich ihn rüber zu St. Chad's getragen. Mrs McGuffy hat mir geholfen und auf ihn aufgepasst, als ich im Krankenhaus angerufen habe. Sie nimmt Katie nach der Schule zu sich, falls du dann noch hier bist, also musst du dir keine Gedanken ihretwegen machen.«

»Ich muss ihr danken, wenn ich wieder zu Hause bin.« Plötzlich wurde Lily von Müdigkeit und Angst überwältigt. Sie kramte in ihrer Manteltasche nach ihrem Taschentuch. Am liebsten wäre ihr, dass Katie hier wäre, damit sie alle an einem Ort waren und Lily sie sehen konnte. Sie hatte das Gefühl, Joe im Stich gelassen zu haben. Sie war die Einzige, die für ihn sorgte, und dasselbe galt für Katie. Lily musste auf sie beide aufpassen. Hatte sie den Kampf, die Familie zusammenzuhalten, endgültig verloren? Würde Schwester Therese, Dr. Mackintosh oder jemand anders darauf bestehen, dass Katie und Joe nun ins Heim kamen?

»Darf ich ihn sehen?«

»Noch nicht, meine Liebe«, antwortete Pammy. »Ich muss zurück und helfen, aber ich bitte Schwester Makebee, Ihnen beiden einen Tee zu bringen.«

Lily und Schwester Therese sahen, wie sie eine Lernschwester an der Bürotür ansprach. Sie schwiegen, und Schwester Therese behielt ihren Arm um Lilys Schultern gelegt. Sie überlegte, was sie sagen könnte, damit Lily weniger verzweifelt war.

»Wenn sie ihm dieselben Medikamente wie letztes Mal geben, wird es ihm sicher recht schnell besser gehen, meinst du nicht? Sie haben doch schon einmal so gut gewirkt, weißt du noch? Da konnte er schnell wieder gut atmen, nicht?«

Lily erkannte am leisen Klackern des Rosenkranzes aus ihrem Habit, dass Schwester Therese betete. Und log.

Eine junge Schwangere verließ eine Untersuchungskabine, ein Mann auf Krücken eine andere. Langsam schwand das Licht draußen, und abgesehen von gelegentlich vorbeieilenden Schwestern oder Ärzten leerte sich die Notaufnahme. Schwester Therese und Lily blieben allein auf den harten Holzstühlen zurück und warteten auf Neuigkeiten.

Sie beobachteten, wie Doreen ihren Mantel anzog und ihren Hut aufsetzte. Als sie Lilys Blick bemerkte, spiegelte sich Mitgefühl auf Doreens Zügen, und sie kam zu ihnen. »Er ist bei dem besten Arzt im ganzen Krankenhaus. In ganz Liverpool, würde ich sogar sagen. Das sollte Ihnen ein Trost sein. Dr. Mackintosh hat mich mal behandelt, als ich krank war, und sehen Sie mich jetzt an. Kopf hoch, alles wird gut.« Sie drückte Lilys Hand, lächelte Schwester Therese zu und ging nach Hause.

Eine Weile vorher hatte Lily dankbar den Tee von Schwester Makebee angenommen und fühlte sich belebt von dem süßen Heißgetränk. Sie hatte aufgehört zu zittern, und ihre Atmung war ruhiger geworden. Die Betriebsamkeit um sie herum – die Rollwagen, die hin- und hergeschoben wurden, das Kommen und Gehen, die murmelnden Stimmen, die Gelassenheit und dieses Gefühl von Ruhe –, alles war auf seine Weise tröstlich. Sie kümmerten sich um Joe.

»Die Ärzte und Schwestern hier sind so nett. Und sie wirken Wunder, ja, das tun sie«, hörte sie Schwester Therese sagen.

Lily starrte auf die Schuhe unter den Schutzwänden von Joes Kabine. Sie wartete geduldig, dass jemand herauskam und ihr sagte, was vor sich ging. Und sie wollte Joes Augen sehen, sein freches Grinsen. Sie wollte sich zu ihm beugen und ihn mit ihrem Haar spielen lassen. Ihn einfach nur sehen, irgendwo sein, nur nicht hier. Sie wollte, dass es Joe besser ging.

»Na, sieh mal, wen der Wind hereingepustet hat.«

Lily blickte auf, als Schwester Therese ihren Platz verließ, um Lockie zu begrüßen, der eben in die Notaufnahme gekommen war.

»Wir sehen dich gar nicht mehr bei den Clare Cottages, junger Mann. Du hast dich gut gemacht, wie ich höre.«

»Ich bin hergekommen, sobald ich es erfahren habe, Schwester«, sagte er und ging auf Lily zu. »Sie haben es mir bei McConaghy's erzählt.«

Er nahm seine Mütze ab und setzte sich neben Lily. »Wie geht es ihm?«

Lily war unendlich erleichtert, Lockie hierzuhaben. »Sehr schlecht, Lockie«, sagte sie offen. »So habe ich ihn noch nie gesehen.«

»Armer kleiner Kerl.«

Schwester Therese beschloss, Lockies Anwesenheit zu nutzen. »Lockie, hast du eine halbe Stunde? Dann könnte ich zum St. Angelus laufen und nach Katie sehen.«

»Ja, gehen Sie ruhig, Schwester. Ich bleibe hier, bis alles geklärt ist. Und auf dem Rückweg komme ich beim Kloster vorbei.«

Schwester Therese war gerade gegangen, als Pammy aus der Kabine kam, um mit Lily zu sprechen. Sie sah Lockie und sagte: »Guten Tag, ich bin Schwester Tanner. Ich fürchte, wir müssen ihn wieder hierbehalten. Der Lungenspezialist ist heute nicht mal im Haus, sondern auf einer Tagung in Manchester. Dr. Mackintosh möchte Joe hierhaben, wo er seinen Zustand weiter beobachten kann. Wahrscheinlich wird er später auf die Kinderstation verlegt, wenn wir wissen, dass er stabil ist. Kann ich Ihnen beiden mehr Tee bringen?«

Lockie nickte. »Lily sieht aus, als könnte sie einen gebrauchen. Kann ich kurz raus und ihr etwas zu essen besorgen, Schwester?«

»Ja, natürlich«, antwortete Pammy und lächelte beiden zu.

Als sie mit dem Tee aus der Küche kam, sah sie, dass Dr. Mackintosh im Büro seine Notizen schrieb.

»Ich dachte schon, der ist für mich«, rief er ihr nach. »Für wen ist der zweite?«

»Einer für Joes Schwester, und der andere für ihren jungen Mann, der gekommen ist.«

Dr. Mackintosh lehnte sich auf dem Stuhl zurück, um hinüber zum Wartebereich zu sehen.

Lockie hatte seinen Arm um Lily gelegt, und ihr Kopf lehnte mit geschlossenen Augen an seiner Schulter. Außer dem kleinen Joe war niemand mehr in der Notaufnahme, und sie waren die Einzigen im Wartebereich. Schwester Antrobus und Miss Van Gilder waren längst gegangen.

Dr. Mackintosh traf es, Lockie und Lily zu sehen, und ihm wurde die Kehle eng vor Enttäuschung und Eifersucht. Du hättest es ahnen müssen, dachte er. Eine so würdevolle und hübsche junge Frau wie Lily ist natürlich nicht allein.

Teddy Davenport beobachtete ihn. Als er sich setzte, sagte er: »Man kann nicht immer gewinnen, und ich spreche aus Erfahrung.« Er klang sehr verbittert.

Schwester Makebee entdeckte die beiden Ärzte, betrat das Büro und fragte süßlich: »Möchten Sie beide einen Tee? Leider gibt es nichts Stärkeres hier, um ihn mit Schuss zu machen. Ein Jammer.«

Beide Männer blickten auf. Dr. Mackintosh mochte Schwester Makebee nicht besonders. Sie gab sich selbstsicher, als wäre sie schon seit Jahren Vollschwester, keine Schwesternschülerin auf Probe. Und er hatte erlebt, wie sie mit den Medizinstudenten in der Notaufnahme flirtete. Es war allzu offensichtlich, dass sie fest vorhatte, einen Arzt zu heiraten. Einer der Studenten hatte ihm erzählt, dass sie bereits einen festen Freund hatte, was man nicht vermuten sollte, so wie sie sich verhielt. Teddy hingegen hatte keinerlei Vorbehalte gegen sie. Er bot sogleich von sich aus an: »Da es momentan ruhig ist, wie wäre es, wenn ich mitkomme und Ihnen helfe?«

Pammy sah die beiden weggehen und runzelte besorgt die Stirn. Und Dr. Mackintosh, der aus ihm selbst unerfindlichen Gründen frustriert war, wandte sich wieder seinen Notizen zu.

Lily hob den Kopf von Lockies Schultern und zog ihr Taschentuch hervor.

»Bist du sicher, dass ich dir nichts zu essen holen soll? Oder soll ich zu den McConaghys gehen und ihnen sagen, dass du morgen nicht zur Arbeit kommst? Ich bin hier, um zu helfen. Was kann ich tun?«, fragte Lockie.

»Ich könnte nichts essen, Lockie. Meinst du, die McConaghys sind mir böse? Was soll ich machen? Ich kann Joe nicht allein hierlassen. Ich bin nicht nur seine Schwester, sondern auch wie Mam und Dad für ihn.« Sie klang verbittert. »Das muss ich sein, weil sich sonst keiner kümmert.«

Sie war ganz allein auf der Welt. Die Verantwortung, die sie für jeden und alles trug, lastete schon so lange auf ihr. Plötzlich wurde sie wütend auf Lockie. Sie war so wütend, dass sie ihn am liebsten angeschrien hätte, weil er sie vergessen hatte, während er sich mit Amy vergnügte und sich dabei in eine unmögliche Lage gebracht hatte. Aber sie schwieg. Lockie und sie waren Freunde, weiter nichts. Er war ihr zu nichts verpflichtet. Es war nur, weil ihr heute bewusst wurde, wie allein sie war, und weil sie entsetzliche Angst hatte.

»Nach all der Übung wirst du eines Tages eine großartige Mutter sein«, sagte Lockie. Er sah, dass sich ihr Gesichtsausdruck verändert hatte und sie beinahe zornig wirkte, und wieder einmal wurde er daran erinnert, was für ein furchtbares Leben sie hatte.

Ob es an ihrer Wut auf ihre Eltern lag oder an ihrer Furcht um den kranken Joe, hätte sie nicht sagen können, doch was Lily als Nächstes über die Lippen kam, passte überhaupt nicht zu ihr. Es ging sie nichts an. Das war eine Sache zwischen Amy und Lockie. Doch ihre Loyalität gegenüber dem einen Menschen, der sie stets als ebenbürtig betrachtet hatte, überwog ihren natürlichen Instinkt, ihre Meinung für sich zu behalten. Die Worte hämmerten in ihrem Kopf und wollten raus. Wären sie jedoch erst einmal ausgesprochen, würden sie sich nicht mehr zurücknehmen lassen.

Lily erinnerte sich an Amys Geständnis, und sie wusste, bevor Lockie wieder verschwand, musste sie es ihm sagen. Sie würde ihn verletzen, aber es musste sein. Lily war es ihm schuldig, ihn zu schützen, auch wenn er nicht ahnte, dass er in Gefahr war. In dieser Stunde der Not würde sie ihm helfen, wie er es heute auch für sie tat. Und eines Tages würde er es ihr vielleicht sogar danken. Amy war im Begriff, sein Leben auf den Kopf zu stellen, und Lockie verdiente es, Bescheid zu wissen.

Kaum hatte sie sich entschieden, es ihm zu erzählen, purzelten die Worte geradezu aus ihr heraus.

»Lockie, Amy ist schwanger, und sie wird dich nötigen, sie zu heiraten.«

Lockie rückte von ihr weg und sah sie so entsetzt an, als wäre ihr eben ein zweiter Kopf gewachsen. Dann wich sein Entsetzen schierer Verwirrung.

»Wie kommst du denn darauf?«, fragte er.

»Weil es wahr ist.« Da war kein Hauch von Gefühl in Lilys Tonfall. In ihr tobten so viele starke Emotionen, die sie traurig und wütend machten, dass sie keine von ihnen zeigen konnte.

Die Stuhlbeine schabten über den Holzboden, als Lockie aufsprang. Er kehrte Lily den Rücken zu, fuhr sich mit der Hand durchs Haar und schien für einen kurzen Moment den Fußboden zu betrachten, ehe er sich zu Lily umdrehte.

»Das sagst du bloß, weil du mich nicht willst, mich aber auch keine andere haben soll«, zischte er.

Lily war, als hätte er sie geohrfeigt. Er stand halb über sie gebeugt, und sie spürte den Zorn, den er ausstrahlte. Eine flüchtige Sekunde lang bekam sie Angst. Ihr Stiefvater war der einzige

Mann, der jemals wütend auf sie geworden war, und ihr Herz pochte wild. Ihre Stimme verlor jede Kraft, klang dünn und schwach.

»Lockie, das stimmt nicht. Du bist wie ein Bruder für mich. Aber ich weiß, dass Amy schwanger ist und deshalb so interessiert an dir tut. Der Vater des Kindes ist verheiratet und will nichts mit ihr zu tun haben. Sie braucht jemanden, der sie heiratet, Lockie, und du erweist dich als leicht zu haben.«

Lily bemühte sich, mitfühlend zu klingen, aber es ging nicht. Ihre eigenen Probleme wogen schwerer. Dürfte sie Joe je wieder mit nach Hause nehmen? Was würde mit Katie und ihr passieren? Sie hatte alles mühsam zusammengehalten, doch jetzt wäre Joe beinahe gestorben. Es war eine rote Linie überschritten worden, und Lily fürchtete, dass etwas geschehen würde. Dieser Anfall war bei Weitem der schlimmste gewesen. Sie könnte Joe nie wieder allein lassen. Seit ihr Stiefvater weg war, wurde es mit ihrer Mutter immer schlimmer. Gestern hatte Lily das Mietbuch mit zum Amt genommen und die Miete für zwei Wochen im Voraus bezahlt. Womit ihnen nur wenig Geld für Kohle und Essen blieb. Wie sollte sie über die Runden kommen, wenn sie nicht zu den McConaghys zurückkonnte? Sie hatte das Gefühl, dass ihr die Zeit davonlief und sich das Leben für immer ändern sollte. Als würde sie an einem Abgrund sitzen.

Lockie sah sie ungläubig und wütend an. Ihr war klar, was kommen würde. Er konnte sich der Realität dessen nicht stellen, was sie gesagt hatte, und würde weggehen.

Ihre Chancen, Lockie wiederzusehen, waren minimal, sollte sie nicht zurück zu den McConaghys dürfen. Lockie kam nie auch nur in die Nähe der Clare Cottages. An jedem anderen Tag hätte sie sich nicht zu enthüllen getraut, was sie wusste. Sie hätte gestammelt, gestottert und es sich wahrscheinlich anders überlegt.

Trotzdem war es ihre Pflicht, ihm alles zu erzählen, und das hatte sie getan.

Lockies Reaktion machte sie sprachlos. Anstatt ihr zu danken, weil sie ihn vor dem größten Fehler seines Lebens bewahren wollte, wandte er sich gegen sie.

»Du willst einfach nicht, dass ich glücklich bin, oder, Lily? Das Leben hat dir übel mitgespielt, und weil mir etwas Nettes passiert ist, bist du wild entschlossen, es zu beenden.«

Lily sah ihn an. »Bist du wahnsinnig? Ich bin deine Freundin und sage das nicht, weil ich dich für mich will. Wie kannst du so etwas denken?«

»Weil es dir ins Gesicht geschrieben steht, Lily. Amy ist nicht schwanger, es gibt keinen anderen Mann, und ich weiß es, weil ich sie jeden Tag bei McConaghy's sehe. Ich gehe jetzt. Vielleicht willst du dich eines Tages hierfür entschuldigen.«

Mit diesen Worten drehte er sich um und verließ die Notaufnahme.

Sie hörte die Türen hinter ihm zufallen, blickte jedoch starr auf die Kabine, in der Joe lag, und nicht zum Ausgang.

Auf dem Weg die Treppe hinunter stieß Lockie mit Dr. Mackintosh zusammen.

»Hoppla«, sagte Dr. Mackintosh und fing sich ab, aber Lockie antwortete nicht. Er rannte die Stufen hinunter, und das *Echo* seiner Schritte hallte über den Hof draußen.

Kapitel achtundzwanzig

Eine weitere Stunde verging, ehe Lily Joe sehen durfte und er endlich stabil genug war, um auf die Station verlegt zu werden. Draußen wurde es Abend. Joe war ruhig, hing an einem Tropf und schlief. Lily wurde flau vor Erleichterung.

»Ist Ihr Liebster gegangen?«, fragte Pammy, die sich neben Lily setzte und sich umschaute.

»Ja, aber er ist nur ein Freund, von zu Hause und der Arbeit. Kein Liebster oder so.«

»Ah, verstehe. Ich wollte Ihnen sagen, dass eine Freundin von mir, Schwester Brogan, die Nachtschwester auf der Kinderstation ist. Joe wird also in sehr guten Händen sein. Soweit ich mich vom letzten Mal erinnere, war sie ganz verliebt in ihn.«

Dr. Mackintosh kam zu ihnen. Sein Herz setzte kurz aus, als er Lily ansah. Sie wirkte so verletzlich, und ihr Gesicht war tränenfleckig und angespannt. Als sie aufsprang, um ihn zu begrüßen, schwankte sie leicht. Er streckte einen Arm aus, um sie abzufangen.

»Oh, vorsichtig. Geht es Ihnen gut?«

Lily nickte. »Verzeihung, ich bin bloß zu schnell aufgestanden. Wie geht es ihm?«

Langsam nahm Dr. Mackintosh die Hand von ihrem Arm, und unwillkürlich wünschte Lily sich, er würde sie dort lassen. Durch die Wolle ihrer Strickjacke hatte sich seine Hand wohltuend warm angefühlt.

»Er hat schon eine bessere Gesichtsfarbe, aber er ist noch nicht wieder im Normalzustand. Seine Atemwege waren fast vollständig blockiert, und er hatte noch einen Bronchospasmus. Da ist eine Menge Schleim. Ich gebe zu, dass mir das etwas Angst gemacht hat. Wissen Sie, wie lange seine Atmung schon so schlecht war?«

Lily runzelte die Stirn. »Na ja, ein bisschen schwer atmet er immer, aber so wie vorhin war es gestern und letzte Nacht. Er hat mir gesagt, dass er sich besser fühlt, als ich zur Arbeit gegangen bin, sonst wäre ich bei ihm geblieben. Ich hätte ihn zum Arzt gebracht, wirklich.«

»Ja, ich weiß«, sagte Dr. Mackintosh. »Und Joe weiß es auch. Solche Symptome können sich sehr plötzlich verschlechtern. Ich werde ihm für alle Fälle eine Maschine ans Bett stellen, ein Beatmungsgerät. Aber erschrecken Sie nicht, wir benutzen es nur, wenn wir müssen.«

Lily wollte fragen, in welchen Fall sie es tun würden, ließ es dann aber doch bleiben.

»Wir werden so gut wie möglich auf ihn aufpassen, Lily, und wir setzen alles ein, was wir haben. Ich werde Dr. Gaskell bitten, ihn sich mal anzusehen, wenn er von seiner Tagung in Manchester zurück ist. Er ist der beste Lungenfachmann in der Gegend, in diesem Krankenhaus sowieso. Eigentlich wollte er in Manchester übernachten, kommt aber doch noch heute Abend zurück, um sich Ihren kleinen Joe anzusehen. Sie sehen, er hat bei uns Vorrang. Sobald ich Dr. Gaskell die Situation geschildert hatte, hat er mir gesagt, dass er schon unterwegs ist.«

Lily hätte fast geweint vor Dankbarkeit. »Ich weiß, dass es nicht erlaubt ist, aber darf ich noch ein bisschen bei Joe bleiben?«

Dr. Mackintosh nickte. »Natürlich.« Ihm war klar, dass das eine Diskussion mit Miss Van Gilder und der Stationsschwester nach sich ziehen würde, aber das scherte ihn nicht. Er hatte schon zu viele Kinder in den Armen von Fremden sterben sehen. Bei allem, was ihm an Wissen und Behandlungsmitteln zur Verfügung stand, stellte er häufig fest, dass die Anwesenheit einer Mutter über Leben und Tod entscheiden konnte. Und ließ sich der Tod nicht abwenden, half die Nähe einer Bezugsperson, die Ängste des Kindes zu lindern. Er hasste die Besuchsbeschränkungen auf den Kinderstationen und war entschlossen, für Lily zu kämpfen. »Kommen Sie mit«, sagte er. »Ich bringe Sie selbst zur Station. Mit mir werden die sich nicht anlegen.«

Auf dem Weg die Treppe hinauf war ihm bewusst, dass er seine eigenen Grenzen überschritt. Noch nie hatte er Angehörige auf die Station begleitet. Er hatte allerdings auch bisher nie mehr über deren Leben wissen wollen oder war darauf erpicht gewesen, in ihrer Nähe zu bleiben. Bei Lily würde er sich am liebsten zu ihr setzen, ihre Hand halten und sie beruhigen.

Als er sie neben Joes Bett zurückließ, überkam ihn ein akutes Verlustgefühl. Ihm entging nicht, dass sie in seiner Gegenwart nervös war, sogar zitterte, wenn er mit ihr sprach. Sie fürchtete sich vor Autoritäten, verbarg und schützte etwas. Was er wahrlich nicht zum ersten Mal erlebte.

Lily konnte nicht aufhören, Joe anzusehen. Seine befremdliche Blässe und die Geräte um das große weiße Bett herum waren beängstigend. Sein Arm ragte auf einer Holzschiene unter der blütenweißen Bettdecke hervor; die Schiene sollte verhindern, dass er den Arm beugte, in dem die Infusion steckte. Der Tropf stand auf der einen Seite des Bettes, das Beatmungsgerät, von dem Dr. Mackintosh gesprochen hatte, auf der anderen. Er war auf mehrere Kissen gestützt, und eine Art Zelt hing über seinem Bett, aus dem Dampf kam, der ihm das Atmen erleichtern sollte. Er roch nach Kampferöl mit einer antiseptischen Note.

Joe schlief jetzt erschöpft. »Lily«, hatte er gehaucht, als er sie sah. »Geht es dir gut, Lily?«

Ihr waren die Tränen gekommen. »Ob es mir gut geht? Du bist der, der krank ist, nicht ich.«

Joe lächelte. »Tut mir leid, Lily.«

»Joe, es ist nicht deine Schuld. Was entschuldigst du dich? Du kannst nichts dafür, dass du krank bist.«

Er hob seine freie Hand, griff eine Haarsträhne von ihr, die auf das Kissen gefallen war, und begann, sie mit seinen Fingern aufzuwickeln. Lächelnd streichelte Lily seine Wange. Sie wusste, was als Nächstes käme. Ausgelaugt von Panik und Stress, würde er einschlafen.

Sie saß neben seinem Bett, einen Arm zwischen die Metallgitter an der Seite gestreckt, und hielt seine schlaffe Hand. Dabei konzentrierte sie sich darauf, die Fassung zu wahren, zu beten und sich zu fragen, ob ihre Mutter überhaupt wusste, wo Joe war, ob Katie zu essen bekommen hatte und wo sie schlafen würde.

Es gab etwas, das der Arzt ihr nicht gesagt hatte, dessen war sie sich sicher. Er hatte besorgter gewirkt als beim letzten Mal. Immer wieder ging sie seine Worte im Geiste durch, während sie jedem Atemzug von Joe lauschte. Der Arzt hatte sich eigenartig angehört, als würden sie über den Bruder von jemand anderem reden, nicht über ihren Joe. Sie sträubte sich gegen die Idee, dass Joe für den Rest seines Lebens so weitermachen müsste. Es schien schlimmer zu werden, je älter er wurde.

Später saß Lily mit einer leeren Teetasse in der Hand da und blickte durch das große Fenster neben Joes Bett hinaus auf die Stadt. Sie beobachtete, wie die Lichter in den Büros, den Geschäften und unten am Hafen ausgingen und jene in den Wohnhäusern aufleuchteten. Leute eilten nach Hause, die Köpfe gesenkt – lange Gestalten in dunklen Mänteln, die Taschen und Regenschirme trugen und es nicht erwarten konnten, aus dem Nieselregen zu kommen, der bereits den ganzen Tag anhielt.

Zehn Minuten vergingen, dann kam Dr. Mackintosh zurück, um nach Joe zu sehen. Er hatte ein Tablett dabei, das er auf den Nachtschrank stellte.

»Für Sie«, sagte er. »Die Küchenhilfe hat gesagt, ich soll es Ihnen mitbringen.«

Lily roch das Essen, und ihr lief das Wasser im Mund zusammen. »Machen Sie das immer?«, fragte sie mit einem Nicken zu dem Tablett.

»Nun, ich persönlich nicht direkt, aber wir sorgen schon für unsere Besucher, wenn es Patienten besonders schlecht geht. Vor allem für die hübschen.«

Er hätte sich am liebsten die Zunge abgebissen. Wie konnte er so idiotisch sein? Er klang erbärmlich, als würde er versuchen, Dr. Teddy Davenports Flirttechnik bei Schwester Makebee nachzuahmen ... und kläglich scheitern.

Lily wurde rot. Noch nie hatte jemand sie hübsch genannt, und sie wusste nicht, wie sie reagieren sollte. Sie bezweifelte, dass er jemals zuvor einer Besucherin ein Tablett mit einer Portion Shepherd's Pie und einer Kanne Tee gebracht hatte. Zum ersten Mal seit ihrer Ankunft im Krankenhaus lächelte sie richtig.

Dr. Mackintosh beschloss, wieder eine professionellere Haltung einzunehmen, um das Gesicht zu wahren. Später würde er sein Benehmen auf das Dämmerlicht im Krankensaal zurückführen, auf die unwirklich anmutende Atmosphäre durch das Nachtlicht und die dramatische Situation.

»Ich möchte nur noch mal Joes Atmung prüfen und noch mehr von dem Medikament in seinen Tropf geben«, sagte er und steckte die Ohroliven seines Stethoskops ein. »Nur zu, essen Sie. Es ist gerade Übergabe von der Tages- zur Nachtschicht, und wenn mich nicht alles täuscht, hat heute Nacht Joes Lieblingsschwester Dienst.«

Wieder lächelte Lily. Sie stand auf und half dem Arzt, Joes Nachthemd anzuheben. »Wird er wieder?«, fragte sie ängstlich.

»Er schläft ruhig, und mehr können wir uns nicht wünschen.« Beide beugten sich über Joe, und Lilys Haar fiel auf Dr. Mackintoshs Hand, als er Joe sanft auf die Seite drehte, um seinen Rücken abzuhören. »Ich habe Ihren Liebsten vorhin die Notaufnahme verlassen sehen. Kommt er zurück?« Er versuchte, beiläufig und lediglich höflich zu klingen. Doch Lilys Antwort war Musik in seinen Ohren.

»Oh, er ist nicht mein Liebster. Das war Lockie, den ich schon kenne, seit ich ein kleines Kind war. Er ist mir über die Jahre ein guter Freund gewesen, und ich sehe ihn oft bei der Arbeit.«

Sein Herz tanzte ob dieser Neuigkeit. Lockie war der einzige Mann gewesen, der in ihrer Stunde der Not zu ihr gekommen war. Gäbe es einen festen Freund, wäre er hier, so viel war sicher. Also war Lily ungebunden. Er schöpfte neue Zuversicht.

Anthony Mackintosh war bewusst, dass er allmählich in Verhaltensmuster verfiel, die ihn zu einem einsamen alten Mann oder zu einem Alkoholiker machen würden, was immer zuerst käme. Seine Schichten begannen früh und konnten bis zehn Uhr abends gehen. Dann schaute er im Pub vorbei, wo er verlässlich jemanden aus dem Ärztewohnheim traf. Kürzlich war ihm der Gedanke gekommen, dass die anderen Ärzte kamen und gingen, er aber immer noch dort war, unverheiratet und unverändert. Wenn er seine Pints trank, hatte er das Gefühl, die Welt um ihn herum würde sich weiterbewegen. Letztes Jahr beim Tanzabend der Ärzte hatte er sogar von sich aus angeboten, den Dienst in der Notaufnahme zu übernehmen, damit sich die jüngeren Ärzte amüsieren konnten. Wie es aussah, würde er nie Frau und Kinder haben. Die Furcht vor einem leeren, einsamen Leben schärfte seine Gedanken und öffnete ihm die Augen, und nun war da Lily. Sie war das erste weibliche Wesen, das seine Aufmerksamkeit erregte. Bei dem er zweimal hinsah und sein Puls sich allein bei ihrem Anblick beschleunigte.

»Es geht ihm gut«, sagte er, als er sich aufrichtete. »Natürlich höre ich noch ein leises Pfeifen, allerdings bin ich nicht sicher, ob das je wieder ganz verschwindet. Ansonsten würde ich sagen, dass alles in Ordnung ist.«

»Bin ich froh, das zu hören! Ginge es, dass ich nach Hause laufe und nach meiner Schwester Katie sehe? Würden Sie mich wieder reinlassen?«

Dr. Mackintosh schüttelte den Kopf. »Leider wird mein Glück nicht bis morgen anhalten. Ich musste schon sehr energisch gegenüber der stellvertretenden Oberschwester auftreten, damit Sie so lange bleiben durften. Sie wird ›die Knochenbrecherin‹ genannt, aber das haben Sie nicht von mir.«

Lily kicherte beinahe.

»Ich fürchte, mehr kann ich nicht tun bis zur Besuchszeit am Sonntag. Aber die diensthabende Schwester heute Nacht ist fantastisch, und ich weiß, dass sie diesen kleinen Kerl hier anbetet. Ich mache auch bald Schluss. Wie wäre es, wenn ich Sie nach Hause zu Ihrer Schwester fahre?«

Vor Scham wäre Lily am liebsten im Erdboden versunken. Er war ein wunderbarer Mann, aber er durfte auf keinen Fall sehen, wie sie lebte; und nicht nur sie, sondern auch Katie und Joe. Das ging nicht. Ihr Brustkorb fühlte sich eng an, und vor Selbstmitleid brannten Tränen in ihren Augen. Dabei sah er sie so ungemein freundlich an.

Dr. Mackintosh begriff sofort.

»Lily, ich lebe schon länger in Liverpool und weiß, wo die Clare Cottages sind. Es ist ja nicht weit von hier. Sie sind erschöpft, also erlauben Sie bitte, dass ich Sie fahre. Aber vorher müssen Sie das aufessen, sonst macht mir die Küchenhilfe die Hölle heiß. Wir treffen uns in einer halben Stunde vor dem Lovely-Lane-Eingang.« Ohne ein weiteres Wort war er weg.

Es war, als hätte bei Lily jemand eine Schleuse geöffnet. Die Tränen, die sie sonst unterdrückte, brachen sich Bahn und begannen zu fließen. Nachdem das Weinen einmal angefangen hatte, wollte es nicht wieder aufhören. Lily konnte das Essen nicht anrühren, das Dr. Mackintosh ihr gebracht hatte. Sie saß auf dem Stuhl, das Gesicht in den Händen vergraben, und weinte bitterlich.

Joes kleine Hand streifte ihr Knie. »Lily, was ist?«, flüsterte er.

Hastig wischte sie sich die Augen, sprang auf und lächelte. »Um Himmels willen, guck dir mich an! Es ist nichts, Joe. Möchtest du etwas trinken?«

Joe nickte, und Lily griff nach der Schnabeltasse auf dem Nachtschrank. Zehn Minuten später schlief er wieder. Lily war innerlich gespalten und konnte sich kaum dazu bringen, Joe zu verlassen. Die Nachtschwester, die Joe Schwester Dana nannte, kam auf sie zu.

»Guten Abend, wollen Sie gehen? Oh nein, Sie haben geweint, oder?« Dana legte einen Arm um Lilys Schultern. »Ich sollte das eigentlich nicht sagen, weil ich keine Lieblinge hier haben darf, aber Joe ist eindeutig meiner. Ich mag ihn sehr gern, und falls Sie Sorge haben, ihn hier bei mir zu lassen, das müssen Sie nicht. Ich werde auf ihn aufpassen, als wäre er mein Kind.«

Lily glaubte ihr, denn Dana war anzusehen, dass sie es ernst meinte.

Sie sah zu Joe und küsste ihn auf seine weiche Wange und das Haar. »Gute Nacht, kleiner Mann. Ich bin bald wieder da«, flüsterte sie. Erneut drohten ihr die Tränen zu kommen, weshalb sie rasch ging.

Wenige Minuten später stieg Lily zum ersten Mal in ihrem Leben in ein Automobil ein. Es roch nach Leder, Holz und etwas seltsam Medizinischem. Noch nie war sie einem Mann so nahe gewesen, und sein maskuliner Duft war schwindelerregend.

»Gut, fahren wir Ihre Schwester retten, ja?« Im Licht der Straßenlaterne sah er Tränen in ihren Augen glänzen. »Aber, aber, nicht weinen. Katie wird wollen, dass Sie sie trösten und ihr sagen, dass alles in Ordnung ist und Joe wieder gesund wird. Wenn wir da ankommen und Sie weinen, macht es keinen überzeugenden Eindruck.«

Als sie die Steinstufen der Clare Cottages hinaufgingen, wurde Lily bewusst, wie streng der Uringeruch war. Ihr waren die Unmengen von Hunde- und Menschenkot überall auf dem Gehweg peinlich, ebenso die Müllberge auf den Gängen, wo die Kinder sie umherkickten. Sie näherten sich Mrs McGuffys Wohnung, und Lily roch Dettol. Offensichtlich hatte Mrs McGuffy schon den Laubengang vor ihrer Wohnungstür gereinigt, wie sie es jeden Abend tat.

Die Tür stand offen, und mit einem zarten Klopfen trat Lily ein, wie es hier üblich war. Dr. Mackintosh blieb an der Schwelle stehen.

Lily blickte zu den Kindern, die frisch gewaschen in einer Reihe saßen. Die Wohnung war makellos. Mrs McGuffy kniete vor einer Zinkwanne vor dem Ofen und badete das Baby.

»Eure Katie ist nicht hier, Liebes«, sagte sie zu Lily und blickte auf. »Wie geht es Joe? Haben sie ihn dabehalten? Gott, es ging ihm richtig schlecht, nachdem du weg warst, Lily. Hat mich zu Tode erschrocken. Aber im St. Angelus ist er sehr gut aufgehoben. Ich habe schon gedacht, er ist tot.«

Mrs McGuffy war so unverblümt wie alle Frauen in den Clare Cottages. Angstschauer liefen Lily über den Rücken, und sie wollte sich nicht einmal vorstellen, was hätte geschehen können, wären Schwester Therese und Mrs McGuffy nicht gewesen.

»Ja, er schläft jetzt. Sie haben ihm die gleiche Injektion gegeben wie letztes Mal, und sie wirkt. Er ist so müde. Ich glaube, er hat seit Tagen nicht richtig geschlafen. Hoffentlich kann er es jetzt. Wahrscheinlich behalten sie ihn eine Weile da, um sicher zu sein.«

»Na, bei denen ist er auch am besten aufgehoben. Schwester Therese hat Katie mit rüber zum Kloster genommen, und sie lässt dir ausrichten, dass sie da auch ein Bett für dich für heute Nacht hat. Katie ist so gerne im Kloster, dass ich manchmal schon denke, sie wird selbst mal Nonne. Und die Schwestern sind so nett zu ihr.«

Lily erschrak. Mrs McGuffy hatte etwas erkannt, das direkt vor Lilys Nase geschah und ihr doch nie klar geworden war. Katie war wirklich gern im Kloster. Während Lily darum gekämpft hatte, dass sie nicht dorthin kam, hatte Katie sich womöglich nichts sehnlicher gewünscht, als bei den anderen Kindern im Heim zu sein, wo es warm war und sie Essen bekam.

»Das kann ich ihr nicht übel nehmen«, sagte sie. »Verglichen mit unserer Wohnung muss es ihr dort wie das Paradies vorkommen.«

Mrs McGuffy stand auf, griff sich ein vergilbtes, aber sauberes Handtuch und wickelte das Baby hinein. Dann legte sie den Kleinen auf den Schoß einer ihrer Töchter, die ihn trocken zu reiben begann. Die Kinder waren still und lasen brav.

Lily konnte sich nicht verkneifen zu sagen: »Ihre Kinder sind überhaupt nicht laut, immer brav und ruhig. Ich höre sie nie schreien.«

»Ach, das tun sie schon auch«, antwortete Mrs McGuffy. Sie nahm eine Zigarette hinter ihrem Ohr vor, bückte sich, um sie an einem glühenden Kohlenstück anzuzünden, und zog kräftig daran. »Die rennen auch draußen mit den anderen herum. Aber sie wissen, was von ihnen erwartet wird, und machen keinen Ärger. Jetzt ist Badezeit, da hat jedes seine Aufgabe, stimmt's, Kinder?«

Zwei von ihnen schauten auf und antworteten: »Ja, Mam.«

Ein Hüsteln an der Wohnungstür ließ Mrs McGuffy zusammenzucken. Lily hatte fast vergessen, dass Dr. Mackintosh noch dort stand. »Heiliger Himmel, wer ist da an der Tür? Bist du das, Seamus?«

»Nein, äh, es ist einer der Ärzte aus dem Krankenhaus. Er hat mich nach Hause gefahren«, erklärte Lily.

»Jesus, Maria und Josef, ein Doktor an meiner Tür, und dabei brauche ich nicht mal einen. Ist das nicht wieder typisch? Da begrüße ich ihn mal schnell.«

Ehe Lily mehr sagen konnte, war Mrs McGuffy an der Wohnungstür. Lily wäre am liebsten gestorben.

Anthony Mackintosh bereute, sich bemerkbar gemacht zu haben, sobald er die zahnlose Mrs McGuffy auf sich zukommen sah. Als sie an ihrem Herd vorbeirauschte, wehte ihm der Geruch von Kohl und Kartoffeln entgegen.

»Guten Abend, Doktor. Wie nett von Ihnen, das Mädchen nach Hause zu bringen! Katie ist drüben im Kinderheim von St. Chad's, und die Mutter ist im Pub, schon den ganzen Tag.« Den letzten Teil flüsterte sie, damit Lily es nicht hörte. Sie erwähnte nicht, dass sie sich mit Trinkerproblemen in Familien auskannte.

Ihre Schwägerin in Mayo hatte einen Mann, der kaum je aus dem Pub herauskam.

»Wiedersehen, Kinder«, sagte Lily, drehte sich um und folgte Mrs McGuffy zur Tür. Sie war feuerrot im Gesicht und fragte sich, was der ritterliche Arzt von ihrer Nachbarin halten mochte.

»Dann bringe ich Lily zum Kloster«, sagte er. »Sie hat einen anstrengenden Tag hinter sich.«

»Danke für alles, Mrs McGuffy«, sagte Lily, als sie an ihrer Nachbarin vorbei auf den Laubengang huschte.

Dr. Mackintosh lüpfte seinen Hut und folgte ihr.

Im Wagen legte er eine Hand auf den Zündschlüssel und sah Lily an. Das Licht der Straßenlaterne verlieh seinem Gesicht einen orangenen Schimmer, doch der Rest von ihm war in Dunkelheit gehüllt. »Sie müssen nicht verlegen sein«, sagte er. »Als Arzt sehe ich Leute aus allen möglichen Kreisen in die Notaufnahme kommen, von Lords und Ladys bis hin zu Straßenkindern. Jeder ist gleich, Lily. Ich habe in Glasgow gearbeitet, wo es viele Siedlungen wie die Clare Cottages gibt. Dies hier ist nichts Außergewöhnliches.«

Lächelnd ließ er den Motor an.

Und Lily konnte nicht umhin, sein Lächeln zu erwidern. In seiner Nähe raste ihr Herz, und ihr Atem ging schneller.

»Zum St. Chad's«, sagte Dr. Mackintosh, blickte in den Seitenspiegel und wendete den Wagen.

Er setzte sie am Tor ab. Beide sahen, dass das Licht draußen anging, und hinter der Buntglasscheibe der Tür konnte Lily die Umrisse von Schwester Therese erkennen.

»Ich fahre dann wieder«, sagte Dr. Mackintosh, als er Lily die Beifahrertür öffnete. »Es ist spät. Achten Sie bitte darauf, vor dem Schlafengehen etwas zu essen, Lily. Versprechen Sie mir das.«

Sie sah ihn an und war so unendlich dankbar, dass ihr die Worte fehlten.

»Dies ist wahrscheinlich nicht der richtige Moment, aber wenn sich alles ein wenig beruhigt hat, darf ich Sie dann mal zum Mittagessen einladen – oder sogar zum Dinner? Irgendwo, wo es nett ist? Ich finde, Sie haben es verdient.«

Lily nickte. Sie hatte keine Ahnung, was sie sagen sollte. Es war vollkommen ungewiss, was der morgige Tag bringen würde, von den nächsten Wochen ganz zu schweigen.

Anthony Mackintosh war zurück im Auto und die Straße hinuntergefahren, bis Schwester Therese bei Lily war. Er beschloss, noch im Grapes ein Bier mit den Kollegen zu trinken, wie er es seit fünf Jahren beinahe jeden Abend tat. Als er in den Pub kam, sah er sofort Oliver Gaskell an der Bar. Wie so oft stand eine junge Schwesternschülerin bei ihm und himmelte ihn an. Anthony versuchte, sie einzuordnen. Ah ja, die neue Schülerin auf Probe von der Männerstation, dachte er. Schwester Moran: irisch, hübsch, allerdings sehr naiv und ängstlich. Jemand musste sie warnen. Die letzte Schwesternschülerin, die Oliver Gaskell verfallen war, litt immer noch an ihrem gebrochenen Herzen.

Oliver hatte ihn kommen gesehen und ihm gewunken, doch Anthony wollte die beiden nicht stören. Auf einer Bank in der Ecke saß Teddy Davenport mit der neuen Schwesternschülerin aus der Notaufnahme, Schwester Makebee. Sie hockte auf Teddys Knie, und Anthony stutzte. Er hätte schwören können, dass Teddy vorhatte, mit Schwester Dana Brogan in den Urlaub zu fahren, die gerade Nachtdienst auf der Kinderstation machte. Ich werde alt, dachte er; es muss Paarabend sein. Dann bemerkte er einen Assistenzarzt an der Bar. Immerhin ein unbegleiteter Mann.

»Einen Drink?«, fragte der Assistenzarzt.

Anthony Mackintosh wollte schon »ein Pint, bitte«, rufen, da überlegte er es sich anders. Er würde zurück auf die Station gehen und nach Joe sehen. Täte er es nicht, würde er heute Nacht wohl nicht schlafen können. »Ich sehe nur noch kurz nach einem der Kinder auf Station vier. Bestellen Sie mir bei der nächsten Runde ein Pint mit. Ich bin in einer halben Stunde wieder da.«

Ein paar Stunden später, als die Glocke für die letzten Bestellungen läutete, fragte Teddy Davenport, der einen Arm um Schwester Makebee gelegt hatte, den Assistenzarzt: »Wem gehört das volle Pint? Sind Sie krank?«

»Nein, das war für Mackintosh. Er hatte gesagt, dass er in einer halben Stunde zurück ist, aber dann ist er nicht wieder aufgekreuzt.«

»Tja, man soll ja nichts verschwenden.« Teddy lachte zu laut, als er das Pint aufnahm und in einem Zug leerte.

»Du bist wirklich ein beeindruckender Mann«, schnurrte Schwester Makebee.

Teddy wischte sich mit seinem Handrücken über den Mund. »Warst du schon mal im Lake District?«

Kapitel neunundzwanzig

Dr. Mackintosh sah die Scheinwerfer des alten Austin durchs Tor kommen und erkannte auf Anhieb, dass es Dr. Gaskells Wagen war. Er hielt direkt gegenüber der Treppe zum Haupteingang. Anthony Mackintosh lief los und war unten, als Dr. Gaskell langsam aus dem Automobil ausstieg. In letzter Zeit war er steifer und langsamer geworden, und nach einer langen Fahrt bedeutete das Aussteigen neuerdings eine Tortur.

»Vielen Dank, dass Sie heute Abend zurückkommen«, keuchte Anthony, der nach seinem Sprint außer Atem war. »Der kleine Junge, Joe Lancashire, macht mir ernsthaft Sorgen. Trotzdem hatte ich Sie heute Abend nicht hier erwartet. Ich dachte, Sie würden erst mal nach Hause fahren und sich ausschlafen.«

Dr. Gaskell verriegelte den Wagen und schüttelte den Kopf.

»Bei kleinen Kindern mit solchen Atemproblemen geht man kein Risiko ein«, antwortete er. »Wenn man so viele Bronchiolen und Lungen von Liverpooler Kindern gesehen hat, weiß man vor allem eines: Ein Kind kann schneller abbauen, als ein Stein im Wasser versinkt. Ich würde ihn gern heute Abend noch sehen und morgen möglichst auch.«

Voller Ehrfurcht sah Dr. Mackintosh den viel älteren Mann an. Sein Ruf war im ganzen Land so bekannt wie seine hartnäckigen Bemühungen, die Regierung zu einem Luftreinhaltungsgesetz zu bewegen. Anthony hegte den größten Respekt vor dem Mann, und das nicht nur wegen seiner medizinischen Fachkenntnis und seiner Professionalität, sondern auch wegen seiner Würde und seiner vorbildlichen Haltung. Auf die nächste Frage war er indes nicht vorbereitet.

»Kommen Sie aus dem Grapes? War mein Sohn dort?«

Anthony wusste nicht, was er sagen sollte. Den Mann, vor dem er solch große Achtung hatte, konnte er nicht belügen, also bejahte er stumm.

»Dachte ich mir. Welche junge Schwesternschülerin ist ihm jetzt wieder auf den Leim gegangen?«

»Ähm, sie ist neu auf der Männerstation. Eine junge Irin, Schwester Moran.«

Die beiden Männer gingen auf den Haupteingang, hell beleuchtet vom Lichtkegel einer großen Lampe, zu.

»Wissen Sie, Dr. Mackintosh, ich kann mich nicht entscheiden, ob ich beeindruckt oder besorgt sein soll. Ihr jungen Männer heutzutage seid ganz anders als wir damals. Wir warfen ein Auge auf eine bestimmte junge Dame, waren überglücklich, wenn sie uns gestattete, sie zu umwerben, und wenn angemessen viel Zeit verstrichen war, haben wir sie geheiratet.«

Er stieß die schwere Holztür mit dem Glasfenster oben auf und bedeutete Anthony vorauszugehen. »Nach Ihnen«, sagte er, und Anthony war peinlich, dass er nicht schneller gewesen war, um Dr. Gaskell die Tür aufzuhalten.

»Manchmal kommt es mir vor, als wären nach dem Kriegsende alle ein wenig verrückt geworden. Was ist mit Ihnen, Dr. Mackintosh? Wie ich höre, sind Sie das genaue Gegenteil, haben nichts als die Arbeit im Sinn. Und es scheint zu stimmen, denn Sie sind jetzt hier.«

Anthony hüstelte und grinste Dr. Gaskell zu.

»Schon gut, schon gut! Ich weiß, dass mir derselbe Ruf vorauseilt, und, bei Gott, ich habe ihn mir in den fünfundvierzig Jahren hier verdient. Aber ich habe eine wundervolle Frau zu Hause, die dafür sorgt, dass ich auf dem Teppich bleibe. Ich muss mich um nichts zu Hause kümmern, außer um meine Rosen und hin und wieder um eine Maus, die sich nach drinnen verirrt hat. Hingegen haben Sie niemanden, soweit ich informiert bin. Das ist nicht gut für einen Arzt, der so viel arbeitet wie Sie.«

Anthony wurde rot. Er hatte eine Antwort, und die lautete, er war so festgefahren in seinem Lebensstil, dass es ihm nahezu unmöglich erschien, ihn zu verändern. Vor zehn Jahren hätte er es sich nicht zweimal überlegt, ob er eine junge Frau zum Essen einladen sollte. Jetzt wusste er nicht einmal mehr, wie man das richtig anstellte.

»Versuchen Sie, das zu ändern, Dr. Mackintosh. Wir alle brauchen eine gute Frau. Mrs Gaskell ist großartig. Leider werden Sie nicht mehr die Beste bekommen, denn sie ist schon lange mein, und eine zweite gibt es nicht auf diesem Planeten. Aber gewiss könnten Sie eine finden, die ihr beinahe das Wasser reichen kann. Die achtgibt, dass Ihre Hemden gebügelt sind, Ihre Handschuhe an der Tür liegen, wenn Sie gehen, und vor allem, dass Sie anständig essen.«

Anthony war sehr dünn, und bisweilen vergingen Tage, ohne dass er eine richtige Mahlzeit zu sich nahm. Er lebte von Toastscheiben im Krankenhaus-Café.

»Falls Sie Ihre Arbeitswut ernsthaft ausleben und nicht in der Irrenanstalt landen wollen, kommen Sie ohne eine Frau nicht aus.«

»Ich werde mein Bestes tun, Sir«, versprach Anthony.

Mittlerweile waren sie die Treppe hinaufgegangen und bogen zu Station vier ab. Dr. Gaskell warf einen Blick zu Station drei, um sich zu vergewissern, dass alles ruhig war. Das Krankenhaus mochte jetzt dem Nationalen Gesundheitsdienst NHS unterstehen, doch als St. Angelus noch einer Stiftung gehörte, hatten er und die Oberschwester hier die Verantwortung gehabt. Jede Geburt, jeder Todesfall und alle Krankheiten dazwischen im Hafenviertel von Liverpool waren in seine Zuständigkeit gefallen. Jetzt lag alles in den Händen von Politikern, aber mit alten Gewohnheiten brach man nur schwer. Er konnte die Verantwortung nicht in Gänze abtreten. Gab es einen Patienten im Haus, der seine Hilfe brauchte, war er da. In Momenten wie diesem spielte der NHS mit all seinen Regeln und Vorschriften keine Rolle.

Auf Station drei brannten die roten Nachtlichter, und man hörte das leise Schnarchen von kleinen Kindern. Dr. Gaskell lächelte. Alles war gut.

Als sie sich zur Station vier umdrehten, erschraken beide Männer, denn Schwester Brogan kam auf sie zugelaufen und stieß einen kleinen Schrei aus.

»Oh, Gott sei Dank! Ich wollte schon anrufen. Es ist Joe. Er redet wirr und ist ganz blau. Seine Atmung ist furchtbar. Ich habe den Tropf aufgedreht, wie Sie gesagt haben, Dr. Mackintosh, aber es tut sich nichts.«

Sie eilten zu seinem Bett. Dr. Mackintosh sah eine Schwester von Station drei, die versuchte, Joe ruhig zu halten, damit er sich nicht an den Bettgittern verletzte. Er kämpfte eindeutig um Luft, hatte sich in seiner Panik jedoch die Sauerstoffmaske vom Gesicht gerissen.

Joe war in zwei Welten. In der einen versuchte er panisch, Luft zu holen, in der anderen bedrängten ihn wirre Bilder und Stimmen. Es war Weihnachtsmorgen, er fuhr auf seinem Rad über den Laubengang, und Katie, die eine Hand hinten am Sattel hatte, schrie: »Tritt, Joe, tritt!« Aber er konnte nicht, weil es zu anstrengend war, deshalb streckte er die Beine nach vorn, und Katie rannte hinter ihm her, bis sie lachend hinfiel. Er hörte Schwester Dana, die rief, und zwei Männer hielten seinen Kopf. Einen kannte er. Der andere war freundlich und alt, doch sie wollten ihm einen Schlauch in den Hals schieben, und das machte ihm Angst. Er konnte nicht mehr atmen. »Durchhalten, Joe«, sagte der Doktor, den er kannte. »Es ist nur ein Schlauch. Schalten Sie das Gerät ein«, rief der Arzt jemandem zu, aber Joe bekam keine Luft. Er konnte nicht tun, was sie sagten. Er hörte die Schwester laut rufen: »Joe, hilf uns, Joe.« Nein, das war nicht die Schwester, sondern wieder Katie, »Tritt, Joe, tritt!« Und jetzt waren seine Beine auf einmal frei, und er konnte treten. Schneller und schneller. Und er konnte atmen. Tief sog er die klare Luft ein, nicht die verräucherte feuchte, an die er aus den Clare Cottages gewöhnt war. Und er trat schneller, während Katie juchzte vor Lachen. Dann hörte er Lily sagen: »Gute Nacht, Joe. Schlaf schön, kleiner Mann. Ich bin bald wieder bei dir.« Lily kam zurück. Er drehte sich um, wollte sie sehen. Sie kam wieder, und er musste da sein. Lily würde nicht wissen, wo sie ihn finden könnte, und dann wäre sie traurig. Sollte er zu ihr umkehren? Er blickte sich um, und obwohl er Lily hörte – »Gute Nacht, Joe« –, konnte er sie nirgends sehen, nur Katie, die ihm lachend hinterherlief. »Tritt, Joe, tritt!« Sie blieb stehen und klatschte in die Hände, und als er wieder nach vorn sah, waren Sonne und Licht vor ihm. Er fühlte sich frei, glücklich und aufgeregt. »Lily, ich fahre! Guck mal, Lily!« Und er lachte laut, sehr lange, mit all dem Atem, den er brauchte, um immer schneller auf das Licht zuzufahren.

Mrs Duffy stand in der Küche und briet den Bacon in der Pfanne. Scamp lag zu ihren Füßen. Er hatte den Kampf gewonnen und sie um seine Pfote gewickelt.

»Nein, du kriegst keinen Bacon aus der Pfanne. Wenn noch Reste sind, bekommst du welchen, sonst nicht. Ein bisschen Kante, wenn du Glück hast.«

Scamp senkte die Schlappohren, legte das Kinn auf seine Vorderpfoten und sah sie flehend an. Diese Technik hatte er in seiner ersten Woche hier perfektioniert.

»Ach, um Himmels willen, wie machst du das bloß?«, schalt sie. Sie hob einen Streifen aus der Pfanne und warf ihn in seinen Napf. »Jetzt geh weg, verstanden? Belästige mich ja nicht wieder, denn die hier sind für meine Schwestern.«

Sie hörte das Klicken der Haustür. »Aha! Siehst du, Scamp, die Erste kommt vom Nachtdienst zurück. Der Bacon ist fast fertig, kommen Sie zum Essen!«, rief sie.

Es kam keine Antwort, aber sie hörte Schritte im Frühstücksraum. Als sie hinging, sah sie Dana einen der Stühle vorziehen und sich setzen. Mrs Duffy blickte zum Plan an der Wand, wer heute freihatte. Die Mädchen vom Tagesdienst und die mit geteilten Schichten hatte sie bereits mit Frühstück versorgt und losgeschickt. Kichernd und plappernd waren sie hinaus in den Sonnenschein gezogen.

Die Dienstpläne wurden jeden Donnerstag vor den Stationen ausgehängt, und die Schülerinnen aus der Lovely Lane hatten strikte Weisung, ihre Dienstzeiten bis zum Freitag in die Tabelle im Wohnheim einzutragen. Auf diese Art wusste Mrs Duffy, wer wann zum Frühstück kam.

»Ah«, sagte sie zu Dana, »die schrecklichen drei werden Sie heute vermissen. Sie haben frei und kommen sicher gleich nach unten. Sie wollen in die Stadt, ein bisschen einkaufen. Möchten Sie irgendwas?«

Da immer noch keine Antwort von Dana kam, drehte Mrs Duffy sich um.

»Oh, Sie sehen geschafft aus«, sagte sie. »Es ist eine enorme Verantwortung, die Sie da auf der Kinderstation haben. Hier ist Ihr Tee, und das Bacon-Sandwich kommt gleich. Geben Sie mir zwei Minuten, Ihre Wärmflasche fertig zu machen, und dann stecken wir Sie direkt ins Bett, meine Liebe.«

Sie hörte die polternden Schritte auf der Treppe. »Hör sich einer diese Horde an! Im Ernst, die kommen immer exakt dann, wenn der Bacon fertig ist, keine Minute früher oder später. Da muss man schon fast den Hut ziehen!«

Pammy, Victoria und Beth kamen herein. »Guten Morgen«, rief Pammy. »Seht euch den Sonnenschein an. Und Dana fährt übermorgen in den Urlaub, Mrs Duffy. Hast du ein Glück!«, sagte sie zu Dana.

»Kann ich Ihnen helfen, Mrs Duffy?«, fragte Beth, die bereits ungefragt den Milchkrug füllte.

Victoria schüttete Cornflakes in eine Schale, und Pammy stand vor dem Kamin, um vor dem Spiegel ihr Make-up zu vervollständigen.

»Wir gehen in die Stadt, Dana, brauchst du irgendwas?«, fragte Victoria.

Auch sie bekam keine Antwort. Mrs Duffy stellte einen Teller mit einem Bacon-Sandwich vor sie hin und betrachtete sie sorgenvoll.

In diesem Moment wurde allen klar, dass etwas nicht stimmte. Und das nicht nur, weil Scamp zu Dana trottete und ihr seinen Kopf auf den Schoß legte. Auch nicht, weil Dana nicht antwortete, als Mrs Duffy sie fragte, ob etwas los sei und ob sie gern ein Ei auf ihrem Bacon-Sandwich hätte. Ebenso wenig, weil sie nicht mit den anderen plauderte. Es waren die Tränen, die Dana über die Wangen liefen, und der Schmerz in ihrer Stimme ließ sie alle für eine Sekunde die Luft anhalten. Entsetzt stellten sie fest, dass Dana passiert war, was sie alle fürchteten und wovor man sie immer wieder gewarnt hatte: Dana hatte sich zu sehr auf einen Patienten eingelassen, und es war etwas Schreckliches geschehen. Sie konnte nicht sprechen, nur schluchzen.

Kapitel dreißig

Lily wurde vom Klopfen der Polizei an die Tür von St. Chad's geweckt. Das ganze Kloster erwachte, als die Beamten dreimal den großen Messingklopfer betätigten. In St. Chad's war man keine frühmorgendlichen Besucher gewohnt, und Lily hörte die schnellen Schritte einer Postulantin auf dem Steinboden. Als sie sich im Bett aufsetzte, wurde ihr eiskalt.

Schwester Therese fuhr mit ihr in einem Taxi zum St. Angelus. Bis gestern hatte Lily nie in einem Automobil gesessen; jetzt unternahm sie die zweite Fahrt innerhalb weniger Stunden. Als sie durch die Lovely Lane brausten, sah sie Schwester Brogan. Sie ging mit gesenktem Haupt und sichtlich traurig zum Schwesternheim. Verzweifelt lehnte Lily sich zurück. Die Polizei hatte lediglich gesagt, dass sie sich beeilen sollte.

Beim Krankenhaus rannte Lily direkt vom Haupteingang den Korridor entlang zur Station. Es war niemand da, um das ärmlich gekleidete Mädchen oder die Nonne mit dem wehenden Habit zurechtzuweisen, die ihre Röcke hochhielt, als sie Lily nachjagte. Die Lichter waren gedämpft, der Korridor leer. Das Morgenlicht war noch zu schwach, um die Schatten aus den Winkeln und Nischen zu vertreiben. Ihre Schritte hallten durchs Haus.

»Ich komme, Joe. Ich komme«, murmelte Lily, als sie die Treppe hinaufhetzte. Sie wusste nicht, dass es zu spät war.

Sie wurden von einer Schwester zum Büro der Oberschwester geführt. Letztere bemühte sich mittlerweile, so gut wie jeden von Miss Van Gilder fernzuhalten. Und um Lilys Leid nicht zu verlängern, kam sie direkt zum Punkt. »Wir haben Joe verloren, Miss Lancashire. Es tut mir leid, aber er ist gestorben. Er hatte einen weiteren Schub, und der kam zu schnell nach dem ersten. Sie haben mein aufrichtiges Mitgefühl.«

Lilys verzweifelte Schreie waren im ganzen Haus zu hören.

»Joe wurde vom erfahrensten Lungenfachmann in der Region behandelt«, erklärte die Oberschwester. Sie hatte geduldig gewartet, bis Lilys Schluchzen verebbte und sie sich auf das konzentrieren konnte, was gesagt wurde. In Zeiten wie diesen wurde ihre Professionalität bis an ihre Grenzen getestet, und ihre jahrelange Erfahrung kam ihr zugute. »Er hatte einen Atemstillstand, gefolgt von einem weiteren Bronchospasmus. Dr. Gaskell und Dr. Mackintosh haben die ganze Nacht versucht, ihn zu retten. Sie haben getan, was sie konnten, und einiges an sehr speziellen Geräten genutzt, um seine Atmung zu unterstützen.«

Lily erinnerte sich an das Beatmungsgerät neben dem Bett. Dr. Mackintosh musste es geahnt haben.

»Seine Brust war sehr schlimm, aber das wissen Sie ja, nicht wahr? Dr. Mackintosh hat mir erzählt, dass Sie sehr gut für ihn gesorgt haben.«

Lily hob ruckartig den Kopf. »Aber ich bin nicht bei ihm gewesen. Er ist allein gestorben«, flüsterte sie.

»Oh nein, das ist er nicht, meine Liebe. Er ist in den Armen der Schwester gestorben. Joe hatte Schwester Brogans Herz erobert, und Dr. Mackintosh hat ihn selbst zur Leichenhalle getragen, in eine Decke gewickelt, nicht auf einer Rolltrage. Den Erzählungen nach war Ihr kleiner Bruder ein ganz besonderer Mensch. Möchten Sie jetzt mit mir zur Leichenhalle gehen, um ihn zu sehen? Ich halte es immer für gut, weil es hilft, die Tage durchzustehen, die vor einem liegen.«

Lily nickte. Auf diesen Moment wartete sie, seit die Oberschwester ihr erzählt hatte, dass er tot war. Sie wollte ihn sehen. Trotzdem begann sie nun, so heftig zu zittern, dass sie kaum stehen konnte.

Zwanzig Minuten später küsste sie Joe in der kühlen Leichenhalle zum Abschied. Sie strich mit dem Handrücken über sein kaltes Gesicht, sein Haar und seine Hände. Dabei betrachtete sie seine krausen Locken und sein Engelsgesicht, um sie sich auf immer einzuprägen. »Ich werde dich nie vergessen, nie«, flüsterte sie. Durch ihren Tränenschleier sah sie, dass der Teddy in seinem Arm ruhte, den er auf der Kinderstation bei sich gehabt hatte, und das Buch, das die Schwester ihm vorgelesen hatte, lag neben ihm.

Lily richtete sich auf und fuhr sich mit ihren kalten Händen vorn über den Rock. Dann zuckte sie zusammen, als der Mitarbeiter in der Leichenhalle die Tür zum Kühlfach zuschlug.

Stille trat ein. Es war das Ende von Joes Leben. Und das Ende von Lilys, wie sie es kannte.

»Nichts wird je wieder wie vorher sein, oder?«, fragte sie Schwester Therese, die einen Arm um sie legte. »Ich werde nie wieder jemanden so lieben können, wie ich Joe geliebt habe. Und ich werde nie aufhören, ihn zu vermissen. Ich schwöre bei Gott, solange ich lebe, werde ich jeden Tag für ihn beten.«

»Schhh.« Schwester Therese rieb ihr den Rücken und führte sie zur Tür.

Lily hatte es nicht mitbekommen, doch der Mitarbeiter hatte sich leise geräuspert und Schwester Therese einen Blick zugeworfen. Es war Zeit für seine Teepause, und er wollte, dass sie gingen. Um Lily herum ging das Leben normal weiter, nur nahm sie es in ihrer tiefen Trauer nicht wahr.

Als Lily und Schwester Therese durch die Hospitalflure zurückgingen, kam ihnen Miss Van Gilder entgegen. Sie versuchte immer, Eindruck zu schinden, indem sie über eine Stunde vor der Oberschwester in ihrem Büro war. Heute gab es allerdings eine Ausnahme: Die Oberschwester hatte eindeutig besonders früh angefangen.

Miss Van Gilder erkannte Lily als die junge Frau wieder, die gestern Abend auf der Kinderstation gewesen war. Sie war leicht wiederzuerkennen, erst recht mit der Nonne an ihrer Seite. Wäre die nicht gewesen, hätte sie das Mädchen in Stücke gerissen. Sie durfte die Kinderstation ausschließlich sonntags besuchen; so lautete die Regel, und Dr. Mackintosh hatte gestern Abend gegen sie verstoßen. Er hatte es gewagt, ihre Autorität zu missachten, und normalerweise hätte sie das niemals toleriert, doch in ihrem Kopf hatten Alarmglocken geschrillt. So war sie letztes Mal beinahe ertappt worden. Sie musste mit ihrer Arbeit fortfahren und vermeiden, zu viel Aufmerksamkeit auf sich zu lenken. Deshalb hatte sie widerwillig nachgegeben.

»Verzeihung, junges Fräulein«, rief sie. »Sie wissen hoffentlich, dass es jetzt keine weiteren Besuche vor Sonntag mehr gibt.« Unglaublich, dass sie die ganze Nacht geblieben ist, dachte sie. Nonne hin oder her, dieser Arzt hat sich zu viele Freiheiten herausgenommen. »Der Doktor hatte gesagt, Sie würden nur wenige Stunden bleiben. Wir haben hier einen gewissen Standard zu wahren, und es gibt Regeln, die befolgt werden müssen. Für Ihren kleinen Bruder gelten dieselben wie für jedes andere Kind auf der Station. Wir machen keine Ausnahmen.«

Lily blieb stehen, starrte sie an und schüttelte nur den Kopf, weil sie nicht sprechen konnte. Schwester Therese bekreuzigte sich und funkelte Miss Van Gilder erbost an, bevor sie Lily wortlos weiter zum Ausgang brachte.

Miss Van Gilder kam in ihr Büro und blickte auf ihren Schreibtisch, wo der erste Tagesbericht auf sie wartete. Es war der morgendliche Bettenbericht: Auf der Kinderstation war ein Bett frei geworden. »Tja, woher hätte ich das wissen sollen?«, murmelte sie und nahm den Telefonhörer auf.

»Vermittlung, verbinden Sie mich mit der Acme-Reinigungsagentur.«

»Ja, Miss Van Gilder«, antwortete Madge in ihrer wohlklingenden Telefonstimme. »Möchten Sie dranbleiben, oder soll ich Sie wieder anrufen?«

»Rufen Sie mich wieder an«, antwortete Miss Van Gilder patzig und knallte den Hörer auf die Gabel. Sie fand, dass die Leute viel zu oft »bitte« und »danke« sagten. Eine Verschwendung guter Wörter.

Während sie wartete, öffnete sie ihre Schreibtischschublade und sah sich noch einmal die Einzelheiten des Vertrags an. Darin war die Station sieben vergessen worden. Wie hatte das passieren können? Sie wollte und brauchte das vollständige Angebot für die nächste LDHB-Sitzung. Dann hätten sie eine Entscheidung. Es gab keinen Grund, warum es über einen Monat dauern sollte, das Hauspersonal zu entlassen und den neuen Vertrag umzusetzen. Dann könnten sie mit den Pförtnern und schnellstmöglich auch mit der Wäscherei weitermachen.

Sie holte eine Fotografie aus der Schublade und betrachtete das weiß getünchte Cottage am Meer. Es war immer ihr Traum gewesen, sich in ein hübsches kleines Cottage in Cornwall in den Ruhestand zurückzuziehen. Eines wie das, in dem sie mit James ihre Flitterwochen verbracht hatte. Für einen kurzen Moment malte sie sich aus, zum Rauschen der Wellen am Strand aufzuwachen. Das Telefonläuten schreckte sie aus ihrem Tagtraum, und hastig packte sie die Fotografie zurück in die Schublade, die sie schwungvoll zuknallte.

»Ich habe die Acme-Reinigungsagentur dran, Miss Van Gilder«, sagte Madge.

»Gut«, antwortete sie und wartete auf das Klicken, das erklang, wenn Madge ihren Stecker rauszog und sich dem nächsten Gespräch zuwandte.

Madge lehnte sich zurück und sah zur großen Telefonanlage. Sie zog ihren Stecker tatsächlich auch raus, nahm allerdings gleich einen anderen Klinkenstecker, den sie ganz langsam herauszog und ihn dann in die Buchse mit der Aufschrift Stellv. OS einstöpselte, über der ein rotes Lämpchen leuchtete. Miss Van Gilder wusste nicht, dass man zwar ein Klicken hörte, wenn Madge sich aus einem Gespräch ausklinkte, nicht aber, wenn sie sich wieder in die Leitung zuschaltete.

Madge rückte ihre Kopfhörer zurecht und drehte das Klingeln der Anlage leiser. Es leuchteten nur drei Lämpchen, und es gab keine Anfragen, nach einem der Ärzte zu piepsen. Heute Morgen war wenig los. Madge nahm Papier und Stift auf, bereit mitzuschreiben. Doch sogar sie war schockiert von dem, was sie dann hörte.

»Mutter? Mutter, bist du das?«

Madge setzte sich kerzengerade auf. Für einen Moment dachte sie, sie wäre im falschen Gespräch. Sie neigte den Kopf und sah prüfend auf die Schalttafel. Nein, sie war richtig. Es war der Büroanschluss der stellvertretenden Oberschwester. Und nun hörte sie auch deren gereizte Reaktion.

»Um Gottes willen, Luuk, nenn mich am Telefon bloß nicht ›Mutter‹.«

»Warum nicht? Ich habe gehört, wie die Telefonistin sich ausgestöpselt hat, und es ist keiner in meinem Büro. In deinem?«

Miss Van Gilder war stets misstrauisch und schaute sich um. Luuk hatte recht. Sie waren allein, und sie konnte sich entspannen.

»Luuk, du hast bei deinem Angebot Station sieben vergessen. Wie kannst du so nachlässig sein? Ich will alles zur Oberschwester bringen und sie überzeugen, dass es die richtige Lösung ist. Wie soll das gehen, wenn die Zahlen nicht stimmen? Und dann muss ich das Papier dem Vorstand präsentieren, damit das Geld genehmigt wird. Vervollständige das heute Morgen bitte noch, und schick es mir sofort rüber.«

»Oh, tut mir leid, Mutter. Da fällt mir auch wieder ein, dass ich versucht hatte, auf Station sieben zu kommen, aber da hat gerade Chaos geherrscht. Ich wollte Maße nehmen, aber überall war Blut, Ärzte sind rumgerannt, Leute haben geschrien, und eine junge Schwester hat mich gefragt, ob ich weiß, wo sie ihren Infusionsständer gelassen hat. Deshalb bin ich wieder gegangen. Hör mal, ich schätze die Maße einfach. Hat die Station genauso viele Betten wie Station vier?«

»Ja, hat sie. Du musst nicht noch mal kommen, aber beeil dich bitte, und schick mir alles umgehend her. Ich brauche meine zwanzig Prozent. Der NHS wirft bei solchen Verträgen geradezu mit Geld um sich. Keiner prüft irgendwas, und sie überlassen es den Oberschwestern zu entscheiden, ob die Leistungen stimmen oder nicht. Die Vorstände haben erst recht keine Ahnung, weil die meisten von denen kaum je in einem Krankenhaus gewesen sind. Das heißt, die Verträge werden blind abgesegnet. Also bitte, mach es einfach fertig, und ich will keine Nachfragen.«

»Ja, Mutter, sofort. Ich bringe dir das Angebot selbst vorbei.«

Miss Van Gilder zögerte. Sie wollte ihm sagen, dass er sich nicht bemühen müsse und es einfach in die Post werfen könne. Doch vielleicht hatte er recht. Auf die Weise liefen sie nicht Gefahr, dass das Angebot in die falschen Hände geriet. Sie beide wussten, welche Folgen das haben könnte. Im St. Dunstan's war Miss Van Gilder gezwungen gewesen, blitzschnell ihre Sachen zu packen und zu fliehen, ehe die Polizei kam und sie befragte. Und sie würde nicht zulassen, dass Luuk noch einmal so achtlos war.

Als sie auflegte, fiel ihr Blick auf eine Schlagzeile in ihrer Ausgabe der Nursing Times, die mit der Post in ihr Büro gebracht worden war.

> Oberschwestern fehlt es am nötigen Geschäftssinn, um den neuen NHS zu leiten

Sie las weiter.

> Whitehall-Beamte äußern sich besorgt, dass Oberschwestern nicht imstande sind, Krankenhausverträge mit der für komplexe Vereinbarungen nötigen kaufmännischen Umsicht zu verhandeln. Aufgrund falscher Entscheidungen des Leitungspersonals, dem Befugnisse weit über seine Fähigkeiten hinaus erteilt wurden, schwinden die NHS-Budgets rapide.

»Wie können die es wagen?«, murmelte sie.

Es wurden Bedenken geäußert, was die Macht von Oberschwestern über alle geschäftlichen Dinge betraf. Auf Rückfrage sagte Mr Thornton: »Oberschwestern sind dazu ausgebildet, Kranke zu heilen, nicht, Verträge zu verhandeln. In den nächsten zwei Jahren werden wir Bezirksgeschäftsführer für die einzelnen Klinikverbände einsetzen. Dann können sich die Oberschwestern auf das konzentrieren, was sie am besten können, nämlich die tägliche

Krankenpflege zu organisieren. Natürlich sind ihre Posten in keinster Weise bedroht. Die Oberschwestern bleiben. «

Miss Van Gilder runzelte die Stirn. Uns läuft die Zeit davon, dachte sie. Es war alles so simpel gewesen. Luuk hatte ein Büro in Liverpool aufgemacht und stellte ein Angebot mit einem sechzigprozentigen Aufschlag zusammen. Sie würden Maschinen kaufen, das Personal reduzieren und einige wenige Leute zu einem vom jetzigen um dreißig Prozent gekürzten Lohn wiedereinstellen. So würden sie und Luuk einen hübschen Gewinn einstreichen.

Mir bleibt eventuell genug Zeit für noch ein Krankenhaus nach diesem, ehe es mit den Prüfungen losgeht, dachte sie. Sie schlug die Seite mit den Stellenanzeigen in der Nursing Times auf und suchte nach passenden Angeboten. Und danach werde ich genug haben, um dieses Haus zu kaufen.

Wieder nahm sie den Telefonhörer auf. »Vermittlung, geben Sie mir folgende Nummer.«

Wenige Minuten später rief Madge sie zurück. Abermals wartete Miss Van Gilder auf das Klicken.

»Mr Walton von Walton and Ramsbottom am Apparat.«

»Ah, ja, guten Morgen. Ich rufe wegen des Cottages an, das zum Verkauf steht.«

Madge schrieb wie verrückt mit. Jetzt hatte sie die Informationen, die sie für das Treffen brauchte, nur was sollten sie damit anfangen? Was meinte die Knochenbrecherin mit ihren zwanzig Prozent? Es war schon ein Schock, dass Miss Van Gilder einen Sohn hatte. Wo hatte der sich versteckt? Wie es aussah, hatten die beiden vor, das Krankenhaus auszunehmen wie eine Weihnachtsgans.

Nachdem sie das Blatt Papier sorgsam zusammengefaltet

hatte, beugte Madge sich zur Seite, holte ihre Handtasche unter ihrem Stuhl hervor und steckte es hinein.

»Gut, Zeit für ein Treffen«, sagte sie und rief die Pflegeschule an, um Biddy einzubestellen.

Kapitel einunddreißig

Emily lag im Bett und blickte durchs Fenster zum blauen Himmel. Die Krone des Bergahorns wiegte sich in der sanften Brise. Es war ein perfekter Sonntagmorgen. Bevor Dessie nach unten ging, um Tee zu machen, hatte sie ihn gebeten, die Vorhänge aufzuziehen. Nichts liebte sie mehr als den Sonnenschein, der ins Schlafzimmer fiel, auch wenn sie wusste, dass es Dessie nervös machte. Obwohl sie nun schon viele Nächte gemeinsam verbracht hatten, fürchtete er, dass ein Nachbar nach oben schauen und sie entdecken könnte. Wenn sie nach draußen zum Häuschen musste, ging er stets voraus und vergewisserte sich, dass in den benachbarten Häusern niemand oben an den Fenstern war. Emily stand so lange an der Küchentür, bis er sagte: »Gut, jetzt!« Dann lief sie durch den Garten. Und bevor sie wieder zurückging, spähte sie durch das kleine Fenster in der Seitenwand.

»Das ist nicht besonders romantisch, oder?«, fragte sie, als sie die Küchentür hinter sich zuschlug. Allerdings gab es keine längeren Diskussionen über das Thema, denn Dessie konnte nie widerstehen, sie zu küssen, noch ehe sie einen Satz beendet hatte.

Dessie brachte den Tee, und Emily lächelte zu ihm auf. Sie konnte nicht glauben, was ihr widerfuhr und wie sie sich fühlte. Der freundlichste Mann der Welt umsorgte sie, liebte sie, und sie kam sich wie neugeboren vor. Wie eine andere Frau. Sie war nicht mehr Emily Haycock, die Jungfer wider Willen vom St. Angelus. Sie war jetzt Dessies Geliebte, und allein der Gedanke an die Nächte mit ihm genügte, dass ihre Wangen sich röteten.

»Hier, bitte, Schwester Haycock«, sagte Dessie, als er ihr die Tasse reichte und sich auf die Bettkante hockte.

Sie war nackt, und die Laken waren zerwühlt. Sie hatten sie erst eine halbe Stunde zuvor nach unten getreten, als sie sich beim Aufwachen geliebt hatten.

Er blickte Emily an und blinzelte. »Ich denke immerzu, dass ich träume«, sagte er. »Wie ist diese umwerfende Frau in meinem Bett gelandet? Hat sie sich im Haus geirrt? Ist sie falsch abgebogen?«

Emily kicherte und zog die Decke höher, um sich zu bedecken.

Er trank einen Schluck von seinem Tee und sortierte seine Gedanken. »Und ich dachte wirklich, das war's jetzt. Ich würde bis zur Pensionierung arbeiten, möglichst viel sparen, um auskömmlich dazustehen, noch einigen anderen auf den richtigen Weg helfen, und dann wäre ich fertig. Abgesehen von meinen Pflanzen und dem Fußball, fiel mir nichts ein, was noch auf mich warten könnte. Doch nun bist du hier, liegst in meinem Bett, trinkst den Tee, den ich dir gemacht habe, und bist nicht weggelaufen.«

Emily reckte grinsend ihr Kinn. »Falls die zweite Tasse nicht so gut ist wie die erste, bin ich weg wie der Blitz. Nimm mich nicht als selbstverständlich.« Sie wedelte mit dem Zeigefinger, und Dessie, der seine Tasse auf den Boden gestellt hatte, legte sich neben sie und nahm sie in die Arme.

»Sag das nicht, nicht einmal im Scherz. Ich könnte es nicht ertragen, und ich kenne dich noch gar nicht richtig.«

»Na, das stimmt eigentlich nicht. Wir kennen uns seit Jahren.«

Dessie küsste sie aufs Haar. »Streng genommen kenne ich dich schon länger als du mich.«

Emily hob den Kopf und sah Dessie verwundert an. »Wie das? Wir sind gleich lange im Krankenhaus.«

Dessie zog sie fester an sich. Er redete sich ein, sie nur vor einem Sturz aus dem Bett bewahren zu wollen, aber tatsächlich konnte er sie gar nicht fest genug halten. Er hatte große Angst, dass sie aus seinem Leben verschwinden könnte. »Nun, du vergisst, dass ich beinahe zehn Jahre älter bin als du. Als du sechs warst, war ich sechzehn, und ich kannte deinen Stiefvater Alf. Wir haben uns zusammen zum Kriegsdienst gemeldet. Du weißt es gewiss nicht mehr, doch alle Jungen aus dieser Gegend waren im selben Regiment.«

Emily antwortete nicht. Sie musste die Information erst mal verarbeiten.

»Es tat mir leid zu erfahren, dass er im Veteranenheim ist. Ein- oder zweimal habe ich ihn nach meiner Entlassung aus dem Dienst dort besucht, doch schon damals ging es ihm nicht mehr gut, und er wusste nicht, wer ich war. Ich glaube, er hat mich für einen der Ärzte gehalten.«

»Du warst das?« Emily hob den Kopf und senkte ihn genauso schnell wieder.

»Ja, das war ich. Und übrigens habe ich immer gewusst, dass du ihn jeden Abend besuchen gehst.«

Wieder antwortete sie nicht. Emilys Liebe zu ihrer Familie, zur Mutter und den Brüdern, die sie in der Bombennacht verloren hatte, brannte in ihrem Herzen. Sie sprach nie darüber. Es hatte eine Zeit gegeben, da dachte sie, der Verlustschmerz würde sie umbringen. Sie hatte nicht gewagt, sich Momente mit Richard und Henry ins Gedächtnis zu rufen, also verfolgten ihre Stimmen sie stattdessen im Schlaf. Eine Weile lang glaubte sie, sie würde wahnsinnig vor Trauer. Doch Alf war ihr zuvorgekommen, und nun musste sie sich um ihn kümmern. Aus purer Notwendigkeit hatte sie ihre eigene Trauer in sich verschlossen.

»Das habe ich nicht gewusst«, flüsterte sie.

»Weiß ich, und so wollte ich es auch. Ich wollte es nicht erwähnen und die Vergangenheit wieder aufwühlen.«

»Vermisst du deine Frau?« Emily hatte den von der Feuersbrunst feuerroten Himmel über dem Hafen in jener Nacht gesehen.

»Nein, gar nicht. Sie war unten bei den Docks. Jeder denkt, ich habe keine Ahnung, was sie getrieben hat, als ich fort war. Aber ich habe mir nie etwas vorgemacht. Ich bin nicht sicher, ob wir uns je geliebt haben, weißt du? Sie brauchte damals bloß jemanden.«

Emily atmete tief ein. Im Zimmer roch es moschusähnlich nach Sex und Darjeeling. Es war ein ungewohnter Duft für sie, und sie mochte ihn. Seit jener ersten Nacht hatten sie beinahe jede weitere zusammen verbracht – weil sie nicht getrennt sein wollten. Wobei sie achtgaben, Miss Van Gilders wachsamem Blick zu entgehen. Und jetzt konnte Emily sich nicht vorstellen, je wieder allein zu schlafen.

Es fing an wie immer. Sie brauchten keine Worte. Die Stille zwischen ihnen war beruhigend und natürlich, sie erlaubte ihnen beiden, mit der Vergangenheit fertigzuwerden und sich mit der Gegenwart zu versöhnen. Er lag auf der Seite und begann, die Konturen ihrer Brüste mit seinem Finger nachzuzeichnen. Während er ihr in die Augen blickte, ließ er seine Hand über ihre Schenkel gleiten.

»Schließ nicht die Augen«, raunte er. »Sieh mich an.«

Verlegen wandte sie den Kopf zur Seite. »Kann ich nicht. Es ist noch zu neu für mich.« Halb kichernd drehte sie sich wieder zu ihm. »Ich weiß im Grunde gar nicht, was ich tun soll.«

»Oh doch, das weißt du«, sagte er. »Du weißt es sehr gut, denn du bist die beste Liebhaberin, die sich ein Mann wünschen kann.«

Sie war verliebt. Sie beide waren wie berauscht von ihrer Liebe füreinander, und Emily zögerte keine Sekunde. Als sie die Arme um seinen Hals schlang und ihn zu sich zog, erfüllte sie das Selbstvertrauen einer Frau, die sich geliebt wusste.

Hattie Lloyd traf als Erste zur Messe ein. Sie warf einen Blick in die Kirche, sah dort aber weder Biddy noch Elsie, daher wartete sie vorn beim Eingangsgeländer des rußgeschwärzten Baus.

St. Angelus war nicht die hübscheste Kirche in Liverpool, aber eine der meistbesuchten. Biddy hatte einmal angemerkt, die Kirchen in den vornehmeren Vierteln seien viel schöner. »Die Armen gehen zur Kirche und beten um Hilfe. Die Reichen vergessen, hinzugehen und Dank zu sagen, werden dafür aber mit Besuchen vom Bischof und einem goldenen Adler belohnt, auf dem die Bibel liegt. In St. Angelus haben wir ein bisschen altes Holz. Wie kann das richtig sein?«

Elsie vermochte ihr das natürlich nicht zu beantworten. Sie liebte ihre Kirche einfach noch mehr und widmete dem Blumenschmuck am Altar eine zusätzliche Stunde wöchentlich, damit alles ein bisschen hübscher aussah.

Als Biddy durch die Pforte ging, sah sie, wie Hattie eine Hand hob, ihre Zigarette auf den Weg fallen ließ und sie mit der Schuhspitze austrat. »Was ist los mit dir?«, fragte Biddy. »Du siehst aus, als hättest du im Toto gewonnen. Entweder das, oder du hast eine Motte im Schlüpfer.«

»Sei nicht so vulgär, Biddy«, ermahnte Elsie sie. »Doch nicht vor der Kirche, Herrgott noch mal!«

»Dann fluch du nicht«, konterte Biddy.

»Meine Güte, hört beide auf damit«, unterbrach Hattie sie. »Manchmal benehmt ihr euch eher wie Schwestern und nicht wie Freundinnen. Also, jetzt hört mir zu, denn ich habe Neuigkeiten.«

Die Glocken begannen zu läuten, und für einen Moment verstummten alle drei.

Für Biddy und Elsie, deren Leben von harter Arbeit und Routine bestimmt war, wirkte der Satz »Ich habe Neuigkeiten« elektrisierend.

Biddy kniff die Augen zusammen; sie war sofort misstrauisch. »Was für Neuigkeiten kannst du schon haben?«, fragte sie ungläubig. Hattie Lloyd gehörte nicht zur St.-Angelus-Mafia, und Biddy wollte auch, dass das so blieb. Hattie sollte nicht denken, dass ein bisschen Tratsch sie automatisch zur Aufnahme in ihren exklusiven Zirkel qualifizierte.

Aus dem Augenwinkel sah Biddy etwas Rotes sich nähern, und für einen Moment wurde Hatties angekündigte Neuigkeit vom Staunen über die modische Erscheinung von Madge in den Schatten gestellt, die durch die Kirchhofpforte trat.

»Woher hast du denn diesen Mantel?«, fragte Elsie. Besagter Mantel war lang, rot und hatte sogar eine Kapuze mit Fellbesatz. »Heute ist ein sonniger Sommertag, da sieht der lächerlich aus.«

»Sei still, Elsie. Ich kann einen roten Mantel tragen, wann ich will. Den habe ich bei George Henry Lee's gekauft, zum halben Preis. Wie sonst soll ich in meinem Alter noch einen Kerl abkriegen? Da muss ich mich schon auffällig anziehen.«

»Nein, musst du nicht«, entgegnete Hattie. »Man kann auch irgendwelche alten, abgetragenen Sachen anziehen und kriegt trotzdem einen Kerl. Frag Emily Haycock.«

Um ein Haar hätte Biddy ihre Handtasche fallen lassen, was auch gut so gewesen wäre, denn ihr erster Impuls war, mit ihr nach Hattie zu schlagen. »Was soll das heißen?«, fragte sie. »Wie meinst du das?«

Die Glocken verstummten, und einer der jüngeren Priester kam vorbei. »Guten Morgen, die Damen. Gott sei mit Ihnen«, sagte er und verschwand in der Kirche. Er wurde komplett ignoriert, denn alle Blicke waren auf Hattie gerichtet.

»Also«, sagte Biddy. »Wie meinst du das?«

»Wie, weißt du es wirklich nicht? Bin ich tatsächlich die Erste, die es bemerkt hat? Wer hätte das gedacht. Man kann aber wahrlich nicht leugnen, dass sie ein bisschen Spaß braucht, oder? Und er übrigens auch. Ich schätze, sie passen zusammen, es wäre nur schön, wenn sie reinen Tisch machen und es euch erzählen würden. Tja, so muss ich das Geheimnis wohl für mich behalten. Wenn sie nicht wollen, dass es alle wissen, kommt es mir nicht zu, es auszuplaudern. Aber ihr könnt mir glauben, dass ich wünschte, sie würden es verraten, denn ich bin es gründlich leid, mich hinter meinen Schlafzimmergardinen zu verstecken.«

Prompt fiel der Groschen. Hattie wohnte neben Dessie. Aber das konnte nicht stimmen. Emily hätte es Biddy erzählt. Dennoch begriff sie, dass Hattie die Wahrheit sagte. Emily konnte schon seit Tagen nicht mehr aufhören zu lächeln, und Biddy hatte geahnt, dass etwas anders war, auch wenn sie annahm, es hätte mit der Arbeit zu tun. Bei Emily hatte schließlich alles immer mit der Arbeit zu tun.

Hattie sah aus, als wollte sie sich auf die Zunge beißen. »Wie kann ich so doof sein?«, schalt sie sich. »Ihr habt es gewusst, oder?« Sie hatte die Katze aus dem Sack gelassen und ihren triumphalen Moment verpasst.

»Hattie Lloyd, du übst das schon seit vierundfünfzig Jahren. Nach einer Weile und bei so viel Übung ist es leicht.«

Biddy versuchte, Boden gutzumachen. »Selbstverständlich

habe ich es gewusst. Ich will ehrlich sein, ja, offensichtlich wusste ich Bescheid. Und ich hatte einen Verdacht, dass es Dessie war. Aber wie du weißt, ist sie meine Chefin, und ich wollte keine Gerüchte verbreiten. Tja, jetzt, wo du es weißt, Hattie, lassen sich diese ja wohl nicht mehr aufhalten, oder?«

»Oh nein, Biddy«, erwiderte Hattie ernst. »Auf mich kannst du dich verlassen.«

Kapitel zweiunddreißig

Lily saß auf einer langen Holzbank im Flur des Klosters und hielt die Hand ihrer Mutter. Schwester Therese hatte ihr erzählt, dass die Polizei morgens erfolglos nach Lilys Stiefvater gesucht hatte. »Wahrscheinlich ist er auch tot«, antwortete sie leise vor Trauer. Lily interessierte es nicht mehr.

Ihre Mutter schluchzte neben ihr. Sie war Lily den ganzen Morgen gefolgt wie ein Kind. »Halt die Hand deiner Mutter«, hatte Schwester Therese zu ihr gesagt, und Lily tat es, obwohl es sich nicht richtig anfühlte. Die Geste war zu fremd. Sie versuchte, sich zu erinnern, wann ihre Mutter jemals ihre Hand gehalten hatte, oder, was noch schmerzlicher war, Joes. Es fiel ihr kein einziges Mal ein. Sie war es gewesen, die Joe sein Fläschchen gegeben hatte, als er ein Baby war. Sie hatte ihn monatelang auf der Hüfte mit sich herumgetragen. Lily hatte ihren kleinen Bruder von ganzem Herzen geliebt, während die Frau neben ihr Mühe hätte, sich an Joes Augen zu erinnern, an die Berührung seiner Finger auf ihrem Gesicht, an seinen Ausdruck am Weihnachtsmorgen, als Schwester Therese ihm das Dreirad brachte, oder an das Kichern, das ihn zum Husten brachte. All diese Erinnerungen gehörten Lily, die sie für immer bewahren würde. Ihre Mutter hatte nichts, würde nichts vermissen, und zweifellos würde sie sich sehr bald auch schon an nichts mehr erinnern.

Die Nonnen überschütteten ihre Mutter mit Aufmerksamkeit, und sie kostete es aus. Langsam wandte Lily den Kopf zur Seite und sah sie an. Ihr Gesichtsausdruck war leer. Lily bemühte sich, Mitleid – irgendwas – aufzubringen, aber es kam nichts. Ihr Herz war voller Trauer wegen Joe und Sorge um Katie. Für ihre Mutter regte sich dort nichts.

Sie blickte von ihrer Mutter zu Katie, die sich in den Falten von Schwester Thereses Habit vergraben hatte, während sie auf den Leichenwagen warteten. Seit Joe gestorben war, schliefen beide Mädchen im Kloster, und auf seltsame Weise kränkte es Lily, Katie so wohlauf zu sehen. Sie war der wandelnde Beweis, dass Lilys Kampf, die Familie zusammenzuhalten, selbstsüchtig und falsch gewesen war. Joe war tot, und es war ihre Schuld. Hätte sie Schwester Therese erlaubt, beide im Kinderheim von St. Chad's aufzunehmen, könnte er noch am Leben sein. Sie hatte sich nie der Schmach stellen wollen, dass ihre Geschwister zwar keine Waisen und trotzdem im Kinderheim waren. Und sie war entschlossen gewesen, solange sie da war, um sie zu lieben und für sie zu sorgen, sollten sie zu Hause bleiben. Es war so falsch von ihr gewesen. Sie hatte zu lange gekämpft. Ihr Herz fühlte sich bleiern an. Schuldgefühle, Kummer und Reue warteten darauf, es weiter zu beschweren, aber nicht heute. Heute war nur Raum für Schmerz, für Trauer und für Joe.

Wieder schluchzte ihre Mutter. Lily beachtete sie nicht. Sie hatte nichts zu geben. Wenn Lily Schuld traf, dann hatte diese Frau, die doppelt so viel Zeit im Pub verbracht hatte wie zu Hause, erst recht welche auf sich geladen. An die zwölf Stunden hatte es gedauert, bis ihre Mutter nüchtern genug war, um zu begreifen, was geschehen war. Und dann war sie geradewegs zurück in den Pub gegangen, um ihren Trinkerfreunden von dem Schicksalsschlag zu erzählen und sich von ihnen Getränke spendieren zu lassen. Lily wusste, dass nach ihrem Kummer und Schmerz Hass und Wut auf die Frau neben ihr folgen würden. Morgen.

»Ah, jetzt kommt der Leichenwagen. Ich kann die Pferdehufe hören. Kümmere dich um deine Mutter, Lily. Ihr geht vorn, ich folge euch mit Katie.«

Lily stand von der Bank auf und zog ihre Mutter hoch.

»Ist er hier, Lily?«, fragte sie in einer erbärmlich flehenden Stimme, die Lily noch nie gehört hatte.

Sie nickte. Eine unerwartete Welle von Mitgefühl mit der jämmerlichen Frau an ihrer Seite überrollte sie. Sie holte tief Luft und drückte die Hand ihrer Mutter.

Dann zwang sie sich, zur Tür zu gehen. Sie konnte den Wagen und die Pferde hören, die draußen anhielten. Ihr Herz pochte sehr schnell. Für einen Moment beruhigte es sie, das Mosaikmuster des Fußbodens genau zu betrachten, und sie konnte damit ihre Atmung in den Griff bekommen. Sie wollte die Tür öffnen, Joe sehen, doch kaum war der Moment gekommen, drohte ihre Panik die Oberhand zu gewinnen. Lily hob den Kopf zu der schwarz lackierten Tür mit den mattierten Bogenfenstern, durch die sie auf der Einfahrt etwas Schemenhaftes, das sich bewegte, erkennen konnte.

»Warte kurz, Lily.« Schwester Therese ging voraus und zog sich den schwarzen Schleier vors Gesicht. Lily hatte keine Ahnung, woher die Kleider kamen, die sie trug. Sicher hatte Schwester Therese es ihr gesagt, doch wie alles während der letzten Tage war es an ihr vorbeigegangen.

Ihre Mutter neigte den Kopf, erdrückt von Scham oder der Angst vor dem, was sie erwartete, als Lily die Tür öffnete. Auf der Kieseinfahrt hörte man Schritte. Jemand kam zu ihnen. Lily dachte an Joe, der draußen auf sie wartete, und mehr brauchte es nicht, dass sie den Mut zum nächsten Schritt aufbrachte. Sie griff nach dem großen Messingknauf, drehte ihn, und die Tür schwang auf.

Pater Brennan blieb mitten auf der Einfahrt stehen. Er war Priester, aber auch ein Mann, und er fühlte sich unwohl in Gegenwart weinender Frauen. Über Lilys Kopf hinweg blickte er zu Schwester Therese. Da war eine unausgesprochene Frage. »Sind Sie so weit?« Dann kehrte er Lily den Rücken zu, um den kleinen Begräbniszug anzuführen.

Lily starrte nun an ihm vorbei zu dem winzigen Sarg. Er stand hinten auf dem flachen, offenen Leichenwagen, und bei dem Anblick krampfte sich Lilys Herz zusammen.

»Er hat keine Blumen«, flüsterte sie. »Da sind keine Blumen«, wiederholte sie halb zu Schwester Therese gewandt, als erwartete sie, dass sie welche herbeizauberte. Natürlich hatte er keine Blumen. Woher sollte das Geld für Blumen kommen, die gut genug waren für einen Engel? Für den süßesten, liebenswertesten aller kleiner Jungen?

Lily hatte noch nie einen Leichenwagen ohne Blumenschmuck gesehen, und sie hätte beinahe ihren Schmerz herausgeschrien. Joes Sarg hätte mit den wunderbarsten Blumen geschmückt durch die Straßen gefahren werden sollen. Dabei fragte Lily sich, wer überhaupt für den Leichenwagen bezahlte. Ihr gegenüber hatte niemand Geld erwähnt – oder zumindest erinnerte sie sich nicht daran. Sie sah ihre Mutter an. »Da sind keine Blumen. Ebenso gut könnte er auf einem Lumpensammlerkarren gefahren werden.«

Hinter ihnen waren leise Bewegungen zu hören, an die Lily sich inzwischen gewöhnt hatte. Das Geräusch von raschelnden Roben und weichen Schuhen auf gefliestem Boden.

»Sieh mal die Nonnen, Lily«, flüsterte Katie.

Lily löste den Blick von Joes Sarg, drehte sich um und sah,

wie sich die Nonnen hinter ihnen in Zweierreihen aufstellten, die Köpfe gesenkt. Ohne dass jemand ein Wort sagte, begannen sie, ein Gebet zu singen. Es war gespenstisch. Kaum erreichte der Klang Lilys Ohren, wurde sie von etwas berührt, das sich mit dem Gesang über sie legte, herbeigetragen auf den Flügeln des Gebets. Es war der Heilige Geist, der sie vollständig umfing. Ihr war, als könnte sie die Hand ausstrecken und ihn greifen, ihn festhalten. Er war gekommen, um Joe zur Kirche zu tragen, zu dem Ort, an dem er einen friedlichen, ungestörten Schlaf genießen durfte.

Im Gegensatz zu ihrer Mutter weinte Lily nicht. Sie hielt ihre Tränen zurück. Pater Brennan bedeutete Schwester Therese zu kommen, und sie gab Lily einen sanften Schubs. Benommen setzte Lily einen Fuß vor den anderen. Erst als sie an der Pforte war, begann sie, heftig zu zittern. Ihr geliebter Joe, der kleine Junge, um den sie sich so aufopfernd gesorgt hatte, seit er geboren wurde, war in greifbarer Nähe. Alles, was sie davon abhielt, ihn zu berühren, war der Holzsarg. Und immer noch weinte sie nicht.

Sie spürte, dass Schwester Therese nach ihrem Mantel griff. Die Nonne wollte, dass sie stehen blieb, und jetzt fiel es ihr wieder ein. Sie musste am Ende des Weges warten, bis sich der Wagen in Bewegung setzte. Was sie tat. Ihre Augen waren starr auf den kleinen Sarg gerichtet, als Joe von ihr wegrollte, und fast entfuhr ihr ein Schrei. Der Ruck, mit dem der Wagen losfuhr, bedeutete, dass Joe sie verließ, und instinktiv wollte sie ihn zurückhalten. Wenn sie den Sargdeckel hob, könnte sie ihn herausnehmen und ein letztes Mal in den Armen halten, nur noch ein Mal. Aber er rollte immer weiter weg, und nun war es ihre Mutter, die ihre Hand drückte. Als Lily zu ihr sah, flüsterte sie: »Halte durch, Lily.« Das einzige andere Geräusch waren die Pferdehufe auf dem Kopfsteinpflaster, das Rattern der Wagenräder und der Gesang der Nonnen. Wieder spürte sie einen sanften Stups im Rücken und ging los.

Als sie um die Ecke bogen und die Clare Cottages in Sicht kamen, sah Lily sie. Ihre Nachbarn, die guten wie die bösen, die jungen wie die alten, standen dort, zusammen mit ihren gut hundert Kindern, alle schweigend. Mrs McGuffy bekreuzigte sich, trat vor und legte einen Kranz aus grünen und weißen Blüten sowie Rosen neben dem Sarg auf den langsam vorbeifahrenden Wagen. Als sie zurücktrat, hielt eine andere Frau ein Kind hoch, einen Freund von Joe, und er legte einen Gänseblümchenstrauß hinzu. Lily kamen die Tränen, sodass sie nur die verschwommenen Umrisse von Männern, Frauen und Kindern ausmachen konnte, die Joe's Sarg mit Blüten, Wildblumen und bunten Blättern schmückten. Sie wusste, dass die Blüten aus dem Park stammten und die Blumen beim Löschen von Handelskähnen heruntergefallen und von den Kindern auf den Docks eingesammelt worden waren.

Die Frauen bekreuzigten sich und neigten die Köpfe, als der Leichenwagen vorbeizog, und die Männer nahmen ihre Mützen aus Respekt vor dem kleinen Jungen ab, der erst kürzlich vier geworden war. Ihre Kinder sahen traurig aus, und Lily konnte ihr Weinen hören. Kinder, die mit Joe auf seinem geliebten Fahrrad gespielt hatten, bis ihre Mutter es schließlich verkauft hatte. Sein ganzer Stolz, seine Freude und seine Würde eingetauscht gegen einen Abend im Pub. »Mach's gut, Joe«, hörte sie einen kleinen Jungen rufen, dann noch einen: »Mach's gut, Joe!« Die Luft war erfüllt vom leisen Weinen der Frauen, als der winzige Sarg an ihnen vorbeizog.

»Wir verdienen das nicht«, sagte Lilys Mutter. Sie hatte aufgehört zu weinen, und nun waren ihre Augen trocken und voller Staunen über das Verhalten ihrer Nachbarn.

»Er hat es verdient. Es ist für ihn, nicht für uns. Er war besser als wir.« Lily spie die Worte beinahe aus, denn ihre Wut kochte hoch, ehe sie sich kontrollieren konnte.

Der Leichenwagen hielt an, damit die Frauen die Blumen arrangieren konnten. Als sie fertig waren, knallte die Peitsche durch die Luft, und die Pferde setzten sich wieder in Bewegung.

Während sie weitergingen, hörte Lily Schritte. Sie schaute sich um und sah durch ihren Schleier die Bewohner der Clare Cottages, die Kinder, deren Spiellärm sie nicht ertrug, die Frauen, von denen sie dachte, sie würden sie verachten, und sogar die Männer, die heute nicht zur Arbeit gegangen waren; sie alle schlossen sich den Nonnen für die letzten hundert Meter bis zur Kirche an. Sie begleiteten Joe auf seiner letzten Reise.

Erst als der Leichenwagen vor St. Angelus anhielt, begannen Lilys Tränen zu fließen. An der Pforte standen Lockie, die McConaghys, Mrs McConaghys Schwager, die Männer aus der Fabrik und Amy, die ebenfalls weinerlich wirkte. Wortlos trat Lockie vor, nickte Mr McConaghy zu, und sie beide hoben den Sarg vom Wagen und trugen Joe in die Kirche. Mrs McConaghy hielt den größten Kranz in den Händen, den Lily je gesehen hatte, von blauen Satinschleifen umwickelt.

Als Lily sich zu der Menge hinter ihr umdrehte, sagte sie zu ihrer Mutter: »All dies ist für Joe. All diese Leute sind für ihn hier. Stell dir vor, er könnte es sehen.«

»Kann er, Lily«, sagte Katie. »Er ist hier und kann es sehen. Lockie trägt ihn, hast du gesehen? Er war auf Lockies Schultern. Ich habe ihn gesehen. Er hat mir gewunken.«

Und in diesem Moment brach Lily zusammen. Joe wurde wirklich getragen: von einer Welle der Zuneigung. Die Leute waren gekommen, um ihn zu betrauern, er war von Blumen bedeckt. Joe wurde geliebt.

Nach der Trauerfeier, als die Gäste gingen, bugsierte Schwester Therese Lily sanft aus der Kirche. »Mr und Mrs McConaghy haben für alle einen Leichenschmaus im Irish Centre ausgerichtet«, sagte sie. »Ich nehme Katie und deine Mutter mit hin. Aber ich glaube, hier ist jemand, der mit dir sprechen möchte.«

Lily dachte, dass es Lockie sein musste, und hob den Kopf, um sich auf dem Friedhof umzusehen. Doch es war Joes Arzt aus dem St. Angelus, Dr. Mackintosh. Er hob eine Hand, und Lily stellte verwundert fest, dass er nervös war, als er auf sie zukam. Er hatte den Kopf geneigt, und seine Blässe wie seine geröteten Augen ließen keinen Zweifel daran, dass auch er um Joe geweint hatte. Über die Grabsteine hinweg flog ihm Lilys Herz entgegen.

Kapitel dreiunddreißig

Amy fühlte sich flau. Sie stützte sich mit der flachen Hand an der Wand ab, als sie unten an der Treppe der Fabrikhalle auf Lockie wartete. Ihre Tante hatte ihr erlaubt, einige Minuten früher zu gehen, allerdings nicht, ohne eine Augenbraue hochzuziehen und zu murren.

»Ich erinnere mich gar nicht, dass Lily mal darum gebeten hat, früher gehen zu dürfen«, sagte sie. »Hast du die Bestellungen für heute fertig, Amy?«

»Selbstverständlich«, antwortete Amy, als sie ihre Hutnadel feststeckte. Sie nahm sich vor, sie morgen gleich in Angriff zu nehmen. So hatte sie es schon am Tag zuvor gehalten, und die unerledigte Arbeit türmte sich in ihrer Schublade, sicher verstaut vor neugierigen Blicken. Wird alles erledigt, wenn Lily wieder hier ist, dachte Amy, obwohl sogar sie sich allmählich sorgte, dass sich das vielleicht gar nicht erfüllen würde.

»Meinst du, Lily kommt bald wieder?«, fragte sie ihre Tante. Sie sehnte sich Lily verzweifelt zurück, denn sie selbst war nicht annähernd so kompetent, und Mrs McConaghy war eindeutig enttäuscht. Ihr Sonderstatus als Nichte und Erbin verbrauchte sich schnell, da sie nun die einzige Hilfe war.

»Wie willst du das schaffen, Amy?«, hatte Mrs McConaghy gefragt, als Amy mittags fortging, um einen Spaziergang zu machen. »Wenn das alles einmal dir gehört?«

Amy hatte sich umgeblickt. Ich verkaufe es, dachte sie, sprach es aber nicht aus.

Mrs McConaghy wartete ihre Antwort nicht ab. »Lily hat nie eine Mittagspause gemacht«, sagte sie. »Sie hat bei der Arbeit gegessen, auch wenn sie, bei Gott, kaum etwas zu sich nimmt. Ich habe ihr jeden Mittag etwas gegeben, und sie hat gedacht, ich merke es nicht, aber das meiste hat sie in ihren Korb gesteckt, sobald ich nicht hinsah.«

»Sie muss bald wieder zur Arbeit kommen. Auf das Geld kann sie unmöglich verzichten. Ich gebe ihr noch eine Woche, dann ist sie wieder hier.«

»Hoffen wir es, Amy, denn ich sorge mich sehr, dass du nicht für diese Arbeit geschaffen bist. Natürlich gebe ich deiner Mutter die Schuld. Sie war selbst nie eine Arbeiterin, aber dennoch ...« Sie konnte ihre Enttäuschung nur schwer verbergen.

Als Amy bat, früher gehen zu dürfen, wusste Mrs McConaghy, dass sie sich mit Lockie treffen wollte. Deshalb erlaubte sie es. Sie vertraute Lockie mehr als jedem anderen Händler. »Keiner hatte ihn gebeten, den Sarg zu tragen, auch deinen Onkel nicht. Sie haben es einfach getan. Sie sind Männer von Format«, hatte sie seit Joes Beerdigung hundertmal zu Amy gesagt.

Unten an der Treppe spürte Amy, dass Lockie in der Nähe war. Sie drehte sich um und sah ihn vom Hafen heraufkommen, die Kräne und den silbern schimmernden Mersey im Hintergrund. Sie schirmte ihre Augen mit der Hand ab. Lockie beugte sich vor, weil er bergauf ging, hatte seine Mütze tief in die Stirn gezogen und die Hände in den Taschen vergraben. Egal, wie sehr sie sich bemühte, sie konnte bei seinem Anblick einfach keine Freude empfinden. Er war zu nett, zu anständig, zu sehr gewillt, sich all ihren Launen zu fügen.

Sie hob eine Hand und winkte ihm, doch er erwiderte den Gruß nicht wie üblich. Er muss anderes im Kopf haben, dachte sie. Sein Geschäft wuchs so schnell, dass er es nicht mehr bewältigen konnte, und er hatte Amy erzählt, dass er überlegte, zwei Helfer einzustellen und einen weiteren Pferdekarren anzuschaffen. »Man spricht jetzt von motorisierten Karren, aber die kann sich hier keiner leisten«, sagte er. Immerzu machte er sich Gedanken, wie er die Nase vorn behielte.

»Hallo, wie geht es dir? Wie war dein Tag?«, fragte sie ihn ohne Enthusiasmus.

Die Zeit schritt voran. Sie war dazu übergegangen, weite Sachen anzuziehen, und darunter sah man es. Heute trug sie einen langen Schal über ihrem Kleid, und mehrere Leute hatten schon Bemerkungen fallen lassen, die eine Verbindung zwischen ihrer Figur und dem vielen Kuchen, den ihre Tante kaufte, herstellten. Sehr bald würden die Leute misstrauisch werden und anfangen zu reden. Wenn sie Lockie nicht überreden konnte, sie zu heiraten, gäbe es keinen Ausweg. Genauso gut könnte sie sich auf der Stelle umbringen. Ihr Leben wäre die Hölle, unerträglich. Sie würde in ein Mutter-Kind-Heim geschickt, sobald die Worte »Ich bin schwanger« über ihre Lippen kämen. Man würde sie aus der Gesellschaft, ihrem Zuhause, ihrem Leben verbannen. Das Baby würde zur Adoption freigegeben und sie selbst nach Irland geschickt, zu altmodischen, voreingenommenen Verwandten, wo sie praktisch eingekerkert und verdammt wäre, auf dem Hof eines ihrer Onkel auszuhelfen. Ihre Eltern würden ihr nie verzeihen und halb sterben vor Scham. Und ihr Onkel und ihre Tante würden sie enterben.

Sie hatte niemanden, an den sie sich wenden konnte. Doreens

Vater hatte ihr die Tür vor der Nase zugeschlagen, als sie vor Wochen hinging, um Doreen zu sehen. Lily war seit Joes Tod nicht mehr zur Arbeit gekommen und lebte jetzt anscheinend mit ihrer Schwester im Kloster.

Wieder einmal wie seit Wochen schlug ihr Herz schneller vor Panik, wann immer ihr Rock nicht zuging und ihre Hand über die feste Wölbung ihres Bauchs glitt. Lockie musste ihre Rettung sein. Er war der einzige Ausweg, aber es musste schnell gehen. Sie musste ihn festnageln, und es blieb keine Zeit mehr. Es musste heute Abend sein.

»Mir geht es genauso wie heute Morgen, als du mich im Büro gesehen hast«, antwortete Lockie.

Amy wollte erwähnen, dass er am Morgen höllisch bedrückt gewesen war und kaum ein Wort gesagt hatte. Sie hatte gehofft, dass er heute Abend besserer Dinge wäre. »Da warst du nicht sehr munter, Lockie. Wurde es den Tag über besser? Was ist los?«

Lockie antwortete nicht, sondern sah nur hinunter zum Fluss.

»Was wollen wir machen?«, fragte er. »Wollen wir auf einen Happen ins Café und hinterher was trinken?« Seine Gedanken machten Überstunden, und er hatte Mühe, eine freundliche Miene aufzusetzen. Seit jenem Abend im Krankenhaus gingen ihm Lilys Worte nicht mehr aus dem Kopf.

Sie ist eifersüchtig, sagte er sich. Sie will mich für sich haben. Sie versucht, mich von Amy wegzulocken. Sie kann nicht glauben, dass mich eine andere will. Das alles redete er sich wieder und wieder ein, doch je häufiger er es sich sagte, desto unwahrscheinlicher klang es. Er konnte Lilys Worte nicht abschütteln: »Sie braucht jemanden, der sie heiratet, Lockie, und du erweist dich als leicht zu haben.«

Wäre Joe nicht so plötzlich gestorben, wäre er zu St. Chad's gegangen und hätte verlangt, dass sie sich erklärte und aufhörte, schlecht über Amy zu reden. Stattdessen hatte er in Lilys schlimmster Nacht die Beherrschung verloren, und seine Scham ließ ihm keine Ruhe. Ihn plagten nach wie vor dieselben Fragen: Will Lily mich für sich? Ist das der Grund, warum sie solche entsetzlichen Lügen erzählt? Ist sie so verzweifelt? Hofft sie, dass ich sie aus ihrem elenden Leben in den Clare Cottages befreie? Will Lily, dass ich sie rette?

»Das wäre großartig«, sagte Amy. Sie unterdrückte ein Frösteln, denn sie hasste das Café. Sie mochte das Grand, aber als sie Lockie vorschlug, auf einen Drink dorthin zu gehen, hatte er laut gelacht. »Ins Grand? Das ist für die besseren Kreise. Da erwischst du mich ganz sicher nicht.«

Also gingen sie zum Café am Hafen, wo Männer ohne Frauen und Verkäuferinnen auf ihrem Heimweg zu einer Portion verbrannter Eier mit Pommes frites einkehrten.

Allein bei dem Gedanken an Eier mit Pommes frites hätte Amy würgen können, und jetzt, als sie zum Grapes gingen, lag ihr das Essen wie ein Stein im Magen.

Bevor sie den Pub erreichten, änderte Lockie seinen Plan.

»Amy, ich muss jemanden treffen. Es geht um ein Pferd.«

»Seit wann?«, platzte Amy heraus.

»Seit jetzt. Kommst du allein nach Hause?« Noch ehe sie antworten konnte, lief Lockie weg von ihr die Straße hinunter.

Er fand Lilys Mutter allein in der Wohnung in den Clare Cottages im Dunkeln vor. Sie schlief betrunken im Sessel, und es war nicht mal sieben Uhr abends. Auf seinem Rückweg sah er Mrs McGuffy vor ihrer Wohnungstür, die mit drei anderen Frauen eine Zigarette rauchte. Es sah ganz so aus, als würden sie tratschen. Kinder tollten unten im Hof, schrien und spielten. Einige lachten, andere weinten, und auf den Laubengängen schleppten kleine Mädchen noch kleinere Kinder hin und her.

»Suchst du nach Lily?«, rief Mrs McGuffy. »Die findest du hier nicht, Lockie. Sie ist nicht wiedergekommen, kein einziges Mal. Schwester Therese kümmert sich um sie, seit Joe gestorben ist.«

Lockie ging zu den Frauen.

»Was ist mit Mrs Lancashire? Sie ist allein da drinnen und sieht aus, als hätte sie schon einiges intus.«

»Ja, hat sie. Die haben sie auch ins St. Chad's geholt, versucht, sie trocken zu kriegen, aber sie ist immer wieder ausgebüxt. Da will sie nicht sein, sagt sie. Du weißt ja, wie sie ist, Lockie. Die Frau hält keiner aus dem Pub fern. Da muss man sie schon einsperren.«

Lockie drehte sich zu Lilys Wohnungstür um. »Ich denke, so weit kommt es. Entweder das, oder es gibt noch einen Todesfall.«

»Ich sorge dafür, dass das nicht passiert, Junge«, sagte Mrs McGuffy verständnisvoll. »Später gehe ich hin und stecke sie ins Bett, so wie die letzten beiden Abende auch. Wir achten hier aufeinander. Das müssen wir, denn sonst interessiert sich ja keiner.«

Lockie lüpfte seine Mütze und rannte die Treppe hinunter. Zwei Minuten später klopfte er an die Tür von St. Chad's.

Schwester Therese teilte ihm direkt mit, dass er nicht reinkommen könne. »Ich komme noch in Verruf«, scherzte sie. »So viele Besucher, wie Lily hat.«

Lockie merkte auf. Besucher? Wen? Er entschied, dass es die McConaghys sein mussten, auch wenn Amy nichts davon gesagt hatte.

»Heute kannst du sie nicht sehen, Lockie. Komm am Sonntag wieder, dann sorge ich dafür, dass sie hier ist.« Und ohne ein weiteres Wort schloss Schwester Therese die Tür.

Am Sonntag! Lockie ging nervös auf und ab. Er wollte sie dringend sehen. Wie sollte er so lange warten?

Er lehnte sich an die moosbewachsene Klostermauer, drehte sich eine Zigarette und dachte an Lily. An alles, was sie durchgemacht hatte. Und nie hatte sie sich beklagt, immer waren für sie die Menschen, die sie liebte, an erster Stelle gekommen. Dann dachte er an Amy. Er drückte seine Zigarette aus. Jetzt wusste er, was er zu tun hatte.

Kapitel vierunddreißig

Dessie stand an seiner Haustür und küsste Emily zum Abschied. Er ging zum Mafiatreffen bei Biddy.

»Ich komme mir wie ein Hochstapler vor«, sagte er, holte tief Luft und schlang die Arme um sie. »So etwas passiert keinem normalen Kerl wie mir aus der Dock Road.«

Emilys Arme umfingen seine Taille, und sie vergrub das Gesicht an seiner Brust. Sie liebte es, wie er duftete. Die Nähe, die Wärme, die Männlichkeit. Sie hatte so lange um ihre Familie getrauert, hatte all ihre Zeit Alf geschenkt und eigentlich nie die Aufmerksamkeit eines Mannes ernst genommen ... bis jetzt.

Die Wolle seines Fair-Isle-Pullunders kratzte an ihrem Gesicht, und sie hob den Kopf, um ihn anzusehen. Obwohl es ein warmer Abend war, würde Dessie nicht im Traum dran denken, allzu salopp gekleidet vor die Tür zu treten.

»Und wie komme ich hier raus?«, fragte sie grinsend.

Gestern Abend war sie im Schutze der Dunkelheit hergekommen, und sie hatten den Tag drinnen verbracht, die Zeit und den Raum genossen, um sich ganz ihrer Zweisamkeit zu widmen.

»Ja, darüber habe ich sehr ausgiebig nachgedacht«, sagte Dessie. »Und ich habe einen Plan.«

»Klingt verlockend.« Emily hob den Kopf zu einem weiteren Kuss. »Verrätst du ihn mir?«

»Das werde ich müssen. Andernfalls wärst du hier auf ewig eingekerkert. Ich schlage vor, mein schöner Engel«, wieder küsste Dessie sie, »dass wir reinen Tisch machen und zusammen zu Biddy gehen. Ich meine, warum verstecken wir uns überhaupt? Entweder das, oder du huschst hinten raus, sobald du hörst, dass Hattie zum Bingo gegangen ist.«

Emily trat zurück und ergriff seine Hände. »Ich bin für die Hattie-Bingo-Option, denn wir wollen nicht, dass getratscht wird, oder? Wir können nicht einschätzen, was dann passiert.«

Dessies Miene verfinsterte sich für einen Moment. »Ich dachte, du wärst begeistert, wenn ich vorschlage, dass wir nicht mehr herumschleichen. All diese Heimlichtuerei ist doch nicht normal, oder?«

»Nein, es ist nicht normal, Dessie, aber wir arbeiten im selben Haus, und das wahrscheinlich noch lange Zeit. Es ist kompliziert, nicht? Wir wissen nicht, was mit uns passiert.«

Dessie holte tief Luft und blies ihr eine verirrte Haarsträhne aus der Stirn. Er wollte ihr ganzes Gesicht sehen. Zugleich war er unsicher, ob Emily ihn hinhielt oder ob es nicht doch ratsam war, zu tun, was sie sagte. Alles, was sie vorbrachte, stimmte, aber ...

Er sah sie an. Wunderschöne unschuldige Augen und das Gesicht einer Frau, die inzwischen Mutter sein sollte. Sollte Emily jemals dieses Glück widerfahren, müsste es bald geschehen. Er nannte sie seinen Engel, weil sie genau das war, und er hatte Angst, dass sie wie ein Engel eines Tages davonfliegen könnte und ihn in der Einsamkeit und Traurigkeit seines vorherigen Lebens zurücklassen würde.

»Ich versuche dauernd, mir mein Leben vorzustellen, wie es vor dir war, und ich kann es einfach nicht«, sagte er. »Und doch bist du erst so kurz in meinem Leben. Mein Bett war immer ordentlich, aber kalt. Ich weiß das jetzt, aber vorher war mir das ehrlich gesagt nicht bewusst.«

»Mir auch nicht«, antwortete Emily. »Ich habe so viel meiner Lebenszeit allein schlafend verbracht, dass es mir unmöglich erschien, neben jemand anderem zu schlafen. Keiner hat mir gesagt, was passiert, wenn man beim Einschlafen die Arme von einem Mann um sich spürt und am nächsten Morgen neben ihm aufwacht. Ich hätte mehr Bücher lesen sollen. Vielleicht hätte ich mir dann mehr Mühe gegeben, einen netten Mann kennenzulernen; sogar zu heiraten. Ich wusste nichts, Dessie. Ich war so gefangen in meiner Liebe zur Krankenpflege und zum armen Alf, dass ich mich vergessen habe.«

Dessie zog sie in seine Arme und küsste sie aufs Haar. Er stellte sich vor, wie es wäre, würde er morgen früh aufwachen und all dies ein Traum gewesen sein. Der Gedanke rief blankes Entsetzen bei ihm hervor. Er genoss das Zusammensein mit Emily, ihre Gespräche, ihre Liebesakte, mit ihr in seinen Armen aufzuwachen.

»Emily, wir sind kein werbendes Paar. Wir sind ein Paar, das sich schon ... tja, ich weiß nicht mehr, wie oft geliebt hat.«

»Über zwanzigmal«, sprang sie ein.

Dessie lachte laut. »Zählst du mit?«

Emily wurde rot und nickte. Auch Dessie errötete. Wie sollte er ihr erklären, dass er einfach nicht genug von ihr bekommen konnte? Dass er danach lechzte, die verlorene Zeit aufzuholen?

Er dachte nicht einmal über das nach, was er sagen wollte. Die Worte kamen ihm schlicht über die Lippen, und jedes Grübeln oder Hadern war unnötig. Er liebte sie. So einfach war es. Und das Natürlichste war, es zu sagen und, ja, zu tun. Er würde es gleich morgen machen, wenn er könnte.

»Es ist so falsch«, sagte Emily. »Aber ich kann nicht anders.«

Er hörte ihr nur halb zu, denn ihm schoss ein impulsiver Gedanke durch den Kopf. Er wusste sofort, dass es das Richtige war, deshalb platzte er kurzerhand damit heraus.

»Emily, willst du mich heiraten? So schnell wie möglich, damit wir uns nicht mehr verstecken müssen und es aller Welt sagen können.«

Emilys Herz vollführte einen Purzelbaum. Unwillkürlich kamen ihr die Tränen, und das zu schnell, als dass Emily sie bremsen konnte. Für einen flüchtigen Moment war sie selig, doch dieses Hochgefühl verflog gleich wieder.

»Oh nein«, sagte sie unglücklich.

»Oh nein, was?« Dessie lachte. »Das ist nicht die Antwort, oder?«

Emily schüttelte den Kopf. Sie liebte Dessie, so viel wusste sie bereits. An das Leben ohne ihn erinnerte sie sich nicht einmal mehr. Doch da war dieses unüberwindliche Hindernis, das sie vorübergehend verdrängt hatte. St. Angelus ließ keine verheirateten Schwestern zu, also wäre ihre Karriere vorbei, wenn sie Ja sagte. Sie könnte ihre Schülerinnen nicht bis zum Examen begleiten. Es wäre aus mit ihrem Lebenswerk, ihrer Pflegeschule, ihrem Büro, ihren Schülerinnen und Biddy. Alle Struktur um sie herum würde über Nacht verschwinden.

Sie schluchzte. »Ich kann nicht, Dessie. Ich kann dich nicht heiraten. Wie soll das gehen? Nein, ich kann nicht.«

Biddy kreischte auf, als ihr Kater mit einem Lachspasteten-Sandwich im Maul aus der Küche floh.

»Du verfluchter kleiner Dieb!«, rief sie, als sie ihm nachrannte und sich den Mopp an der Hintertür griff. Den schwang sie, als sie durch den Garten jagte und dabei Madge und Elsie nur knapp verfehlte.

»Meine Güte, pack das schmutzige Ding weg, Biddy. Beinahe hättest du meinen Kuchen getroffen!«

Branna kam durch die hintere Pforte, ehe Elsie sie wieder schließen konnte. »Sind wir dann alle?«, fragte sie und blickte sich um.

»Nein, Dessie und Schwester Haycock sind noch nicht da«, antwortete Biddy.

»Tja, ich schätze, die kommen, sobald sie sich aus dem Bett loseisen können.«

Biddy hatte den Mopp an die Mauer gelehnt und Elsie den Kuchen abgenommen. Jetzt wünschte sie, sie hätte es nicht getan, denn um ein Haar hätte sie ihn fallen lassen. »Welches Bett? Wovon redest du? Warum sagst du so was?«, rief sie entsetzt.

»Weil es wahr ist«, erwiderte Branna. »Bryan sollte Dessie die Stundenzettel nach Hause bringen, und da hat er sie gesehen. Sie weiß es aber nicht. Bryan hatte die Zettel zur Hintertür gebracht, und Dessie war ein bisschen komisch, deshalb ist er noch geblieben, um zu sehen, was los ist. Keine Minute später waren die beiden in der Küche und haben sich geküsst. Hattie Lloyd sagt, dass auch seltsame Geräusche aus dem Schlafzimmer kommen.«

»Na, wenn irgendwas davon stimmt, wissen wir es, sobald er hier ist. Falls Dessie bei ihr landen konnte, wird er sich benehmen wie die Katze, die die Schlagsahne gefunden hat, der Glückliche«, erklärte Madge.

»Was ist denn mit euch allen los? Sexbesessen seid ihr, allesamt. Erst verbreitet Hattie Gerüchte und jetzt du, Branna. Darf die arme Schwester Haycock kein Privatleben haben? Ihr seid doch ein Haufen Hexen.«

Sie gingen durch die Hintertür in die Küche, wobei Madge auf ihren hohen Absätzen ein wenig schwankte, und Branna verschränkte beleidigt die Arme vor der Brust. Elsie löste gerade ihr Kopftuch von den aufgedrehten Locken, als Dessie hereinkam.

»Guten Abend, die Damen«, sagte er, genau wie immer.

Als er sich von der Gruppe wegdrehte, um seine Jacke an den Nagel in der Tür zu hängen, sagte Biddy stumm zu den anderen: »Hab ich's doch gesagt.« Branna schien verdutzt.

Sie zog sich einen Stuhl vor und setzte sich. »Weiß jemand, ob Schwester Haycock auch kommt?«, fragte sie so nonchalant, wie sie konnte.

Dessie schnappte sich den Stuhl neben ihr, drehte ihn um und setzte sich rittlings darauf, die Arme auf die Rückenlehne gestützt. Er betrachtete die Kratzer auf seinen Handrücken und sagte kein Wort.

Stille trat ein, und ohne sich dessen bewusst zu sein, starrten alle vier Frauen Dessie an.

»Der Kuchen sieht gut aus. Darf ich ein Stück haben?«, fragte Dessie, der sich vorbeugte und die Puderzuckerschicht oben auf dem Kuchen begutachtete. »Ich habe einen solchen Appetit, ich könnte den Esel des Lumpensammlers verputzen.«

Biddy schnitt ein Stück ab und schob es ihm auf einem Teller hin. »Ich mache mal Tee. Möchtest du eine Tasse, Dessie?«

»Ja, gerne. Ich habe einen höllischen Durst. Bin ich gierig, wenn ich um noch ein Stück Kuchen bitte? Obwohl er eigentlich zu schön zum Essen ist.«

Elsie strahlte vor Stolz. »Du darfst so viel essen, wie du willst, Dessie, nur zu. Ich muss auf meine Figur achten.«

»Du bist ja richtig ausgehungert, was Dessie?«, fragte Madge.

»Bin ich«, antwortete er und leckte sehr unelegant die Rückseite seiner Kuchengabel ab.

Während er sich weiter über seinen Kuchen hermachte, sahen sich die Frauen fragend an. Alle wechselten verwirrte Blicke, als der Tee eingeschenkt wurde und sie sich Zucker hineinrührten. Branna sagte tonlos zu Biddy: »Ich habe wohl recht!«

Draußen begann es zu dämmern, und Biddy schaltete auf dem Weg zum Kessel das Licht an. Es handelte sich dabei um eine nackte Glühbirne über Dessies Kopf. So ist es viel besser, um ihn zu verhören, dachte Madge, die bisher kaum etwas gesagt hatte. Falls irgendwas zwischen Dessie und Schwester Haycock vorging, würde Biddy es herausfinden. Dessen war Madge sich sicher.

Biddy setzte sich Dessie gegenüber hin und schnitt ihm noch ein Kuchenstück ab. Es war zwar Elsies Kuchen, aber sie waren in Biddys Küche. Regeln waren Regeln. Biddy fütterte andere gern, und Dessie aß gern. Sie ergänzten sich also gut.

»Und, was hast du an deinem freien Tag gemacht?«, fragte sie ihn.

Elsie schenkte Tee nach. Das durfte sie. Im Hintergrund simmerte der Kessel auf kleiner Flamme und flötete leise vor sich hin. Die Wanduhr tickte, und die Frauen warteten auf Dessies Antwort. Das Marienbild an der Wand schimmerte im Licht, der Kessel säuselte, und alle warteten gespannt darauf, dass Dessie schluckte.

»Dies und jenes«, sagte er, bevor er den nächsten Happen nahm. »Ein bisschen herumgewurstelt, du weißt schon.«

»Hattie Lloyd sagt, sie sieht dich in letzter Zeit kaum noch vor die Tür treten. Und dass deine Vorhänge dauernd zugezogen sind. Sie macht sich Sorgen um dich. Geht es dir nicht gut, Dessie?«

»Sie hat gesagt, dass sie eine Menge Poltern an der Schlafzimmerwand hört«, platzte Branna heraus.

Biddy hätte am liebsten die Teekanne genommen und sie über Branna ausgeschüttet.

Madge verkniff sich mühsam ein Grinsen, weil sie fürchtete, dass Biddy ihr den Kopf abreißen würde.

»Weil ich das Schlafzimmer renoviere«, erklärte Dessie. »Ich reiße die alte Tapete runter. Mir reicht es mit Pfingstrosen an den Wänden.«

Niemandem entging, dass Dessie sehr rot geworden war.

Etwas reißt du sicher runter, aber das sind keine Tapeten, dachte Madge.

Dessie aß schnell noch einen Happen Kuchen, bevor jemand ihn weiter ausfragen konnte.

Madge, die geglaubt hatte, dass sie bei diesem Treffen am meisten zu sagen hätte, wurde ein wenig unruhig und brach als Erste das Schweigen. Es war offensichtlich, dass sie mit Dessie nicht weiterkamen und diese Fragerei Zeitverschwendung war.

»Können wir jetzt anfangen?«, schlug sie vor. »Ich habe einige sehr wichtige Informationen.«

Dessie warf ihr einen dankbaren Blick zu, und sie erwiderte ihn mit einem kleinen Lächeln. Was es heißen sollte, war klar: Dein Geheimnis ist bei mir sicher, Dessie.

Dessies heimliche Aktivitäten und sein ungewöhnlicher Appetit waren schlagartig vergessen, und drei Stimmen riefen im Chor: »Ja! Was hast du?«

»Tja, das kann ich euch erzählen.« Madge holte ihre Notizen aus der Tasche. »Es gab einige interessante Telefongespräche zwischen unserer Miss Van Gilder und ihrem Sohn.«

»Ihrem Sohn?« Der laute Ruf war bis in den Garten zu hören, und der Kater, der auf dem Fenstersims hockte, erhob sich, um einen Buckel zu machen.

Madge grinste von einem Ohr zum anderen. Sie genoss ihren Moment. »Ja, ihr Sohn. Und er ist nicht nur ihr Sohn, sondern ihm gehört auch die Acme-Reinigungsagentur. Klingelt es da bei euch?«

»Das ist der Mann, der mit seinem Klemmbrett auf den Stationen war und jedem im Weg gestanden hat«, sagte Branna.

»Ganz richtig, Branna, und was die beiden auch planen mögen, sie bekommt zwanzig Prozent. Es geht um Geld. Sie war genauso ein Drachen zu ihm am Telefon wie zu jedem anderen.«

»Ach, du liebes bisschen«, sagte Branna. »Glaubt man das? Die Frau ist eine Diebin.«

»Nein, ganz sicher nicht. Ich kann mir nicht vorstellen, dass sie etwas Illegales tun würde«, wandte Elsie ein. »Eine korrektere Frau gibt es gar nicht. Sie hat einen Sohn?« Elsie runzelte die Stirn.

»Ich kann das nicht glauben. Was meinst du, Dessie?«, fragte Branna.

Dessie hatte seinen Kuchen hingestellt und wollte gerade antworten, als Madge hinzufügte: »Und es gibt noch mehr.«

»Warte!«, kreischte Elsie, die diesen Moment auskosten wollte. »Lass uns erst mal nachschenken. Wir wollen ja nicht reihum aufspringen, wenn wir uns konzentrieren müssen. Wir haben hier gute Nachrichten und müssen planen, also wartet.«

Elsie drehte Biddys Gas auf, während Branna die sterilisierte Milch aus dem Schrank holte, den Biddy auf dem Flohmarkt entdeckt hatte und seither liebte. Der Schrank erinnerte sie an zu Hause, und sie würde ihn nie hergeben, ganz gleich, was für neumodische Küchensachen auf den Markt kamen.

»Darf ich frische Blätter nehmen, Biddy?«, fragte Elsie.

»Ich denke, der Anlass verlangt es, meinst du nicht?«

Elsie wusch die Kanne aus und summte vor sich hin, während sie das Wasser hineinlaufen ließ. Sie blickte auf und sah, wie eine nervös wirkende Emily Haycock in den Garten kam. Elsie grinste zahnlos und winkte wild. Schwester Haycock hob eine Hand.

»Biddy, hol noch eine Tasse raus. Schwester Haycock ist da.«

Dessie nahm seine fast leere Tasse auf und gab vor zu trinken. Er hätte sich keine Sorgen machen müssen, denn die anderen interessierte eher, dass Emily reinkommen und Madges Neuigkeiten an den Rand drängen würde.

Biddy ging zu Elsie an die Spüle, um ihre Tasse auszuwaschen. »Siehst du, ich habe doch gesagt, dass das alles Unsinn ist. Wenn da etwas wäre, würde sie jetzt nicht herkommen, oder?«

»Schwester Haycock, kommen Sie, setzen Sie sich.« Branna stand auf und zog einen Stuhl vom Fenster heran, um ihn an den nun sehr vollen Tisch zu quetschen. Sie schaute kurz zu Dessie, der aus einer leeren Tasse zu trinken schien. Es passte nicht zu ihm, kein wahrer Gentleman zu sein. Normalerweise hätte er sich verrenkt, um als Erster einen Stuhl zu holen – für jede von ihnen. So war er einfach.

»Etwas stimmt nicht«, flüsterte Elsie. »Die haben keine Affäre, auf keinen Fall. Sie reden ja kaum miteinander. Und er hat sie bisher nicht mal angesehen.«

»Weil er es nicht kann, Elsie. Ja, etwas stimmt nicht, aber wenn ich mir die beiden jetzt ansehe, würde ich sagen, sie haben garantiert was miteinander. So ungern ich es auch ausspreche, Hattie Lloyd hatte recht. Nur zwei Verliebte reden nicht miteinander. Und das ist nicht bloß eine Affäre. Da ist mehr.«

Branna plauderte mit Madge, und Emily saß ein wenig zu heiter bei ihnen.

»Verliebt? Bist du sicher?« Elsie schwankte beinahe, als sie den Tee aufgoss.

»Pass auf, du dumme Pute. Fast hättest du uns beide verbrüht. Ja, ich bin mir sicher. Und weißt du was? Ich freue mich für sie. Sie haben beide ein bisschen Liebe verdient.«

»Biddy, bist du verrückt geworden?«, fauchte Elsie. »Sie hat gerade jeden begrüßt und kein Wort zu Dessie gesagt.«

»Natürlich habe ich das gesehen. Hältst du mich für taub, oder so? Deshalb weiß ich es ja!«

Als der Tee bereit war und alle saßen, fing Biddy an, Emily zu erklären, was los war. »Also, es geht um Miss Van Gilder. Anscheinend hat Madge eine große Entdeckung gemacht, nicht wahr, Madge?«

»Habe ich«, bestätigte Madge. »Ich habe den anderen gerade erzählt, dass ich zufällig ein Telefongespräch ...«

»Zufällig, von wegen«, warf Biddy ein.

Madge wurde rot und bedachte Biddy mit einem vernichtenden Blick. »Jedenfalls stellt sich heraus, dass Miss Van Gilders Sohn die Acme-Reinigungsagentur betreibt ...«

»Ihr Sohn?«, wiederholte Emily. »Aber sie ist Miss Van Gilder. Bei ihrem Bewerbungsgespräch war keine Rede von einem Sohn.« Sie stellte ihre Tasse ab und wurde blass. »Sie hat überhaupt nie einen Sohn erwähnt. Und sie ist vehement gegen die Aufhebung des Arbeitsverbots für verheiratete Schwestern! Das macht mich wütender als alles andere bisher.«

»Tja, und das scheint noch nicht alles zu sein, Schwester Haycock«, fuhr Madge fort. »Die beiden betreiben zusammen die Acme-Reinigungsagentur. Ich habe gehört, wie Miss Van Gilder zu ihrem Sohn gesagt hat, er habe einen Fehler beim Angebot gemacht, den er korrigieren soll. Dann will sie damit zur Oberschwester und anschließend zum Vorstand gehen, um sich das Geld genehmigen zu lassen. Und sie hat gesagt, dass sie zwanzig Prozent bekommt.«

Die anderen am Tisch schwiegen perplex. An jedem anderen Tag hätte Emily sich gefreut, so viel Munition gegen Miss Van Gilder zu haben.

»Und ich bin noch nicht fertig.«

»Du meine Güte, kommt noch mehr?«, fragte Emily, die schon vorschlagen wollte, dass sie die Polizei anrufen sollten.

»Sie hat bei einem Mann in Cornwall angerufen und sich nach einem Cottage erkundigt, das er zum Verkauf anbietet. Ihm hat sie gesagt, dass sie die Hälfte des Geldes in einem Monat anzahlen könnte und den Rest drei Monate später.«

Nun redeten alle durcheinander.

»Da haben wir ja ein paar echte Diebe unter uns«, sagte Biddy.

»Wir dürfen sie damit nicht durchkommen lassen. Wollen wir es der Oberschwester erzählen?«, fragte Branna. »Oder wir rufen die Polizei an, und dann ist es vorbei. Sollen sie doch im Knast landen, alle beide.«

»Nein!«, rief Madge. »Ihr könnt es nicht der Oberschwester erzählen, weil sie mir dann nicht mehr trauen würde. Sie würde denken, dass ich alle Gespräche belausche. Wagt es ja nicht, verstanden? Ich habe einen Ruf zu verlieren. Ich bin keine Spionin, und ich will nicht, dass das jemand denkt.«

»Und was tun wir dann?«, fragte Branna. »Der Brief von St. Dunstan's allein genügt nicht, oder? Der gibt uns keine Fakten, und er beweist nicht, was sie hier vorhat. Das kannst nur du beweisen, Madge.«

Branna war verärgert darüber, dass sie selbst keine saftigen Geschichten über die Knochenbrecherin beisteuern konnte. Als Hauskraft auf Station zwei war sie ein wenig außen vor. Sie hörte zwar sämtlichen Tratsch über ihre alte Chefin auf der Station, Schwester Antrobus, und sie wusste, dass sie und Miss Van Gilder sich nicht ausstehen konnten, aber das waren keine Neuigkeiten – ganz St. Angelus wusste das. Jetzt, da Branna nicht mehr unter ihr arbeitete, lernte sie zu schätzen, dass Schwester Antrobus so regelversessen war. Die würde keinen Diebstahl dulden, dachte

Branna. So viel stand fest. Wenn also Schwester Antrobus irgendwie die Wahrheit über Miss Van Gilder zu Ohren käme ...?

»Ich denke, da kann ich helfen, nicht?«, fragte Emily. »Ich werde bei der nächsten Vorstandssitzung dabei sein und kann Miss Van Gilder fragen, was sie vorhat. Ich könnte nachhaken, bis ich die Antworten bekomme, die wir brauchen.«

»Eine hervorragende Idee«, sagte Biddy. »Meinen Sie, Sie könnten sie überführen? Dieser Betrug mit der Reinigungsagentur kann ja nur funktionieren, wenn sie zu viel Geld vom Krankenhaus verlangt und Personal entlassen werden muss. Gott allein weiß, was das für alle Mitarbeiter bedeutet!«

»Ich lasse Miss Van Gilder nicht aus dem Raum, ehe ich meine Antworten habe«, versprach Emily und lächelte zum ersten Mal seit ihrer Ankunft.

Während die anderen über ihren Vorschlag nachdachten, blickte sie über den Tisch zu Dessie. Er hob den Kopf und lächelte sie tieftraurig an, was Emily fast das Herz brach. Sie wäre am liebsten zu ihm gegangen, hätte die Hände an seine Wangen gelegt und ihn mit Küssen überschüttet. Sie hatte ihn verletzt, und sie konnte nichts dagegen tun. Sie konnte unmöglich ihr Leben aufgeben, um ihn zu heiraten. Sie war Schwester Haycock, die Leiterin der Pflegeschule im St. Angelus. Die Vertraute von Dr. Gaskell. Die neue Freundin der Oberschwester. Die Mentorin ihrer Schülerinnen – ihrer Mädchen. Sie war keine Ehefrau. Dessie war der wundervollste Mann auf Erden, und sie hatte ihm wehgetan. Er war der erste Mann, mit dem sie geschlafen und dem sie ihr Herz geschenkt hatte, und jetzt, nur wenige Stunden, nachdem sie zusammen im Bett gewesen waren, waren sie praktisch Fremde.

Er hatte es nicht gut aufgenommen, dass sie seinen Antrag ablehnte. »Daran hatte ich gar nicht gedacht«, sagte er, als sie ihm erklärt hatte, warum sie Nein sagen musste. Und er war merklich schockiert gewesen. »Aber alle Frauen hören auf zu arbeiten, wenn sie heiraten. Das ist doch normal. Die Leute würden meinen, mit mir stimmt was nicht und dass ich nicht für meine Frau sorgen kann, wenn du weiterarbeitest.«

Er hatte ihre Hände losgelassen und war an ihr vorbei zur Tür gegangen, um Abstand zwischen ihnen zu schaffen. Dann fuhr er sich mit den Fingern durchs Haar.

»Dessie, darum geht es nicht. Es ist nur so, dass ich mein Leben lang gearbeitet habe. Für mich hat noch nie jemand gesorgt, und ich liebe meine Arbeit so sehr wie du deine. Ich habe Hindernisse überwunden, um dahin zu kommen, wo ich bin. In vielen Krankenhäusern ist immer noch die Oberschwester für die Ausbildung zuständig.«

»Dann habe ich mich wohl geirrt«, sagte Dessie. »Ich habe gedacht, du würdest dir eine Familie wünschen. Ein Zuhause. Ich dachte, du würdest die Arbeit gern aufgeben.«

»Ganz im Gegenteil, Dessie. Ja, hätte ich eine Familie, würde ich mich um meine Kinder kümmern und sie aufziehen wollen. Aber woher wissen wir, ob wir überhaupt noch Kinder bekommen? Ich kann meine Arbeit nicht aufgeben und den ganzen Tag im Haus warten, bis du von der Arbeit kommst. Und die Regeln im St. Angelus sind, dass ich meine Stelle aufgebe, wenn ich heirate. Das weißt du.«

Dessie sah verzweifelt aus, doch er war kein Mann vieler Worte. »Was für ein Idiot ich gewesen bin, Emily. Tut mir leid.« Und bevor sie antworten konnte, war er fort.

Jetzt saß Emily ihm gegenüber und konnte nichts wiedergutmachen. Sie biss die Zähne zusammen, um nicht in Tränen auszubrechen, und stand auf. »Ich habe morgen einen langen Tag und gehe jetzt lieber. Aber ich werde bei der Sitzung mein Bestes geben. Irgendwie überführe ich sie. Ich weiß noch nicht wie, doch das werde ich.«

Langsam zog sie ihren Mantel an, wobei sie immer wieder zu Dessie blickte, ob er ihr vielleicht folgen würde. Er jedoch saß mit gefalteten Händen am Tisch und starrte die Krümel auf seinem leeren Teller an.

»Na dann, gute Nacht allerseits«, sagte Emily.

»Wir sehen uns morgen bei der Arbeit«, antwortete Biddy.

»Gute Nacht, Schwester Haycock, und viel Glück. Wir verlassen uns auf Sie«, sagte Branna.

»Falls ich noch irgendwas höre, lasse ich es Sie wissen«, sagte Madge mit Verschwörermiene.

Noch nie hatte Emily so lange gebraucht, um ein Haus zu verlassen. Sie wollte, dass Dessie aufstand, sich entschuldigte und anbot, sie nach Hause zu begleiten. Er rührte sich nicht.

Zwei Minuten später stand Emily draußen in der Gasse und fühlte sich traurig, verlassen und abermals ganz allein. Jetzt war es schlimmer als in all den Jahren zuvor, weil sie da nicht gewusst hatte, was sie versäumte. Nun raubte ihr die Einsamkeit den Atem. Sie holte tief Luft, denn ihr Herz raste und brannte vor Schmerz. Tränenblind eilte sie durch die Gasse. Auf einmal hörte sie eine Stimme, die sie seit ewigen Zeiten nicht mehr gehört hatte.

»Emily, bist du das? Emily, komm her, meine Liebe! Du bist es doch, oder?«

Maisie Tanner kam auf sie zugelaufen, die Arme voller Fish & Chips in Zeitungspapier.

»Ich würde dich ja umarmen, aber dann lasse ich die Chips fallen. Komm mit, und keine Widerrede. Hak dich bei mir ein, na los.« Maisie hielt Emily die Ellbogenbeuge hin. »Du kennst den Weg doch noch, nicht?«

Emily kannte ihn, obwohl es lange her war, seit sie zuletzt die Arthur Street entlanggegangen war.

Bald darauf saß Emily im Wohnzimmer der Tanners, eine Tasse Tee auf dem Schoß und einen Teller mit Chips neben sich auf einem Beistelltisch. Das Haus war von Kinderlärm erfüllt, der noch erheblich lauter wäre, hätte Maisie die Kleinen nicht mit einem strengen Flüstern ermahnt, leise zu sein.

»Ist das die Schwester Haycock, die unsere Pammy oben im Krankenhaus unterrichtet?«, hörte sie Lorraine fragen.

Emily war neugierig, was Maisie antworten würde. Würde sie sagen: »Ja, und sie war bei mir im Luftschutzkeller in der Nacht, in der du geboren wurdest. Sie hielt meine Hand, bis du da warst.« Das sagte sie nicht, sondern: »Ja, das ist sie. Jetzt nimm deine Chips mit nach nebenan, ich bin hier beschäftigt.«

Emily lächelte. Es war lange her, seit sie in dieser Gegend gelebt hatte. Sie erinnerte sich, wie die Leute beieinander ein und aus gegangen waren, und es schien, als hätte sich daran nichts geändert.

Nach fünf Minuten waren alle Tanner-Kinder fort. Maisie setzte sich mit ihrem Tee Emily gegenüber hin.

»Es ist schön, dich zu sehen, Maisie.« Emily lächelte, um ihre Scham zu überspielen.

»Ja, finde ich auch. Iss deine Chips, ehe sie kalt werden. Ich denke oft an dich. Als unsere Pammy ihren Platz als Schwesternschülerin im Krankenhaus bekommen hat, habe ich gewusst, dass du dafür gesorgt hast. Stan und ich hatten gedacht, dass sie keine Chance hat. Ich habe zu Stan gesagt, dass keine von hier je dort Schwester werden kann. Wir hier putzen im St. Angelus und machen die Wäsche, sonst nichts. Ich kann dir gar nicht sagen, wie stolz wir waren.«

»Nun, sie hat es sich selbst verdient«, erwiderte Emily. »Obwohl ich nicht leugne, dass sie eine meiner Lieblingsschülerinnen ist.« Sie schaute sich in dem Zimmer um, das sie einst so gut gekannt hatte. Es war ihrem eigenen Wohnzimmer früher ganz ähnlich. »Deine Mam ist nicht hier«, sagte sie.

»Meine Mam? Gott hab sie selig, nein. Sie ist vor zehn Jahren gestorben. Sie hat dich immer sehr gemocht, und du hast ihr damals so entsetzlich leidgetan. Sie ist nie drüber weggekommen, Emily, hat nie verstanden, wie Menschen, die sie ihr Leben lang gekannt hat, auf einmal weg sein konnten oder warum man uns bombardiert hat. Ich habe ihr immer wieder erklärt, dass es war, weil wir so nahe an den Docks wohnen, aber sie konnte es nicht begreifen. Immer wieder hat sie geredet, als wären alle noch da, und dann hat sie geweint, wenn ihr wieder einfiel, dass sie tot waren. Es war schrecklich, richtig schrecklich. Eigentlich spricht keiner gerne darüber. Es ist wohl noch zu frisch. Und für Leute wie dich am meisten. Möchtest du mehr Tee? Und jetzt iss schon deine Chips.«

»Ich kann nicht, Maisie. Ich würde gerne, aber ich kann nicht.«

»Tja, weil du traurig bist. Na komm, ich hole dir einen neuen Tee, und dann erzählst du es mir. Stan kommt erst in paar Stunden zurück. Heute ist sein Pub-Abend. Alle Männer aus seinem Regiment, na ja, jedenfalls die aus dieser Gegend, treffen sich einmal die Woche im Irish Centre. Stan sagt, weil sie zu Hause nicht über den Krieg reden mögen. Nicht vor den Kindern. Und ihre Frauen sollen nicht hören, wie kurz davor sie waren, Witwen zu werden. Ich hätte sowieso keine Ahnung, wovon er spricht. Und hier war es ja schon schlimm genug.«

Maisie schenkte Emily nach und kam direkt zur Sache. »Also, ich weiß, dass es bei dir um Männerärger geht, und das ist eines der wenigen Dinge, in denen ich gut bin. Ich helfe hier allen bei solchen Problemen. Dafür bin ich bekannt. Keiner stört uns hier. Unsere Pammy wohnt in der Lovely Lane, aber das weißt du ja. Du siehst sie schließlich oft genug. Also, erzähl Maisie, was los ist.«

Stans Söhne warteten unten an der Straße auf ihren Vater. Maisie hatte recht, es war sein Veteranenabend, allerdings ging er immer zuerst nach Hause, um sich in der Zinkwanne zu waschen und sich umzuziehen. Er und seine Kumpel achteten sehr auf gewisse Normen.

»Jungs, was macht ihr hier? Warum seid ihr nicht zu Hause beim Abendbrot mit eurer Mam?«

»Mam sagt, du kannst heute nicht nach Hause kommen und dich waschen. Und du sollst unten im Pub essen. Sie hat eine weinende Besucherin, und wir sollen dir sagen, dass du nicht ins Haus darfst.«

»So, darf ich nicht?« Stan begann zu lachen. »Und wer ist die weinende Besucherin?«

Es war nichts Außergewöhnliches, dass jemand mit einem Problem zu ihnen nach Hause kam. Maisie war die beliebteste Anlaufstelle für Kummergeplagte im Umkreis von Meilen. »Weil du mit dem perfekten Mann verheiratet bist«, scherzte Stan gern. »Sie wollen wissen, wie sie sich einen Kerl wie mich angeln können. Und dir muss jedes Mal wieder ein Licht aufgehen, was für ein Glück du hast, mich gefunden zu haben.« Normalerweise kassierte Stan an dieser Stelle einen Knuff oder zumindest einen Schlag mit dem Geschirrtuch auf seine Beine.

»Das ist nicht witzig, Dad. Es ist ernst. Sie ist die Schwester aus dem Krankenhaus, die Pammy unterrichtet.«

Stan nahm seine Mütze ab, kratzte sich am Kopf und setzte sie wieder auf. Dann blickte er die Straße hinunter zum Haus. »Sieh einer an, Emily Haycock. Dachte ich mir doch, dass wir sie eines Tages wieder bei uns sehen.«

Der kleine Stan hüpfte von einem Pflasterstein zum anderen, wobei er alle Spalten und Risse mied.

»Gut, ich gehe zum Pub. Sagt eurer Mam, dass ich nicht zu spät heimkomme.«

Zehn Minuten später betrat Stan das Irish Centre und ging direkt an die Bar. Ein anderer Veteran war ihm schon zuvorgekommen. Er war mit mehr Orden als Stan aus dem Krieg zurückgekehrt und hatte mehr Gefechte miterlebt als irgendjemand sonst in den Straßen hier. Ein guter Mann. Stan mochte ihn.

»Guten Abend, Dessie. Ich dachte schon, heute Abend bin ich der Erste. Wir haben dich eine Weile nicht gesehen.«

Mit seinem Pint in der Hand und den Ellbogen auf den Tresen gestützt drehte Dessie sich zu Stan um. »Nein, ich, äh, war in letzter Zeit sehr beschäftigt.« Er zog die Augenbrauen zusammen. Damit beschäftigt, sich zu verlieben. Und jetzt war er wieder da, zurück im Hamsterrad, das sein Leben war. Wieder im Alltag angekommen.

»Was ist, Kumpel? Du siehst aus, als hättest du die Kronjuwelen verloren. Weiberprobleme? Ich würde sagen, es sieht so aus. Gut, lass mich dir noch ein Pint kaufen, und dann erzählst du mir alles, bevor die anderen kommen.«

Kapitel fünfunddreißig

Die Leute in Belmullet konnten die Sonnentage in diesem Jahr an einer Hand abzählen. Leider fiel keiner von ihnen in die zwei Wochen, in denen Dana zu Hause zu Besuch war. Sie stieg aus dem Bett und linste durch die Vorhänge zu einem heiteren Himmel.

»Machst du das absichtlich?«, fragte sie laut. Im Zimmer war es kalt und ein wenig klamm. Sie dachte an das Schwesternwohnheim in der Lovely Lane, an die hübschen Vorhänge an den Fenstern, das riesige Feuer in der Diele und das Badezimmer am Ende des Flurs. Dort war ihr Zimmer nie klamm. Sie zog die Hose und den Aran-Pullover an, die sie fast jeden Tag hier getragen hatte, und zog die Vorhänge zurück.

Heute würde sie die lange Reise zurück nach Liverpool antreten, und vorher wollte sie noch ihr Bett abziehen und das Zimmer putzen. Ihre Mutter hatte schon genug Arbeit, da wollte sie ihr nicht noch mehr zumuten.

Als sie zum Melkstall blickte, sah sie ihre Mutter die kleine Anhöhe heraufkommen. Gebeugt trug sie eine Milchkanne in einer Hand und wedelte mit der anderen die Mücken weg, die sie umschwärmten. Dana klopfte ans Fenster, doch ihre Mutter war zu sehr mit der Mückenabwehr beschäftigt, um es zu hören. Dana lief nach unten und durch die Küche hinaus zu ihr.

»Lass mich die Kanne tragen. Wozu komme ich nach Hause, wenn ich dir nichts abnehmen kann?«

»Ach, lass nur«, erwiderte ihre Mutter. »Nach dem Mittagessen verschwindest du ja sowieso wieder. Wie kommst du darauf, dass ich alles allein schaffe, wenn du nicht hier bist, aber nicht, wenn du uns besuchst?«

Milch schwappte auf Danas Turnschuhe. »Oh Gott, jetzt stinke ich nach saurer Milch, wenn ich in Liverpool ankomme!«

»Ja, und nach irischer saurer Milch. Das wird ein herrlicher Duft sein«, scherzte ihre Mutter.

Beide sahen sich an und lachten.

»Ich brauche deine Hilfe nicht, Dana, aber du wirst mir fehlen, wenn du wieder weg bist«, sagte Nancy in einem Ton, den sie sich gewöhnlich für Totenmessen vorbehielt.

Dana blieb stehen und stellte die Milchkanne ab, um die Seite zu wechseln. Der Metallbügel schnitt ihr in die Hand, und nicht zum ersten Mal fragte sie sich, wie ihre Mutter so lange den Regen, die harte Arbeit und Danas Vater ertragen konnte.

»Werden wir dich wiedersehen?«, fragte Nancy möglichst unbekümmert, auch wenn die Worte schwer wogen.

»Mammy!« Dana versuchte, entsetzt zu wirken, aber der einzige Mensch, dem sie nie etwas vormachen konnte, stand direkt vor ihr. »Fragst du mich allen Ernstes, ob ich je wieder zu Besuch nach Hause komme?«

Nancy nahm die Milchkanne mit der Leichtigkeit einer Frau auf, die das tagtäglich machte, und ging weiter. Dana lief hinter ihr her.

»Warum denn nicht?«, fragte Nancy. »Es ist eine vollkommen vernünftige Frage. Viele verlassen Mayo und kehren nie mehr zurück. Du hast kaum ein Wort über diesen Freund von dir gesagt. Schämst du dich für uns?«

»Oh Gott, nein, Mammy, überhaupt nicht«, log Dana. Doch wie immer hatte ihre Mutter den Nagel auf den Kopf getroffen. Das war ein Teil des Problems, allerdings bei Weitem nicht das ganze. Schwer wog auch das Gewicht der Erwartungen. Sollte sie zu Hause mit einem Arzt auftauchen, auch noch mit einem derart charmanten, liebenswerten und witzigen wie Teddy, so hätte ihre Mutter sicher am nächsten Tag das Aufgebot bestellt, und Mrs Kennan würde ungefragt die Hochzeitstorte backen.

»Er wollte mitkommen, wirklich«, flüsterte sie beinahe. »Es lag an mir, nicht an ihm. Ich wollte mir sicher sein, bevor ich ihn mit nach Hause bringe.«

»Und was hält dich davon ab?« Ihre Mutter sah sie an und begriff sofort, was sie dachte.

»Dana, du kannst deine Vergangenheit nicht ändern. Du bist, wer du bist. Ein Mädchen von einer Farm im Moor, das eine Menge erreicht hat, Schwesternschülerin ist und alles. Aber eines sage ich dir: Wenn er deiner würdig ist, wird ihn das kein bisschen stören. Wichtig ist, wer du bist, wenn ihr zusammen seid, und nicht, wo du geboren wurdest. Und, ja, ich weiß, was in deinem Kopf vorgeht. Das Gerede von einer Hochzeit wäre sehr groß und würde bis nach Sligo reichen, na und? Vielleicht hätte es ihm sogar gefallen, und er hätte es witzig gefunden. Vorausgesetzt natürlich, dass du dich nicht für uns schämst.«

Mit wenigen Worten hatte Nancy bewirkt, dass Dana sich wie eine Idiotin fühlte. Ihre Mutter hatte ihre Befürchtungen laut ausgesprochen, und sie klangen lächerlich. Dana fühlte sich dumm und erleichtert zugleich. »Mammy, ich könnte mich nie für euch schämen. Soll ich ihn an Weihnachten mitbringen? Würde dir das gefallen?«

»An Weihnachten? Hast du da denn frei?«

»Nicht genau an Weihnachten, aber die Woche danach. Und

wenn Teddy auch freibekommt, kann ich ihn einladen, damit ihr ihn kennenlernt.«

Ihrer Mutter kamen die Tränen. »Man stelle sich vor, unsere Dana bringt einen Doktor mit nach Hause! Ich werde Pater Michael einladen müssen und Mrs Kennan sagen, dass sie Vorräte anlegen muss.«

Wieder lachten beide Frauen und fielen sich in die Arme.

Teddy unterschrieb den Scheck an der Rezeption und prüfte noch einmal die Rechnung, bevor er ihn übergab.

»Das scheint alles in Ordnung zu sein«, sagte er zum Hotelchef, der ihm den Beleg reichte.

»Vielen Dank, Dr. Davenport. Packt Mrs Davenport?«

»Ja, und sie sieht sich noch einmal im Zimmer um.«

»Ach ja, das tun die Damen immer. Was würden wir ohne unsere umsichtigen Frauen tun?«

Teddy merkte, dass er rot wurde; er drehte sich seitlich zum Erkerfenster und gab vor, die Blumen und den Springbrunnen vor dem Hotel zu bewundern. »Ihr Gärtner leistet exzellente Arbeit«, wechselte er das Thema.

»Ich werde es ihm ausrichten, Dr. Davenport. Er freut sich immer, Lob von den Gästen zu hören.«

Teddy wurde vor weiterem Small Talk bewahrt, denn Sarah Makebee kam.

»Da bin ich, Liebling«, sagte sie atemlos und überkreuzte die vornehm behandschuhten Hände vor ihm. »Ist das Gepäck im Wagen?«

»Ja, es ist alles verstaut«, antwortete Teddy und zündete sich eine Zigarette an.

»Ah, Dr. Davenport, da ist der Gärtner, falls Sie ihm Ihr Lob persönlich sagen wollen. Das hebt die Arbeitsmoral des Personals immer ungemein.«

Teddy zögerte. Ihm war schon aufgefallen, dass man als Arzt von allen wie eine königliche Hoheit behandelt wurde, und er hatte nichts dagegen. Ganz und gar nicht. Nur in diesem Moment war ihm nicht wohl dabei. Eine rothaarige Frau war über den Parkplatz gegangen, und für den Bruchteil einer Sekunde dachte er, es wäre Dana. Und es erinnerte ihn an sein anderes Leben. Sein richtiges Leben in Liverpool mit Dana und am St. Angelus. Dass er Dana mit der kultivierten Sarah Makebee betrogen hatte, würde von jedem verurteilt werden, und man würde ihm lange nicht vergeben. Dana war beliebt. Er war es bisher auch gewesen, doch das würde sich schlagartig ändern.

Während Sarah sich elegant auf den Ledersitz vorn im Wagen schwang, ging Teddy zu dem Gärtner, der beinahe seine Schubkarre fallen ließ, als er sich ihm näherte.

»Ein entzückender Garten. Die Blumen sind eine Pracht. Es muss unglaublich viel Arbeit sein, das alles instand zu halten.« Teddy machte eine ausholende Geste zu den großen Rabatten und den makellosen Formschnitthecken.

»Danke, Dr. Davenport. Ich bin übrigens auch aus Liverpool.« Offensichtlich hatte sich herumgesprochen, dass ein Liverpooler Arzt im Hotel war.

»Ja, ich erkenne den Akzent«, sagte Teddy schmunzelnd.

»Nach dem Krieg bin ich hergezogen, als ich aus dem Militärdienst entlassen wurde. Ich mag das ruhigere Leben hier oben, konnte den Lärm und den Trubel in Liverpool nicht mehr aushalten. Nach den Bomben sah es dort schlimmer aus als auf manchen Schlachtfeldern, auf denen ich gewesen bin. Aber morgen fahre ich meine Schwester und ihren Mann dort besuchen. Ich soll helfen, die Trümmer von einer der Kirchen zu räumen, meiner alten

Kirche, genauer gesagt. So viele Jahre sind vergangen, und immer noch liegen überall Trümmer herum. Unglaublich. Ich fahre zweimal im Jahr hin und bin jedes Mal froh, wenn ich wieder hier bin. Jedenfalls hoffe ich, dass ich Sie da nicht treffe. Das St. Angelus ist der letzte Ort, an dem ich landen will.«

»Und ich will Sie da auch nicht sehen«, sagte Teddy und schüttelte ihm die Hand. Kurz darauf saß er im Wagen und fuhr die Einfahrt hinunter.

»Du scheinst es eilig zu haben, hier wegzukommen«, sagte Sarah, die sich Lippenstift auftrug. Und bei ihren nächsten Worten machte Teddy beinahe eine Vollbremsung vor Schreck.

»Teddy, Liebling, die letzten Tage waren schön und alles, aber macht es dir sehr viel aus, wenn wir keinem davon erzählen?«

»Äh, nein, nein«, stammelte Teddy. »Warum?«

Sarah öffnete ihre Handtasche, steckte ihren Taschenspiegel hinein und schloss sie wieder.

»Na ja, mein Freund fängt nächste Woche im Krankenhaus an. Er ist Assistenzarzt in London, und wenn er es erfahren sollte, tja, wäre er nicht sehr erfreut.«

Es dauerte einige Sekunden, ehe Teddy reagieren konnte. »Und ich Esel dachte schon, du würdest es jedem erzählen und ich zum unbeliebtesten Mann im Krankenhaus werden, weil ich Dana betrogen habe.«

Sarah lachte. »Um Himmels willen, nein, warum sollte ich das tun?«

Teddy war gekränkt. Und verwirrt. Hatte er denn gewollt, dass sie es herumerzählte? »Ich weiß nicht genau. Das tun Mädchen im Allgemeinen.«

»Aha? Meiner Erfahrung nach nicht. Nicht Mädchen wie ich.«

Sie schwiegen, während sich alles zusammenfügte. Zu Teddys Verwunderung war Sarah alles andere als eine Jungfrau gewesen und hatte ihm sogar noch ein, zwei Dinge zwischen den Laken beigebracht. Teddy war neu, dass Frauen tatsächlich einen Orgasmus bekamen. Er hatte angenommen, Sex wäre etwas, das sie erduldeten. Bei seiner Ankunft im Lake District war er noch jugendlich naiv gewesen, nun verließ er die Gegend als wahrer Mann.

»Dann macht es dir auch nichts aus, wenn ich mit Dana da weitermache, wo wir aufgehört haben?«

»Oh Gott, nein, das passt mir sehr gut«, antwortete Sarah.

Teddy fand, er sollte sich besser fühlen, als er es tat. Er hatte die vierzehn Tage sehr genossen. Wie oft er mit Sarah Liebe gemacht hatte, konnte er nicht mehr sagen. Nur, dass es keine Liebe gewesen war, lediglich Sex, ein höflicher Umgang miteinander und gemeinsame Mahlzeiten. »Oh, und die Spaziergänge«, sagte Teddy laut.

»Wie bitte?«, fragte Sarah.

»Ach nichts, ich habe nur laut gedacht, entschuldige.«

Im Geiste sah er Danas Gesicht vor sich. Sie reckte sich ihm lachend entgegen, damit er sie küsste. Vor einer Kurve schaltete er einen Gang runter. Ihm wurde klar, dass er beinahe das Kostbarste auf der Welt verloren hätte. Fast hätte er seine glückliche Zukunft mit der idealen Frau weggeworfen. Aber irgendwie war er wohl doch nicht der Fang, für den er sich gehalten hatte, denn Sarah interessierte sich mehr für ihren Freund als für ihn. Schwein gehabt, dachte Teddy.

Er hatte schon beschlossen, an der Fähre zu sein, wenn Dana ankam. Und wenn sie das nächste Mal nach Irland reisen würde, dann würde er mit ihr fahren, ganz gleich, was sie sagte.

Kapitel sechsunddreißig

»Können wir bitte ein Röntgenbild von dieser Kleinen bekommen?«, sagte Dr. Mackintosh zu Pammy. »Beidseitig Schien- und Wadenbein.« Als Pammy ein Röntgenformular bei Doreen holen wollte, flüsterte er: »Dem Vater geht es gut, der Wagen ist heil, aber dieses kleine Mädchen kann von Glück reden, wenn es je wieder richtig laufen kann. Der Vater sagt, er hätte für einen Hund bremsen müssen, und sie ist gegen das Armaturenbrett geflogen. Ihre Nase ist zertrümmert, und ihre Beine sehen gar nicht gut aus.«

Die Schmerzensschreie des kleinen Mädchens waren durch die Notaufnahme gehallt. Der Anblick ihres blutüberströmten Körpers hatte ihr genauso viel Angst eingejagt wie ihre Unfähigkeit, die Beine zu bewegen. Sie hatte sich gegen das Diamorphin gesträubt, und Dr. Mackintosh gab sich alle Mühe, ihr die Angst zu nehmen. Er hatte ihre Hand gehalten und auf sie eingeredet, damit sie zur Ruhe kam und das Mittel wirken konnte. Mehr konnte er ihr nicht spritzen, denn sonst wäre es zu gefährlich. Schließlich ebbten ihre Schreie zu einem jämmerlichen Schluchzen ab, und nun war es wieder stiller in der Notaufnahme.

Als Pammy bei Doreen ankam, wirkte die besorgt. »Wird das kleine Mädchen wieder?«, fragte sie, als sie Pammy das Formular und das Durchschlagpapier reichte. »Denk dran, das Kohlepapier zwischen die Bögen zu legen. Wir brauchen es dreifach.«

»Das arme Kind ist erst fünf Jahre alt. Hast du einen Kugelschreiber, Doreen? Ich habe meinen schon wieder verloren.«

»Schwester Tanner, fast glaube ich, du hast nie einen gehabt! Keiner verliert so viele Schreiber wie du.«

»Oh doch, ich hatte einen! Ehrlich, einen habe ich gestern sogar beinahe bei einem gebrochenen Arm mit eingegipst.« Sie blickte zu der Kabine mit dem kleinen Mädchen, das nun schlummerte. »Das passiert mir dauernd. Gott sei Dank merke ich es meistens rechtzeitig – oder die Patienten.«

Doreen schüttelte grinsend den Kopf. Da sie schon so lange in der Notaufnahme arbeitete, wusste sie, wie vieles auf purem Glück und nicht auf guter Organisation beruhte.

»Die Kleine wird es überstehen, aber Dr. Mackintosh sagt, es wäre ein Wunder, wenn sie je wieder richtig gehen kann. Diese neuen Automobile sind so schnell und so gefährlich«, sagte Pammy. »Mein Vater will auch eines, aber meine Mutter sagt, nie im Leben. Sie will zuerst einen Fernseher, und nicht mal den können sie sich leisten. Mein Vater meint, sobald ein Fernseher fünfzig Meilen die Stunde schafft, wie es die Automobile heute können, darf sie einen haben.«

»Na, wenigstens überlebt das kleine Mädchen, und das ist die Hauptsache.«

Dr. Mackintosh reichte dem Vater des Mädchens einen Tee und setzte sich auf den Stuhl neben ihm. »Ihr kleines Mädchen wird wieder, wenn wir erst operiert haben. Vorher müssen wir allerdings ihre Schmerzen lindern, und ich möchte einige Röntgenaufnahmen haben.«

Der vornehm gekleidete und kultiviert sprechende Vater

konnte kaum seine Tränen zurückhalten. »Ich weiß nicht, wie das passiert ist, Doktor. Ich bin nicht mal sehr schnell gefahren.«

»Trinken Sie Ihren Tee. Wir bringen Ihre Tochter vom Röntgen direkt auf die Kinderstation, und wir sprechen noch einmal, sobald ich das Ausmaß der Verletzungen einschätzen kann. Ich weiß, dass es nicht Ihre Schuld ist, und niemand gibt sie Ihnen.«

Dr. Mackintosh klopfte sanft auf die Schulter des Mannes und blickte auf, als eine Frau mit einem Kind auf dem Arm in die Notaufnahme gestürmt kam. Sie lief geradewegs auf Pammy zu.

»Schwester, Schwester, er hat die Chips-Pfanne direkt auf sich gezogen!«

Sofort wurden alle aktiv, wie immer, wenn Brandverletzungen hereinkamen, was ungefähr einmal täglich geschah.

»Ich habe ihm gesagt, dass die Chips noch nicht fertig sind, aber er hat immer Hunger und konnte nicht warten. Helfen Sie ihm! Helfen Sie ihm schnell!«, schrie die Mutter.

Dr. Mackintosh sah zur Wanduhr. Er hatte mit Schwester Therese abgesprochen, in einer knappen Stunde Lily in St. Chad's zu besuchen. Um zu sehen, wie es ihr ging, weiter nichts. Die Erinnerung an ihr tränenüberströmtes Gesicht am Grab ihres Bruders ließ ihn nicht los. Die schwarze Trauerkleidung hatte ihre Blässe und Verletzlichkeit noch betont, als sie stumm darauf wartete, bis er bei ihr war. Er hätte sie gern in die Arme genommen und getröstet, aber natürlich hatte er es nicht getan. Heute könnte er sehen, wie es ihr ging. Doch solange niemand da war, um ihn in der Notaufnahme abzulösen, konnte er nicht weggehen.

Lily hörte weder, wie Schwester Therese ins Zimmer kam, noch sah sie, wie sie sich ihr näherte. Sie hörte und sah insgesamt sehr wenig. Ihr Denken war ganz von Erinnerungen und Schmerz beherrscht, sodass sie sich beinahe in ihrer eigenen Welt befand. In einer Welt, in der die Nonnen Katie und sie weckten, in der sie von ihnen Essen bekamen, Katie zur Schule geschickt und Lily erlaubt wurde, in der Kapelle oder in ihrem kargen Zimmer zu sitzen. Sie sprach, aber nicht oft; aß, aber nicht viel. Anfangs hatte sie jeden Tag geweint, nur unterbrochen von Phasen stiller, angsterfüllter Schuldgefühle und Reue.

»Lily, du hast Besuch.« Schwester Therese wartete einen Moment. Es kam keine Reaktion von Lily, also fuhr sie fort: »Es ist Lockie. Er war neulich schon hier, und ich habe ihm gesagt, er soll heute wiederkommen. Ich vermute, er wartet auf der anderen Straßenseite.«

Sie holte Lilys Strickjacke aus dem Schrank und hielt sie ihr hin, damit sie in die Ärmel schlüpfen konnte.

»Komm jetzt, aufstehen. Es wird dir guttun, dich zu unterhalten. Er kann dir erzählen, wie es in der Fabrik geht, und dir allen Tratsch berichten. Da draußen ist eine Welt, Lily, und die dreht sich weiter.«

Lily blickte verwundert auf. Schwester Therese war bisher ausnahmslos mitfühlend und gütig gewesen, doch jetzt war da ein strenger Unterton in ihrer Stimme. Lily wollte Lockie nicht sehen. Und allein der Gedanke, bis zur Kirche zu gehen, erschöpfte sie. Sie hatte ihm nichts zu sagen. Und weder die McConaghys noch die Fabrik oder Tratsch interessierten sie. Verstand Schwester Therese das nicht? Joe war tot und begraben. Ihre Welt hatte aufgehört, sich zu drehen. Der süße, tapfere und für sein Alter so erwachsene kleine Joe mit seinem blonden Haar und den leuchtend blauen Augen, mit seiner vertrauensvollen Unschuld und seiner bedingungslosen Liebe war tot. Das Schluchzen kam vor den Tränen. Wie immer bei ihr.

»Na, na, nicht weinen. Du machst uns allen große Sorgen und

dich selbst krank. Das weißt du, oder? Und glaubst du, Joe da oben ist glücklich, wenn er sieht, dass du die ganze Zeit weinst?«

Schwester Therese legte einen Arm um Lily, zog sie an sich und drückte sie fest. Die Tränen durchnässten ihr Habit. Da sie Nonne und nie Mutter gewesen war, hatte sie das Gefühl, Gott hätte sie an diesen Ort geschickt, um Lilys Schmerz zu lindern. Um ihn in die Kirche zu tragen und ihn Gott zu übergeben. »Nimm die Last dieses Kummers, denn sie ist zu schwer, und sie kann ihn nicht allein tragen«, war das Gebet, das sie fünfmal täglich für Lily sprach, wenn ihre Schultern noch kalt und feucht von Lilys Tränen waren. »Nimm ihr die Schuld, oh Herr«, lautete das zweite, weil Lily nicht aufhören konnte, sich die Schuld an Joes Tod zu geben.

Sie wartete, bis Lilys Schluchzen verebbte, dann drängte sie behutsam. »Lockie ist gekommen, um dich zu sehen. Das ist doch freundlich von ihm, nicht? Und dieser nette Dr. Mackintosh kommt dich heute auch besuchen, weißt du noch?«

Lily nickte. Sie hatte es nicht vergessen, und Dr. Mackintosh war ein netter Mann. Als sie an seine Worte auf dem Friedhof dachte, wurde ihr ein klein wenig leichter ums Herz.

»Ich werde Sie in St. Chad's besuchen kommen, falls Sie nichts dagegen haben. Nur um zu sehen, ob es Ihnen gut geht.«

»Aber ich bin nicht krank«, hatte sie geantwortet.

»Na, dann könnte ich einfach so kommen und Sie besuchen. Um mich zu vergewissern, dass Sie wohlauf sind. Meinen Sie, das könnten Sie ertragen?«

Lockie beobachtete jeden von Lilys Schritten, als sie auf ihn zukam. Sie hatte die Hände in den Taschen ihrer Strickjacke vergraben. Ihr Kopf war gesenkt, und der Wind hob ihr Haar an und blies es um ihr Gesicht, sodass es teils verdeckt war. Ihre Füße hoben kaum vom Boden ab, als wäre das Gehen zu beschwerlich für sie. Ihre abweisende Ausstrahlung hatte zur Folge, dass ihm ein Kloß in den Hals stieg. Das war nicht die Lily, die er schon sein Leben lang kannte. Nicht die Lily mit dem schwungvollen Gang, dem wippenden Pferdeschwanz und dem Lächeln, an das er sich gewöhnt hatte, wann immer er ins Büro der McConaghys kam. Diese geduckte Gestalt war voller Schmerz. Womit er gerechnet hatte, nicht jedoch mit diesem stolpernden Schatten der Lily, die er kannte.

Ihm blieb das Herz stehen, als die Tram kam und Lily sie nicht wahrzunehmen schien. »Lily!«, rief er. Sie hörte ihn nicht. »Lily!«, schrie er lauter. Immer noch keine Reaktion.

Er sah zu dem Tramfahrer, doch der beachtete ihn nicht.

»Lily!«, brüllte Lockie und rannte los. Es blieb keine Zeit zum Überlegen, kein Moment, sein Handeln zu überdenken. Lily steuerte direkt auf die Tram zu, und er musste etwas tun.

Er schrie ihren Namen, als er so schnell auf sie zurannte, wie er in seinem Leben nicht gelaufen war. Dabei konzentrierte er sich auf sie, auf ihr windgepeitschtes Haar, und dankte Gott, dass sie sehr langsam ging. Seine Lunge rebellierte, und sein Herz wummerte in seiner Brust. Er hörte die Tramglocke hektisch läuten, hatte jedoch keine Zeit hinzusehen, denn er musste zu Lily. Jetzt ergab alles einen Sinn. Was für ein Hornochse er gewesen war, es nicht eher zu begreifen. Vor welchem Schmerz er sie hätte bewahren können! Er wollte sie lieben und ihr unbedingt ein Zuhause geben, in dem er für sie sorgte.

»Lily!«

Diesmal blickte sie auf. Die Tramglocke bimmelte, und sie sah Lockie auf den Schienen. Ungläubig schlug sie beide Hände vor den Mund, als er mit einem Satz neben ihr war, ihre Schultern packte und mit ihr rückwärts stolperte. In der Tram starrten die

Leute staunend aus den Fenstern. Der Fahrer schwenkte die Faust, und die Fahrgäste schüttelten den Kopf.

Lockie stemmte beide Hände auf die Knie, um zu Atem zu kommen. »Lily, ich dachte schon, du stirbst.« Weil ihm sofort klar wurde, wie unsensibel diese Worte waren, ergänzte er hastig: »Oh nein, entschuldige, das habe ich nicht so gemeint. Es war blöd, das zu sagen, Lily. Tut mir leid.«

Er rechnete damit, dass sie sich umdrehen und gehen würde. Stattdessen sagte sie: »Lockie, deine Mütze liegt auf dem Gleis.«

Er wandte sich um und vergewisserte sich, dass keine Bahn nahte, bevor er zurücklief, um sie zu holen. Lily folgte ihm, und jetzt ging sie schneller.

»Wie geht's?«, fragte er, als sie bei ihm war. Er verfiel auf die Begrüßung der irischen Gemeinde, in der er sein Leben lang heimisch gewesen war. »Geht's gut?« Wieder wollte er sich auf die Zunge beißen. »Entschuldige, ich bin ein Idiot, aber das weißt du ja schon, nicht?«

Lily nickte. Beinahe musste sie lächeln, weil seine Frage so lächerlich war. Wie es ihr ging? Noch nie schlechter.

»Die Leute fragen das immer, wenn es ihnen prima geht, nicht?« Hilflos füllte Lockie die Stille. »Aber sie sagen es nicht gern, wenn nicht alles prima ist. Es ist in Ordnung zu sagen, ›Alles bestens‹, aber man hört nie jemand sagen, ›Ich habe den schlimmsten Tag meines Lebens‹. Warum ist das eigentlich so?«

Er knickte einen Zweig von einer Ligusterhecke ab und begann, die Blätter abzuzupfen.

»Danke, dass du gekommen bist.« Mehr brachte Lily nicht heraus.

»Du musst mir nicht danken. Ich wollte kommen. Wie lange bleibst du im Kloster? Ich war bei den Clare Cottages, in eurer Wohnung. Mrs McGuffy kümmert sich um deine Mam. Als ich ging, hat sie im Sessel geschlafen. Bei deiner Mam kannst du nichts machen, Lily. Jetzt musst du an dich und Katie denken. Mrs McConaghy hat den Mietenkassierer bezahlt.«

Lily riss die Augen weit auf. »Wie?«

»Na, Schwester Therese war unten in der Fabrik und hat ihnen gesagt, sie sollen das machen. Und sie haben gesagt, dass sie gerne die Miete bezahlen, bis du wieder auf den Beinen bist. Schwester Therese hat gemeint, so leicht hat sie noch keinem den Arm umgedreht.«

Lily war bewusst, dass sie zumindest dankbar sein sollte, doch sie empfand nichts und nickte nur. Trotz ihrer Wut auf ihre Trinkermutter war sie erleichtert, dass es ihr gut ging. Vielleicht war irgendwo tief in ihr noch ein Funken Liebe zu ihrer Mutter, auch wenn die schwer auszumachen und noch schwerer zu zeigen war.

»Ich kann nicht nach Hause zurück, Lockie.« Ihr Schluchzen kam, dann folgten die Tränen. Lockie breitete die Arme aus, genau wie Schwester Therese, und Lily lehnte sich hinein.

Er umfing sie mit seinen Armen, wollte ihre Tränen wegküssen, aber dies war nicht der richtige Zeitpunkt. Lockie wünschte sich, dass sie mit ihm und er mit ihr verschmolz. Sie war so dünn, dass er ihren Herzschlag an seiner Brust fühlte. Und dann konnte er nicht anders. Er hob ihr Kinn mit zwei Fingern an und sah ihr in die Augen, bevor er seinen Kopf neigte und sie sanft küsste.

Von ihr kam kaum eine Reaktion. Weil er nichts überstürzen, sie nicht verschrecken wollte, hörte er auf und zog sie wieder an sich. Er breitete die Seiten seiner Jacke aus und legte sie um Lily.

Jetzt lugte nur noch ihr Kopf aus der Kragenöffnung, und sie fühlte, wie sich seine Wärme auf sie übertrug. Hier wollte sie für immer bleiben.

»Es tut mir leid, Lily«, sagte er.

Geborgen in seiner Jacke, konnte sie ihn kaum hören, aber das musste sie auch nicht. Sie presste ihre Wange fester an ihn.

»Ich bin dumm gewesen, ein richtiger Dummkopf, zu denken, dass du all die Sachen gesagt hast, weil du mich davon abhalten wolltest, mit Amy zusammen zu sein. Noch nie habe ich gehört, wie du ein böses Wort über irgendwen gesagt hast, also warum solltest du damit anfangen, als der kleine Joe so krank war? Du sorgst dich immer um andere, und ich habe es nicht kapiert. Kannst du mir vergeben, Lily?«

Lockie sprach in ihr Haar. »Kannst du das?«

Lily hatte keine Worte, weil es zu anstrengend war zu sprechen. Sie musste so sehr überlegen, was sie sagen könnte, und das war viel zu ermüdend. Also nickte sie.

Damit war Lockie zufrieden. Es genügte ihm fürs Erste.

»Du musst dich nicht mehr sorgen, Lily. Ich sorge für euch beide, für dich und Katie, und wir finden einen Weg, auch für deine Mam zu sorgen. Wir bekommen unser eigenes Haus. Ich bin jetzt bereit, stelle zusätzliche Jungs ein, und nächstes Jahr um diese Zeit habe ich meine eigene Fabrik. Lily, wir werden für uns selbst arbeiten. Wir. Du und ich, Katie und unsere Kinder. Bald schon wird alles besser, Lily, und du wirst glücklich sein.«

Lily sagte nichts. Wie sollte sie Lockie sagen, dass sie nie wieder glücklich sein würde? Wie könnte er das verstehen?

Anthony Mackintosh trieb seinen Wagen mit durchgetretenem Gaspedal den Hügel hinauf. Einer der Famulanten war gekommen und hatte ihn bei dem Chipspfannen-Notfall abgelöst. Der Mann war während des Krieges ausgebildet worden und mit Brandverletzungen vertraut. Das kleine Mädchen mit der gebrochenen Nase und den an vier Stellen zerschmetterten Beinen war ruhig und wartete auf die Röntgenaufnahmen. Anthony hatte eine Zeit mit Schwester Therese verabredet und wollte sich nicht verspäten. Er stand zu seinem Wort, und ihm war wichtig, bei der Nonne einen guten Eindruck zu machen.

Wie es aussah, musste er gar nicht beim Kloster anklopfen, denn Lily stand bereits draußen. Er schöpfte Zuversicht. Es musste bedeuten, dass sie ihn sehen wollte und sich besser fühlte, weniger traurig. Zuerst bemerkte er Lockie nicht, doch dann nahm er die dunkle Jacke hinter ihr wahr. Etwas veranlasste Anthony zu bremsen. Er stellte den Motor aus. Lily hatte ihn nicht gesehen, und Lockie schien nur Augen für Lily zu haben. Der Wind wehte ihm Fetzen ihrer Worte herbei; sie verabschiedeten sich. Lockie lächelte, drehte sich zu Lily, legte einen Arm um ihre Schultern und küsste sie aufs Haar.

Freunde küssen sich, sagte Anthony sich. Das tun sie. Lily hatte ihm erzählt, dass Lockie und sie nur gut befreundet waren, oder nicht? Sie kannten sich schon sehr lange, von zu Hause und von der Arbeit. Trotzdem wurde Anthony mulmig, und sein Gefühl sagte ihm, dass es mehr war.

Er beobachtete, wie Lily matt lächelnd zu Lockie aufblickte. Es war nur matt, aber ein Lächeln. Würde sie zu ihm in seinem Wagen schauen und ihm nur einen Bruchteil dieses Lächelns schenken, wäre er ein glücklicher Mann. Sie schien sich in Lockies Armen wohlzufühlen, in seiner Jacke vergraben, als wäre sie es gewohnt.

Und dann neigte Lockie den Kopf und küsste sie leicht auf den Mund, bevor er ging. Freunde küssten sich nicht auf den Mund. Das brauchte Anthony sich bloß einmal zu sagen. Er kam zu spät. Lockie war schneller gewesen als er.

Lily blickte Lockie nach, als er den Hügel hinunterging, und ihr Lächeln erstarb. Sie erwiderte Lockies Winken nicht, wandte sich aber auch nicht ab.

Anthony legte eine Hand an den Chromgriff seiner Wagentür, wollte ihn nach unten drücken, das Klicken hören, die Tür öffnen. Er war bereit, auszusteigen und hinüber zum Kloster zu gehen. Er würde eine Hand zum Gruß heben, sie fragen, wie es ihr ging, und ihr sagen, dass er sich seit der Beerdigung um sie sorgte. Nein, er würde ihr die Wahrheit sagen: dass er an nichts und niemanden außer an sie denken konnte. Dass sie in seinem Herzen und in seinem Kopf wohnte und er verrückt nach ihr war.

Doch seine Hand rührte sich nicht. Sie zitterte leicht an dem Hebel. Lily drehte sich nicht um. Sie vergrub die Hände tief in den Taschen, warf den Kopf in den Nacken, damit ihr der Wind das Haar aus dem Gesicht blies, und schaute weiter die Straße hinunter, die Lockie eben entlanggegangen war.

Anthony drückte auf den Hebel, der nachgab. »Sieh her, sieh mich«, flüsterte er. Er wollte sich aus dem Wagen zwingen, konnte es aber nicht. Zu lange schon lebte er allein, und es war zu viel, auf etwas vollkommen Neues zuzusteuern. Sein Herz sagte ihm, dass er die Straße überqueren sollte, doch sein Kopf befahl ihm wegzufahren. Er hatte verloren, und er wusste es. Also nahm er die Hand vom Hebel, drehte den Zündschlüssel und fuhr zurück in die Sicherheit des einsamen Lebens, das er kannte.

Lily drehte sich zum Kloster um. Sie hatte Lockie nachgeblickt, und als er wegging, wurde ihr klar, dass sie ihn auch liebte. Ihr fehlte die Energie, sich zu freuen. Da waren keine Schmetterlinge in ihrem Bauch. Doch Lockie gab ihr ein Gefühl von Sicherheit, als würden ihr alle Sorgen genommen. Katie und sie würden überleben. Lockie würde für sie sorgen. Sie müsste nie wieder zu den McConaghys zurück, konnte sich Zeit nehmen, zu heilen und zu lernen, Lockies Liebe zu erwidern. Eines Tages würde sie aufwachen, und ihr Leben könnte wieder anfangen. Und wenn der Tag kam, wäre Lockie da.

Sie hörte einen Wagen und blickte sich um. Das Profil des Fahrers erkannte sie, obwohl er einen Hut trug. Es war Dr. Mackintosh. Schwester Therese hatte ihr gesagt, dass er kommen wollte, und Lily wusste, warum. Der Mann, der bei Joe gewesen war, als er starb, der versucht hatte, ihn zu retten, hätte immer einen besonderen Platz in ihrem Herzen. Aber da war keine Liebe, wie es sie eines Tages für Lockie geben würde. Dr. Mackintosh kam nicht aus ihrer Welt. Ein ganzes Leben würde vergehen, ehe er den Schmerz begreifen könnte, den sie durchgemacht hatte. Lockie hingegen verstand ihn. Er kannte und schützte sie, seit sie ein Kind war, und ihre Zukunft war bei ihm. Das wusste sie, und mit diesem Wissen fiel eine erste Schicht Traurigkeit von ihr ab.

Kapitel siebenunddreißig

Minuten, nachdem er Lily mit Lockie gesehen hatte, kehrte Anthony Mackintosh in die Notaufnahme zurück. Er war nicht einmal eine Stunde fort gewesen. Schwester Tanner winkte ihm aus dem Büro zu, wo sie sich mit Dr. Gaskell unterhielt. Auf seinem Weg zu Doreen sah Anthony, wie Dr. Gaskell das Büro mit einem kleinen Stapel Notizen verließ und in eine abgetrennte Behandlungskabine ging.

Doreen tippte Krankenblätter.

»Ist irgendwas für mich da?«, fragte Anthony sie.

»Nein, Dr. Mackintosh. Wir haben gedacht, Sie kommen heute Nachmittag nicht mehr rein. Es wird auch ruhiger hier.«

Schade, denn er zog es vor, wenn viel zu tun war.

»Schwester Tanner hilft Dr. Gaskell. Sie könnten nachsehen, ob sie irgendwas brauchen.«

Er ging zum Büro. Sobald er dort war, redete Pammy los wie ein Wasserfall.

»Wir haben Sie nicht so schnell zurückerwartet, Doktor. Arbeitswut ist übrigens auch eine Krankheit. Ich sehe mal, ob ich jemanden finde, der Sie behandeln kann, ja?«

An jedem anderen Tag hätte Anthony gegrinst. Schwester Tanner war eine Marke für sich. Sie redete mit jedem, als würde sie die Leute schon ihr ganzes Leben kennen, und es gefiel ihm. Viele der

Schwestern behandelten ihn wie einen Gott, was er nicht mochte. Er fühlte sich dann isoliert, noch einsamer als ohnehin schon.

»Sie wissen, was Sie brauchen, oder?«, fragte Pammy.

Anthony sah sie verwundert an. »Wer sagt, dass ich etwas brauche?«

»Ich sage das. Sehen Sie sich Ihr Gesicht an. Sie können nicht einmal mehr lächeln. Was Sie brauchen, ist ein Sonntagsessen von meiner Mutter. Eigentlich gibt es das um drei, aber weil ich arbeite, ist es heute später. Ich weiß, dass Sie jetzt hier nicht eingeplant sind, also kommen Sie auf einen Braten mit zu uns. Ehrlich, Maisie Tanners Braten ist berühmt. Ich gehe jede Wette mit Ihnen ein, dass Sie den verschreiben werden, nachdem Sie einen gekostet haben.«

Anthony war sprachlos.

»Schön, das ist ein Ja. Wir gehen in zwanzig Minuten, aber seien Sie gewarnt: Wenn sich auf der Straße herumspricht, dass ein Arzt bei uns ist, stehen die Leute draußen Schlange.«

In Anthonys Kopf blitzte ein Bild von Lily auf. Pammy Tanner hatte keinerlei Ähnlichkeit mit Lily Lancashire; vielleicht brauchte er genau das. Pammy bot ihm an, seine Freundin zu sein, und für einen Mann wie ihn war das schon mal ein guter Anfang.

»Sehr freundlich, danke. Ich hole den Wagen und warte vorn«, sagte er. »Sind Sie sicher, dass es Ihren Eltern nichts ausmacht?«

»Ausmacht?«, wiederholte Pammy. »Sie werden wochenlang von nichts anderem reden. Mich würde nicht wundern, wenn meine Mutter es im *Echo* veröffentlicht. Ein Automobil, ja? Gott, stell sich das einer vor! Meine Mutter wird einen Herzanfall kriegen. Nicht bloß ein Arzt, sondern ein Arzt in einem Automobil!«

Zum ersten Mal seit Langem grinste Anthony. »Tja, ich hoffe nicht, doch sollte sie, könnte ich eventuell helfen.«

»Oh ja, richtig, natürlich. Na, jetzt lächeln Sie ja wieder! Es steht Ihnen. Gut, ich bringe diese Unterlagen zu Doreen. Wir sehen uns in zwanzig Minuten vorn.«

Auf ihrem Weg zu Doreen schlüpfte Pammy hinter die Vorhänge, wo Dr. Gaskell senior auf einem Rollwagen hockte, was, wenn man sein Alter bedachte, recht albern aussah.

»Es ist das erste Mal, dass ich auf einem von denen sitze«, sagte er. »Verteufelt ungemütlich.«

»Wie gut, dass Sie aus dem Büro gegangen sind, bevor Dr. Mackintosh reingekommen ist. Wir hätten es ahnen müssen – Sie wissen schon, wenn man von einem Engel spricht, hört man gleich das Flattern seiner Flügel. Als Sie angefangen haben, mit mir über ihn zu reden, hätte ich erraten müssen, dass er reinkommen und uns ertappen würde. Er kommt jetzt mit zum Sonntagsessen bei meinen Eltern. Meine Mutter wird ihn wieder hinbekommen. Er braucht einfach ein bisschen richtiges Essen und ein ordentliches Gespräch mit meiner Mutter.«

Dr. Gaskell lächelte. »Gut gemacht! Was für eine famose Idee. Richten Sie Ihrer Mutter die besten Grüße von mir aus, Schwester Tanner.«

Pammy, die bereits gehen wollte, drehte sich um. »Meiner Mutter? Kennen Sie sie?«

»In gewisser Weise. Ich habe Ihre Großmutter behandelt, als sie eine Lungenentzündung hatte.«

»Ja, natürlich!«, sagte Pammy. »Das waren noch Zeiten, was? Sie haben sich um alle gekümmert, und jeder hat Sie geliebt. In unserer Straße sind Sie ein Held. Oh ja, das sind Sie.« Sie lächelte sehr abgeklärt und ging.

Maisie Tanner lief in ihrer Küche auf und ab und wartete darauf, dass Stan zurückkehrte. Auf dem Herd stand ein randvoller Topf mit Karotten und Steckrüben. Daneben noch einer mit Frühkohl.

»Wo bleibt denn dein Vater?«, fuhr sie Lorraine an, die mit einem Buch in der Hand und einem versonnenen Gesichtsausdruck in die Küche kam.

»Er ist mit seinen alten Soldaten unten im Irish Centre, soweit ich weiß. Wann kommt Pammy? Ich bin am Verhungern. Ich hasse es, sonntags auf das Essen warten zu müssen. Ist der kleine Stan im Häuschen?«

»Lorraine, ich kenne niemanden, der so viele Fragen stellt wie du. Der kleine Stan ist im Häuschen, ja. Er wird jeden Tag mehr wie dein Vater. Vor einer Stunde ist er mit einem Comic rausgegangen.«

Lorraine öffnete die Küchentür und rief in den Garten: »Stan, komm da raus! Ich platze gleich!«

»Leiser, Lorraine. Soll die ganze Arthur Street wissen, dass du musst?«

Kaum hatte Maisie ausgeredet, öffnete ihr Vater die hintere Pforte. »Du platzt also, ja?«, fragte er Lorraine. »Sie haben dich unten im Pub gehört, und gleich kommt jemand und bringt dir einen Nachttopf.«

»Dad!«, quiekte Lorraine. »Hör auf. Sie können mich dort gar nicht gehört haben. Hol den kleinen Stan von der Toilette.«

»Gerne doch, Liebes. Stanley!« Der große Stan öffnete die Häuschentür weit, hinter der sein Sohn mit der Hose an den Knöcheln und der Nase in seinen Comic vergraben saß.

»Daaad, nicht!« Der kleine Stan warf sein Heft auf den Boden, sprang von der Toilette auf und wollte die Tür wieder zuziehen.

Im Garten brach ein Streit zwischen dem Jungen und Lorraine aus. Der große Stan betrat eben die Küche, als der Comic an ihm vorbeiflog. Er küsste seine Frau auf die Wange.

»Die beiden, was?« Stan nahm seine Mütze ab, zielte und schleuderte sie an den Nagel in der Tür. »Ja!«, rief er und boxte in die Luft. »An dem Tag, an dem ich nicht treffe, weißt du, dass ich gaga werde.«

Maisie war kein bisschen beeindruckt. »Wo hast du gesteckt, Stan? Ich dachte schon, mir brennt das Essen an.«

»Ach, das sieht genauso gut aus, wie es duftet«, sagte Stan. »Mein Lieblingsbraten, Rinderbrust. Soll ich die Soße machen?«

»Nein, sollst du nicht. Ich kenne dich, du willst das ganze Lob einheimsen, und dabei bist du nur in letzter Minute hier reinspaziert. Ich mache aber erst mal die Portion für Mrs Cunliffe. Die kannst du ihr bringen, während ich den Rest auftrage. Sie soll ihr Essen schön heiß bekommen.«

»Ganz, wie du willst, Maisie.« Stan hob das Stuhlkissen hoch und zog die Daily Post darunter hervor, die er am Vortag dort hingelegt hatte.

»Oh nein, pack die wieder weg«, sagte Maisie. »Du musst gleich stampfen. Stan, hast du mit Dessie geredet? Denkst du, wir könnten ihn mal zum Tee herlocken und Emily Haycock dazu einladen? Meinst du, wir würden das hinbekommen?«

Stan hob den Deckel von den Kartoffeln, schnupperte und fragte: »Sind die so weit?« Er legte den Deckel wieder auf, drehte sich am Herd um und lehnte sich nachdenklich daran.

»Wir könnten es versuchen. Sie beide einladen, aber wir sind nicht hier. Wir könnten mit den Kindern ins Kino gehen, und den beiden Teller und Kerzen auf den Tisch stellen. Wie hört sich das an?« Er begann zu kichern. »Verflucht lächerlich, würde ich sagen.«

»Was können wir denn tun, Stan? Die beiden sind offensichtlich ganz verliebt, und es ist solch ein Jammer. Sie reden nicht einmal mehr miteinander. Ich habe Biddy unten beim Bingo gesehen und ihr erzählt, dass ich Emily zufällig getroffen und mit zu mir genommen hatte. Und sie hat gesagt, ich soll mir keine Gedanken mehr machen, weil die beiden kein Wort miteinander gewechselt haben. Das ganze Krankenhaus weiß Bescheid, sagt sie, weil die zwei sich meiden wie die Pest. Das sieht ihnen so gar nicht ähnlich und wirkt so unnatürlich. Es ist ein richtiger Schlamassel. Wie können zwei Leute nur so stur sein?«

»Bist du jetzt ein richtiger kleiner Amor, Maisie? Ja, würde ich sagen, so wie du versuchst, Leute zu verkuppeln.« Stan schlang die Arme um sie und drückte sie an sich. »Für uns war es leicht, nicht? Wir sind schon zusammen zur Schule gegangen und wohnten nur wenige Türen auseinander. Ich kann mich an keinen Tag meines Lebens erinnern, an dem du nicht da warst.«

»Liebe soll auch nicht schwierig sein. Sie sollte nicht so anstrengend und kompliziert sein wie bei den beiden«, sagte Maisie.

»Würde jeder Mann zu einer Frau wie dir nach Hause kommen, gäbe es keine Kriege. Das weißt du, oder? Wir haben Glück, aber das hat nicht jeder.«

Ein Schrei aus dem Häuschen drang in die Küche. Maisie hob den Kopf und sah Lorraine auf der Toilette sitzen, die Tür vor ihr weit offen, und den kleinen Stan, der ins Haus gerannt kam.

»Tja, apropos Kriege, mit denen könnten der kleine Stan und unsere Lorraine jederzeit aushelfen«, sagte Maisie. Beide mussten über die kleinen Streiche ihrer ansonsten so wohlerzogenen Kinder schmunzeln.

Lorraine schüttelte kreischend die Beine und warf mit ihren Schuhen nach ihrem Bruder. »Dad! Dad!«, schrie sie. »Schnapp ihn dir!«

Es kam keine Antwort, denn plötzlich bekamen Stan und Maisie beide keinen Ton mehr heraus. Ein großer Fremder, den sie noch nie zuvor gesehen hatten, stand mitten in ihrer Küche, und neben ihm war Pammy, die aussah, als wollte sie im Erdboden versinken.

»Mam, Dad, das ist Dr. Mackintosh aus der Notaufnahme. Ich habe ihn zum Essen mitgebracht.«

Maisies Antwort wurde von einer Klopapierrolle abgewürgt, die durch die Hintertür flog und zu ihren Füßen landete.

Kapitel achtunddreißig

Emily schob das Fenster hoch, wickelte einige Brotkanten aus dem fettabweisenden Papier und legte sie draußen auf den Sims.

»Wo bist du, Möwe?«, fragte sie, streckte den Kopf nach draußen und blickte sich um. Es lugte kein gelber Schnabel hinter dem Regenrohr hervor. Keine Möwe wartete auf sie, keine vorsichtig spähenden Augen oder zögerlich trippelnden Krallen. Sie war fort.

Emily blickte lächelnd zu den dichten weißen Wolken über den Krankenhausdächern und dem grauen kalten Mersey.

»Viel Glück, Möwe«, sagte sie. Sie wollte das Fenster schon wieder zuschieben, als sie den Vogel rufen hörte. Er stand auf dem Dach der Pförtnerloge, einem Gebäude, das sie seit Tagen anzusehen vermied. Sie wollte nicht riskieren, Dessie in die Augen zu blicken, sollte er gerade aus der Tür treten.

»Na los! Flieg!«, sagte sie zu dem Vogel. »Geh schon. Such dir eine Frau, und mach kleine Möwenkinder.«

Hierauf hob die Möwe ab und flog davon in Richtung Hafen. Emily war den Tränen nahe. Der Vogel hatte auf sie gewartet, um ihr zu zeigen, dass er fliegen konnte, und um sich zu verabschieden.

Als Biddy hinter ihr sprach, zuckte Emily zusammen. »Ist sie endlich weg, Ihre kleine Möwe?«

»Haben Sie es gewusst?«

Biddy sah sie verächtlich an. »Ob ich es gewusst habe? Natürlich! Ich weiß alles. Es war mindestens Ihre zweite in diesem Jahr, nicht? Manchmal verlassen sie das Nest zu jung, und dann müssen sie eine Weile bleiben und sich Futter suchen, bis sie kräftig genug sind, um zu fliegen. Bei der haben Sie gute Arbeit geleistet. Aber vergessen Sie nicht, dass die wirklich überall sind, also machen Sie das nicht zu oft. Wir sind hier in einem Krankenhaus, keinem Vogelasyl. Sind Sie bereit für die Vorstandssitzung? Jetzt lastet alles auf Ihren Schultern. Wir zählen auf Sie.«

Emily schluckte. »Ich bin bereit, Biddy.«

»Gut. Und wie ist der Plan?«

»Ähm, ich habe keinen«, antwortete Emily verlegen.

Diesen Blick kannte Biddy allzu gut. »Sie haben keinen? Und wie wollen Sie die Frau dann als Betrügerin und Diebin entlarven?«

»Weiß ich nicht, Biddy, aber ich werde es schaffen.«

»Schwester Haycock, das letzte Mal, dass Sie bei einer Vorstandssitzung waren, hatten wir hinterher Miss Van Gilder als stellvertretende Oberschwester am Hals. Ist dieser Weiß-ich-nicht-Quatsch wirklich gut?«

Emily war nicht in der Stimmung für Kritik. »Wir haben nichts anderes, Biddy, und wenn Sie mich jetzt entschuldigen, ich möchte nicht zu spät kommen.« Sie drehte sich um und ging zur Tür, wobei sie nur am Papierkorb haltmachte, um das zusammengeknüllte Brotpapier hineinzuwerfen.

Biddy starrte auf die geschlossene Tür und lauschte Emilys Schritten auf der Treppe.

Dann nahm sie den Telefonhörer auf dem Schreibtisch auf.

Madge meldete sich binnen Sekunden.

»Sie ist los, Madge. Ich gehe zu Elsie, um aus der Teeküche zu lauschen. Sowie ich Neuigkeiten habe, rufe ich dich an. Alles verstanden?« Die letzten Worte rief Biddy.

»Biddy, es ist ein Telefon, kein Quiz. Natürlich habe ich dich verstanden. Drücken wir ihr die Daumen, nicht? Hat sie einen guten Plan?«

»Einen Plan? Natürlich hat sie den. Du kennst doch Schwester Haycock. Sie hat immerzu einen Plan.«

Biddy legte den Hörer auf, zog das Staubtuch aus ihrer Tasche und polierte ihn. Ihr Frühstück lag ihr wie ein Stein im Magen, und das Herz wurde ihr schwer. Sie griff tief in ihre Rocktasche und nahm den Rosenkranz heraus. »Bitte, lass sie das schaffen. Sonst werden sich eine Menge Familien fragen, wo ihre nächste Mahlzeit herkommen soll.«

Alle LDHB-Vertreter waren da, standen herum, tranken Elsies Tee und plauderten über die Pläne für das nächste große Krankenhaus. Die strahlende Mrs Jolly sah aus wie eine Katze, die an der Schlagsahne gewesen war.

»Sie genießt es richtig, dass sie jetzt die Vorsitzende ist«, sagte Emily zu Dr. Gaskell.

»Aber, aber, Emily. Es ist klüger, mit den Veränderungen mitzugehen, statt sich ihnen zu widersetzen. Wir müssen unseren eigenen Weg finden, mit ihnen zusammenzuarbeiten. Mich erstaunt, dass ich Ihnen das sagen muss. Sie kämpfen doch selbst erbittert um einige Neuerungen.«

»Ja, aber haben Sie das gelesen?« Emily zeigte zum Konferenztisch. Auf jedem Platz lag eine blütenweiße Kopie der Tagesordnung neben einer von Miss Van Gilders Angebot.

»Habe ich. Der erste Tagesordnungspunkt heute ist die strukturelle Umorganisierung der Personalausstattung und der zweite das Angebot für die Krankenhausreinigung.«

Emily war beeindruckt.

»Ja, ich habe die Unterlagen nicht nur gesehen, sondern auch studiert.«

Zu gerne würde sie ihm erzählen, was die anderen und sie wussten. Doch das war unmöglich, ohne Madge in Schwierigkeiten zu bringen. »Wir müssen das verhindern«, flüsterte sie. »Darf ich auf Ihre Unterstützung zählen? Ich meine, wenn ich versuche, es aufzuhalten, werden Sie mir den Rücken stärken?«

Dr. Gaskell lächelte sie über den Rand seiner Teetasse hinweg an. »Emily, ich bin froh, dass Sie fragen. Ich hatte mich auf Sie verlassen.«

Teegeschirr klapperte, als die Vorstandsmitglieder ihre Plätze am Tisch einnahmen. Mrs Jolly sah missbilligend zu Emily, als die sich neben Dr. Gaskell setzte.

Es muss sie umbringen, dass ich im Vorstand bin, dachte Emily, bevor sie wieder die Tagesordnung las. Sie blickte auf, und Dr. Gaskell zwinkerte ihr zu.

»Guten Morgen, Schwester Haycock«, sagte Elsie, die mit ihrem Wagen hinter sie trat. »Mehr Tee?«

»Ja, danke, gerne.«

»So ist es gut. Sie müssen bei Kräften bleiben.«

Als Emily sich umdrehte, um ihre Tasse von Elsie entgegenzunehmen, zwinkerte die ihr zu. »Viel Glück«, flüsterte sie. »Ich habe extra viel Zucker reingerührt.«

Emily lächelte verhalten.

Die Oberschwester kam beinahe jugendlich-festen Schrittes herein und setzte sich auf ihren Platz.

Hat sie mir auch eben zugezwinkert? Emily war verwundert. Hat Dr. Gaskell ihr schon erzählt, dass ich etwas vorhabe? Sie senkte den Kopf und las weiter in der Tagesordnung.

»Wollen wir anfangen?« Mrs Jollys Stimme dröhnte durch den Raum.

Ihre Autorität wurde einzig von den quietschenden Rädern an Elsies Teewagen und ihrem »Oh, entschuldigen Sie« untergraben, als sie ihn gegen die Küchentür rammte, ehe sie sich vorbeugte und sie aufstieß.

Mrs Jolly runzelte die Stirn. Sie fand Elsie ärgerlich, weil sie so übertrieben vertraulich war. Die Frau war einer der Dinosaurier aus den Zeiten vor dem NHS, die alles so hielten wie immer schon. Aber nun waren andere Zeiten.

»Schwester Oberin, ich bin entzückt, dass auf der Tagesordnung auch ein Punkt steht, die Personalausstattung des Krankenhauses zu überdenken und dazu ein Angebot zu berücksichtigen. Mir scheint, dass einige der Mitarbeiter längst die Zeit überschritten haben, in der sie noch nützlich für den Betrieb sind, und womöglich nur noch beschäftigt werden, weil sie schon lange hier sind.« Sie sah zu Elsie, die Mühe hatte, ihren Teewagen durch die Tür zur Teeküche zu manövrieren.

Und ihr Blick traf ins Schwarze. Elsie sackte beinahe in sich zusammen.

»Meinen Sie mich, Mrs Jolly?«

Alle Köpfe, die über die Tagesordnung gebeugt gewesen waren, bewegten sich ruckartig nach oben. Die Sitzung wurde jetzt schon interessant, und sie waren noch nicht einmal beim ersten Punkt angekommen.

Dr. Gaskell hatte gleichermaßen überrascht wie verletzt geklungen.

»Gewiss nicht«, antwortete Mrs Jolly entsetzt und wurde tiefrot.

»Ah, dann spielen Sie vielleicht auf die Oberschwester an? Wir sind ja beide schon schrecklich lange hier, und ich hoffe, Sie empfinden es nicht als Affront, doch bisher wurde unsere lange Dienstzeit eher als Vorzug wahrgenommen. Es gab durchaus Gelegenheiten, bei denen unsere Erfahrung als nützlich erachtet wurde.«

»Aber selbstverständlich, Dr. Gaskell, da stimme ich Ihnen voll und ganz zu. Es ist aber doch so, nicht wahr, dass einige Mitarbeiter nützlicher sind als andere. Offensichtlich sind Ihre Erfahrung und die der Oberschwester von unschätzbarem Wert beim Übergang des St. Angelus von einer Stiftung zu einem NHS-Krankenhaus gewesen. Doch wir alle haben unser Verfallsdatum, nicht? Sogar ich, würde ich sagen.«

»Oh, durchaus, Mrs Jolly. Sogar Sie.« Dr. Gaskell beugte sich vor und stützte die Arme auf den Tisch.

Nun wurde Mrs Jolly merklich nervös.

Mrs Twigg griff nach unten, zog ein Taschentuch aus ihrer Handtasche und hüstelte hinein. Emily lächelte ihr verhalten zu, denn Mrs Twigg wand sich geradezu auf ihrem Stuhl. Sie konnte solche Konfrontationen eindeutig nicht leiden. Vermutlich hatte sie sich bloß aus Pflichtgefühl gegenüber ihrem verstorbenen Mann und ihrem Land bereit erklärt, dem Vorstand beizutreten.

Die anderen Mitglieder des LDHB saßen stocksteif da, die Hüte perfekt festgesteckt und die Köpfe leicht gesenkt. Emily war nicht sicher, ob sie schon mal eine der Damen hatte sprechen hören. Das Reden übernahm zumeist Mrs Jolly. Die anderen waren entweder zu schwach oder standen fest hinter den neuen Plänen, alles abzuschaffen, was einst für die Gemeinschaft im Krankenhaus gestanden hatte. Sie folgten Mrs Jolly und den Politikern auf dem Weg zum einheitlichen NHS.

»Es wird wohl das Beste sein, wenn wir Miss Van Gilder hereinbitten und uns anhören, was sie zu sagen hat«, sagte Mrs Jolly. »Stimmen Sie mir zu, Dr. Gaskell?« Die Frage kam absichtlich ein wenig verzögert, dachte Emily. Dies war in all den Jahren erst die zweite Sitzung, bei der er nicht den Vorsitz hatte.

Alle im Raum wappneten sich, als Mrs Jolly Elsie zurief: »Würden Sie die stellvertretende Oberschwester hereinbitten?«

Elsie öffnete die Tür, hinter der Miss Van Gilder auf und ab gegangen war. Nun blieb sie stehen und funkelte Elsie wütend an. Deine Tage sind gezählt, sollte der Blick heißen.

Elsie sagte nichts, nickte lediglich zum Konferenztisch und grinste Miss Van Gilder bösartig zu. Auch sie wollte ihr stumm zu verstehen geben, dass ihre Tage gezählt waren. Dann ging sie rechts den Korridor entlang und zur Hintertür der Teeküche.

Miss Van Gilder war verwirrt. Warum hatte Elsie sie so angesehen? Doch darüber konnte sie jetzt nicht nachdenken. Der Vorstand wartete.

»Ah, Miss Van Gilder«, begrüßte Mrs Jolly sie begeistert. Sie wollte dringend anfangen und St. Angelus von den alten Abläufen befreien, an die sich hier alle so fest klammerten. Und diese Frau würde die nötigen Veränderungen vornehmen.

»Was für eine wunderbare Wahl Miss Van Gilder war«, hatte sie auf der Herfahrt zu Mrs Twigg gesagt. »Sie wird sich nicht vor ihrer Verantwortung drücken und die Neuerungen durchsetzen, die das St. Angelus braucht. Sie ist ein wahrer Engel.«

»Miss Van Gilder, wir sind sehr beeindruckt, dass Sie bereits einen umfassenden Bericht erstellt haben, wie das St. Angelus modernisiert und die Personalausstattung umstrukturiert werden kann. Und das innerhalb so kurzer Zeit! Schwester Oberin, Sie haben einen großen Gewinn in Miss Van Gilder. Sie muss eine solche Entlastung für Sie sein.«

Die Oberschwester wünschte, dem wäre so. Tatsächlich traf das Gegenteil zu. Sie hatte die letzten Wochen hauptsächlich damit verbracht, in zahlreichen explosiven Situationen zu vermitteln. Miss Van Gilder hatte eine äußerst unglückliche und herrische Art, und die Oberschwester hätte kaum eine einzige Person im St. Angelus nennen können, die sie nicht gegen sich aufgebracht hatte.

Aber das sagte sie nicht, sondern nickte halbherzig.

Dr. Gaskell war sich sicher, Miss Haycock nach Luft schnappen zu hören – und Mrs Twigg ebenfalls, was ihn wunderte. Sein ganzes Berufsleben lang studierte er schon die Atmung anderer Leute, und er hatte es definitiv gehört. Wenn Mrs Twigg auf ihrer Seite war, hatten sie vielleicht eine Chance. Die entscheidende Stimme hatte allerdings Mrs Jolly.

Er betrachtete Miss Van Gilder, die ihre Notizen aufschlug. Seine gesamte Laufbahn hatte er mit den Engeln vom St. Angelus gearbeitet, doch diese Frau war wie eine geflügelte Nemesis über sie gekommen. Die Oberschwester und er konnten nichts gegen sie ausrichten oder ihr geliebtes Krankenhaus zurückerobern. Miss Van Gilders blitzende Augen verrieten, dass sie sich nicht aufhalten lassen würde.

»Vielleicht fangen wir mit Punkt zwei an«, sagte Mrs Jolly. »Mir scheint, dass der Personalabbau eine direkte Folge von Punkt zwei ist. Sehe ich das richtig, Miss Van Gilder?«

Miss Van Gilder nahm ihre Brille ab, legte sie vor sich auf den Tisch und wartete einige Sekunden, ehe sie antwortete.

»So ist es, Mrs Jolly. Allerdings habe ich die Personalrestrukturierung unter Punkt eins angeführt, weil sie das Hauptanliegen der Oberschwester ist. Um sicherzugehen, dass der Krankenhausbetrieb so effizient und wirtschaftlich wie möglich ist.«

Kluger Schachzug, dachte Emily, es auf die Oberschwester zu schieben und dich rauszunehmen. Alle wissen, dass der Vorschlag von dir kommt. Die Oberschwester würde niemals Leute feuern und damit die Kinder gefallener Soldaten hungern lassen.

»Wie das erreicht wird, ist zweitrangig. Ich habe heute noch ein Angebot der Acme-Agentur beigefügt, doch es könnte jede beliebige Agentur sein. Selbstverständlich habe ich viele Angebote geprüft und halte Acme für die beste Option. Doch vielleicht haben Sie andere Vorstellungen.«

Miss Van Gilder hielt den Atem an und schaute sich am Tisch um. Die bewundernden Blicke entgingen ihr nicht. Das letzte Mal, dass sie so weit gekommen war, hatte sich ein dummer Mann im Vorstand von St. Dunstan's zu Wort gemeldet und gesagt, ein ehemaliger Kamerad von ihm hätte einen Reinigungsdienst gegründet, in dem er die Witwen Gefallener beschäftigte. Da hatte sie schnell improvisieren müssen und eingewandt, die finanzielle Verantwortung verlange, dass man eine etablierte Firma wählte und keine Risiken mit einer neu gegründeten einging. »Schließlich ist es nicht unser Geld«, hatte sie angeführt. Der Mann hatte wie der Idiot dagestanden, der er auch war, und sie war darauf vorbereitet, heute notfalls genauso zu handeln.

»Miss Van Gilder, Sie haben offensichtlich enorme Arbeit in diesen Bericht gesteckt. Ich bezweifle, dass irgendjemand hier die Stunden aufbringen könnte, die Sie geopfert haben, um den besten Vertrag für das St. Angelus zu bekommen.«

»Vielen Dank, Mrs Jolly. Es ging natürlich nicht nur darum, die beste Agentur zu bekommen, sondern auch eine, die mit modernen Reinigungsmethoden vertraut ist. Eine, die sich nicht scheut, ineffizientes Personal durch Maschinen zu ersetzen. In unserem Fall wären das ältere Frauen mit teuren gesundheitlichen Beschwerden, deren Folge so viele Fehlstunden sind. Ich glaube, ich habe in Acme die richtige Reinigungsagentur gefunden.«

»Erlauben Sie, Mrs Jolly?« Dr. Gaskell hatte eine Hand gehoben.

»Natürlich.« Mrs Jolly hielt eine Menge von Protokolltreue,

und versuchte jemand, ohne ihre vorherige Erlaubnis zu sprechen, unterbrach sie sofort scharf.

»Wie viele unserer derzeitigen Kräfte werden überflüssig, wenn wir das Angebot Ihrer Agentur annehmen, Miss Van Gilder?«

»Alle, Dr. Gaskell.«

»Alle?« Dr. Gaskell wurde lauter. »Sie wollen alle Frauen, von denen einige ihr ganzes Berufsleben hier verbracht und uns während des Krieges und danach die Treue gehalten haben, vor die Tür setzen? Alle?«

Miss Van Gilder blieb vollkommen ruhig. »Dr. Gaskell, diese Frauen werden selbstverständlich Priorität haben, wenn die Agentur Personal neu einstellt. Wie der Besitzer mir während unserer Verhandlungen versicherte, haben stets die Frauen Vorrang, die das Krankenhaus gut kennen.«

»Ach ja? Wie großzügig von ihm. Und zu welchem Preis? Bekommen unsere loyalen Kräfte eine Gehaltserhöhung?«

Sein Ton gefiel Miss Van Gilder nicht, und ihr Lächeln schwand. »Alle Zahlen sind unter Punkt zwei aufgeführt«, antwortete sie spitz.

»Mrs Jolly, dürfte ich?«, fragte Emily.

»Ja, natürlich«, sagte Mrs Jolly wenig angetan. Für sie war Emily kein vollwertiges Vorstandsmitglied, und sie schätzte deren Beiträge nicht. Im Geiste nahm sie sich vor, einen zusätzlichen Punkt auf die Tagesordnung zu setzen: dass Miss Van Gilder künftig anstelle von Miss Haycock an den Sitzungen teilnahm.

Emily rückte auf ihrem Stuhl hin und her. »Miss Van Gilder, ich bin die Zahlen gründlich durchgegangen, und Dr. Gaskell dürfte das Ergebnis interessieren ...« Sie vergewisserte sich, dass sie seine Aufmerksamkeit hatte. »Ich glaube, der Agentur ist ein Tippfehler unterlaufen, denn wie ich es sehe, zahlt der Inhaber seinen Mitarbeitern nur die Hälfte von dem, was die Reinigungskräfte im St. Angelus gegenwärtig bekommen.«

Miss Van Gilder setzte ihre Brille auf und blickte zu dem Angebot vor ihr, als müsste sie nachsehen, ob Emily die Wahrheit sagte.

»Nun ja, der Krieg ist seit fast neun Jahren vorbei, Schwester Haycock. Ich fürchte, es wird Zeit, dass wir das Krankenhaus an die erste Stelle setzen.«

»Dem stimme ich zu«, entgegnete Emily, ohne sich zuvor die Erlaubnis von Mrs Jolly geben zu lassen. »Solange ich mich entsinne, hat es für jeden, der hier arbeitet, Vorrang. Unser Krankenhaus blitzt wie eine neue Hutnadel. Die Böden im Korridor glänzen, und von den Fußböden auf den Stationen könnte man essen. Unser Krankenhaus, Miss Van Gilder, ist das sauberste, in dem ich je gearbeitet oder das ich je gesehen habe. Und es ist deshalb so vorbildlich instand gehalten, weil die Leute, die hier putzen, hier geboren wurden, ihre Kinder hier bekommen und sich bei uns von ihren Lieben verabschiedet haben. Unserem Personal ist das Wohl des Krankenhauses ein emotionales Anliegen. Jeder von ihnen möchte von ganzem Herzen, dass das St. Angelus sauber und vorzeigbar ist. Und wir sind hier beileibe nicht an der Südküste, sondern am Ufer des Mersey in einer schmutzigen Stadt mit der dreckigsten Luft und den ärmsten Menschen. Wie ... wie ...« Emilys Stimme kippte, und sie musste Luft holen. »Wie kann Ihre neue Putzagentur von den Frauen denselben Fleiß und dieselbe Leidenschaft erwarten, wenn ihnen die Hälfte des Lohns gestrichen wird, sodass er nicht mehr ausreicht, um ihre Familien zu ernähren?«

Stille trat ein. Könnte Dr. Gaskell seiner spontanen Regung folgen, hätte er sich hinübergebeugt und Emily geküsst. Der Oberschwester quoll das Herz über. Keiner von ihnen wusste, dass hinter der filzbespannten Tür Biddy und Elsie sich bei den Händen hielten und Biddy sich eine stolze Träne wegwischte.

»Was auch passiert, keiner kann behaupten, dass sie nicht für uns gekämpft hat«, sagte Biddy. »Und sollte jemand versuchen, etwas anderes zu erzählen, kriegt er es mit mir zu tun.« Mit diesen Worten neigten beide wieder das Ohr zu den umgekehrten Kognakgläsern, die Elsie aus der Anrichte der Oberschwester geholt hatte.

»Darf ich etwas sagen, Mrs Jolly?«, fragte die Oberschwester. »Miss Van Gilder«, fuhr sie direkt fort, »sind Ihnen jemals die kleinen Konkurrenzkämpfe zwischen unseren Stationsschwestern aufgefallen?«

Miss Van Gilder schien verwirrt.

»Verzeihen Sie, ich weiß, dass es schwierig ist, zumal Sie noch sehr neu hier sind«, sagte die Oberschwester. »Ich gestehe, dass ich selbst einige Jahre gebraucht habe, um dahinterzukommen.« Sie lachte. »Ich war immer stolz darauf, wie makellos unser Haus war, Mrs Jolly, aber dann begriff ich, dass es nichts mit mir zu tun hatte. Es ist einzig den Stationsschwestern zu verdanken. Jede will die sauberste Station haben. Sie streben danach, den höchsten Ansprüchen gerecht zu werden und die niedrigsten postoperativen Infektionen zu haben. Deshalb treiben sie die armen Putzkräfte und die Schwesternschülerinnen bis an deren Belastungsgrenzen. Deshalb hat jede Station ihre eigenen Putz- und Hilfskräfte. Und deshalb übernehmen unsere Schwesternschülerinnen einen Teil der Reinigungsarbeiten, besonders die im ersten Jahr. Sie lernen als Erstes, wie wichtig Sauberkeit ist. Nun ist meine Frage, Miss Van Gilder, wird Ihre Agentur dieses System beibehalten? Wird jede Stationsschwester ihre eigenen, aufopferungsvollen Putzkräfte bekommen?«

Auf diese Frage war Miss Van Gilder vorbereitet, auch wenn die Sitzung nicht so gut lief, wie sie es sich gewünscht hatte.

»Die neuen Reinigungskräfte werden Maschinen sein, Schwester Oberin. Es wird keine Wischmopps und Eimer mehr geben, sondern Wisch- und Bohnergeräte. Die Kräfte selbst werden nicht mehr im selben Maße eingebunden sein wie vorher. Man schickt sie dorthin, wo sie gebraucht werden.«

Emily beschloss, zum tödlichen Schlag auszuholen. »Miss Van Gilder …«

Mrs Jolly hüstelte entrüstet.

»Verzeihung, Mrs Jolly, nur eine letzte Frage noch.« Emily machte weiter, ohne die Antwort abzuwarten. »Miss Van Gilder, kennen Sie den Besitzer der Acme-Agentur?«

Elsie drückte Biddys Arm, und Biddy jaulte auf vor Schmerz.

»Autsch, lass das! Ich will die Antwort hören.«

»Oh Gott, Biddy, ich mach mir gleich in die Hose. Rita Hayworth könnte das nicht besser.« Elsie hüpfte beinahe auf der Stelle.

»Schwester Oberin, ist jemand in der Küche?« Mrs Jolly linste verwundert zur Tür.

»Nur das Hauspersonal, das Ihr Mittagessen zubereitet«, antwortete die Oberschwester.

Unwissentlich hatte Elsie Miss Van Gilder Zeit zum Nachdenken verschafft.

»Natürlich kenne ich den Besitzer. Ich habe ihn mehrmals getroffen, und er war im Krankenhaus und auf den Stationen, um mir sagen zu können, was zu welchem Preis gemacht werden kann.«

Kluge Antwort, dachte Emily.

Dr. Gaskell sah sie stirnrunzelnd an. Ihre Frage hatte geklungen, als steckte etwas dahinter, auch wenn er nicht wusste, was.

»Und Sie kennen ihn ausschließlich von diesen Begegnungen, Miss Van Gilder? Bevor Sie ins St. Angelus kamen, sind Sie ihm nie begegnet?«

»Schwester Haycock!«, dröhnte Mrs Jollys Stimme durch den Raum. »Dies ist das zweite Mal, dass Sie reden, ohne vorher höflich um Erlaubnis zu bitten. Sie sagen jetzt nichts mehr.«

Dr. Gaskell hustete, und Mrs Jolly verstand den Wink.

»Miss Van Gilder, beantworten Sie bitte die Frage. Aber, Schwester Haycock, Sie stellen keine Anschlussfrage. Ich leite diese Sitzung, und hier redet nicht jeder, wie er will.«

Miss Van Gilder wandte den Blick ab. Jetzt müsste sie lügen.

Ehe sie eine Chance dazu hatte, merkten alle erstaunt auf, weil sich eine schüchterne Stimme meldete. »Mrs Jolly, dürfte ich Miss Van Gilder bei dieser Frage helfen?«

Es war Mrs Twigg. Sie sprach so gut wie nie, dennoch hatte Emily immer das Gefühl gehabt, dass sie auf ihrer Seite war. Sie hatte mitfühlend Emilys Hand gedrückt an dem Tag, an dem Miss Van Gilder eingestellt wurde.

»Ja, selbstverständlich, Mrs Twigg. Die arme Miss van Gilder wird hier mit Fragen bombardiert. Ich muss sagen, dass ich mich ein wenig schäme, mit welcher Feindseligkeit sie hier nach ihrer vielen Arbeit konfrontiert ist.« Mrs Jolly strahlte Mrs Twigg ermunternd an.

Mrs Twigg nahm das Angebot der Reinigungsagentur auf, als müsse sie etwas nachschauen. Alle am Tisch verstummten und richteten den Blick auf sie. Über Mrs Twigg wussten sie lediglich, dass sie ihren Mann und ihren einzigen Sohn verloren hatte. Ihr Mann war im Ersten Weltkrieg gefallen, ihr Sohn im Zweiten. Dr. Gaskell hatte sich einige Mal beim Kaffee vor den Sitzungen mit ihr unterhalten, und sie hatte ihm erzählt, dass sie sich bemühte, sich für gute Zwecke einzusetzen. »Es darf nie wieder Krieg geben«, hatte sie gesagt.

Emily fand, dass die Luft im Raum stickig wurde. Biddy und Elsie nahmen ihre Gläser von der Tür, um zu überprüfen, ob etwas mit ihnen nicht stimmte. Achselzuckend drückte Biddy ihres wieder an den Türfilz.

Mrs Twigg hob den Kopf und schaute Miss Van Gilder direkt an. Ihr Lächeln schwand, und ihre Züge wurden härter. Emily dachte, dass die Feder an ihrem Hut ausgesprochen albern aussah, und fragte sich, wann Frauen aufhören würden, in geschlossenen Räumen Hut zu tragen.

Unterdessen dachte Dr. Gaskell, dass es entzückend von ihr war, helfen zu wollen.

Die Oberschwester war misstrauisch. Diese Frau war eine Getreue von Mrs Jolly und von Letzterer in den Vorstand berufen worden. Ihre Intervention konnte unmöglich im Sinne des Krankenhauses sein.

»Miss Van Gilder«, begann Mrs Twigg mit zitternder Stimme. »Ist es nicht so, dass der Inhaber der Acme-Agentur Ihr Sohn ist und Sie Ihr letztes Krankenhaus verlassen hatten, bevor Ihr Schwindel aufflog?«

Aus der Teeküche war lautes Glasklirren zu hören.

Kapitel neununddreißig

Die Oberschwester und Dr. Gaskell standen am Wohnzimmerfenster der Oberschwester und warteten auf Emily. Die Oberschwester holte eine Sherrykaraffe aus dem Schrank, und Dr. Gaskell übernahm das Einschenken. Als Emily eintrat, ging ihr durch den Kopf, was für ein gemütlicher Raum das war: die alten bordeauxroten Ledersessel, der große Kamin. Bald würde all das verschwinden und einer neuen Notfallstation weichen. Es war traurig, doch das boomende Nachkriegsliverpool verlangte eine Erweiterung, dachte sie, als sie zu den beiden ging.

Dr. Gaskell reichte Emily ein Glas. »Wir haben einiges zu feiern, und da wir wieder Oberwasser haben, und sei es auch nur für kurze Zeit, gibt es noch einige Änderungen durchzusetzen.«

»Die nicht durchgängig meine Zustimmung finden«, ergänzte die Oberschwester.

Dr. Gaskell lächelte. »Margaret, ich habe noch nie erlebt, dass Sie allem zustimmen, was ich sage. Niemals! Dennoch schreibe ich die sehr gute Führung dieses Krankenhauses Ihrem schwierigen Naturell zu.«

Er erhob sein Glas. »Emily.«

»Wie Sie sehen«, sagte die Oberschwester, »reden wir uns jetzt alle mit Vornamen an. Ich fürchte jedoch, für mich werden Sie immer ›Dr. Gaskell‹ bleiben.«

»Für mich auch«, fügte Emily hinzu, nahm ihr Glas und grinste Dr. Gaskell an. Sie sah ihm an, dass er etwas im Schilde führte.

»Emily, ich wollte sagen: gut gemacht. Hätten Sie diese Frage nicht gestellt, ich weiß nicht, wie die Sitzung ausgegangen wäre. Ich werde Sie nicht fragen, wie oder warum Sie darauf kamen oder was zu Ihrer Zusammenarbeit mit Mrs Twigg führte – ich bin nicht mal sicher, ob ich die Einzelheiten erfahren möchte –, aber Sie zwei waren ein großartiges Duo.«

Emily trank einen großen Schluck von ihrem Sherry. Sie wüsste ebenfalls gern, wie und warum Mrs Twigg ihre Frage aufgegriffen hatte. Sie hatte mit der Frau noch keine zehn Worte gewechselt, folglich konnte von Zusammenarbeit gar keine Rede sein.

»Ist die Polizei wieder weg?«, fragte sie.

»Ja, Gott sei Dank. Mir gefällt es gar nicht, wenn die Polizei woanders als in der Notaufnahme dieses Krankenhauses erscheint. Ehe man es sich versieht, taucht dann gleich noch ein Reporter vom *Echo* auf. Mir ist schleierhaft, wie die das anstellen. Als damals diese Fabrik abbrannte, waren sie noch vor den Patienten hier, überall. Ich habe sogar einen in der Küche angetroffen.«

»Ach, es heißt, Geld ist die Wurzel allen Übels, nicht wahr?« Dr. Gaskell hob sein Glas an die Lippen und nippte.

»Im Fall von Miss Van Gilder scheint es ganz so«, erwiderte Emily. Obwohl es ein aufregender Tag war, sah sie niedergeschlagen aus. Ihr übliches Strahlen war so gut wie erloschen.

Die Oberschwester sah Emily an, und Dr. Gaskell hüstelte. »Nur zu«, sagte er. »Oder soll ich?«

»Ach, um Himmels willen! Wirklich, ich weiß nicht, was in letzter Zeit in Sie gefahren ist. Emily, Dr. Gaskell und ich haben etwas zu sagen.«

»Aber die Oberschwester übernimmt das Reden«, bemerkte Dr. Gaskell grinsend.

»Wir haben beschlossen, dass wir sehr gern eine bestimmte Veränderung einführen würden, solange wir im Vorteil gegenüber Mrs Jolly und dem LDHB sind. Ich gestehe, dass es an der Zeit ist. Womöglich habe ich mich zu lange vehement dagegen gesträubt, und da es sich um eine Regel handelt, die ich selbst vor langer Zeit erlassen habe, möchte ich auch für deren Abschaffung verantwortlich zeichnen. Das ist mir lieber, als es irgendwann in Zukunft von Mrs Jolly vorgeschrieben zu bekommen. Das Arbeitsverbot für verheiratete Schwestern ist mit sofortiger Wirkung aufgehoben.«

Zunächst konnte Emily nicht glauben, was sie da hörte. Ihr war, als wäre sie auf einem fremden Planeten gelandet.

»Wache ich jetzt gleich auf?«, fragte sie. »Schwester Oberin, Sie haben mich eben Emily genannt, und Sie schaffen das Verbot gegen verheiratete Schwestern ab? Ich muss wohl träumen, oder?«

Dr. Gaskell versicherte ihr das Gegenteil. »Hätten Sie heute nicht getan, was Sie taten – und, bei Gott, es war ein Geniestreich, sich Mrs Twiggs Hilfe zu holen, dem schüchternsten Mitglied des Ausschusses. Sie verdienen eine Belohnung, und dies ist ja schon seit einiger Zeit Ihr Lieblingsprojekt.«

»Ist Ihnen bewusst, dass wir damit wegweisend wären?«, fragte Emily. »Die meisten Londoner Krankenhäuser lassen bis heute keine verheirateten Schwestern zu.«

»Genau, bisher nicht«, bestätigte Dr. Gaskell. »Doch wie Ihnen bekannt ist, sitze ich in einer Menge Londoner Komitees, und die allgemeine Abschaffung dieser Regel steht beim NHS durchaus auf der Tagesordnung. Also warum sollen wir nicht die Ersten sein? St. Angelus sollte unbedingt vorangehen.«

Die Oberschwester streckte ihre Hand aus, um Emily ihr Glas

abzunehmen. »Trinken Sie Ihren Sherry aus, Emily. Ich glaube, es gibt etwas, das Sie jetzt tun sollten.«

Emily kamen die Tränen bei dem Gedanken, eine Versöhnung mit Dessie zu versuchen. Was die Oberschwester zweifellos meinte. Emily vermutete, dass Biddy geplaudert hatte, aber darüber konnte sie jetzt nicht nachdenken. Die Entscheidung der Oberschwester änderte alles, nur, würde Dessie es genauso sehen? Hatte sie ihn für immer vergrault? Sie reichte der Oberschwester das Glas. Der heutige Tag steckte wahrlich voller großer Überraschungen.

»Ich kann nicht«, flüsterte sie.

»Oh doch, Sie können. Sie haben heute schon sehr viel mehr geleistet, als sich zu entschuldigen. Wollen Sie wie ich und all die anderen ledigen alten Oberschwestern enden, die ihr Leben der Krankenpflege geopfert haben? Wollen Sie im Alter in einem Heim für pensionierte Schwestern leben oder in einem schäbigen möblierten Zimmer in der Scotland Road, weil das alles ist, was Ihre Pension erlaubt?« Die Oberschwester seufzte und trat ans Fenster. »Ihre Forderung nach einer Regeländerung hat mich nachdenklich gemacht, Emily. Es gibt einen Grund, warum Krankenpflege als ein Beruf für die Mittelschicht gilt. Ich bin noch eine der Glücklichen, denn ich werde von meiner Mutter erben, also später nicht allzu schlecht dastehen. Aber wie wollen Sie allein überleben, Emily? Wen und was werden Sie einmal haben? Wie Sie wissen, ist Krankenpflege einer der schlechtbezahltesten Berufe im Land. Und die traurige Wahrheit ist, egal, wie umsichtig Sie sind, wie sparsam Sie leben und wie viel Sie zur Seite legen, im Alter werden Sie kaum genug für einen minimalen Komfort haben.«

Alles, was sie sagte, stimmte. Emily hatte nichts und niemanden.

»Woher wissen Sie von …?«, begann sie.

»Das spielt keine Rolle. Habe ich Sie gefragt, woher Sie Mrs Twigg kennen?«

»Aber ...«

»Kein Wenn und Aber, Emily. Er wartet in meinem Büro und denkt, ich habe ihn zu einer Besprechung hergerufen. Gehen Sie zu ihm, na los.«

Nachdem Elsie und Biddy die Scherben des Kognakglases aufgesammelt hatten, das Elsie hatte fallen lassen, vergeudeten sie keine Zeit, die Nachricht von Miss Van Gilders Entlassung zu verbreiten. Bis zum Mittag hatte die Mafia alles geplant. Abends würde es im Festsaal des Krankenhauses eine Feier für alle Hausangestellten und Dessies Mannschaft geben.

Während die Oberschwester, Dr. Gaskell und Emily Sherry tranken, butterte Branna Brote und gab Aufstrich auf die Sandwiches. In einer kurzen Pause rief sie Madge an.

»Wird das Fass gebracht, Madge?«

»Ja, Dessie hat es organisiert. Er hat vier von den Jungen mit einem Rollwagen losgeschickt, um es zu holen. Sie bringen auch einige Flaschen Guinness für die Damen mit, falls es uns ausgeht. Miss Van Gilder wurde in einer grünen Minna weggefahren, hast du das gesehen?«

»Ja, habe ich. Gut, dass sie weg ist. Das wird die beste Feier, die es je im Krankenhaus gegeben hat. Wir sind noch mal davongekommen, was, Madge? Hast du Biddy und Elsie gesehen?«

»Zuletzt vor einer halben Stunde. Sie hatten Schwester Tanner bei sich und wollten zur Oberschwester. Ich habe gehört, wie die Oberschwester am Telefon zu Dr. Gaskell gesagt hat, er soll schnell zu ihr kommen. Und falls Schwester Haycock zur Vordertür hereinkommt, würden Biddy, Elsie und Schwester Tanner durch die Hintertür verschwinden. Drücken wir die Daumen, dass wir heute Abend noch mehr zu feiern haben, Branna. Wäre das nicht wunderbar?«

»Mann, Mann, hier ist was los! Ich mache mal lieber weiter Sandwiches.«

»Tu das, Branna.« Madge lachte. »Aber warte mit dem Guinness bis heute Abend, ja?« Sie zog den Stecker aus dem Festsaalanschluss. »Gut, wer muss als Nächstes wissen, dass die alte Schachtel weg ist und unsere Stellen gerettet sind? Ah ja, die Leichenhalle ...«

Branna kehrte zu dem Berg ungebutterter Brote zurück und summte zufrieden vor sich hin. Sie nahm eben ihr Messer auf, als Tom durch die Hintertür hereinkam und noch ein Tablett aus der Krankenhausküche brachte.

»Mehr Brot, Branna. Und die Köchin schickt Käse. Sie hat gesagt, Sie sollen nicht alle mit Pastete machen, weil die Leute sonst denken, sie hätte die gemacht. Es sollen auch welche mit Käse dabei sein.«

»Ich reibe den, Tom, dann reicht er für mehr Brote. Wie viele der Jungen kommen heute Abend? Ich mache zwei Portionen für jeden, reicht das?«

Tom starrte den Berg Sandwiches an, während Branna redete.

»Hier, nimm das hier«, sagte sie, bestrich zwei Brotscheiben mit Fischpastete und gab sie ihm.

Tom knallte beinahe das Brottablett auf den Tresen, als er danach griff. Er hätte Branna nie gefragt, weil er zu höflich war, aber sie erkannte einen ausgehungerten Jungen auf Meilen.

»Haben Sie die grüne Minna gesehen, Branna? Die Polizei hat die alte Knochenbrecherin abgeholt. Das ist ein Ding! Was hat sie denn getan?«, fragte er zwischen zwei Bissen.

»Sie ist eine böse Frau, Tom. Sie wollte dem Krankenhaus

Geld wegnehmen, das ihr nicht gehört, und sie hat versucht, uns alle zu feuern.«

Tom wusste zu wenig, als dass ihm eingefallen wäre, welche Frage er noch stellen könnte.

»Warte«, sagte Branna und schenkte ihm einen Becher Tee ein. »Zum Runterspülen, ehe du weiterarbeitest. Wie geht es deiner Mam?«

Tom antwortete erst, nachdem er seinen Tee ausgetrunken und sich den Mund mit dem Handrücken abgewischt hatte.

»Danke, Branna, das war großartig. Mam geht es nicht gut. Sie musste ihre Putzstelle in der Schule aufgeben, und bald kommt sie zur Operation ins St. Angelus. Sie sagt, dass sie es nicht schlimm findet, weil sie mich dann jeden Tag bei der Arbeit sehen kann.«

»Ah, sagt sie das, ja? Ist doch schön. Und ich wette, sie ist eifersüchtig, weil ich dich immerzu sehe. Du bist ein guter Junge, Tom.«

Tom grinste überglücklich, als er das Tablett nahm, um es zurück in die Küche zu bringen.

»Wir sehen uns nachher bei der Feier«, sagte Branna. »Mit ein bisschen Glück ist es heute Abend ruhig im Krankenhaus.«

Als Branna ihm nachblickte, fühlte sie sich rundum zufrieden. Sie hatte Biddy, Elsie und Madge ihre Informationen über Miss Van Gilder sammeln lassen und dabei ohne deren Wissen ihre eigenen Schritte unternommen. Seit dem letzten Treffen der St.-Angelus-Mafia hatte sie schon überlegt, dass Schwester Antrobus eine wertvolle Verbündete sein könnte. Jeder hielt die Stationsschwester der Notaufnahme für eine Tyrannin, und Branna war wahrlich einige Male mit ihr aneinandergerasselt, als sie noch die Station zwei geleitet hatte. Doch sie glaubte, dass sie den Ruf der Schwester zu ihrer aller Vorteil nutzen könnte. Es war allgemein bekannt, dass sie Miss Van Gilder nicht ausstehen konnte und jedes Mal die Funken flogen, wenn die beiden sich begegneten. Also hatte Branna sie aufgesucht.

»Wir haben ein Problem mit Miss Van Gilder«, hatte sie ihr mitgeteilt. »Ich kann Ihnen nicht verraten, woher ich es weiß, und es muss vertraulich bleiben, weil ich keinem Schwierigkeiten machen will, aber vielleicht können Sie uns helfen?« Dann hatte sie Schwester Antrobus alles erzählt, was sie über Miss Van Gilder und deren Sohn herausgefunden hatten.

»Überlassen Sie das mir«, hatte Schwester Antrobus mit blitzenden Augen erwidert. »Ich glaube, ich habe eine Idee, kann sie Ihnen aber nicht verraten. Erwähnen Sie niemandem gegenüber, dass Sie mit mir geredet haben.«

»Wenn man es mit einem Wurm zu tun hat, dreht man jeden Stein um«, murmelte Branna nun vor sich hin, als sie weitere Brote butterte. »Jeden einzelnen Stein.«

Sie würde sich Zeit damit lassen, den anderen zu erzählen, dass sie Schwester Antrobus um Hilfe gebeten hatte. Der Tag würde kommen. Branna wusste, dass Wissen im St. Angelus Macht war, und jetzt wollte sie ein wenig von dieser Macht für sich. »Wenn Madge das nächste Mal wichtigtut, werde ich ...«, sagte sie sich und klatschte Butter auf eine weitere Scheibe.

Kapitel vierzig

Zuerst ignorierte Amy die Schmerzen. Ein verdorbener Magen, sagte sie sich. Beim Abendessen mit ihren Eltern aß sie weiter von der Marmeladen-Biskuitrolle, die ihre Haushälterin zum Nachtisch gebacken hatte, doch als sie eine Welle von Übelkeit überkam, legte sie ihren Löffel hin und schob den Teller weg.

»Du lässt gutes Essen stehen?«, fragte ihre Mutter. »Tja, ist vielleicht gut so. Es ist dir sicher schon selbst aufgefallen, dass du einige Pfunde zugenommen hast, Amy. Du findest keinen Mann, wenn du aussiehst wie diese Biskuitrolle.«

»Ich kann nichts mehr essen. Ich bin pappsatt«, antwortete Amy. »Ich gehe zu Bett.« Sie rückte ihren Stuhl zurück und stand auf.

»Hast du deine Manieren vergessen? Seit wann darfst du ungefragt vom Tisch aufstehen?«

Amy beachtete sie nicht, ging zur Tür und ließ ihre Eltern allein am Esstisch zurück. Ihr war klar, dass der Streit losginge, sowie sie aus dem Zimmer war.

»Es ist deine Schuld. Du hast sie zu sehr verwöhnt. Sie tut nicht einmal mehr so, als hätte sie noch Manieren.« Natürlich bekam Amys Vater wieder alle Schuld für ihre Fehler.

»Bald willst du nicht mehr so früh zu Bett«, rief ihr Vater ihr nach. »Ich kaufe uns einen ganz neuen, besseren Fernseher.«

»Na, ich werde nichts davon haben, jedenfalls nicht viel«, sagte ihre Mutter zwischen zwei Bissen. »Ich kann ja nicht lange auf einer Stelle sitzen, nicht mit meinem Ischias.« Sie beäugte Amys Dessertteller, ob noch genug darauf übrig war, dass sich das Aufessen für sie lohnte.

»Die Woche über, wenn ich bei der Arbeit bin, machst du das doch auch«, konterte ihr Mann. »Jeden Tag kommt jetzt eine Haushaltshilfe, also was machst du sonst, wenn du nicht sitzt? Du erinnerst dich ja nicht mal mehr daran, wie man eine Kartoffel kocht. Der Herd ist dir fremd.«

Amy war beinahe froh, dass sie wieder einen Streit anfingen, denn sie wurde von einem entsetzlichen Schmerz gepackt. Er fühlte sich an, als hätte jemand eine Schraubzwinge um ihren Bauch gelegt und würde sie anziehen. Sie stützte sich mit einer Hand am Türrahmen ab und hatte alle Mühe, nicht aufzuschreien. Bleib aufrecht, bleib aufrecht, befahl sie sich. Ihr wurde schummrig. Dann klang der Schmerz genauso schnell wieder ab, wie er gekommen war.

Ihre Eltern waren mittlerweile richtig in Fahrt und bemerkten nichts, weil sie zu sehr damit beschäftigt waren, sich gegenseitig zu verletzen. Ihr Vater warf ihrer Mutter Faulheit vor und sie ihm Grausamkeit und Gleichgültigkeit. Und das alles über den dunklen Eichenholzesstisch hinweg, den sie neu von George Henry Lee's hatten.

Als der unerträgliche Schmerz nachließ, zog Amy sich rasch am Türrahmen in ihr Zimmer hinein und schloss die Tür hinter sich, ehe ihre Eltern doch etwas mitbekamen. Keuchend und erschöpft, empfand sie Todesangst. Das kann mir nicht passieren! Es darf nicht sein! Vor lauter Panik hätte sie fast laut um Hilfe gerufen. Ihr Leben lang hatte Amy alles bekommen, was sie wollte. Doch jetzt hatte Lockie sie verlassen, und sie wusste nicht, an wen sie sich wenden sollte. »Ich will das nicht. Ich will es nicht«, schluchzte sie. Je weiter der Schmerz abklang, desto lauter schrie es in ihrem Kopf: Wo soll ich hin? Was soll ich tun? Doch es kamen keine Antworten.

Ein wohltuendes orangenes Licht fiel durch die runde Buntglasscheibe in der Haustür, als draußen die Straßenlaternen angingen. Am Garderobenständer hingen Amys schwarzer Mantel für die Kirche und ihr Hut. Beide riefen nach ihr. Als sie den Mantel vom Haken nahm, roch sie ihr Parfüm am Kragen. Sie schlüpfte hinein und wickelte ihn fest um sich. Das vertraute Seidenfutter kühlte wohltuend ihre brennende Haut. Es waren nur wenige Schritte zur Tür. Ihre Eltern stritten inzwischen so laut, dass sie sich nicht mal sorgen musste, ob sie das leise Klicken des Schlosses hören würden.

Dana stellte ihren Koffer auf der Pier ab und hockte sich darauf, um auf Teddy zu warten. Wie versprochen hatte sie vom Postamt aus in der Lovely Lane angerufen, bevor sie Belmullet verließ, und Victoria war am Apparat gewesen. »Wenn du von der Fähre kommst, rührst du dich nicht, bis Teddy da ist. Er hat mir Anweisung gegeben, dass du auf ihn warten sollst. Er sehnt sich nach dir und ist schon ganz aufgeregt. Wenn du mich fragst, solltest du häufiger verreisen!«

Dana hatte gelacht, doch dass Teddy sie offenbar so sehr vermisst hatte, wärmte sie an diesem kühlen Abend. Sie war froh, sich nicht von der Pier wegbewegen zu müssen, denn es war eine raue Überfahrt gewesen, und sie hatte sich zweimal übergeben. Nun freute sie sich, wieder in die Lovely Lane zu kommen, wo Mrs Duffy sie umsorgen würde.

Kurz hatte sie mit dem Gedanken gespielt, in das beliebte Café zu gehen und sich einen gezuckerten Tee zu gönnen, um ihren Magen zu beruhigen, war jedoch vor der Tür erstarrt stehen geblieben. Drinnen am Fenster mit den karierten Vorhängen saß Schwester Antrobus mit einer Frau, die einen albernen Hut mit einer Schmuckfeder trug.

Dana beschloss, kehrtzumachen und sich wieder auf ihren Koffer zu setzen. Obwohl sie keinen Dienst hatte und sich nicht mal im Umkreis des St. Angelus befand, würde Schwester Antrobus ganz sicher einen Grund finden, sie zusammenzustauchen. Und da Teddy in der Notaufnahme arbeitete, dürfte die Schwester der letzte Mensch sein, dem er begegnen wollte.

Sie schirmte ihre Augen mit einer Hand ab und blickte die Straße hinauf, als sie glaubte, einen Motor zu hören. Dann lächelte sie, und ihr Herz machte einen freudigen Satz. Der Fleck am Horizont war tatsächlich Teddys auffälliges hellblaues Automobil, und er war nur ihretwegen hier.

Schwester Antrobus hatte sich Tee und einen Kuchen bestellt. Mrs Twigg nahm Tee und dazu einen Toast mit Butter.

»Ich finde, Sie sollten nicht unterschätzen, wie vielen Familien Sie geholfen haben«, sagte Schwester Antrobus. »So wie ich hörte, was da vor sich geht, wusste ich, dass ich mit Ihnen sprechen muss. Ich habe jedoch mein Ehrenwort gegeben, meine Informationsquelle nicht zu verraten, also kann ich damit nicht zur Oberschwester gehen.« Sie schenkte Tee ein, während sie sprach.

»Damit hätten Sie sich aber großes Lob verdient. Ja, wahrscheinlich hätten Sie sogar Ihre Station zwei wiederbekommen.« Mrs Twigg rührte sich Zucker in den Tee und blickte dabei Schwester Antrobus an.

Sie hatte bedauert zu hören, dass Schwester Antrobus von Station zwei in die Notaufnahme versetzt wurde, auch wenn sie deren Auftreten eher zu militärisch für eine Frauenstation gefunden hatte.

»Mir ist bewusst, dass das eine Möglichkeit gewesen wäre. Trotzdem muss man das Richtige tun.«

Schwester Antrobus war erstaunt gewesen, als Branna sich ihr anvertraute. Sie beide hatten sich meist ganz gut verstanden, weil sie so gut wie nicht miteinander sprachen, sich allerdings wortlos darüber einig waren, dass Station zwei die sauberste im ganzen Krankenhaus sein musste. Beide Frauen waren froh mit diesem gemeinsamen Ziel gewesen, also brauchte es nur ein Minimum an Konversation. Als Branna ihr von Miss Van Gilder erzählte, hatte Schwester Antrobus genau gewusst, wen sie kontaktieren musste. Sie hatte keine Ahnung, woher Branna wusste, dass die neue stellvertretende Oberschwester eine Betrügerin war, aber sie glaubte ihr.

Mrs Twigg trank ihren Tee. Es war ein großes Dilemma für sie gewesen, als Schwester Antrobus bat, sie sprechen zu dürfen. Andererseits hatte sie große Achtung vor ihr, weil sie einst ihren Sohn gepflegt hatte. Schwester Antrobus war sogar einer der Gründe, aus denen Mrs Twigg sich einverstanden erklärte, in den Vorstand des St. Angelus einzutreten, als das LDHB an sie herantrat. Ihr verstorbener Sohn war während der frühen Kriegstage im Lazarett gewesen, und Schwester Antrobus hatte sehr gut für ihn gesorgt. Mrs Twigg würde für immer in ihrer Schuld stehen. Sie fragte nicht, woher die Schwester diese Dinge über Miss Van Gilder wusste, sondern hatte schlicht gedacht: Wären mein Sohn oder mein Mann mit diesen Informationen zu mir gekommen, was hätte ich getan? Sie wusste, was sie von ihr erwartet hätten. Es war ihre Pflicht. Und so ungern sie sich bei Vorstandssitzungen zu Wort meldete, diesmal musste sie es tun.

»Nach der Sitzung wollte die Polizei mich sprechen. Ich habe ihnen gesagt, ich hätte einen anonymen Hinweis erhalten, und Miss Van Gilder solle sich dazu äußern. Sie hat wirklich wenig zu ihrer Verteidigung vorbringen können. Und ihr Sohn Luuk wurde nicht einmal eine Stunde später verhaftet, wie ich gehört habe.«

»Sie waren eine Heldin, Mrs Twigg. Eine Heldin«, sagte Schwester Antrobus.

»Nicht doch. Schwester Haycocks Frage an Miss Van Gilder war ein wunderbarer Ansatz für mich. Anscheinend besaß sie dieselben Informationen. Wie dem auch sei, ich war sehr geschmeichelt, dass mir das LDHB anbot, die künftigen Sitzungen zu leiten. Was mit Mrs Jolly passiert ist, weiß ich nicht genau. Mehr Tee, Schwester?«

Teddy fuhr schneller als sonst. Er hatte es eilig, zu Dana zu kommen. Ihm war, als hätte er eine zweite Chance bekommen. Immer wieder fragte er sich, wie er so dumm hatte sein können, auf den Charme von Schwester Makebee hereinzufallen und sich von Dana abzuwenden. »Du dämlicher, blöder Kerl«, fluchte er und hieb mit der Faust aufs Lenkrad. Er konnte sie weiter vorn sehen, am Rande der Pier, wo sie auf ihrem Koffer hockte und das Kinn in die Hände gestützt hatte. Ihr rotes Haar wehte im Wind. Teddy blickte sich zu beiden Seiten um, ob eine Tram nahte, und bevor er die Gleise überquerte, schaltete er einen Gang höher und trat aufs Gas, um schnell über die Straße zu kommen.

Woher die junge schwangere Frau in dem schwarzen Mantel kam, hatte er nicht gesehen. Gleichsam aus dem Nichts stolperte sie auf die Straße. Teddy schrie noch eine Warnung und rammte den Fuß auf die Bremse, sodass die Reifen laut quietschten. Sekunden, bevor sie auf seine Windschutzscheibe prallte, sah er ihr Gesicht. Dann war alles still.

Schwester Antrobus sah alles vom Caféfenster aus mit an. Sie beobachtete, wie das Mädchen hinter einem der Gebäude am Hafen vortrat und ohne sich umzusehen auf die Tramschienen torkelte, in Richtung des St. Angelus.

Die Schwester zögerte nicht. Sie sprang so energisch auf, dass ihre Teetasse durch die Luft flog, und lief nach draußen. Zu ihrem Erstaunen war Schwester Brogan schon dort, und noch verwunderter war sie, als sie feststellte, dass der Fahrer des Wagens Dr. Davenport war. Aus der Verzweiflung der Schwesternschülerin ließ sich rasch schließen, dass es sich nicht um einen Zufall handelte. Schwester Brogan hatte offenbar auf Dr. Davenport gewartet. Sofort übernahm Schwester Antrobus das Kommando und instruierte Mrs Twigg und den Cafébesitzer, zwei Krankenwagen zu rufen. »Und die sollen umgehend hier sein!«

»Nehmen Sie den mit«, sagte Schwester Antrobus zu dem ziemlich verdutzten Krankenwagenfahrer und warf Danas Koffer vorn auf den Sitz. »Schwester Brogan fährt hinten mit. Schalten Sie Ihr Blaulicht ein, und treten Sie das Gaspedal durch.«

»Sie fahren mit Dr. Davenport«, befahl sie Dana, als sie ihr hinten in den Krankenwagen half. »Ich fahre mit dem Mädchen. Sie lebt noch, aber nur gerade noch so, und sie ist hochschwanger. Es muss sofort ein Notkaiserschnitt vorgenommen werden, wenn wir da sind, dann könnte das Kind noch eine Chance haben. Dr. Davenport sieht aus, als könnte er gleich zu sich kommen. Reden Sie mit ihm.« Und mit diesen Worten war sie fort. In ihrem Krankenwagen galt es, zwei Leben zu retten.

Sekunden später rasten zwei Krankenwagen mit heulendem Martinshorn gen St. Angelus.

»Teddy, hörst du mich?« Dana kniete sich hinten in dem Krankenwagen neben ihn.

Er war auf eine Rolltrage geschnallt und gesichert wie in einer

Zwangsjacke. Offensichtlich waren seine beiden Beine gebrochen, und es gab auch sonst noch mehrere Verletzungen, die versorgt werden mussten. Seine Augen waren fast zur Größe von lila Eiern angeschwollen, sodass er sie nicht öffnen konnte. Aber er konnte sprechen.

»Dana, bist du das?«

»Ja, ich bin es, Schatz. Ich bin hier bei dir. Wir sind beide in einem Krankenwagen. Du hast einen Unfall gehabt, aber alles wird gut.«

»Bist du sicher?« Seine Lippen waren trocken und blutbefleckt, und das Sprechen fiel ihm schwer.

Dana öffnete die letzte Gazepackung, die sie finden konnte, und übte mehr Druck auf die Platzwunde an seiner Stirn aus.

»Ja, ich belüge dich nicht. Du bist ziemlich angeschlagen, und es war ein hässlicher Unfall, aber du bist gesund und munter, mein Schatz.« Vor lauter Erleichterung brach ihre Stimme bei den letzten Worten.

Ihre Tränen tropften auf sein Gesicht, und sie wischte sie hastig weg. »Beeilt euch bitte«, flüsterte sie, als er ihr wieder zu entgleiten schien. Sie fühlte, wie der Wagen auf zwei Rädern durch eine Kurve flog und mit einem Ruck zum Stehen kann.

Dana beugte sich vor. »Wir sind jetzt da, Teddy. Gleich sind wir draußen. Ich bleibe bei dir, und ich werde die Oberschwester bitten, dass du auf die Orthopädie kommst. Ich bin die ganze Zeit bei dir, Schatz. Alles wird gut.«

Teddy war zu sich gekommen, als der Krankenwagen ruckte. Er drückte ihre Hand. »Die Schmerzen«, murmelte er. Und dann: »Entschuldige, Dana. Es tut mir so leid.«

»Oh Gott, warum entschuldigst du dich?«, schluchzte sie. »Es ist nicht deine Schuld, Schatz. Du konntest nichts tun. Sie ist einfach auf die Straße ...«

Die hinteren Türen flogen auf, und Dr. Mackintosh erschien im fahlen Dämmerlicht. »Gut, vergeuden wir keine Zeit. Direkt in den OP«, rief er Jake und Bryan zu, die mit einer Rolltrage angelaufen kamen.

Dana konnte sich nicht bewegen. Sie wollte Teddy nicht verlassen.

Anthony Mackintosh war mit einem Satz bei Dana im Wagen, nahm sie bei den Ellbogen und schob sie auf Jake zu. »Bringen Sie Schwester Brogan rein, Jake. Bryan und ich übernehmen Dr. Davenport.«

Vor lauter Tränen konnte Dana nichts sehen, ließ sich aber widerstandslos in die Notaufnahme führen.

»Kannst du mir Schwester Brogan abnehmen, Doreen?«, fragte Jake.

»Ja, natürlich. Mach du ruhig weiter.«

Dr. Mabbutt, der Orthopäde, eilte an ihnen vorbei. »Bringen Sie ihn direkt in den OP«, rief er, als er zur hinteren Treppe in den Operationstrakt lief.

»Das machen sie ja gerade«, antwortete Schwester Antrobus. Noch in ihrer Zivilkleidung schob sie einen Rollwagen in den Sterilgutraum. Zwanzig Minuten später hatte sie die Notaufnahme wie ein Feldlazarett organisiert.

Oliver Gaskell war auf der Entbindungsstation gewesen, als die Nachricht vom Verkehrsunfall einging. Er kam durch den Vordereingang in die Notaufnahme gelaufen, als Dr. Mabbutt bereits zum OP unterwegs war. »Mutter? Baby?«, fragte er Schwester Antrobus.

»Wir haben beides, Dr. Gaskell, aber es ist kein OP mehr frei«, antwortete sie. »Die heutige Liste ist noch nicht durch. Sie sind noch mitten in einer Blinddarmoperation, und der Not-OP wird länger mit Dr. Davenport belegt sein. Er ist leider in keiner guten

Verfassung. Der Krankenwagen mit ihm war zuerst hier, also hat er den Saal bekommen.«

»Oh Gott, nein! Nicht Teddy. Wie schlimm ist es?«

»Genau weiß ich es nicht, Dr. Gaskell. Ich bin Schwester, kein Arzt. Also, was die Mutter angeht, ich habe ein Bett und ein Entbindungsset in den Sterilgutraum gebracht. Ein Kaiserschnitt wird nicht nötig sein, denn das Baby kommt schon. Sie werden eine Zange brauchen. Es ist alles bereit für Sie. Schwester Tanner assistiert Ihnen. Die Mutter hat keine äußerlichen Verletzungen oder Blutungen. Der Assistenzarzt hat sie schon ans Beatmungsgerät angeschlossen und tut alles, um sie am Leben zu halten.« Sie senkte die Stimme. »Allerdings nicht für lange, fürchten wir.«

Oliver Gaskell nickte. »Schädeltrauma?«, fragte er.

»Ja, sehr ernst. Dr. Mackintosh hat schon eine neurologische Untersuchung vorgenommen. Da ist nichts. Keine Pupillenreaktion, keine Reaktion auf Reize, nichts. Sonst keine Verletzungen, aber ...«

»Gut, ich lege lieber los, ehe uns die Zeit davonläuft. Wissen wir, wer ihr Mann ist?«

»Wir haben keine Ahnung. Sie hatte keine Handtasche bei sich, und in ihrer Manteltasche war nur eine Quittung von einem Friseur. Die Polizei geht dem nach.«

Oliver Gaskell verschwand im Sterilgutraum. Schwester Antrobus sah Schwester Tanner und Dr. Mackintosh, die sich steril machten. Sie war zufrieden. Schwester Tanner hatte es in kurzer Zeit sehr weit gebracht. Sie musste nicht mal aufgefordert werden, sich steril zu machen, sondern war offensichtlich von selbst drauf gekommen. Bei anderer Gelegenheit hätte Schwester Antrobus eine solche Eigeninitiative bei einer Schwesternschülerin gerügt, aber nicht heute. Und außerdem war sie überzeugt, dass

Schwester Tanner gute Arbeit leisten würde. Also wandte sie sich zum Tresen um.

»Doreen, rufen Sie bitte in der Lovely Lane an, und sagen Sie Mrs Duffy, dass wir Schwester Baker hier oben brauchen. Meines Wissens ist ihr Verlobter mit Dr. Davenport verwandt. Bitten Sie sie, herzukommen und sich um Schwester Brogan zu kümmern. Sie sollte auch ihren Verlobten informieren, der Dr. Davenports nächster Angehöriger ist. Könnten Sie danach die Oberschwester anrufen und sie bitten, Dr. Gaskell zu informieren, dass einer unserer Ärzte in kritischem Zustand im OP liegt? Ich habe aber noch keine Prognose, falls sie fragt. Bitten Sie die OP-Schwester, uns auf dem Laufenden zu halten, damit wir Schwester Brogan, Schwester Baker, seine Familie und den Rest von uns beruhigen können. Er ist einer von uns, das ist wichtig«, ergänzte sie. »Wenn Sie damit fertig sind, sehen Sie bitte mal im Sterilgutraum nach, ob Schwester Tanner Hilfe mit dem Säugling braucht, sobald er entbunden ist. Bitten Sie jemanden von der Kinderstation, eine Windel und Babydecken zu bringen.«

»Mach ich sofort, Schwester Antrobus«, antwortete Doreen. »Könnten Sie mal in die Zwei sehen? Da ist ein Gärtner aus dem Lake District. Er besucht seine Schwester hier und sagt, ihretwegen hat er einen Tinnitus. Es ist sonst keiner da. Alle sind beschäftigt.«

»Mach ich. Ein Glück, dass Dr. Gaskells Sohn noch Dienst hatte«, sagte Schwester Antrobus, als sie in die zweite Kabine ging. Sie war nicht die Einzige im Haus, die von Oliver Gaskell nach wie vor als dem Sohn von Dr. Gaskell sprach.

»Schwester ...«

Schwester Antrobus drehte sich zu Doreen um.

»Wissen wir, wer die junge Frau ist? Sollte ich jemanden anrufen, ich meine, abgesehen von der Polizei?«

»Nein, wissen wir nicht. Sie hatte keine Handtasche bei sich, was sehr merkwürdig ist. Und es sah beinahe aus, als wollte sie sich vor einen Wagen stürzen. Oder vielleicht vor eine Tram. Aber nein, es gibt niemanden, den wir anrufen können. Ich wünschte, es wäre so, denn bei dieser Prognose bin ich mir sicher.«

Schwester Tanner eilte aus dem Sterilgutraum und legte Doreen einen glucksenden Säugling in die Arme. Er war winzig und strampelte, aber er lebte. »Hier, Doreen, nimm bitte das Baby, ja? Wir haben da drinnen nichts, wo wir es hinlegen können, und die Mutter braucht mich.«

Pammy konnte nur wenig sehen, denn ihr standen Tränen in den Augen. Doreens Reaktion war nicht minder emotional, als das winzige Bündel mit großen Augen zu ihr aufblickte.

»Es ist ein kleines Mädchen«, sagte Pammy. »Kannst du es nach oben zur Station drei bringen? Es ist zwar gegen die Regeln, ein Baby zu tragen, aber wir haben heute Abend nur zwei Pförtnerhilfen. Sie sind alle auf einer großen Feier drüben. Und ich muss nach Dana sehen.«

»Natürlich kann ich, und mach dir keine Sorgen um Schwester Brogan. Schwester Baker, Schwester Harper und Mrs Duffy sind bei ihr, also ist sie gut versorgt. Schwester Antrobus hat sie in ihrem Büro und die Tür geschlossen. Jake hat ihnen eben ein Tablett mit Tee gebracht.«

Pammys Wimperntusche war verschmiert und zu schwarzen Rinnsalen auf ihren Wangen getrocknet. »Ich sehe mal aus, was?«, fragte sie und rieb sich die Wangen.

»Das ist heute Abend deine geringste Sorge«, entgegnete Doreen und drückte das Baby an sich.

Pammy ging zurück in den Sterilgutraum. Sie hätte schon vor

Stunden Dienstschluss gehabt, weigerte sich aber, nach Hause zu gehen. In der Notaufnahme war mehr los denn je.

»Gehen Sie!«, hatte Dr. Mackintosh zu ihr gesagt. »Die Nachtschicht ist da, und wir kommen zurecht.«

Sie standen vor dem Sterilgutraum, außer Sicht vom Eingangsbereich.

»Machen Sie Witze? Das ist meine Freundin da draußen. Ich gehe nicht, solange Dana in solcher Verfassung ist.«

Und das im OP ist mein Freund, dachte Anthony.

»Oh, tut mir leid«, sagte Pammy. »So habe ich es nicht gemeint. Ich weiß ja, dass Dr. Davenport und Sie gut befreundet sind.«

»Ja, stimmt«, antwortete er, und ohne nachzudenken, breitete er die Arme aus. Pammy schmiegte sich prompt hinein. Er hielt sie fest, und beide schenkten sich gegenseitig Wärme.

»Zurück an die Arbeit«, sagte er. »Sehen wir mal, ob wir etwas für die Mutter tun können. Aber Sie arbeiten jetzt schon seit vierzehn Stunden durch.« Er ging ein wenig auf Abstand, hielt Pammy aber noch bei den Schultern. Es musste an seiner Müdigkeit liegen, dem emotionalen Stress und allen möglichen Umständen, denn er wusste wirklich nicht, woher seine nächsten Worte kamen. »Schwester Tanner, wenn das alles hier vorbei ist, würden Sie dann mal mit mir ausgehen? Ich mag Ihre Mutter.«

Pammy kicherte unterdrückt, und frische Tränen flossen. »Sie wollen mit mir ausgehen, weil Sie meine Mutter mögen?«

Anthony verzog das Gesicht. »Ach, das kam völlig falsch raus ...«

»Ja, schon gut, ich weiß, was Sie gemeint haben. Meine Mutter wirkt Wunder. Sie hat mich heute ins Büro der Oberschwester geschickt, damit ich ihr helfe, eines ihrer Wunder zu vollbringen. Sie glauben ja nicht, worüber ich mit der Oberschwester reden sollte! Ich würde gerne mit Ihnen ausgehen. Aber vorher stehen wir das hier durch. Wann hören wir aus dem OP?«

»Das wird noch lange dauern.« Er holte tief Luft. »Teddy wird sehr aufwendig zusammengeflickt werden müssen, von dem Schock ganz zu schweigen. Er muss das überleben, und das wird seine größte Hürde. Dr. Mabbutt und der Anästhesist werden da oben eine sehr schwierige Zeit haben.«

Innerhalb weniger Minuten waren Schwester Tanner und Dr. Mackintosh wieder zurück aus dem Raum.

»Ist sie gestorben?«, fragte Schwester Antrobus.

Pammy zog ein Taschentuch aus ihrer Schürze und wischte sich die Augen. »Es war beinahe, als hätte sie durchgehalten, bis das Baby sicher geboren ist«, sagte sie. »Und natürlich der Schock der Entbindung«, ergänzte sie auf Schwester Antrobus' Stirnrunzeln hin.

»Sehr viel wahrscheinlicher«, antwortete die Schwester. »Sentimentalität hat in einer guten Notaufnahme nichts verloren, Schwester Tanner, auch wenn es hier heute reichlich Grund dafür gibt. Wie auch immer, gut gemacht. Sie haben sich wacker gehalten. Bringen Sie das Kind auf Station drei?«, wandte sie sich an Doreen und betrachtete das Bündel in ihren Armen. »Was für ein winziges Ding. Oben werden sie es wiegen.«

Doreen blieb vor dem Sterilgutraum stehen und spähte nach drinnen. Der Assistenzarzt füllte den Totenschein aus und hatte das Gesicht der Mutter abgedeckt. »Ist sie tot?«, fragte sie. »Die Polizei ist hier. Da draußen ist die Hölle los.«

Das Bündel begann zu wimmern, als könnte es die Nähe seiner Mutter spüren. Doreens Blick verharrte auf den Händen der jungen Frau. Sie waren zart und elegant manikürt. Beinahe vertraut. Auf einmal fühlte sich der Raum anders an, auch wenn Doreen nicht sagen konnte, warum. Ein Schauer lief ihr über den Rücken.

»Ich bin kein Fachmann, aber es könnte besser sein, wenn Sie das Baby wegbringen«, sagte Dr. Mackintosh hinter ihr. »Manche glauben, dass Säuglinge ihre Mütter am Geruch erkennen.«

»Alles in Ordnung, Doreen?«, fragte Pammy, die den Verbandswagen wusch.

»Ja, es war nur ein kalter Schauer. Was für ein Jammer, dass sie ihr Kind nie in den Armen halten konnte«, sagte Doreen mit einem Nicken zu der jungen Frau. »Sie ist solch ein schönes kleines Mädchen.«

»Haben Sie nicht gehört, was ich gesagt habe? In einer guten Notaufnahme ist kein Platz für Sentimentalität. Gehen Sie jetzt. Bringen Sie das Kind auf Station drei, wo sie hoffentlich schon ein Bettchen bereit haben.«

»Ja, Schwester, sofort.« Doreen ging mit dem Baby vor ihrer Brust.

Doch Schwester Antrobus war noch nicht fertig. »Schwester Tanner, sind Sie geschminkt?« In der Notaufnahme mochte es wie auf einem Schlachtfeld zugehen, trotzdem entging Schwester Antrobus' Argusaugen nichts.

Als Doreen die Treppe hinaufging, schoss ihr unwillkürlich der Gedanke durch den Kopf, dass sie dieses kleine Mädchen schon kannte. Immer wieder blickte sie in die großen blauen Augen. »Keine Sorge, gleich bekommst du ein Fläschchen«, sagte sie zu dem Baby, das versuchte, an seiner Faust zu saugen.

Oben zeigte die Stationsschwester zu einem Kinderbett. »Legen Sie sie da rein. Ich füttere sie, sobald ich eine Minute habe.«

Doreen blickte zu dem Bett und der Flasche, die in einem Krug auf dem Nachtschrank stand. Auf der Station war der Teufel los. Sie vergewisserte sich, dass niemand sie beachtete, nahm die Flasche auf und setzte sich mit dem Baby auf den Schwesternstuhl. Das winzige Mädchen trank gierig, wobei es Doreen durchgehend ansah. Doreen wusste nicht, warum, doch zum ersten Mal seit Langem dachte sie an ihre frühere Freundin Amy, während sie über die winzigen, perfekten Finger mit den papierdünnen Nägeln strich. Amy fehlte ihr. Es war Zeit vergangen und der Schmerz verklungen. Dass Doreen überfallen wurde, war nicht Amys Schuld gewesen; aber Doreen lebte zu Hause, und ihr Vater hatte ihr strengstens verboten, je wieder mit Amy zu reden.

Sie senkte den Kopf und atmete den Duft des Neugeborenen ein. »Oh, du hast gerade mein Herz erobert«, flüsterte sie dem trinkenden Baby zu. »Ich werde auf dich aufpassen müssen.« Etwas sagte ihr, dass das kleine Mädchen Teil ihres Lebens würde.

Eine halbe Stunde später kam die Stationsschwester wieder, um das Kind zu übernehmen. »Ich frage mich, wie wir sie nennen sollen«, sagte sie fahrig. »Irgendwas muss ich ins Krankenblatt schreiben. Haben Sie eine Idee? Wie wäre es mit Doreen?«, fragte sie lächelnd, als Doreen das Baby an ihre Brust hob, damit es nach dem Trinken aufstoßen konnte.

»Oh Gott, nein, tun Sie ihr das nicht an«, antwortete Doreen und überraschte sich selbst, als sie sagte: »Wie wäre es mit Amy? Das ist ein hübscher Name.«

Die Schwester hatte keine Zeit, denn das Kind im nächsten Bettchen begann zu schreien. »Prima, also Amy. Sie haben recht, das ist ein hübscher Name.«

Dr. Mackintosh ging zu einem Patienten, den er in der letzten Untersuchungskabine zurückgelassen hatte, und Pammy machte sich auf den Weg zu Dana und den anderen.

»Alle hier rein«, sagte Schwester Antrobus. »In mein Zimmer. Schwester Brogan, Schwester Tanner, Mrs Duffy, hier haben Sie

Ihre Ruhe, bis wir wissen, was los ist. Schwester Baker, natürlich dürfen Sie auch Ihren Verlobten hereinbitten.«

Doreen war wieder an ihrem Platz, nachdem sie widerwillig die kleine Amy auf der Station gelassen hatte. Sie tippte das Patientenblatt für den Gärtner, den Dr. Mackintosh wieder entlassen hatte, und war beinahe fertig, als das Telefon klingelte.

»Notaufnahme«, meldete sie sich. Gott sei Dank ist es nicht das rote Telefon, dachte sie. Letzteres war die Direktverbindung zum Ambulanzdienst. Ihre Erleichterung währte nicht lange.

»Hier ist die Schwester aus dem OP. Dr. Mabbutt möchte dringend Dr. Mackintosh sprechen.«

Benommen legte Doreen den Hörer hin.

Dr. Mackintosh war bei einer alten Frau, die vorhin mitten im Trubel mit einer gebrochenen Hüfte aufgenommen worden war. Und es war noch ein Kind zu versorgen, dem ein Stein ins Gesicht geworfen worden war. Die Eltern saßen verzweifelt schluchzend im Wartebereich, fest überzeugt, dass ihr Sohn ein Auge verloren hatte. Einen solchen Betrieb hatte Doreen hier noch nicht erlebt.

Zum Glück kam Dr. Mackintosh aus der Untersuchungskabine. »Dr. Mackintosh, schnell, Telefon für Sie. Die OP-Schwester. Sie sagt, es ist dringend.«

Sie hielt ihm den Hörer hin und beobachtete, wie ihm sämtliche Farbe aus dem Gesicht wich.

»Es ist zu früh«, sagte Anthony halb zu sich selbst und blickte zur großen Uhr über Doreens Kopf, als er den Hörer nahm.

Im selben Moment kam die Oberschwester, und Doreen war überrascht. Sie ging zu ihr, während Dr. Mackintosh telefonierte.

»Guten Abend, Doreen, ich komme zum Helfen«, sagte die Oberschwester.

Doreen konnte sich nicht konzentrieren. Sie war schon lange genug in der Notaufnahme, um instinktiv zu spüren, wenn etwas

Schlimmes geschah. Es war, als würde alle Luft aus dem Raum weichen und die Zeit stillstehen. Ohne ein Wort knallte Dr. Mackintosh den Hörer auf und rannte zur Treppe zum OP. Durch die offene Tür sah Doreen Schwester Brogan, leichenblass, die ihm hinterherblickte und Schwester Tanners Hand umklammerte. Schwester Baker war auch dort, zusammen mit ihrem Verlobten, und Mrs Duffy. Doreen hörte ein verzweifeltes, ängstliches Schluchzen aus dem Raum, als Mrs Duffy aufstand, ihr matt zulächelte und die Tür schloss.

Stunden später stand Doreens Schreibtisch leer und aufgeräumt da. Alle waren längst fort, auf eine Station gebracht, in die Lovely Lane oder nach Hause gegangen.

Die Oberschwester gestattete sich ein kleines Lächeln, als sie sah, wie Dr. Mackintosh einen Arm um Pammys Taille legte. Er hielt ihr die Tür auf. Es war beinahe Morgen, und sie waren die Letzten, die gingen. Und diese vertrauliche Geste könnte durchaus zu mehr Intimität führen. Der Oberschwester kam der Gedanke, dass Schwester Tanner mit der Abschaffung der Ledigen-Regel noch sehr lange im St. Angelus arbeiten könnte.

Betty Hutch summte beim Wischen vor sich hin. »Oh, Verzeihung, Schwester Oberin«, sagte sie, als sie versehentlich über die Schuhspitzen der Oberschwester wischte.

»Schon gut, Betty«, sagte die Oberschwester. »Die mussten mal geputzt werden.« Sie kannte die Namen aller Hausangestellten und achtete stets darauf, mit ihnen zu sprechen, wenn sie auf dem Korridor an ihnen vorbeikam.

Die beiden Nachtschwestern wuschen die Wände im Sterilgutraum. Da alles in Ordnung war, ging die Oberschwester hinüber zu Schwester Antrobus' Zimmer.

Dort war die Schwester dabei, die tränengetränkten Taschentücher und leeren Teetassen wegzuräumen. »Was für eine Nacht«, sagte sie und streckte ihren Rücken. »In der Notaufnahme weiß man wirklich nie, was als Nächstes passiert, nicht wahr?«

»Nein, wahrlich nicht. Und das galt ganz besonders heute. Bedenkt man, wie es noch vor einem Jahr in der Notaufnahme war, ängstigt es einen beinahe, wie schnell sich die Dinge wandeln. Ein Verkehrsunfall kann die Station über Stunden beschäftigen. Und wer hätte gedacht, dass es einen von uns treffen würde?« Die Oberschwester seufzte.

»Ja, das ist wahr. Nun, Schwester Oberin, heute Nacht wurde eine Menge Tee getrunken, aber jetzt scheint es an der Zeit für etwas Stärkeres. Ich habe Whiskey im Arzneischrank für die Patienten, die ihn brauchen. Möchten Sie welchen?«

»Eine sehr gute Idee, Schwester Antrobus.«

Die Oberschwester erhob ihr Glas und nahm einen wärmenden Schluck. Sie war der Frau überaus dankbar, die an ihrem freien Tag – und sogar ohne Schwesterntracht! – die Notaufnahme in der wildesten Nacht aller Zeiten zusammengehalten hatte.

»Schwester Antrobus, ich denke, Sie sollten erfahren, dass Mrs Twigg mich angerufen und sich nach Ihnen und Schwester Brogan erkundigt hat. Sie hat auch nach Dr. Davenport gefragt und mir erzählt, dass Sie beide sich zu einem Tee getroffen hatten, als der Unfall passiert ist.«

Schwester Antrobus wurde rot und nahm einen sehr großen Schluck aus ihrem Glas.

»Nun, ich kann natürlich nur raten, in welcher Verbindung Sie zu Mrs Twigg stehen. Und ich arbeite schon lange genug in diesem Haus, um mir bewusst zu sein, dass ich wirklich nicht fragen sollte.«

Sie wartete, wenn auch nicht mit angehaltenem Atem, dass Schwester Antrobus etwas sagte.

Wie sie sich bereits gedacht hatte, schwieg die Schwester, blickte in ihr Glas und schwenkte die restliche Flüssigkeit darin.

»Tja, ich gehe lieber zurück. Blackie wird es sehr seltsam finden, dass ich ihn mitten in der Nacht allein lasse.« Sie stellte ihr Glas sehr vorsichtig auf den Tisch, um Schwester Antrobus noch einige Sekunden zu geben, sollte sie es sich anders überlegen. Es war klar, dass sie diese Unterhaltung nie wieder erwähnen würden.

An der Tür drehte sie sich um und sagte: »Schwester Antrobus, ich möchte Ihnen danken. Nicht nur für heute Nacht, sondern für das, was immer Sie getan haben. Sicher werde ich nie erfahren, was es war, aber ich bin mir sicher, dass das St. Angelus dank Schwester Haycock und Ihnen überleben wird.«

Teddy lag auf einem Bett im Anästhesieraum vor dem Operationssaal. Sein Herz hatte zweimal aufgehört zu schlagen, und beide Male hatte Dr. Mackintosh erfolgreich seine neue Technik eingesetzt, um ihn zurückzuholen. »Sagenhafte Arbeit«, sagte Dr. Mabbutt. »Ich denke, Sie werden diese Methode allen im Krankenhaus beibringen müssen, Dr. Mackintosh.«

Es war kurz vorm Morgengrauen, als man Dana, Victoria und Roland erlaubte, in den OP-Trakt zu kommen. »Vorerst habe ich alles getan, was ich konnte«, erklärte Dr. Mabbutt ihnen. Victoria stand in der Mitte und hielt die Hände von Dana und Roland. »Mehr kann ich noch nicht machen. Er muss stabil sein, bevor ich wage, ihn wieder anzufassen. Die gute Nachricht ist, dass wir eine reelle Chance haben, wenn er es über die nächsten vierundzwanzig Stunden schafft. Seine Beine waren gebrochen und die Milz gerissen. Jetzt können wir nur noch beten.«

Dana versuchte zu sprechen, doch ihr blieben die Worte im Hals stecken.

Roland bekam es besser hin. »Was sagt Ihnen Ihr Gefühl, Dr. Mabbutt? Denken Sie, dass er es schafft?« Er sah aus, als hätte er schreckliche Angst vor der Antwort.

»Ich denke schon, Mr Davenport. Er ist ein junger Mann, stark und gesund. Wir konnten die innere Blutung stoppen, haben ihm direkt vier Blutkonserven gegeben, und sein Blutdruck steigt. Sein Puls ist kräftig. Die Chancen stehen gut.«

Dana schluchzte. »Oh Gott, danke, Dr. Mabbutt!«, rief sie.

»Danken Sie mir nicht, Schwester Brogan. Sie haben noch einen weiten Weg vor sich. Es wird wohl sechs Monate dauern, mindestens, bis Dr. Davenport wieder genesen ist. Und, wie gesagt, noch sind wir nicht über den Berg. So oder so wird er eine Menge Pflege brauchen. Ich bin mir nicht sicher, wie gut seine Beine heilen werden, von allem anderen ganz abgesehen.«

»Sie werden heilen«, sagte Dana entschlossen. »Sie werden heilen, weil ich ihn jeden Tag pflegen werde. Ich gebe die Ausbildung auf und gehe mit ihm zurück zu meinen Eltern, wenn es sein muss. Er wird wieder gesund, Dr. Mabbutt.«

Roland und Victoria ließen Dana bei Teddy und holten den Wagen. »Du kommst mit zurück in die Lovely Lane zum Schlafen, Dana«, hatte Victoria streng gesagt. »Und keine Widerrede. Später können wir alle wiederkommen, aber ohne Schlaf nützen wir niemandem etwas.«

Dana strich Teddy das Haar aus der Stirn und küsste seinen Handrücken. Sie beobachtete die Infusion, maß seinen Puls und tat all die Dinge, die sie für einen ihrer Patienten tun würde. Ihr fiel die unheimliche Stille im Krankenhaus auf, wie so oft, wenn sie nachts bei einem Patienten wachte. Die dunklen Korridore, die Nachtlichter auf den Stationen und die Ruhe verliehen dem St.

Angelus in den frühen Morgenstunden etwas ganz Besonderes. Bald würde der Trubel wieder beginnen. Flackernd würden die hellen Lichter angehen, Wasser in Schüsseln rauschen und Bettpfannen auf den Rollwagen scheppern.

»Ich muss gehen, Liebster«, flüsterte sie in Teddys Haar.

Sein Atem roch nach dem Betäubungsmittel, und der Assistenzarzt, der angewiesen war, nicht von seiner Seite zu weichen, stand bei ihnen. Doch das war Dana egal. Sie hätte ihren Teddy fast verloren, und das allein ließ alles andere so trivial erscheinen. Sie spürte einen leichten Druck seiner Hand, und seine Augenlider flatterten.

»Ein gutes Zeichen«, flüsterte der Assistenzarzt.

»Ja, ein sehr gutes«, sagte Dana, der die Tränen kamen. »Schlaf jetzt, Liebster«, flüsterte sie, »denn morgen fangen wir an, dich wieder gesund zu machen, und ich werde die ganze Zeit bei dir sein. Ich bleibe bei dir.«

»Es tut mir leid«, sagte Teddy. Er versuchte, seinen Kopf zu drehen, und zurrte an der Kanüle in seiner Hand. Seine Stimme war schwach, und seine Lippen waren trocken und rissig, doch die Worte waren unmissverständlich. »Dana, es tut mir leid.«

»Teddy, sag das nicht wieder, du Idiot.«

Er machte Anstalten, den Kopf zu heben.

»Nein, Teddy, bitte, bleib ruhig liegen. Ich weiß nicht, wofür du dich entschuldigen willst, und es interessiert mich auch nicht. Wir haben noch Monate der Genesung vor uns, dann kannst du reden, soviel du willst. Von jetzt an zählt nur noch die Zukunft, verstanden? Die ist wichtig. Nur die Zukunft. Auch mir tut es leid, Teddy, ehrlich. Ich hätte dich nie allein lassen sollen.«

Fünf Minuten vergingen, dann kam Victoria herein, um Dana abzuholen. Sie lächelte, als sie sah, dass ihre Freundin schlief, den

Kopf auf Teddys Hand gelehnt. Und Teddy sah schon jetzt erholter aus.

»Ich würde sagen, dass sich sein Zustand schon in der letzten halben Stunde merklich verbessert hat«, sagte der Assistenzarzt, nachdem er Teddys Blutdruck gemessen hatte.

»Schön, denn Dana wäre sehr unzufrieden mit einer langsameren Genesung.«

Betty Hutch rollte ihren Wischeimer in den Besenschrank. Vor wenigen Minuten hatte sie aufgehört zu summen. Sie hatte ihren Mantel an und ihr Kopftuch um. Nun hielt sie die Tür, um sie ohne das übliche Klappern ins Schloss fallen zu lassen. Auf dem Heimweg würde sie sich beim Milchladen am Ende der Arthur Street ein Pint warme Milch kaufen, aber vorher musste sie noch eine Neuigkeit weitergeben. Die Oberschwester und Schwester Antrobus hatten sich versöhnt. Und sie hatten Schwester Antrobus ebenso für die Rettung des Krankenhauses zu danken wie Emily Haycock. Betty hatte jedes Wort mitgehört. Die beiden hatten sie gar nicht wahrgenommen, als sie direkt vor dem Zimmer wischte. Wäre sie schnell genug, könnte sie ihre Nachbarin Biddy noch abfangen, ehe sie zur Arbeit ging, und ihr die Nachricht mitteilen. Elsie würde sie eventuell auf deren Weg zum Bus treffen. Nichts liebte Betty Hutch mehr, als ein paar Neuigkeiten zu berichten.